R

D0711244

Título original: *On a Wild Night*

Traducción: Ana Isabel Domínguez Palomo, Concepción Rodríguez
González y M.ª del Mar Rodríguez Barrena

1.ª edición: septiembre 2008

© 2002 by Savdek Management Proprietary Ltd.
© Ediciones B, S. A., 2008
  para el sello Zeta Bolsillo
  Bailén, 84 - 08009 Barcelona (España)
  www.edicionesb.com

Printed in Spain
ISBN: 978-84-9872-117-1
Depósito legal: B. 30.022-2008

Impreso por LIBERDÚPLEX, S.L.U.
Ctra. BV 2249 Km 7,4 Polígono Torrentfondo
08791 - Sant Llorenç d'Hortons (Barcelona)

UNA NOCHE SALVAJE

STEPHANIE LAURENS

BOLSILLO
ZETA

El árbol genealógico de la Quinta de los Cynster

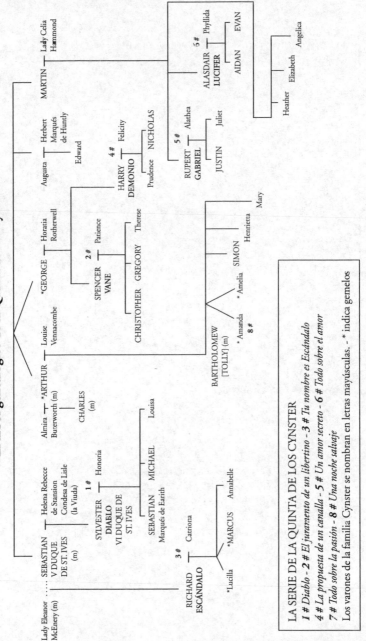

LA SERIE DE LA QUINTA DE LOS CYNSTER
1 # *Diablo* - 2 # *El juramento de un libertino* - 3 # *Tu nombre es Escándalo*
4 # *La propuesta de un canalla* - 5 # *Un amor secreto* - 6 # *Todo sobre el amor*
7 # *Todo sobre la pasión* - 8 # *Una noche salvaje*
Los varones de la familia Cynster se nombran en letras mayúsculas. - * indica gemelos

1

Upper Brook Street, Londres
20 de febrero de 1825

—Entonces, ¿es inútil? —Amanda Cynster se dejó caer de espaldas en la cama de su hermana gemela—. ¿Es que no hay un solo caballero entre la alta sociedad que merezca la pena considerar? Al menos de momento.

—No lo ha habido durante los últimos cinco años... Bueno, al menos, ningún caballero interesado en el matrimonio. —Tendida a su lado, Amelia contemplaba el dosel—. Hemos buscado y rebuscado...

—No hemos dejado una piedra sin levantar.

—Y los únicos medianamente interesantes... no están interesados.

—¡Es ridículo!

—Es deprimente.

De rostro y figura semejantes, bendecidas con rizos rubios, ojos tan azules como un cielo de verano y tez de porcelana, las gemelas podrían haber posado sin ningún problema para *La Belle Assemblée* como el epítome de dos jóvenes de buena cuna a la última moda, salvo por las expresiones que lucían. En el rostro de Amelia se leía el fastidio y en el de Amanda, la rebeldía.

—Me niego a rebajar mis exigencias.

A lo largo de los años, habían discutido *ad infinitum* los

requisitos indispensables en un marido. Sus exigencias no diferían en mucho de las que exhibían los cónyuges de sus mentoras: su madre, sus tías y las esposas de sus primos. Habían crecido rodeadas de mujeres de gran carácter, todas ellas damas, y todas ellas habían encontrado la felicidad en el matrimonio. Las gemelas no albergaban la menor duda acerca de las cualidades que buscaban.

Un caballero que las amara, que siempre antepusiera su bienestar y el de la familia que formaran por encima de todas las cosas. Un protector, un compañero de fatigas siempre dispuesto a prestar su brazo para mantenerlas a salvo. Un hombre que valorara sus habilidades, su inteligencia y sus opiniones, que las aceptara como iguales por mucho que deseara ser amo y señor de sus dominios. Un caballero con la suficiente fortuna como para restar importancia a sus nada despreciables dotes; un hombre que perteneciera a su círculo social y contara con los contactos adecuados para hacer frente al poderoso clan de los Cynster.

Un hombre de fuertes pasiones y con sentido de la familia: amante, protector, compañero. Esposo.

Amanda resopló.

—Es que tiene que haber alguno en alguna parte que no se quede corto en comparación con nuestros primos... —El Clan Cynster, ese famoso grupo formado por seis caballeros que durante tanto tiempo había gobernado la sociedad, y habían dejado a su paso incontables damas languideciendo por ellos hasta que, uno a uno, el destino les había arrebatado el corazón—. No pueden ser únicos.

—No lo son. Acuérdate de Chillingworth.

—Cierto... pero cuando lo hago, también me acuerdo de lady Francesca y eso no sirve de mucha ayuda. Ya está cazado.

—De todas formas, es demasiado viejo. Necesitamos a alguien con una edad más parecida a la nuestra.

—Pero no demasiado... ya me he cansado de jovencitos imberbes. —Había sido toda una epifanía darse cuenta de que sus primos, esos hombres arrogantes y dictatoriales de los que tanto tiempo llevaban intentando zafarse, eran de hecho sus ideales por antonomasia. Darse cuenta de ese hecho había reducido la escasa lista de candidatos a una cantidad todavía más desesperante—. Si queremos encontrar marido, ¡tenemos que hacer algo!

—Necesitamos un plan.

—Uno distinto al del año pasado. ¡Y al del año anterior también! —Amanda miró a Amelia y se percató de que la expresión de su hermana era distraída y de que sus ojos estaban clavados en una imagen que sólo ella podía ver—. Según veo, ya tienes uno.

Amelia miró en su dirección.

—No, no tengo un plan. Todavía no. Pero sí que hay caballeros adecuados, sólo que no están buscando esposa. Se me ocurre al menos uno, y también debe de haber otros. Estaba pensando... que tal vez debamos abandonar la espera para ponernos manos a la obra.

—No podría estar más de acuerdo, pero ¿qué sugieres?

Amelia apretó los dientes.

—Estoy harta de esperar... ¡ya tengo veintitrés años! Quiero estar casada para junio. En cuanto comience de nuevo la temporada social, voy a revisar toda la situación y a elaborar otra lista de candidatos sin importar que quieran casarse o no. Después, tengo la intención de elegir a aquel que me convenga y, a partir de entonces, me encargaré de seguir todos los pasos necesarios para llevarlo al altar.

Esa última frase estaba cargada de determinación. Amanda estudió el perfil de su hermana. Muchos creían que ella era la obstinada, la fuerte, la que más exhibía la confianza en sí misma. Amelia parecía mucho más tranquila; aunque en realidad, en cuanto Amelia se fijaba un objetivo, era casi imposible hacerla desistir.

Todo lo cual sólo llevaba hasta un punto.

—¡Serás ladina! Tienes a alguien en mente.

Amelia arrugó la nariz.

—Así es, pero no estoy segura. Tal vez no sea la mejor elección... Si te olvidas por un momento de que deberíamos elegir entre aquellos que están buscando una novia, hay muchos más caballeros disponibles.

—Cierto. —Amanda se puso de espaldas—. Pero no para mí. Ya he buscado. —Pasó un instante—. ¿Vas a decirme de quién se trata o tendré que adivinarlo?

—Ninguna de las dos cosas. —Amelia la miró—. No estoy segura de que él sea el elegido, y tú bien podrías delatar mi interés en él si supieras quién es.

Al sopesar esa posibilidad, Amanda tuvo que reconocer que era verdad; disimular no era su fuerte.

—Muy bien, pero ¿cómo pretendes asegurarte de que te lleve al altar?

—No lo sé, pero haré todo lo que sea necesario para llevarlo hasta allí.

El juramento, cargado de una implacable determinación, hizo que un escalofrío recorriera la espalda de Amanda. Sabía a la perfección lo que ese «todo lo que sea necesario» significaba. Era una estrategia muy arriesgada, aunque no le cabía la menor duda de que Amelia, con su voluntad de acero, podría seguirla hasta alcanzar la victoria.

Su hermana la miró.

—Y tú, ¿qué? ¿Cuál es tu plan? Y ni se te ocurra decirme que no lo tienes.

Amanda sonrió. Eso era lo mejor de tener una gemela: eran capaces de leerse los pensamientos de forma instintiva.

—Ya he mirado en los confines de la alta sociedad, y no sólo entre aquellos que se dignaron a postrarse a nuestros encantadores pies. Puesto que soy incapaz de encontrar un caballero entre la alta sociedad, he llegado a la conclusión de que necesito buscar fuera de ella.

—¿Dónde encontrarás un caballero adecuado para el matrimonio fuera de los círculos de la alta sociedad?

—¿Dónde pasaban nuestros primos la mayor parte de las noches antes de casarse?

—Solían ir a algunos bailes y fiestas.

—Sí, pero si haces memoria, recordarás que asistían por obligación, que bailaban un par de veces y que después se marchaban. Sólo aparecían porque nuestras tías insistían. No todos los caballeros adecuados (caballeros que se consideraran buenos partidos) tienen parientes femeninos capaces de obligarlos a asistir a reuniones sociales.

—De manera que... —Amelia clavó la vista en el rostro de Amanda—. Buscarás buenos partidos en los clubes privados y en los garitos de juego... caballeros a los que no hemos conocido todavía porque no frecuentan, o no suelen hacerlo a menudo, nuestro círculo social.

—Eso es: en los clubes y en los garitos de juego... y también en las fiestas privadas que se celebran en los salones de ciertas damas.

—Vaya... Parece un buen plan.

—Creo que tiene mucho potencial. —Amanda estudió el rostro de su hermana—. ¿Quieres unirte a mi búsqueda? Seguro que hay más de un buen partido oculto entre las sombras.

Amelia la miró a los ojos antes de apartar la vista; pasado un instante, su gemela meneó la cabeza.

—No. Tal vez si no hubiera tomado una decisión... pero lo he hecho.

Se miraron a los ojos, sus mentes en perfecta armonía, antes de que Amanda asintiera.

—Ha llegado el momento de tomar caminos separados. —Esbozó una sonrisa y gesticuló con dramatismo—. Tú para esgrimir tus encantos a la luz de las arañas...

—Mientras que tú... ¿qué?

—Mientras que yo busco mi destino en las sombras.

Había sombras de sobra en el salón de Mellors, el garito de juego de más reciente apertura y que estaba haciendo furor; Amanda resistió el impulso de atisbar entre las sombras y se detuvo en el umbral para observar con frialdad a los presentes.

Mientras que dichos presentes, no con tanta frialdad, la observaban a ella.

Cuatro de las seis mesas redondas estaban ocupadas por caballeros de mirada torva y ojos entornados, con vasos junto a ellos y cartas en las manos. Sus ojos la recorrieron con insolencia, pero Amanda no les hizo el menor caso. En una mesa más grande se jugaba al faraón; dos mujeres se pegaban, cual sirenas, a dos de los jugadores. El hombre que hacía las veces de banca miró a Amanda a los ojos, se quedó paralizado como si acabara de recordar algo y después bajó la vista para levantar la siguiente carta.

Junto a Amanda, Reggie Carmarthen, amigo de la infancia y más que renuente acompañante, le dio un tironcito muy leve de la manga.

—Aquí no hay «nada» interesante. Si nos vamos ahora, podremos llegar a casa de los Henry antes de que acabe la cena.

Tras completar su escrutinio, Amanda buscó los ojos de Reggie.

—¿Cómo puedes decirme que no hay «nada» interesante aquí? Acabamos de llegar y los rincones están en sombras.

Los propietarios habían decorado las estancias de Duke Street con papel pintado de color marrón oscuro para que hiciera juego con la piel de las sillas y la madera de las mesas, iluminadas por los candelabros de pared que se habían colocado a grandes intervalos. El resultado era una guarida muy masculina, sumida en la penumbra. Amanda echó un vistazo a su alrededor. La recorrió una sensación de peligro al tiempo que sentía un hormigueo por la piel. Alzó la barbilla.

—Deja que dé una vuelta. Si de verdad no hay «nada» interesante, nos marcharemos. —Reggie sabía qué era lo que ella buscaba en concreto, aunque desde luego no lo aprobaba. Enlazó su brazo con el de él y sonrió—. No puedes pedirme que me retire tan pronto.

—Eso quiere decir que no me escucharías aunque lo hiciera.

Hablaban en voz baja por deferencia a los que estaban concentrados. Amanda condujo a Reggie hacia las mesas, sin hacer nada por desmentir lo que todos asumirían al verlos:

que Reggie era su pretendiente y que ella lo había convencido para asistir a ese lugar a modo de desafío. Ella lo había convencido, sí, pero su objetivo era mucho más escandaloso que un mero desafío.

Al ser nuevo, el garito había atraído a los jugadores más peligrosos y a un buen número de caballeretes ansiosos por probar lo último en cuanto a disipación. Si hubiera encontrado lo que buscaba en otros lugares más asentados, jamás se le habría ocurrido ir a Mellors. Pero llevaba dos semanas paseándose por los garitos y los salones ya consolidados, de manera que su presencia allí esa noche, en una estancia en la que los únicos rostros conocidos además del de Reggie pertenecían a personas a las que preferiría no saludar, era un fiel reflejo de su desesperación.

Mientras se paseaba del brazo de Reggie y fingía un interés inocente y del todo falso por el juego, recorrió con una mirada hastiada a los jugadores antes de descartarlos a todos.

¿Dónde estaba el caballero para ella?, se quejó en silencio.

Se detuvieron al llegar a la última mesa. La habitación era muy larga y por delante de ellos se extendía el doble del espacio que ya habían recorrido. La penumbra reinaba en esa zona, ya que la única iluminación la proporcionaban dos candelabros de pared. Había unos cuantos grupos de enormes sillones dispuestos en torno a pequeñas mesas, pero apenas se distinguía a sus ocupantes. Amanda vio cómo una pálida mano de largos dedos dejaba caer una carta con languidez sobre la superficie pulida de la mesa. Era evidente que en aquel rincón de la estancia era donde se llevaban a cabo las apuestas importantes.

Donde estaban los jugadores peligrosos.

Antes de que pudiera decidir si se atrevía o no a entrar en lo que parecía una guarida, uno de los grupos por los que habían pasado terminó la partida. Las cartas cayeron sobre la mesa, acompañadas de una mezcla de bromas y maldiciones. Se escuchó cómo se arrastraban las sillas.

Amanda se giró al mismo tiempo que Reggie... y se encontró con que era el foco de cuatro pares de ojos masculinos, todos con expresiones torvas y con un brillo sospechoso. Y todos fijos en ella.

El hombre que estaba más cerca se levantó. De pie le sacaba una cabeza a Reggie. Uno de sus compañeros lo imitó. Y esbozó una sonrisa. Una sonrisa lobuna.

El primer caballero ni siquiera sonrió. Dio un insolente y algo tambaleante paso al frente... pero después sus ojos miraron algo situado tras ellos y vaciló.

—Vaya, vaya... pero si es la señorita Cynster. Ha venido a ver cómo se divierte el resto del mundo, ¿no es cierto?

Amanda se dio la vuelta con aire regio. A pesar de que su interlocutor era más alto que ella, lo miró por encima de la nariz. Cuando vio quién era, alzó la barbilla todavía más.

—Lord Connor.

Hizo una reverencia, ya que, después de todo, era un conde, pero esa deferencia era una mera trivialidad; su estatus social estaba muy por encima del de él.

El conde era un hombre carente de principios morales, cuyo molde, por fortuna, se había roto al nacer él. Tenía una reputación de hombre lujurioso, depravado e infame en extremo. El brillo acuoso de sus ojos claros, así como el párpado de uno de ellos, que siempre estaba medio caído merced a un duelo librado tiempo atrás, sugería que, en su caso, los rumores se quedaban muy cortos en comparación con la realidad. Corpulento (desde luego era más ancho que alto), Connor era de andar torpe, piel pálida y mofletes hinchados, características que le hacían parecer lo bastante viejo como para ser su padre, si no fuera por el color castaño oscuro de su pelo.

—Y ¿bien? ¿Está aquí para mirar o está dispuesta a jugar? —Los carnosos labios de Connor esbozaron una sonrisa burlona; las arrugas que los años de disipación habían grabado en su rostro se acentuaron—. Sin duda, ahora que se ha aventurado a atravesar las puertas de Mellors, no se marchará sin mostrar su habilidad. Sin probar la suerte de los Cynster. Me han llegado rumores de que ha gozado de mucha suerte en sus correrías por la ciudad.

Reggie le rodeó la muñeca con los dedos.

—En realidad, sólo estábamos...

—¿Buscando el desafío adecuado? Veamos si puedo satisfacerles. ¿Les parece que sea al *whist*?

Amanda no miró a Reggie. Sabía lo que su amigo estaba pensando, pero que la colgaran si iba a huir con el rabo entre las piernas sólo porque un hombre de la calaña de Connor se le había acercado. Dejó que su expresión trasluciera cierto desdén burlón.

—Sin embargo, milord, no creo que vencer a una principiante como yo vaya a proporcionarle placer alguno.

—Al contrario... —La voz de Connor se endureció—. Espero hallar mis placeres allá donde se me presenten. —Esbozó una sonrisa, como una perversa anguila con la atención puesta en su presa—. Me ha llegado el rumor de que es muy hábil con las cartas... sin duda no desperdiciará la oportunidad de medir su habilidad con la mía, ¿no es cierto?

—¡No! —siseó Reggie *sotto voce*.

Amanda sabía que podría desentenderse dc Connor con frialdad y dejar que Reggie la alejara de allí, pero no podía —le resultaba imposible— soportar la idea de que Connor y el resto de caballeros presentes esbozaran una mueca burlona con ínfulas de superioridad en cuanto les diera la espalda y que se rieran de ella nada más marcharse.

—¿*Whist*? —se escuchó preguntar. A su lado, Reggie gimió.

Se le daba bastante bien el juego y ciertamente tenía mucha suerte con las cartas, pero no era tan estúpida como para creer que estaba a la altura de Connor. Fingió estudiar a su rival, consciente de que eran el centro de atención, antes de sacudir la cabeza y esbozar una sonrisa desinteresada.

—Creo que...

—Tengo una preciosa yegua árabe, una purasangre... la compré para criar, pero está siendo endemoniadamente selectiva e imposible de controlar. Es perfecta para usted. —La elocuencia del conde logró que el comentario no llegara al nivel de un insulto. Connor sonrió, y era evidente que sabía muy bien lo que estaba haciendo—. De hecho, conseguí quitársela a su primo.

Esa última frase, dicha a todas luces para picar su curiosidad, sólo consiguió acicatear su orgullo.

—¡No! —susurró Reggie con desesperación.

Amanda clavó la mirada en los ojos de Connor y alzó una ceja en un gesto desdeñoso; ya no sonreía.

—¿Una yegua, dice?

Connor asintió algo distraído.

—Vale una pequeña fortuna. —Su voz sugería que estaba reconsiderando la apuesta.

Por un instante, Amanda estuvo a punto de aceptar el desafío, pero entonces el sentido común se apoderó de su cabeza. Si rechazaba el reto de Connor, sólo le bastaría jugar una partida con algunos de los caballeretes presentes para evitar que la tacharan de tontuela que estaba fuera de su elemento, de aficionada. No podía permitirse que la multitud en la que sospechaba que se ocultaba su futuro marido la despreciara. Pero ¿cómo podría zafarse de la trampa de Connor?

La respuesta era evidente. Dejó que sus labios se curvaran en una sonrisa y murmuró:

—Qué interesante. Por desgracia, no dispongo de nada que pueda apostar que iguale el valor de su yegua.

Tras darle la espalda, dejó que su mirada recorriera a los dos hombres que habían comenzado a acercarse a ella. Los estudió con descaro. Ellos se irguieron.

—¿Ni siquiera tres horas de su tiempo? —gruñó Connor.

Ella se giró para enfrentarlo.

—¿Tres horas?

—Tres horas, pasadas en mi compañía —explicó Connor, que hizo un gesto magnánimo con la mano— y en el entorno de su elección. —Esa frase fue acompañada de una penetrante mirada lasciva.

Se estaba riendo de ella. Si huía, todos se reirían de ella.

Ella misma se reiría también.

Amanda alzó la barbilla.

—Mi tiempo es en extremo valioso.

Connor frunció los labios en una mueca de desprecio.

—¿No me diga?

—Pero me atrevería a decir que su yegua también lo es. —Notaba el frenético latido de su corazón. Esbozó una sonrisa de superioridad—. Bueno, debe de serlo si Demonio estaba interesado. —Su rostro se iluminó—. Si gano, se la regalaré.

Demonio le retorcería el cuello.

El gemido de Reggie se escuchó a la perfección. Amanda esbozó una sonrisa ante la mirada de Connor.

—*Whist*, eso fue lo que dijo, ¿no?

Acababa de atravesar la frontera de lo realmente peligroso. Incluso mientras pronunciaba las palabras, incluso mientras asimilaba la expresión desabrida de los ojos de Connor, Amanda sintió un escalofrío que no se parecía en nada a cualquier otro que hubiera sentido antes. La expectación, mezclada con el miedo, le recorría el cuerpo; la euforia la instaba a continuar.

—¿Su compañero? —Le lanzó una mirada inquisitiva a Connor.

Con el rostro inexpresivo, hizo un gesto en dirección a la penumbra.

—Meredith.

Un caballero delgado se levantó de un sillón y ejecutó una reverencia muy formal.

—Habla poco, pero tiene una cabeza excelente para las cartas. —La mirada de Connor se desvió hacia Reggie—. Y ¿quién será su compañero, señorita Cynster? ¿Carmarthen?

—No. —El tono de Reggie dejaba muy claro que había trazado una línea y que no lo convencería para que la traspasara. Dio un tirón al brazo de Amanda—. ¡Es una locura! ¡Vámonos ahora mismo! ¿Qué podría importarte lo que estos pendencieros piensen de ti?

Sí que le importaba, ahí radicaba el problema. No podía explicarlo. Aunque tampoco se imaginaba que uno de sus primos huyera de los insultos de Connor. No antes de haberse cobrado una justa retribución.

Su yegua árabe parecía una retribución lo bastante justa. Y si perdía, se divertiría de lo lindo estipulando el lugar donde pasaría esas tres horas en su compañía. Toda una retribución. Eso le enseñaría a no burlarse de las Cynster, por muy jóvenes que fueran.

Aunque antes tendría que encontrar compañero, a ser posible uno que la ayudara a ganar. No perdería el tiempo persuadiendo a Reggie: apenas era capaz de recordar los palos de la baraja. Con una sonrisa confiada dirigida a Reggie y destinada a aliviar sus preocupaciones, se giró para estudiar las mesas, donde había cesado toda actividad.

Seguro que habría algún caballero dispuesto a acudir en su rescate...

Se le cayó el alma a los pies. No había interés bienintencionado, ni tampoco esas expresiones que ella había esperado ver y que indicaban que estaban dispuestos a participar en cualquier juego. Un brillo calculador, hosco y manifiesto, asomaba a los ojos de todos los hombres. La incógnita que intentaban desvelar todos ellos no era un misterio: ¿cuánto estaba dispuesta a pagar para que la rescataran de Connor?

Una mirada bastó. Para ellos, era una suculenta e inocente paloma dispuesta para que la desplumaran. La euforia desapareció y fue reemplazada por una creciente sensación de derrota.

Debido a las palabras exactas de la apuesta, estaba segura de que no tendría problemas con Connor; pero si, para satisfacer su orgullo, se emparejaba con uno de esos hombres, ¿qué le aguardaría cuando acabara el juego?

La victoria sin importar el resultado, pero con otra deuda, que podría resultar más peligrosa, pendiente sobre su cabeza.

Pasó de unos ojos a otros y, con cada cambio, su desazón aumentó. Sin duda, habría al menos un caballero lo bastante honorable como para ser su compañero por simple diversión, ¿no?

Empezaron a aparecer algunas sonrisas. Se movieron algunas sillas. Varios caballeros se pusieron de pie...

Tendría que ser Reggie, sin importar lo mucho que tuviera que rogarle.

Cuando se giraba hacia él, algo llamó la atención de los caballeros que tenían delante; algo que había en las sombras a sus espaldas, en la parte más profunda de la habitación.

Reggie y ella se dieron la vuelta.

Algo muy grande se movía en la penumbra.

Una figura oscura se levantó de una silla emplazada al fondo de la estancia: un hombre alto de hombros anchos. Con una lánguida elegancia que resultaba mucho más atractiva debido a su estatura, se acercó a ellos como si dispusiera de todo el tiempo del mundo.

Las sombras se alejaban de él a medida que se acercaba; la luz lo alcanzó e iluminó cada detalle. Una chaqueta que sólo podría ser obra de uno de los mejores sastres de la alta sociedad cubría la parte superior de unos pantalones que se ajustaban a sus musculosos muslos antes de continuar su descenso; una corbata de color marfil con un elaborado nudo y un chaleco de brillante satén completaban el cuadro... uno que hablaba de elegancia muy costosa. Su actitud, segura y distante, exudaba confianza y algo más: una absoluta creencia en su victoria final, sin importar cuál fuera el desafío.

Llevaba el abundante cabello castaño en un estilo desarreglado muy a la moda que le ensombrecía la ancha frente y le rozaba el cuello de la camisa. La luz de las velas arrancaba destellos a los mechones más claros y le confería el aspecto de una melena leonina.

Se acercó, si bien no resultó en ningún momento amenazador, aunque cada una de sus largas zancadas destilaba una fuerza controlada.

Por fin, las sombras perdieron el dominio que tenían sobre él y su rostro quedó desvelado.

Amanda contuvo el aliento.

Unos pómulos altos y bien definidos le marcaban la austera línea de las mejillas, que se afinaban y se ensombrecían un poco allí donde seguía la mandíbula, totalmente cuadrada. Tenía la nariz recta y bien definida, claro indicativo de sus ancestros. Sus ojos, emplazados bajo unas espesas cejas castañas, eran muy grandes y de párpados algo entornados. En cuanto a los labios, el superior era delgado, mientras que el inferior era carnoso y muy sensual. Amanda reconoció el rostro de inmediato, no por él en concreto, sino por la clase a la que pertenecía. Era un rostro tan aristocrático en su elegancia como las ropas que lucía, tan poderoso y bien definido como su actitud.

Unos ojos de color verde musgo se encontraron con los suyos y la miraron fijamente mientras se detenía frente a ella.

No vio ni un solo atisbo del depredador en ellos; buscó bien, pero no encontró el menor rastro de segundas intenciones en esos ojos de un verde cambiante. En cambio, vio comprensión, también la sintió... junto con una especie de autodesprecio.

—Si necesita un compañero, será un honor para mí ayudarla.

La voz iba en consonancia con el cuerpo, profunda y algo ronca, oxidada, como si no la usara mucho. Amanda sintió las palabras en la misma medida que las escuchó, y los sentidos le dieron un vuelco. La mirada del hombre no se apartó de su rostro, aunque sí recorrió con rapidez el resto de las facciones antes de regresar a sus ojos. A pesar de que no había mirado a Reggie, Amanda sabía que era consciente de que su amigo le estaba tirando de la manga al tiempo que mascullaba imprecaciones incoherentes.

—Gracias. —Confiaba en él... confiaba en esos ojos. Incluso si se equivocaba, no le importaba en absoluto—. Amanda Cynster. —Extendió la mano—. ¿Quién es usted?

El hombre le cogió la mano. Sus labios se curvaron mientras le hacía una reverencia.

—Martin.

Tenía serias dudas de que fuera el señor Martin a secas... Mejor lord Martin. Recordaba vagamente haber oído hablar de un tal lord Martin.

Tras soltarle la mano, Martin se giró hacia Connor.

—Debo suponer que no tiene inconveniente...

Al seguir su mirada, Amanda se percató de que Connor sí tenía inconvenientes. Y uno muy importante, a juzgar por la expresión feroz de sus ojos. ¡Perfecto! Tal vez Connor se echara atrás...

Aunque en cuanto esa idea le pasó por la cabeza, supo que era muy improbable. ¡Los hombres y sus ridículas reglas!

Cómo no, Connor asintió con brusquedad con la cabeza. Le habría gustado protestar, pero le resultaba imposible hacerlo.

Amanda miró de reojo a Reggie. Lucía una expresión del todo derrotada y por completo estupefacta. Abrió la boca para hablar, pero su mirada se alejó de ella y la cerró con fuerza.

—Espero que sepas lo que estás haciendo.

El susurro le llegó mientras se giraba para encarar a su nuevo compañero.

Martin estaba mirando a Connor.

—Tal vez debamos empezar.

Señaló hacia las sombras.

—Por supuesto. —Connor se giró y se sumergió en la oscuridad—. La noche vuela.

Tras escudriñar las sombras, Amanda reprimió una mueca. Levantó la vista y descubrió que Martin le observaba el rostro con mucha atención; después, miró por encima de su cabeza hacia la puerta principal.

—Dos barajas nuevas, Mellors. —Martin volvió a mirarla—. Y dos candelabros encendidos. —Vaciló un instante, pero luego le ofreció el brazo—. ¿Vamos?

Ella esbozó una sonrisa y le colocó la mano sobre la manga, y fue consciente de inmediato de la enorme fuerza que yacía debajo. La guió hacia el rincón donde Connor y Meredith los esperaban.

—¿Es un buen jugador, milord?

La miró de reojo con una mueca en los labios.

—Me consideran un jugador aceptable.

—Bien, porque Connor es un experto y yo no lo soy. Creo que suele jugar bastante con Meredith.

Tras un instante, Martin preguntó:

—¿Qué tal juega usted?

—Bastante bien, pero no estoy a la altura de Connor.

—Pues en ese caso, ya nos las apañaremos. —Bajó la voz cuando se acercaron a los demás—. Juegue limpio, no intente ningún truco. Déjeme eso a mí.

Ésas fueron las únicas instrucciones que pudo darle, pero eran muy claras. Amanda se adhirió a ellas cuando comenzó la primera ronda. Tenían el rincón para ellos solos. Reggie se arrellanó en un sillón situado a unos metros de distancia y los observó con expresión apesadumbrada. Connor se sentó a su izquierda y Meredith a su derecha. Cuando Mellors llegó con los candelabros, sus dos contrincantes dieron un respingo.

Impasible, Martin le ordenó a Mellors que los colocara en un par de mesitas auxiliares, uno a cada lado de la silla de Amanda. Connor lanzó una mirada asesina a Martin, pero no dijo nada; Martin, al parecer, ostentaba el tipo de autoridad que muy pocos se atrevían a desafiar. Bañada en luz dorada, Amanda se sintió mucho más cómoda. Una vez relajada, tuvo menos problemas para concentrarse en el juego.

La primera ronda fue un campo de pruebas, ya que Connor comprobaba tanto la fortaleza de Amanda como la de Martin. Martin hacía lo mismo con sus rivales al tiempo que la observaba jugar con atención. Como era habitual, las cartas comenzaron a sonreírle a Amanda, pero aprovechar ese hecho para derrotar a un contrincante de la talla de Connor no era fácil. A pesar de todo, con la guía de Martin, ganaron esa primera ronda.

Dado que se había decidido que el ganador sería el mejor de tres rondas, Amanda estuvo encantada. Se recostó en el asiento, estiró los brazos y le sonrió a Mellors cuando le sirvió una copa de champán. Se servían copas a diestro y siniestro. Dio un sorbo y tragó. Los hombres apuraron sus copas en dos tragos. Mellors rellenó las copas, incluida la suya.

Martin cortó, Connor repartió y así comenzó la segunda ronda.

A medida que las manos se iban sucediendo, Martin sintió, por primera vez en muchísimo tiempo, que no estaba seguro de si ganaría o no. Y lo que era mucho más sorprendente, le importaba; ya no por él, sino por el ángel que se sentaba al otro lado de la mesa, con su cabello rubio rodeado por el halo dorado de las luces de los candelabros. Un cabello exuberante, largo y lustroso. Le hormigueaban los dedos por el deseo de tocar, de acariciar, y no sólo su cabello. Su tez era inmaculada, con esa pálida perfección que sólo podía hallarse en ciertas damiselas inglesas. Muchas eran las que se afanaban por conseguir el mismo efecto con bálsamos y cremas, pero en el caso de Amanda Cynster, su piel era de un inmaculado alabastro natural.

En cuanto a sus ojos, eran del mismo azul que un cielo de verano, de la misma tonalidad que los zafiros más caros. Joyas en cualquiera de sus formas, esos ojos lucían una expresión de inocente curiosidad, si bien con un toque de cautela... Estaba claro que no era una jovencita ilusa, aunque el mundanal cinismo aún no había dejado huella en ella. La cara más oscura de la vida aún tenía que ensuciarla. Era virgen, de eso estaba seguro.

Para un experto que había desarrollado unos gustos muy exóticos y exclusivos, ella era la perfecta rosa inglesa.

A la espera de que la desfloraran.

Algo que bien podría haberle ocurrido esa noche de no haber intervenido él. ¿Qué demonios estaba haciendo allí, en el garito más de moda, como un pececillo irresponsable en un estanque lleno de tiburones? La respuesta le resultaba inconcebible.

A decir verdad, ni siquiera quería pensar demasiado en ella, ni en sus pensamientos, en sus actos o en sus deseos. La única razón por la que había intervenido para sacarla del agujero en el que se había metido era el altruismo. Había visto cómo intentaba librarse de Connor mientras conservaba su orgullo; había comprendido el motivo que la llevara a plantarse en su sitio y a aguantar antes de tirar por la borda el sentido común y aceptar la apuesta de Connor.

Él sabía de primera mano lo que era perder el orgullo.

Aunque en cuanto ganaran y ella estuviera a salvo, se alejaría para regresar a las sombras a las que pertenecía.

Era una lástima, debía reconocerlo, pero lo haría a pesar de todo.

La muchacha no era para él y nunca lo sería. Había abandonado mucho tiempo atrás el mundo en el que ella se movía.

La última mano se había decantado a favor de Connor. Martin miró el tanteo que éste apuntaba en una hoja colocada entre ambos. Una mano más y, a menos que los dioses intercedieran, Connor y Meredith ganarían la ronda que estaban jugando y empatarían el marcador.

Había llegado el momento de cambiar de táctica.

La siguiente mano fue tal y como esperaba. Connor se jactó y pidió más champán mientras barajaba para repartir la primera mano de la ronda que decidiría la partida. Al percatarse del delicado rubor que teñía las pálidas mejillas de su compañera, Martin llamó a Mellors cuando éste se inclinó para rellenarle la copa y le murmuró instrucciones.

Mellors sabía a la perfección quién era quién de entre sus ricos clientes; al pasar por detrás de Amanda, golpeó uno de los candelabros y extendió una mano para sujetarlo; en cambio, lo que consiguió fue darle a la copa de Amanda con el codo, por lo que el excelente champán francés con el que la acababa de llenar acabó en el suelo. Deshaciéndose en disculpas, Mellors recogió la copa y le prometió que le llevaría otra.

Eso hizo algo más tarde, cuando se estaban acercando al final de la primera mano.

Amanda estudió sus cartas y esperó a que Connor abriera. Ni ella ni el resto de jugadores había jugado mal una carta: lo habían hecho lo mejor posible con las cartas que les habían tocado. La suerte, hasta ese momento, había sido un factor decisivo.

No era una idea muy reconfortante. Sobre todo porque Connor demostró ser mucho más habilidoso de lo que ella había sospechado. De no haber sido por la enorme y tranquilizadora figura que se sentaba enfrente y que lanzaba cartas con total parsimonia a Connor, la habría consumido el pánico hacía mucho tiempo. Aunque no era el hecho de pasar tres horas en compañía de Connor lo que la preocupaba, sino cómo hacerlo sin que su familia se enterase... Algo que ni siquiera se le había pasado por la cabeza hasta que comenzaron con la segunda ronda.

En esos instantes, no dejaba de darle vueltas al asunto. Perder la apuesta con Connor no la beneficiaría en nada a la hora de buscar marido. Maldito fuera. ¿Por qué tenía que haberla desafiado del modo en que lo había hecho, despertando su temperamento y su orgullo?

Claro que, después de todo, el desafío había sacado a Martin de las sombras...

Se concentró en las cartas y mantuvo sus pensamientos en ellas en lugar de dejarlos vagar hacia el otro extremo de la mesa. No podía permitírselo en sus circunstancias; en cuanto ganaran, podría darles gusto a sus sentidos. Esa promesa, que se extendía delante de ella, la mantuvo concentrada. Las cartas iban cayendo en la misma medida que subía la temperatura. Cogió su copa y bebió.

Frunció el ceño y volvió a beber. Relajó la expresión y siguió bebiendo, agradecida.

Agua.

—Le toca, querida.

Sonrió en dirección a Connor; tras dejar la copa a un lado, pensó un instante antes de vencer el as que el hombre había soltado. Una sonrisa jugueteó en los labios de Martin; ella se negó a mirarlo y volvió a llevarse otra baza.

Ganaron la mano, pero los puntos estaban igualados. Connor no estaba dispuesto a concederles ningún favor. Mano tras mano, lucharon con uñas y dientes. Martin comenzó a jugar con más agresividad, pero Connor estaba haciendo lo mismo.

Llegados a la cuarta mano, Martin podía reconocer sin el menor género de duda que el conde de Connor era el mejor jugador con el que había tenido el gusto de batirse. Por desgracia, ese placer se veía mitigado por la apuesta que pendía del resultado de la partida. Tanto él como Connor estaban aprovechando cualquier ventaja que tuvieran en ese duelo de engaños y trucos. Hasta el momento, la muchacha se había atenido a sus instrucciones y en su interior rezaba para que no se distrajera con alguna de las tácticas de Connor, e incluso con alguna de las suyas.

Una y otra vez, lo miraba mientras se mordía el carnoso labio inferior con esos dientes perfectos. Él le sostenía la mirada... Como si reuniera fuerza de ese frágil contacto, la muchacha inspiraba hondo y jugaba su carta... sin hacer trampa alguna, tal y como le había pedido. Para ser una mujer, estaba demostrando un talento sorprendente a la hora de interpretar un papel muy difícil. Su respeto hacia ella no hizo sino aumentar a medida que se iban jugando cartas.

Las velas se consumieron. Mellors las reemplazó. Los cuatro jugadores se arrellanaron en los asientos y esperaron a que terminara su tarea, aprovechando el momento para darle un descanso a sus ojos y a sus cabezas.

Llevaban horas jugando.

Martin, Connor y Meredith estaban acostumbrados a partidas que duraban toda la noche. Amanda no. El cansancio hacía mella en sus ojos, a pesar de que se esforzaba por mantenerlo a raya. Cuando la joven reprimió un bostezo, Martin se percató de que, por sorprendente que pareciera, Connor lo miraba a él.

Miró a los ojos al viejo libertino. Penetrantes como un cuchillo, se posaron sobre él como si Connor intentara llegar hasta su alma. Martin enarcó las cejas y Connor titubeó un instante antes de concentrarse de nuevo en las cartas. Estaban muy igualados, a escasos dos puntos de ventaja, pero las manos continuaron sucediéndose sin que se decantaran hacia uno u otro lado, así de empatada iba la partida.

Repartió la siguiente mano y continuaron.

A la postre, sería la experiencia lo que les daría la partida. A pesar de eso, cuando Martin se percató del renuncio que había cometido el hombre no lo proclamó de inmediato.

El motivo por el que Connor cometería semejante error se le escapaba. Aun cuando hubiera perdido la concentración, cosa que no había sucedido. Cualquiera podía cometer errores, desde luego... Martin estaba seguro de que Connor ofrecería esa explicación si se le pedía alguna.

Esperó hasta que se jugó la última baza. Amanda Cynster y él habían conseguido un punto con esa mano. Antes de que Connor pudiera levantar las cartas, Martin murmuró:

—¿Me haría el favor de darle la vuelta a las últimas cuatro bazas?

Connor lo miró antes de hacerlo. El renuncio fue evidente al instante. Connor se quedó mirando las cartas y luego suspiró.

—¡Maldición! Mis disculpas.

La muchacha parpadeó mientras miraba a las cartas y luego levantó la vista hacia el rostro de Martin con un brillo curioso en sus ojos azules.

Él sintió que los labios se le curvaban.

—Hemos ganado.

Ella esbozó una mueca de sorpresa con los labios. Contempló las cartas con renovado interés. Con creciente deleite.

La multitud que los observaba desde la lejanía había mermado, pero los que quedaban presentes se despertaron y abandonaron sus mesas para conocer el resultado. En pocos minutos, fueron rodeados por el murmullo de las conversaciones y de las exclamaciones nerviosas.

Sobre el murmullo, Connor, en un despliegue de caballerosidad si se tenían en cuenta las circunstancias, explicó su equivocación a Amanda y cómo la pena impuesta les había otorgado la ronda y por tanto la partida. Después, con un deje casi cómico en la voz, apartó la silla de la mesa y se puso en pie para proclamar:

—¡Bien! ¡Ha terminado!

Miró a Amanda con el ceño fruncido.

Ella parpadeó, preocupada por el brillo travieso y malicioso que iluminaba los ojos del hombre.

—Haré que le envíen la yegua a primera hora de la mañana... Upper Brook Street, ¿no es cierto? Que la disfrute con buena salud.

Eso último lo dijo con maliciosa jocosidad. De repente, lo comprendió todo.

—¡No! Espere...

¿Dónde demonios iba a meter ella un caballo? ¿Cómo podría explicar que hubiera llegado a sus manos semejante animal? Y tenía todas las papeletas para que Demonio, que estaba en la ciudad, se dejara caer en cuanto le llegara el rumor y al reconocer el animal supiera a quién había pertenecido... y empezara a formular un montón de preguntas incómodas.

—Déjeme pensar... —Miró a Reggie, que parpadeaba como un búho, medio dormido. No recibiría ayuda por ese lado: vivía con sus padres y la madre de Reggie era uña y carne con su propia madre—. Tal vez... —Miró a Connor, que seguía mirándola desde arriba. ¿Podría rechazar el caballo? Teniendo en cuenta el incomprensible entramado que rodeaba las apuestas masculinas, ¿podría considerarse semejante rechazo como un insulto?

—Me da la impresión... —La profunda voz de Martin, distante y calmada, le atravesó la vorágine de sus pensamientos.

Tanto ella como Connor se giraron hacia él; la viva estampa del héroe conquistador, elegantemente arrellanado en la enorme silla, con una copa de champán entre sus largos dedos.

—... de que tal vez la señorita Cynster no tenga espacio en sus cuadras para albergar a la yegua. —Esos ojos verde oscuro se clavaron en su rostro—. Mis establos son muy grandes y apenas si están ocupados. Si le parece bien, Connor puede enviar la yegua a mi casa y usted no tendrá más que avisar cada vez que sienta deseos de montar o cuando quiera trasladarla, una vez que haya tenido tiempo para realizar los arreglos pertinentes.

El alivio la inundó. El hombre era un regalo del cielo, en más de un sentido. Esbozó una sonrisa radiante.

—Gracias. Eso sería maravilloso. —Levantó la vista hacia Connor—. ¿Tendría la amabilidad, milord, de enviar la yegua a casa de lord Martin?

Connor la observó con una expresión inescrutable.

—Así que a casa de lord Martin, ¿no? —dijo, luego asintió—. Muy bien. Hecho. —Vaciló un instante antes de coger su mano y hacer una reverencia—. Juega muy bien para ser mujer, querida, pero no está a mi altura... ni a la suya. —Señaló a Martin con la cabeza—. Tal vez debería recordar eso en sus futuras incursiones en los garitos de juego.

Amanda sonrió con dulzura. Gracias a la apuesta de Connor, la necesidad de internarse en otros garitos de juego se había esfumado, y no tenía la menor intención de olvidar a Martin.

Tras soltarle la mano, Connor se marchó a toda prisa. Meredith, que no había dicho una sola palabra durante toda la partida, se levantó con rigidez, hizo una reverencia y dijo:

—Ha sido un placer, señorita Cynster.

Después, siguió a Connor hacia la oscuridad y desapareció.

Amanda se giró hacia Martin y le regaló su mejor sonrisa.

—Le agradezco su ofrecimiento, milord... Habría resultado muy difícil acomodar a la yegua de forma tan precipitada.

Él la contempló con calma y ese brillo jocoso de sus ojos, tierno y en parte melancólico, fue de lo más evidente, al menos para ella.

—Eso pensé.

Levantó la copa en su dirección antes de apurarla y dejarla en la mesa. Se puso en pie y ella lo imitó.

—También debo agradecerle la ayuda que me ha prestado durante toda la noche. —Volvió a sonreír mientras su mente revivía varios momentos: cuando se ofreció a ser su compañero; cuando ordenó que reemplazaran su champán por agua; cuando arregló que encendieran los candelabros... y también todos esos momentos durante la partida en los que sus serenos ojos verdes, moteados de ámbar, habían evitado que el pánico la consumiera. Dejó que esos pensamientos le iluminaran los ojos y extendió la mano—. Esta noche ha sido sin duda alguna mi paladín.

Los labios del hombre se curvaron levemente en las comisuras; cuando le tomó la mano, esos largos dedos se cerraron con fuerza alrededor de los suyos... pero luego vaciló. Amanda lo miró a los ojos y se dio cuenta de que habían cambiado, de que se habían oscurecido. Después hizo una reverencia y la soltó.

—Connor tenía razón: los garitos de juego como Mellors no son un lugar adecuado para usted, pero creo que ya se ha dado cuenta. —Sus ojos le recorrieron el rostro antes de meter la mano en el bolsillo y sacar un tarjetero de plata. Extrajo una tarjeta y se la tendió con dos dedos—. Para que sepa dónde se encuentra la yegua. Envíe un mensaje y uno de mis mozos de cuadra se la llevará. —Su mirada volvió a posarse en su cara antes de inclinar la cabeza—. Adiós, señorita Cynster.

Amanda le reiteró su agradecimiento. Mientras él se daba la vuelta, leyó la tarjeta.

—¡Santo Dios!

La exclamación se le escapó a pesar de sus años de experiencia. Sin pensarlo dos veces y con los ojos aún clavados en la tarjeta, agarró la manga del hombre que había sido su compañero durante toda la noche. Él se detuvo con actitud obediente.

Al principio, le fue imposible apartar los ojos de la tarjeta, un caro modelo rectangular y blanco con un blasón dorado. Bajo el blasón había inscrita una palabra: Dexter. Y por debajo estaba una dirección de Park Lane, una que ella sabía que pertenecía a una de las enormes y antiguas mansiones que daban al parque. Aunque era el nombre lo que le había puesto el mundo patas arriba.

Obligándose a apartar la vista de la tarjeta, lo miró a la cara. Le llevó un momento reunir el aliento suficiente para jadear su pregunta:

—¿Usted es Dexter?

El libertino, misterioso y, según los rumores, disipado Martin Fulbridge, quinto conde de Dexter. Desde luego que había oído hablar de él, de su reputación, pero esa noche había sido la primera vez que lo había visto. Se dio cuenta de que le estaba aferrando la manga de la chaqueta y lo soltó.

El brillo de burla y desprecio hacia sí mismo había regresado a sus ojos. Cuando, estupefacta, ella siguió mirándolo de hito en hito, lo vio enarcar una ceja; un gesto cínico, sí, pero también hastiado.

—¿Quién si no?

El hombre le sostuvo la mirada antes de estudiar su rostro, tras lo cual volvió a mirarla a los ojos. Acto seguido, inclinó la cabeza y, con la misma parsimonia, se alejó de ella.

2

Tras marcharse de Mellors, Martin enfiló Duke Street con paso tranquilo. Atravesó la calle con todos los sentidos en alerta, acostumbrado a deambular por un mundo mucho más peligroso, y percibió de inmediato que ningún bribón lo acechaba en la oscuridad.

El saledizo de una tienda proyectaba su sombra sobre la acera, haciendo que la oscuridad se tornara más misteriosa. Se detuvo en el lugar, se fundió con las sombras y esperó.

Tres minutos después, un criado abrió la puerta de Mellors y tras asomarse, silbó e hizo unas señas; un pequeño carruaje negro que aguardaba al otro extremo de la calle se puso en marcha. Martin asintió mentalmente en señal de aprobación. Mellors apareció en la entrada del establecimiento y escoltó a Amanda Cynster y a Reggie Carmarthen hasta el vehículo. La pareja entró y la puerta se cerró un instante antes de que el cochero sacudiera las riendas y el carruaje se pusiera en movimiento de nuevo.

Tan inmóvil como una estatua en la oscuridad, Martin lo observó cuando pasó frente a él. Vislumbró una fugaz imagen de ese cabello rubio dorado y vio que Reggie Carmarthen se había inclinado hacia delante para echarle a su compañera un buen rapapolvo. Sonrió, salió de las sombras y prosiguió su camino.

La noche lo arropaba. Se sentía como en casa caminando por las calles de Londres a esas horas de la madrugada, completamente en paz. El motivo le era del todo desconocido, pero hacía mucho que había descubierto la futilidad de cuestionarse el destino. Era curioso que se sintiera en paz precisamente en ese lugar, rodeado por la gente que le había visto nacer (la misma gente que se esforzaba por evitar), aun cuando todos aquellos que habrían salido corriendo para verlo se encontraran roncando en sus camas, ajenos al hecho de que pasaba por delante de sus puertas.

Al llegar a Piccadilly, apretó el paso mientras su mente volvía a cuestionarse la fascinante naturaleza del juego que había tenido lugar esa noche.

En un principio le había dado la impresión de que Connor, ese viejo verde, le había echado el ojo a Amanda Cynster, pero a medida que la confrontación se desarrollaba, su aplomo había comenzado a tambalearse. El conde había formulado la apuesta de tal forma que la muchacha, ganara o perdiera, quedara fuera de peligro; pero la partida con él la había librado de vérselas con los restantes clientes de Mellors. Lo que Connor no había previsto era que Carmarthen no querría, o no podría, ser su pareja, lo que la había dejado en una situación escabrosa; Martin estaba convencido de que ésa no había sido su intención.

Entretanto, él había observado a la muchacha mientras esos enormes ojos azules recorrían la habitación en busca de un salvador...

Meneó la cabeza al tiempo que se cuestionaba la inesperada debilidad que le había hecho presentarse como tal. ¿Desde cuándo tenía por costumbre actuar de un modo tan ridículamente caballeroso en respuesta a un par de ojos bonitos? La mera idea haría estallar en carcajadas a muchas personas en Londres, por no mencionar alguna que otra en el extranjero. Sin embargo, la imagen de Amanda Cynster luchando por conservar su orgullo lo había hecho ponerse en pie y ofrecerse como su paladín, por increíble que pareciera.

Lo más increíble de todo, no obstante, era que lo había disfrutado mucho. La partida había sido más estimulante, más absorbente que cualquiera de las que había jugado desde su regreso a Londres; y mucho más sorprendente por el hecho de que su pareja de juego hubiera sido una mujer. La muchacha no sólo había demostrado una inteligencia y un ingenio poco comunes, además había tenido el buen juicio de no hacer un despliegue sentimental y de no excederse en sus agradecimientos. El recuerdo de sus reacciones le arrancó una sonrisa. En cierta medida, ella había interpretado su ayuda como si tuviera derecho a ella, aun cuando en un principio desconociera su identidad. De algún modo, Amanda Cynster era una princesa... y era de lo más lógico que dispusiera de un caballero como paladín.

La colaboración de Connor lo intrigaba. Las sospechas que albergaba sobre las benévolas intenciones del hombre no habían sido más que meras conjeturas hasta que vio su renuncio. No creía ni por asomo que Connor lo hubiera hecho sin darse cuenta. En algún momento de la partida, el hombre había decidido que merecía la pena correr el riesgo de perder si, de ese modo, Amanda Cynster quedaba en deuda con él.

Martin no estaba seguro de cómo interpretar el gesto. Quizá sólo significara que Connor era taimado en extremo. Porque, por su parte, la muchacha no corría peligro; Amanda Cynster podía estar tranquila en lo que al disoluto conde de Dexter se refería. No albergaba intención alguna hacia ella. Tenía plena conciencia de quién era él, de quién era ella y de que la muchacha no era para él. Había disfrutado mucho de las horas pasadas en su compañía, pero no estaba dispuesto a permitir que un par de ojos deslumbrantes y unos labios de pitiminí (ni siquiera una piel suave como el satén y un cabello lustroso como la seda) le hicieran cambiar su meticuloso estilo de vida.

Las damas como Amanda Cynster no tenían cabida en su vida. Ni en esos momentos ni nunca. Tras hacer caso omiso del susurro lastimero de su conciencia, una voz que había silenciado tiempo atrás y que ya apenas tenía la consistencia de un eco lejano, enfiló hacia Park Lane, hacia su casa.

—¡Lo he encontrado! —Con un resplandeciente brillo en la mirada, Amanda arrastró a Amelia hasta su habitación y cerró la puerta—. Es perfecto. Sencillamente magnífico; no podría pedir más.

Amelia le aferró las manos con fuerza.

—Cuéntame.

Amanda así lo hizo. Y cuando terminó, su hermana estaba tan atónita como ella lo estuviera en un principio.

—¿¡Dexter!?

—El inasequible, esquivo y misterioso conde de Dexter.

—Y ¿es guapo?

—Devastador. Es... —Amanda hizo un esfuerzo por encontrar las palabras adecuadas, pero desistió con un gesto de la mano—. Es, en pocas palabras, mucho mejor que cualquier otro que haya conocido.

—¿Qué más sabes de él?

—Es inteligente, astuto... hasta el punto de pedirle a Mellors que cambiara mi champán por agua y que lo hiciera sin que nadie se percatara. —Amanda se dejó caer sobre sus almohadones y ambas hermanas se cobijaron bajo las mantas—. En resumen, tanto desde el punto de vista físico como intelectual, Dexter es perfecto. Si añadimos que es tan rico como Creso (demasiado rico para ir sólo detrás de mi dote) y que, en caso de que los rumores que corren sobre él tengan un ápice de verdad, su vida ha sido de lo más excitante (mucho más desmedida de lo que podría llegar a imaginar), es tan perfecto que asusta.

—Pero... está el asunto de ese viejo escándalo, no lo olvides.

Amanda desechó la advertencia con un gesto de la mano.

—Si ninguna de las anfitrionas ni de las *grandes dames* consideran ese detalle digno de recordar, ¿quién soy yo para llevarles la contraria? —Frunció el ceño—. ¿Has oído los detalles alguna vez?

—Sólo que tuvo algo que ver con una muchacha a la que supuestamente sedujo y que después se quitó la vida; pero creo que todo pasó hace muchos años, poco después de que llegara a la ciudad. Sea cual fuere la verdad, su propio padre lo desterró...

—Y él volvió a Inglaterra el año pasado, un año después de heredar el título... eso es lo que yo sé.

—¿Cuántos años tiene?

Amanda enarcó las cejas.

—¿Treinta? Más o menos. Aunque aparenta más edad. Es... serio.

Amelia la miró de hito en hito.

—¿¡Serio!?

—No ese tipo de seriedad. Quiero decir que es... circunspecto. Reservado... ¡No! Mesurado. Esa cualidad hace que los hombres parezcan mayores.

Amelia asintió.

—Muy bien. Acepto que en apariencia es perfecto para ti, pero ¿cómo vas a abordar el problema principal? Todas las anfitrionas de la alta sociedad han estado intentando atraerlo de nuevo a la vida social, pero él rechaza todas las invitaciones.

—Seamos francas: hace caso omiso de todas las invitaciones.

—Exacto. Así pues, ¿cómo vas a conocerlo lo suficiente como para convencerlo de que...? —Amelia dejó la pregunta en el aire y clavó la mirada en su gemela—. No vas a intentar atraerlo a nuestro mundo... eres tú la que va a entrar en el suyo.

Amanda sonrió.

—Ése es mi plan. Al menos hasta que lo tenga tan engatusado que me siga a todas partes.

Amelia soltó una risilla.

—Haces que parezca un perrito faldero.

—Ni por asomo. Tal vez un león. Una enorme bestia de pelaje castaño a la que le encanta holgazanear en su guarida durante el día y cazar durante la noche. —Sonrió y compuso una expresión decidida—. Eso es exactamente lo que necesito: engatusar y domar a mi león.

No era tan estúpida como para creer que iba a resultarle fácil. Pasó todo el día evaluando distintos acercamientos. La yegua era uno de ellos, pero no quería parecer demasiado impaciente; y, además, si jugaba esa carta demasiado pronto, tal vez él hiciera lo que había dicho y enviara a un mozo de cuadra con la montura a fin de mantener las distancias. Y mantener las distancias no era precisamente lo que ella necesitaba.

Tampoco podía regresar a Mellors, no después de la advertencia que él le había hecho. Además de ser un riesgo innecesario, ese gesto dejaría al descubierto su juego. Y Dexter no lo aprobaría en absoluto...

El razonamiento la llevó a otra conclusión y esta última a otra más; de modo que, de súbito, supo con claridad meridiana lo que tenía que hacer para domar a su león.

—Anoche, Mellors; hoy, la velada de lady Hennessy. ¿Acaso has perdido el juicio? —Reggie la miraba echando chispas por los ojos, oculto en la oscuridad del carruaje—. Si mi madre descubre que te he acompañado a semejante sitio... ¡me desheredará!

—No seas idiota. —Amanda le dio unas palmaditas en la rodilla—. Tanto ella como mi madre creen que nos reuniremos con los Montague en Chelsea. ¿Por qué iban a sospechar que nuestro destino es otro?

Con el paso de los años, Reggie y ella, acompañados a menudo por Amelia, habían adquirido la costumbre de elegir juntos los acontecimientos a los que asistirían de entre todos los que ofrecía la alta sociedad. Puesto que, en ocasiones, sus elecciones no coincidían con las de sus padres, la consecuencia inevitable había sido que acabaran asistiendo por su cuenta. Ningún chismoso o chismosa de la aristocracia lo consideraría digno de mencionar; era de sobra conocido que Reggie Carmarthen era amigo de las gemelas Cynster desde la infancia.

Semejante arreglo resultaba beneficioso para todas las partes implicadas. Las gemelas conseguían un acompañante aceptable que podían manejar a su antojo; Reggie conseguía una excusa para evitar que las madres de las muchachas en edad de merecer convencieran a su madre de que lo obligara a acompañarlas; y los padres de los tres estaban más que tranquilos sabiendo que sus retoños estaban sanos y salvos.

Hasta cierto punto.

—No tienes por qué actuar como si el hecho de asistir a la velada de lady Hennessy fuera a arruinar mi reputación.

—¡Todavía no estás casada! —El tono de Reggie sugería que estaba impaciente porque lo hiciera—. Las restantes damas presentes sí lo estarán.

—Eso no tiene la menor importancia. Tengo veintitrés años. Hace seis que fui presentada en sociedad. Nadie me considera una jovencita inexperta.

Reggie resopló, cruzó los brazos sobre el pecho y se dejó caer contra el respaldo del asiento. No dijo una palabra más hasta que el carruaje se unió a la fila de vehículos que esperaban para poder acercarse a la puerta del número 19 de Gloucester Street, que estaba iluminada con discreción.

El carruaje se detuvo; Reggie se apeó con un rictus de fastidio en los labios y la ayudó a bajar. Amanda se estiró las faldas y alzó la mirada hacia la puerta de la casa. Un criado vestido con librea esperaba junto a ella. Reggie le ofreció el brazo.

—Sólo tienes que insinuarlo y nos iremos ahora mismo.

—¡Adelante, Horacio!

Reggie murmuró algo entre dientes, pero la obedeció abriendo la marcha escalones arriba. Le dio sus nombres al criado y éste les abrió la puerta con una reverencia. En cuanto pisaron el suelo de mármol del vestíbulo, Reggie echó un vistazo a su alrededor mientras Amanda le tendía su capa a un mayordomo de aspecto respetable.

—Siempre he querido ver este sitio por dentro —confesó cuando Amanda se acercó.

—¿Lo ves? —Lo tomó del brazo y lo giró en dirección al salón—. Estabas esperando que yo te ofreciera la excusa apropiada.

—¡Hum!

Al entrar en el salón, se detuvieron y echaron un vistazo a su alrededor.

La residencia de lady Hennessy era muy diferente a Mellors; no había duda de que allí reinaba una dama. Las paredes estaban decoradas con colgaduras de seda en color beige estampadas con un delicado diseño en tono turquesa. El beige, el dorado y el turquesa se repetían en la tapicería a rayas de sofás, sillas y sillones, así como en las gruesas cortinas que adornaban los ventanales. El suelo estaba cubierto por unas costosas alfombras chinas, de modo que el sonido de los tacones, tan de moda en esos momentos, quedaba amortiguado.

Descendiente de un acaudalado noble escocés, lady Hennessy había decidido animar su vida, y la de una buena porción de la alta sociedad, creando un salón que siguiera las tendencias del siglo anterior. Había amueblado las estancias prestando mucha atención a la comodidad y la elegancia. Los refrigerios que ofrecía la dama siempre eran de lo mejor. En cuanto a la diversión, se decía que las apuestas alcanzaban cifras astronómicas en las escasas noches en las que se permitía jugar a las cartas.

Sin embargo, lady Hennessy concentraba todos sus esfuerzos en ofrecer diversiones que atrajeran a los libertinos de más alta alcurnia de todo Londres... Algo que garantizaba la asistencia de la flor y nata de las damas casadas en busca de diversión; lo que, a su vez, aseguraba que todo aquel libertino que se preciara de serlo hiciera de Gloucester Street una visita obligada. El ingenio de la dama consistía en percibir la conexión existente entre los dos grupos de invitados que conformaban el grueso de sus veladas y en fomentar dicha conexión. Un excelente cuarteto de cuerda, emplazado en un rincón, tocaba una suave melodía; la luz, procedente de una serie de lámparas de diversos tamaños y de un buen número de candelabros, creaba un diseño de discretas luces y sombras más apropiado que la iluminación de las arañas a la hora de perseguir con disimulo los dictados de la pasión.

Se rumoreaba sobre la existencia de otras habitaciones en las que, de vez en cuando, se celebraban fiestas privadas. Aunque no podía negar que sentía curiosidad, a Amanda no le cabía la menor duda de que no necesitaba experimentar semejante diversión. Las estancias públicas de lady Hennessy servían a la perfección para sus propósitos.

Reggie frunció el ceño.

—Muy tranquilo, ¿no crees? No es en absoluto lo que esperaba.

Amanda reprimió una sonrisa. Reggie había esperado encontrar algo a medio camino entre un burdel y una taberna. No obstante, a pesar de que la elegante multitud conversaba en voz baja y bien modulada, a pesar de que los murmullos y las risas provenían a todas luces de personas de noble cuna, los temas de conversación y la palpable tensión entre las parejas que se hablaban casi al oído no podían calificarse de moderados. En cuanto a las miradas que se intercambiaban, algunas podrían haber causado un incendio.

Almack's era el mercado matrimonial de la alta sociedad; la residencia de lady Hennessy era un mercado de otra naturaleza muy distinta, aunque frecuentado por la misma clase de compradores y vendedores. Según los rumores, había más sangre aristocrática masculina en Gloucester Street durante las noches de la temporada que en cualquier otro lugar de reunión de la capital.

Tras llevar a cabo un exhaustivo reconocimiento del lugar, Amanda suspiró aliviada al descubrir que no había nadie a quien hubiese preferido no ver (como algún amigo de su padre). Tampoco había ninguna dama perteneciente al círculo de amistades de su madre. Ni al de sus primos. Ése había sido su único temor al emprender esa estrategia. Una vez tranquila, se relajó y procedió a efectuar su siguiente movimiento.

—Estoy muerta de sed. ¿Podrías traerme una copa de champán?

—Marchando. Creo que la mesa de las bebidas está justo allí. —Hizo un gesto en dirección a la habitación adyacente y se alejó.

Amanda esperó a que Reggie se perdiera de vista tras los hombros y las amplias espaldas de los presentes. Acto seguido, se introdujo entre la multitud y dejó vagar la mirada.

Tardó sólo cinco minutos en reunir tres admiradores que encajaran en sus planes. Caballeros apuestos, atractivos, ataviados con elegancia, de conversación inteligente, encantadores, bromistas y extremadamente interesados en descubrir el motivo de su aparición en el salón de lady Hennessy. Amanda había asistido a demasiados bailes y fiestas, a demasiadas reuniones sociales, como para dejarse arredrar ante la perspectiva de mantener una conversación ingeniosa con los tres hombres a la vez (el señor Fitzgibbon, lord Walter y lord Cranbourne) sin dejar entrever sus intenciones. A decir verdad, el hecho de mostrarse tan remisa a confesar los motivos de su asistencia sólo consiguió avivar la imaginación de los caballeros y la atención que le dispensaban.

Cuando Reggie volvió, estaba sometida a un asedio en toda regla. Tras saludarlo con una sonrisa, aceptó la copa que le tendía y le presentó a sus admiradores. Reggie respondió a la presentación con expresión aburrida. No obstante, su semblante se tornó adusto cuando la miró, pero Amanda no le hizo el menor caso y, en cambio, le sonrió al señor Fitzgibbon.

—Estaba describiendo un paseo nocturno en barca por el Támesis, señor. ¿Merece la experiencia semejante incomodidad?

El señor Fitzgibbon se apresuró a contestarle que en efecto merecía la pena. Amanda tomó nota mentalmente mientras el hombre se lanzaba a una perorata lírica sobre la imagen de las estrellas reflejadas en las negras aguas. No sabía con exactitud cuántas noches tendría que acudir a la residencia de lady Hennessy para tender sus redes a caballeros como Fitzgibbon, Walter o Cranbourne; caballeros más que dispuestos a ayudarla en la empresa de dar sus primeros pasos en ese mundo tan poco virtuoso que habitaban.

No tenía intención alguna de aceptar su ayuda, pero lo ocultó a la perfección. La lógica sugería que Dexter acudiría al salón de lady Hennessy; no le cabía la menor duda de que había calado su verdadera naturaleza.

Si no aparecía, sólo habría perdido unas cuantas noches; una gota en el océano de tiempo que ya había malgastado en la búsqueda de un marido. Si aparecía pero su reacción no se adecuaba a lo que ella había vaticinado, obtendría una información impagable, suficiente para convencerla de que no era el hombre para ella pese a todo lo que sabía de él.

Pero si todo salía según lo previsto... estaba preparada para hacerse con todo aquello que deseaba.

Su plan se le antojaba maravilloso. Con una sonrisa deslumbrante y haciendo un gran despliegue de sus miradas y de sus encantos, se lanzó a ponerlo en práctica.

Martin vio a Amanda Cynster en cuanto entró en el salón de Helen Hennessy. Estaba de pie junto a la chimenea y la luz de un candelabro emplazado en la repisa se derramaba sobre ella, envolviéndola en un halo dorado.

El efecto que le causó su presencia lo sorprendió: un repentino acceso de posesividad, un inesperado vuelco en las entrañas. Tras hacer a un lado las emociones, echó mano de su máscara de cínico desdén y entró en la estancia para saludar a la anfitriona.

Helen se mostró encantada de verlo. Lo enzarzó en una conversación destinada a ensalzar a tres damas experimentadas, presentes esa noche.

—Cada una de ellas estaría encantadísima de conocerte.

Lo miró con una ceja enarcada. Martin apenas se tomó el tiempo de observar a las aludidas.

—Esta noche no.

Helen suspiró.

—No sé si aplaudirte o echarme a llorar. Tu reticencia servirá para avivar su interés, como muy bien sabes; pero si sigues negándote... bueno, eso acabaría por poner en entredicho mi reputación como intermediaria.

—Tu reputación es de sobra conocida, querida mía, y estoy seguro de que las damas en cuestión lo saben muy bien. Pero esta noche tendrán que conformarse con los talentos de otro caballero. Yo... —Martin echó un vistazo a Amanda, un ángel dorado que derramaba sus sonrisas y carcajadas sobre su grupo de esclavos—. Tengo otros planes en mente. —Volvió a clavar los ojos en Helen antes de que la mujer pudiera seguir su mirada, movida por la curiosidad—. Y no, no hace falta que te pongas a elucubrar. Estoy destinado a interpretar el papel de paladín protector y no el de diestro amante.

—Fascinante... —Helen abrió los ojos de par en par y sonrió—. Muy bien. Tienes mi permiso para dispensar tus favores según desees; aunque no creo que me hicieras caso de no estar de acuerdo. Eso sí, ¡ten cuidado! —Le lanzó una mirada traviesa al tiempo que se giraba para saludar a otro invitado—. Ya sabes lo que dicen sobre los libertinos asaltados por un repentino deseo de reformarse...

Martin no lo sabía y tampoco necesitaba saberlo. La advertencia se desvaneció en sus oídos mientras se abría paso entre la multitud, en apariencia observando a las damas presentes, si bien sus ojos sólo estaban interesados en una en concreto.

Ella no lo había visto, o eso parecía. Acababa de mirar en su dirección, pero no había dado muestras de haberlo reconocido. Seguía conversando con los tres hombres y con Carmarthen, aunque este último parecía más preocupado que hipnotizado.

Tenía que admitir que Amanda Cynster era una experta a la hora de hipnotizar a los hombres. Sus sonrisas, su risa (que aún no había escuchado, si bien lo estaba deseando), su alegre conversación, su mirada risueña... proyectaban la imagen de una joven muy segura de sí misma, rebosante de encanto y chispa. A decir verdad, le recordaba al buen champán: un vino suave y efervescente, maduro hasta el punto exacto en el que prometía oro líquido para la lengua y gloria para los sentidos.

No sabía si ella se había percatado de su presencia. No sabía si era cierta la sospecha de que el cuadro que se desarrollaba frente a él había sido planeado pensando en su persona o si esa idea era fruto de su arrogancia.

La dirección de sus pasos lo llevó hasta el campo de visión de la muchacha. La multitud se hizo más transitable; desde ese punto podía verla con claridad, aunque ella no se giró. En cambio, soltó una carcajada; un sonido ligero y vivaz, exaltado y terrenal a un tiempo que flotó hasta él, lo acarició y lo sedujo del mismo modo que a los hombres que la rodeaban.

¿Para qué cuestionarse si estaba tratando de llamar su atención? Lo había conseguido.

Amanda percibió su cercanía. Su proximidad consiguió ponerla en tensión como si de una tormenta en ciernes se tratara. La sensación le crispó los nervios y tuvo que esforzarse para no darse la vuelta y encarar aquello que sus sentidos tildaban de peligroso; si lo hacía, dejaría al descubierto su estrategia. Justo entonces, él se detuvo a su lado y su imponente presencia le dio la excusa necesaria para dejar de hablar y mirar en su dirección.

Dejó que su semblante mostrara la sorpresa del reconocimiento y que a sus ojos asomara el placer que le provocaba su presencia. No le costó ningún esfuerzo; el pecaminoso atractivo de Dexter resultaba mucho más evidente a plena luz y vestido de un modo más formal que la noche anterior. Sonrió y le ofreció la mano.

—Milord.

Y no dijo más, por desvergonzado que sonara. Que tanto él como los demás imaginaran lo que quisieran. Dexter la tomó de la mano y ella hizo la pertinente reverencia. El conde la alzó y, sin dejar de mirarla, inclinó la cabeza.

—Señorita Cynster.

Con una candorosa sonrisa, Amanda se esforzó por mantener los dedos quietos entre los suyos, ya que sabía que sería poco acertado intentar retirarlos hasta que él decidiera soltarla. Cuando lo hizo, se apresuró a tomar una honda bocanada de aire antes de lanzarse a la ronda de presentaciones.

—Creo que recordará al señor Carmarthen.

—Por supuesto.

Reggie le dirigió una mirada suspicaz al tiempo que inclinaba educadamente la cabeza. Los ojos del conde se demoraron sobre él durante un instante antes de girar la cabeza con tranquilidad hacia ella.

—Debo admitir que me sorprende encontrarla aquí. Creí que, tras su más reciente incursión en este mundo, la cautela sería... ¿Cómo se dice? ¿Un valor en alza?

«¡Está aquí, está aquí! ¡Ha mordido el anzuelo!»

Mirándolo a los ojos, Amanda cortó de raíz la letanía de sus pensamientos. Dexter estaba allí, pero distaba mucho de haber caído en la trampa. Y si no tenía cuidado, tal vez fuera ella quien acabara atrapada.

Esbozó una sonrisa destinada a poner de manifiesto el placer que le causaba que recordara su anterior encuentro.

—Estuve tentada de asistir al baile de lady Sutcliffe, pero... —Dejó que su sonrisa vagara sobre los tres hombres que ya se veían como sus fervorosos galanes—. Los acontecimientos formales resultan de lo más aburrido cuando se han pasado años en los salones de baile. —Volvió a mirar a Dexter—. Parece una pérdida de tiempo no aprovechar las diversiones tan diferentes que ofrecen otras anfitrionas como lady Hennessy. Estas veladas son mucho más amenas. ¿No opina usted lo mismo?

Martin la miró a los ojos y estuvo a punto de ponerla a prueba.

—Como es de sobra conocido, mis gustos van más allá de las diversiones que ofrecen las anfitrionas de la alta sociedad. Sin embargo, jamás habría imaginado que semejantes distracciones resultaran atrayentes para una dama tan joven como usted.

La muchacha alzó la barbilla y en sus ojos apareció un brillo alegre y desafiante.

—Al contrario, milord. Tengo un marcado gusto por las emociones fuertes. —Con una sonrisa serena, le dio un toquecito en el brazo—. Me atrevería a decir que usted no lo sabe, puesto que no se prodiga mucho.

—¿Emociones fuertes? —comentó Cranbourne, aprovechando el momento—. Según tengo entendido, algo de eso hubo en casa de la señora Croxton anoche.

—¿De veras? —preguntó ella al tiempo que lo miraba.

Martin observó cómo alentaba a los tres hombres para que la deslumbraran con sus sugerencias más descabelladas. Tal vez él no se «prodigara» demasiado, pero sabía lo que estaba ocurriendo ante sus ojos. Carmarthen se ponía más nervioso por momentos. No obstante, si él hacía una reverencia a modo de despedida y se alejaba, ¿seguiría ella actuando igual? Si se negaba a interpretar el papel de su protector, ¿seguiría ella adelante sin ninguno? ¿Qué tipo de red estaba tejiendo? ¿Hasta qué punto era sincera y hasta qué punto quería confundirlo?

Aunque tampoco le importaba demasiado; era más que capaz de lidiar con ella, tomara el camino que tomara. Y estaba claro que necesitaba a alguien que la cuidara, alguien con más músculos que el querido Reggie.

Cranbourne, Fitzgibbon y Walter estaban decididos. Puesto que Amanda Cynster había permitido que la entretuvieran durante un buen rato, los tres esperaban que la dama escogiera entre ellos. Y al contrario de lo que ella esperaba, acostumbrada como estaba a las reglas que gobernaban los salones de baile y las salitas de la alta sociedad, una negativa educada no sería bien recibida.

Martin extendió el brazo y la tomó de la mano. Sorprendida, ella lo miró, haciendo que Walter perdiera el hilo de aquello que estuviera contando.

—Querida, le he prometido a Helen, lady Hennessy, que dado que ésta es su primera visita, me aseguraría de que conociera todas las diversiones que ofrece en su salón. —Clavó la vista en los ojos azules de la muchacha al tiempo que le alzaba la mano y la dejaba apoyada en su antebrazo—. Ya va siendo hora de que demos una vuelta o no podrá verlo todo antes de que amanezca. —Echó un vistazo a Walter, Cranbourne y Fitzgibbon—. Estoy seguro de que estos caballeros sabrán disculparla.

No les quedó otra opción. Ninguno de ellos podía arriesgarse a contradecir un edicto de Helen, hecho con el que Martin había contado de antemano. Los tres hombres murmuraron sus despedidas y se alejaron. Martin miró a Reggie.

—Creo que a la señorita Cynster le gustaría beber otra copa de champán.

Reggie miró a la muchacha.

Ella asintió con la cabeza y el movimiento agitó sus rizos.

—Sí.

Reggie frunció el ceño y lo miró de reojo.

—Siempre y cuando no se te ocurra marcharte mientras voy a por ella.

Martin reprimió una sonrisa; tal vez no fuera tan débil de carácter como había supuesto.

—No saldrá de esta habitación, pero daremos un paseo. —Se detuvo con los ojos puestos en los de Carmarthen—. No es muy inteligente detenerse mucho tiempo en el mismo sitio.

El semblante del joven reflejó el momento exacto en el que comprendió sus palabras y, sin dejar de mirarlo, asintió con la cabeza.

—De acuerdo. Os buscaré.

Se alejó tras lanzar a la señorita Cynster una mirada reprobatoria y se encaminó en dirección al salón adyacente.

Martin recorrió la estancia con la mirada antes de bajar el brazo y hacerle un gesto a la muchacha para que caminara delante de él. Mantener su mano sobre el brazo, tenerla tan cerca, no habría sido muy inteligente. Quería que todos vieran que gozaba de su protección en el sentido social, pero no deseaba que los invitados de Helen imaginaran que esa protección se extendía a un ámbito más privado.

En un momento dado, mientras caminaba delante de él sorteando con cuidado a los invitados, ella volvió la vista atrás.

—¿De verdad es amigo de lady Hennessy?

—Sí.

Helen era otra persona que había tenido acceso a la alta sociedad y que había elegido darle la espalda.

La muchacha se detuvo.

—¿Qué he hecho mal?

Martin la miró a los ojos y se dio cuenta de que la pregunta era tan simple como parecía.

—Si pasa más de quince minutos hablando con un hombre, se dará por supuesto que está interesada en disfrutar con él de alguna de esas emociones fuertes que usted ha mencionado.

Su hermoso rostro perdió el color.

—¡Vaya! —Tras darle la espalda, continuó el lento recorrido—. Ésa no era mi intención.

Se detuvo para saludar a un invitado que hizo el gesto de querer conocerla. Martin realizó tres presentaciones antes de seguir adelante. Mientras caminaban, se acercó más a ella para inclinarse y preguntarle al oído:

—Y ¿cuáles eran sus intenciones?

La muchacha se detuvo de forma tan repentina que a punto estuvo de chocarse con ella. Apenas un palmo separaba la espalda femenina de su torso y ese trasero cubierto por la seda de sus muslos. Ella alzó la mirada hacia su rostro.

Martin tuvo que luchar con todas sus fuerzas para no rodearla con los brazos y acercarla a su cuerpo.

—Quiero vivir un poco antes de hacerme mayor. —Lo miró sin parpadear—. ¿Es eso un crimen?

—Si lo fuera, la mitad del mundo sería culpable.

La joven giró la cabeza y reanudó el paseo. Martin refrenó sus impulsos y la siguió. Ella volvió de nuevo la vista atrás.

—Supongo que usted tendrá mucha experiencia en todos los ámbitos de la vida.

—No todas mis experiencias son placenteras.

Ella hizo un gesto desdeñoso con la mano.

—Sólo estoy interesada en los aspectos placenteros.

Su tono de voz era directo, no se percibía subterfugio alguno. Estaba dispuesta a perseguir los placeres de la vida y a evitar el sufrimiento.

Ojalá la vida fuera tan simple.

Continuaron con su lento peregrinaje, deteniéndose de vez en cuando con algún grupo antes de proseguir, ella un par de pasos por delante y él avanzando con actitud relajada pero atenta tras su estela. Dudaba mucho de que Amanda Cynster hubiera sufrido mucho hasta ese momento. La fe que demostraba en la vida, en las alegrías que proporcionaba, parecía inmaculada. El brillo de sus ojos, su exuberante sonrisa... todo indicaba que su inocencia seguía intacta.

No sería él quien la hiciera añicos.

Tras llegar a un espacio vacío en un lateral de la estancia, Amanda se dio la vuelta.

—A decir verdad y hablando de los placeres de la vida...

Dexter se detuvo frente a ella y sus amplios hombros la privaron de ver el resto del salón. La miró a los ojos y alzó una ceja en un gesto odiosamente suspicaz, arrogante y demasiado confiado.

Amanda le sonrió.

—Estaba pensando que tal vez podría montar la yegua mañana por la mañana. Temprano. En el parque. ¿Cree que a su mozo de cuadra le importaría?

El conde parpadeó una vez. Ella sonrió aún más.

Y rogó en silencio no haber jugado esa carta demasiado pronto. Esquivo como era, quizá regresara a las sombras después de esa noche si no concertaba otro encuentro; y ella se vería obligada a repetir todos los pasos que había llevado a cabo hasta ese momento.

El semblante masculino no reflejó emoción alguna. Por fin dijo:

—Connor mencionó Upper Brook Street.

—La residencia familiar es el número 12.

Él asintió.

—Le ordenaré a uno de mis mozos de cuadra que la espere con los caballos en la esquina de Park Lane. Después de su paseo, será él quien devuelva la yegua a mis establos.

—Gracias —dijo con una sonrisa agradecida, demasiado consciente de la situación como para sugerir que preferiría con mucho su compañía a la del mozo de cuadra.

—¿A qué hora?

Amanda arrugó la nariz.

—A las seis.

—¿¡A las seis!?

Martin la miró de hito en hito. Ya era casi medianoche y a las seis de la mañana el parque estaría desierto.

—Necesito volver a casa antes de que los jinetes habituales aparezcan en el parque. —Su mirada no flaqueó—. No quiero que mis primos vean la yegua y me pregunten por su procedencia.

—¿Sus primos?

—Mis primos... los Cynster. Son mayores que yo. Todos están casados y se han convertido en unos estirados insoportables.

Martin se reprendió mentalmente por no haber establecido antes la relación. Claro que los Cynster eran una familia numerosa y jamás había oído que hubiera una mujer entre sus filas. Todos los miembros de la familia con los que se había topado hasta la fecha eran hombres.

La Quinta de los Cynster; así los llamaban. La primera vez que llegó a la ciudad eran poco menos que dioses y reinaban sobre las damas de la alta sociedad. Pero, en esos momentos, todos estaban casados... No se había encontrado a ninguno durante el año anterior, mientras creaba su propio feudo en el mundo que ellos habían gobernado anteriormente como reyes supremos.

Frunció el ceño.

—¿Es prima hermana de St. Ives?

La muchacha asintió con una expresión sincera.

Si cualquiera de sus primos hubiera estado presente, Martin no habría dudado en ponerla en sus manos en ese mismo instante y así atajar de raíz sus aventuras. Eso habría sido mucho más seguro, no le cabía duda. Sin embargo, ella estaba allí y no había ningún otro Cynster presente.

Ambos se giraron cuando Reggie regresó con una estilizada copa de champán en la mano.

Martin lo saludó con un movimiento de cabeza y los labios apretados.

—Muy bien. A las seis en punto en la esquina de Park Lane.

A las seis en punto de la mañana el día parecía gris, frío y desapacible. El corazón de Amanda emprendió el vuelo cuando, encaramada en lo alto de la retozona yegua, se encaminó al trote hacia Mount Gate... en dirección a la alta figura masculina que la esperaba impaciente sobre un enorme caballo, bajo un árbol situado junto a las puertas de entrada.

Ataviada con su traje de montar, Amanda había abandonado a hurtadillas la casa de sus padres por la puerta lateral y había atravesado la calle a la carrera. Al llegar a la esquina, descubrió que el mozo de cuadra la esperaba según lo acordado. Con las esperanzas hechas añicos, se había echado un sermón por haber esperado tanto en tan poco tiempo. Dexter sabía que salía a montar a esa hora; algún día la acompañaría.

Al parecer, lo había tentado lo suficiente. La estaba esperando a lomos de un magnífico y temperamental ruano que parecía controlar sin dificultad apretando sus largos y musculosos muslos contra los costados del animal. Iba vestido con un abrigo de montar de corte clásico, pantalones de ante y botas altas. Mientras se acercaba al trote, Amanda pensó que parecía un poco más indómito y bastante más peligroso que con el atuendo formal.

El cabello desordenado le confería un nuevo atractivo y su mirada parecía inusualmente alerta. No estaba frunciendo el ceño, pero no había duda de que su semblante era hosco. Cuando llegó hasta él, Amanda tuvo la sensación de que no le hacía ninguna gracia estar allí.

—Buenos días, milord. No esperaba poder disfrutar del placer de su compañía —le dijo con una radiante sonrisa, encantada de que el comentario fuera sincero—. ¿Está dispuesto a galopar un rato?

Martin la miró con gesto impasible.

—Descubrirá que estoy dispuesto casi a cualquier cosa.

La sonrisa de la muchacha se acentuó antes de mirar hacia otro lado.

—Vayamos hacia el Row.

Martin se giró para mirar a su mozo de cuadra.

—Espera aquí.

Se pusieron en marcha al unísono, trotando sobre los prados al amparo de las copas de los árboles. La muchacha se entretuvo probando la docilidad de la yegua. Martin observó con alivio que era una amazona competente; claro que tampoco había esperado menos de un miembro de la familia Cynster, femenino o no.

—Por lo que dijo Connor, asumo que su primo (no recuerdo cuál de ellos) aún demuestra un ávido interés por los caballos.

—Demonio —le contestó mientras comprobaba las riendas—. Posee unas caballerizas en las afueras de Newmarket. Cría caballos de carrera y Flick los monta.

—¿Flick?

—Su esposa, Felicity. Es maravillosa con los caballos; ayuda a entrenarlos.

A Martin le resultó difícil hacerse a la idea. El Demonio Cynster que él conocía jamás habría dejado que una simple mujer se acercara a sus caballos. Se desentendió de semejante enigma para regresar al que tenía entre manos.

—Así pues, si Demonio ve la yegua, la reconocerá.

—Y lo mismo ocurriría si alguien la viese y se la describiera. Puede estar seguro. —La muchacha lo miró—. Por eso sólo puedo montar tan temprano, cuando no hay nadie por los alrededores.

Martin reprimió una mueca; su razonamiento era lógico. Sin embargo, la idea de que montara a solas en un parque desierto había bastado para despertarlo mucho antes de que llegara la infernal hora. Las imágenes que le habían pasado por la mente le habían impedido volver a conciliar el sueño. Y allí estaba, a pesar de que no había tenido la más mínima intención de acompañarla.

Y sabía a ciencia cierta que la muchacha volvería a montar a la mañana siguiente y que se repetiría la situación.

Si la alta sociedad averiguaba que estaba montando tan temprano y con él como única compañía, habría rumores y expresiones sorprendidas por doquier. No obstante, era una mujer de veintitrés años sensata, experimentada y con una educación intachable; de modo que, aunque su reputación fuera puesta en duda, no acabaría deteriorada por montar con él y sin carabina en un parque público. A su familia (en especial a sus primos) no le haría ni pizca de gracia, pero tendrían que incurrir en una transgresión mucho más horrible para que alguien interviniera.

Claro que también estaba el hecho de que si sus primos descubrían que había estado al tanto de los paseos a caballo de la dama cuando no había nadie en el parque y lo único que había hecho era darse la vuelta en la cama y seguir durmiendo, se convertiría en el objetivo de una expeditiva intervención, no le cabía la menor duda de ello.

No acababa de decidir si sería preferible que esa última posibilidad se hiciera realidad. Lo único que mitigaba su mal humor era la certeza de que la muchacha no había sido consciente de la posición en la que lo había colocado. El placer que había demostrado al ver que la estaba esperando había sido genuino; no había contado con su presencia. Al menos, seguía teniendo ese margen de acción.

La miró de reojo mientras ella hacía que la yegua realizara una cabriola y ejecutara unos cuantos pasos complicados antes de seguir adelante.

—Es maravillosamente receptiva.

Martin echó un vistazo al cielo, que iba adquiriendo el color de las perlas negras a medida que la oscuridad de la noche se suavizaba con la llegada del amanecer.

—Si vamos a cabalgar, será mejor que nos pongamos a ello cuanto antes.

La muchacha guió a la yegua hasta el camino de tierra diseñado específicamente para tal fin. Le echó un vistazo por encima del hombro cuando se acercó a ella y acto seguido azuzó a la yegua. El movimiento lo tomó por sorpresa, pero el ruano la siguió. La yegua era más rápida, pero su caballo no tardó en acortar las distancias y pronto estuvieron cabalgando a la par. El parque estaba vacío, silencioso y tranquilo mientras volaban sobre el camino. El ruano habría dejado atrás a la yegua sin mucha dificultad, pero lo refrenó. De ese modo podía ver la cara de la joven, ver la incontenible alegría que le inundaba el rostro y sentir el júbilo que la embargaba.

El retumbar de los cascos se intensificó hasta que sintieron que sus corazones latían al mismo ritmo. El aire los azotaba y les enredaba el cabello; se deslizaba sobre su piel y les irritaba los ojos.

Ella aminoró el paso; el camino llegaba a su fin un poco más adelante. El galope se convirtió en un trote vivaz antes de convertirse de nuevo en un paseo. El silencio quedó roto por los resoplidos de sus monturas. El ruano agitó la cabeza, haciendo que sus guarniciones tintinearan.

Martin giró en dirección a Mount Gate y estudió la yegua con ojo crítico.

Le había sentado bien la cabalgada, al igual que a su amazona.

Había visto muchas bellezas femeninas como para ser susceptible a una más a esas alturas, pero los colores llamativos y la riqueza de texturas siempre le llamaban la atención. El traje de montar de terciopelo con el que iba ataviada era del mismo tono que sus ojos; el detalle se le había pasado por alto hasta ese momento debido a la escasez de luz. Sólo se dio cuenta cuando la muchacha se giró en la silla para mirarlo, sonriente y delirante de felicidad.

Bajo un alegre sombrero del mismo color que el traje, su cabello brillaba a la luz del amanecer, que le arrancaba destellos de oro puro. La noche anterior, recogido sobre la coronilla, creyó que sólo le llegaría hasta los hombros. En ese momento supo que debía ser más largo; al menos hasta media espalda. Lo llevaba recogido bajo el sombrero en un despliegue de brillantes y lustrosos rizos, aunque algunos mechones le caían sobre el cuello y otros se rizaban primorosamente alrededor de sus orejas.

Ese cabello despertaba en sus manos el deseo de acariciarlo.

Esa piel despertaba su deseo.

La cabalgada había teñido de un delicado tono rosa su piel de alabastro. Sabía que si le rozaba la garganta con los labios, si deslizaba los dedos sobre sus hombros desnudos, podría sentir el calor de la sangre que corría bajo esa piel exquisita. El mismo efecto que le provocaría el deseo. En cuanto a los labios... entreabiertos, rosados...

Apartó la vista de ella para clavarla al otro lado del parque.

—Será mejor que regresemos. Los jinetes habituales no tardarán en llegar.

Con la respiración aún alterada, ella asintió y colocó la yegua junto al ruano. No tardaron en ponerse al trote. Estaban cerca del mozo de cuadra, que los aguardaba junto a las puertas, cuando la joven murmuró:

—Lady Cavendish da una cena esta noche... uno de esos acontecimientos de asistencia obligada.

Martin se dijo que era un alivio. No tenía motivos para sentirse obligado a jugar al paladín protector esa noche.

—Pero creo que después me pasaré por la velada del consulado corso. Si no me equivoco, está justo a la vuelta de Cavendish House.

Martin la miró con expresión pétrea.

—¿Quién la ha invitado? —Las veladas en el consulado corso requerían invitación. Por una buena razón.

La muchacha le devolvió la mirada.

—Leopold Korsinsky.

El cónsul corso. Y ¿cuándo había conocido ella a ese hombre? Sin duda, durante sus incursiones en los bajos fondos de la alta sociedad. Martin fijó la vista al frente y descartó el impulso de disuadirla. Esa mujer estaba decidida a probar el lado más desinhibido de la vida y, sin duda alguna, asistir a una de las veladas de Leopold colmaría todas sus expectativas.

—La dejaré aquí. —Algún que otro caballero se acercaba a caballo al parque por las calles de Mayfair para su paseo matutino. Detuvo al ruano—. El mozo de cuadra la acompañará hasta Upper Brook Street y traerá la yegua de vuelta a mi establo.

Ella sonrió.

—En ese caso, le agradezco su compañía, milord.

Inclinó la cabeza de forma cortés y se dio la vuelta sin dejar caer una pista, sin hacer un guiño, sin pronunciar la más velada indirecta de que esperaba verlo esa noche.

Martin la observó alejarse con los ojos entornados y la vista clavada en su espalda. En cuanto Amanda Cynster se reunió con el mozo de cuadra y salió del parque sin mirar atrás ni una sola vez, él se encaminó al trote hacia Stanhope Gate, cruzó Park Lane y dejó atrás las enormes puertas que guardaban el camino de entrada a Fulbridge House.

Entró por la cocina y atravesó la enorme mansión. Prosiguió en dirección a la biblioteca sin hacer el menor caso a los muebles cubiertos por las sábanas de hilo, a las numerosas puertas cerradas ni a la oscuridad que lo rodeaba.

Aparte del reducido comedor, de las muchas estancias que había en la planta baja, sólo utilizaba la biblioteca. Abrió la puerta de un empujón y entró en una guarida de decadente lujo.

Como en cualquier otra biblioteca, las paredes estaban ocultas tras las estanterías llenas de libros. En ese lugar, el despliegue de tomos hacía alarde, por la diversidad y el orden, de una enorme riqueza, de orgullo y de amor por el estudio; de un profundo respeto por la sabiduría recopilada. En todo lo demás, el lugar era único.

Las cortinas de terciopelo seguían corridas sobre los ventanales. Martin atravesó el suelo de parqué con sus exquisitos tablones medio ocultos por las alfombras de intensos tonos oscuros y descorrió las cortinas. Tras las ventanas se veía un jardín con un estanque central en el que se alzaba una fuente y cuyos muros estaban cubiertos por frondosas enredaderas y plantas trepadoras.

Martin se dio la vuelta y dejó vagar la mirada por el diván tapizado con satén y la otomana adornada con un colorido despliegue de echarpes de seda; por los cojines, brillantes como piedras preciosas amontonados al azar; por las mesas talladas, dispuestas entre tanta gloria. Allí donde sus ojos se posaban encontraban una deliciosa mezcla de color y textura; una alegría para los sentidos.

No había duda de que la estancia era un deleite sensual; una compensación por el yermo vacío de su vida.

Sus ojos se detuvieron sobre un montón de invitaciones amontonadas en la repisa de la chimenea. Se acercó y las cogió para ojearlas. Encontró la que buscaba.

La miró durante un buen rato.

Tras devolver las restantes a la repisa, dejó la seleccionada en una mesita auxiliar de caoba, se recostó en la otomana y colocó los pies sobre un puf de cuero repujado... mientras contemplaba la invitación de Leopold Korsinsky con el ceño fruncido.

3

Si esa descarada estaba echándole el lazo, lo hacía de una manera inusual, maldita fuera su estampa.

Desde un rincón del salón de baile del consulado, con un hombro apoyado contra la pared, Martin observaba a Amanda Cynster mientras ésta traspasaba el umbral y miraba a su alrededor. No había indicio alguno de expectación en su rostro; proyectaba la imagen de una dama que considerara sus opciones con fría deliberación.

Leopold se apresuró a acercarse. La vio esbozar una sonrisa deslumbrante y extender la mano; el cónsul la aferró con avidez y le dedicó una reverencia demasiado elegante y demasiado encantada.

Martin tensó la mandíbula. Leopold no dejaba de hablar y gesticular en un evidente intento por engatusarla. Martin no dejaba de observar y preguntarse...

Había sido el objetivo de demasiadas damas con las miras puestas en el matrimonio como para no haber desarrollado un sexto sentido que le advertía de cuándo lo estaban acosando. Sin embargo, con Amanda Cynster... no estaba seguro. Era diferente de cualquier otra dama con la que se hubiera enfrentado: más joven y menos experimentada; aunque no lo suficiente joven como para que pudiera tacharla de niña ni tan poco experimentada como para considerar que tanto ella como sus maquinaciones fueran inocuas.

No había amasado una enorme fortuna con el comercio

menospreciando a sus oponentes. En ese caso, no obstante, ni siquiera sabía con certeza si estaba en el punto de mira de la puñetera dama.

Otros dos caballeros se acercaron a ella, caballeretes de la peor calaña a la caza de emociones fuertes. Leopold los caló con un solo vistazo, se los presentó a Amanda, pero no mostró indicios de marcharse de su lado y mucho menos de prescindir de su atención. Los caballeretes hicieron una reverencia y siguieron su camino.

Martin se relajó, momento en el que se dio cuenta de que se había puesto tenso. Clavó la vista en la causa, deteniéndose en la cascada de sus rizos, que brillaban con un resplandor dorado a la luz, y dejando que su mirada vagara por la esbelta figura envuelta en un vestido de suave seda del color de los melocotones maduros. Se preguntó cuán suculenta sería la carne bajo la seda...

Se reprendió mentalmente y borró la imagen que su imaginación estaba creando.

Se centró en la realidad, en el enigma que tenía delante de sus ojos.

Hasta ese momento, cada vez que hacía acto de presencia, la muchacha había demostrado un evidente placer al verlo, y no había tenido problemas (incluso se había mostrado encantada) para aceptar su protección. Sin embargo, aún no había visto ninguna señal de que estuviera interesada en él. Estaba acostumbrada a hombres protectores, como sus primos; la posibilidad, por muy humillante que fuera, de que aceptara dicha protección de cualquier caballero que se les pareciera era muy real. No se le ocurría ningún otro caballero que quisiera servirle de acompañante con fines totalmente platónicos, pero la posibilidad existía. El hecho de que Amanda Cynster no sólo disfrutara de su compañía sino que también la alentara podía reflejar una disposición natural a buscar ese tipo de hombre, en cuya compañía se sentía cómoda.

No lo estaba acosando... lo estaba torturando. Una situación muy diferente, ya que, por el momento, no sabía si ésa era la intención de la joven o no.

Y ése, decidió, era el problema al que tenía que enfrentarse... el enigma que tenía que resolver.

Se apartó de la pared. Leopold ya la había monopolizado demasiado tiempo y, además, los caballeretes que se acercaran antes no se habían alejado mucho.

Al estar concentrada en Leopold, no lo vio llegar. Como tampoco lo hizo el hombre, un cautivo dichoso, cuyos ojos oscuros no se apartaban de su rostro. Sólo cuando estuvo a su lado, la muchacha apartó la vista para mirarlo... y esbozó una sonrisa gloriosa al tiempo que le ofrecía una mano.

—Milord.

Le rodeó la mano con los dedos. Ella hizo una reverencia. Él la ayudó a incorporarse y la saludó.

—Señorita Cynster.

Sus labios mantuvieron la sonrisa y sus ojos brillaron con una alegría que no había estado allí antes. El ceño que se iba formando en la frente de Leopold mientras los miraba le sugirió que no eran imaginaciones suyas.

—Dexter. —El saludo de Leopold fue seco—. Ya conoces a la señorita Cynster.

No era una pregunta... al menos, no la pregunta más obvia. Martin miró al cónsul a los ojos.

—Somos... amigos.

El ceño de Leopold se acentuó todavía más; la palabra «amigos» pronunciada de esa manera podía significar cualquier cosa. Sin embargo, Leopold lo conocía bastante bien.

Si el objeto de su discusión se percató del intercambio que se estaba llevando a cabo por encima de su cabeza, no dio señal alguna; se limitó a pasear la vista de uno a otro con la expectación escrita en los ojos. Su mirada se clavó en Martin.

Tras bajar la vista, éste esbozó una sonrisa agradable.

—¿Le apetece pasear conmigo para conocer al resto de los invitados? Lleva aquí bastante tiempo... Estoy seguro de que Leopold tiene otros invitados a los que atender.

Había pronunciado esa última frase a modo de advertencia; el súbito brillo de los ojos de la muchacha, la forma en la que se ensanchó su sonrisa, hizo que repasara con rapidez sus palabras. Mientras ella se despedía de Leopold con amabilidad, Martin se reprendió en silencio. Acababa de decirle que la había estado observando... durante un buen rato.

Como anfitrión, Leopold no podía enfadarse, pero la mirada que le lanzó a Martin mientras se alejaban proclamaba que volvería... que volvería para alejar a Amanda de su lado. No había nada que Leopold adorara más que batirse, metafóricamente hablando, con alguien que estuviera a su altura.

Martin le tendió el brazo y Amanda le colocó la mano sobre la manga.

—¿Conoce bien al señor Korsinsky?

—Sí. Tengo negocios en Córcega. —Y la familia de Leopold estaba compuesta por los mayores contrabandistas de la isla.

—¿Es...? —Hizo un gesto con las manos—. ¿Es de fiar? O ¿debería considerarlo de la misma manera que a los otros dos caballeros que me ha presentado?

Martin fue a contestar, se detuvo a tiempo y después se encogió de hombros para sus adentros. Ya sabía que la había estado observando.

—Leopold tiene su propio código de honor, pero no es inglés. Ni siquiera estoy seguro de que pueda etiquetarse de «civilizado». Sería más sensato tratarlo de la misma manera que a los otros dos. —Se detuvo antes de continuar en un tono bastante más brusco—. En otras palabras: evítelos.

Los labios de la muchacha se curvaron en las comisuras y levantó la vista.

—Debe saber que tengo más de siete años.

Él la miró a los ojos.

—Pero ellos tienen muchos más de ocho.

—Y ¿usted?

Aminoraron el paso. Por delante, una dama agitaba la mano para llamar su atención. Martin la vio, pero no respondió, absorto como estaba admirando el rostro que lo observaba; podría haber sido el de un ángel de no ser por la vitalidad que exudaba. Respiró hondo y levantó la vista.

—Yo, querida, estoy muy por encima de usted.

Ella siguió su mirada. El instante en que habían estado separados del resto llegó a su fin. Regresaron a la esfera social con total elegancia y se detuvieron para charlar con unas personas a las que habían conocido en el salón de lady Hennessy.

Martin se conformaba con estar junto a ella y permitir que fuera su viveza la que llevara todo el peso. Tenía seguridad y aplomo y era de mente ágil, como quedó demostrado cuando sorteó una pregunta insidiosa acerca de su amistad. Las damas del grupo estaban intrigadas; los caballeros se limitaban a disfrutar de su compañía, observando su rostro y sus ojos y escuchando su melódica risa.

Él hacía lo mismo, aunque con un objetivo distinto: intentaba traspasar su máscara. No se le había pasado por alto el cambio en su respiración ni el hecho de que le había clavado los dedos en el brazo durante ese instante tan tenso. Su intención había sido, de nuevo, la de ponerla sobre aviso; pero no se percató de que ella podía interpretar esas palabras de otra manera hasta que hubo pronunciado las palabras, las hubo escuchado y hubo observado, aunque de forma tan fugaz que no estaba seguro de haberla visto, una expresión de férrea terquedad en sus facciones.

Podría considerarlas un desafío.

Después de todo, la muchacha buscaba diversión.

Aunque fue testigo de la oleada de emociones que atravesó su rostro, con sólo mirar el azul de sus ojos, no fue capaz de adivinar cómo reaccionaría en ese momento. Ni en el futuro.

Y lo que era peor, ya no estaba seguro de cómo quería que reaccionara. Si quería que se alejara corriendo de él... o que corriera hacia él.

Eso lo dejó atónito; la conversación que se desarrollaba a su alrededor se desvaneció. Desde un punto de vista lógico, sabía lo que quería. Esa mujer no era para él; no quería involucrarse con ella. Desde un punto de vista lógico, todo estaba claro.

Entonces, ¿a qué venía esa confusión?

Los primeros acordes de violín lo sacaron de su ensimismamiento. Todos se giraron, levantaron la vista y confirmaron que el vals estaba a punto de comenzar. Bajó la mirada hacia los ojos azules de Amanda Cynster. La muchacha arqueó una ceja.

Él señaló la pista de baile.

—¿Bailamos?

Ella sonrió y le tendió la mano. La condujo hacia la pista de baile, decidido a encontrar respuestas para sus interrogantes.

Los valses en el consulado corso jamás seguían el estilo aprobado por las damas del comité organizador de Almack's. Martin la rodeó con sus brazos y la acercó un poco más cuando las parejas abarrotaron la pista de baile.

Comenzaron a girar. Amanda miró a su alrededor mientras luchaba por controlar la respiración, por no desvelar la falta de aliento que había ocasionado el roce de la mano de Dexter sobre su espalda. Una mano grande y fuerte, una mano que la guiaba entre la multitud sin ningún tipo de problema. Aunque más le sorprendió la calidez, no sólo de su mano sino también de ese enorme cuerpo que se movía a escasos centímetros de ella, que la quemaba a través de la seda... No era de extrañar que las damas se desmayaran en las pistas de baile atestadas.

Claro que ella jamás había corrido el riesgo de integrar las filas de semejantes damas, y eso que había bailado en bastantes pistas de baile atestadas.

«Muy por encima de usted.» Se concentró en esas palabras, en todo lo que prometían... en todo lo que ella pretendía conseguir. De él. Se lo tenía bien merecido. Se comportaba con la misma superioridad arrogante que sus primos; aunque si tenía que ser sincera, no le importaba en lo más mínimo. Eso haría que su conquista fuera mucho más dulce.

Levantó la vista para mirarlo a la cara antes de esbozar una sonrisa.

—Baila bien el vals, milord.

—Debo suponer que es usted una experta.

—¿Después de seis años en la alta sociedad? Por supuesto que lo soy.

Lo vio titubear, aunque no pudo descifrar la mirada de esos expresivos ojos verdes.

—Aunque no es una experta en este campo, tal y como Connor señaló con toda la razón.

—Connor me dijo que no tenía experiencia para jugar con gente como él, y en eso estoy de acuerdo. —Miró al resto de parejas que bailaba a su alrededor—. En otros aspectos, no veo aquí ningún problema que no pueda manejar.

Cuando él no respondió, lo miró a la cara. Estaba esperando... que lo mirara.

—¿Cuál es su objetivo?

«Tú.»

—Ya se lo dije: quiero vivir un poco. Quiero experimentar emociones más fuertes que las que se ofrecen en la alta sociedad. —Lo miró a los ojos con descaro—. Tal y como usted mismo dijo, no es ningún crimen.

—Tal vez no sea un crimen, pero es peligroso. Sobre todo para alguien como usted.

Amanda echó un vistazo a su alrededor.

—Un poco de peligro aumenta la diversión.

Martin no daba crédito a la oleada de emociones que ella estaba despertando sin pretenderlo.

—¿Y qué pasa si el peligro es mayor que «un poco»?

Volvió a mirarlo y de nuevo percibió su férrea determinación.

—Si ése fuera el caso, no me interesaría. Hace seis años que fui presentada en sociedad, sé muy bien dónde están los límites. No me interesa traspasarlos.

Una vez más, la joven apartó la vista.

Con toda deliberación, Martin la acercó más a él y la apretó contra su cuerpo mientras ejecutaban los giros, de manera que acabó separando los muslos y rozando las piernas femeninas, sus caderas se encontraron antes de volver a separarse y unirse de nuevo y el frufrú de la seda lo envolvió en cada vuelta. Martin sintió el cambio en la respiración de la muchacha, sintió el temblor que le recorrió la espalda. Lo miró un instante a la cara, pero no se tensó, al contrario, siguió bailando con gran agilidad entre sus brazos.

Esperó hasta que el baile los condujo de nuevo hasta uno de los largos laterales del salón.

—Acerca de esas emociones fuertes que quiere experimentar... supongo que ya tiene alguna en mente.

—Varias, de hecho.

Al ver que no añadía nada más, Martin se vio obligado a preguntar.

—Y ¿cuáles serían?

El tono de su voz hizo que levantara la vista para mirarlo, aunque no dudó en tomar la decisión de contárselo:

—Pasear con alguien en carruaje por Richmond Park a medianoche. Dar un paseo en barca para ver las estrellas reflejadas en el Támesis. Asistir a una cena privada en Vauxhall organizada por alguien a quien mis padres no conozcan. Asistir a un baile de máscaras en Covent Garden.

Cuando llegó al fin de la lista, él preguntó con sequedad:

—¿Nada más?

Amanda hizo caso omiso de su tono.

—De momento, es lo único que ambiciono.

Los labios del conde se tensaron.

—Si la descubren haciendo algo de eso... si se llega a saber que usted... la...

—Se llevarán las manos a la cabeza, me dirán que soy una estúpida redomada, me echarán un sermón de los que hacen época y luego me vigilarán como halcones durante lo que resta de la temporada social. —Dejó que su mirada se posara en el rostro del hombre y contempló su inflexible y adusta expresión—. Esa posibilidad no va a detenerme. A mi edad, nada salvo una indiscreción probada podría dañar mi reputación.

El conde soltó un resoplido burlón. Ella sonrió y dejó vagar su mirada.

—Debe saber que mi lista es tan corta precisamente por los dictados de la sociedad. —El vals terminó y ellos giraron una última vez antes de detenerse—. Sólo cuento con unas pocas semanas antes de que dé comienzo la temporada social propiamente dicha. En cuanto lo haga, mi calendario estará tan repleto de eventos a los que debo acudir por obligación que no tendré tiempo alguno para buscar diversiones.

Dio un paso atrás y se apartó de los brazos de Dexter. Él dejó que sus dedos se deslizaran muy despacio de la mano que los había sujetado. Como si, en cualquier momento, pudiera cambiar de opinión y volver a aferrarla. Una vez libre, Amanda se giró y sintió cómo la mano del hombre se alejaba de la suya. Echó de menos su calidez. Contempló a los caballeros que los rodeaban.

—Me pregunto quién estará dispuesto a acompañarme a Richmond.

Con los ojos entornados, Martin extendió el brazo para cogerle la mano, acercarla de nuevo a él y decirle lo que pensaba de esa idea, además de dejarle muy claro que no le gustaba que le tendieran trampas, cuando Agnes Korsinsky, la hermana de Leopold, apareció frente a ellos.

—Dexter, ¡*mon cher*!

Agnes se lanzó a sus brazos y no le quedó más remedio que cogerla. Le plantó dos sonoros besos en las mejillas antes de, por si no había quedado claro, repetir el proceso.

Martin la cogió de la cintura y la apartó de él.

—Agnes.

Mantuvo los ojos fijos en su rostro. Estaba indecentemente vestida y lucía bien a la vista sus voluptuosos encantos. El hecho de que le tuviera el ojo echado, tanto a él como a su título y a su fortuna, no se le escapaba. Había sido así desde hacía años y era tan peligrosa como su hermano. Amanda Cynster estaba observando, evaluando, por lo que dijo lo primero que se le ocurrió.

—La fiesta es todo un éxito, debes de estar encantada.

—¡Esa gente! —Agnes se desentendió de la multitud con un gesto que también abarcó a Amanda—. No tiene nada que hacer a tu lado, *mon cher*. Pero qué malo eres al colarte sin presentar tus respetos... Ni siquiera sabía que estabas aquí.

Ésa había sido la idea. Extendió el brazo en dirección a la señorita Cynster un instante antes de que Agnes hiciera ademán de aferrarse a él.

—Deja que te presente a... la señorita Wallace.

Los ojos negros de Agnes llamearon con ese temperamento que siempre estaba a flor de piel. Recuperó la compostura y se giró con altivez hacia Amanda.

—Señorita Wallace...

Martin miró a Amanda y se percató de que sonreía. Extendió la mano.

—Señorita Korsinsky. Su *soirée* está siendo encantadora. He tenido oportunidad de hablar con su hermano...

A Martin le costó mucho reprimir una sonrisa. Permaneció observando cómo Agnes era víctima de una arrolladora cháchara insustancial que salía de labios de la señorita «Wallace» con evidente facilidad. No era rival para alguien que había pasado seis años en la alta sociedad. A la postre, Agnes recordó que debía hablar con alguien. Con apenas una inclinación de cabeza hacia él, pero con unas palabras amables hacia la joven, se alejó.

Fue entonces cuando Martin se permitió sonreír.

—Gracias.

Se llevó su mano a los labios y le rozó los dedos... justo cuando sus miradas se encontraron.

Percibió el escalofrío que recorrió a la muchacha. Sintió cómo su cuerpo se excitaba en respuesta y vio cómo a ella se le dilataban los ojos antes de inspirar hondo, sonreír y liberar su mano.

—¿Qué motivos hay para mi cambio de identidad?

Le dio la espalda para contemplar a la multitud.

Con la mirada fija en los rizos dorados que tenía frente a él, Martin murmuró:

—Agnes no es de fiar. Puede ser... vengativa.

Ella lo miró un instante antes de girarse.

—Sobre todo cuando quiere algo pero no lo puede conseguir, ¿verdad?

—Sobre todo en ese caso.

Ella comenzó a pasear y él la siguió. La multitud había aumentado tanto que era difícil caminar uno junto al otro.

La voz de la muchacha flotó hasta él.

—Ahora que lo he salvado de la señorita Korsinsky, tal vez pueda conseguir que me ayude.

Ése era el momento en el que le pediría que la acompañara a Richmond para dar un paseo a medianoche.

—Y ¿de qué modo puedo ayudarla?

Ella lo miró por encima del hombro con una sonrisa serena.

—Eligiendo al caballero al que debería pedirle que me acompañe en mi búsqueda de emociones.

Volvió la vista hacia el frente y una vez más lo dejó sin otra cosa que mirar que sus rizos dorados. Lo dejó, una vez más, preguntándose qué tendría para provocarle semejante vorágine de impulsos... impulsos mucho más poderosos, salvajes y, definitivamente, mucho más peligrosos que las emociones que ella quería experimentar.

Y el objetivo de esos impulsos era ella.

La siguió con la mandíbula apretada, dando gracias porque la muchacha no pudiera verle el rostro, porque no pudiera verle los ojos. Se abrió paso entre la multitud sin separarse mucho de ella, reacio a que se alejara más de dos palmos mientras luchaba con sus demonios hasta alcanzar algo parecido a la contención. Amanda Cynster no tenía la intención de pedirle a otro caballero que la acompañara. Le estaba tendiendo una trampa, de eso estaba seguro.

Amanda se detenía de vez en cuando e intercambiaba saludos, muy consciente de que Dexter estaba a su espalda; consciente de que, a pesar de que él correspondía a los saludos, no decía nada más. Podía sentir su calidez, su fortaleza, como la amenaza de una tormenta de verano. Con una sonrisa confiada, continuó la búsqueda de la provocación que haría que la tormenta se desatara.

Fue entonces cuando vio a lord Cranbourne. Su Ilustrísima poseía los modales adecuados, exudaba seguridad en sí mismo y su conversación era muy agradable. Perfecto.

Se detuvo y se obligó a no moverse cuando Dexter chocó contra ella. Mientras él retrocedía, y sin llegar a mirarlo, le puso una mano en la manga.

—Creo que él sería perfecto para llevarme a Richmond. Su conversación es inmejorable y sus tordos son magníficos.

Esbozando su mejor sonrisa, soltó el brazo de Dexter y dio un paso hacia delante con la vista clavada en lord Cranbourne.

Apenas consiguió dar dos pasos antes de que una mano firme le rodeara, cual grillete, la muñeca.

—No.

El ronco gruñido que había precedido al monosílabo estuvo a punto de arrancarle una sonrisa. Se giró para enfrentar a Dexter con los ojos abiertos como platos.

—¿No?

El conde tenía la mandíbula apretada y sus ojos la traspasaban como si buscara...

Al instante levantó la vista, miró más allá de su cabeza, hacia la multitud. Sus dedos se desplazaron hasta que la tuvo cogida de la mano.

—Venga conmigo.

Amanda tuvo que ocultar la sonrisa mientras él la arrastraba a un extremo de la estancia. Había esperado que se detuviera allí, sin embargo abrió una puerta que estaba entreabierta para guiarla a una larga galería que corría en paralelo al salón de baile. La galería era estrecha y, en la pared que compartía con el salón, había tres enormes puertas. La otra pared estaba compuesta por una serie de ventanas con vistas a los jardines del consulado.

Otras parejas paseaban a la luz de los candelabros de pared dispuestos entre las puertas. Las ventanas carecían de cortinas, lo que permitía que la luz de la luna se filtrara y tiñera de plata el ambiente. La galería estaba bastante más aireada que el salón de baile; agradecida, inspiró hondo.

Dexter le cogió la mano para dejarla sobre su brazo antes de cubrirla con la suya. Con expresión grave, la condujo hasta el fondo de la galería.

—Todo este plan suyo es una locura.

No se dignó a contestar. Se acercaron a la última ventana, emplazada en el extremo de la estancia y con vistas a un pequeño jardín.

—Encantador.

Se detuvieron frente a la ventana y, tras zafarse del firme apretón con que la sujetaba, Amanda se inclinó sobre el alféizar para mirar hacia abajo.

—En realidad no tiene intención de hacer todas las cosas de su supuesta lista.

Amanda no replicó, se limitó a sonreír con la mirada clavada en el patio.

—Sabe muy bien cómo reaccionarán sus primos.

—No se enterarán, de manera que no reaccionarán.

—Pues sus padres... no estará esperando que me crea que puede usted escabullirse noche tras noche sin que se den cuenta.

—Tiene razón. No puedo hacerlo noche tras noche. Pero —se encogió de hombros— de vez en cuando no es tan difícil. Ya he pasado dos noches esta semana fuera del círculo de la alta sociedad. No hay impedimento alguno para que no pueda llevar a cabo mi plan.

Se preguntó si el sonido que acababa de escuchar era el rechinar de sus dientes. Lo miró... y se percató de que las otras parejas estaban regresando al salón de baile. La música llegó flotando hasta ellos, amortiguada por las puertas. Dexter observó cómo la última de las parejas se marchaba, dejándolos a solas en la silenciosa galería, antes de volver a mirarla.

La luz plateada resaltaba las duras facciones de su rostro, confiriéndole un aspecto mucho más agresivo e intimidante. Ese hombre era descendiente de los guerreros normandos; bajo esa luz, lo parecía, ya que sus facciones carecían por completo de su habitual tersura, de la elegancia que lo caracterizaba.

Amanda alzó la barbilla.

—Estoy decidida a divertirme al menos un poco... Tengo la intención de pedirle a lord Cranbourne que me acompañe a Richmond una noche que el tiempo lo permita.

El áspero semblante del hombre se tornó pétreo.

—No puedo permitirlo.

Amanda enarcó las cejas con altanería antes de preguntar:

—¿Por qué?

Dado que no era lo que había esperado, Dexter entornó los ojos.

—¿Por qué? —repitió él.

—¿Por qué cree que tiene derecho a tomar cartas en el asunto? Mi comportamiento y mis actos no son de su incumbencia. —Se detuvo antes de añadir, en evidente provocación—: Por muy conde que sea.

Se escabulló por su lado en dirección al salón de baile. Un duro brazo se alzó y plantó la correspondiente mano contra el marco de la ventana para aprisionarla. Amanda contempló esa mano antes de desviar la vista hasta el rostro masculino, alzando las cejas con más altanería si era posible.

Él le sostuvo la mirada. Acto seguido, levantó la mano y le acarició la mejilla suavemente con el dorso de los dedos.

Amanda reprimió el estremecimiento que le provocó esa caricia antes de que se hiciera evidente, pero supo que él lo había percibido. Los labios de Dexter, que hasta ese momento habían estado crispados por la tensión, se relajaron. Su mirada se tornó más penetrante.

—Si quiere emociones fuertes, puede encontrarlas aquí mismo. No hay necesidad de ir a Richmond.

Su voz sonaba más grave y parecía estar más cerca, a pesar de que no se había movido. Su fuerza y su calidez eran un ente palpable que la atravesaba. Sus ojos le sostuvieron la mirada y ella no se atrevió a apartar la vista. Apenas se atrevía a parpadear.

Dexter se inclinó hacia ella y bajó la cabeza. Amanda perdió sus ojos de vista, porque en ese momento estaba concentrada en sus labios. A su espalda podía sentir el marco de la ventana, y agradecía ese firme apoyo.

Él inclinó la cabeza todavía más y le rozó los labios, acariciándolos con suavidad, como si estuviera comprobando su resistencia antes de apoderarse de ellos sin prisa alguna, seguro de la bienvenida que lo aguardaba.

Amanda sintió ese primer beso en todos los poros de su cuerpo. En respuesta, una dulce calidez le inundó el corazón. Se quedó sin aliento. Se tambaleó... y levantó una mano para posarla sobre el férreo brazo que tenía junto a ella.

Después sintió que la otra mano masculina le rodeaba la barbilla para alzarle la cabeza.

En la cabeza de Martin repicaban campanas de alarma que resonaban cual los salvajes gritos de una *banshee*. Se desentendió de ellas. Sabía lo que estaba haciendo, sabía que, en esa arena, él tenía el control absoluto. En lugar de retroceder, utilizó sus considerables habilidades para saborear esos voluptuosos labios antes de separarlos.

No necesitó mucho tiempo para comprender que, a pesar de que la habían besado antes, jamás se había rendido a los besos de un hombre. Y él deseaba que lo hiciera. Implacable, aunque con gentileza, cambió la posición de los dedos que le sujetaban la barbilla y ejerció más presión... hasta que ella separó los labios. Cuando invadió su boca, sintió el jadeo de la muchacha y la súbita rigidez que se apoderó de su espalda.

Bajó el brazo y colocó la mano en su cintura para sostenerla mientras le masajeaba los músculos de la base de la espalda con los dedos. Para distraerla y tranquilizarla hasta que se entregara a sus caricias.

En un momento dado, ella comenzó a devolverle el beso de forma tentadora, a devolverle cada caricia de forma inexperta, pero decidida. Su atrevimiento crecía por momentos.

Martin ladeó la cabeza y profundizó el beso.

El sabor de la muchacha era dulce. Delicado. Vulnerable.

Quería más... ese beso no era suficiente para satisfacer el súbito anhelo.

Todos sus músculos clamaban por acercarla a su cuerpo, por pegarla a él. Sin embargo, se resistió, recordándose lo que pretendía hacer: demostrarle los peligros que encerraba ese plan de búsqueda de emociones fuertes. Pegarla a su cuerpo sería tentar el destino.

Sin importar lo deseable que fuera dicho destino.

Se apoderó de nuevo de su boca, deleitándose en la suavidad y en la sutil invitación que, por muy inocente que fuese, parecía haber surgido de forma instintiva. Dejó que ambos se perdieran en el beso, dejó que el placer les calara hasta los huesos.

Mantuvo la mano en su cintura, negándose a moverla ni un ápice.

Ponerle fin al beso, levantar la cabeza y alejar la mano de su rostro le costó mucho más de lo que había esperado. Estaba un poco mareado y tuvo que parpadear varias veces antes de clavar la vista en esos ojos azules que lo miraban de hito en hito.

—¿Le ha parecido bastante emocionante?

Escuchó la seriedad de su voz y se preguntó a quién iba dirigida esa pregunta.

Ella parpadeó varias veces para despejarse, pero no tardó en tomar conciencia de la situación.

Miró los labios de Dexter y sintió un hormigueo en los suyos como respuesta. Aún podía sentir la euforia que le había provocado la invasión de su lengua y todas las sensaciones que la habían inundado después. Podía sentir, reconocer, el anhelo que le pedía más. Aunque sabía que no podía saciarlo... todavía.

—De momento.

Su tono de voz la sorprendió: un ronroneo atrayente y cargado de confianza que no podría haber mejorado aunque se lo hubiera propuesto.

Alzó la vista hacia sus ojos. Vio una expresión perpleja en las profundidades verde oscuro. Apartó la mirada para ocultar su satisfacción y deslizó la mano por el brazo masculino hasta llegar a la mano que le rodeaba la cintura, la cual procedió a apartar.

Dexter se enderezó cuando ella se alejó de la sombra que proyectaba. El vals que había estado sonando en el salón de baile llegó a su fin, pero aún no se les había unido nadie en la galería.

Amanda se encaminó hacia la puerta.

—Por cierto, estaba equivocado.

—¿Sobre qué?

Ella aminoró el pasó y miró por encima del hombro. El conde se había girado para observarla, pero no se había apartado de la ventana.

—Sí que tengo que ir a Richmond —contestó y siguió mirándolo durante un instante antes de proseguir su camino hacia las puertas más cercanas.

—Amanda.

Ella se detuvo y se giró para encararlo. Se miraron desde la distancia.

El silencio se prolongó.

—¿Cuándo?

Amanda reflexionó al escuchar el tono hosco de su voz.

—Podemos discutir los detalles mañana por la mañana. En el parque.

Volvió a girarse y abrió la puerta antes de echar una última mirada hacia atrás.

—¿Enviará a su mozo de cuadra como esta mañana?

Él la observó un instante. Cuando ya estaba a punto de perder los nervios, lo vio asentir.

—Como esta mañana.

Amanda inclinó la cabeza con un gesto elegante y se escabulló hacia el salón. No tardó en sentir la mirada de Dexter en la espalda. Con paso demasiado decidido como para que alguien la detuviera, atravesó el salón de baile, se abrió paso hacia las escaleras y las bajó sin mirar hacia atrás. Un criado se apresuró a entregarle su capa mientras que otro hacía parar a un coche de alquiler. Supo en todo momento que Dexter la estaba observando.

No se relajó lo suficiente como para regodearse con su victoria hasta que el coche de alquiler hubo llegado a Upper Brook Street.

Envuelto por el frío que precedía al amanecer, Martin esperaba sobre su ruano bajo el árbol del parque y la observaba acercarse a él. Las mansiones de Mayfair conformaban el telón de fondo y enfatizaban el hecho de que ella estaba abandonando su bien organizado mundo en pos del mundo mucho más desestructurado, peligroso y emocionante que la aguardaba bajo los árboles.

La observó atravesar Park Lane. Sintió que el pulso se le aceleraba, reacción que ya le resultaba familiar. El ruano se agitó y él tiró de las riendas para apaciguar a la enorme bestia.

La muchacha había ganado el último asalto de forma contundente. Estaba atrapado, aunque dudaba de que ella lo supiera y mucho menos que comprendiera el motivo. Ni siquiera él acababa de comprenderlo. Le resultaba incomprensible cómo había llegado a esa situación.

Una vez supo de los propósitos de la señorita Cynster, le resultó imposible dejar que se marchara en busca de diversión con otros hombres, a sabiendas de que ese camino la conduciría a la ruina. Imposible debido a la clase de hombre que era, debido a la absoluta e innata concepción de que, dado que le habían otorgado la capacidad de protegerla y mantenerla a salvo, era su deber hacerlo.

Todo eso estaba muy claro. Hacía mucho que se había percatado de su vena protectora y la había aceptado, se había aceptado, tal y como era. Lo que no comprendía era cómo había conseguido esa muchacha despertar ese instinto protector para convertirlo en un rehén de sus propias convicciones y, al parecer, sin pretenderlo.

Estudió las facciones femeninas mientras ella se acercaba, pero no distinguió nada salvo su buen humor y su habitual alegría al verlo. No parecía estar considerando exigirle algo más ni daba muestras de estar maquinando nada. Parecía estar encantada ante la perspectiva de su cabalgada.

Tras tirar de las riendas de la yegua, ladeó la cabeza y esos ojos azules estudiaron su rostro. Su sonrisa parecía un tanto burlona.

—¿Siempre está tan serio a esta hora de la mañana o algo que no tiene que ver con nuestra cabalgada le ronda la cabeza?

Martin entornó los ojos, los clavó en los de la muchacha y luego señaló con brusquedad hacia el parque.

—Será mejor que nos pongamos en marcha.

La sonrisa de la muchacha se ensanchó, pero se limitó a asentir con un gesto de la cabeza. Se dirigieron al trote hacia el camino de tierra.

Mientras tanto la observó, consciente de la necesidad de contemplarla, pero sin saber de dónde provenía. Montaba bien, con las manos firmes al igual que la postura, al parecer inconsciente del escrutinio al que estaba siendo sometida.

Como la mañana anterior, el parque estaba desierto; como la mañana anterior, se lanzaron al galope en cuanto llegaron al camino. Cabalgaron juntos mientras amanecía, sintiendo el azote cortante del viento que coloreaba las mejillas femeninas. Cuando aminoraron la velocidad, la yegua hizo una cabriola, ansiosa por continuar; la muchacha la tranquilizó y la instó a acercarse al ruano.

Dieron la vuelta al parque y regresaron al lugar donde el mozo de cuadra esperaba bajo el árbol. La observó en silencio, consciente en extremo de su vitalidad, mientras las primeras luces del alba arrancaban destellos dorados a su cabello y oscurecían el azul de sus ojos. Era la viva imagen de la vitalidad femenina... y Martin era muy consciente de la intensa atracción que ejercía sobre él.

Ella lo miró con una expresión pletórica, con la inocencia de aquellos que disfrutaban de los placeres de la vida, sin importar lo insignificantes o sencillos que fueran.

Martin clavó los ojos al frente.

—Richmond. Hará buen tiempo esta noche —comentó mientras la miraba—. ¿Puede escabullirse de nuevo?

—¿Esta noche? —Se mordió el labio inferior mientras, a todas luces, repasaba la lista de compromisos—. Mis padres van a asistir a la cena de los Devonshire, pero Amelia y yo estamos excusadas.

—¿Amelia?

—Mi hermana. Solemos elaborar nuestra propia lista de compromisos, de manera que esta noche puedo escaparme con facilidad.

Martin tiró de las riendas.

—Muy bien. Esta noche. Pero tengo una condición.

Ella lo observó con detenimiento.

—¿Qué condición?

—Que no le diga a nadie dónde ni con quién va a pasar la noche. Es más —dijo mirándola con seriedad—, la acompañaré en todas las salidas que ha planeado con la condición de que, durante esta temporada social o en las venideras, no añadirá nada más a esa lista y de que jamás le dirá a un alma nada sobre dichos sucesos ni sobre su asociación conmigo.

Amanda no respondió de inmediato, demasiado ocupada como estaba en sopesar la propuesta, demasiado ocupada como estaba en evitar que una sonrisa en exceso brillante y exultante asomara a sus labios. Cuando estuvo segura de que no se le escaparía, le sostuvo la mirada.

—Muy bien. Estoy de acuerdo.

El ruano se agitó y él lo apaciguó.

—La esperaré en la esquina de North Audley con Upper Brook Street. En un carruaje negro.

—¿Un carruaje cerrado?

—Sin duda alguna. Nos cambiaremos de carruaje y cogeremos mi tílburi en cuanto nos hayamos alejado de los ojos de la sociedad.

Ella esbozó una sonrisa y dejó que su mirada vagara por su acompañante antes de añadir con confianza:

—Es un alivio poder delegar estos asuntos en manos de alguien tan capaz.

Eso hizo que él entornara los ojos, pero Amanda se limitó a ensanchar su sonrisa y a despedirse.

—Hasta esta noche, pues. ¿A qué hora?

—A las nueve. Todos estarán cenando a esa hora.

Amanda siguió sonriendo y dejó que una expresión risueña asomara a sus ojos antes de dar un tirón a las riendas y dirigirse a las puertas... antes de que se le subiera el éxito a la cabeza y se delatara.

—Está funcionando a la perfección. ¡A la más absoluta perfección! No puede evitarlo.

—Explica eso.

Amelia se subió a la cama de su hermana y se tumbó junto a ella. Estaba bien avanzada la tarde, momento en el que solían pasar una hora a solas.

—Se parece tanto a nuestros primos... justo como sospechaba. No puede evitar protegerme.

Amelia frunció el ceño.

—Protegerte ¿de qué? No estás haciendo nada demasiado peligroso, ¿verdad?

—Por supuesto que no.

Amanda se recostó en la cama de manera que no tuviera que enfrentar la mirada de su hermana. Asistir a la *soirée* del consulado corso había sido lo más arriesgado que había hecho en la vida; era muy consciente de ese hecho mientras charlaba con Leopold Korsinsky y rezaba porque Dexter se acercara a ella. Reggie se había negado a acompañarla, pero la necesidad de ir era imperiosa. Amelia había explicado que su desaparición del saloncito de lady Cavendish se debía a un dolor de cabeza, y gracias a Dexter y a la precisa noción que ella tenía de su carácter, todo había salido bien. Siempre que él estuviera en la misma habitación, jamás correría peligro.

—Se trata más de crear un peligro potencial, al menos en su cabeza. Para él, eso es más que suficiente.

—Entonces, dime, ¿qué vas a hacer?

—No puedo decírtelo. Puso la condición de que no podría decirle a nadie lo que hacíamos. Ni siquiera que él es mi acompañante, pero tú ya lo sabías.

El ceño de Amelia se acentuó, pero luego desapareció.

—Bueno, después de todos estos años, supongo que sabes lo que estás haciendo.

Se recostó en la cama.

—¿Cómo van tus planes? —le preguntó Amanda.

—Muy despacio. No me había dado cuenta de la cantidad de posibles maridos que hay en la alta sociedad una vez que pasas por alto el detalle de que estén o no buscando esposa.

—Creía que ya tenías a un caballero en mente.

Amanda sospechaba quién era.

Su hermana dejó escapar un suspiro.

—Y lo tengo, pero no va a resultar fácil.

Amanda no dijo nada. Si se trataba de quien ella sospechaba, esa frase era el eufemismo del siglo.

—He decidido que tengo que estar segura, más allá de cualquier duda, de que es el hombre que quiero, dado que atraparlo va a costarme mucho esfuerzo. —Se detuvo un instante y luego añadió—: Y dado que bien podría fracasar.

Amanda miró a su gemela, pero no se le ocurrió ninguna sugerencia.

Los minutos fueron pasando mientras permanecían allí tendidas, satisfechas con la mutua compañía, y con las mentes inundadas por un torbellino de planes y esperanzas; todas esas cosas que sólo se confiaban la una a la otra. Amanda estaba sumida en una ensoñación acerca de lo que podría depararle su escapada a Richmond cuando Amelia le hizo una pregunta.

—¿De verdad crees que es seguro alentar el instinto protector de Dexter?

—¿Seguro? —Amanda parpadeó—. ¿A qué te refieres?

—Me refiero a que si recuerdas todo lo que hemos oído por boca de Honoria, de Patience y de las demás, ese instinto protector con el que estás jugando va de la mano de la posesividad. Y no es una posesividad común y corriente. Al menos, no en lo que se refiere a nuestros primos.

Amanda sopesó sus palabras.

—Pero, eso es lo que quiero, ¿no?

La voz de Amelia le respondió:

—¿Estás completamente segura?

4

Amanda se escabulló de la casa de sus padres por la puerta lateral y salió a un callejón estrecho. Tras cerrar la puerta, se arrebujó en su capa y caminó deprisa hasta el extremo del callejón, desde donde echó un vistazo a la calle.

Había un carruaje negro en la esquina de North Audley Street.

Estaba esperándola. La puerta del carruaje se abrió cuando se acercó.

—Suba. Rápido.

La mano de Dexter, enorme y de dedos largos, le hizo un gesto imperioso en cuanto apareció. Tras reprimir una sonrisa, Amanda se agarró a ella y dejó que la ayudara a subir. Cuando estuvo sentada, el conde se inclinó sobre ella para cerrar la puerta y acto seguido dio unos golpecitos en el techo; el carruaje se puso en marcha entre el ruido de los cascos de los caballos.

Sólo entonces Dexter le soltó la mano. Al pasar bajo la luz de una farola, Amanda vio que la estaba mirando. Sonrió con alegría y dejó que sus ojos contemplaran las calles por las que transcurrían.

La excitación le corría por las venas y se deslizaba sobre su piel. Aunque se debía más a la presencia del hombre, a su cercanía en la oscuridad, que al destino de aquel viaje. Amanda percibió que la mirada masculina abandonaba su rostro y se posaba más abajo. Era muy consciente de su presencia física, del calor que emanaba su cuerpo, de su manifiesta virilidad; del hecho de estar confinada en el interior de un estrecho carruaje con todo lo que eso conllevaba y de las consecuencias que eso podría acarrear.

—Al menos ha tenido el buen juicio de ponerse una pelliza.

Ella lo miró de reojo.

—Dudo mucho que pueda disfrutar del paseo si estoy temblando de frío. —Estaba preparada para temblar, aunque no precisamente de frío...

El carruaje aminoró la velocidad y giró para atravesar unas puertas cuyos pilares estaban coronados por... ¿un par de águilas? Rodearon una casa enorme y atravesaron Park Lane. Ante ellos apareció una mansión; el cochero la rodeó y continuó.

—Mi tílburi está esperando.

No había terminado de pronunciar las palabras cuando el carruaje se detuvo. Dexter abrió la portezuela y se apeó antes de ayudarla a hacer lo mismo.

En el patio reinaban las sombras. El conde la condujo hasta un tílburi y la ayudó a subir al asiento. Dos lacayos desengancharon los caballos del carruaje y se los llevaron; otro sostenía la nerviosa pareja enganchada al tílburi. Dexter cogió las riendas y se sentó a su lado. Tras mirarla, extendió el brazo por encima de ella para buscar algo.

—Aquí tiene —dijo al tiempo que dejaba caer un manto suave y grueso sobre su regazo—. Hará más frío cuando nos pongamos en marcha. —Miró al frente y le hizo un gesto al lacayo con la cabeza—. Suéltalos.

Tras liberar los caballos, el muchacho corrió a toda prisa hacia la parte trasera del tílburi mientras Dexter sacudía las riendas. Amanda se aferró a la barra del asiento en cuanto la gravilla crujió bajo las ruedas y el vehículo se puso en marcha a gran velocidad. Mientras lo rodeaban, trató de examinar el gigantesco edificio, pero el manto de oscuridad que lo envolvía no se lo permitió. Avanzaron con rapidez y las puertas de entrada no tardaron en aparecer frente a ellos. En cuanto el vehículo tomó la curva y las ruedas comenzaron a girar sin impedimento alguno, soltó la barra y se acomodó en el asiento.

Al sacudir el manto que tenía en el regazo, descubrió que su tacto era maravilloso; una pieza de seda gruesa y pesada. Por no mencionar los colores, intensos y ricos incluso a la tenue luz. Tenía largos flecos en dos de los extremos. Se lo echó sobre los hombros y se arrebujó en él. Dexter la miró para comprobar que estaba convenientemente abrigada antes de volver a concentrarse en los caballos.

Su residencia estaba emplazada en el extremo sur de Park Lane, justo en la parte sudeste de la zona elegante de la ciudad. Un lugar bastante seguro para pasear con él de noche en un carruaje descubierto en dirección a Kings Road.

Los caballos estaban descansados y los escasos vehículos que se veían estaban a gran distancia. Amanda se puso cómoda y se dispuso a disfrutar del aire fresco y de la tranquilidad de la noche. No tardaron mucho en cruzar el río en Putney, tras lo cual atravesaron algunos pueblos y aldeas pequeñas. Durante el trayecto, las nubes se dispersaron y la luna brilló en todo su esplendor. A la postre llegaron a Richmond, un pueblo que dormía bajo el aterciopelado cielo cuajado de estrellas. Tras la última de las casas, una vez cruzada la distancia que separaba el pueblo del río, se extendía la oscura silueta de Deer Park.

Amanda se enderezó en cuanto el primero de los enormes árboles con sus extensas ramas estuvo a la vista. Había visitado el lugar en numerosas ocasiones a lo largo de los años y no le resultaba desconocido, pero parecía distinto en la oscuridad. Más cautivador. Como si la promesa de los deleites que ofrecía resultara más palpable. Un escalofrío le recorrió la piel, haciéndola temblar.

Al instante, notó la mirada de Dexter sobre ella, pero la evitó. El hombre se vio obligado a mirar de nuevo a los caballos mientras se internaban en el sombrío parque.

Los envolvió un penetrante silencio que sólo quedaba interrumpido por el ulular de un búho, por los movimientos de algún animalillo nocturno y por las rítmicas pisadas de los cascos de los caballos. La luz de la luna era muy tenue, suficiente para distinguir las formas, pero no así los colores. En la ligera brisa flotaba el olor de los árboles, de la hierba y del manto de hojas caídas. Los ciervos estaban dormidos y sus redondeadas siluetas se distinguían bajo los troncos de los árboles. Algunos estaban de pie, pero los intrusos que habían irrumpido en ese mundo iluminado por la luz de la luna no despertaron su interés.

Se habían internado hasta el corazón del parque, ocultos a los ojos del mundo, cuando Dexter tiró de las riendas para detener los caballos. El silencio, ese silencio que confería una cualidad misteriosa a la noche, se hizo más impenetrable y se cerró en torno a ellos. El conde aseguró las riendas y se giró hacia ella. Con los ojos abiertos como platos, Amanda contempló maravillada la imagen de los prados que se extendían más allá del camino, bordeados por los árboles y desiertos salvo por la luz de la luna.

—¿Le parece lo bastante emocionante?

Amanda escuchó la pregunta formulada en un susurro; no había rastro de cinismo en ella. El hombre parecía tan absorto en la belleza del paisaje como ella.

Tomó una profunda bocanada de aire. Nunca había respirado un aire tan puro y fresco como aquél.

—Es... extraño —contestó mientras lo miraba—. Venga... demos un pequeño paseo.

Él enarcó las cejas, pero se puso en pie, pasó delante de ella y se apeó de un salto. Acto seguido extendió los brazos y la ayudó a descender los escalones antes de tomarla de la mano con fuerza y observar el paisaje bañado por la luz plateada.

—¿En qué dirección?

—Por allí —contestó Amanda al tiempo que señalaba hacia un pinar situado frente a ellos.

Dexter le dio una orden al lacayo y después, sin soltarle la mano, se pusieron en marcha.

Hacía años que no paseaba cogida de la mano con alguien. Lo encontró inesperadamente agradable y la invadió una sensación de libertad mucho más intensa que si fuera de su brazo. Aunque cuando metió el pie en un hoyo, él no tuvo la menor dificultad para ayudarla a guardar el equilibrio. Amanda soltó una carcajada y le dio las gracias con una sonrisa antes de envolverse mejor en el manto y dejar que la tomara de nuevo de la mano para proseguir la marcha.

Dejaron atrás el camino. La sensación de soledad, de ser los únicos seres vivos presentes en el sereno paisaje, se hizo más intensa con cada paso que daban. La conciencia de saberse aislados, un hombre y una mujer, cobró fuerza. No había ninguna otra criatura viva que distrajera sus sentidos.

La magia que la luz de la luna derramaba sobre ellos actuaba como una droga para los sentidos. Amanda se sentía un tanto mareada cuando llegaron al pinar. Era consciente de que Dexter la miraba, pero le resultaba imposible descifrar sus intenciones.

¿Qué opinión tendría de ella? ¿La vería como una obligación, como una mujer a la que estaba obligado a proteger por una cuestión de honor? ¿O como una mujer con quien era un placer caminar de la mano bajo la luz de la luna?

No sabía cuál era la respuesta, pero estaba decidida a averiguarla.

Los pinos formaban un bosquecillo en el que se internaba un sendero. Amanda miró a Dexter.

—¿Podemos seguir el sendero?

Él le devolvió la mirada.

—Como desee.

Ella abrió la marcha, contemplándolo todo mientras avanzaban entre las sombras de los árboles. El sendero conducía hasta un claro donde el caminante podía detenerse para admirar los pinos. Amanda así lo hizo. Los árboles ocultaban la luna y su luz apenas llegaba al claro, creando una atmósfera aún más etérea en el lugar.

Se zafó de los dedos de Dexter y se arrebujó en el manto de seda. Cuando se detuvo a contemplar los árboles, sus sentidos se vieron inundados por la sutil promesa, por el esquivo susurro que flotaba en la brisa nocturna. Se dio la vuelta para observar al conde. La mirada del hombre abandonó los árboles para clavarse en ella. Amanda titubeó un instante antes de acortar la distancia que los separaba. Extendió un brazo hasta posar la mano sobre uno de sus hombros, se puso de puntillas y lo besó en los labios.

Dexter no reaccionó de inmediato, aunque tampoco tardó en cambiar de posición; le rodeó la cintura con las manos y la sujetó para apoderarse de sus labios. Le devolvió la suave caricia antes de pasarle la lengua por los labios, consiguiendo que ella los separara. Y, sin más demora, se introdujo en su boca.

Sus labios siguieron unidos y sus lenguas se rozaron, se acariciaron con una furtiva promesa. Sintió que Dexter le clavaba los dedos en la espalda y la sujetaba con más fuerza, como si quisiera mantenerla inmóvil allí donde estaba, con los pies firmemente plantados en el suelo. Como si quisiera mantener las distancias cuando lo único que ella quería era acortarlas.

Él puso fin al beso y alzó la cabeza, aunque no fue capaz de separarse mucho. Esos ojos verdes se clavaron en los suyos.

—¿Qué está buscando?

Amanda deslizó los dedos hasta su nuca.

—Ya se lo he dicho: emociones. Me dijo que las encontraría aquí.

«En tus brazos.»

Lo retó con la mirada a que malinterpretara sus palabras mientras acortaba la distancia que los separaba y hacía caso omiso de la presión que ejercían esas manos sobre su cintura. Su pelliza le rozó el abrigo. Lo miró a los ojos, casi ocultos por las sombras, y rogó en silencio estar apretando la clavija correcta: formular un desafío que él no pudiera eludir.

—Muéstramelas. —Bajó la mirada hasta sus labios—. Quiero saber... quiero sentir esas emociones.

Se puso de puntillas para volver a besarlo. En esa ocasión, él participó en el beso desde un principio. Sus labios se encontraron, sus lenguas se unieron... y después, como si el desafío hubiera tenido éxito en su propósito de abrir una puerta cerrada, Dexter relajó los músculos de los brazos. Sus dedos se alejaron de la cintura para introducirse bajo el escurridizo manto de seda. Poco a poco y de forma deliberada, la acercó a él.

El contacto, la sensación de estar cuerpo a cuerpo, fue una sorpresa; una deliciosa sorpresa. La fuerza con que la rodeaba la habría hecho resistirse si se hubiera tratado de otro hombre. En cambio, se apoyó contra él y sonrió para sus adentros mientras la abrazaba con más fuerza y le acariciaba la espalda. El contraste entre su esbelta forma y ese voluminoso cuerpo, entre su complexión delicada y esa enorme fortaleza, le resultó maravilloso. Todo su cuerpo reaccionó y sintió que él respondía a su vez. Sintió que sus corazones se desbocaban. Sintió que a él lo embargaba el deseo de refrenarse. Y dio gracias al ver que no lo hacía.

Bajo la ropa, Dexter parecía duro como el acero, ardiente y fuerte, viril. Comenzó a sentir un hormigueo en los pechos, aplastados contra el abrigo del hombre. Le temblaban las manos por el deseo de acariciarlo. Enterró una de ellas en su pelo y la deslizó una y otra vez por los espesos mechones, cuyo tacto era semejante a la seda del manto que la cubría. Dejó la otra mano apoyada sobre su torso; la habría movido de buena gana, pero él la distrajo.

La arrastró aún más a la vorágine del beso. Le robó la razón. Capturó sus sentidos con una súbita llamarada de pasión. Con el súbito descubrimiento del deseo que los consumía. Con la tentación de una necesidad desconocida.

Martin ladeó la cabeza y profundizó el beso; la acercó aún más hacia él y la retuvo... allí donde quería tenerla. Allí donde su mente la había estado imaginando desde que la siguió al interior del pinar, Dios sabría por qué. Había dejado de pensar con claridad desde que puso un pie en ese paisaje desierto. Y así lo había atrapado; así había logrado involucrarlo en un interludio cuyos peligros conocía de sobra. Aun así, ¿cómo rechazarla? ¿Cómo negarse? Dado su estado de ánimo, habría resultado una tarea imposible.

Sus labios eran voluptuosos; su boca, la encarnación de la tentación; ese cuerpo rendido a él y atrapado entre sus brazos, la quintaesencia de la feminidad. Se concentró en el beso con la intención de profundizarlo aún más, de extraer todo el placer de la siguiente caricia y de la siguiente...

Mejor eso que permitirles a sus disolutos sentidos evaluar y considerar las posibilidades que encerraba el esbelto cuerpo que abrazaba.

Ella murmuró algo y se acercó aún más, presa de un delicado estremecimiento. Martin la estrechó con fuerza y dejó que se amoldara a su cuerpo para que disfrutara del contacto tanto como él. Atrapó sus labios en un beso abrasador y dejó que experimentara el poder del fuego con el que tanto deseaba jugar.

El roce de las llamas la estimuló. Lo percibió en la leve tensión que se adueñó de su espalda; en el modo en el que se entregó aún más a la pasión, al deseo. Si bien este último era de naturaleza huidiza; dulce cuando asomaba, pero velado, cauteloso...

Lo embargó la acuciante necesidad de verla consumida por el deseo. Una necesidad extraña en él; jamás había codiciado el deseo de una mujer. Durante toda su vida, había sido siempre al contrario; siempre habían sido ellas quienes lo desearan. Sin embargo, en ese momento...

Intentó poner freno a la situación... y descubrió que no podía. La tentación era demasiado poderosa.

Ella respondió con avidez al siguiente beso, mucho más exigente. Aunque Martin seguía percibiendo una barrera, real aunque insustancial, que limitaba la pasión que ella quería mostrarle, revelarle; que marcaba el límite de lo que estaba dispuesta a entregarle.

Incluso a sabiendas de que no podía llegar más lejos, al menos no todavía (ni nunca, si sabía lo que le convenía), volvió a apoderarse de su boca y sintió que ella se aferraba a él con más fuerza; percibió su jadeo y permitió que el insidioso susurro del deseo lo gobernara.

Puso fin al beso y le inclinó la cabeza hacia atrás para recorrerle el mentón con los labios antes de descender un poco. La delicada forma de su garganta, esa piel suave como el satén, lo tentaba más allá de la razón. Sus dedos se movieron por voluntad propia, atrapados en el sensual hechizo; sus labios exploraron el lugar, lo saborearon y descubrieron el salvaje latido de su pulso en la base de la garganta.

Ella había enterrado los dedos en su cabello y no dejaba de acariciarlo. Cuando por fin encontró la fuerza necesaria para alzar la cabeza, la muchacha le apartó el mechón que le había caído sobre la frente y lo miró a los ojos con expresión reflexiva. Al instante, le rozó la mejilla con los dedos antes de moverlos para acariciarle los labios.

Esbozó una sonrisa satisfecha y encantada. Tal vez un poco temblorosa, puesto que respiraba entre jadeos. Situación que empeoró cuando volvió a pegarse a su torso.

—Gracias —le dijo, y él percibió el brillo que iluminaba sus ojos pese a la escasez de luz.

Retrocedió un paso y Martin hizo un gran esfuerzo para obligar a sus músculos a que se relajaran; tuvo que ordenarles a sus brazos que dejaran de estrecharla.

La muchacha ladeó la cabeza mientras clavaba los ojos en él.

—Será mejor que volvamos al carruaje. Será muy tarde cuando lleguemos a la ciudad.

Eso tendría que haberlo dicho él, no ella. Resistió el impulso de menear la cabeza y trató de recuperar su buen juicio. Compuso una expresión impasible y decidida. Resultaba imposible atisbar sentimiento alguno tras la inconfundible máscara del deseo.

Ella se apartó y Martin se lo permitió de mala gana.

Deslizó una mano por su brazo que él capturó al instante. Sin dejar de mirarla a los ojos, se llevó esa mano a los labios y depositó un beso sobre esos dedos firmemente atrapados entre los suyos.

—Vamos —dijo sin soltarla—. El carruaje nos espera.

El viaje de regreso fue igual de tranquilo que el de ida, aunque muy diferente en un aspecto concreto: la muchacha no dejó de parlotear durante todo el trayecto. Aunque la conversación tenía sentido, todo un logro teniendo en cuenta la distancia que recorrieron, Martin no se dejó engañar.

Ella había conseguido más de lo que esperaba; las emociones que había experimentado la habían desconcertado.

Tras dejar el tílburi y los caballos en manos de los lacayos y los mozos de cuadra, Martin entró en su casa. Se tenía bien merecido el desconcierto... por lo que le había hecho a él.

Entró en la cocina llevando en la mano el manto de seda, que aún conservaba el calor de su cuerpo, y se dirigió a la biblioteca. Sólo se permitió rememorar lo ocurrido durante la noche cuando estuvo rodeado por el lujurioso ambiente de la estancia y tendido sobre la otomana, con el manto de seda a su lado y una copa de brandy en la mano.

Las ascuas que ardían en la chimenea se apagaron poco a poco mientras comparaba y analizaba los anteriores encuentros. Dos cosas parecían ciertas: Amanda Cynster estaba siguiendo un plan y a esas alturas él ya estaba involucrado.

Sin embargo, había una pregunta para la que no tenía respuesta: ¿lo había elegido a él desde un primer momento para acompañarla en su búsqueda de emociones o se había decidido por su persona después, cuando resultó evidente que era la mejor alternativa? Una pregunta de lo más pertinente, dado que el resto del plan era un misterio para él.

¿Qué pretendía? ¿Cuál era su objetivo final?

¿Acaso estaba disfrutando de un último coqueteo antes de casarse con algún aristócrata socialmente aceptable? Ese comentario acerca de que el comienzo de la temporada marcaría el punto y final de sus aventuras así lo sugería.

Pero ¿y si no era así? ¿Qué pasaría si detrás de su candor, que él no se tragaba ni por asomo, se encontraba la determinación a conseguir algo más?

¿Y si su objetivo final fuera casarse... con él?

Frunció el ceño, tomó un largo sorbo de brandy que procedió a saborear y aguardó... Sin embargo, la reacción que esperaba no se produjo. La reacción que le haría tomar la decisión de pararle los pies, de mantenerla a distancia... ¿Dónde estaba esa respuesta instintiva, la que jamás le había fallado con anterioridad?

—¡Por el amor de Dios!

Bebió otro trago de brandy. Eso era lo que Amanda Cynster había logrado: tentar a esa parte de sí mismo que había enterrado tanto tiempo atrás.

Alejó sus pensamientos de esos derroteros, pero la sensación de que su mente comenzaba a despejarse y de que las ideas comenzaban a asentarse le dijo que estaba en lo cierto. Mientras bebía un sorbo de vez en cuando y mantenía la mirada clavada en las ascuas casi extinguidas, esperó a ser capaz de enfrentarse con cierto grado de tranquilidad a la pregunta final: ¿en qué lugar lo dejaba su plan exactamente?

Estaban inmersos en el juego que ella había elegido y del cual él formaba parte. No se planteaba la opción de retirarse y abandonar. Ni hablar. En cuanto al objetivo final del juego, ni lo sabía ni lo intuía; tendría que seguir el son que marcara Amanda Cynster. Eso formaba parte del juego. La muchacha se las había ingeniado para llevar la batuta y no se le ocurría modo alguno de quitársela.

Lo que significaba que estaba siendo arrastrado, dirigido y manipulado por una mujer.

Aguardó de nuevo la consabida e inevitable reacción; y de nuevo ésta brilló por su ausencia. Por primera vez en su vida, no le contrariaba la idea de que una mujer dictara sus movimientos. Al menos por un tiempo.

Apuró el contenido de la copa con una mueca de autodesprecio.

Dado el terreno de juego en el que se enfrentaban, dada la experiencia que él tenía en ese ámbito, la decisión última (la facultad para detener el juego, redirigirlo o incluso para reescribir las normas) estaba en sus manos. Y siempre lo estaría.

Se preguntó si ella se habría dado cuenta de ese detalle.

Tras el paseo por Richmond Park a la luz de la luna, a Amanda le resultaba muy difícil fingir interés en un acontecimiento tan banal como un baile.

—Ojalá pudiera escaparme —le susurró a Amelia mientras paseaban por el salón de baile de lady Carmichael detrás de su madre.

Amelia la miró con expresión horrorizada.

—No puedes fingir otro dolor de cabeza. La última vez evité que mamá llamara al doctor Graham a duras penas.

Amanda contempló la flor y nata de la alta sociedad con evidente pesimismo.

—En ese caso, no me queda más remedio que aguantar. ¿No era esta noche la velada en casa de los Farthingale?

—Sí, pero tendrás que poner buena cara durante una hora más antes de poder marcharte. Y, además, tendrás que buscar a Reggie.

—Cierto. —Amanda escrutó la multitud con detenimiento—. ¿Lo has visto?

Amelia negó con la cabeza. Louise se acomodó en un diván junto a lady Osbaldestone y su tía, la duquesa viuda de St. Ives. Tras hacer las reverencias de rigor e intercambiar algunos saludos, las gemelas prosiguieron el paseo a través de la creciente multitud.

—Allí están Emily y Anne.

Amanda siguió la mirada de su hermana hasta el lugar donde se encontraban las dos nerviosas muchachas, de pie junto a una de las paredes. Emily y Anne Ashford debutaban esa temporada. Las gemelas conocían a su familia de toda la vida. Con idénticas sonrisas, se encaminaron hacia las jovencitas.

Los rostros de las Ashford se iluminaron al verlas.

—Éste es vuestro primer baile, ¿verdad? —preguntó Amelia al llegar junto a ellas.

Ambas asintieron y sus tirabuzones castaños se agitaron con el movimiento.

—No os preocupéis —las tranquilizó Amanda—. Sé que es difícil de creer, pero sobreviviréis a esta primera noche sin hacer nada que os arruine a los ojos de los demás.

Emily sonrió, nerviosa pero agradecida.

—Es que es todo tan... abrumador. —Hizo un gesto en dirección a la muchedumbre que abarrotaba el salón de baile.

—Al principio sí —le aseguró Amelia—. Pero después de unas cuantas semanas, estaréis tan acostumbradas como nosotras.

Amanda y su hermana siguieron hablando de temas sin importancia, animando con habilidad a las jovencitas a fin de tranquilizarlas.

Estaba buscando a un par de jóvenes apropiados para que entretuviesen a Emily y Anne cuando Edward Ashford, uno de sus hermanos, emergió de la multitud. Alto, de complexión fuerte y vestido con sobriedad, Edward saludó a las gemelas con una inclinación de cabeza antes de situarse detrás de ellas para observar a los invitados.

—Un acontecimiento relativamente poco concurrido. En cuanto la temporada dé comienzo, será mucho peor.

Emily lanzó una mirada perpleja en dirección a Amanda. Ésta reprimió el impulso de darle una patada a Edward.

—Da igual que haya cien personas o quinientas. No podrás ver a más de veinte a la vez.

—Y para cuando den comienzo los bailes más importantes, os sentiréis mucho más cómodas —añadió Amelia.

Edward miró a sus hermanas con actitud pensativa y manifiesta censura.

—Esta temporada es vuestra oportunidad para conseguir un buen enlace. Tal vez debierais poner más empeño en atraer la atención de los caballeros adecuados. Aquí escondidas...

—Edward —lo interrumpió Amanda, que lo miró echando chispas por los ojos cuando él giró la cabeza en su dirección—. ¿Puedes ver a Reggie Carmarthen?

—¿Carmarthen? —Edward estiró el cuello y echó un vistazo a su alrededor—. No creo que sea de gran ayuda.

De más ayuda que él, sin duda alguna. Con veintisiete años de edad, Edward era un pelmazo redomado, pomposo y arrogante. Amanda decidió apartar la atención del hombre de sus hermanas y Amelia aprovechó la oportunidad para distraer a las chicas.

—No veo na... ¡Vaya!

El semblante de Edward adoptó una expresión impasible que Amanda conocía a la perfección. Siguió la mirada del hombre y no se sorprendió al descubrir que su hermano mayor, Lucien Ashford, vizconde de Calverton, sorteaba la multitud con su característica sonrisa sesgada en los labios.

—Así que estáis aquí...

Amanda sabía que Luc era perfectamente consciente de su presencia y de la de Amelia, aunque el recién llegado parecía tener ojos sólo para sus hermanas. El impacto de esa mirada de ojos entornados las hizo florecer como un par de capullos bajo el sol. Con un gesto elegante, el vizconde se inclinó y las ayudó a incorporarse tras la reverencia de rigor; aprovechando que las tenía sujetas por las manos, hizo girar primero a Emily y después a Anne al tiempo que su mirada perspicaz se detenía en sus vestidos nuevos. Dejó que la aprobación que sentía se reflejara en su expresión.

—Sospecho que vais a tener mucho éxito, *mes enfants,* así que será mejor que me dé prisa. Bailaré la primera pieza contigo —dijo, tras lo que hizo un solemne gesto con la cabeza en dirección a Emily— y la segunda contigo. —Sonrió a Anne.

Ambas muchachas estaban encantadas. Las radiantes sonrisas transformaron su sencillo atractivo en una belleza fascinante. Amanda se mordió la lengua para evitar decirle a Luc que, puesto que había invitado a sus hermanas a bailar, se vería obligado a quedarse en el baile al menos durante las dos primeras piezas, cosa que rara vez hacía. El hecho de haberse comprometido a hacerlo contrastaba en gran medida con la contribución que hasta entonces había hecho Edward al éxito de Emily y Anne.

Aunque los hermanos eran semejantes en altura y complexión física, Luc había sido bendecido con una sensual apostura y con el carácter y las aptitudes que ésta requería. Ese hecho había supuesto una continua fuente de disputas entre ellos desde hacía años, de modo que Edward había convertido el carácter libertino de su hermano en el objeto de sus frecuentes críticas.

Amanda miró de reojo a Edward y se percató del manifiesto resentimiento que revelaban sus ojos, clavados en Luc. Tampoco pasó por alto la furia que reflejaban, como si Edward detestara la facilidad con la que su hermano conseguía el cariño de la gente. Se vio obligada a reprimir un resoplido; la solución era muy sencilla, siempre y cuando Edward se tomara la molestia de aprender algo de su hermano. Tal vez Luc fuera arrogante y horriblemente sobreprotector, y sin duda tenía una lengua afilada, pero jamás pontificaba, sermoneaba ni echaba rapapolvos, algo que a Edward le encantaba hacer. Además, el vizconde poseía una bondad innata que cualquier mujer que se preciara reconocía, apreciaba y agradecía.

Amanda descubrió que Amelia aunaba sus fuerzas con Luc y se unía a las bromas para alentar la confianza de las jovencitas. Su gemela era el contrapunto perfecto para la belleza morena del vizconde, taciturna y melancólica. Contempló el perfil del hombre con detenimiento. Había algo familiar en él; claro que hacía años que lo conocía... Parpadeó con incredulidad y miró a Edward, que también se encontraba de perfil. Ambos eran semejantes a uno que le resultaba aún más familiar.

Volvió a mirar a Luc.

«¿Eres familia de Dexter?»

Tuvo que morderse la lengua para no hacer la pregunta en voz alta. La respuesta que habría conseguido de haber sido tan tonta como para preguntar no tardó en cruzar su mente. Luc se habría girado muy despacio hacia ella con esa mirada perspicaz e inquietante y le habría preguntado en voz baja: «¿De qué conoces a Dexter?»

No podía preguntar; pero creía recordar que había ciertos lazos familiares que unían a los Ashford y los Fulbridge. Observó a Luc y a Edward desde una nueva perspectiva. Comparado con su hermano, la imagen de este último no resultaba tan atractiva. Luc era un poco más esbelto y fuerte; tenía el cabello negro y los ojos de un tono azul oscuro. Edward, con el cabello castaño y ojos del mismo color, se parecía algo más a Dexter; aunque con ese porte tan arrogante y desdeñoso, sumado al resentimiento con el que se comportaba, desmerecía al lado de cualquiera de los otros dos hombres. Los tres parecían haber sido cortados por un mismo patrón, tanto en lo referente a la constitución física como en las facciones; pero en el caso de Edward algo había salido mal y los defectos resultaban tan evidentes que le restaban parte del atractivo, tanto físico como de cualquier otro tipo.

—Y ahora, queridas mías, debo dejaros. —La voz de Luc interrumpió sus pensamientos—. No obstante, volveré en cuanto suene la primera nota del violín.

Le dio un tirón a uno de los tirabuzones de Emily, sonrió a Anne con cariño y acto seguido hizo una reverencia en dirección a Amelia, gesto que también incluyó a Amanda. Cuando se enderezó, miró a su hermano.

—Edward, si no te importa, me gustaría comentarte algo... —Le hizo un gesto a su hermano con el dedo y se alejó de ellas, obligando a Edward a seguirlo.

Logrando que éste dejara a sus hermanas en paz. Amanda asintió con aprobación para sus adentros y descubrió que los ojos de Amelia reflejaban ese mismo sentimiento. Echó un vistazo a su alrededor.

—Y ahora...

Cinco minutos después, contemplaba el círculo de admiradores que tanto ella como Amelia habían conseguido reunir alrededor de las hermanas Ashford. Gratificante. Y, en cierto modo, satisfactorio. Le hizo un gesto a su gemela para que le prestara atención.

—Voy en busca de Reggie. ¿Se lo dirás a mamá si no estoy aquí cuando os vayáis?

Amelia asintió con una sonrisa, aunque su mirada no fue tan alegre.

—Ten cuidado.

Amanda le contestó con una sonrisa reconfortante.

—Siempre lo tengo.

Se abrió paso entre la multitud. La primera pieza de baile estaba a punto de empezar. Reggie debía de estar en alguna parte del salón; su madre había acordado encontrarse allí con la de Reggie y sin duda éste la habría acompañado, puesto que no habían planeado otra cosa.

Y no había planeado otra cosa porque se sentía insegura. No sobre lo que deseaba; eso lo llevaba grabado a fuego en el corazón. Su inseguridad procedía de algo más intangible. De algo relacionado con ese beso a la luz de la luna... Tal vez de la facilidad con la que Dexter había conseguido despertar su pasión y hacer que anhelara mucho más. ¿O se trataba sólo de una reacción un tanto remilgada por su parte? Fuera lo que fuese, la precaución había hecho por fin acto de presencia. Una precaución que le resultaba del todo desconocida; una especie de inquietud puramente instintiva, derivada del hecho de saber que estaba jugando con fuego y tentando a una bestia salvaje de forma imprudente.

Sin embargo, la inquietud y la precaución no eran rivales para la emoción que había nacido a la luz de la luna.

La impaciencia.

Era un molesto picor bajo la piel, una necesidad que exigía la satisfacción como su única cura. Cada vez que recordaba las sensaciones que la habían invadido cuando estaba entre los brazos de Dexter, la fuerza con la que la había estrechado, el roce de esos labios, de su lengua...

—Vaya, querida señorita Cynster, ¡me alegro muchísimo de verla!

Amanda tuvo que parpadear varias veces antes de poder enfocar con la vista al caballero que la saludaba con una reverencia. Ocultando su fastidio tras una débil sonrisa, correspondió a la reverencia y le ofreció la mano.

—Señor Lytton-Smythe.

Percival Lytton-Smythe, un hombre rubio y de ojos castaños, la tomó de la mano y le ofreció su característica sonrisa arrogante.

—Lady Carmichael me aseguró que usted asistiría al baile. Me preguntaba si sería necesario tomarme la molestia de asistir a semejante acontecimiento tan al principio de la temporada, pero imaginarla vagando sola y perdida entre esta muchedumbre sin la compañía adecuada desterró todas las dudas al respecto. Así pues, aquí estoy, de nuevo presto a ofrecerle mi brazo.

Cosa que procedió a hacer con una floritura.

Amanda resistió el impulso de poner los ojos en blanco. A sabiendas de que no habría una escapatoria fácil, colocó la mano en el brazo que le ofrecía.

—Acabo de dejar la compañía de un grupo de amigos.

—Claro, claro.

No la creía. Amanda tensó la mandíbula, reacción bastante frecuente cuando estaba al lado de ese hombre. Escrutó la multitud. Percival Lytton-Smythe le sacaba una cabeza, pero las buenas maneras le impedían pedirle que localizara a Reggie para poder escapar de él.

Las buenas maneras, por no mencionar el sentido común, estaban ausentes cuando el hombre se aclaró la garganta tras observar su vestido hasta el más mínimo detalle.

—¡Ejem! Señorita Cynster... Me temo que debo comentar, dado nuestro mutuo acuerdo, que encuentro su vestido un tanto... bueno, descocado.

«¿Acuerdo? ¡¿Descocado!?»

Amanda se detuvo en seco. Apartó la mano del brazo del hombre y se giró hacia él. Su vestido de seda de color albaricoque, con el escote en forma de corazón y sus diminutas mangas, no tenía nada de malo. Percival Lytton-Smythe no había dejado de lanzarle indirectas desde que se topara con ella la temporada anterior y decidiera que un enlace entre ellos resultaría de lo más adecuado. Tal vez lo fuera desde su punto de vista; desde el de Amanda, en absoluto.

—Señor Lytton-Smythe, me temo que debo comentarle algo sobre su presunción. Entre nosotros no hay ningún acuerdo y tampoco nos une relación alguna que disculpe un comentario tan equivocado y poco halagador sobre mi apariencia. —Lo miró con altivez y se aferró con uñas y dientes a la oportunidad que le había presentado—. Me siento ofendida y le agradecería mucho que no volviera a acercarse a mí en el futuro.

Inclinó la cabeza con un gesto glacial, se dio la vuelta y...

Él la agarró de la mano.

—No, no, querida mía. Disculpe mi estupidez; mi torpeza no tiene límites. No busco otra cosa que su aprobación. A decir verdad...

Y así prosiguió hasta que Amanda sintió ganas de gritar. Intentó zafarse de su mano, pero él se lo impidió; no tuvo más remedio que permitir que el hombre acabara con sus inagotables excusas. Que se arrastrara en busca de su perdón.

Asqueada, dejó que continuara hablando. Sólo Dios sabía cómo se las iba a arreglar para sacarle de la cabeza la errónea suposición que albergaba. Había intentado evitarlo con la esperanza de que captara la indirecta, pero estaba claro que el hombre carecía de la sensibilidad necesaria para reconocer una negativa sutil.

Así pues, no le quedaría más remedio que dejar a un lado las sutilezas; aunque aún no había llegado a ese punto.

En el aire flotó el sonido de un violín. Su acompañante dejó de hablar. Amanda aprovechó la oportunidad.

—Muy bien. Puede ser mi pareja en el cotillón.

La sonrisa petulante que curvó los labios del señor Lytton-Smythe logró que Amanda sintiera de nuevo deseos de ponerse a gritar. ¡El muy imbécil pensaba que había fingido su irritación! Al borde de la furia, desterró de su mente todo pensamiento acerca de él y se concentró en su objetivo primordial: Reggie. A Reggie le encantaba bailar; si estaba en el salón, estaría bailando.

Observó a los bailarines mientras se formaban los grupos. Luc condujo a su hermana Emily, que parecía serena y confiada, hacia uno de ellos, no muy lejos del lugar que Amanda ocupaba. Y justo detrás estaba Reggie, acompañando a una alta jovencita, una tal Muriel Brownley.

Amanda esbozó una sonrisa. Miró a Lytton-Smythe cuando comenzó a sonar la música; a juzgar por su expresión, parecía claro que creía que le sonreía a él. Tras borrar de su rostro y de sus ojos toda expresión que no fuese un desdén altanero, Amanda se concentró en los pasos del baile.

En cuanto se desvaneció la última nota, ejecutó una rápida reverencia.

—Me temo que tendrá que disculparme; hay alguien con quien debo hablar.

Y allí lo dejó, siguiéndola con la mirada mientras se alejaba. Si su madre hubiera sido testigo de un comportamiento tan impropio de una dama, le habría echado un sermón. Por suerte, su madre estaba en el otro extremo del salón con su tía y lady Osbaldestone.

Llegó junto a Reggie y su compañera de baile antes de que abandonaran la pista. Intercambió los saludos de rigor y se percató del gesto posesivo con el que la señorita Brownley se aferraba al brazo de Reggie, así como de la expresión acobardada de los ojos de su amigo.

La señorita Brownley era una casi una recién llegada a la alta sociedad y, por tanto, no era rival para ella. Amanda comenzó a charlar alegremente y enzarzó tanto a Reggie como a su pareja de baile en un animado debate sobre los eventos venideros.

La señorita Brownley no se dio cuenta de que el tiempo corría.

No hasta que se escucharon los violines y comprendió que no podía bailar la siguiente pieza con Reggie. Dos piezas seguidas desatarían las habladurías. Puesto que se había presentado como una vieja amiga de la familia, Amanda sugirió a Reggie que fuera su pareja. La señorita Brownley asintió de mala gana y lo dejó marchar.

—¡Gracias a Dios! Pensé que ya estaba atrapado para toda la noche. Se agarró a mi brazo en cuanto puse un pie en el salón. Mi madre desapareció con la suya y allí me quedé. ¡Atrapado!

—Sí, bueno... —Amanda enlazó el brazo con el de Reggie y se apresuró a alcanzar el extremo de la hilera de bailarines—. Tenemos que colocarnos en un lugar que nos deje junto a la puerta del fondo. —La experiencia la ayudó a calcular la posición adecuada.

Reggie la miró perplejo.

—¿Por qué? —La posibilidad de haber escapado de la sartén para caer en las brasas le pasó por la cabeza.

—Quiero asistir a la velada de lady Hennessy.

—¿¡Otra vez!?

La pieza de baile comenzó y los pasos los separaron un instante. Cuando volvieron a reunirse, Amanda siseó:

—Dada la situación de la que acabo de rescatarte, pensé que te mostrarías más agradecido y dispuesto a desaparecer de aquí. —Dejó que Reggie reflexionara durante unos cuantos pasos y añadió—: Volverá a encontrarte si no lo haces.

Cosa que era cierta. Cuando volvieron a encontrarse, Reggie asintió torvamente.

—Tienes razón; iremos a casa de lady Hennessy, pues. Un lugar mucho más seguro, teniendo en cuenta las circunstancias.

En cuanto la pieza llegó a su fin, lograron escabullirse sin encontrarse con la señorita Brownley ni con ninguna otra persona que pudiera haberles impedido la huida. Sin embargo, se toparon con otro prófugo. Mientras aguardaban en el recibidor a que un criado le llevara la capa a Amanda y a que llamaran a un coche de alquiler, Luc Ashford se acercó a ellos. Bajó las escaleras con paso tranquilo y saludó a Reggie con una inclinación de cabeza. Cuando sus ojos se posaron en ella, su mirada se tornó más penetrante.

—¿Se puede saber adónde vais?

Amanda esbozó una sonrisa inocente y reprimió con todas sus fuerzas el deseo de decirle que no era asunto suyo. Se trataba de Luc, por lo que una respuesta semejante habría tenido un efecto de lo más pernicioso. Habría agudizado el deseo y la determinación de descubrir sus planes. Era un libertino con cuatro hermanas; Amanda conocía muy bien a ese tipo de hombres.

—A la velada de los Farthingale.

Como siempre, Reggie había adoptado esa actitud ausente que lo caracterizaba, dejándole las respuestas a ella. Cuando Amanda contestó, él asintió y agregó:

—En Cavendish Square.

Luc lo miró sin decir ni pío.

—¿Adónde vas tú? —le preguntó Amanda. Le daba igual lo que Luc sospechara, nunca llegaría a sospechar la verdad, pero no vio razón para quedarse allí y dejar que ese hombre avivara la renuencia de Reggie a seguir sus planes.

Luc no se giró hacia ella de inmediato; pero, cuando lo hizo, sus oscuros ojos azules tenían una expresión penetrante.

—Planeo pasar el resto de la noche en... —comenzó, y sus largas pestañas ocultaron su mirada mientras se enderezaba uno de los puños de la camisa—. Un lugar bastante más íntimo.

Un criado se acercó a ellos.

—Su carruaje está esperando, milord.

—Gracias —le dijo. Se giró hacia la puerta antes de volver a mirarla—. ¿Os dejo en algún sitio?

Amanda sonrió con dulzura.

—Dudo mucho que Cavendish Square te pille de camino.

Luc clavó los ojos en ella durante un instante antes de asentir.

—Como queráis. —Tras inclinar la cabeza en dirección a Reggie, se alejó hacia la puerta.

El encuentro dejó a Reggie un tanto incómodo; Amanda lo tomó del brazo y comenzó a charlar para distraerlo.

Y tuvo bastante éxito; cuando llegaron a casa de lady Hennessy, Reggie volvía a hacer gala de su afable carácter. Tras saludar a la anfitriona con una sonrisa, Amanda le dio un apretón en el brazo a su amigo.

—Quiero averiguar quién ha venido esta noche. ¿Por qué no vas a por el champán?

—Marchando.

Cinco minutos después comprobó que Dexter no había honrado la casa de lady Hennessy con su presencia; al menos no estaba en las habitaciones públicas. No quería ni pensar que tal vez estuviera honrando con su presencia las estancias privadas. Con actitud decidida, lo imaginó en Mellors o en cualquier otro garito de juego exclusivo.

Oculto en las sombras. Fuera de su alcance.

Maldito fuera ese hombre. Estaba claro que conquistarlo no iba a resultar una tarea fácil.

Encontró a Reggie rondando una mesa con un enorme surtido de comida y bebida. Su amigo le ofreció una copa de champán mientras se comía un pastelillo. Amanda tomó un sorbo y dejó la copa a un lado.

—No hay nadie con quien me interese hablar, así que ya podemos marcharnos a casa.

—¿A casa? —Reggie la miró de hito en hito—. Pero si acabamos de llegar...

—Cualquier lugar resulta aburrido sin la compañía adecuada. Y acabo de recordar que tengo una cita a la seis de la mañana.

—¿¡A las seis!? Nadie queda tan temprano, ni siquiera con la modista.

—Yo sí —replicó, dándole un tirón de la manga—. Vamos. Tengo que volver a casa. —A tiempo para enviar a un criado a Fulbridge House con una nota.

Reggie suspiró mientras echaba un vistazo a la mesa.

—Las empanadillas de salmón están para chuparse los dedos.

Amanda permitió que cogiera otra antes de sacarlo de allí a rastras.

5

Cuando vio la oscura figura sobre el encabritado ruano que la aguardaba bajo el árbol a la mañana siguiente, Amanda disfrutó de un momento de perverso respiro. Al menos había acudido. Se puso al trote y esbozó una amplia sonrisa.

—Buenos días.

El ambiente era húmedo, frío y gris, y la ligera llovizna difuminaba el entorno, lo emborronaba. Con expresión impasible, Dexter inclinó la cabeza y giró su caballo hacia el distante camino de tierra.

Amanda casi había esperado un gruñido. Fue tras él y emparejó el paso de la yegua con el del ruano.

¿Cómo podría aguijonearlo para que organizara el resto de sus aventuras, para que pasara más tiempo a solas con ella?

Le clavó la vista, a la espera de que sus miradas se encontraran.

Él no giró la cabeza en su dirección. Cabalgó directamente hasta el camino y después, tras echarle un vistazo de reojo, azuzó a su caballo.

Con la mandíbula apretada, Amanda fue tras él. No podía haber dejado más claro que estaba decidido a crear dificultades. Mientras se concentraba en el ruido atronador de los cascos y en la velocidad de la galopada, se le ocurrió que Dexter sabía a la perfección lo que ella quería pedirle.

Le fastidiaba tener que andar de puntillas en vez de pedírselo de forma abierta, como habría hecho con cualquier otro hombre. Dexter era lo bastante inflexible y lo bastante obstinado como para negarse sin más. ¿Dónde la dejaría eso entonces? Enfrentarse a él era como jugar a la oca: un mal paso y volvería al comienzo.

Se acercaba el final del sendero, de modo que aminoraron el paso y giraron hacia la hierba. Dexter tiró de las riendas y se detuvo; Amanda lo imitó. Ambos respiraban con dificultad, ya que el entusiasmo de la carrera aún burbujeaba en sus venas. Amanda levantó la cabeza para mirarlo a la cara y se hundió en las profundidades de esos ojos de color verde musgo.

Esos ojos verdes, con motas doradas, enfrentaron su mirada y, pese al fresco de la mañana, volvió a sentir el ardor y la dulce oleada de calidez que había experimentado entre sus brazos. El fuego no había dejado de arder; tal vez en esos momentos estuviera reducido a ascuas, pero el calor y la promesa de las llamas aún seguían allí.

Aún ejercían esa atractiva y poderosa fascinación que la hacía desear acercarse a él, hundirse en el corazón de la hoguera y dejarse lamer por las llamas.

Rendirse a ellas y arder.

Parpadeó para recuperar la compostura. No sabía qué habría podido leer él en su rostro, pero Dexter desvió la vista hacia el parque.

—Dijo que quería asistir a una cena en Vauxhall, una organizada por alguna persona a la que sus padres no conocieran. Planeo dar una cena en los jardines dentro de dos noches. ¿Podrá asistir?

Amanda se obligó a esperar, a fingir que lo meditaba antes de inclinar la cabeza.

—Sí.

Era un hombre ingobernable e implacable; pero ella estaba decidida a atraparlo.

Dexter volvió a mirarla y ella enfrentó su mirada con un gélido desafío en los ojos.

—Muy bien. Mi carruaje la estará esperando como la vez anterior, a las nueve en punto en la esquina. —Vaciló un instante antes de añadir—: Lleve una capa con capucha.

Como en la ocasión anterior, el carruaje negro estaba esperándola; como en la ocasión anterior, la mano del hombre se extendió hacia la suya para ayudarla a subir. Amanda reprimió un estremecimiento de emoción cuando el carruaje se puso en marcha y siguió en dirección sur a través de las calles que conducían al río y a los jardines de Vauxhall.

Dexter permaneció en silencio; Amanda podía sentir su mirada en el rostro, en el cuerpo oculto bajo la larga capa de terciopelo cuya capucha le cubría el cabello. Había pasado horas tratando de decidir qué llevar bajo la capa: algo deslumbrante o algo seductor. Al final se había decidido por la seducción, ya que él era un hombre demasiado experimentado como para deslumbrarlo.

Los cascos de los caballos repiquetearon al cruzar el puente. Por delante, los farolillos de los jardines se balanceaban entre los árboles y sus reflejos bailoteaban en el agua.

—¿Habrá mucha gente en su cena? —Una pregunta que la tenía intrigada desde que la invitara.

Se giró para mirarlo. Él la estudió al cobijo de las sombras antes de decir:

—Lo descubrirá en unos momentos.

Amanda sabía a ciencia cierta que no lo había juzgado mal. De cualquier forma, la idea de haber dejado su cuerpo y su reputación en manos de ese hombre le ponía los nervios aún más de punta y sentía que todos sus sentidos habían cobrado vida ante su simple cercanía.

Como si tratara de confirmar su opinión sobre él, el carruaje se detuvo, pero no en la entrada principal, sino en una entrada privada lateral. Muchísimo más discreta. Dexter se apeó, echó un breve vistazo a su alrededor antes de ofrecerle la mano mientras contemplaba con satisfacción su capucha, que le cubría la cabeza y le ensombrecía el rostro. Así vestida, a menos que alguien se acercara para mirarla a la cara, nadie podría identificarla.

Un sirviente les dio la bienvenida e hizo una profunda reverencia mientras Dexter la conducía a través de la entrada.

—Su reservado está preparado, milord.

Dexter asintió. El sirviente se dio la vuelta y los condujo hasta un sendero sumido en la penumbra.

Amanda había ido muchas veces a Vauxhall, pero nunca se había aventurado en esa parte de los jardines. Más adelante, oculta por los árboles, había una plazoleta bien iluminada de la que parecía proceder la música. El sendero serpenteaba bajo las alargadas ramas de los árboles y los frondosos arbustos que lo flanqueaban se veían interrumpidos de vez en cuando por la silueta rectangular de un reservado. Cada uno de ellos estaba bien separado de los colindantes, con las contraventanas cerradas en aras de la privacidad. El sirviente se detuvo frente a una de esas siluetas oscuras y abrió la puerta para dejar que la suave luz de las velas del interior iluminara el sendero; hizo una reverencia para cederles el paso.

Amanda atravesó el umbral sin saber muy bien qué iba a encontrar... e impaciente por descubrirlo. El reservado era más pequeño que los de la parte pública de los jardines, pero estaba amueblado con mucho más estilo. El suelo estaba cubierto por una alfombra y la mesa estaba preparada con un mantel de damasco, resplandecientes copas, platos blancos y cubiertos para dos. Había dos sillas tapizadas. Una solitaria vela ardía en el candelabro emplazado en el centro de la mesa mientras que otro candelabro de dos brazos iluminaba la estancia desde la mesita auxiliar que habían situado junto a un confortable diván. Al lado de la mesa, un recargado pedestal sostenía una cubitera que contenía una botella de champán.

La respuesta a su pregunta era nadie. Más tranquila, Amanda se bajó la capucha.

—Puede traernos la cena. —Martin hizo caso omiso del sirviente. Titubeó un instante antes de dirigirse al lugar donde se encontraba la tentación. Mientras le quitaba la capa de los hombros ella desató los cordones y lo miró por encima del hombro para darle las gracias con una sonrisa.

Martin aprovechó el tiempo que le llevó extender la capa sobre el diván y colocar la suya encima para recuperar la compostura. Después se giró hacia ella.

Y al fin pudo verla con claridad esa noche, a sabiendas de que estaba a solas con él en un lugar de lo más íntimo.

De pie y con los dedos apoyados sobre el respaldo de una silla, de perfil frente a él, la luz de las velas recortaba su silueta. La tenue luz de las velas intensificaba el tono dorado de su cabello pero no lograba ocultar su brillo, así como tampoco ocultaba esa tez perfecta ni las deliciosas curvas innegablemente femeninas de su pecho, de sus muslos y de sus caderas, todas ellas cubiertas por seda de un tono azul exactamente igual al de sus ojos.

El vestido no hacía sino realzar sus encantos. Con su severa sencillez, permitía que la vista se concentrara en la generosidad de lo que ocultaba.

No obstante, eso ya lo había previsto. Lo que no había imaginado era el halo de anticipación sensual que inundaba la estancia y se reflejaba en la expresión de la joven, en sus ojos abiertos de par en par y en la sonrisa que asomaba a sus labios.

El efecto era peor, mucho peor, de lo que había esperado.

No tuvo conciencia de acortar la distancia que los separaba, pero de repente se encontró a su lado. Ella levantó la cabeza para mirarlo a los ojos; Martin alzó una mano para deslizar el dorso de los dedos por la línea de su garganta; a continuación giró la mano, le sujetó la mandíbula y acercó su boca a la de ella.

Sus labios lo acogieron con confianza. No parecía demasiado ansiosa, pero sí preparada y dispuesta a seguirlo allí donde la llevara.

Percatarse del autocontrol de la muchacha le hizo recuperar el suyo, le dio fuerzas para alzar la cabeza sin prolongar la caricia. Al escuchar un sonido al otro lado de la puerta, extendió un brazo por detrás de ella y echó hacia atrás su silla. La joven lo miró durante un instante antes de girarse para tomar asiento y colocarse las faldas mientras el sirviente les llevaba el carrito con su cena.

Una vez que el carrito y los platos estuvieron en su lugar, Martin despidió al hombre y se sentó. La señorita Cynster se sirvió varios manjares, pero él extendió la mano para coger la botella y llenó la copa de la joven antes de hacer lo mismo con la suya.

—Usted había estado aquí antes —le dijo, mirándolo con curiosidad desde el otro lado de la mesa.

—Alguna que otra vez.

No tenía la menor intención de dejar que no lo creyera tan peligroso como la alta sociedad lo pintaba.

Los labios de la joven se curvaron y un hoyuelo apareció en su mejilla. Alzó su copa. Con un gesto cortés, Martin la imitó e hizo chocar el borde contra la de ella.

—¡Por mis aventuras! —exclamó ella antes de dar un trago.

«Por la cordura», pensó él. Bebió un trago para darse fuerzas.

—¿Podemos pasear por los jardines?

Martin bebió una vez más.

—Después de cenar.

La muchacha se dedicó a comer con sincera apreciación. Sin embargo, no pronunció ni una palabra salvo para ensalzar las habilidades culinarias del desconocido cocinero. No parloteó sin cesar. No le llenó los oídos con las estupideces habituales que solían comentar las mujeres.

Martin encontró desconcertante su reserva. Perturbadora.

Dado que por lo general guardaba silencio, ya que había descubierto mucho tiempo atrás lo ventajoso que era, las damas que lo acompañaban a menudo se sentían obligadas a llenar el vacío. Como consecuencia, jamás sentía el apremio de saber lo que pasaba por sus cabezas; mientras hablaran, no pensaban.

En ese momento, no obstante, el silencio de Amanda

captaba su atención como jamás lo había hecho ningún discurso femenino. ¿Qué se escondía bajo esos mechones dorados? ¿Qué estaba tramando? ¿Y por qué?

Esa última y molesta pregunta hizo sonar las campanas de alarma. ¿Por qué quería saberlo? Se obligó a dejar a un lado ese pequeño detalle; sin lugar a dudas, lo que quería saber era por qué ella lo había elegido como compañero de aventura.

Con un suspiro satisfecho, la joven soltó el cuchillo y el tenedor. Martin sirvió lo que restaba de champán en su copa y se reclinó en la silla antes de dar un sorbo.

Ella enfrentó su mirada desde el otro lado de la mesa.

—Resulta extraño... aunque estamos en los jardines, no se oyen los ruidos de la multitud.

—Los arbustos amortiguan el sonido. —Lo que incluía cualquier ruido procedente de los aislados reservados. Echó su silla hacia atrás y se puso en pie—. Venga, vayamos a tomar el aire.

Amanda estaba más que dispuesta a hacerlo; el esfuerzo que le suponía no ponerse a parlotear como una estúpida la estaba dejando agotada. Entre la gente que se encontraba en el exterior habría un montón de distracciones que supondrían un descanso para sus maltrechos nervios. A decir verdad, compartir un espacio tan reducido con un depredador enorme e intensamente masculino, con un hombre que parecía la personificación del pecado, no era una experiencia relajante; sabía que estaba a salvo, por mucho que sus instintos no dejaran de gritarle que no era cierto.

Con la capucha de la capa subida para ocultar su rostro, salió del reservado del brazo de Dexter. Avanzaron por el sendero en dirección opuesta a la que habían seguido cuando llegaran y tomaron otra desviación que les condujo hasta uno de los caminos principales. De inmediato, se vieron rodeados por parejas y grupos de personas que paseaban con ánimo festivo. A medida que se acercaban a la plazoleta, el centro de entretenimiento de los jardines, el gentío fue aumentando de forma gradual.

No era una noche de celebración especial, de modo que cuando llegaron hasta la zona donde las parejas bailaban el vals, había espacio suficiente para que Dexter la encerrara entre sus brazos y los introdujera en el remolino de bailarines.

Amanda lo miró a la cara y descubrió que la estaba observando. Estudió sus ojos y su expresión antes de verse obligado a levantar la mirada para efectuar el siguiente giro. Los faroles se mecían sobre sus cabezas, haciendo que las luces y las sombras bailotearan sobre sus rostros. Iluminando sus marcadas y elegantes facciones antes de volver a ensombrecerlas.

Mientras se dejaba guiar, Amanda permitió que su mente vagara y consintió que sus sentidos se deleitaran a su antojo. Era muy consciente de la fuerza del hombre, de la facilidad con la que la conducía; de la súbita tensión de su brazo, que la arrastró de forma protectora hacia él cuando otras parejas se sumaron al baile y se redujo el espacio.

Quienes los rodeaban pertenecían a todas las clases sociales, incluso de su mismo círculo: damas y caballeros que disfrutaban de una noche en los jardines; había otras parejas incluso más afines, en las que las damas llevaban una capa o, en su lugar, un velo. La osadía le provocó un escalofrío que le recorrió la espalda; por primera vez en su vida, estaba haciendo algo ilícito.

Dexter volvió a mirarla a la cara. Ella enfrentó su mirada con descaro, con una sonrisa en los labios y con un brillo elocuente en los ojos. Continuaron girando, ya que ninguno parecía dispuesto a apartar la mirada por miedo a perderse un momento importante. Respirar se convirtió en un asunto secundario; todo quedaba empañado por la emoción del momento.

La magia resplandecía en la luz parpadeante, acariciándolos de manera fugaz, estimulando sus sentidos. Girar a través de las sombras con él resultaba una experiencia tan fascinante como había supuesto. Estaban rodeados de gente, pero a juzgar por lo absortos que estaban el uno en el otro, bien podrían haber estado solos.

La música acabó y se detuvieron; Amanda dejó de mirarlo a los ojos y reafirmó mentalmente su plan. Lo había llevado hasta allí y ahora tenía que incitarlo a dar el siguiente paso.

Martin percibió las pequeñas arrugas que se formaron en el entrecejo de su pareja.

—¿Le apetece un poco de ponche? —¿Qué estaría tramando?

—Por favor. —Le obsequió con una sonrisa deslumbrante que desvaneció el ceño fruncido—. Hacía años que no venía.

—Dudo mucho que el ponche haya cambiado. —Cogió dos tazas de la bandeja de un camarero que pasaba por allí, le ofreció una y observó cómo bebía. Observó cómo el líquido rojo manchaba sus labios y su lengua se deslizaba sobre el labio inferior.

Alzó la copa y se bebió el contenido de un trago.

—¡Dexter!

Martin se giró y descubrió que Leopold Korsinsky se abría paso a través de la multitud. Maldiciendo para sus adentros, le arrojó la taza vacía a uno de los sirvientes y cogió la mano de la muchacha.

—Cuidado —fue lo único que le dio tiempo a decir antes de que Leopold llegara a su lado con una dama encapuchada del brazo.

Tras dedicarle una breve inclinación de cabeza a Martin, Leopold le hizo una elaborada reverencia a la joven.

—¿Nos conocemos, *madame*?

Utilizando la taza para ocultar la parte inferior de su rostro, Amanda atisbó desde la oscuridad que le proporcionaba la capucha y descubrió la penetrante mirada del corso, que intentaba averiguar su identidad. Enmascaró su voz con un tono más grave.

—Creo que nos conocemos, señor, aunque es posible que usted no lo recuerde.

Dexter le apretó los dedos. Amanda esbozó una sonrisa tras la taza.

Korsinsky entornó los ojos.

—La memoria me falla a menudo; no obstante, si he sido capaz de olvidar a una «conocida» tan atractiva, tal vez sea de verdad una causa perdida.

La otra dama observaba a Dexter como si fuera un suculento manjar.

Amanda se echó a reír sin abandonar el tono grave de su voz.

—¿Cómo sabe que soy atractiva, cubierta como estoy?

Leopold clavó la mirada en Dexter antes de responder.

—No podría creer otra cosa, *ma belle* —replicó el corso—. Aunque quizá pueda persuadirla...

—Leopold.

Una sola palabra a modo de evidente advertencia; Leopold miró a Dexter con las cejas enarcadas.

—Pero *mon ami,* aquí tienes todas las distracciones que puedas desear. Agnes ha venido. Estará encantada de saber que estás aquí.

—No me cabe duda. No obstante, *madame* desea ver los jardines. Si tu dama y tú nos disculpáis... —Tras una reverencia a la dama y un brusco gesto con la cabeza a Leopold, Dexter cogió con fuerza la mano de la señorita Cynster y se apartó. Apenas le concedió el tiempo necesario para hacer una inclinación de despedida antes de arrastrarla lejos de allí.

Una vez en los jardines, en los largos y oscuros caminos, Amanda no vio razón para hacer objeciones.

—¿Quién era la dama?

—Nadie que pertenezca a su círculo. —Le quitó la taza vacía y se la tendió a uno de los sirvientes. A continuación, se detuvo para contemplar el oscuro camino que se extendía ante ellos y se dio la vuelta para tomar un sendero perpendicular—. Los fuegos artificiales comenzarán en breve.

Se encaminaron a la zona cubierta de hierba desde la que se lanzarían los fuegos, donde encontraron a mucha gente con las mismas intenciones. Cuando pisaron el césped, descubrieron a un montón de parejas paseando por la zona. Dexter estudió el lugar. La cogió por el codo y dijo:

—Por aquí arriba.

«Aquí arriba» se refería a una colina que ofrecía una buena vista del espectáculo. La ladera estaba abarrotada de gente, pero encontraron un sitio libre cerca de la cima.

—Quédese delante de mí. —No era de la clase de hombres que se veían sofocados por las multitudes; la colocó delante de él, protegiéndola con su cuerpo del gentío que se agolpaba más atrás y en cierta medida también a sus costados.

Casi de inmediato, el primer cohete salió disparado hacia arriba y explotó. Acompañado de las exclamaciones de asombro de la muchedumbre, el espectáculo continuó y un tapiz artificial de fuego blanco se desplegó sobre el cielo azabache.

La multitud estaba fascinada con la silueta de un caballo cuando se escuchó:

—¿Martin? Me había parecido que eras tú.

¡Luc Ashford!

Amanda sintió la pérdida de la protección de Dexter, la pérdida del calor a su espalda y de pronto se sintió vulnerable, expuesta. Había retrocedido para evitar que el recién llegado se percatara de que estaban juntos. Luc tenía una vista y un ingenio muy agudos. Ni Dexter ni ella deseaban que se fijara en ella.

—Luc, ¿estás aquí para disfrutar del ambiente o para cenar con algún grupo?

Tras dudar un instante, Luc respondió:

—Estoy con unos amigos. Están ahí abajo, pero me pareció haberte visto entre la multitud.

—¡Vaya!

—¿Y tú? Según los rumores, evitas las reuniones sociales como a la peste.

—Nunca se debe prestar atención a los rumores. No tenía nada interesante que hacer esta noche, de modo que se me ocurrió venir aquí a tomar el aire. —Tras una pausa, añadió—: Había olvidado cómo era.

Otra pausa. La voz de Luc sonó más suave cuando dijo:

—¿Recuerdas la primera vez que vinimos? Nos creíamos reyes, con una chica a nuestro lado y un reservado barato.

—Eso —replicó Dexter en voz baja, si bien con tono desabrido— ocurrió hace mucho tiempo.

Luc cambió ligeramente de posición.

—Cierto. —Tras un incómodo silencio añadió—: Te dejaré para que disfrutes de la noche, entonces.

Amanda pudo imaginar la tensa despedida; ambos se parecían muchísimo y no sólo en el aspecto físico.

El tiempo pareció transcurrir con lentitud; ella no se movió... había dejado de contemplar los fuegos artificiales hacía bastante rato. Martin se acercó a ella y cerró los dedos alrededor de su codo a través del tejido de la capa.

—Venga conmigo.

Las palabras no fueron más que un susurro que pasó volando junto a su oído. Sin dudarlo, Amanda se giró y dejó que él la condujera colina abajo, hacia los solitarios caminos.

Tras ellos, el fuego blanco iluminaba el cielo. Una ligera brisa mecía las hojas, logrando que las sombras cambiaran y silbando a través de las ramas como un fantasma al acecho. Giraron para apartarse del camino principal y dirigirse a uno aún menos iluminado. Dexter aminoró el paso; Amanda echó un vistazo a su alrededor y descubrió dónde se encontraban.

En el Camino Oscuro.

El único camino al que una joven jamás debía permitir que la arrastraran. Jamás había tenido noticias de que se hubiera producido alguna catástrofe por incumplir esa norma, claro que nunca había conocido a ninguna dama que se hubiera aventurado en el Camino Oscuro.

Sobre todo con un hombre como Martin Fulbridge a su lado.

Clavó la mirada en él, que ya estaba esperándola. Ensombrecidos e indescifrables, sus ojos la traspasaron.

—Supongo que un paseo por el Camino Oscuro entra en su plan de buscar emociones fuertes.

—Desde luego. —En su búsqueda de emociones fuertes

y en la de otras cosas; reconocía una oportunidad cuando se presentaba, cuando el destino se la servía en bandeja de plata. Enlazó su brazo con el de Dexter y se acercó un poco más a él—. ¿Lo recorreremos entero?

El hombre vaciló antes de contestar.

—Ésa era mi intención.

Era un sendero estrecho y sinuoso. Estaba flanqueado por frondosos arbustos que lo aislaban del resto y lo convertían en un lugar íntimo y misterioso. De vez en cuando, colocados de forma estratégica a la vuelta de los recodos, había bancos y estructuras diseñadas para el flirteo. Puesto que la multitud estaba absorta en los fuegos artificiales, el Camino Oscuro estaba desierto.

Salvo por ellos.

Amanda consideró todos y cada uno de los bancos, cada mirador que apareció; ninguno cumplía los requerimientos necesarios para sus propósitos. Poco después vio lo que necesitaba: un pequeño templete griego situado a poca distancia del camino y cercado por densos arbustos.

—¡Mire! —Arrastró a Dexter hacia allí—. ¿Podemos entrar?

Notó la penetrante mirada del hombre, pero éste se limitó a tomar su mano y a conducirla hasta las escaleras.

Dentro había una diminuta estancia circular; en la oscuridad, la presencia de los arbustos hacía que el lugar pareciera sofocante. En el centro había un pedestal que sostenía el busto de algún dios, pero Amanda no sabía cuál. No había nada más... sólo la impenetrable oscuridad.

En la que se hallaba con su dios particular.

Dexter contemplaba el busto. Ella le había soltado la mano al entrar, pero en ese momento se acercó a él, caminando sin hacer ruido sobre el suelo de mármol.

Los sentidos de Martin se pusieron en estado de alerta al percibir la cercanía de la dama... demasiado tarde. Se había quedado absorto contemplando el busto de Hermes, el mensajero de los dioses. Se había preguntado qué mensaje habría para él en esa situación. En esos momentos ya lo sabía.

Era demasiado tarde para impedir que ella se apretara contra él, para impedir que le colocara la mano en el pecho. Demasiado tarde para impedir que se apoyara sobre su torso, que alzara la mano y que tirara de él para acercar su cabeza.

Demasiado tarde para reprimir la respuesta de su cuerpo, para evitar inclinar la cabeza y rozar sus labios; demasiado tarde para rechazar lo que ella le ofrecía. Lo intentó; luchó durante un instante contra su hechizo. Pero ella lo tenía atrapado; a pesar de todas las razones lógicas para lo contrario, había una gran parte de él que la deseaba sin más.

Y sólo se trataba de un beso. Eso se dijo mientras se hundía en su boca; mientras permitía que sus brazos la rodearan para apretarla contra él.

Un beso. ¿Qué daño podría causar un beso? Era capaz de controlarse y de controlarla a ella.

El beso se alargó, se hizo más intenso. La muchacha le rodeó el cuello con los brazos y se apoyó contra él.

Martin se lo permitió. Se deleitó con la sensación que le provocaba tener ese cuerpo esbelto apretado contra el suyo, todas esas curvas, ese seductor contraste entre la delicadeza femenina y su propia fuerza; un contraste que tentaba, prometía y provocaba.

Ella quería más y Martin lo intuía. Cualquier pensamiento acerca de la oportunidad del momento, del lugar y de la seguridad se desvaneció totalmente de su cabeza. No había otra cosa aparte del inocente deseo de la mujer que tenía entre sus brazos y la poderosa necesidad de ser él quien apagara su sed.

A pesar de su inocencia, Amanda reconocía esa necesidad. La saboreaba en sus besos, la percibía en los brazos que la rodeaban y la acunaban. La anhelaba, la deseaba... lo deseaba a él.

Quería que fuera suyo, que estuviera unido a ella con una cadena lo bastante fuerte como para resistir cualquier presión que la vida pudiera deparar.

Supo en lo más hondo de su corazón lo que tendría que

hacer para forjar esa cadena. Comprendió que tendría que forjarla eslabón a eslabón. Momento a momento; interludio a interludio. Beso a beso.

El deseo era una droga muy adictiva. Dexter le robaba el aliento, cautivando tanto su mente como sus sentidos. Esa pausada y minuciosa exploración a la que la estaba sometiendo, esa lenta y fascinante conquista, estaba haciendo que perdiera la razón y que despertaran sus emociones.

Había estado en lo cierto: eso era lo que quería, lo que necesitaba, para lo que había sido creada.

Si se lo decía, lo perdería. Si sus intenciones se hacían evidentes, Dexter retrocedería y volvería a esconderse entre las sombras. Esas miradas penetrantes que le había lanzado de vez en cuando no eran sino advertencias; tenía que seguir adelante sorteando el límite entre el coqueteo más inocente y la tentación abiertamente sensual sin dar un solo paso en falso. Tenía que seguir tentándolo sin desvelar sus intenciones, de forma que él no tuviera la certeza de que lo estaba seduciendo. Lo más difícil de todo, dada su experiencia y su inquebrantable reticencia.

Le devolvió el beso de forma atrevida aunque fugaz, lo suficiente para hacerlo reaccionar, para enredarlo un poquito más en el juego. El deseo, una llamarada vehemente y sensual, se apoderó de él y sólo el muro conformado por su voluntad logró contenerlo. Grieta a grieta, ella derrumbaría esos muros. Con esa intención, dulcificó el beso, tentándolo a que él lo profundizara, a que tomara un poco más. Cuando lo hizo, se aferró a él con más fuerza. Era el epítome de la sensualidad y cada lánguida caricia era una invocación al placer. Amanda enterró los dedos en su sedoso cabello y sintió que se derretía por dentro.

Las manos de Dexter se tensaron en su espalda y ella se percató de la lucha que estaba librando para evitar que la acariciaran. Consideró un instante la posibilidad de desequilibrarlo, pero se dio cuenta de que su inexperiencia delataría sus intenciones.

Dexter ganó la batalla interior con demasiada facilidad

para el gusto de Amanda. Había llegado el momento de probar otra estrategia.

Se apartó de él y puso fin al beso con delicadeza, ocultando su expresión de triunfo durante el breve instante que transcurrió antes de que él aflojara su abrazo y le permitiera apartarse. Una vez que recobró la compostura, Amanda escuchó voces en el exterior. Ambos se giraron para agudizar el oído y acto seguido ella retrocedió para alejarse de sus brazos.

Se devanó la cabeza en busca de algún comentario ingenioso que encubriera su retirada, que enmascarara la esperanza de que su huida despertara en él el afán de hacerse con aquello que le estaban negando.

—¿Ha encontrado la emoción que buscaba?

Las roncas palabras y el desafío subyacente hicieron que Amanda alzara la cabeza. Permitió que sus labios esbozaran una sonrisa altanera y confiada con la esperanza de que él pudiera verla.

—La noche es joven.

Su voz articuló la nota perfecta: grave y sugerente, aunque serena.

Fue la inclinación de su cabeza lo que irritó a Martin, un gesto desafiante, intrínsecamente femenino, que provocó una reacción inmediata. Una que él sofocó de forma implacable.

Ella echó un vistazo hacia el Camino Oscuro.

—¿Le parece que regresemos al reservado?

Él le dio la mano.

—No vamos a regresar. —Cuando ella lo miró sorprendida, añadió en un murmullo—: La noche es joven.

Y él había sido un estúpido al creer que cumplir dos de sus aventuras en una misma noche era una buena idea. Resistir la búsqueda de emociones de esa mujer no sería fácil. Pero lo haría. Mientras la precedía por los escalones del templete, la miró de reojo.

—Dijo que quería ver las estrellas reflejadas en el Támesis.

Fue un placer contemplar la expresión de deleite que apareció en el rostro de la joven.

—¿Una barca? ¿Desde aquí?

Había pasado mucho tiempo desde la última vez que estuvo con una mujer capaz de mostrar tan inocente regocijo. Los labios de Martin se curvaron en una espontánea y genuina sonrisa.

—La puerta del Támesis no está muy lejos.

La condujo a lo largo del Camino Oscuro y atravesó la puerta que conducía a la orilla del río, negándose a reflexionar sobre las dificultades que sin duda se le avecinaban. Durante los años que había pasado en la India, había logrado sobrevivir a un buen número de confrontaciones a vida o muerte; una hora navegando por el Támesis con Amanda Cynster no podría ser tan peligroso.

La puerta del Támesis se encontraba a escasa distancia del muelle de piedra donde aguardaba un gran número de embarcaciones. La embarcación de lujo que había alquilado los esperaba meciéndose suavemente, con un par de fornidos remeros y el propietario junto a la barra del timón. Este último los vio y se enderezó para saludarlos. Los remeros se removieron con incomodidad y le hicieron un respetuoso saludo con la cabeza cuando Martin estuvo en cubierta. Le ofreció la mano a la muchacha, quien, con los ojos abiertos de par en par, descendió de buena gana.

—Milady. —El propietario le hizo una profunda reverencia.

Amanda inclinó la cabeza antes de mirar a Dexter. Éste hizo un gesto hacia la cortina que aislaba los dos tercios de la cubierta hacia la proa. El propietario se apresuró a descorrerla y ella entró. Se detuvo. Miró a su alrededor. Y dio gracias a la providencia por su ayuda.

Dexter se agachó para pasar bajo la cortina y se colocó tras ella; el pesado tejido cayó, aislándolos de los marineros y encerrándolos en un mundo privado.

Un mundo compuesto por un estrecho camino limitado por las barandillas. Asegurada en la proa, había una cesta de mimbre que contenía una bandeja de fruta, un cuenco de nueces, dos copas y una botella de vino abierta. El resto del espacio estaba ocupado por un grueso colchón colocado sobre una base de madera y cubierto con una sencilla tela negra. Sobre él había un montón de cojines tapizados en brillantes colores de seda india.

La cubierta del bote de lujo se ajustaba con exactitud a lo que ella siempre se había imaginado: un lugar ideal para la seducción. Se bajó la capucha y se giró para mirar a Dexter.

El hombre inclinó la cabeza para estudiar su rostro, sus ojos. El muelle se balanceó cuando la embarcación comenzó a alejarse y Dexter cerró los dedos en torno a su codo.

—Venga, siéntese.

La condujo hasta el colchón y, al sentarse, Amanda descubrió que el lugar era tan cómodo como parecía. Dexter se sentó a su lado, reclinándose contra los almohadones.

—¿Está a la altura de sus expectativas?

Ella esbozó una sonrisa.

—Hasta ahora sí. —Se reclinó hacia atrás y se permitió hundirse sobre el montón de cojines de seda. Contempló las estrellas. Y no dijo una palabra más.

Mantuvo la vista clavada en el firmamento, en los puntitos de luz que brillaban en la oscuridad, consciente de que los ojos del hombre no se movían, no se apartaban de ella.

La barca se introdujo en la corriente, momento en el que los remeros pudieron descansar y la embarcación tomó rumbo al sur.

A la postre, Dexter cambió de posición y se puso en pie para ir en busca de la cesta. Pasó por alto el vino y, en cambio, cogió una uva y la saboreó antes de asir la bandeja y volver sobre sus pasos para ofrecérsela.

Con una sonrisa, Amanda eligió un racimo de uvas y le dio las gracias con un susurro. Tras un instante de vacilación, él volvió a sentarse a su lado y colocó la bandeja entre ambos.

Amanda lo miró de reojo antes de girar la cabeza para contemplarlo abiertamente, para demorarse en el perfil que le mostraba mientras contemplaba el agua. Se llevó una uva a la boca y miró en la misma dirección que él.

—Pasó muchos años en la India.

Él la miró apenas un instante.

—Sí.

Amanda aguardó un momento antes de preguntar:

—¿En un lugar determinado o —se interrumpió para hacer un gesto con una uva— por todas partes?

Dexter dudó un segundo antes de responder.

—Por todas partes.

Habría sido más sencillo sacarle las muelas. Lo miró sin ambages e inquirió con dulce aunque firme determinación:

—¿Por qué partes? —Él enfrentó su mirada y Amanda percibió que había fruncido el ceño. Ella imitó el gesto—. No creo que sus viajes sean secretos de estado, ¿verdad?

De forma inesperada, los labios del hombre se curvaron ligeramente en las comisuras.

—En realidad —replicó mientras apoyaba la espalda contra los almohadones—, algunos de ellos sí lo son.

Amanda tuvo que cambiar de posición para poder mirarlo de frente.

—¿Trabajaba para el gobierno?

—Y para la Compañía.

—¿La Compañía de las Indias Orientales?

Dexter hizo un gesto afirmativo con la cabeza; tras una pausa fugaz, respondió a la pregunta que Amanda tenía en mente.

—Había muy pocos ingleses con estudios en Delhi, y los marajás preferían tratar con aquellos a quienes consideraban sus iguales.

—¿Dónde fue, entonces?

—Principalmente recorrí las rutas comerciales que atraviesan el norte; en ocasiones, hacia el sur, hasta Bangalore, Calcuta o Madrás.

—¿Cómo es aquello? Cuéntemelo.

Fue por el brillo de sus ojos, se dijo Martin más tarde; por eso y por el genuino interés que reflejaba su rostro por lo que la había complacido... Y, por supuesto, por el hecho de saber que mientras escuchara sus narraciones con los ojos abiertos de par en par, no podría maquinar su perdición. Lo bombardeó con preguntas y se descubrió contándole cosas, describiéndole aquellos años como nunca lo había hecho con otra persona. Nadie se lo había pedido.

El fin de sus preguntas coincidió con la última uva. Con un suspiro satisfecho, ella cogió la bandeja y se puso en pie.

Martin la siguió con la mirada mientras atravesaba los pocos pasos que la separaban de la cesta y colocaba la bandeja en su lugar. Se quedó de pie en la proa, contemplando las negras aguas y observando presumiblemente el reflejo de las estrellas. Había vuelto a colocarse la capucha y, desde donde él se encontraba, parecía el epítome del misterio: una mujer silenciosa ataviada con una capa que le ocultaba su mente y su cuerpo.

Lo invadió una creciente necesidad de conocerla por completo y de todas las formas posibles; la sofocó y reprimió el impulso de acercarse a ella, de estrecharla entre sus brazos y... Desvió la mirada a la orilla, poco clara en la oscuridad. Otras embarcaciones se deslizaban entre ellos y la ribera; algunas, como la suya, sin ninguna prisa; otras, avanzando a más velocidad.

El recuerdo de su inesperado encuentro con Luc hizo que volviera a mirarla.

—Siéntese. —Otro bote se acercaba con rapidez por estribor. Se inclinó hacia delante y la agarró por la muñeca—. Alguien podría reconocerla.

La joven se giró en el mismo instante en que tiraba de ella, justo cuando la estela de la otra embarcación hizo que la suya se tambaleara. Ella perdió el equilibrio; pero, antes de que cayera, Martin tiró con fuerza de su brazo y la muchacha acabó sobre él.

Retorciéndose sobre él, sin aliento, enredada con la capa y riéndose a carcajadas mientras le recorría el torso con la mano libre.

Martin apenas podía respirar.

Sus miradas se encontraron... y también ella dejó de respirar. Martin observó cómo la risa se desvanecía de su mirada y era sustituida por un renovado deseo. Los ojos azules de la muchacha se posaron sobre sus labios al tiempo que separaba los suyos y se humedecía el labio inferior con la punta de la lengua. Al ver que él no se movía, volvió a mirarlo a los ojos. Estudió su mirada. Al instante, con manifiesta determinación, alzó la mano para rodearle el cuello y tiró de él para besarlo.

«¡No, no, no!» No... a pesar de la potente negativa de su mente, Martin se lo permitió; dejó que tirara de él para poder darse un festín con sus labios, para hundirse en el cálido refugio de su boca y devorarla. Ella lo aceptó de buen grado, se rindió ante él, y en ese momento comprendió las intenciones de Amanda Cynster.

Supo que estaba tratando de seducirlo; supo que lo más inteligente sería rechazar sus avances. Pero, sencillamente, no podía hacerlo.

Sobre todo cuando su mente le recordó la inexperiencia de la dama en cuestión; ella no podía tener ningún arma, ningún plan del que él no se hubiera escabullido mil veces. Un plan que otras mujeres, mucho más experimentadas que ella, no hubieran puesto en marcha en el pasado para atraparlo. Amanda Cynster no suponía una amenaza para él. Así pues, no había razón para no saborearla ni para negarle el placer de la emoción que ella anhelaba. Estaba a salvo con él y, como era lógico, él estaba a salvo de ella.

La besó de nuevo para robarle el aliento y la estrechó contra su cuerpo. Escuchó su jadeo y sintió cómo aumentaba su anhelo. Una mano femenina se posó sobre su mejilla para tocarla, rozarla, acariciarla con la delicadeza de una pluma. Seductora. Provocativa. Martin intensificó el beso y la muchacha se estremeció; un estremecimiento que a él le llegó hasta el alma.

Sin darse cuenta, cambió de posición y la inclinó para llevar el beso más lejos, para poder tocarla mejor...

«No.»

La cautela tomó las riendas de la situación. Lo hizo retroceder. No era tan estúpido. Ella yacía a su lado envuelta en la capa, que ocultaba su esbelta silueta; la tentación rodeada de terciopelo.

Mucho más segura que rodeada por sus manos, por fuerte que fuera el hormigueo que sentía en las palmas. Sin embargo, la necesidad de acariciarla no desapareció. Apretó los cojines de seda entre las manos en un vano intento por aplacar el deseo.

Amanda sabía muy bien lo que era ese ardor; tenía demasiado calor bajo la capa. Cada uno de los suaves, profundos y lánguidos besos derramaba un torrente de fuego líquido en sus venas. No obstante, cada vez que lograba pensar en liberarse, Dexter le robaba el sentido común y cautivaba sus sentidos añadiendo algún nuevo detalle a la creciente intimidad de los besos que compartían.

Y ambos compartían ese placer; no le hacía falta tener experiencia para saber que él disfrutaba del apasionado interludio tanto como ella. Ella era una neófita y él un experto, pero cada nueva exploración dejaba claro el deseo; cada invasión dejaba clara la creciente pasión.

Una pasión estrictamente controlada. Lo percibió de forma gradual. A pesar de que su boca, su lengua y la tensión que emanaba de ese enorme cuerpo que tan cerca estaba del suyo decían otra cosa, había una voluntad de hierro que le contraía los músculos y mantenía su torso a un palmo de su pecho.

Percatarse de eso le dio fuerzas, así como la testarudez necesaria, para recuperar su díscolo sentido común. Deseaba que la tocara, que la acariciara... que le pusiera las manos encima. La simple idea hizo que se le endurecieran los pezones, doloridos por el deseo.

Él había levantado muros, impuesto límites y fronteras... Y en esos momentos el desafío consistía en averiguar cómo derribarlos. En conseguir que él mismo los derribara. Amanda dudaba mucho de que consiguiera moverlo aunque lo agarrara y tirara con fuerza de él. ¿Cómo... cómo?

Con cada minuto que pasaba, el deseo se intensificaba. Consiguió llevarse las manos a la garganta para aflojar los lazos de la capa y bajarse la capucha. De inmediato, él cambió de posición y enterró los dedos de una mano en sus rizos con el fin de sujetarle la cabeza mientras convertía el beso en algo más profundo, más apasionado, más intenso. Si Amanda había creído arder antes, en ese momento el fuego de la pasión la consumió. Se echó hacia atrás con un jadeo y apoyó la cabeza sobre los cojines, desesperada por tomar aire. Por tranquilizarse. Dexter inclinó la cabeza sobre ella y sus labios comenzaron a trazar la línea de la mandíbula antes de bajar hasta la garganta y depositar un beso abrasador allí donde latía el pulso.

El cuerpo de Amanda reaccionó y arqueó la espalda. La embargó una abrumadora necesidad de estar más cerca de él; mucho más cerca.

—Por favor... —No podía pensar, no podía concebir pensamiento alguno, pero sabía lo que quería—. Tócame. No puedo más. Es insoportable. Sólo... tócame.

Esa súplica entrecortada fue recibida con un breve silencio. Con voz grave, él replicó:

—Será peor si lo hago.

Amanda se obligó a alzar los párpados. Contempló su rostro a través de las pestañas, esos ojos de color verde musgo.

—Me arriesgaré.

Pero ¿podría arriesgarse él? ¿Debería hacerlo? Martin luchó por apartarse un poco de ella, por mantener esos clamorosos impulsos a raya.

La mirada de la joven se posó sobre sus labios antes de alzar una mano y acariciarle la mejilla.

—Por favor...

La leve caricia fue mucho más devastadora que el susurro para sus buenas intenciones, que acabaron hechas añicos. Bebió la última sílaba de sus labios antes de apoderarse de nuevo de su boca. Enterró los dedos en esos rizos dorados y notó que se deslizaban sobre su piel como si fueran de seda; a continuación, buscó el borde de la capa.

Metió la mano por debajo. Se dijo a sí mismo que si la dejaba cubierta, completamente vestida, todo saldría bien...

Pero, en cuanto tocó su piel, descubrió lo equivocado que estaba. Deslizó los dedos sobre esa piel sedosa antes de cubrir uno de sus pechos. Y de repente algo se hizo añicos. Si ese algo era de él o de ella, no supo decirlo. Habían sido sus defensas o las de la joven; al menos una de las dos. Ella siguió entregada al beso igual que él, pero la atención de ambos se había desviado para centrarse por completo en sus dedos, en la carne firme, suave e hinchada, sobre la que éstos se habían curvado y que masajeaban con delicadeza.

La tensión de la espalda femenina se fue aliviando con cada caricia. Continuó tocándola y ella gimió con suavidad; sin pensarlo, sus dedos encerraron el enhiesto pezón antes de apretarlo con firmeza.

Hasta que ella gimió de placer. Martin bebió el jadeo que exhalaron sus labios y continuó acariciándola, tocándola, para aliviar su ardor, para calmarla con placer.

Levantó la cabeza para contemplar su rostro y deseó ser capaz de apartarse de su fuego. Sabía que no podría hacerlo. No recordaba que la necesidad de una mujer hubiera tenido el poder de excitarlo con anterioridad. Peor, el de llevarlo hasta ese doloroso extremo. Peor aún, llevarlo a un estado en el que no encontraría alivio a menos que... Sin tener en cuenta las consecuencias, le apartó la capa y le retiró los pliegues de los hombros. Inclinó la cabeza para rendir homenaje a la piel de alabastro de su clavícula y dejó un reguero de besos en cada curva. El vestido tenía un escote bajo, de modo que fue bastante sencillo introducir el pulgar por debajo y bajar el vestido y la camisola lo suficiente para liberar uno de esos rosados pezones que ansiaba saborear.

Amanda creyó que moriría de placer cuando él comenzó a lamer el pezón. Al sentir sus labios allí, tuvo la dolorosa sensación de estar haciendo algo correcto... justo lo que necesitaba y deseaba, aun cuando no lo había sabido a ciencia cierta hasta el instante en el que la cálida humedad de esa boca se cerró en torno a esa carne sensible. Su gemido resonó en la noche mientras enredaba los dedos en el cabello de Dexter para aferrarlo y apretarlo contra su cuerpo. Él lamió y mordisqueó antes de meterse de nuevo el pezón en la boca.

«¡Dios, sí!» Esas palabras pasaron como un susurro por su mente y se escaparon de sus labios en un suspiro.

Dexter no dejó de acariciarla, levantando la cabeza de vez en cuando para depositar fugaces besos sobre sus hambrientos labios. El deseo se intensificó y los envolvió por completo, azotándolos suavemente con cada lánguida oleada, hasta que Amanda se sintió arrastrada por su delicada marea, muy distinta a la avasalladora, angustiosa y apremiante corriente que había esperado. Era como si el deseo que sentían, a pesar de ser fuerte y poderoso, se hubiera transformado en un escenario más amplio, de forma que parte de su fuerza se hubiera disipado en la inmensidad.

Así pues, en esos momentos podía experimentar y disfrutar sin perder la cabeza, en posesión de todos sus sentidos.

La marea comenzó a retroceder poco a poco, caricia a caricia. Ella no puso objeciones, no hizo esfuerzo alguno por alentarlo a ir más lejos; a decir verdad, dudaba mucho de que pudiera hacerlo. La resistencia de ese hombre había permanecido tan firme como el muro de una fortaleza desde el principio; pero, aun así, había conseguido abrir una grieta y con eso podía darse por satisfecha.

Con eso y con el conocimiento que había adquirido, con las sensaciones que había experimentado... y con la experiencia. El hecho de no sentirse escandalizada mientras observaba cómo el volvía a colocarle el vestido la escandalizó un poco.

Contempló el rostro masculino, esos rasgos austeros, tan rígidos e implacables. Percibió la evidencia del deseo controlado a duras penas. No ignoraba en qué estado se encontraba el hombre; podía notar su erección contra el muslo. Aunque deseaba experimentar muchas más cosas, no era el momento apropiado... y ella era demasiado inteligente como para presionarlo más.

Demasiado inteligente como para desafiar sin tapujos su autocontrol.

Cuando Dexter volvió a echarle la capa sobre los brazos, ella lo detuvo. Levantó una mano hasta su mejilla con el fin de que la mirara a los ojos. Se incorporó sobre el codo y alzó el rostro para depositar sobre sus labios un beso largo, pausado y sencillo, con tanta dulzura como pudo reunir.

—Gracias. —Murmuró las palabras en cuanto separaron los labios. Levantó la vista y lo miró a los ojos, que se encontraban a escasos centímetros de los suyos. Dejó que él estudiara su mirada, que viera la sinceridad que expresaba.

Dexter apartó la vista; vaciló un instante antes de inclinar la cabeza y llevar los labios hasta la comisura de su boca.

—El placer ha sido enteramente mío.

Cuando entró a grandes zancadas en su casa dos horas después, Martin recordó esas palabras con un ramalazo de ironía. Había sucumbido a su súplica con la única intención de proporcionarle placer, de aliviar el ardor que le había ocasionado con sus besos.

Había acabado perdido, fascinado, hechizado hasta la médula de los huesos por el mero hecho de tocarla. De acariciarla. De saborear las diferentes texturas y la increíble suavidad de sus pechos, de sus duros pezones y de los sedosos mechones de su cabello.

Se había dejado llevar demasiado y aún había deseado mucho más. Y ese camino conducía a la locura.

Más concretamente, ese camino conducía más allá de los estrechos confines del mundo en el que había elegido vivir.

Ella ya le había hecho desear cosas, anhelar cosas que jamás podría tener. Cuanto más tiempo le permitiera permanecer en su vida, más minaría sus defensas.

Se dejó caer sobre el diván de la biblioteca y tomó un largo trago de brandy mientras contemplaba el fuego de la chimenea. Aún notaba la presencia de Amanda Cynster grabada en sus manos, en sus sentidos; su sabor era adictivo, fácil de recordar y de desear.

Centró su mente en el problema... de cómo evitar todo contacto con ella.

6

Dos días después, Amanda se movía al amanecer y de puntillas por su habitación mientras se ponía a toda prisa las enaguas, la camisola y el traje del montar. Lo hacía sin prestar mucha atención porque tenía la mente ocupada con Dexter, o con Martin Fulbridge, se corrigió. El hombre oculto tras el muro. Su último interludio había confirmado que sus instintos no se habían equivocado: el hombre que se ocultaba era tal y como ella había imaginado y mucho más. Tenía aptitudes, deseos y necesidades más profundas que las que mostraba. Un carácter mucho más complejo que lo que ella había esperado.

Un hombre cuya conquista sería mucho más estimulante que la de cualquier otro que hubiera conocido jamás.

La invadió la alegría. Ya tenía claro qué podía ganar; había visto a su verdadera presa: ese hombre esquivo. En la barca se había mostrado mucho más abierto que en sus encuentros anteriores. Había bajado la guardia lo suficiente para que ella reconociera la diferencia y la sintiera en su beso, en sus caricias.

Un deseo, una necesidad, una especie de asombro cuyo origen era en parte carnal, si bien su descarnada sensualidad fuera una gran distracción. Ella poseía algo que el huidizo león deseaba, algo con lo que podría tentarlo para que abandonara su guarida.

Esa noche le había confirmado que todos sus sueños podrían hacerse realidad.

El control del que Dexter hacía gala, absoluto e inquebrantable, sería el siguiente obstáculo a vencer. Se retorció el cabello para recogérselo sobre la cabeza mientras sopesaba el modo más adecuado de lograrlo, el modo de afianzar su poder sobre él. A pesar de lo provechosas que habían resultado ser las aventuras que habían corrido juntos, sólo había conseguido que se comprometiera a acompañarla una vez más; sólo le quedaba una ocasión para engatusarlo de una vez por todas. ¿Qué posibilidades de lograrlo le ofrecería el baile de máscaras de Covent Garden?

Continuó pensando, confabulando, ideando un plan mientras atravesaba en silencio la casa y salía a hurtadillas por la puerta lateral. ¿Hasta dónde tendría que arriesgarse para atraparlo, para cautivar sus sentidos y someter así su voluntad? ¿Qué tenía que hacer para provocar la respuesta adecuada en él? Un despliegue de protección. Un ramalazo de orgullo. Y, por último, un arranque de posesividad, tal y como Amelia le había advertido. Emociones poderosas todas ellas. ¿Cuál sería más inofensiva si la estimulaba? ¿Cuál era mejor no despertar?

¿Cuál se atrevería a provocar? ¿Dónde trazaría el límite al que estaba dispuesta a llegar?

Diez minutos después entraba a caballo en el parque.

No había nadie esperándola bajo el roble cercano a las puertas; ni el enorme ruano ni su peligroso jinete.

Sintió su ausencia como si de una bofetada se tratara. Se quedó aturdida. Presa de un súbito vacío.

No sabía qué pensar. Tras pasar un minuto sentada en su montura mirando al vacío, cogió las riendas con firmeza y se adentró en el parque. El mozo de cuadra de Dexter la siguió.

Su corazón, que pocos minutos antes latiera entusiasmado ante la perspectiva de verlo, no encontraba consuelo. Sentía una opresión en el pecho. Una especie de vacío interior. Mientras pasaba con rapidez de un recuerdo al siguiente, su mente insistía en regresar a la misma pregunta una y otra vez: ¿hasta qué punto había adivinado el hombre sus intenciones?

Llegó al camino de tierra y azuzó a la yegua. El mozo de cuadra se detuvo al amparo de los árboles para observarla.

A medio camino, con la yegua galopando a toda velocidad y el viento azotándole las mejillas y enredándole el cabello, se sintió desolada al comprender algo: no estaba disfrutando del momento, de la excitación, de la emoción, cabalgando a solas.

Mientras reflexionaba, escuchó el atronador ruido de los cascos de un caballo que se acercaba con rapidez y echó un vistazo hacia atrás. Gracias a su poderoso galope, el ruano estaba acortando la distancia que lo separaba de la yegua. Amanda volvió a mirar al frente y sonrió presa de la euforia, aprovechando que él aún no podía verla.

Dexter no tardó en ponerse a su altura. Lo miró a los ojos, le sonrió a modo de afable bienvenida y rezó para que su rostro no revelara la sensación de triunfo que la embargaba.

Tal vez estuviera allí, pero no estaba domado ni mucho menos. Y no era tan estúpida como para suponer que el conde no había adivinado sus intenciones, al menos en parte.

Se acercaban al final del camino. Martin aminoró el paso antes de adentrarse en el prado. Tiró de las riendas al tiempo que observaba el tono rosado que el viento había hecho asomar a las mejillas de la muchacha. Ambos respiraban de forma entrecortada, cortesía de la cabalgada. Tuvo que esforzarse para apartar sus pensamientos del movimiento de sus pechos al respirar.

Esos pechos que habían invadido sus sueños, no sólo con su sensual imagen, sino con deseos carnales; con la necesidad básica de volver a experimentar esas sensaciones, de saciar su ansia de acariciarlos de un modo mucho más satisfactorio y apasionado que nunca.

Tras indicarle con un gesto al mozo que regresara a las puertas, Martin tiró de las riendas y señaló con la cabeza hacia un sendero que se internaba entre los árboles.

—Volvamos por aquí.

Había tenido la intención de alejarse de ella, de cortar

la relación, de abandonar el juego. El hecho de estar allí, paseando a caballo a su lado, no le hacía ninguna gracia.

La miró a la cara y descubrió que se cuidaba mucho de mostrar una expresión serena mientras observaba los árboles. Como si pensara que su demora se había debido a un simple retraso a la hora de levantarse. No era tan estúpido como para tragárselo, pero reconoció la validez de su estrategia. De su sutileza. En ese campo, Amanda Cynster era un enemigo mucho más formidable que cualquier otro al que se hubiera enfrentado jamás.

Se encontraban en el corazón del bosquecillo, lejos de las miradas curiosas de cualquier otro jinete, cuando volvió a detenerse. Ella lo imitó, lo observó por un instante y enarcó una ceja en un gesto interrogante.

—Quería asistir a un baile de máscaras en Covent Garden; me temo que me será imposible complacerla.

—¿De veras? —Siguió mirándolo a los ojos—. Y ¿por qué?

Porque después del interludio del Támesis, el sentido común le advertía que no le ofreciera ninguna otra oportunidad de tentarlo.

—Porque semejante velada está fuera de todos los límites para una dama de su posición. —Con los ojos clavados en ella, añadió de forma deliberada—: Y menos aún en mi compañía.

Esos ojos tan azules como un cielo de verano no flaquearon ni por un momento. Sin embargo, fue incapaz de descifrar la expresión que reflejaban. Lo único que le indicaba su rostro era que la dama estaba considerando sus palabras, nada más.

Al instante, ella asintió con la cabeza y cogió las riendas de la yegua.

—Muy bien.

Y con eso volvió a ponerse en marcha. Martin la miró con perplejidad durante un instante, antes de azuzar al ruano para que la siguiera.

«¿¡Muy bien!?»

—Así pues, ¿se resigna a no asistir a uno de esos bailes de máscaras?

Ella giró la cabeza para mirarlo.

—Por supuesto que no —contestó antes de volver a mirar al frente—. Lo único que tengo que hacer es buscar otro acompañante.

¿Qué había esperado? Estaba claro que lo estaba convirtiendo en otro «querido Reggie», maldita fuera su estampa.

Podía ponerla a prueba. De hecho, lo habría hecho si estuviera seguro de que sólo se trataba de una baladronada.

Amanda se mordió la lengua y mantuvo un semblante firme, como si estuviera haciendo un repaso mental de todas sus amistades masculinas para decidir a quién le pediría que la acompañara al baile de máscaras de Covent Garden.

Las puertas del parque, junto a las que esperaba el mozo de cuadra, ya habían aparecido ante ellos cuando escuchó a Dexter pronunciar las palabras que había estado esperando.

—¡Está bien, está bien!

Le lanzó una mirada fugaz. El hombre la observaba con expresión pétrea.

—Le prometí que la acompañaría al puñetero baile de máscaras... y lo haré.

No le resultó fácil contener el grito de alegría que pugnaba por salir de su garganta, pero lo consiguió; en su lugar, esbozó una sonrisa serena.

—Gracias. Eso lo hará todo más fácil. —Dejó que su sonrisa se ensanchara antes de añadir—: Después de todo, más vale lo malo conocido...

El semblante del conde se tornó aún más hosco. Asintió con brusquedad.

—Me encargaré de hacer los arreglos pertinentes.

Hizo girar la cabeza del ruano con la clara intención de volver a internarse en el parque. Amanda se despidió con una inclinación cortés antes de instar a la yegua a que siguiera hacia las puertas.

No miró hacia atrás; no necesitaba hacerlo para saber que él se daría la vuelta después de observarla durante un instante. Mientras escuchaba el ruido que hacían los cascos de su yegua sobre la gravilla, la expresión confiada abandonó su rostro.

—Va a echarse atrás, ¡va a huir! ¡Lo sé! —le decía Amanda a su hermana, que estaba sentada en la cama, mientras paseaba de un lado a otro de su habitación.

—¿No hay algún modo de que puedas...? En fin, ¿retenerlo?

Amanda resopló.

—Es demasiado cauteloso; demasiado astuto, por muy indolentes que parezcan sus movimientos. —Se dio la vuelta y retrocedió sobre sus pasos—. Te digo que sabe que esto es un juego. He conseguido despertar su interés lo suficiente como para que me permita seguir jugando, pero lo sabe; y sabe que yo lo sé. Lo que no sabe es que tengo la intención de que este juego acabe en el altar. Tal vez crea que lo único que quiero es divertirme un poco antes de resignarme a un matrimonio aburrido.

—¿¡A un matrimonio aburrido!? Eso sí que no se lo tragará.

—No frecuenta la alta sociedad. No conoce a nuestra familia. Así que no puede suponer cuál es mi objetivo, cosa que forma parte de la atracción que siente por mí y que le hace ofrecerse voluntario a ser mi guía.

—Ya veo... —Amelia reflexionó un instante, apoyada sobre los codos—. Pero ¿qué hay de la otra parte, de los otros motivos que lo llevan a pasar tanto tiempo contigo?

Amanda hizo una mueca.

—¿No te he dicho ya que es muy difícil saber lo que está pensando? Es esquivo. A decir verdad, no sé si hay otra parte. Ni siquiera estoy segura de que él lo sepa. De todos modos, sea lo que sea es demasiado... —Se detuvo para gesticular, impotente—. Es algo demasiado vago e impreciso como para identificarlo y poder usarlo a mi favor. Además, no quiero que se concentre en eso todavía. Si hay algo más en ese sentido, necesita tiempo para crecer antes de que él lo reconozca.

Amelia asintió.

—Por tanto, necesitas otra táctica, otro tipo de estímulo.

—Sí, pero ¿cuál? —preguntó mientras seguía caminando.

Poco después, la voz de su gemela interrumpió sus tortuosos pensamientos.

—¿Sabes una cosa? Creo que estás contemplando la situación desde una perspectiva equivocada.

Amanda se dio la vuelta para mirarla a los ojos.

—Estás pensando en él de modo personal y te resulta difícil porque no lo conoces bien. Sin embargo, es un hombre; un hombre como nuestros primos. ¿O no?

Amanda la miró fijamente y al momento la expresión de su rostro se suavizó. Esbozó una sonrisa radiante antes de lanzarse a la cama para abrazar a su hermana.

—Melly, eres un genio.

Cuatro días más tarde, Martin montaba su ruano y aguardaba bajo el roble del parque mientras observaba a Amanda Cynster acercarse a lomos de su yegua. La sonrisa que adornaba su rostro era poco más que afable. No había rastro de satisfacción en ella, ni mostraba la más leve expresión de triunfo.

Reprimió un gruñido de frustración, aunque no pudo evitar que su mirada se demorara en ella, en los rizos dorados que brillaban a la luz del amanecer y en la esbelta figura que el traje de montar resaltaba.

El súbito asalto de emociones le hizo sentir deseos de rechinar los dientes. Hacía años que no se sentía tan «adiestrado». La irritación estaba a flor de piel, avivada por la certeza de que el destino estaba siendo injusto con él una vez más. Había intentado hacer lo correcto, comportarse de forma honorable; había intentado mantener su promesa y ayudarla a llevar a cabo las aventuras que habían acordado para después cortar una relación que, según percibía, se intensificaba día a día y así regresar a las sombras. Pero el destino conspiraba con Amanda Cynster para burlarse de él.

Tras hacer los arreglos necesarios para la noche acordada en Covent Garden, había esperado a que la muchacha volviera a mandar una nota solicitando montar la yegua. Y había seguido esperando. A la postre, comprendió que ella se pasaba las mañanas durmiendo.

O bien no le cabía la menor duda de que él la seguiría allí donde fuera o bien le importaba un comino lo que él hiciera.

Lo peor era la incertidumbre que suscitaba esa disyuntiva.

De modo que, fuera cual fuese la respuesta y en vista de su nueva táctica, se había visto obligado a enviarle una nota solicitando que se encontrara con él, pese a la promesa que se había hecho de no alentarla en ningún sentido. Decir que estaba irritado ni siquiera empezaba a describir el estado en el que se encontraba.

La joven detuvo la yegua y ésta hizo una cabriola. Tras darle unas palmaditas en el cuello, le sonrió con cariño.

—Tenía razón; necesitaba que la montara —le dijo mientras alzaba la cabeza, lo miraba con serenidad y, después, alzaba una ceja.

Martin observó con detenimiento esos ojos azules y su semblante se tensó mientras le daba vueltas al comentario. Agarró las riendas con más fuerza e hizo un gesto brusco con la cabeza en dirección al camino.

—Vamos.

Y se pusieron en marcha. A pesar de mirarla una y otra vez con disimulo, no detectó rastro alguno de satisfacción en ella. A decir verdad, su comportamiento daba a entender que sus aventuras con él eran algo pasajero y que carecían de la menor importancia en su vida. Que en esos momentos no estaba preguntándose si él habría hecho los arreglos necesarios que poco tiempo antes había estado tan deseosa de que hiciera.

En cuanto llegaron al camino de tierra, lo tomaron al unísono y azuzaron a sus monturas para que se lanzaran al ga-

lope. Como era habitual, lo invadió la euforia. Y sabía que a
ella también. Durante esos minutos en los que cabalgaban el
uno junto al otro, sólo existían ellos, los pájaros y el cielo.
No había expectativas. No había obligaciones. Sólo la emoción y el placer.

Tenían algo en común: la habilidad de entregarse al momento sin reservas. Lo comprendió mientras aminoraban el
paso y salían al prado.

La irritación se había desvanecido y había dejado tras
ella... algo que creyó que jamás sentiría.

Con un gesto brusco, le indicó que avanzara hacia el sendero que ya conocían y que quedaba oculto por los árboles.
Amanecía más temprano y en los alrededores ya había otros
jinetes que se dirigían medio dormidos hacia el parque.

—Tengo un palco en Covent Garden para el baile de
máscaras del próximo martes.

Ella lo miró con una sonrisa deslumbrante.

—Maravilloso.

Martin se esforzó para no fruncir el ceño.

—Si el día le viene bien, la esperaré en el carruaje como
siempre.

La sonrisa de la muchacha no flaqueó.

—El martes por la noche me viene muy bien. El lunes y
el miércoles hay bailes importantes, así que a nadie le extra-
ñará que me quede en casa el martes.

Martin observó su rostro con detenimiento. Ella aguantó el escrutinio con aplomo; su semblante no reveló nada.
Aunque en realidad debía de estar pensando que podría haberle comunicado los detalles en la nota que le había enviado
concertando la cita. No lo había hecho y se negaba a ahondar
en el motivo.

Tal vez no se hubiera dado cuenta; tal vez pensara que a
esas horas a él le encantaba montar... a caballo.

Se obligó a cambiar los derroteros de su mente para alejarla del deseo que le abrasaba la entrepierna.

—El martes por la noche, pues. —Después, sería libre.

Ella inclinó la cabeza aún con la sonrisa en su sitio. Sin

esperar a que él correspondiera el gesto, agitó las riendas y se marchó.

Martin la observó durante un instante mientras se alejaba con total tranquilidad antes de darse la vuelta y encaminarse hacia su casa, aún más decidido que antes a ponerle fin a su juego.

El patio de butacas del Covent Garden, libre de las sillas y repleto de asistentes disfrazados, era un escenario digno de las fantasías más disparatadas de Amanda. No sabía adónde mirar mientras Dexter la guiaba hasta el palco que había reservado en el primer piso.

Todo el mundo llevaba máscara, pero muchas damas ya se habían quitado las capas negras, revelando unos vestidos cuyo diseño resultaba de lo más novedoso para ella. Con los ojos como platos, se dedicó a observarlas de los pies a la cabeza... y tuvo que corregirse. No eran damas. Ninguna dama llevaría jamás atuendos tan provocativos. Sentada cómodamente en una de las sillas del palco, siguió mirando a unas y a otras con la fascinación de un *voyeur*. Ésas eran las habitantes del inframundo en toda su gloria. Las Chipriotas, las prostitutas y las coristas que solían aparecer en el escenario conformaban una orquesta que intentaba hacerse oír sobre el alboroto. Por todas partes se escuchaban comentarios obscenos y escandalosas carcajadas. Las risillas disimuladas y las miradas elocuentes estaban destinadas a capturar la atención de los hombres y lograr así que se acercaran.

El grupo integrado por los caballeros no revestía interés, ya que era la misma multitud que veía todas las noches en los bailes de la alta sociedad. Lo que la cautivaba era el comportamiento que demostraban, la manifiesta adoración con la que trataban a aquellas que exponían sus encantos delante de sus narices.

El escandaloso juego (la estimulación del deseo y la consecuente negociación sobre el modo de satisfacerlo) la intrigaba. Aunque era consciente del semblante ceñudo de Dexter, continuó sentada y observándolo todo. Unos minutos después, el conde se arrellanó en una silla junto a ella en actitud vigilante; claramente leonina.

En cuanto estuvo satisfecha con su escrutinio, una vez que se aseguró hasta cierto punto de que no había rostros conocidos ocultos entre la muchedumbre, se dio la vuelta y lo miró a través de las rendijas de su máscara.

—¿Podemos bajar?

Quería negarse. Lo veía en sus ojos, puesto que no llevaba máscara. De poco habría servido llevarla; era muy fácil reconocerlo: no había otro hombre con el mismo color de cabello, con ese tono tan peculiar y brillante. Los mechones dorados que salpicaban el color castaño eran una prueba de los cambios que los años pasados en la India habían obrado en él.

Se incorporó con gesto indolente mientras observaba la multitud.

—Como desee.

Se puso en pie. Amanda le ofreció la mano y dejó que la ayudara a levantarse. Esos ojos verdes la miraron de nuevo y se deslizaron por su cuerpo para tomar buena cuenta de su vestido de seda color albaricoque, que quedó expuesto cuando su dominó se abrió. Había elegido el vestido con sumo cuidado; el color de la seda hacía que su piel brillara y le confería a su cabello un dorado más intenso.

Dexter la estudió durante un buen rato antes de extender los brazos y cerrarle el dominó.

—Sería más acertado ir de incógnito. Un vistazo a ese vestido y todos los *cognoscenti* hervirán en deseos de saber quién es.

«Un ángel de visita por el infierno.»

Con la mano de la joven apoyada en el brazo, Martin la acompañó escaleras abajo hasta el vestíbulo. Cuando llegaron al patio de butacas y se vieron envueltos por el ruido, se recordó que aquello no era en realidad el infierno; de haberlo sido, jamás la habría llevado.

Sin embargo, ése era un lugar donde Amanda Cynster

no tenía por qué estar, un lugar que no tenía por qué ver; no necesitaba exponerse a semejantes compañías. Al menos en su opinión.

Aunque sabía muy bien que no serviría de nada discutir la cuestión. La guió hacia la multitud con la mandíbula tensa, asegurándose de que lo que veía, si bien inadmisible, no fuera escandaloso. Contaba con el hecho de llevar a una mujer del brazo para frenar cualquier avance; no obstante, hubo muchas miradas elocuentes, muchos pucheros desvergonzados y muchos guiños arteros dirigidos a su persona. Cosa que no pasó desapercibida para su acompañante.

La tensión se apoderó de ella; Martin notó que le clavaba los dedos en el brazo. Sin embargo, se relajó de forma gradual a medida que avanzaban.

La miró a la cara, pero con la máscara puesta y los ojos clavados en la muchedumbre, no podía distinguir su expresión ni adivinar sus pensamientos.

No podía predecir la dirección de su mirada.

La mentalidad abierta con la que Amanda había contemplado a las mujeres del patio de butacas llegó a su fin en cuanto se percató de que eran tan conscientes como ella del potencial de su acompañante. Sin embargo, tras avanzar con lentitud unos cuantos metros, comprendió que Dexter no albergaba el menor interés por ninguna de ellas; su atención seguía allí donde debía estar.

En ella.

Lo que le otorgaba libertad para mirar todo lo que quisiera; para catalogar las florituras, las miradas furtivas o los movimientos seductores de los abanicos y así recabar información de las expertas en la materia. No obstante, el hecho de que él pareciera inmune a todo ello sugería que tal vez tuviera que echar mano de armas algo más sutiles.

Estaba ocupada pensando en las armas sutiles que poseía cuando una pareja que reía a carcajadas le dio un empujón, haciendo que se tambaleara. Dexter tiró de su brazo para acercarla de nuevo a él. Amanda se descubrió de repente contra su torso, encerrada sin aliento entre sus brazos. Protegida.

Alzó la mirada. El semblante del conde había adoptado una expresión aguerrida y pétrea; tenía la vista clavada al frente. Escuchó que un caballero balbuceaba una disculpa. La tensión se apoderó de los músculos que la rodeaban, de los brazos que la protegían, del cuerpo sobre el que se apoyaba. Tomó una bocanada de aire e intentó darse la vuelta... pero lo único que consiguió girar fue la cabeza.

—No pasa nada —dijo, haciendo que él la mirara.

Parecía inclinado a disentir.

Amanda sonrió. Le dio unas palmaditas en el pecho.

—Estoy sana y salva.

La pareja aprovechó la distracción para perderse entre la multitud. Cuando Martin alzó la mirada, ya habían desaparecido; tuvo la sensación de que acababan de robarle la posibilidad de resarcirse. Tardó un instante en refrenar sus instintos. En reprimir su reacción lo bastante como para poder apartar los brazos de...

«¡Maldición!»

Se negó a mirarla a los ojos mientras la soltaba. La agarró de la mano y entrelazó su brazo con el de ella.

—¿Qué hacemos ahora?

La pregunta, murmurada entre dientes, no fue muy cortés, pero... ella era la culpable de que estuvieran allí.

Percibió que lo miraba de reojo, pero se negó a girar la cabeza.

—Demos una vuelta. Quiero ver todo lo que haya que ver.

Ni por asomo iba a permitir algo así. La guió por ciertas zonas de la multitud después de comprobar que eran seguras, evitando cualquier grupo cuyo comportamiento consideraba demasiado obsceno para sus angelicales ojos azules.

Entretanto, se recordó el motivo por el que estaba allí.

Porque había accedido a llevarla; porque, a cambio, había conseguido la promesa de que ella volvería a los salones de baile a los que pertenecía. Los años le habían otorgado cierta sabiduría; sabía que Amanda Cynster mantendría su palabra. La joven tenía su código de honor, al igual que él. Un código de honor que le exigiría alejarse de su vida en cuanto esa noche llegara a su fin. Y lo haría. Costara lo que costase. Lo único que debía hacer era sobrevivir a esa noche y todo iría bien.

Los agudos chillidos y los excitados murmullos que siempre parecían alzarse más allá de su vista le decían a Amanda que se estaba perdiendo buena parte de lo que había ido a ver expresamente.

Aunque ya no le importaba. El juego en el que estaba enzarzada con Dexter requería toda su atención. Esa noche sería su última oportunidad para resquebrajar las defensas del conde. Tal vez fuera un excelente jugador de cartas, pero en el juego que se traían entre manos sus habilidades estaban más igualadas. Lo único que debía hacer ella era decantar la balanza a su favor.

A medida que la muchedumbre se desmandaba, Amanda comenzó a considerar todas las oportunidades, preparada para aprovechar cualquier cosa que se le pusiera por delante. Al llegar junto al escenario, descubrieron una zona despejada donde las parejas bailaban un vals. Se paró en seco y se dio la vuelta. Para quedar entre los brazos de Dexter.

—¿Podemos bailar?

Reprimió la reacción que le produjo el súbito contacto, el roce de su pecho contra el torso masculino y el de sus caderas contra los muslos, y pasó por alto la repentina tensión que se apoderó de él, así como el gesto posesivo de la mano que descansaba sobre su cintura. Lo miró con los ojos abiertos de par en par.

Dexter le devolvió la mirada antes de desviar la vista a los bailarines. Tensó la mandíbula.

—Como desee.

Amanda alzó una mano para apoyarla sobre su hombro y sonrió. Dexter la acercó más a él y la condujo en dirección a las parejas que giraban. En ese lugar, el vals era muy diferente del que se bailaba en los salones de la alta sociedad. Más lento, más íntimo. Mucho más provechoso.

Estaba claro que él había utilizado el baile como herramienta de seducción antes; ejecutaba los movimientos de modo natural, de forma instintiva. Aun cuando en ese momento estaba segura de que intentaba no hacerlo. Cambiaron de dirección con cuidado, puesto que la pista de baile estaba demasiado abarrotada como para separarse demasiado. El dominó que la cubría flotaba alrededor de la chaqueta de Dexter y de su vestido de seda, dificultándole la tarea de sujetarla. En un momento dado, Amanda malinterpretó la dirección hacia la que iba a llevarla y volvió a ser víctima de un empujón. Con la mandíbula apretada, él le abrió el dominó e introdujo una mano bajo la prenda con el fin de colocarla en la base de su espalda y así sujetarla mejor. La acercó aún más a él; no a una distancia en la que se rozaran de forma seductora y juguetona, sino pegándola directamente contra su cuerpo de tal modo que Amanda se sonrojó; se sentía atrapada, encerrada entre sus brazos. Suya.

Por un instante, le resultó imposible respirar, aunque no tardó en inclinarse un poco para apoyar la cabeza contra el hombro masculino. Esbozando una sonrisa, se relajó entre sus brazos y se dejó llevar por esa intensa y súbita marea de emociones. Dexter era como una roca ardiente contra ella. Cada lento giro intensificaba el roce de sus piernas y de sus caderas, los acercaba más.

La excitación se apoderó de ella en un abrir y cerrar de ojos, la recorrió de la cabeza a los pies y después se concentró en sus entrañas, derritiéndolas con su calor. Incapaz de respirar, alzó la cabeza... y contempló esos cautivadores ojos. De un verde oscuro salpicado de motas doradas, ardían con la promesa de una pasión sin límites; sin límites pero contenida. Amanda no apartó la mirada mientras se preguntaba qué vería él en sus ojos.

No le cabía duda de que la deseaba; el deseo que ella había ansiado provocar estaba allí y era mucho más poderoso de lo que habría podido imaginar. La certeza la estremeció y la asustó de forma inesperada. Ése era el objetivo de su plan y una vez conseguido... La idea de lo que vendría a continuación hizo que se le desbocara el corazón.

Levantó la mano para acariciarle el sedoso cabello y después, movida por la curiosidad, le recorrió el mentón con el dorso de los dedos. Él bajó la cabeza con su acostumbrada languidez. Amanda sintió un vuelco en el corazón y un cosquilleo en los labios que le hizo separarlos.

Tal y como hiciera en aquella otra ocasión, Dexter la besó en la comisura de los labios.

—Tranquila —le dijo con voz ronca, apenas un seductor ronroneo—. No voy a comerte.

«¡Maldición!», pensó Amanda al tiempo que analizaba de nuevo la situación y se percataba de la tensión que había vuelto a apoderarse de él, de la fuerza con la que se contenía. Iba a tener piedad de ella. Un gesto noble, pero que no se parecía en nada a lo que ella tenía en mente. ¿Cómo podía explicarle...?

—Pero ¡bueno! ¡Qué descaro!

Las palabras y el bofetón que se escuchó a continuación hicieron que Amanda girara la cabeza hacia la derecha. Un coro de estruendosas carcajadas se alzó del grupo que rodeaba a la mujer que había gritado. Ella también estaba riéndose... lo único que había hecho era apartar la mano indagadora de un caballero.

Los ojos de Amanda estuvieron a punto de salirse de sus órbitas. El vestido de la mujer... el corpiño era transparente. Sus pechos, con los pezones erectos, quedaban a la vista de todos. Y un buen número de caballeros los estaban mirando.

Exclamó un débil «¡Santo Dios!» que quedó sofocado bajo la voz de Dexter, quien acababa de decir con mucha más firmeza:

—¡Vámonos!

La obligó a darse la vuelta y, sin apartarla de él, la llevó en dirección contraria.

Martin maldijo para sus adentros mientras escudriñaba la multitud. El vals lo había distraído; había pasado por alto el momento que estaba esperando. Ese momento en el que, por consenso general, el talante de la noche cambiaba del ambiente licencioso a la obscenidad más absoluta. A juzgar por lo que estaba viendo, las cosas no tardarían en adquirir un tinte depravado.

Esa noche el cambio se había adelantado, como sucedía en ocasiones. Por regla general, a esas alturas se habría retirado a su palco con la dama que tuviera colgada del brazo para satisfacer su deseo en la intimidad. Tal vez hubiera evitado durante todo un año la alta sociedad, pero no había llevado la vida de un monje.

No obstante, estaba claro que el celibato era el destino que lo aguardaba esa noche. Mientras acompañaba a Amanda escaleras arriba en dirección al palco, la idea de pasar más tiempo con ella allí a solas, exhibiendo un comportamiento decente cuando lo que deseaba era...

Atajó el rumbo de sus pensamientos y volvió a maldecir para sus adentros.

Ella entró en el palco y, antes de que pudiera detenerla, se fue directa a la parte delantera para observar el patio de butacas.

—¡Por todos los santos! —Su mirada se posó sobre un lugar concreto después de deambular un instante. Abrió la boca—. ¡Por el amor de Dios! ¡Mire eso!

Martin no necesitaba hacerlo; y, a decir verdad, ella tampoco. La agarró por el codo... en el mismo instante en que una exclamación ahogada desviaba su atención hacia el palco contiguo. Una exclamación seguida de otros ruidos: jadeos, murmullos sin sentido, órdenes confusas... Martin agradeció que los ocupantes hubieran tenido la previsión de cerrar las cortinas. La sujetó con más fuerza y tiró de ella hacia atrás.

—Venga, nos marchamos.

—¿Cómo que nos marchamos? Pero...

—No.

Tras esa rotunda negativa, Amanda se vio arrastrada hacia la puerta. En parte quería plantar los pies en el suelo y detenerse; ésa era la última noche que iba a pasar con él, la última oportunidad que tendría, y por su culpa iba a acabar antes de lo que debía. Aunque, por otra parte, el teatro no había resultado un lugar tan divertido como había esperado (ni pizca de romanticismo ni de sutileza). A decir verdad, la sutileza brillaba por su ausencia. Eso era lo que ella necesitaba: sutileza. No le cabía la menor duda.

El comportamiento de los asistentes que fueron dejando atrás a medida que Dexter la escoltaba con expresión hosca hacia la puerta del teatro reafirmó la idea de que Covent Garden no era el lugar adecuado para sus propósitos. Se distraería si tenía que luchar en contra del rubor y disimular la impresión que le causaba lo que veía. Necesitaba tener la mente despejada.

Fue un alivio que Dexter la ayudara a entrar en el carruaje, aunque no tuvo tiempo de relajarse. De todos modos, fingió que lo hacía cuando la puerta se cerró y él se sentó a su lado. El carruaje se bamboleó y se puso en marcha. Amanda contempló la calle mientras se devanaba los sesos en busca de inspiración. Había conseguido lo que deseaba desde un principio: hacerlo arder de deseo. Pero ¿cómo aprovecharse cuando él estaba tan decidido a resistirse? ¿Cómo arrancarle la victoria?

Cuando los cascos de los caballos resonaron sobre Pall Mall, Amanda aún no había encontrado el modo de prolongar su compañía. Seguía intentando encontrar el modo de debilitar aún más sus defensas. Si lo dejaba escapar con el humor que lo embargaba, no volvería a verlo nunca, de eso estaba completamente segura. El carruaje dejó atrás St. James. Ante ellos apareció la oscura silueta de Green Park. Amanda vislumbró los contornos de los árboles y de repente supo lo que tenía que hacer. La embargó una sensación de calma absoluta. Esperó hasta que el vehículo hubo girado para avanzar por la calle que bordeaba el parque antes de mirar a Dexter.

—Todavía es temprano y la noche es muy agradable. ¿Podemos pasear un rato por Green Park?

Martin echó un vistazo al parque; un lugar diseñado para pasear, con un buen número de caminos de grava que se internaban en las altas arboledas. De día, era el sitio predilecto de las institutrices y de las niñeras, que llenaban el parque con sus pequeños pupilos; por la noche, estaba desierto. Era un espacio abierto, carecía de valla. Bastante seguro porque sólo había árboles y prados, ningún arbusto detrás del cual pudiera ocultarse un asaltante.

—Esperaba pasar toda la noche en Covent Garden. Pero... —Se encogió de hombros bajo su mirada—. Dadas las circunstancias, me daré por satisfecha con un paseo bajo los árboles.

Se vio obligado a reprimir un resoplido, aunque la sugerencia era razonable. No dudó en pasar por alto el hecho de que aquél sería el fin de su relación con ella; de que los paseos matutinos por el parque se acabarían en cuanto le dijera adiós esa noche por última vez. Así como también pasó por alto el acuciante anhelo de mantenerla a su lado, de llevarla a su casa y encerrarla en la biblioteca. De hacerla suya para siempre.

Con la mandíbula apretada, desechó la idea.

—Muy bien.

Siguiendo sus órdenes, el carruaje se detuvo junto a la acera. Martin se apeó, le ofreció la mano para bajar y la ayudó a cambiar su dominó negro por la capa de terciopelo. Ella se ató las cintas del cuello pero dejó el resto de la capa abierta, de modo que el suave color de su vestido quedó a la vista. Para mayor aprobación de Martin, tampoco se puso la capucha, por lo que pudo contemplar el brillo de su lustroso cabello a la mortecina luz.

Los dedos le hormigueaban por el deseo de acariciar ese cabello. En cambio, la tomó de la mano, enlazó su brazo con el de ella y emprendieron la marcha por el camino más cercano.

Amanda aceptó su silencio sin hacer comentario alguno. Se había dado cuenta de que lo utilizaba como una táctica para mantener a la gente a distancia, pero a esas alturas sabía como colarse bajo sus defensas. Caminaron bajo los árboles, entrando y saliendo de las sombras. Esperó hasta que se hubieron adentrado bastante en el parque, lejos de la mirada del cochero.

Apartó la mano de su brazo y se colocó frente a él. Dejó que el súbito movimiento lo hiciera darse de bruces con ella, que sus brazos la atraparan y que sus manos la aferraran bajo la capa. Le colocó la mano sobre la mejilla con una sonrisa, se puso de puntillas y lo besó en los labios.

No era un beso de agradecimiento, pero esperaba que él así lo interpretara; al menos durante el tiempo necesario para poner en marcha sus planes. Ya fuera porque lo engañó o porque lo había pillado por sorpresa, consiguió su objetivo: Dexter le devolvió el beso sin rechistar.

Aprovechando el momento, Amanda tomó el control de la situación.

Ya la había besado en bastantes ocasiones como para saber cuándo debía ser atrevida y descarada. Mientras sus labios se acariciaban, sus lenguas se encontraron gustosas. Le echó los brazos al cuello y se estiró un poco más para pegarse a él.

Notó que las manos que la aferraban por la cintura se tensaban y que los dedos se hundían más en ella, como si quisieran apartarla. Ladeó aún más la cabeza y profundizó el beso para avivar las llamas que los consumían... y el momento pasó. Las manos del hombre se relajaron y, con cierta inseguridad, se deslizaron por su espalda con delicadeza, como si estuviera desorientado.

En esos momentos era ella quien llevaba la batuta. Y no estaba dispuesta a desaprovechar la ocasión, no antes de dejar muy claro el punto en el que se encontraban, lo que le estaba ofreciendo.

A ella.

Dejó que el beso le comunicara el ofrecimiento, dejó que la verdad resonara con total claridad mientras se frotaba contra él. Dexter no la abrazaba con rudeza, la sostenía como si estuviera hecha de la porcelana más delicada, como si temiera que fuera a romperse. Ella se acercó más, no obstante, en un intento por demostrarle que estaba equivocado.

Y, de súbito, el beso cambió.

Pasó a un plano todavía desconocido para Amanda; a un lugar de vertiginosos placeres; a un calidoscopio de deleite sensual. Dexter la llevó consigo y le devolvió a manos llenas todo el placer que ella le había ofrecido. De todos modos, algo había cambiado. Estaba claro que la deseaba, pero sus movimientos no estaban dictados por un deseo voraz. La reserva que demostrara en otras ocasiones había desaparecido, pero aún había una especie de barrera entre ellos, una barrera que separaba los anhelos de ambos y que los privaba de la satisfacción mutua.

Eran precisamente los anhelos de Dexter los que habían cambiado. No, se corrigió Amanda, se habían esclarecido. Lo percibía en el modo en que esos labios se habían apoderado de su boca; en la maravillosa profundidad que había adquirido el beso, que había pasado a ser lánguido y pausado; en la sutil persuasión que la dejaba mareada; en la titubeante y renuente certeza de las posibilidades que se abrían ante ellos.

Amanda lo comprendió todo de repente, inmersa en la profundidad del beso, rodeada por sus brazos. La deseaba no sólo a nivel sexual, sino de una forma mucho más profunda, intensa e infinitamente más tentadora. Aquello no era deseo sin más, era algo mucho mayor: el corazón dormido de su león.

Amanda lo vio y lo deseó. Y fue a por él con las dos manos.

Pero sólo consiguió que Dexter emprendiera la retirada.

De forma gradual, con la misma renuencia que demostrara en un principio a la hora de entregarse, se retiró del beso y se zafó de la trampa que ella le había tendido. La trampa cuyo cebo era ella misma.

—No. —Martin susurró la palabra en cuanto puso fin al beso. La cabeza le daba vueltas y el deseo lo consumía. De un modo tan voraz y tan profundo que lo sentía en lo más hondo de su cuerpo.

La había creído incapaz de lograrlo e incluso de intentarlo. Ese ruego pronunciado sin palabra alguna, un ruego que no podía fingir no haber comprendido, había derribado todas y cada una de las barreras que él había ido erigiendo a lo largo de los últimos diez años. Había visto el foso que se abría a sus pies la misma noche que la conoció; pero había creído estar a salvo, puesto que sus defensas eran demasiado fuertes y seguras para que ella pudiera siquiera hacerles un rasguño.

En cambio, Amanda Cynster había acabado con todas ellas y lo había dejado con la sensación de ser más vulnerable que nunca, mientras buscaba a tientas algún fragmento de sus escudos tras el que poder esconderse.

Bajó la mirada para observarla. La muchacha había elegido un lugar lejos de la sombra de los árboles. A la tenue luz de las estrellas, Martin percibió la confusión, la incredulidad y el incipiente dolor que él acababa de infligirle.

Fue el dolor lo que lo llevó a afirmar:

—Eres todo lo que jamás podré tener.

No tenía ni idea de lo que ella podría leer en su rostro. Los ojos azules de la muchacha recorrieron su semblante antes de volver a enfrentar su mirada.

—¿Por qué?

No fue una demanda ni el comienzo de un berrinche, sino una simple pregunta nacida de la necesidad de comprender.

Jamás había respondido a esa pregunta. No había respondido a ninguna de las damas con las que, de vez en cuando, había compartido cama a lo largo de los diez últimos años. Ninguna de ellas había tenido derecho a saberlo; ninguna de ellas merecía la respuesta. Jamás le habían ofrecido la mitad de lo que Amanda Cynster acababa de ofrecerle. Aunque él lo hubiera rechazado.

—Maté a un hombre. O eso cree la sociedad.

Ni siquiera parpadeó. Se limitó a mirarlo a los ojos. Ni un solo músculo del cuerpo que abrazaba se crispó.

—Y ¿lo hiciste?

Martin descubrió que sus labios se curvaban con una amargura imposible de ocultar.

—No.

Ella lo observó por un instante antes de echarse hacia atrás, aunque no se alejó de sus brazos.

—Cuéntamelo.

Era su turno para reflexionar. Respiró hondo. Tras ella había un banco de hierro forjado.

—Vamos a sentarnos.

Una vez que estuvieron en el banco, Amanda se echó hacia delante para poder mirarlo a los ojos mientras él apoyaba los brazos en los muslos y enlazaba las manos... Antes de sumirse en los recuerdos.

Al ver que no decía nada, ella lo instó a hablar y lo rescató de sus recuerdos más sombríos.

—He oído que sedujiste a una muchacha.

Martin titubeó antes de explicárselo.

—Eso forma parte de la historia, pero tampoco es verdad. —Hizo una pausa antes de continuar—. Había una muchacha en el pueblo cercano a mi casa. Crecimos juntos; yo era hijo único y la veía como a una hermana. Un día se suicidó, impulsada por la reacción que mostró su padre (un viejo desagradable y puritano) ante su embarazo. En aquella época, yo sólo tenía diecinueve años y pasaba la mayor parte del tiempo en Londres. Me enteré de su muerte en una visita a mi casa. Juré vengarme y fui en busca de su padre... Y lo encontré. Lo habían arrojado por el borde de un risco y después le habían golpeado la cabeza con una piedra. Cogí la piedra porque no estaba seguro de que... y así fue como los aldeanos me encontraron: de pie junto a él y con la piedra en la mano.

—¿Pensaron que lo habías matado tú?

—El herrero había visto a un caballero, que creyó que era yo, luchando con el anciano al borde del precipicio. Según él, me vio empujarlo.

—Pero no fuiste tú.

Una afirmación, no una pregunta. Una de las manos de la muchacha, cálida y llena de vida, se posó sobre su antebrazo.

—No y lo negué, por supuesto. —Tomó una honda bocanada de aire—. Nadie me creyó. Y eso, pese a todos los años que han pasado y todo lo que ha ocurrido, duele de un modo insoportable. Mi padre... —Hizo un pausa para asegurarse de que no se le quebraba la voz—. Asumió que todo lo que le dijeron era verdad. Quiso desheredarme; pero, debido al título y por el bien de la familia, me desterró. Como su heredero, me enviaron al extranjero en lugar de permitir que me enfrentara a cualquier tipo de investigación.

Ella guardó silencio durante un buen rato. Martin carecía de la fuerza necesaria, de las palabras precisas para poner fin al momento y provocar la despedida final.

—¿Jamás intentaste enmendar la situación?

—Según el edicto de mi padre, no podía poner un pie en Inglaterra mientras él siguiera con vida. Y lo cumplí al pie de la letra.

—Y más, si no estoy equivocada.

—Han pasado diez años desde que mi padre dictó sentencia. He perdido cualquier oportunidad de sacar a relucir la verdad. —Junto con cualquier oportunidad de que lo consideraran un buen partido para alguien como ella; cosa que, hasta ese momento, no le había preocupado en lo más mínimo.

La idea hizo que se pusiera en pie sin demora. La miró y extendió un brazo.

—Vamos. Te llevaré a casa.

Amanda alzó la mirada y meditó un instante, no sobre él, sino sobre el modo en el que debía actuar. Sabía muy bien que no debía despreciar sus conclusiones; formaba parte del mundo que él habitaba y entendía muy bien la perspectiva con la que veía las cosas.

Así como también sabía que para él ésa era la despedida final entre ellos. No estaba de acuerdo, pero no podía discutir, no hasta que hubiera reclutado más ayuda para su causa. Aceptó la mano que le ofrecía y se puso en pie. Cogidos del brazo, regresaron por el mismo camino.

Casi habían llegado al carruaje cuando se detuvo entre las sombras y esperó a que él también se detuviera y se girara para mirarla. Lo tomó de la mano y se acercó a él al mismo tiempo que le inclinaba la cabeza con la mano libre. La actitud de Martin era cautelosa, pero no se resistió. Le dio un beso dulce y lento, una reminiscencia de lo que habían compartido poco antes.

—Gracias por contármelo.

Susurró las palabras mientras sus labios se separaban y después se alejó de él. Martin la observó durante un buen rato, pero sus ojos y su rostro estaban envueltos por las sombras, de modo que Amanda no pudo interpretar su expresión. Le dio un apretón antes de soltarle la mano.

Tras hacer una leve inclinación de cabeza, la acompañó hasta el carruaje que los esperaba.

7

Había hechizado a su león sólo para descubrir que estaba herido. Podía regresar a su guarida de momento, pero Amanda no pensaba renunciar a su sueño. De hecho, después del paseo por Green Park, rendirse era lo último que se le pasaba por la cabeza.

—Necesito saber más. —Estaba con Amelia en uno de los laterales del salón de baile de lady Moffat, observando la multitud—. Necesito saber si las cosas son tal y como él asegura y si la gente lo cree un asesino.

Amelia la miró de reojo.

—¿Estás segura de que no lo es?

—Basta con conocerlo para saber que es una idea ridícula, pero puesto que él se niega a que se investigue el caso, es poco probable que la sociedad cambie de opinión.

—Cierto. Aunque jamás había escuchado rumor alguno acerca de un asesinato. Más bien sobre su inclinación por las aventuras amorosas.

—Por supuesto. Pero dado que ésos son bastante ciertos es probable que el del asesinato siempre haya existido, si bien aquellos que nos advertían en su contra se negaran a mancillar nuestros delicados oídos con algo semejante.

—Eso, por desgracia, es bastante posible.

—Así pues, necesito saber cuál es la verdad según la opinión de la sociedad. No puedo fingir que lo lanzo todo por la borda a pesar de la opinión que se tiene de él... Dexter no lo aceptaría. —Amanda echó un vistazo a su alrededor—. La cuestión es: ¿a quién debo preguntar?

—¿A la tía Helena?

—Se daría cuenta enseguida y se lo contaría a mamá.

—Yo diría que con Honoria ocurriría lo mismo.

—Además, sucedió hace diez años... No creo que Honoria sepa nada.

Amelia siguió su ejemplo y se dispuso a observar a la gente.

—No será fácil. Necesitas a alguien que conozca los detalles de un escándalo tan antiguo...

—Detalles que habrán sido omitidos, al menos en gran parte.

—Y debe recordarlos con precisión.

—Por supuesto... —Amanda se detuvo y clavó la mirada en la única persona que tal vez fuera la fuente de información perfecta.

Amelia siguió su mirada y asintió de forma decidida.

—Sí; si hay alguien que pueda ayudarte, es ella.

—Y es poco probable que traicione mi interés.

Amanda se abrió camino a través del salón de baile, evitando a todos aquellos que querían charlar. Tuvo que esperar junto al diván hasta que una mujer que buscaba apoyo para la presentación en sociedad de su hija se marchó.

Amanda ocupó su lugar con rapidez, sentándose entre el frufrú de sus faldas de seda.

Lady Osbaldestone la miró con sus ojos color azabache, bastante más interesada en ella que en la mujer que acababa de irse.

—Dime, querida, no estarás embarazada, ¿verdad?

Amanda la miró fijamente y después contestó con loable serenidad:

—No.

—Bien, me alegro... supongo que todavía hay esperanza.

Amanda reunió coraje.

—Ya que hablamos del tema... me gustaría preguntarle si recuerda los detalles de un viejo escándalo.

Esos ojos negros volvieron a clavarse en ella con inquietante intensidad.

—¿Muy viejo?

—De hace diez años.

Lady Osbaldestone entornó los ojos.

—Dexter —dijo.

Amanda dio un respingo.

—¡Por el amor de Dios, muchacha! No me digas que has tenido éxito allí donde todas las demás mujeres han fracasado...

Amanda se sintió dividida entre el impulso de reclamar esa corona y el de negar cualquier tipo de relación.

—Es posible —contestó para eludir la pregunta—. Pero tengo ciertas dudas acerca del escándalo. Lo único que sabemos es que sedujo a alguna muchacha que después se suicidó, pero tengo entendido que hubo un asesinato de por medio.

—¿Eso tienes entendido? Y ¿quién te lo ha contado, si puedo saberlo? No creo que haya mucha gente dispuesta a charlar acerca de ese hecho en cuestión.

—¿De veras? —compuso una expresión interrogante tan inocente como le fue posible.

Lady Osbaldestone resopló.

—Está bien... en ese caso te contaré lo que pasó de verdad, ya que parece que necesitas saberlo. Lo que supo la alta sociedad fue que Dexter sedujo a una muchacha de las cercanías de la propiedad familiar, en el distrito de Peak. La muchacha se quedó embarazada, pero en lugar de decírselo a Dexter, se lo contó a su padre, un hombre muy religioso. El padre la atormentó tanto que la muchacha acabó suicidándose. Dexter se enteró en su siguiente visita a casa. Salió en busca del padre de la muchacha y, según los rumores, lo mató. Y después, como si fuera un estúpido, se quedó por las cercanías hasta que los aldeanos lo encontraron.

»El viejo Dexter, el difunto conde, se quedó horrorizado. Habría desheredado a su propio hijo, pero el título y la propiedad habrían pasado a manos de la corona. Además, la condesa adoraba a su hijo, su único y amadísimo polluelo, y Dexter adoraba a su esposa. Permitir que juzgaran al muchacho quedaba fuera de toda cuestión, al menos en aquellos días. Así pues, fue desterrado mientras su padre viviera. Ese fue el rumor que recorrió Londres. —Lady Osbaldestone se llevó las manos hasta su oronda cintura—. Lo que creemos... es un asunto muy diferente.

—¿La alta sociedad no cree que él, que el actual conde, fuera el asesino?

La anciana frunció el ceño.

—Sería más preciso decir que no se ha pronunciado veredicto alguno. Puede que el joven Dexter fuera un muchacho irascible, salvaje y tempestuoso, pero a nadie le pareció nunca una manzana podrida.

La dama la miró y suavizó su tono al añadir:

—En muchas ocasiones, una manzana podrida se cuela en un cesto de manzanas perfectas, pero nadie la descubre hasta el momento crucial, el punto en el que se comprueba la calidad de cada manzana. Puede que Dexter sea capaz de matar, pero lo que a muchos no nos cabe en la cabeza es que tuviera un corazón tan negro como para cometer un asesinato. Era un joven muy alegre, enérgico, lleno de vida y despreocupado, y los que lo duden pueden irse al infierno. Sólo llevaba en la ciudad algunos meses, pero ya habíamos visto lo suficiente para formarnos una opinión. —Lady Osbaldestone hizo una pausa antes de proseguir—: Además, es inútil negar que su padre fue un tipo muy severo. Un buen hombre, pero algo remilgado y muy estricto. La idea de que su hijo hubiera cometido un asesinato, por no mencionar lo demás, le destrozó el orgullo y el alma. Se tomaron decisiones que se llevaron a cabo en cuestión de horas. En semejantes circunstancias, cuando las emociones están a flor de piel, se pueden cometer muchos errores.

Amanda se esforzó por asimilarlo todo. Al final preguntó:

—Entonces, ¿la opinión de la alta sociedad sobre Dexter es...?

La anciana resopló con fuerza.

—¿Con su fortuna? Por no mencionar su aspecto, o eso tengo entendido. Como es natural, hay un buen número de madres que casarían a sus hijas con él en un abrir y cerrar de ojos, asesino o no. —Clavó la mirada en Amanda—. Aunque tu madre no es una de ellas.

Amanda se obligó a no mostrar reacción alguna.

Lady Osbaldestone se reclinó en el asiento con una mirada perspicaz.

—La situación actual podría describirse de un modo más preciso como «indecisa». Cuando Dexter recupere el buen juicio y vuelva a los círculos de la alta sociedad, no será condenado al ostracismo... somos bastantes los que recordamos y nos aseguraremos de eso. No obstante, a menos que se resuelva el tema del viejo asesinato, siempre habrá quien cuestione su nombre.

Amanda asintió.

—Gracias. —Se dispuso a levantarse, pero se detuvo—. Quiero preguntarle otra cosa: ¿qué relación hay entre Dexter y los Ashford?

—Lazos de sangre; Luc Ashford es primo hermano de Martin Fulbridge. Sus madres eran hermanas. —Lady Osbaldestone hizo una pausa antes de continuar—: De pequeños eran inseparables, según recuerdo. Se parecen mucho, ¿verdad?

Amanda asintió una vez más.

La anciana dama dejó escapar una ostensible exclamación de triunfo.

—¡Ajá! De modo que sí has conocido al esquivo conde. Bien, muchachita, permíteme que te dé un pequeño consejo. —Aferró la muñeca de Amanda con una mano que parecía una garra y se inclinó hacia ella—. Si deseas algo con toda tu alma y estás convencida de que es lo mejor para ti, ¡no dudes en luchar por ello si la ocasión lo requiere! —La soltó y contempló cómo se ponía en pie—. No olvides lo que te he dicho. Si crees que es lo correcto, no te rindas, sin importar lo difícil que resulte.

Amanda enfrentó la mirada de la anciana, tan oscura, tan experimentada y tan sabia. Le hizo una reverencia.

—Lo recordaré.

Tardó dos días enteros en convencer a Reggie de que era importantísimo volver a casa de lady Hennessy. Tres noches después del paseo por Green Park, entró una vez más en el número 19 de Gloucester Street. Una vez más, el salón estaba prácticamente lleno, como dictaba la moda. Lady Hennessy enarcó una ceja al verla, pero les dio la bienvenida.

Amanda le dio unos golpecitos en el brazo a Reggie.

—Recuerda lo que me has prometido.

Reggie ya estaba observando a la muchedumbre.

—Esto no me gusta. ¿Qué pasará si te aborda otro caballero?

—Volveré corriendo a tu lado. —Antes de alejarse, le dio un toque de atención—. Ni se te ocurra desaparecer.

Reggie soltó un bufido.

—Como si fuera a hacerlo...

Siguiendo sus instrucciones, Reggie comenzó a deambular por el salón en dirección a uno de los laterales de la estancia. Amanda miró a su alrededor, pero no pudo entrever ninguna cabeza con mechones aclarados por el sol. Rogando que Dexter apareciera pronto, esbozó una sonrisa y comenzó a pasearse por la habitación.

En esa ocasión, puso mucho cuidado en no alentar la excesiva atención de un caballero; se unió a un grupo y después a otro, utilizando las habilidades perfeccionadas tras los años pasados en la alta sociedad para revolotear sin ofender. Entretanto, era consciente de la tensión que por momentos se iba apoderando de su cuerpo y de sus nervios.

No tenía la menor idea de cómo reaccionaría Dexter cuando la viera una vez más en ese lugar. La condición principal para acompañarla en sus aventuras había sido que no buscara más emociones en ese círculo durante el resto de la temporada. Él había cumplido su parte del trato... y allí estaba ella, faltando en apariencia a su promesa. Tal vez no lo impresionara, pero estaba preparada para defender su proceder. Lo que más le preocupaba era que considerara su presencia como un estúpido desafío, una búsqueda intencionada de problemas, y decidiera que tanto ella como lo que hacía le tenían sin cuidado.

Si la miraba con frialdad y le volvía la espalda, en lugar de reaccionar acaloradamente (de forma posesiva y protectora)... no sabía muy bien qué podría hacer.

No tendría que haberse preocupado: Dexter apareció como un ángel vengador, con el ceño fruncido, los ojos entornados, los labios apretados y una mirada abrasadora. Vestido de negro para la velada, se colocó justo delante de ella para impedir su retirada.

—¿Qué demonios estás haciendo otra vez aquí?

—¡Vaya! —Amanda dio un respingo y se llevó la mano al pecho de forma instintiva... y descubrió que su corazón latía a toda velocidad. Acto seguido, se sintió inundada por el alivio—. Me alegro mucho... de que estés aquí.

Él entrecerró los ojos aún más.

Amanda se acercó un poco y aferró su solapa con la esperanza de que nadie la viera.

—Ya no podemos encontrarnos en el parque; el sol sale tan temprano que hay gente por allí desde las seis. Y tengo que asistir a un sinfín de bailes todas las noches, así que antes de la seis es imposible. —Observó el rostro del hombre, pero no detectó ni el más leve ablandamiento de su pétrea expresión—. Tengo que hablar contigo.

Los ojos de Dexter adquirieron una expresión cautelosa que disipó las nubes de tormenta.

—Estás hablando conmigo.

—Sí —replicó mientras miraba a su alrededor—. Pero no puedo discutir el asunto del que quiero hablar... aquí. —«En público», había dado a entender—. ¿Hay algún lugar...?

Tras una dilatada pausa, le pareció por un instante que Dexter soltaba un suspiro.

—¿Dónde está Carmarthen? —Levantó la cabeza y miró a su alrededor—. Ha sido él quien te ha acompañado hasta aquí, ¿cierto?

—Está esperando junto a la pared. Sabe que he venido aquí para hablar contigo.

Martin estudió su ansioso y confiado rostro y se percató de que esos ojos azules no reflejaban el desafío que había esperado ver. Todos los instintos que poseía le gritaban que, fuera lo que fuese lo que ella deseaba decirle, sería mejor no escucharlo. Aun así, si no lo hacía, siempre se preguntaría...

El mero hecho de verla había bastado para hacerle olvidar todos los argumentos lógicos y racionales por los que debía permanecer alejado de ella.

—Está bien. —Apretó los labios y la tomó con fuerza del brazo—. Por aquí.

La condujo más allá de la chimenea, hasta las puertas francesas ocultas por unas cortinas de encaje. Metió la mano entre las cortinas y abrió una de las puertas de par en par. Amanda salió sin vacilar al exterior; él la siguió y cerró la puerta, de manera que se quedaron a solas en un estrecho balcón con vistas al jardín. Completamente privado, pero no lo bastante como para ocasionar un escándalo.

—¿De qué querías hablar?

Ella lo miró fijamente; Martin casi pudo ver cómo se armaba de valor para enfrentarlo.

—Me hablaste de tu pasado. Me dejaste claro que eso (o mejor dicho, sus consecuencias) se interponía entre nosotros. He investigado con discreción lo que la gente piensa de lo que ocurrió, lo que la alta sociedad piensa de ti ahora. —Esos ojos azules lo estudiaron con detenimiento—. Hay muchos que ni ahora ni nunca han dado por cierta tu culpabilidad.

Martin permitió que sus cejas se alzaran un poco; en realidad, jamás se había parado a pensar lo que pensaría de él la alta sociedad en conjunto. La nobleza en sí misma jamás le había interesado.

—Qué... —Qué... ¿qué? ¿Alentador? Desde luego que

no. ¿Interesante? Lo último que quería era darle ánimos. Se encogió de hombros—. No tiene importancia.

Ella levantó la cabeza.

—Al contrario, tiene muchísima importancia.

Su tono y el brillo decidido de sus ojos, junto con la desafiante inclinación de su barbilla, le advirtieron de sus intenciones. Si recuperaba el buen nombre a ojos de la sociedad...

La visión que ella contemplaba, ese sueño imposible que estaba decidida a cumplir, irrumpió en su mente. Aceptación, su verdadera posición... ella. Todo eso y mucho más; todo lo que había desterrado de su mente en los últimos diez años...

Alejar su mente del tema, obviar esos pensamientos y olvidar esa visión le costó tanto que sintió un nudo en el estómago y una extraña opresión en el pecho.

—No.

Ella frunció el ceño y abrió la boca...

—No funcionará. —Tenía que evitar que Amanda continuara despertando viejos fantasmas; impedir que siguiera dando cuerpo a la idea—. No es que no haya considerado la idea de limpiar mi nombre —comentó y se dio cuenta de que lo había hecho con demasiada frecuencia durante las dos últimas semanas—, pero es algo que sucedió hace diez años e incluso en aquella época no hubo ni la más mínima prueba que confirmara mi versión de los hechos... no hubo testigos.

El ceño de Amanda se hizo más profundo. Tras un momento, dijo:

—Te das cuenta de cómo podrían ser las cosas, ¿verdad?... De todo lo que podrías tener.

Martin aguantó su mirada y replicó de forma sucinta:

—Sí. —Lo sabía muy bien. Sabía cuánto deseaba aferrarse, poseer. Sabía que en ese caso, intentarlo y fracasar sería infinitamente peor que no intentarlo.

Si él... Si los dos trataban de limpiar su nombre y no lo conseguían...

Era una posibilidad que ni siquiera quería tener en cuenta. Considerar la posibilidad de tener esa vida que había dado por imposible mucho tiempo atrás sólo para ver cómo la esperanza se desvanecía... Saber que ella se vería afectada por relacionarse con él... Era imposible que su interés pasara desapercibido.

Y, a pesar de todo, había una cuestión que siempre lo había intrigado a lo largo de los años: si él no había matado al viejo Buxton, ¿quién lo había hecho?

Desde su regreso a Londres, se había sentido cada vez más indeciso con respecto a averiguar la respuesta a esa pregunta. Aunque tal vez el hecho de revelar y sacar a la luz la respuesta pudiera limpiar su nombre.

Respiró hondo y se obligó a apartar la mirada de ella para posarla en el jardín; entretanto, intentó recuperar la compostura y erigir alguna barrera entre él y la mujer con la que estaba... algo que por lo general habría resultado una tarea fácil.

Jamás lo había conseguido con ella. Y ese puñetero balcón era demasiado estrecho.

—No tiene sentido seguir con esto. No hay nada que pueda hacer... que podamos hacer. —Y añadió con tono hosco—: No te conté esa historia para conseguir tu apoyo; te la conté para que comprendieras por qué no tengo futuro dentro de la alta sociedad. —Hizo una pausa antes de proseguir—. El pasado está muerto y enterrado.

Se hizo el silencio e instantes después ella replicó en voz baja:

—Enterrado, quizá; pero no muerto.

Martin no la miró. No quería ver su rostro ni sus ojos.

Al instante, Amanda insistió con un tono más adusto:

—Me resulta muy difícil creer que vayas a darle la espalda de forma deliberada a tu vida... a lo que sería tu vida si se limpiara tu nombre.

«Sería», se percató Martin, y no «podría llegar a ser»; esa mujer poseía una determinación que él encontraba irresistible.

Puesto que él no dijo nada, ella explotó.

—¿¡Por qué!? —La pregunta destilaba frustración—. Te

conozco lo bastante bien como para saber que hay un motivo.

Tenía motivos de sobra y ella no tenía por qué conocer ninguno de ellos. Podía imaginar sin problemas su opinión, sus intentos por hacerle olvidar cualquier preocupación por su reputación. Se obligó a contemplar esos ojos brillantes, a observar la emoción que resplandecía en medio de ese mar azul, y supo en ese mismo instante que tendría que obligarla a creer que lo había juzgado mal, que había interpretado mal todo lo que había deducido sobre él en las dos últimas semanas.

Negándose a contemplar las ramificaciones (el dolor de ella y el suyo) y sin apartar la mirada de sus ojos, afirmó con lentitud y claridad:

—No veo ninguna razón de peso para intentar algo tan desesperado, para avivar unas ascuas que llevan tanto tiempo apagadas. Volver a la alta sociedad, recuperar el aprecio de las *grandes dames...* me tiene sin cuidado.

El énfasis que le dio a las cuatro últimas palabras fue brutal; ella retrocedió... Martin lo percibió de una forma casi física, como un súbito estremecimiento debido a la pérdida de calidez. El semblante de Amanda se tornó impasible y un velo cayó sobre sus ojos mientras lo traspasaba con la mirada. A continuación, repitió en voz baja:

—Te tiene sin cuidado. Comprendo.

Giró la cabeza en dirección a las enormes ventanas que derramaban la luz sobre ellos y respiró hondo con evidente tensión.

—Te ruego que me disculpes. Está claro que malinterpreté tu... deseo de reclamar la vida para la que fuiste criado. —Efectuó una rígida inclinación de cabeza y extendió un brazo hacia las puertas—. Te dejaré que prosigas con la vida que prefieres. Adiós.

No «Buenas noches». Martin la siguió con la mirada cuando abrió la puerta y atravesó las cortinas de encaje; apretando la barandilla con la mano, contempló cómo se adentraba en la estancia con la cabeza erguida hasta que desapareció entre la multitud. Confiaba en que Carmarthen la acompañara a casa. Le dio la espalda a la concurrida estancia y se inclinó sobre la barandilla para observar el oscuro jardín; la noche en la que se había convertido su vida.

—Me ha dicho que no. ¡Se ha negado...! En redondo. —Amanda le dio una patada a las faldas del vestido y se dio la vuelta—. Me ha dicho que yo... ¡que nosotros...! ¡Le teníamos sin cuidado!

Su hermana la siguió con la mirada mientras ella se paseaba de un lado a otro de la habitación.

—¿Estás segura de que comprendió a qué te referías?

—¡Desde luego que lo comprendió! ¡No tiene ningún problema de comprensión! ¡Pero no puede decirse lo mismo de todo lo demás! —Tras sofocar un grito de frustración, Amanda giró y siguió paseándose.

Confundida, Amelia aguardó. Su hermana tenía aún más inclinación al histrionismo que ella, pero no la había visto tan alterada en toda su vida. La alteración, no obstante, era de poca ayuda para la causa de su gemela.

Después de un rato, probó suerte.

—Entonces... ¿vas a rendirte?

—¿Rendirme? —Amanda hizo un alto para observarla—. Por supuesto que no.

Amelia se relajó sobre la cama.

—¿Qué piensas hacer?

Amanda la miró a los ojos y se dejó caer en la cama a su lado. Observó el dosel. Tenía la mandíbula tensa y una expresión obstinada.

—No lo sé. —Un instante más tarde, añadió—: Pero ya se me ocurrirá algo.

Tres noches después, Martin regresó a Gloucester Street por expreso llamamiento de Helen Hennessy. No tenía intención de asistir, pero la nota de Helen había ido directa al grano: quería que fuera. Eran bastante amigos y, puesto que no tenía nada mejor que hacer, había decidido complacerla.

Ella lo saludó con calidez; como siempre, tenía un aspecto impecable y sofisticado.

—Al grano —le dijo Martin—. ¿Por qué estoy aquí?

Ella enarcó ambas cejas.

—Tus modales se están deteriorando... y eso siempre es una señal muy reveladora.

Martin frunció el ceño. Antes de que pudiera preguntar a qué venía lo del deterioro, Helen hizo un gesto con la mano en dirección a un rincón de la estancia.

—Pero con respecto al motivo por el que estás aquí, sospecho que deberías conocer las actividades de esa damita amiga tuya.

Martin la miró a los ojos.

—¿De qué damita hablas?

—De la señorita Cynster, por supuesto. Y te ruego que no malgastes tu aliento asegurándome que no es tu amiga. —Helen tiró de su brazo—. Carmarthen no la acompaña esta noche; ha venido sola. Y te sugiero que, en lugar de mirarme echando chispas por los ojos, guardes esa expresión para algunos de los que andan por aquí. —Hizo un gesto con la cabeza hacia el rincón; dejó de actuar y se puso seria—. De verdad, creo que será mejor que le eches un vistazo. Lo que hagas después depende de ti.

Martin la observó un instante antes de asentir.

—Está bien.

Helen enarcó las cejas; él pasó por alto ese gesto y se giró hacia el rincón que le había señalado. Si creía que iba a darle las gracias por llamarlo para que acudiera en ayuda de Amanda Cynster, podía esperar sentada.

Ni siquiera se le pasó por la cabeza irse de allí sin ver lo que Helen quería que viese; al menos, no hasta que, tras escudriñar la muchedumbre, divisó el grupo que se encontraba en el rincón. Fue entonces y sólo entonces cuando soltó un juramento por lo bajo y deseó haberse marchado. Pero ya era demasiado tarde.

Sin embargo, no era tan estúpido como para irrumpir sin evaluar antes la situación. Comprendía por qué Helen estaba preocupada; el grupo que tenía delante era una combinación sin precedentes, volátil y probablemente explosiva.

Amanda había reunido a su alrededor a un extraordinario número de los más solicitados y lascivos libertinos de la ciudad, atrayendo de ese modo la atención de las damas de buena cuna que llenaban los salones de Helen. Había pocas que pudieran hacerle sombra, por lo que todas la veían como una competidora advenediza. O tendrían que haberla visto como tal, pero de algún modo, la situación se había trocado. Y Martin sabía quién había sido la culpable.

En lugar de sisear y enseñar las garras, las demás (las damas más maduras) y la señorita Cynster habían llegado a una especie de acuerdo. Martin suponía lo que conllevaba dicho acuerdo; pero, a juzgar por la expresión hechizada del rostro de los caballeros, comprendió que aún no se habían percatado de que Amanda no pensaba seguirles el juego esa noche.

Sin embargo...

Contempló cómo coqueteaba con uno de los elegantes calaveras y se preguntó si tenía motivos para sentirse tan seguro. Ella era todo un premio en cualquier sentido, pero en ese lugar prometía una experiencia que rebasaba en mucho lo normal. No sólo era hermosa y rebosaba atractivo sensual, sino que también era inocente e inteligente; además de astuta, independiente y... la envolvía un halo de femenino desafío. Y había expertos suficientes en el grupo que la rodeaba que sabrían apreciar eso.

Aunque no sería esa noche. Fueran cuales fuesen los planes de Amanda.

Después de evaluar la situación con los ojos entornados, rechazó la idea de un ataque frontal. Se giró y llamó a uno de los criados.

Tras soltar una carcajada por el comentario de lord Rawley, Amanda cogió la nota de la bandeja, la desplegó... y a punto estuvo de dejarla caer. No sabía que Dexter se encontraba allí; estaba tan metida en su papel y tan tensa que no había sentido su mirada... no lo había visto.

—Vaya, ¿qué ocurre? ¿Malas noticias?

Levantó la mirada y descubrió que tanto lord Rawley como el resto de los caballeros la observaban con seriedad y preocupación.

—Bueno... no. —La alegría inmediata que iluminó sus expresiones le dijo por qué estaban preocupados—. Se trata de... —Arrugó la nota y reprimió el impulso de frotarse la frente—. No estoy segura.

Aquello era lo que había querido, lo que había planeado. Pero ¿por qué la estaba esperando en el vestíbulo principal?

Les sonrió a sus admiradores.

—Hay un mensajero en el vestíbulo con el que debo hablar. Si me disculpan un momento, caballeros...

Fue lady Elrood quien respondió.

—Por supuesto, querida.

Amanda se escabulló antes de que algún caballero se ofreciera a acompañarla.

Al salir del atestado salón al vestíbulo principal, miró hacia las puertas y no vio a nadie salvo a dos criados. Antes de que pudiera dar la vuelta para echar un vistazo a las escaleras, alguien le puso su capa sobre los hombros.

Antes de que pudiera reaccionar, la capucha le cayó sobre la cara. Unos brazos duros como el acero la rodearon y la levantaron del suelo.

—La puerta, estúpidos... ¡Abridla!

Cualquier duda que pudiera haber albergado sobre la identidad de su atacante se desvaneció. Comenzó a retorcerse, a intentar dar patadas... todo en vano. Cuando se le ocurrió gritar, Dexter ya había atravesado el umbral y estaba bajando los escalones. Amanda se tranquilizó, a la espera de que volviera a dejarla en el suelo.

Cuando llegó a la calzada, Martin dio dos zancadas más, la alzó un poco más y la arrojó sin miramientos sobre el asiento de un carruaje.

Furiosa, luchó por liberarse de los pliegues de la capa.

La puerta del carruaje se cerró de golpe y escuchó un grito. El vehículo salió disparado, como si huyera del mismísimo demonio. Amanda forcejeó para librarse de la capa y vio que las fachadas de Belgrave Road quedaban atrás volando. Absolutamente perpleja, volvió a dejarse caer sobre el asiento.

«¿Cómo se atreve?», pensó.

Estaba tan estupefacta, tan furibunda, que era incapaz de pensar con coherencia. El carruaje siguió avanzando a una velocidad de vértigo, aminorando apenas para tomar las curvas; Amanda tuvo que agarrarse a la cincha para mantenerse erguida. Hasta que el carruaje aminoró y se detuvo, no pudo recuperar la compostura.

Recogió su capa y su ridículo, abrió la puerta y bajó del vehículo; no se sorprendió al descubrir que se encontraba en la esquina de North Audley con Upper Brook Street, a escasos metros de su casa. Se dio la vuelta y abrió su ridículo.

El cochero carraspeó.

—Lo siento, señora, pero el caballero me pagó muy bien.

Cómo no. Amanda levantó la mirada y esbozó una sonrisa carente de dulzura.

—En ese caso, le sugiero que se marche.

El cochero no discutió. Esperó hasta que el coche de alquiler hubo dado la vuelta a la esquina antes de echarse la capa sobre los hombros y emprender el camino a casa.

—Al menos esto demuestra que se preocupa.

—Lo que demuestra es que es un imbécil, ¡un asno arrogante, engreído y petulante! El típico Cynster.

—Y ahora ¿qué?

—Comenzaré con el plan B.

Volvió a encontrarse con su némesis en la velada de la señora Fawcett. La señora Fawcett era una viuda con una reputación no del todo sórdida cuyas fiestas nocturnas estaban muy bien consideradas entre las Chipriotas.

—¿Qué demonios crees que estás haciendo?

El ronco gruñido fue música celestial para los oídos de Amanda. Sin apartar su atención del juego de cartas que fingía contemplar, le echó un vistazo a Dexter, que se encontraba detrás de ella.

—Me estoy divirtiendo.

Volvió a observar el juego con una sonrisa en los labios. Tras un instante de pensativo silencio llegó la réplica:

—Si no quieres pensar en tu reputación, piensa al menos en la de Carmarthen; lo estás colocando en una posición insufrible.

Había asistido al lugar acompañada de Reggie, quien estaba discutiendo con otro caballero que tendría más o menos su misma edad.

—No creo que se encuentre en peligro. —Enarcó una ceja y miró hacia atrás para contemplar la expresión irritada de Dexter—. ¿Habrías preferido que hubiera venido aquí sin él?

—Habría preferido que no hubieras venido aquí. Ni a ningún lugar como éste.

Amanda apartó la mirada y se encogió de hombros.

—No entiendo por qué crees que tu opinión va a influir en mí.

—Me prometiste que si te proporcionaba las emociones que deseabas, todas ellas, te mantendrías apartada de lugares como éste durante el resto de la temporada —dijo con los dientes apretados.

Amanda se giró una vez más; estaban tan cerca que le rozó el torso con el pecho. Alzó una mano para deslizar un dedo a lo largo de un elegante pómulo. Y sonrió al tiempo que lo miraba directamente a los ojos.

—Mentí. —Lo miró con los ojos abiertos de par en par—. Pero ¿a ti qué más te da? —Tras un irónico gesto de despedida, se dispuso a esquivarlo—. Ahora, si me disculpas, hay algunos caballeros a los que me gustaría conocer.

Se alejó de él sin prisa alguna. Sin embargo, no se le había escapado la tensión que se había adueñado de su enorme cuerpo. Ni la ardiente mirada que estuvo clavada en su espalda durante el resto de la noche.

Martin cerró los dedos en torno a la muñeca de Amanda cuando ésta se detuvo en la entrada del salón de la señora Swayne. La había visto escabullirse hacia el gabinete y había estado esperando a que saliera; a eso lo había reducido esa mujer.

La arrastró lejos de los demás invitados.

—Muy bien, dime cuál es tu plan.

Se paró junto a la pared y ella abrió los ojos de par en par.

—¿Plan?

—Ese empeño tuyo de convertir a la mayor parte de los libertinos de la alta sociedad en esclavos babeantes que esperan a que hagas tu elección.

—¡Ah! Ese plan... —Echó un vistazo al grupo de disolutos libertinos y calaveras que atestaban la pequeña estancia.

Martin controló su temperamento de mala gana. Se arrepentía con toda su alma de haberle dado rienda suelta en casa de Helen; por satisfactorio que hubiera resultado en aquel momento, sólo había que fijarse en la posición en la que lo había colocado. Había pasado la última semana asistiendo a todas y cada una de las puñeteras veladas organizadas por las mujeres de cuestionable reputación, buscando a Amanda en salones y fiestas. Vigilándola. La gente comenzaba a darse cuenta. Y lo último que quería era que prestaran atención a su interés por Amanda Cynster.

—No hace falta que te preocupes. He aceptado por fin que nunca nos pondremos de acuerdo. No hay relación alguna entre nosotros, lo dejaste muy claro. Así pues, no entiendo por qué te empeñas en protegerme de este modo tan absurdo... No me cabe en la cabeza que pienses que voy a tolerarlo.

Martin apretó la mandíbula y se mordió la lengua para reprimir el tremendo impulso de responder al desafío que brillaba en sus ojos. Lo tenía (no sólo a él sino también a sus emociones) entre la espada y la pared.

Ella trató de alejarse, pero como la tenía sujeta por la muñeca, no pudo hacerlo. Bajó la mirada para contemplar los dedos que le aferraban la muñeca. Y esperó. Martin tuvo que obligarse a soltarla. Con una sonrisa serena, ella inclinó la cabeza y se apartó de él.

—¿Adónde vas? —No pudo evitar preguntarlo y sabía que ella comprendería lo que preguntaba en realidad... que no era otra cosa que el fin de su jueguecito.

Amanda lo miró de reojo.

—Haré un viaje de ida y vuelta al infierno. —Mientras se giraba, añadió—: Si me apetece.

Caminaba por la cuerda floja sobre una manada de lobos hambrientos; en algún momento daría un mal paso... eso estaba claro. Los lobos contaban con ello y por eso aguardaban con paciencia, dispuestos a permitir que ella moviera los hilos como si fueran títeres, cosa que la mayoría de ellos no era ni por asomo.

Martin apretó los dientes y aguantó noche tras noche, mientras las veladas daban paso a las fiestas y éstas a los saraos. La temporada de la alta sociedad ya había comenzado, y en los círculos menos selectos también se vivía el mismo frenesí.

Cada noche, localizaba a Amanda; aun cuando tuviera compromisos sociales con la alta sociedad, aparecía en su mundo escoltada por un cada vez más descontento Carmarthen. Y cada noche, parecía un poco más alocada, un poco menos predecible.

Reía y hechizaba; añadía conquistas a su lista de una forma casi adictiva. Con una expresión ceñuda y los brazos cruzados, Martin apoyaba la espalda en la pared y la observaba; los más peligrosos habían averiguado su anterior relación y tenían los instintos de supervivencia lo bastante aguzados como para mostrarse cautos. Nadie sospechaba lo que había entre ellos, pero había pocos dispuestos a meterse en su terreno. Era la única arma que le quedaba para protegerla y su único éxito consistía en que hubiese funcionado hasta el momento.

Apoyado en la pared de la fiesta de la señora Emerson, observó el círculo que rodeaba a Amanda. Estaban discutiendo algo, pero parecía de índole intelectual, no sexual... Cosa extraña, considerando la compañía; aunque no tan extraña, puesto que era Amanda quien lideraba una de las posturas del debate.

En ese momento, Reggie Carmarthen se apartó del grupo; observó la multitud con una expresión de creciente pánico y vio a Martin.

Para su sorpresa, Reggie fue directo hacia él. Se situó a su lado y prescindió de todas las formalidades.

—Tiene que hacer algo. Ella... —Hizo un gesto en dirección a Amanda—. ¡Está a punto de meterse en un lío!

Martin respondió a la expresión ansiosa de Reggie con una mirada impasible.

—En ese caso, deténgala.

La expresión de Reggie se tornó impaciente.

—Si yo pudiera impedir que hiciera algo, ¡ni siquiera estaríamos aquí! Eso es evidente. Jamás he sido capaz de lograr que cambie de opinión una vez que se le mete algo entre ceja y ceja. —Se enfrentó a Martin con beligerancia—. Y lleva así desde el momento en que usted se ofreció a ser su pareja de *whist*.

La acusación estaba clara, pero Martin no necesitaba que hiciera hincapié en ese punto. Ya se sentía responsable, al menos en el aspecto moral, del comportamiento descarado de Amanda, de su inquieta e insatisfecha situación. Dudaba mucho que Reggie tuviera la más mínima idea de por qué y de qué forma la culpa recaía sobre él.

Semejantes sentimientos tal vez fueran ilógicos (después de todo, la elección era de Amanda), pero así era como se sentía.

Se encogió un poco ante la acusadora mirada de Reggie; tras enderezarse, echó un vistazo al cada vez más ruidoso grupo.

—¿Sobre qué están discutiendo?

—Sobre grabados al aguafuerte.

Martin giró la mirada hacia Reggie.

—¿Grabados?

Reggie asintió con repugnancia.

—Exacto... «Ese» tipo de grabados en concreto. Pero Amanda no tiene ni idea y algunos de los hombres se han dado cuenta. En cualquier momento aceptará algún reto cuidadosamente formulado —dijo al tiempo que observaba el grupo con ansiedad—, si es que no lo ha hecho ya.

Martin soltó un juramento y siguió la mirada del hombre, aliviado al ver que la discusión todavía seguía en todo su apogeo. Amanda estaba enfrascada en un sermón.

—Primero dejarán que se enrede con sus propios argumentos, si tienen dos dedos de frente.

—Curtin está aquí; y también McLintock.

Ésa era respuesta suficiente.

—Maldición.

Martin observó el desarrollo del drama mientras meditaba cuál sería el mejor modo de intervenir. Había considerado la idea de advertir a sus primos de las actividades extraoficiales de Amanda, pero no había visto a ninguno de ellos mientras la perseguía por los salones de la ciudad; introducirse en la alta sociedad para encontrarlos estaba fuera de toda cuestión... al menos para él.

Miró a Reggie.

—Si consigo sacarla de este aprieto, le aconsejaría que les insinuara su situación a uno de sus primos. A Diablo, a Vane o a cualquiera de los otros.

Reggie lo miró como si hubiera algo crucial que no había llegado a comprender.

—No puedo hacer eso. —Cuando Martin frunció el ceño, Reggie añadió—: Soy su amigo.

Martin estudió la mirada sincera de Reggie antes de hacer una mueca y volver a clavar la vista en Amanda. Suspiró para sus adentros.

—Según parcce, es cosa mía.

Amanda había perdido todas las esperanzas cuando Dexter apareció de repente a su lado. Durante la semana anterior había jugado una baza cada vez más desesperada, esbozando noche tras noche una sonrisa cada vez más quebradiza y comportándose de forma cada vez más escandalosa. En ese momento, estaba al borde de lo inexcusable y había una parte de ella a la que le daba igual.

Había resultado aterrador descubrir lo poco que le importaba lo que le deparara el destino si Martin Fulbridge no iba a formar parte de su vida. Descubrir lo que le depararía el futuro: un aburrido y decoroso matrimonio. A pesar de su manifiesto interés por las emociones que ofrecían las «damas del inframundo», ya estaba harta de sus fiestas (que no eran más que una pobre imitación de las de la alta sociedad), de esa compañía poco ilustrada y con ocupaciones menos que decentes. No le hacían gracia las gélidas miradas de los caballeros ni la descarada hipocresía de las mujeres.

Esa noche había pasado de la desesperación a un estado de ánimo en el que flirtear con una situación potencialmente destructiva parecía algo aceptable. En el fondo de su corazón sabía que no era así, pero su corazón estaba demasiado maltrecho como para servirle de ayuda.

La reaparición de Dexter habría debido reavivar ese magullado órgano, pero le bastó una mirada a su pétreo semblante para mitigar cualquier posible reacción.

—Bien, milord. —Lo miró a los ojos con tanto descaro como cualquiera de las mujeres presentes y de una forma mucho más desafiante—. ¿Qué lado del debate prefiere, a favor o en contra?

Martin enfrentó su mirada.

—¿A favor o en contra de qué?

—Vaya, de la tesis según la cual las más insignes muestras del arte del aguafuerte son capaces de enardecer las pasiones de una dama. —Le devolvió la mirada con serenidad, ocultando el desprecio que le provocaba el tema, como había hecho hasta entonces. Tras haberse topado con una conversación acerca del irresistible encanto de un aguafuerte recientemente adquirido, comentó que esos grabados estaban sobrevalorados y, al instante, todos los caballeros que la habían escuchado se acercaron para sacarla de su error con evidente superioridad.

Dado su estado de ánimo, había sido el aliciente necesario para mantenerse en sus trece y ceñirse a su teoría. El hecho de que todos los caballeros involucrados asumieran que en realidad era una teoría, y que si la alentaban de forma conveniente, se prestaría a realizar la prueba, fue la gota que colmó el vaso.

¿De verdad la creían tan ingenua?

Por supuesto que sabía a qué clase de aguafuerte se referían... ¡Tenía veintitrés años! Lo había visto con sus propios ojos, se lo había oído decir a otros y había contemplado las obras de artistas como Fragonard desde su más tierna infancia. Su opinión no era una teoría, sino un hecho: los grabados, sin importar el tema que reflejaran, jamás habían tenido efecto alguno sobre sus pasiones.

Eso era lo que quería dejar claro; ávida tal vez de diversión, era posible que le hubiera dado demasiado énfasis a la discusión. Su meta en esos momentos consistía en averiguar cuánto tardarían los caballeros en darse cuenta de que no iba a ofrecerse como voluntaria para comprobar su tesis viendo una de sus colecciones.

Pero eso, por supuesto, había sido antes de que apareciera Dexter. En ese momento...

Amanda arqueó una ceja.

—Seguro que tiene alguna opinión al respecto, milord. Es de suponer que usted tiene bastantes conocimientos sobre el tema.

Martin la miró a los ojos y a continuación esbozó una sonrisa que le provocó un escalofrío en la espalda.

—Debo decir que en muy pocas ocasiones los he encontrado anodinos; no obstante, la sensibilidad de la dama en cuestión tiene mucho que ver con el resultado, por supuesto.

Esas palabras arrastradas, aunque perfectamente articuladas, produjeron un súbito silencio.

Amanda quedó atrapada en su mirada. Había asumido que se pondría furioso y trataría de acabar con la discusión, en lugar de recoger el guante que los restantes caballeros estaban esperando poder arrojar. Tras su serena actitud, estaba verdaderamente estupefacta.

—Muy cierto —ronroneó el señor Curtin—. Yo también he podido comprobarlo.

—Lo mismo digo —intervino lord McLintock—. Lo que significa, querida, que tendrá que ver una buena cantidad de aguafuertes para probar su teoría. Será un placer para mí que valore mi colección.

—No, no. Mi colección es más amplia...

—Ya, pero estoy completamente seguro de que la mía es preferible...

En aquel instante una cacofonía de ofertas inundó sus oídos. En cuestión de segundos, se produjo una controversia acerca de cuál de las colecciones sería más apropiada para probar su temple.

La voz grave de Martin se alzó sobre todas las demás.

—Puesto que fui yo quien argumentó que la clave reside en la sensibilidad de la dama y mi biblioteca contiene una extensa colección de esos grabados, en la que se incluye una rara colección de volúmenes procedente de Oriente, sugiero que la señorita Cynster debería comprobar su teoría viendo una selección de mi colección.

Amanda respiró hondo. Ninguno de los libertinos presentes se atrevió a protestar; se limitaron a esperar, listos para ofrecerse en caso de que ella rechazara la oferta.

Amanda lo miró y permitió que sólo él contemplara sus ojos entornados. Había echado por tierra con toda deliberación la diversión de la noche, sin duda con la excusa de hacerlo por su propio bien. Muy bien, sería él quien le proporcionara una compensación.

Alzó la barbilla y sonrió.

—Una espléndida idea. —Fue un placer contemplar la expresión cautelosa que asomó a los ojos de Martin; le dedicó una sonrisa radiante al resto—. Como es natural, les informaré de todos mis descubrimientos.

Unos cuantos refunfuñaron; otros aceptaron su fracaso con toda la elegancia que el momento requería, anticipando sin duda que ella volvería víctima de un apetito que ellos se ofrecerían a aplacar. Amanda resopló para sus adentros; tenía toda la intención de acabar con sus incursiones en ese círculo. La única razón por la que se había adentrado en él en primer lugar había sido encontrar al hombre que en esos momentos estaba a su lado. Le ofreció la mano y él se la colocó sobre el antebrazo. Tras despedirse de los demás con una inclinación de cabeza, la alejó del grupo y se encaminó directamente hacia la puerta.

—No creerás —murmuró Amanda— que vas a salir de ésta sin mostrarme uno de los libros de tu colección, ¿verdad? Uno de esos raros volúmenes procedentes de Oriente.

Él la miró de reojo con cara de pocos amigos.

—No te hace ninguna falta ver esos libros.

Amanda abrió los ojos de par en par y trató de quitar la mano de su manga, pero él la sostuvo con fuerza. Bajó la mirada para contemplar su mano atrapada y a continuación la alzó para mirarlo a los ojos.

—Si consideras que su compañía es demasiado peligrosa para mí, debes proporcionarme una alternativa. Te ofreciste a mostrarme tus grabados... y yo lo acepté. Todos lo oyeron.

—¿De verdad piensas obligarme a hacerlo? —Su tono sugería que estaba chiflada.

Ella no se echó atrás.

—Sí.

Martin maldijo entre dientes. Desvió la mirada hacia la multitud y acto seguido soltó la mano de Amanda para buscar algo en el bolsillo de la chaqueta. Sacó una libreta y garabateó una nota para Reggie Carmarthen en la que le explicaba que para rescatar a su amiga se había visto obligado a llevarla a casa. Reggie comprendería a la perfección el tono brusco de la misiva. Después de entregarle a un criado la nota plegada, volvió a reclamar la mano de Amanda.

—Vamos.

8

—Supongo —dijo Martin con tono agrio mientras el carruaje giraba hacia Park Lane— que no me permitirás dejarte en casa de tus padres y dar esta noche por terminada, ¿verdad?

Amanda lo miró fugazmente en la oscuridad.

—No.

Tal y como se temía. No le había quedado otro remedio, pero se había arrepentido de haberle aguado la noche desde el momento en que salieron de la casa de la señora Emerson. No sabía por qué estaba tan nervioso... la llevaría a su biblioteca, le mostraría uno de esos puñeteros libros y después la llevaría a casa. Y eso sería todo. Al menos esa noche.

El carruaje se adentró en el sendero de entrada de su casa; de acuerdo con las órdenes acostumbradas, siguió hasta el patio trasero. Martin maldijo por lo bajo antes de recordar que la puerta principal no se había abierto durante años. El vehículo se detuvo. Bajó y le ofreció la mano a Amanda, diciéndose a sí mismo que tenía los nervios a flor de piel porque ella era el primer miembro de su antigua clase social que iba entrar en la casa desde que ésta pasó a ser de su propiedad. Aun así, mientras la guiaba a través de la oscuridad de la cocina y la penumbra de los pasillos, se puso aún más nervioso.

Amanda agradecía la escasa iluminación; aparte de la vela que Martin había cogido de la mesa de la cocina, la casa estaba a oscuras. No se trataba de una oscuridad impenetrable; podía distinguir los muebles cubiertos por las sábanas de hilo y sentir la atmósfera típica de una casa vacía. La luz parpadeante de la vela no iluminaba su rostro, de modo que podía mirarlo todo cuanto quisiera.

Ésa era su guarida.

Un escalofrío le recorrió la espalda. Hacía un frío horrible, casi helador, aunque suponía que podría ser peor sin el hogar de la cocina. Claro que era imposible que él pasara todo el día en ese lugar. Las inmensas escaleras que vio a su derecha cuando entraron en el gigantesco vestíbulo tenían un diseño clásico y sus peldaños ascendían hasta una galería sumida en la oscuridad. Miró a su alrededor y reprimió otro estremecimiento; casi todas las puertas estaban abiertas... y ninguna habitación tenía indicios de ser utilizada.

Eso no era un hogar. Aunque no se hubiese casado y viviera solo, esa casa carecía de vida. No había signos de calidez humana ni de serenidad; no ofrecía consuelo alguno para un espíritu atormentado.

Martin la condujo sin detenerse hacia un segundo pasillo, más ancho que el primero pero igualmente descuidado.

Desolación. Esa palabra resonó en la mente de Amanda. ¿Cómo podía vivir allí?

En ese momento él abrió una puerta. La luz se derramó desde el interior de una estancia sorprendentemente acogedora. Martin le hizo un gesto para que entrara; Amanda dio un paso adelante... y se detuvo en el vano de la puerta.

Allí era donde vivía.

Pasó la mirada de un lado a otro con rapidez, tratando de asimilarlo todo de un solo vistazo... imposible. Tratando de conciliar esa maravilla con el desolador vacío que había atravesado escasos minutos atrás. Hipnotizada, entró en la estancia y se detuvo de nuevo, girando para contemplar lo que la rodeaba presa del desconcierto.

La gigantesca habitación (dadas sus descomunales proporciones era posible que fuese un antiguo salón de baile, ya que la casa era antigua) era en esos momentos una biblioteca. Aunque el término no le hacía justicia. Sí, todas las paredes estaban cubiertas de resplandecientes estanterías de madera que se alzaban hasta el techo; sí, las estanterías estaban repletas de innumerables tomos encuadernados en piel y muchos de sus lomos estaban impresos en oro o plata. Había una chimenea lo bastante grande como para asar el proverbial buey en mitad de la enorme pared interior. La pared opuesta albergaba una larga hilera de ventanas con vistas a un patio en el que la luz de la luna jugueteaba con la exuberante vegetación que rodeaba un jardín cuadrado con una fuente. Los altos muros de piedra del patio estaban cubiertos de enredaderas.

Amanda miró hacia el techo y soltó un suspiro de admiración. Era una obra de arte; cada sección de la cúpula representaba una constelación con varias deidades, animales, peces y aves. Podría contemplarla fascinada durante horas; apartó la mirada y descubrió la hilera de arañas de cristal, todas apagadas en ese momento.

Al echar un vistazo a su alrededor, se sintió ahogada en un suntuoso esplendor. Mirara donde mirara, había un objeto o un mueble, algo inesperado, que cautivaba los sentidos. Los años que Martin había pasado en Oriente se ponían de manifiesto en los delicados adornos de marfil, en las figurillas de jade con sus pedestales de madera o en los tapetes de seda que cubrían unos aparadores profusamente tallados. El suelo, de madera resplandeciente, estaba cubierto por coloridas alfombras que brillaban a la luz de las velas; sus vibrantes colores destacaban incluso en la relativa penumbra.

Situados uno frente al otro delante de la chimenea en la que ardía el fuego y como confirmación de que ésa era la estancia que él usaba como refugio, había un diván y una otomana; esta última llena de cojines de seda con bordados de oro y cubierta por un arcoiris de echarpes de seda cuyos brillantes flecos anudados centelleaban a la luz de las velas.

Amanda respiró hondo y contempló la habitación al completo para hacerse una idea.

No sólo abrumaba su tamaño... eran los colores. La riqueza. El extraordinario deleite que suponía para los sentidos.

La casa era como él. La idea se abrió paso en su mente con la fuerza de la verdad y la certeza de la precisión. El exterior era clásico aunque amenazador y la entrada, desoladora, pero en el corazón había un lugar de incontenible calidez donde reinaban la belleza, el conocimiento y los placeres sensuales.

Se giró y vio que Martin se había agachado junto al fuego para avivarlo. Se acercó a la estantería más próxima y dejó vagar la mirada por los lomos de los libros. Arte, clásicos, poesía... había de todo. Ensayos, libros de filosofía, publicaciones en latín, griego, alemán y francés... la colección era muy extensa.

Cogió un huevo con incrustaciones de piedras preciosas de una estantería y estudió el intrincado diseño. Volvió a colocarlo en su lugar y, cuando se giró, descubrió que Martin se había puesto en pie y la observaba con una expresión indescifrable.

—Bien. —Amanda hizo un gesto para señalar las estanterías—. ¿Qué tomo tengo que ver?

Los rasgos del hombre se tensaron. Avanzó hacia ella con su acostumbrado sigilo; el resplandor del fuego le confería un matiz dorado a su pelo. Amanda tomó las riendas de sus sentidos y permaneció donde estaba. Alzó la barbilla.

Martin se detuvo frente a ella y la miró a los ojos.

—No te hace falta ver ningún libro.

Amanda trató de leer su mirada. Fracasó.

—Claro que sí. Es lo menos que puedes ofrecerme, teniendo en cuenta la escenita que has montado. —No había duda de que Martin se comportaba de forma intimidante; con actitud práctica, Amanda añadió—: Y que no se te olvide que debe ser uno de esos volúmenes de Oriente.

Martin tensó la mandíbula. Durante un instante, la observó con una expresión pétrea y acto seguido alzó la mano por encima de la cabeza de Amanda para coger un libro encuadernado en cuero marrón. Depositó el pesado tomo en sus manos (el lomo tenía un grosor de unos ocho centímetros) y después le hizo un gesto en dirección a la chimenea.

—Toma asiento, por favor.

Encendió las velas de un candelabro y lo colocó sobre la mesita auxiliar que había a los pies del diván. Amanda se dirigió hacia la otomana, atraída de forma irresistible por las sedas. Se sentó en medio de los cojines y escuchó el frufrú de la seda al removerse. La otomana era ancha y muy larga, cosa poco habitual; permitía una posición increíblemente cómoda. Observó la mesa auxiliar y después a Dexter.

Con expresión impasible, él acercó la mesa y el candelabro a los pies de la otomana, junto a ella. Amanda se colocó el libro sobre el regazo y pasó los dedos por la cubierta, que estaba cubierta casi en su totalidad por las estampaciones en oro.

—¿Lo compraste en uno de tus viajes?

Él titubeó un instante antes de responder:

—Fue un regalo de una maharaní.

Puesto que él seguía de pie, Amanda levantó la vista y dejó que el desafío brillara en sus ojos. Él le devolvió la mirada, aunque después cedió y se sentó en el otro extremo de la otomana; se reclinó sobre los cojines y extendió los brazos. Parecía tan cómodo que Amanda supuso que la otomana era su lugar favorito de descanso. Muy poco inglés, aunque la inclinación por las comodidades lujosas era sin duda una peculiaridad leonina.

Satisfecha, volvió a centrar su atención en el libro. Lo abrió y descubrió que la primera página estaba cubierta por unos caracteres sinuosos.

—Sánscrito.

—¿Sabes leerlo?

—Sí, pero el texto no está relacionado con tu propósito. Ve directa a las ilustraciones.

No se le ocurría el modo de obligarlo a traducir aquello. Pasó la página. Y se encontró el primer grabado. Su primera valoración fue que a pesar de no haber llevado una vida muy protegida, en comparación con él y desde la suposición de que el libro no fuera una excepción, había pasado toda su vida en un claustro.

Por extraño que pareciera, no se sintió escandalizada en lo más mínimo. Ningún sonrojo delator coloreó sus mejillas. No obstante, sí sintió que abría los ojos de par en par, y aún así no era suficiente, y que se quedaba sin respiración.

No estaba escandalizada. Estaba fascinada. Hechizada. Asombrada.

Martin observó el juguetón reflejo de la luz del fuego en su rostro; el cambio que se produjo en su expresión cuando pasó la página. Intentó no recordar lo que ella estaba contemplando. Y para su consternación, descubrió que no podía.

Estudió su rostro. Parecía absorta. Intrigada. Ladeó la cabeza para observar desde otro ángulo... Incapaz de soportarlo más, se acercó con sigilo a ella para poder verla con más claridad.

¡Por todos los infiernos! Cuando clavó la vista en la página se dio cuenta de que había olvidado lo realistas y detalladas que eran las ilustraciones de ese libro en particular. Ella pasó la página y estudió con avidez la siguiente imagen. Martin observó el dibujo y después su rostro, tratando de imaginar lo que estaría pasando por su cabeza.

Se le secó la boca y todo su cuerpo reaccionó al instante.

Volvió a mirar el libro y luchó por desembarazarse de la opresión que se extendía poco a poco por la parte baja de su pecho.

Ella pasó a la página siguiente y apareció el dibujo de una pareja enzarzada en un flagrante coito sobre una otomana muy parecida a la que ellos ocupaban.

La excitación se adueñó de su cuerpo. No pudo evitar que sus ojos volaran hacia el rostro de Amanda; no podía dejar de observarla, casi sin aliento, mientras ella examinaba el detallado dibujo.

Ella percibió su escrutinio y giró la cabeza; sus miradas se enfrentaron. Amanda se quedó inmóvil.

El sonrojo se extendió por sus clavículas y cubrió sus

mejillas de porcelana. El rictus de sus labios se suavizó; volvió a fijar la vista en el libro para seguir observando la ilustración.

Comenzaron a apreciarse los latidos del pulso en la base de su garganta; los dedos que aferraban el borde de la página se movieron, inquietos. Martin percibió el cambio en su respiración y, pese a la tensión que los había invadido de repente, fue consciente del momento en que despertó su deseo.

Ella lo miró con expresión insegura. Tenía los ojos oscuros y las pupilas dilatadas, rodeadas por un anillo de intenso azul zafiro.

—Así que ya ves —dijo Martin con voz ronca—, los grabados sí te afectan —concluyó al tiempo que extendía el brazo para quitarle el libro... Sabía que tenía que quitárselo y acabar con aquello. Cuanto antes.

—No, te equivocas —replicó ella mientras apartaba el libro de su alcance. Pero se le cayó de las manos. El tomo resbaló por la seda de su regazo y cayó al suelo.

Ambos se agacharon a por él.

Martin se echó hacia delante... y el movimiento lo acercó a ella.

El colchón de la otomana se hundió con su peso y Amanda se inclinó hacia él.

Entre el frufrú de la seda, ella se giró y extendió las manos sobre su torso para detenerlo.

—No... déjalo. —Tenía que hacer un gran esfuerzo para respirar, para pensar, para mirarlo a los ojos y a los labios—. He demostrado que tengo razón.

Los músculos que había bajo sus palmas estaban tensos; sintió que el control del hombre se resquebrajaba. No cedió, pero le faltó muy poco. Estaba envuelta en el calor que emanaba del cuerpo masculino; había algo primitivo rondando tras esa fachada serena de Martin. Ella echó un vistazo a sus labios. Vio cómo se los humedecía, vio que formaban las palabras:

—¿Cómo? —Cuando lo miró a los ojos, él añadió—: Los dibujos te han excitado.

—No. —La embargaba la calidez del éxito, pero cada vez le costaba más trabajo pensar—. No fueron los dibujos. Los dibujos han resultado... interesantes. Reveladores. Nada más. —Con un gesto atrevido, deslizó un dedo por la mejilla de Martin y siguió el movimiento con la mirada hasta llegar a la comisura de los labios.

Perdía poco a poco el hilo de sus pensamientos; como si hablar y pensar ya no tuvieran importancia. Levantó la vista; los ojos del hombre tenían un oscuro y fascinante color verde.

—Fuiste tú... Ver cómo mirabas el dibujo. Imaginar que tú me imaginabas... —Deslizó la mano hasta su nuca para tirar de él y así acercar sus labios—. Ver cómo nos imaginabas... así.

Sus labios se rozaron... y ambos estuvieron perdidos.

Sin que Amanda lo supiera, todos sus instintos respondieron. Al hecho de que tenía esclavizado a su león; al hecho de que por fin había derribado sus defensas y se había apoderado de la sensualidad que moraba en su corazón. Y el placer de saber que era suyo, en ese mismo instante, sin reserva alguna fue inconmensurable.

Al igual que ella era suya.

La certeza la atravesó como un rayo; no como un pensamiento, sino como un sentimiento. Algo que percibía en su piel, en su sangre, una noción impregnada en la médula de sus huesos.

Le correspondió desde el instante en que ese beso prendió la hoguera y lo imitó entusiasmada cuando las llamas crecieron, logrando que las caricias de sus labios se transformaran en una ostensible entrega. Martin se echó sobre los cojines y ella lo siguió para tumbarse sobre él y deleitarse con la sensación de tener ese cuerpo duro bajo el suyo. Le rodeó el cuello con los brazos y lo apretó contra ella mientras el beso seguía y seguía.

Y de esta forma ambos se hundieron cada vez más en el sensual hechizo que el destino había tejido a su alrededor.

Más tarde, Amanda comprendió que había sido eso lo

que los había impulsado, lo que los había doblegado; en ese momento sólo era consciente de la imperiosa necesidad de ser suya: ser la leona de ese león, la mujer de ese hombre. Una necesidad tan básica y simple, tan acorde emocionalmente con sus deseos, que no había necesidad de cuestionarla ni de pensar.

Parecía perfecta.

Martin enterró las manos en su cabello y las horquillas salieron volando. El peinado se desmoronó, pero él lo sujetó con la mano para saborear la sensación de esos espesos mechones al deslizarse entre sus dedos. Cuando cayeron del todo, volvió a sujetarlos y a dejar que se deslizaran de nuevo. Y repitió el proceso una vez más.

A la postre, tras dejarle el cabello en un completo desorden, bajó la mano para acariciarle la sensible piel de la garganta. Sus labios no tardaron en seguirlos. Amanda sintió un tirón y acto seguido su capa se deslizó y resbaló por la otomana hasta caer al suelo. La mano de Martin le cubrió un pecho y en respuesta se echó hacia delante para amoldarse contra su palma con un suspiro de satisfacción, embargada por una necesidad que él se encargó de satisfacer al instante. Volvió a besarla para aplacar la necesidad de ambos mientras apretaba las manos, en un principio con suavidad, pero después con más fuerza, hasta que sintió que sus pezones se tensaban con un palpitante deseo. Sin embargo, no la acarició como ella deseaba. En cambio, llevó la mano hasta los lazos del corpiño y los desató con rapidez, haciendo que pudiera respirar de nuevo, aunque de forma entrecortada.

Comenzó a bajarle el vestido; primero desnudó un hombro y después el otro, sin dejar de murmurar instrucciones que ella cumplía al pie de la letra. Amanda contempló su rostro y se maravilló al comprobar que el deseo había endurecido unos rasgos ya de por sí adustos. En ese momento, él soltó las cintas de la camisola y se la bajó junto con el vestido, desnudándola hasta la cintura.

La expresión de su rostro provocó en Amanda una exultante alegría; parecía aturdido, fascinado, completamente hechizado. Notó el aire fresco sobre la piel, pero no sentía frío; no mientras esos ojos se daban un festín con su cuerpo. Él alzó las manos para cubrir casi con adoración sus pechos y comenzó a mover los dedos. Amanda jadeó, cerró los ojos y levantó un poco la cabeza, absorta, atrapada en un torrente de incitante placer. Le había tocado los pechos con anterioridad, pero no de esa forma, no mientras estaba encima de él. Así era distinto, como si se estuviera ofreciendo y quedara muy claro que era elección suya, que estaba participando en aquello por voluntad propia, y no aceptando las caricias que le imponía.

Se movió con impaciencia contra él y sintió el roce de su erección en el vientre. Él cambió de posición y se apoderó de sus labios para sumirla una vez más en las apasionadas profundidades de un beso.

Entretanto, movió los dedos para apretar sus palpitantes pezones y Amanda se sintió atravesada por una descarga de placer, tan penetrante como una lanza. Él repitió la tortura y absorbió sus jadeos mientras ella trataba de controlar su respiración. Sus caricias se suavizaron poco después y se tornaron lánguidas y relajantes. Cada roce tenía un matiz reverencial, como si estuviera acariciando el más suave de los terciopelos, el más caro de los satenes.

La pasión floreció, los envolvió.

Martin se apartó de su boca y le echó la cabeza hacia atrás para poder trazar la línea de su garganta con los labios hasta el lugar donde se percibía el pulso. Cerró la boca sobre esa zona y las llamas del placer se avivaron cuando comenzó a succionar con suavidad para después aplacarse un tanto cuando sustituyó los labios por la lengua.

Después bajó la cabeza aún más y deslizó los labios por la suave curva de uno de sus pechos. La tensión se apoderó de ella de forma repentina y contuvo el aliento, sabiendo lo que sucedería a continuación, deseando...

Martin la instó a que se moviera un poco hacia arriba y ella lo complació de buena gana. Cuando esa cálida boca se cerró en torno a un enhiesto pezón, Amanda soltó un jadeo;

cuando lo lamió y succionó con suavidad, estuvo a punto de derretirse... y cuando por fin succionó con más fuerza, se quedó sin respiración.

Él no le permitió recuperar el aliento, no dejó que sus sentidos se recuperaran. Apoyada en los cojines y con los dedos enterrados en su pelo, Amanda lo apretó contra ella, instándolo a tomar cuanto deseara, a darse un festín, a devorarla hasta que ambos quedaran satisfechos.

Todas y cada una de sus terminaciones nerviosas habían cobrado vida; todos los sentidos que poseía estaban centrados en sus caricias cuando él se apartó, se tumbó sobre los cojines y la llevó consigo antes de enterrar las manos en su cabello una vez más y comenzar a besarla.

El entusiasmo que Amanda demostraba, esa desinhibida sensualidad tan semejante a la suya, era un deleite para Martin. Ella le correspondía en todo momento, en cada caricia, en cada latido de sus corazones. Se habían convertido en uno solo: en un solo propósito, en una sola meta. La experiencia le hizo dilatar el momento; saborear cada uno de los pasos del camino que tan bien conocía, aunque en el fondo estaba inmensamente sorprendido al descubrir que con ella el camino había cambiado, el paisaje era distinto.

Estaba tan fascinado como ella.

Había muchas cosas diferentes... Ella era diferente, pero era algo más que eso; el paisaje se había transformado por completo. Estaba hechizado, intrigado. Juntos, los dos eran principiantes; los dos estaban aprendiendo; tenían experiencia en algunas cosas, pero había muchas otras por descubrir.

Jamás se cansaría de tocarla... De deslizar los dedos, o las palmas, sobre sus generosas curvas y sobre esa piel tan delicada como un pétalo de rosa. No obstante, el beso avivó la pasión, que creció y se intensificó con cada descarada e insinuante caricia hasta convertirse en una apremiante necesidad. Necesitaba saciar sus hambrientos sentidos, tocarla, explorar más allá. Devoró su boca y ella jadeó antes de imitarlo y expresar sus deseos con tanta audacia como él.

Más... necesitaba más. Deslizó las manos por su esbelto

talle y agarró el vestido y la camisola para bajarlos. El tejido resbaló con facilidad sobre su piel, sobre las curvas de sus caderas, sobre su voluptuoso trasero. Tras ponerle fin al beso, se incorporó un poco sin apartar la mano de esa cintura desnuda para evitar que se alejara. Con la otra mano sujetó el arrugado tejido y lo bajó por las piernas hasta librarla de las prendas, que fueron arrojadas al suelo.

Se percató de que Amanda bajaba la mirada y, con un pequeño jadeo, procedió a quitarse los escarpines de raso con los pies y a enviarlos junto al vestido de una patada.

Martin clavó la mirada en esos pies cubiertos por las medias de seda y respiró hondo, consciente de que al expandir su pecho los senos de Amanda se apretaban con suavidad contra él. Tenía todos los nervios a flor de piel. Muy despacio, paseó la mirada por las torneadas piernas enfundadas en la seda, desde la punta de esos pequeños pies, delicadamente arqueados, hasta las ligas de seda azul que le rodeaban los muslos, pasando por los delgados tobillos, las esbeltas pantorrillas y las rodillas.

Sobre las ligas, la piel estaba desnuda y resplandecía como el marfil bajo la tenue luz. Recorrió con la mirada el voluptuoso contorno de sus muslos hasta llegar a los rizos rubios que le cubrían la entrepierna. Con una extraña opresión en el pecho, subió aún más y observó su vientre plano, la estrechez de su cintura y sus pechos, con los pezones tensos y oscurecidos debido a sus atenciones. Se apartó un poco para contemplarla al completo y quedó embriagado por semejante visión. Estaba tumbada a su lado, encerrada por uno de sus brazos y desnuda salvo por las medias de seda. Una criatura creada para abrumar sus sentidos. Poderosas curvas femeninas revestidas de un satén pálido como el alabastro, con un cabello dorado que resplandecía a la luz de las velas.

En torno a ella, los intensos tonos de los echarpes de seda y de los cojines creaban una base de lo más adecuada sobre la que exhibirla: una joya, una perla de valor incalculable.

Y suya.

Una parte de él quería apoderarse de ella, devorarla, saciar la lujuria que lo consumía. Otra parte percibía la expresión soñadora que se reflejaba en sus ojos entornados mientras contemplaba cómo la observaba y su respiración entrecortada, y ambos detalles lo hacían desear mostrarle lo que era el placer, sumergirla en el deleite por encima de todo.

La segunda alternativa era más de su gusto.

Inclinó la cabeza para buscar sus labios y se apoderó de ellos con un beso lento y abrasador antes de tensar el brazo para acercarla más. Notó como se aceleraba su respiración cuando su sensibilizada piel entró en contacto con el tejido de la ropa que él aún llevaba. Martin sonrió para sus adentros y la estrechó con más fuerza para que sintiera la vulnerabilidad de estar desnuda entre sus brazos mientras él, como un conquistador, permanecía completamente vestido.

Ella se estremeció y, rendida, abrió la boca para permitirle una extraordinaria y atrevida exploración; una invasión destinada a extender la pasión por sus venas, a arrastrarla hasta las abrasadoras profundidades de su mutua necesidad.

Amanda se dejó llevar sin vacilar, sin tratar siquiera de recuperar el sentido común. Lo había perdido hacía mucho; en esos momentos la guiaba el instinto. Un instinto que le gritaba que el paraíso estaba al final de ese camino; que juntos podrían escalar hasta una cumbre maravillosa que los cambiaría para siempre. Que los uniría para siempre.

Fundidos por el fuego, unidos el uno al otro por las hebras doradas de los sentimientos, por las hebras plateadas de las trémulas emociones.

El descarado examen sexual al que la había sometido Martin, esos ojos abrasadores que la contemplaban entornados por el deseo controlado y una pasión casi palpable, la había puesto muy nerviosa. Estaba tan tensa que se estremecía con cada larga y lenta caricia de esas manos sobre su piel. Sobre su espalda, sobre su trasero. Una mano que exploraba con pausada apreciación... el toque de un pachá deseoso por conocer a su nueva esclava. Esa mano errática cubrió su trasero de provocativas caricias, dejando a su paso un rastro de húmeda pasión, antes de bajar más para cerrarse sobre la parte trasera de uno de sus muslos.

La levantó contra él y la mantuvo en alto con el fin de mover las caderas y hacerle notar la insistente presión de su erección contra la parte baja del vientre. La pasión se apoderó de lo más hondo de su ser y estalló en llamas mientras él se mecía contra ella.

Amanda apenas podía respirar, pero tomó aliento de él y elevó las manos para acunarle el rostro, para hablarle con besos e instarlo a continuar. Lo quería dentro de ella... no necesitaba pensarlo, subyugada como estaba por la necesidad. Sin embargo...

Él lo entendió; cambió de posición una vez más y la tumbó sobre la sedosa suavidad de la otomana. Era increíblemente cómoda, diseñada para ese uso. Cuando se situó sobre ella, Amanda esbozó una sonrisa de felicidad; puesto que ya tenía los brazos libres, extendió las manos hacia su chaqueta. La apartó hacia los costados, aprisionándole por un momento los brazos. Él frunció un poco el ceño, pero accedió y se echó hacia atrás para quitarse la prenda y arrojarla a un lado.

Medio sentada, ella se encargó de los botones que le cerraban la camisa. Con una extraña agilidad en los dedos y aguijoneada por una sensación de creciente urgencia, los desabrochó y apartó el tejido de lino para contemplar con fascinación lo que había dejado al descubierto.

Se le quedó la boca seca. Con los ojos abiertos de par en par, alzó ambas manos y, con los dedos extendidos, las colocó sobre los poderosos músculos de su pecho. Presionó con los dedos y sintió cómo se contraían y se tensaban. Hechizada, deslizó las manos hacia abajo para deleitarse con el áspero roce del vello en las yemas de los dedos. Siguió el surco que dividía su torso hasta llegar a los músculos de su abdomen, duros como una piedra.

Estaba tan duro, tan caliente... El calor se desprendía de él en oleadas y se hizo más intenso cuando, con los ojos casi negros, extendió las manos hacia ella.

Un instante antes de que esos labios se apoderaran de su boca, Amanda contempló con asombro la indiscutible pasión y el deseo que se habían apoderado de sus rasgos. Aunque eran por naturaleza austeros, en mitad de la pasión parecían esculpidos en granito: implacables, irresistibles.

Aunque ella no tenía intención de resistirse ni mucho menos.

Se entregó a él, le rodeó el cuello con los brazos y le devolvió el beso con un ardor que igualaba el de él, movida por la necesidad de incitarlo, de arrastrarlo, de unirlo a ella. La satisfacción se adueñó de ella cuando la apretó contra su pecho y la rodeó con los brazos para instarla a tumbarse de nuevo. Amanda se descubrió atrapada bajo él, con los muslos separados para darle cobijo entre ellos y un pecho sometido a las caricias de su mano. En ese momento, Martin puso fin al beso e inclinó la cabeza. Ella echó los brazos hacia atrás por encima de su cabeza y los extendió sobre la seda con un suspiro, mientras él le besaba el pecho. Al instante, se metió el pezón en la boca y succionó con fuerza; ella soltó un jadeo y notó que se le arqueaba la espalda.

Sintió que su cuerpo reaccionaba, percibió el doloroso deseo que palpitaba entre sus muslos.

Martin repitió la suave tortura, apaciguando un pecho con mano experta mientras estimulaba el otro con la boca, hasta que ella se vio consumida por una exasperante e innombrable necesidad que era a la vez abrasadora, exigente y compulsiva.

Él apartó la boca del pecho y la deslizó lentamente un poco más abajo.

Amanda contuvo el aliento y alzó la cabeza para observarlo. Enredó los dedos en su cabello y tiró de él.

—Los pantalones. Quítatelos. —Tuvo que hacer una pausa para humedecerse los labios cuando enfrentó su mirada una vez que él levantó la cabeza. Esbozó una sonrisa felina—. Quiero verte entero.

Martin ya tenía las manos en sus caderas. Por un instante, sus dedos se clavaron en ella, pero después los aflojó. Inclinó la cabeza y dejó un reguero de besos alrededor de su ombligo, al tiempo que se llevaba las manos a la pretina del pantalón.

Ella se relajó sobre la otomana y cerró los ojos; aprovechó el momento para recuperar el aliento, muy consciente de la abrasadora sensación, de la creciente pasión, de la vertiginosa marea de deseo que los rodeaba. El deseo de ambos, un deseo que compartir. Plenamente.

Martin cambió de posición y ella abrió los ojos para observarlo mientras se echaba hacia atrás y se quitaba los pantalones y los calcetines; ya se había quitado los zapatos con la punta del pie. Al instante estuvo tan desnudo como ella. Cuando se dio la vuelta para mirarla, deseó que hubiera un espejo estratégicamente colocado para poder ver su espalda, esa extensión de piel que se estrechaba al llegar a la cintura y las caderas, y esas largas y musculosas piernas en toda su longitud.

Era un hombre magnífico; todo lo que veía contaba con su más completa aprobación, aunque aún no había visto todo lo que quería.

Trató de apartarse un poco de él para mirar hacia abajo, pero estaban demasiado cerca y Martin acabó hundiéndola contra los cojines de seda cuando se tumbó sobre ella. Sin detenerse, agachó la cabeza para apoderarse de sus labios con un súbito y abrasador beso.

Un beso que le dejó bien claro que había llegado el momento, que el león ya había jugueteado bastante y que se disponía a cobrar su presa. Tuvo la sensación de que él comandaba la marea de deseo, que acabó por atraparla y arrastrarla.

Martin no podía controlar la fuerza que se había apoderado de él, que había dictado sus movimientos desde el momento en el que Amanda le confesara lo que tanto la había excitado. Sabía que debía pensar, pero no podía hacerlo; no podía rescatar su mente racional de esa abrumadora marea de deseo. El deseo más intenso que jamás había conocido, incentivado por una pasión profunda e inflamado por un torbellino de emociones que no lograba identificar y, mucho menos, comprender.

Lo único que sabía era que Amanda estaba tan entregada como él a la unión; a esa satisfactoria fusión de sus cuerpos; al inmenso placer que iban a compartir. Lo único que percibía era la desquiciante necesidad de estar dentro de ella, enterrado hasta el fondo en ese voluptuoso cuerpo, para disfrutar de la increíble sensación de estar rodeado por ella mientras sus sentidos obtenían el placer de la más íntima de las caricias. Gracias a la vasta experiencia de la que se habían beneficiado sus instintos, consiguió aplacar la marea, retenerla el tiempo suficiente para facilitarle el camino a Amanda. Sin embargo, su control se desvaneció en cuanto sintió el roce de sus muslos desnudos contra los costados.

La abrumó con un beso y la apretó contra los cojines al tiempo que enterraba una mano en su cabello. Presionó con las caderas para separarle un poco más los muslos e introdujo la mano libre entre sus cuerpos. Sus indagadores dedos se deslizaron sobre una suave mata de rizos y al percatarse de que ya estaban húmedos se adueñó de él un deseo voraz.

Bajó aún más la mano para acariciarla, reprimiendo su necesidad el tiempo suficiente para seguir la línea de sus hinchados pliegues y se tomó un momento para conocerla a través de las caricias de un amante, íntimas y licenciosas. Sus dedos descubrieron una cálida humedad; mientras profundizaba el beso, explorándola audazmente con la boca, utilizó la misma audacia para abrirla con los dedos antes de introducir muy despacio uno de ellos en su ardiente interior.

El cuerpo de Amanda se arqueó bajo el suyo; soltó un jadeo que interrumpió el beso, aunque él no tardó en volver a apoderarse de nuevo de su boca y devastar sus sentidos mientras la acariciaba una y otra vez, y otra... hasta que contrajo los músculos con fuerza alrededor de su dedo. Martin volvió a acariciarla y retiró el dedo para poder introducir dos.

Ella alzó las caderas y Martin sonrió para sus adentros... con voracidad. Abrumada por el beso e inmersa en un caos de sensaciones, respondía por instinto a la intimidad de la caricia abriéndose ante su invasión y relajando los muslos y las caderas.

Cambió de postura y se alzó sobre el brazo libre para presionar las caderas con fuerza entre sus muslos. Sacó los dedos de su interior y los utilizó para guiar el palpitante extremo de su miembro hacia la entrada de su cuerpo, suave y más que dispuesta a recibirlo. Avanzó un poco y se adentró en su cálida humedad. Se detuvo allí y se concentró en su boca, exigiendo toda su atención, atrapando sus sentidos... en cuanto lo consiguió, se retiró un poco y la embistió con fuerza con las caderas.

Se enterró hasta el fondo en su interior con esa única y poderosa embestida y sintió la efímera resistencia de su virginidad, así como la resbaladiza humedad que lo rodeaba y que no tardó en cerrarse con fuerza en torno a su miembro.

El grito de Amanda fue más bien un chillido, un súbito gesto de dolor. Pero después se quedó completamente inmóvil bajo él. Sin apenas aliento y en un estado rayano en la agonía, Martin se obligó a permanecer inmóvil y reprimió la necesidad de hundirse en su calidez, de conquistarla, de reclamarla y hacerla suya. Con una mano todavía enterrada en su cabello y la otra apoyada junto a ella, levantó la cabeza para contemplar su rostro.

Ella tomó una profunda bocanada de aire y sus senos se apretaron contra su torso. Martin notó que el ardor de su entrepierna empeoraba. Antes de que pudiera reunir la fuerza suficiente para decir algo, Amanda parpadeó y abrió los ojos el tiempo suficiente para que él los viera. El color azul zafiro estaba empañado por las lágrimas y su mirada parecía desenfocada. Al instante, soltó el aire lentamente.

—¡Dios mío!

Parpadeó una vez, y después otra. Su mirada fue ganando agudeza y se posó sobre su rostro. Parpadeó de nuevo. Trató de cambiar de posición...

—¡No! —exclamó él al tiempo que inclinaba la cabeza para besarla—. Espera... espera un momento.

Ella dejó escapar otro suspiro entrecortado.

—Tengo la sensación de que...

Martin selló sus labios con un beso largo, exigente y profundo, hasta que percibió que todo rastro de resistencia se desvanecía y su cuerpo se relajaba bajo él.

Hasta que se rindió.

Nunca un momento le había parecido tan dulce ni le había deparado esa profunda sensación de legitimidad, de estar haciendo lo que debía. Ése era su derecho, un privilegio reservado para él.

Como si durante toda su vida hubiera ambicionado poseerla y por fin lo hubiera conseguido.

No necesitaba pensar para moverse, para comenzar el lento y firme balanceo de una danza que era en realidad (sobre todo en ese momento, con ella) tan instintiva como respirar.

Sus labios se fundieron, se separaron y volvieron a unirse; sus cuerpos imitaron esos movimientos. No impuso el ritmo de manera consciente; estaba tan atento a las necesidades de Amanda, tan embebido en su esplendor, que refrenó las demandas de su propio cuerpo sin proponérselo para acoplarse a las de ella.

Hasta que comenzó a retorcerse, a gemir, a aferrarse a él; hasta que buscó sus hombros con las manos y le clavó los dedos con fuerza cuando comenzó a notar los primeros indicios del éxtasis. Alzó las rodillas para rodearle las caderas y se alzó para que pudiera penetrarla más, instándolo a tomarla, a reclamarla.

Martin se retiró un poco para separarle más los muslos, le levantó las rodillas para colocarle las piernas en torno a su cintura y se hundió aún más en ella, hasta el mismo centro de su ser.

Amanda dejó de besarlo y pronunció su nombre con un gemido entrecortado... y a él le pareció que nunca había sonado tan excitante. Apoyó el peso en los brazos, separó el torso de sus pechos e inclinó la cabeza para reclamar sus labios antes de cambiar el cariz de la unión.

Cambió las suaves acometidas por poderosas embestidas; cambió el ángulo de penetración para profundizar más en ella, con más fuerza. Lo invadió una poderosa necesidad. Bajo su cuerpo, ella se abrió para acogerlo y, en ese momento, pareció contener el aliento, como si la pasión la hubiera elevado a un nivel de deseo desconocido hasta entonces. Comenzó a emular cada uno de sus movimientos con desenfreno al mismo tiempo que su cuerpo lo acogía sin reserva alguna.

La acogedora suavidad de su interior lo atraía sin remedio y Martin se vio atrapado en el esplendor de su cuerpo, que le ofrecía una suntuosa red en la que él deseaba caer. Y en ese instante ya no hubo dos cuerpos; no hubo entidades separadas, sino una única y abrasadora necesidad.

De ser uno. Absoluta y completamente... Para siempre.

La ola llegó, lo golpeó de lleno y los alzó a ambos sobre su cresta.

Fue entonces cuando Amanda estalló, gritando su nombre y cerrándose con fuerza en torno a su miembro. Arrastrándolo de forma inexorable con ella hasta el abrasador vacío.

Amanda se aferró a él con los ojos cerrados y la mente embotada de felicidad, sin pensar en otra cosa que no fuera el increíble placer que Martin le había proporcionado, la dicha que habían compartido... y el hecho de que él siguiera allí.

Podía sentirlo, cálido y duro en su interior, enterrado tan profundamente que casi le llegaba al alma. Lo abrazó con fuerza mientras su cuerpo se estremecía y convulsionaba, y en ese momento sintió el cálido torrente que se derramó en su interior. Percibió la poderosa intimidad que los unía cuando él emitió un gruñido y se desplomó sobre ella; sus cuerpos estaban húmedos por el sudor, sus pulmones se afanaban por respirar y el latido de sus corazones les atronaba los oídos. De pronto se dio cuenta del carácter físico del acto, de la vulnerabilidad que llevaba implícita el estar bajo él, rendida y atrapada, con su miembro aún profundamente enterrado en ella.

Y supo que su entrega había trascendido los límites físicos.

La inundó una sensación de triunfo, pero no la que había esperado sentir. Era una satisfacción fulgurante, más profunda y compleja, una ternura que no tenía nada de infantil y que se debía al hecho de haber despertado su deseo y su necesidad; de haberlo obligado a poseerla casi en contra de su voluntad.

Era una mujer que había encontrado su pareja, su hombre, su destino. Su futuro... y el de él.

Embargada por la dicha, alzó la mano a ciegas y le acarició los labios con los dedos antes de alzar la cabeza para darle un beso.

Él se lo devolvió y sus labios se fundieron un instante antes de volver a separarse.

Con un leve suspiro, Amanda volvió a recostarse y dejó que ese maravilloso agotamiento la inundara.

Martin no podía hilar un solo pensamiento.

Y resultaba aterrador. Daba igual lo mucho que tratara de recuperar el sentido común; su mente estaba en blanco, subyugada.

No tenía ni idea del tiempo que había estado tendido desnudo junto a Amanda (tan desnuda como él) con las piernas entrelazadas con las de ella, hasta que pudo pensar de nuevo. Sabía que ese hecho debería ser terrorífico, pero...

Estaba más que dispuesto a ignorar su estado mental, a disfrutar de sus sentidos en detrimento de su inteligencia.

Y sus siempre hambrientos sentidos estaban más que dispuestos a disfrutar. Después de lo que ella le había entregado, de lo que él había tomado sin dudar, dichos sentidos deberían estar saciados; no obstante, desde que consiguió despejarse un poco, habían estado clamando por más.

La recorrió de arriba abajo con una mirada posesiva, recostada desnuda sobre su pecho mientras él la abrazaba. Justo donde debía estar, justo donde desearía tenerla.

Estaba acostumbrado a la placentera sensación que seguía al sexo, pero la intensa satisfacción que sentía en sus pesados miembros, la misma que expulsaba de su mente todo pensamiento dejándola plenamente saciada, superaba cualquier experiencia anterior. Era distinta en aspectos intangibles, en aspectos que no sabría expresar.

Era mayor. Mucho mayor. Profunda, más profunda.

E infinitamente más fascinante.

Más peligrosa. Más adictiva.

Justo lo que necesitaba. Y deseaba. Aunque no se hubiera dado cuenta hasta ese momento.

Sabía que debía pensar... Sabía que habían traspasado los límites que imponía su mundo y que tendrían que encontrar una forma de regresar a él. Sin embargo, por más que se esforzaba por poner en marcha su perezosa mente para que enfrentara la situación...

Seguía en blanco. En blanco e inundada por una sensación de felicidad que lo hacía sentirse vulnerable y dichoso a un tiempo.

Al final decidió rendirse (al momento, a ese sentimiento) y permaneció tendido, disfrutando de las sensaciones que le provocaba el cálido cuerpo de Amanda apretado contra el suyo; de la sedosa y femenina suavidad de su piel; del cálido roce de su aliento en el pecho. Sin darse cuenta, sus dedos comenzaron a juguetear con sus enredados rizos.

El fuego se transformó en ascuas y el frío comenzó a adueñarse de la habitación. Amanda se removió inquieta, pero después se tranquilizó de nuevo y volvió a sumirse en un profundo sueño.

No quería despertarla; todavía no.

Primero la quería en su cama, antes de que pudiera protestar.

Aunque era incapaz de desentrañar los motivos, fue un impulso tan poderoso que lo llevó a cabo. Con mucho cuidado, se la quitó de encima y dejó que se acurrucara sobre las cálidas sedas que él acababa de abandonar.

Se puso en pie y tiró del borde de los echarpes para cubrirla y abrigarla. Recogió las cosas de Amanda del suelo (las suyas las dejó allí donde estaban) y abrió la puerta antes de regresar a la otomana. Colocó el vestido, la camisola y los escarpines sobre la capa e hizo un suave fardo que colocó junto a ella antes de cogerla en brazos, echarpes de seda y fardo incluidos, y caminar hacia la puerta.

9

En la casa reinaban el silencio y la tranquilidad; con el cálido cuerpo de Amanda entre los brazos, Martin no se percató del frío. Cuando llegó a su habitación, se vio obligado a hacer malabarismos para poder abrir la puerta, pero ella no se despertó.

Una vez dentro, se apoyó contra la puerta hasta que escuchó el chasquido metálico del picaporte al cerrarse y cruzó la habitación sin que sus pies descalzos hicieran ruido alguno sobre las alfombras de seda y el parqué encerado. En la chimenea labrada el fuego estaba a punto de apagarse, aunque el resplandor aún iluminaba una escena... de decadente suntuosidad.

Esa estancia, junto con el vestidor contiguo y la habitación adyacente a éste que él había transformado en un cuarto de baño, eran las únicas habitaciones de la planta alta que utilizaba. En la planta baja se había adueñado de la biblioteca y de un comedor pequeño; el resto de la monstruosa mansión estaba tal cual lo había encontrado al regresar a Inglaterra. Cerrado. Carente de vida.

No podía decirse lo mismo de su habitación, ya que siempre había sentido cierta predilección por lo exótico. Por la sensualidad, la pasión y la desmesura.

La luz del fuego acariciaba las maderas enceradas, arrancaba destellos a los apliques de bronce y oro de los muebles y creaba sombras sobre las complicadas tallas. Los colores parecían más oscuros y misteriosos, lo que resaltaba la rica textura de los terciopelos y de los brocados de satén y de seda, así como el suave brillo del cuero.

Su inmensa cama con dosel, de madera tallada y oculta tras unas gruesas cortinas de brocado, ocupaba el lugar preeminente de la estancia. Las sábanas y las colchas de seda, el grueso colchón de plumas y las almohadas, creaban un lecho digno de un emperador.

Y de su amante.

Echó a un lado el calentador de cobre que entibiaba las sábanas y dejó a Amanda sobre la cama. Le resultó imposible apartar la mirada de ella. Y lo mismo sucedió con su mente: fue incapaz de pensar en otra cosa que no fueran sus encantos de sirena. Unos encantos innumerables, como bien sabía desde un principio, por más que hubiera obligado a su mente a pasarlos por alto. Sin embargo, en ese momento podía mirarla hasta saciarse; podía contemplar el intenso brillo de su cabello extendido sobre los almohadones; demorarse en el tinte rosado que las actividades amatorias le habían conferido a su piel y en las marcas que sus dedos y su boca habían dejado en esa piel de alabastro. Los echarpes de seda que la cubrían eran demasiado transparentes para ocultarla a sus ojos. Para ocultar ese voluptuoso cuerpo. Para sofocar el efecto que tenía sobre él.

Comprendió de repente que estaba un tanto perturbado, demasiado excitado para sentirse cómodo. Dejó la ropa de Amanda en el suelo y colocó el calentador de cobre en la chimenea.

Iba de regreso a la cama cuando ella se movió y se desperezó con un gesto lánguido... antes de volver a dormirse. Una de sus torneadas piernas estaba doblada; la otra, extendida. El movimiento había logrado que los echarpes se tensaran en torno a sus caderas, abriéndose un poco, incitando sus sentidos, tentándolo, retándolo...

Con la mandíbula apretada, extendió el brazo para coger la colcha. Amanda era una neófita en el juego del amor y sin duda estaría exhausta. En ese momento vislumbró un trozo de exquisita seda azul alrededor de un muslo. Sus ligas.

Se debatió durante todo un minuto antes de soltar la colcha, rechinar los dientes y apartar de un tirón un echarpe, con el fin de dejar a la vista la liga y el muslo al que rodeaba. Introdujo un dedo entre la seda y la piel y comprobó que la liga estaba demasiado apretada para dejársela puesta.

Su piel parecía arder; Martin apartó la mano con un gesto brusco.

Y maldijo para sus adentros. Debería haberle quitado las ligas antes, pero le había resultado mucho más tentador dejárselas. Resultaba de lo más sensual y decadente hundirse en una mujer desnuda salvo por las medias de seda.

Y sus ligas.

—¡Maldición! —exclamó al tiempo que se frotaba la nuca e intentaba hacer caso omiso de la creciente tensión.

Su mente seguía negándose a razonar y no veía cómo podía quitarle las ligas sin volver a tocarla. No necesitaba pensarlo mucho, ni siquiera tenía que mirarse para comprender que tal y como estaba no sería muy sensato tocarla.

Pero sería peligroso dormir con esa constricción en las piernas. Y que lo colgaran si permitía que Amanda corriera peligro en su cama.

Esa idea fue suficiente. Se preparó para soportar la tortura y extendió una mano hasta la liga de seda. Contuvo el aliento mientras se la bajaba por la pierna y la pasaba por el arco del pie. Quitarle la media demostró ser peor de lo que había imaginado, ya que la seda se deslizaba por esa piel tibia, tersa y suave con un delicioso susurro. Resultaba imposible no tocarla, no acariciarla, no saborearla.

Terminó de quitarle la media y la arrojó al suelo antes de echarle un vistazo a la otra pierna, la que estaba doblada, y prepararse mentalmente para la tarea que se le avecinaba.

Tenía que apartar los echarpes si quería dejar a la vista la segunda liga, aunque de ese modo también quedaría al descubierto más de lo que necesitaba ver. Esforzándose por dejar la mente el blanco, cogió la liga y la bajó. Le enderezó la pierna y se la sacó por el pie.

Acababa de bajar la media, arrastrándola con la palma de la mano por la parte trasera de la rodilla, cuando el tobillo que sujetaba se zafó de su otra mano.

La esbelta y tentadora pierna se alzó un poco para ofrecerse gustosa a sus caricias. Martin miró hacia arriba y se encontró con unos adormilados ojos azules... nublados por el deseo.

Su mirada descendió hasta los labios de Amanda y de allí hasta sus pechos. Se percató de que ella respiraba de forma entrecortada y sintió que la expectación los embargaba como si fuera una nube de perfume. Bajó la mirada aún más, hacia esa esbelta y seductora silueta envuelta en diáfanas sedas; hacia las caderas y los muslos que lo habían rodeado poco antes.

Sus ojos se vieron atraídos de forma irresistible hacia el triángulo de rizos dorados que la seda no lograba ocultar.

Ella se movió, separó los muslos...

Y Martin se incorporó de golpe, incapaz de respirar. Aturdido y con la mente en blanco, hizo ademán de retroceder y...

Los ojos azules se clavaron en los suyos. Lo atraparon, dejándolo paralizado e incapaz de moverse mientras ella se ponía de rodillas con agilidad y se colocaba frente a él en el colchón. Con una sonrisa, Amanda se acercó y colocó las palmas de las manos sobre su torso.

Dijo en un susurro gutural:

—Ahora me toca a mí.

Todos los músculos de su cuerpo se tensaron. La manifiesta sensualidad con que lo contemplaban esos brillantes ojos azules hizo que la cabeza le diera vueltas.

Amanda abandonó sus ojos para mirarse las manos. Antes de comenzar a deslizarlas por su cuerpo. Muy despacio. Sin apartar la vista de ellas.

Se detuvo al llegar a las caderas... justo cuando a él se le secó la boca y se le desbocó el corazón. Amanda alzó las manos para colocárselas en los hombros y desde allí las deslizó hacia abajo, acariciando los contornos de sus músculos hasta llegar a las costillas. Acariciando cada palmo de su piel.

Martin fue incapaz de resistirse; apenas podía respirar. Cerró los ojos mientras ella lo acariciaba y descubrió que las sensaciones se intensificaban de ese modo. Manos pequeñas, caricias delicadas. Caricias que poseían el poder de esclavizarlo. Jamás lo habían recompensado de ese modo, jamás había conocido a una mujer dispuesta a satisfacer sus sentidos, y los de ella, de semejante forma.

Estaba indefenso. Era su cautivo.

Pese a toda su fuerza de voluntad.

Amanda lo sabía y se aprovechaba de ello, fascinada al descubrir que a su león le encantaba que lo acariciaran. Él había estado acariciándola durante horas, o eso le había parecido, y había disfrutado de cada una de esas caricias, de la atención que le prestaba. En ese momento le tocaba a ella devolverle el placer y disfrutar de la correspondiente recompensa.

Se dispuso a buscar con avidez aquellas zonas del cuerpo masculino que respondieran con más ardor a sus caricias. Cada vez que descubría un nuevo lugar, le prestaba toda su atención y, de forma descarada, su boca se sumaba al juego para lamer, succionar y mordisquear, tal y como hizo con un enhiesto pezón.

Martin sintió un estremecimiento; un estremecimiento provocado no por la vulnerabilidad, sino por el tremendo esfuerzo que le estaba costando reprimir las reacciones de su cuerpo... las reacciones que ella despertaba. Amanda se dio cuenta, y saber que tenía ese poder sobre él le provocó una oleada de deseo que la recorrió de arriba abajo.

El recuerdo de lo que vendría después la instó a seguir adelante.

La instó a llevar una mano hasta el rígido miembro que se apretaba de forma tan provocativa contra su abdomen. Cuando cerró los dedos a su alrededor para acariciarlo, notó que el control del hombre flaqueaba. Lo obligó a bajar la cabeza con la mano libre y lo besó apasionadamente. Se apoderó de su boca y lo volvió loco de deseo con la lengua... y con sus caricias.

Una combinación poderosa. En cuestión de minutos, ambos estallaron en llamas, consumidos por el mismo deseo, por el mismo ardor. Los embargó la sensación de que eran uno solo; el mismo estado de necesidad compulsiva que los había invadido con anterioridad. Amanda reconoció la sensación, la acogió en su corazón y la abrazó con todas sus fuerzas.

Los guiaba el mismo anhelo. Y se movieron como si fueran uno para satisfacerlo.

Cuando lo instó a que se reuniera con ella en la cama, él la tumbó sobre las sábanas de seda y se tendió sobre ella al tiempo que le aferraba el trasero con una mano.

Amanda alzó las caderas a modo de invitación y él la penetró sin dificultad con una única y lenta embestida. Se arqueó bajo el cuerpo masculino, sorprendida por la facilidad con que se había hundido en ella; por la facilidad con que su cuerpo lo había acogido, aun cuando podía sentir cada centímetro de su miembro separando sus músculos, que no tardaron en acomodarse a la invasión y relajarse en torno a él.

Y después sólo fue consciente de la pasión, de la creciente urgencia que se apoderaba de ellos. Sus corazones comenzaron a latir *in crescendo*, arrastrándolos con ellos. La pasión los envolvió y fue aumentando poco a poco hasta dejarlos sin aliento.

Hasta que Amanda comenzó a moverse y se tensó en torno al cuerpo masculino en una instintiva súplica mientras él la embestía una y otra vez.

Hasta que Martin se incorporó un poco y la llevó más allá del abismo, hasta el paraíso. Y ni siquiera eso resultó suficiente.

Siguió aferrada a él y le clavó las uñas en los brazos, ofreciéndose en cuerpo y alma, al igual que lo hacía él.

Hasta que Martin se unió a ella y experimentó esa maravillosa sensación de plenitud; la gloria inconmensurable y el indescriptible júbilo de dos almas que se tocan. Que se unen.

Que se convierten en una sola.

El chisporroteo de un leño en la chimenea despertó a Martin. La presencia del cálido y suave cuerpo femenino que se apretaba contra él no lo molestó en absoluto. Yacía bocabajo sobre el colchón, medio recostado sobre la mujer, cuyas caderas estaban íntimamente presionadas contra su entrepierna. Fue entonces cuando recordó quién era ella.

Se sintió aturdido al darse cuenta. Perdido. Su mundo, el conjunto de referencias que regían su vida, se encontraba patas arriba, arrasado por los placeres de la noche, y él se sentía a la deriva.

Se movió, no para alejarse de Amanda, sino para acercarse a ella. Alzó una mano para acariciarle el pelo y sentir su tacto sedoso en los dedos; para acariciar el hombro que quedaba medio oculto por su torso. Un indicio de la verdadera situación: ella era real, de carne y hueso. No estaba soñando.

Consciente de la plena satisfacción que embargaba su alma, de la languidez que se había apoderado de sus miembros con el transcurso de las horas, permaneció tumbado en la cama mientras la realidad se abría paso en su mente. Su estado no se debía a una mera satisfacción sexual; semejante serenidad nacía de una fuente más profunda, de una que no había abierto jamás.

De una fuente que ninguna otra mujer había alcanzado antes.

Acarició el cabello femenino y se deleitó con las curvas que se apretaban contra él... Alzó la mano y rodó sobre el colchón para tumbarse de espaldas.

Su mente volvía a funcionar, aunque cada vez que intentaba ponerle nombre a lo que había sucedido, a su significado, al lugar en el que los dejaba, la única respuesta que obtenía era un torrente de emociones. Emociones que estaba poco acostumbrado a manejar; muchas de ellas ni siquiera le resultaban conocidas, ni siquiera podía identificarlas.

Sin embargo, había una tan poderosa que no tenía sentido negarla.

La posesividad. Amanda Cynster era suya.

En cuanto al resto... La miró de reojo y se tumbó de costado antes de alzar la mano para acariciarle el cabello una vez más. Para sentir de nuevo la calidez del cuerpo femenino contra el suyo. Para intentar descifrar las extrañas emociones que lo invadían.

Había hecho pocos progresos cuando ella se movió. Al darse cuenta del lugar donde se encontraba, se giró hacia él con los labios hinchados y entreabiertos, parpadeando para aclararse la vista. La expresión somnolienta no tardó en abandonar su rostro. Martin fue consciente del momento en el que lo recordó todo y no le extrañó en lo más mínimo que lo mirara de hito en hito.

Y mucho menos dada la reacción inmediata que ese cuerpo de cabellos enmarañados y mirada asombrada tuvo sobre él; reacción que Amanda debió de notar, ya que tenía la cadera apretada contra su entrepierna.

Volvió a tumbarse de espaldas y fue incapaz de reprimir un gemido de pura frustración. El deseo era tan intenso que resultaba doloroso. Se tapó los ojos con un brazo con la intención de hacer desaparecer su imagen y anunció con encomiable serenidad:

—Tendré que casarme contigo.

Cosa que parecía bastante obvia.

Su anuncio fue recibido por un profundo silencio.

Poco después, ella respondió con voz clara y decidida:

—No.

Martin reflexionó un instante antes de alzar el brazo y mirarla.

—¿¡Cómo que no!?

Amanda tenía los ojos abiertos de par en par, y él no entendía el motivo de la expresión atónita y casi horrorizada que asomaba a su rostro. La muchacha apretó los labios y alzó la barbilla en ese gesto obstinado que tantas veces había visto a lo largo de las últimas semanas.

—No —repitió con más firmeza.

—¿Qué demonios quieres decir con ese «No»? —le preguntó al tiempo que se incorporaba y se apoyaba sobre un codo. Una tensión muy distinta a la que sintiera momentos antes se apoderó de él; algo muy parecido al pánico. Apuntó a la nariz de Amanda con el dedo índice—. Se acabaron los juegos. Esto... —Hizo un gesto que los englobaba a ambos, desnudos como estaban entre las desordenadas sábanas—. Es real.

Ella entornó los ojos.

—Desde luego.

Y, con ese comentario, se dio la vuelta y abandonó la cama. Martin se lanzó tras ella para atraparla, aunque lo único que consiguió coger fueron las sábanas de seda.

—¡Amanda!

Ella no le prestó la menor atención. Tras recoger su ropa del suelo, la dejó sobre una silla y alzó la camisola.

El pánico se mezcló con la confusión. Martin hizo a un lado las mantas con una maldición y bajó del colchón de un salto. Rodeó la cama para interponerse entre Amanda y la puerta. Ya había conseguido ponerse el vestido y estaba intentando atarse las cintas. Se detuvo a unos pasos de ella. No le ofreció ayuda. Con los brazos en jarras, le dijo entre dientes:

—¿Dónde crees que vas?

Ella lo miró de reojo; si su estado de desnudez le resultaba intimidante, lo ocultó muy bien.

—A casa.

Martin tuvo que morderse la lengua para no decirle que ya estaba en casa; que aquél era su lugar. Quizá sonara un tanto dictatorial. Demasiado revelador.

—Antes de que te marches, tenemos un buen número de cosas que discutir.

—¿Cómo qué? —preguntó al tiempo que extendía un brazo para coger su capa.

—Nuestro matrimonio.

Hizo una bola con las medias y las ligas y se las metió en el bolsillo de la capa.

—No. Esta noche no va a hacer que nos casemos.

Martin apretó los puños para reprimir el impulso de aferrarla por los hombros y zarandearla con el fin de inculcarle un poco de su sentido común.

—No; la noche no tiene nada que ver. Es lo que ha sucedido durante la noche por lo que vamos a casarnos. —Había convertido su voz en algo parecido a un bramido—. ¡Maldita sea, Amanda! Eres una dama... ¡Eres una Cynster, por el amor de Dios! Y has pasado toda la noche en mi casa, en dos camas distintas. Soy consciente de que llevo apartado de la alta sociedad una década, pero ciertas cosas no cambian nunca. ¡Por supuesto que vamos a casarnos!

Ella se puso los escarpines.

—No.

—¿¡No!?

Ella levantó la cabeza para mirarlo; en sus ojos resplandecía un desafío inconfundible.

—Deja que te explique una cosa, a ver si así se te mete en esa cabeza tan dura que tienes: no vamos a casarnos porque una estricta normal social diga que sería mejor hacerlo.

—No dice que sería mejor hacerlo... ¡Dice que estamos obligados a hacerlo!

—¡Ja! —replicó Amanda, presa de la ira—. Tú no vas a decírselo a nadie. Yo tampoco. ¿Qué le importa a la alta sociedad o a cualquiera, ya puestos?

Martin tenía un aspecto magnífico a la luz del fuego. Amanda desterró ese pensamiento y aplazó un poco su furia para utilizarla como un escudo tras el que ocultar la vorágine de sus sentimientos. Lo miró echando chispas por los ojos.

—Buenas noches.

Pasó a su lado con rapidez y caminó a toda prisa en dirección a la puerta.

—¡Amanda!

¿De verdad creía que iba a detenerse? Abrió la puerta con un gesto brusco, la atravesó como una exhalación... y se encontró inmersa en la más impenetrable oscuridad.

Se detuvo y escuchó el ruido de unos pasos que le pisaban los talones. Comenzó a caminar hacia el lugar donde esperaba encontrar la puerta principal.

—¡Vuelve aquí, maldita sea! Tenemos que hablar.

—No de ese tema.

Creyó ver una barandilla en la oscuridad. ¿La galería superior? Apresuró el paso.

—No puedes salir... la puerta principal no se abre.

—¡Ja! —¿Acaso la creía tan tonta como para tragarse eso?

Al llegar a la galería, comprobó con alivio que la parte superior de las escaleras estaba ante ella.

Martin murmuró un juramento entre dientes antes de volver a la carrera hasta el dormitorio. Amanda se negó a interpretar el significado de esa retirada. Apretó la mandíbula y aceleró el paso.

Martin entró en la habitación maldiciendo por lo bajo. Sólo Dios sabía lo que Amanda pensaba hacer, pero no podía ir tras ella desnudo.

Rebuscó en su vestidor. Tras ponerse una chaqueta de caza y unos pantalones, regresó a grandes zancadas al pasillo con la intención de seguirla. Atravesó la galería y bajó la escalera. La escuchó al llegar al último tramo de peldaños: estaba lanzando maldiciones contra las cerraduras de la puerta principal.

—Te dije que no se abría.

—¡No seas ridículo! —masculló, furiosa—. ¡Estamos en Park Lane, no en un callejón de Bombay! Ningún mayordomo que se precie permitiría que los cerrojos de la puerta principal se oxidaran.

—No tengo mayordomo, ni que se precie, ni de ninguna otra clase.

Amanda lo miró de hito en hito.

—¡Es imposible que vivas aquí solo!

—Tengo un criado.

—¿Sólo uno?

—Es más que suficiente.

—Resulta evidente que no —rebatió al tiempo que señalaba la puerta—. He abierto los cerrojos de la parte baja; sólo hay uno atascado. —Hizo un gesto en dirección al recalcitrante cerrojo, situado a la altura de su cabeza, antes de volver a mirarlo—. Ábrelo.

Martin soltó el aire entre dientes. Las acciones de Amanda parecían dictadas por una agitación frenética e ingobernable. No podía hacerle frente en ese estado. Lo mejor sería seguirle la corriente. Extendió el brazo y golpeó el cerrojo con la intención de demostrarle la futilidad del gesto.

En cambio, el cerrojo se soltó y acabó deslizándose con un chirrido.

Martin estuvo a punto de perder el equilibrio.

—¡Ya está! —La muchacha meneó la cabeza con un gesto triunfal antes de agarrar el picaporte y abrir la puerta.

Martin se abalanzó hacia delante para cerrarla de nuevo antes de que ella pudiera escapar, pero la puerta se trabó con la vieja alfombra y se atascó.

Amanda se escabulló hacia la oscuridad de la noche.

Martin soltó una maldición, apartó la alfombra de una patada y la siguió a toda prisa, cerrando la poco fiable puerta tras de sí.

La alcanzó a unos metros de la calle y la agarró por el codo.

—Amanda...

Ella se zafó de su mano.

—¡No te atrevas!

Martin parpadeó al ver la ira que ardía en sus ojos.

—¿Que no me atreva...? —Ya se había atrevido a mucho más.

Los recuerdos volvieron a su mente, un tropel de sensaciones que lo instaban a sujetarla y a mandar al infierno las consecuencias. Sólo tenía que cogerla, echársela al hombro y llevarla de vuelta a su cama... Cerró los ojos, apretó la mandíbula y reprimió semejante impulso. Cuando abrió los ojos de nuevo, ella iba camino de la verja.

—¡Por el amor de Dios! —Con los brazos en jarras, Martin la contempló furibundo mientras se alejaba.

¿Por qué demonios estaría tan furiosa? Quería casarse con ella, lo había dejado muy claro. Frunció el ceño y se dispuso a seguirla.

Amanda se mordió el labio, agachó la cabeza y se encaminó con paso regio hacia su casa. Intentó pasar por alto las desconocidas molestias físicas y la sensación de languidez que la embargaba. Por suerte, su casa no estaba lejos; Upper Brook Street se encontraba a escasas manzanas de allí. Intentó concentrarse en su objetivo... en su dormitorio, en su cama.

No en la de Martin. ¡Menudo imbécil!

Avivó la ira murmurando imprecaciones. No podía permitirse el lujo de enfrentarse al resto de sus emociones; no cuando lo tenía pegado a los talones. Debían de ser las dos o las tres de la madrugada. Londres dormía y sus calles estaban desiertas. No le desagradaba la idea de que Dexter... de que Martin la siguiera, pero que la colgaran si estaba dispuesta a discutir su presunto matrimonio. No lo haría hasta haber dispuesto del tiempo necesario para considerarlo todo, para recordar todo lo que había sucedido y todo lo que había averiguado, para decidir cuál era la mejor estrategia a seguir.

Para establecer qué camino debería tomar con el fin de desenmarañar lo que él acababa de embrollar de un modo tan efectivo.

Sintió la mirada de Martin clavada en su rostro cuando él la alcanzó; presintió su torva expresión.

—Déjame ver si lo he entendido bien. —Su voz sugería que estaba haciendo un enorme esfuerzo por controlarse—. Me echaste el ojo el día que nos conocimos. Tenías un único objetivo en mente desde el principio: meterte en mi cama. Y ahora que lo has conseguido... ¿qué? ¿Huyes a tu casa presa del pánico?

Habían llegado a la esquina de Upper Brook Street.

Amanda se detuvo, se giró para enfrentarlo y descubrió en él una expresión tan beligerante como la suya.

—Jamás tuve la intención de tenderte una trampa para que te casaras conmigo.

No se dio cuenta de que él se había movido ni fue consciente de haber retrocedido hasta que se encontró de repente apoyada contra la casa que hacía esquina, acorralada.

La luz de una farola iluminó el encolerizado semblante de Martin.

—Si no querías casarte, ¿qué buscabas? —Recorrió su rostro con la mirada—. ¿Qué quieres de mí?

Con el corazón desbocado, Amanda le devolvió la mirada.

—Prometo decírtelo en cuanto lo consiga.

Se agachó para pasar por debajo de su brazo y dobló la esquina para encaminarse hacia su casa.

—No me puedo creer que por fin... —Encaramada a los pies de la cama de Amanda, Amelia gesticulaba con los ojos como platos—. ¿Fue tan maravilloso como dicen?

—Sí —contestó Amanda al mismo tiempo que giraba sobre sus talones y continuaba paseando, nerviosa—. Eso lo pensé yo. Quién sabe lo que él pensó. Si es que de verdad sabe pensar...

Su gemela frunció el ceño.

—Creí que estabas segura de que compartía tus sentimientos.

—Y lo estaba. —Antes... En ese momento no lo tenía tan claro.

En ese momento no recordaba por qué, mientras yacía entre las sábanas de seda, perdida en un mar de poderosas sensaciones, había albergado la certeza de haber atrapado a su león tal y como deseaba hacerlo: mediante los maravillosos lazos de una emoción verdadera y sin necesidad de recurrir a las rígidas normas de la sociedad.

Soltó un resoplido.

—En cualquier caso, ya sea de una forma o de otra, no pienso dejar que se escape. Hemos jugado la primera mano, pero aún no se ha acabado la partida.

La nota no fue ninguna sorpresa. Cuando Amanda bajó a cenar, Colthorpe, el mayordomo de la familia, se aclaró la garganta y le acercó con discreción una bandejita sobre la que descansaba un pliego de papel doblado. Amanda le dio las gracias con una inclinación de cabeza, guardó la nota en el ridículo y se dirigió al salón dispuesta a soportar la cena familiar que sería el preludio de dos bailes y una ingente multitud.

Haciendo gala de una magnífica fuerza de voluntad, no sacó la nota del ridículo hasta que estuvo de nuevo en su habitación, bien entrada la madrugada.

Una vez que se hubo puesto el camisón y cepillado el cabello, le dio permiso a su doncella para que se retirara, cogió la nota, se acurrucó en el sillón que había junto a la chimenea y desplegó el papel.

Tal y como había supuesto, era una invitación para salir a cabalgar por el parque esa misma mañana. Estudió con detenimiento los trazos firmes e impetuosos de su caligrafía, así como las escasas palabras, que no eran otra cosa que una orden mal disimulada. Volvió a doblar la nota. Su mirada se perdió por un instante en el vacío antes de contemplar el fuego. Arrojó la nota a la chimenea con decisión.

Observó cómo las llamas reducían la invitación a cenizas antes de ponerse en pie e irse a la cama.

Cuando los relojes de la ciudad dieron las cinco, Martin estaba esperando en la esquina sin que lo acompañara ningún mozo de cuadra. Aguardaba sentado en su ruano mientras el animal se movía inquieto junto a la yegua ensillada.

Amanda lo vio desde la ventana del desierto cuarto infantil. La mañana era fría y gris; aún no había salido el sol.

Observó como la esperaba mientras la oscuridad desaparecía y por fin lo vio darse la vuelta cuando el sol iluminó los tejados.

Vio cómo hacía girar a los caballos y se alejaba.

En ese momento bajó a hurtadillas las escaleras, dispuesta a meterse en la cama.

No le quedaba más remedio que mostrarse implacable. No podía desfallecer y claudicar; no podía volver a encontrarse con él a escondidas. No podía regresar a su guarida y mucho menos al inframundo que frecuentaba.

Si de verdad la quería...

Si la quería, si sentía por ella la mitad de lo que ella sentía por él (por más confusa y sensible que se sintiera con respecto a ese punto en particular), la seguiría. Hasta su mundo, hasta ese mundo al que había dado la espalda.

Si la quería...

—¿Estás preparada?

Amanda esbozó una sonrisa radiante y se giró sobre el taburete del tocador; Amelia la aguardaba en la puerta.

—Sí. —Tras dejar a un lado el cepillo que sostenía desde hacía un buen rato, cogió la sombrilla—. ¿Reggie ya está aquí?

—Acaba de llegar.

Martin cerró la puerta principal de su casa. Se detuvo un instante en el porche para echar un vistazo al parque. La avenida estaba atestada de carruajes y la alta sociedad se paseaba por los prados. Los vestidos de las damas conformaban un ramillete de colores que se desplazaba sobre la hierba verde; los caballeros ofrecían el contraste con sus sobrios atuendos.

Al parecer, pasear por el parque al mediodía era todavía un ritual obligatorio para los miembros de la alta sociedad. Al menos para las féminas.

Y era a una de ellas a quien quería ver.

Bajó los escalones y se encaminó hacia la verja para atravesar Park Lane. Entró en el parque por una puerta lateral que le permitió cobijarse bajo las sombras de los árboles. Estaba convencido de que Amanda estaría entre la multitud, riendo, hablando y divirtiéndose.

Quería verla... nada más. No quería analizar los motivos. Era absurdo que un hombre de su experiencia fuera incapaz de aceptar una negativa y recordar el episodio con un leve resentimiento antes de encogerse de hombros y seguir adelante. Era absurdo que no pudiera quitársela de la cabeza y olvidarla después de su tajante negativa.

Y ésa era la razón de que se encontrara allí. No podía olvidar la sensación de plenitud y la sensualidad que habían compartido, a pesar de que tenía un recuerdo borroso de todo el interludio. No entendía cómo había sucedido, cómo había perdido el control de la situación. No entendía qué había sucedido y mucho menos por qué había acabado de un modo tan abrupto.

Por qué había huido Amanda.

La cuestión era que lo había hecho; y sus acciones posteriores no habían conseguido más que recalcar su decisión inicial. No quería saber nada más de él.

Sin más ni más. Martin apretó la mandíbula y atravesó los prados, rodeando la elegante multitud. El eco de sus propias palabras resonó en su mente... burlándose de él. Las hizo a un lado.

Nada de aquello estaba bien. Sentía que había descubierto algo de un valor inestimable, que algo así podía existir de verdad, y Amanda se lo había arrebatado; lo había privado de cualquier oportunidad de aferrarse a esa sensación, de aferrarse a ella.

Tensó la mandíbula y se detuvo bajo un árbol para calmarse; o al menos para tranquilizarse lo suficiente y así poder continuar. Su plan era muy sencillo. Si la veía, la observaría hasta asegurarse de que era feliz, de que estaba contenta por haberse librado de él; de modo que no le quedara otro remedio que aceptar su brusco adiós.

No le quedaba otro remedio. Si la había juzgado mal, si podía convencerse de que Amanda sólo había deseado una relación peligrosa por simple diversión, le resultaría mucho más fácil aceptar su decisión.

Prosiguió con la búsqueda. La temporada propiamente dicha estaba a punto de comenzar; la multitud era lo bastante numerosa como para pasar desapercibido, pero no tan densa como para que le resultara imposible localizar a Amanda. Hacía un día maravilloso y la ligera brisa agitaba los tirabuzones y los lazos de las damas.

Y en ese momento la vio.

Estaba paseando con otra joven que no podía ser otra que su gemela. Se parecían tanto que no cabía la menor duda; pero, de todos modos, no eran idénticas. Reggie Carmarthen las acompañaba. Amanda caminaba en el centro del trío con el rostro oculto por la sombrilla.

Martin la observó desde su escondite a la sombra de un árbol cercano. Carmarthen hablaba tranquilamente con la hermana. Ambos sonreían y gesticulaban. Cada vez que le hacían un comentario a Amanda, ésta esbozaba una radiante sonrisa y asentía con un chispeante encanto que superaba incluso al de su hermana. Contestaba con un par de palabras y después volvía a sumirse en el silencio. Mientras los otros dos retomaban el peso de la conversación, ella bajaba la mirada.

Y la alegría desaparecía; seguía caminando con una expresión atormentada y distante hasta que alguno de sus acompañantes le decía algo de nuevo.

Martin presenció tres veces la transformación hasta que la hermana de Amanda, muy consciente de la situación, la tomó del brazo. Las dos cabezas rubias se acercaron. Reggie asintió unas cuantas veces mientras observaba a Amanda.

Estaban intentando animarla.

Justo entonces, Reggie señaló un grupo de personas que caminaban por delante de ellos. Amanda miró al frente y negó con la cabeza. Se produjo una pequeña discusión antes de que señalara un banco vacío emplazado bajo un árbol. Sus dos acompañantes se negaron en un principio, pero ella se mostró inflexible. Tras indicarles con un gesto de la mano que se unieran al grupo que acababan de ver, se dirigió hacia el banco, separándose de ellos, y se sentó.

Amanda se colocó la sombrilla delante de la cara para protegerse. No de los rayos del sol, sino de las miradas curiosas. Había aprovechado la oportunidad para disfrutar de un momento de tranquilidad; lo último que quería era que se acercara alguien. Sobre todo si ese alguien era Percival Lytton-Smythe, a quien acababa de ver a lo lejos.

Necesitaba un poco de paz para pensar, y la temporada no se caracterizaba precisamente por dar muchos respiros. Dado que el número de bailes a los que asistir iba en aumento, el tiempo del que disponía para ella se reducía por momentos; carecía del tiempo necesario para atender sus cada vez más tortuosos pensamientos.

¿Y si se había equivocado? ¿Y si no estaba lo bastante interesado en ella como para perseguirla? ¿Y si no había sentido lo que ella sintió, si no había interpretado la entrega como lo que había sido? ¿Y si...? ¿Y si...?

El número de interrogantes era infinito y carecían de respuesta. De manera resuelta, Amanda se concentró en aquello de lo que estaba segura. En lo que sus sentidos y sus instintos le decían que era cierto.

Martin era el hombre adecuado para ella. Después de todos los años de búsqueda, estaba completamente convencida; se lo decían su corazón y su alma. Y ella era la mujer adecuada para él. La idea de que una dama más insegura tuviera que lidiar con un hombre así parecía absurda. Él la manejaría como el tirano que era. No obstante...

Se negaba en redondo a aceptar una propuesta de matrimonio basada en una norma social. Cuando declaró que «tenía que» casarse con ella, se había sentido horrorizada. Por un momento se había negado a creer lo que escuchaba. Aunque no le quedó otro remedio. De todos modos, no sabía (no podía afirmarlo con certeza) si Martin sentía algo por ella; sin embargo, no le costaba nada imaginarse a sus primos utilizando las estrictas normas sociales para ocultar sus verdaderas intenciones. ¿Sería posible que Martin ni siquiera se hubiera planteado la existencia de unos sentimientos más profundos? ¿Quién sabía lo que pasaba por un cerebro masculino...?

Era un misterio; pero, en el caso que a ella le interesaba, era imposible dejarlo sin resolver. Tenía que descubrir cuáles eran los verdaderos sentimientos de Martin.

Así pues, ¿cuál debía ser su siguiente movimiento en el juego? Suponiendo que aún siguieran jugando y que él no se hubiera olvidado de ella sin más...

Semejante posibilidad hizo que se le cayera el alma a los pies, aunque no tardó en desecharla. Se recordó que los leones no se comportaban así. Eran posesivos y, por regla general, bastante obsesivos.

Así las cosas, no podía arriesgarse a regresar a su mundo. Si lo hacía, estaría a su merced y sería él quien dictara las reglas del juego. Otorgarle semejante ventaja estaba fuera de toda cuestión... ¿Quién sabía de qué modo podría aprovecharla? Su imaginación le ofreció un buen número de posibilidades en las que siempre acababa casada con él bajo el yugo de la imposición social. No.

El juego tendría que proseguir tal y como ella lo había dispuesto: en la arena de la alta sociedad. El problema radicaba en el modo de obligarlo a abandonar su guarida.

Habían pasado cuatro días desde que huyera de su mansión y no había vuelto a saber nada de él después de aquella primera nota. Tras haber escuchado la historia de su vida de sus propios labios, Amanda entendía la profunda antipatía que le inspiraba la alta sociedad; comprendía que no estuviera dispuesto a abandonar los muros que había alzado a su alrededor.

Pero cuando se diera cuenta de que ella no iba en su busca, tendría que hacerlo él. ¿Qué podía hacer para obligarlo a salir de su escondite?

Planeó una serie de descabelladas iniciativas, pero las desechó todas. Intentó dejar a un lado la incipiente sensación de desaliento que la embargaba; sencillamente, limitarse a esperar de brazos cruzados no era su estilo.

Unos dedos largos y fríos se cerraron en torno a su garganta antes de apoyarse sobre su clavícula.

La impresión hizo que diera un respingo y alzara la sombrilla.

—No. Quédate donde estás.

Sintió que esa voz llegaba flotando hasta ella. La orden fue acompañada de un apretón a modo de advertencia antes de que la soltara para deslizar la mano por su piel. Amanda se dio cuenta de que la sombrilla los ocultaba, por lo que la dejó donde estaba y giró la cabeza para clavar los ojos en él.

Su expresión, impasible y educada, no traslucía sus sentimientos. Sus ojos verdes eran mucho más elocuentes.

«¿Dónde has estado? ¿Por qué me evitas?»

Amanda percibía que ésas y muchas otras preguntas bullían en su cabeza, pero Martin no formuló ninguna y ella no hizo intento alguno por explicarse.

En cambio, se dedicaron a mirarse, a observarse, a medirse... a desearse.

Cuando por fin él comenzó a inclinarse poco a poco hacia ella, Amanda ni siquiera pensó en apartarse; no habría podido hacerlo. Bajó la mirada hasta sus labios y cerró los ojos.

El beso fue muy tierno en un principio, aunque no tardó en cambiar. Las caricias se intensificaron y la boca masculina acabó manifestando sin tapujos sus intenciones. Amanda separó los labios y él le robó el aliento, por no mencionar otras muchas cosas.

Cuando Martin puso fin al beso, ella estaba mareada y confusa. Tuvo que parpadear varias veces antes de recuperar la compostura y sisear:

—¡No puedes besarme en el parque!

—Acabo de hacerlo. —En lugar de enderezarse, se puso en cuclillas—. Nadie nos ha visto.

Amanda echó un vistazo a su alrededor y se aseguró de que la sombrilla estuviera en su lugar; la repentina oleada de pánico remitió un tanto.

—¿Por qué no estás charlando con tu hermana y con Carmarthen?

La pregunta hizo que girara la cabeza para enfrentar su mirada; su tono de voz era tranquilo, pero no pudo descifrar la expresión de sus ojos.

Amanda hizo un gesto despectivo con la mano y miró hacia otro lado.

—Estoy un poco indispuesta.

El comentario obtuvo un silencio como respuesta, por lo que ella se dio la vuelta, lo miró a los ojos... y supo exactamente lo que estaba pensando. Un intenso rubor se apoderó de su rostro.

—No es eso. No estoy... indispuesta. —Apartó la mirada y alzó la barbilla—. Sólo estoy un tanto agotada.

Martin la creía afectada de las molestias típicas que sufría una dama todos los meses. Pero no era así. Y eso significaba que aún existía la posibilidad de que... Una posibilidad que no se le había ocurrido hasta ese momento; una posibilidad que la dejó con los ojos abiertos de par en par, la mente embotada y hecha un manojo de nervios.

—Tenemos que hablar —susurró él con decisión—. Pero éste no es el momento ni el lugar.

—Definitivamente éste no es el momento ni el lugar.

Amanda tuvo que luchar contra el impulso de abanicarse el rostro. Tomó aliento y lo miró de nuevo.

Martin la observaba con detenimiento. Estudió su rostro un momento más antes de decir:

—Te espero mañana a las cinco en la esquina de tu calle, como siempre. —Titubeó un instante, pero se puso en pie.

Amanda alzó la mirada.

—¿Qué pasa si no voy?

—Si no lo haces, iré hasta la casa de tu padre y llamaré a la puerta.

Escucharon unas voces que se acercaban. Martin echó un vistazo y Amanda apartó un poco la sombrilla para ver de quién se trataba. Reggie y Amelia se acercaban discutiendo. Se giró de nuevo para mirar a Martin.

Había desaparecido. Se puso en pie para examinar el prado, pero no había ni rastro de él.

Su hermana y Reggie se aproximaban. Se dio la vuelta para saludarlos mientras se preguntaba si la victoria había sido suya... o de Martin.

10

De ninguno, decidió, mientras salía a hurtadillas de su casa a las cinco de la mañana. Era cierto que Martin había accedido a mezclarse con la alta sociedad para buscarla, detalle que se le antojaba muy prometedor. Aun así, había insistido en mantenerse oculto entre las sombras; por tanto, parecía prudente salir a su encuentro.

La estaba esperando en la esquina, con las riendas de los caballos en la mano. Alzó la mirada cuando escuchó sus pasos; sus ojos la recorrieron de la cabeza a los pies antes de girarse hacia la yegua. Amanda fue hacia él con una sonrisa.

—Buenos días.

Martin la miró a los ojos, extendió los brazos hacia ella, la rodeó por la cintura... y la alzó hasta la silla.

Para cuando Amanda hubo colocado los pies en los estribos, él ya había montado y la estaba esperando. Se vio obligada a reprimir una sonrisa mientras hacía girar a la yegua para enfilar hacia el parque.

Una vez dentro, dejaron que los caballos trotaran a placer. La satisfacción que mostraba el rostro de la muchacha hizo que Martin se mordiera la lengua y guardara silencio mientras se acercaban al camino. Como era habitual, galoparon a toda velocidad; como era habitual, la euforia se apoderó de ellos. Ambos compartían el mismo entusiasmo por la velocidad, por el poder, por el disfrute del placer desenfrenado.

Al final del camino, aminoraron el paso y salieron al prado para recuperar de nuevo el aliento. Amanda instó a la yegua a caminar no en dirección a las puertas, sino hacia el sendero que solían recorrer cuando querían hablar. Martin fue consciente de la naturaleza conciliadora del gesto, aunque no creyó ni por asomo que estuviera preparada para atenerse a razones. Azuzó con las rodillas al ruano para que siguiera a la yegua y se dispuso a preparar mentalmente sus argumentos.

Amanda se detuvo al llegar a la mitad del camino, un lugar íntimo gracias a la cobertura que ofrecían los árboles. Enarcó una ceja y lo miró mientras se acercaba.

Él le devolvió la mirada.

—Tenemos que casarnos.

La segunda ceja se unió a la que ya estaba enarcada.

—¿Por qué?

Martin refrenó su temperamento y se negó a rechinar los dientes.

—Porque hemos mantenido relaciones íntimas. Porque eres una dama y perteneces a una familia aristocrática que no tiene por costumbre hacer la vista gorda en este tipo de cuestiones. Porque yo también pertenezco a una familia aristocrática que comparte ese modo de pensar. Porque la sociedad lo exige. ¿Necesitas más razones?

Ella lo miró con franqueza.

—Sí.

Una afirmación clara y rotunda. Amanda tenía un brillo resuelto en sus ojos azules y alzaba la barbilla en un gesto decidido. Martin reconoció las señales, pero no tenía ni idea del motivo.

La miró echando chispas por los ojos. Abrió la boca...

Y ella lo silenció con un gesto negativo.

—Sólo tú y yo sabemos que hemos mantenido relaciones íntimas; no hay ningún motivo para que creas que me has arruinado —afirmó sin apartar la mirada—. Yo me entregué de muy buena gana, por si lo has olvidado.

Para su eterna irritación, lo había olvidado; al menos, había olvidado lo suficiente como para no estar seguro.

—De todas formas, en nuestro círculo social...

Ella soltó una carcajada y azuzó a la yegua para que siguiera adelante.

—Tú le has dado la espalda a «nuestro círculo social», así que ahora no me vengas con que te preocupan sus estrictas normas.

Martin tensó la mandíbula y, tras indicar al ruano que la siguiera, dijo entre dientes:

—Sin tener en cuenta lo que yo piense, tú no le has dado la espalda a ese círculo; sus reglas son importantes para ti. Tu vida, la vida que deberías vivir, está marcada por los dictados de la sociedad.

Amanda lo miró por encima del hombro. A pesar de su sonrisa, sus ojos tenían una expresión seria y recelosa.

Martin le devolvió la mirada a sabiendas de que su semblante era pétreo... Era muy consciente de la tensión que se había apoderado de él.

—Sin tener en cuenta las circunstancias, no voy a permitir que me tachen de nuevo de ser un caballero incapaz de hacer «lo correcto».

Ella abrió los ojos de par en par antes de mirar al frente.

—Ya veo. El viejo escándalo. Me había olvidado de él.

—Existe cierto paralelismo.

—Salvo que, en aquel caso, no fuiste responsable de lo sucedido —dijo y su voz se tensó al llegar a ese punto— y, en éste, te aseguro que no tengo intención alguna de quitarme la vida.

Amanda reprimió el impulso de afirmar que no estaba embarazada; no lo sabía con certeza y él podría echárselo en cara. No tenía intención alguna de sacar a colación la posibilidad de estar embarazada de su hijo... de su heredero. La simple idea bastaba para distraerla por completo. Así pues, se apresuró a relegarla al fondo de su mente.

—En lugar de perder el tiempo con infructuosas afirmaciones, ¿me permites que te aclare mi posición?

Martin hizo un brusco gesto de asentimiento con la cabeza. Mientras la yegua seguía caminando, Amanda prosiguió.

—Es muy simple: no estoy dispuesta a casarme, ni contigo ni con nadie, basándome en el hecho de que la sociedad decretaría nuestra boda como un castigo adecuado para nuestros pecados si llegara a hacerse público lo sucedido. No creo que casarse por obligación sea una base sólida para un matrimonio. Sobre todo para mi matrimonio. —Lo miró a los ojos—. ¿Queda claro?

Martin la miró con intensidad y se preguntó qué detalle estaría ocultando la muchacha. Había sido sincera en su declaración, no le cabía duda, pero... ¿habría algo más?

Que Amanda Cynster, a los veintitrés años y con su naturaleza desinhibida y su inclinación por las emociones fuertes, albergara una profunda antipatía por las convenciones sociales que regían su vida no era de extrañar. Por desgracia, era lógico que rechazara la idea de un matrimonio entre ellos impuesto por las constricciones sociales.

Martin asintió con la mandíbula tensa.

—Clarísimo.

La muchacha parpadeó y no tardó en preguntarle:

—En ese caso, ¿estás de acuerdo en que no necesitamos casarnos para apaciguar la susceptibilidad de la sociedad?

Martin se obligó a asentir de nuevo.

—Bien —replicó antes de mirar al frente con semblante más relajado.

Con los ojos entornados, Martin observó la parte posterior de su cabeza, deteniéndose en los rizos dorados que brillaban bajo la creciente luz del amanecer; estudió la esbelta silueta de su cuerpo, que se mecía con suavidad. Entretanto, sopesó su siguiente ataque.

Al llegar al final del camino, allí donde se unía al prado cercano a las puertas, murmuró:

—Lady Chalcombe celebra una fiesta privada esta noche en su casa. —Amanda se giró para mirarlo, tras lo cual, él añadió—: Es en Chelsea, junto al río. ¿Podemos vernos allí?

Unos ojos muy azules se clavaron en los suyos un instante antes de mirar hacia otro lado.

—No, me temo que no. —Su tono era apesadumbrado, pero firme—. La temporada acaba de empezar. Esta noche es el baile de la duquesa de Richmond. Y después tengo un sinfín de compromisos a los que asistir. Siempre supe que el inicio de la temporada pondría fin a los entretenimientos menos formales.

¿Qué quería decir? Martin contempló su perfil, la única parte de su rostro que podía distinguir, con expresión ceñuda. Y vio que la consternación se apoderaba de ella.

—¡Ay, Dios! Empieza a llegar gente. Será mejor que nos separemos. ¿Aquél de allí es tu mozo de cuadra? —preguntó mientras señalaba hacia la figura que esperaba junto a las puertas.

—Sí.

—Dejaré la yegua a su cuidado. —Lo miró con una amplia sonrisa—. Adiós. —Y tras sacudir las riendas, se alejó al trote.

Martin, totalmente estupefacto, la observó mientras se alejaba. Una sonrisa, un alegre adiós... y ¿ya estaba?

Eso habría que verlo.

—Gracias, señor Lytton-Smythe. Ahora, si me disculpa, debo proseguir mi paseo.

—Pero mi querida señorita Cynster... —Pese a los tirones de Amanda, el hombre no le soltó la mano—. Naturalmente que debe hacerlo. Estaré encantado de poder acompañarla.

—¡No! —Amanda se devanó los sesos en busca de una excusa aceptable, pero recurrió al truco habitual—. Debo ir al gabinete.

—¡Vaya! —Le soltó la mano con actitud derrotada, aunque su sonrisa no tardó en aparecer, acompañada de una expresión arrogante—. No puedo permitir que deambule sola por las habitaciones de Su Excelencia. La esperaré.

Amanda refrenó la tentación de poner los ojos en blanco.

—Como desee.

Escapó mientras se preguntaba si a Percival Lytton-Smythe se le había ocurrido que podría estar enferma; era tan pesado que siempre lo dejaba aduciendo que debía ir al gabinete. Claro que tampoco era un hombre capaz de sumar dos más dos y parecía empeñado en hacer caso omiso de su negativa a permitir que la llevara por el buen camino para alejarla de lo que él llamaba «su execrable frivolidad».

—¡Ja! —exclamó mientras se apresuraba a cambiar de rumbo, abandonando el camino del vestíbulo para ocultarse en un saloncito.

Sólo había bailado con el señor Lytton-Smythe por pura obligación. No lo había disfrutado en lo más mínimo. El hombre se estaba convirtiendo en una irritante molestia. En realidad, ni siquiera la abrazaba más de la cuenta ni, Dios no lo quisiera, dejaba vagar su mano; pero aunque a ella le encantaba bailar, Percival Lytton-Smythe no era la pareja ideal. Se había pasado toda la pieza deseando alejarse de sus brazos.

Tras intercambiar saludos con unos cuantos invitados y detenerse ante varios grupos, consiguió abrirse camino hasta el rincón más alejado del salón, donde unas frondosas palmeras ocultaban los ventanales. Una ligera brisa entraba por las ventanas, agitando las cortinas de encaje.

El lugar perfecto para ocultarse y pensar.

Suspiró para sus adentros mientras se escabullía tras las plantas. Además de Percival Lytton-Smythe, había otros muchos caballeros que tenían la vista puesta en ella. Era de conocimiento público que tanto ella como Amelia disponían de dotes generosas y que ya tenían veintitrés años. Casi unas solteronas. Ciertos caballeros habían supuesto que esa circunstancia acabaría por sumirlas en la desesperación.

Dichos caballeros estaban en lo cierto, pero su modo de enfrentarse a la desesperación no era el que ellos habían pensado.

Soltó un resoplido mientras echaba un vistazo al salón a través de las hojas de las palmeras.

Vio que Amelia cruzaba el arco del salón de baile en brazos de lord Endicott. La orquesta estaba tocando un vals. Su gemela estaba inmersa en sus propias maquinaciones; estaba dispuesta a evaluar a todo caballero elegible.

Tras desearle mentalmente suerte a su hermana y preguntarse de forma distraída si Luc Ashford habría llegado ya, se dispuso a reflexionar sobre sus propios planes. ¿La seguiría Martin a los círculos de la alta sociedad? De ser así, ¿cuánto tardaría...?

Un musculoso brazo le rodeó la cintura al tiempo que le tapaban la boca con una mano. En un abrir y cerrar de ojos, la alzaron del suelo y la sacaron a la terraza a través de los ventanales ocultos tras las cortinas de encaje.

Cuando su asaltante la dejó en el suelo y la soltó, Amanda, que ya sabía de quién se trataba, se dio la vuelta. Pese a todo, se quedó sin aliento y abrió los ojos de par en par.

No cabía duda de que Martin Fulbridge era todo un deleite para la vista. Ya lo había visto antes ataviado con ropa formal, pero en un salón, no en una terraza a la luz de la luna. La severidad del blanco y el negro junto con la tenue luz plateada intensificaban el contraste: su anguloso rostro, la rigidez que formaba parte de su carácter y la inflexibilidad patente en su fuerza se contraponían al elegante desorden de su cabello castaño dorado, a esos oscuros ojos verdes que la miraban a través de los párpados entornados y al manifiesto rictus sensual de sus labios.

Le bastó una sola mirada para asimilarlo todo. Acto seguido, extendió los brazos y le hizo un gesto con la mano.

—Ven. Baila conmigo.

En un santiamén la tuvo firmemente sujeta entre sus brazos y no tardaron en moverse al ritmo de la música que flotaba a través de los ventanales. La sostuvo mucho más cerca que el señor Lytton-Smythe y con una actitud mucho más posesiva. Amanda sintió que la mano que le sujetaba la espalda descendía hasta detenerse más abajo de la cintura, y su calor atravesó la seda del vestido, quemándole la piel. Cada vuelta que daban ponía de manifiesto la fuerza contenida con la que la sostenía y supo al mirarlo a los ojos que era mucho más poderoso y dominante de lo que Percival Lytton-Smythe podría llegar a ser jamás.

Llegaron al final de la terraza y Martin realizó un giro que los acercó todavía más. Amanda notó que sus cuerpos se rozaban y, en lugar de apartarse con un gesto escandalizado, se pegó a él y dejó que su cuerpo se fundiera con la música, entregándose a su abrazo.

Se sentía segura entre sus brazos, tan cerca de él. Cerró los ojos, apoyó la cabeza sobre su hombro y permitió que la guiara al compás de la música sobre las baldosas de la terraza.

—No esperaba verte aquí esta noche —murmuró cuando llegaron al otro extremo y la música llegó a su fin.

—¿No? —Martin se detuvo, pero no hizo ademán de soltarla.

El tono de su voz la obligó a alzar la cabeza para mirarlo a los ojos.

—No. Esperaba que aparecieras alguna noche, pero no pensé que vinieras hoy.

Martin observó sus ojos con detenimiento y la honestidad reflejada en esa mirada lo sorprendió. ¿Acaso no sabía que la atracción que ejercía sobre él se había convertido en una compulsión en toda regla? Con ella entre los brazos supo, sin ningún género de duda, que no quería dejarla marchar jamás.

Se había preparado para entrar en el salón y sacarla a la terraza, pero la había visto por los ventanales. La había llamado mentalmente y apenas pudo creer su suerte cuando vio que respondía.

En ese momento, lo estaba observando con los ojos entornados.

—Dime una cosa, ¿sabe nuestra anfitriona que estás aquí?

Martin sonrió con expresión culpable.

—No —contestó al tiempo que inclinaba la cabeza—. Nadie sabe que estoy aquí, salvo tú.

Y se apoderó de su boca. Ella separó los labios y se aferró con fuerza a las solapas de su chaqueta.

Más le valía. Martin la besaba con un ansia voraz; le robaba el aliento, la dejaba aturdida y sus hábiles manos conseguían revolucionarle los sentidos. La mantenía pegada a su cuerpo mientras le acariciaba la espalda con actitud posesiva, sin romper el poderoso abrazo que la inmovilizaba.

Sabía por qué estaba allí; por qué la había seguido hasta los brillantes salones que tanto odiaba. La quería, la deseaba y quería que ella sintiera lo mismo. Que Dios la ayudara, porque lo había conseguido. La intensa necesidad con que la abrazaba la dejó sin defensas y la instó a seguirlo allí donde la llevara. La instó a devolverle los besos con frenesí y avidez, de modo que el interludio no tardó en adquirir un tinte voraz. Ambos deseaban más, mucho más.

Martin alzó la cabeza para mirarla a los ojos. Acto seguido, se inclinó de nuevo y se apoderó de sus labios otra vez.

—Ven conmigo —murmuró—. Quiero enseñarte una cosa.

Uno de sus brazos la soltó al tiempo que se apartaba de ella. Amanda le soltó las solapas de la chaqueta y se dio la vuelta al sentir el ardiente contacto de su otra mano en la base de la espalda, instándola a caminar hasta el otro extremo de la terraza.

De allí partían unos peldaños en dirección a otra terraza que comunicaba con varias estancias a oscuras, cerradas a los invitados. Doblaron la esquina de la mansión y llegaron a una escalinata de piedra por la que se accedía a un invernadero. Era un edificio contiguo a la casa, pero independiente. Y quedaba muy alejado de los invitados.

Él abrió la puerta del invernadero y Amanda dio un paso hacia el fresco y tranquilo ambiente del interior. La luz de la luna iluminaba un camino serpenteante que recorría toda la estancia y unía una fuentecilla emplazada a escasos metros de la entrada con la hornacina que había al otro extremo, donde había un mirador acristalado con vistas a los jardines inferiores. Había un banco de hierro forjado con cojines acolchados desde el que se podían contemplar cómodamente las maravillas del invernadero.

Unas maravillas que brillaban tenuemente a la luz de la luna, cuyos rayos se reflejaban en los bancos de hierro que flanqueaban el camino, así como en el que rodeaba el mirador. Las hojas de los helechos y las de las palmeras conformaban un marco oscuro sobre el que resaltaba una colorida multitud de flores que oscilaron cuando Martin cerró la puerta.

—¡Orquídeas! —exclamó Amanda con los ojos abiertos como platos antes de inclinarse para oler una de ellas. La soltó con un suspiro de contento—. ¿Verdad que son preciosas?

Se enderezó y echó un vistazo por encima del hombro.

La mirada de Martin fue ascendiendo hasta posarse sobre su rostro.

—Sí —contestó antes de acercarse a ella para inclinar la cabeza y acariciarle la nuca con los labios.

Amanda sintió que un escalofrío le recorría por todo el cuerpo.

—Ven —le dijo.

Volvió a colocarle la mano en la base de la espalda; ese gesto que la hacía sentirse tan suya. Con un hormigueo de expectación, dejó que la guiara hacia el mirador emplazado en el otro extremo de la estancia.

El perfume de las orquídeas flotaba en el ambiente, un ambiente cálido y húmedo; imposible que fuera la causa de los constantes escalofríos que le erizaron la piel en cuanto llegaron frente al banco del mirador.

—¿Qué querías enseñarme? —le preguntó al tiempo que se acercaba a él sin el menor rastro de pudor y alzaba los brazos para rodearle el cuello.

Martin le rodeó la cintura con las manos. Entre ellas parecía delicada, menuda e indefensa. Acto seguido, la miró a los ojos con intensidad antes de inclinar la cabeza y murmurar:

—Sólo esto.

Fue un beso deliberadamente incendiario y Amanda creyó estar envuelta en llamas. El calor se apoderó de sus venas, le recorrió la piel, se acumuló en su entrepierna y la engulló por entero. Igual que le sucedió a él. Ambos estaban indefensos ante el abrasador asalto de su mutuo deseo.

Y era mutuo, de eso no cabía duda. Sus labios se encontraron y se fundieron. Sus lenguas se unieron como preludio del acto hacia el que todos sus pensamientos estaban encaminados. Amanda se aferró a él; enterró una mano en su cabello y apoyó la otra en uno de sus hombros, clavándole los dedos mientras se pegaba a su cuerpo. Martin la abrazó con más fuerza, la amoldó a él, y ese roce tan evocador y provocativo avivó aún más la necesidad que los consumía.

La mano de Amanda abandonó el hombro para acariciarle el torso y bajar un poco más...

Pero él la capturó y la inmovilizó al tiempo que se alejaba de sus labios.

—No.

Sus miradas se encontraron y ella abrió los ojos de par en par. Martin pareció reconsiderar su negativa.

—Todavía no.

Amanda sintió que se le cerraban los párpados. Una extraña languidez se había apoderado de ella.

—Entonces, ¿qué?

Él se enderezó y la giró para dejarla de espaldas. Sin pérdida de tiempo, la abrazó desde atrás y le acarició la cintura.

—Esta noche... —dijo con voz ronca y su aliento meció los rizos que le enmarcaban el rostro—. Esta noche tomaremos el camino más largo.

Alzó las manos hasta sus pechos. Amanda echó la cabeza hacia atrás para apoyarla sobre su hombro y arqueó la espalda. Intentó recordar el camino que habían tomado con anterioridad y le pareció que había sido lo suficientemente largo...

—¿Cómo? —preguntó casi sin aliento.

Martin guardó silencio un instante antes de contestar:

—No pienses, limítate a sentir.

La orden sólo consiguió poner en marcha sus pensamientos; pero, para su asombro, no afectó en absoluto a sus sentidos. Al parecer, se estaba acostumbrando a aquello; al modo en que le acariciaba los pechos, casi con adoración; al profundo placer de saber que él estaba inmerso en... ¿en qué?

En la seducción, decidió al notar que le bajaba el corpiño hasta la cintura y que la camisola no tardaba en seguirlo. Las prendas quedaron amontonadas en torno a sus caderas mientras él seguía excitándola con los dedos, atormentando sus ya enhiestos pezones y provocando una oleada de calor abrasador con cada una de sus deliberadas caricias.

¿Por qué seducirla de nuevo? ¿Sería ésa la primera vez que la seducía? Decidir quién había seducido a quién en su primer encuentro era complicado; por supuesto que no había sido su intención que las cosas llegaran tan lejos y él se había mostrado aún más reticente. Aunque eso no la había salvado. Y a él tampoco.

Así pues, ¿qué estaba haciendo Martin? ¿Por qué parecía tan decidido a repetir lo sucedido?

¿Qué había cambiado?

La mente de Amanda siguió dándole vueltas a la cuestión mientras él la arrastraba hacia una deliciosa marea de placer. En un momento dado, se alejó.

—Espera —le dijo.

La ayudó a recuperar el equilibrio y se acercó a una planta cercana. No tardó en regresar con tres exuberantes flores blancas en la mano.

Le dio la vuelta hasta dejarla de cara al banco, de modo que la luz de la luna cayera sobre ella antes de colocarle una de las flores tras una oreja y repetir la operación en la otra. El perfume la envolvió al instante. El deseo volvió a endurecerle los pezones. Con la tercera orquídea en la mano, Martin bajó la mirada y deslizó el tallo de la flor entre los pliegues de su vestido, justo bajo el ombligo.

Le rodeó la cara con las manos, inclinó la cabeza... y le nubló el sentido. Amanda dejó de pensar por completo. Resultaba imposible pensar mientras él la devoraba y reclamaba su boca, abrasándola con cada invasión de su lengua.

Él se movió y, sin poner fin al beso, se inclinó para sentarse en el banco, doblándola por la cintura mientras lo hacía. Amanda le colocó las manos sobre los hombros para guardar el equilibrio. Las manos de Martin abandonaron su rostro para regresar a los pechos.

Se entregó al beso con un suspiro. Al estar inclinada hacia delante, con los senos a su entera disposición, sus caricias tenían una impronta diferente, resultaban aún más exquisitas e incluso más reverentes. Allí de pie entre sus muslos, no le sorprendió en lo más mínimo que él la acercara y abandonara sus labios para descender con ellos por la garganta. No tardó en posar la boca sobre sus excitados pechos para lamerlos y mordisquearlos antes de succionar los pezones.

Un cúmulo de sensaciones se apoderó de ella; arqueó la espalda y le agarró la cabeza, instándolo a que prosiguiera con el festín. Y él así lo hizo, para satisfacerla a ella, pero también por su propio placer.

La entrega del hombre era absoluta y Amanda así lo percibía en la apasionada avidez de la boca que succionaba sus pezones con un ansia insaciable y en las exigentes caricias de su lengua. Se entregó por completo a su asalto, de modo que Martin saciara el anhelo que lo consumía; porque, al hacerlo, también saciaba el suyo.

Cuando sus pezones estuvieron enhiestos y su piel pareció estallar en llamas, Martin deslizó las manos hasta su espalda para acariciar los gráciles músculos de su columna. Con una mano le bajó la parte posterior del vestido, junto con la camisola, hasta el trasero; con la otra, sujetó la orquídea prendida en la parte delantera antes de que las prendas cayeran al suelo con un suave susurro.

Amanda aún seguía apoyada sobre sus hombros para guardar el equilibrio. En esa postura, la muchacha miró hacia abajo y observó cómo él le deslizaba el tallo de la orquídea por los suaves rizos de la entrepierna. Al instante se echó hacia atrás para admirar su obra y percibió la tensión que se había apoderado de ella mientras se esforzaba por respirar. Antes de que pudiera hablar, la tomó por las caderas y la acercó a él. Le acarició el torso con los labios y fue descendiendo por la cintura hasta llegar al ombligo. Mientras exploraba la concavidad con la lengua lo envolvió el perfume de la orquídea, acompañado de otro aroma mucho más tentador y primitivo.

Tras tomar una honda bocanada de aire, le rodeó las caderas con los brazos y la levantó del suelo. Amanda se aferró a sus hombros y al mirarla descubrió que sus ojos azules brillaban como un par de zafiros bajo los párpados entornados. Se giró en el banco para sentarla y la echó hacia atrás, instándola a recostarse sobre el mullido asiento. Acto seguido, retrocedió mientras le pasaba las manos por la parte interna de los muslos al tiempo que los alzaba y los separaba para que cada pierna quedara a un lado del banco.

Amanda quedó así expuesta ante su mirada como una deliciosa hurí sacada de sus sueños más salvajes.

Bajo la luz de la luna su piel adquiría una apariencia nacarada; sus ojos lo miraban nublados por el deseo; y sus labios entreabiertos estaban hinchados por los besos. Se estremecía debido a la tensión que se había apoderado de ella. Respiró hondo sin apartar los ojos de él. De su rostro.

Martin deseó saber lo que ella veía, porque le daba la sensación de que sus músculos se habían convertido en piedra. Todos sus instintos le gritaban, presa de un deseo voraz de capturar, someter y tomar. El asalto de la lujuria lo dejó inesperadamente aturdido, a merced de sus instintos. Había planeado tenerla justo donde la tenía y, por fortuna, lo lógico era celebrar la victoria.

No necesitaba de su sentido común para que sus manos le acariciaran los pechos, ni para inclinarse sobre ella y bajar la cabeza hasta que sus labios capturaron un endurecido pezón. Ni para avivar de nuevo el fuego que abrasaba esa sedosa piel, haciéndola jadear, arquear la espalda y agarrarle la cabeza mientras le proporcionaba placer.

Darle placer era una delicia; una satisfacción que se filtraba por sus poros y le llegaba a lo más profundo del alma.

Así pues, con la mente puesta en ese objetivo, Martin siguió adelante para poder cobrar su recompensa.

Amanda deseó ser capaz de pensar; ser capaz de recuperar por un instante el dominio de sus sentidos. La situación en la que se encontraba, desnuda salvo por las medias, las ligas y las orquídeas de Martin, la dejaba en una posición vulnerable y poderosa a la vez. Vulnerable porque estaba expuesta de forma íntima ante él; poderosa porque percibía la compulsión que ese hecho provocaba en él. Percibía el deseo que lo embargaba en cada uno de los húmedos y abrasadores besos que depositaba sobre su abdomen. El deseo que sentía por ella.

Ese deseo, la vehemente necesidad que se escondía detrás de sus experimentados avances, detrás de cada una de sus calculadas caricias, podría haber resultado abrumador o incluso alarmante de no ser por la ternura, la adoración y la constante delicadeza con que sus dedos la acariciaban y sus labios la besaban.

La trataba como si fuera la sacerdotisa que pudiera garantizar su salvación.

No obstante, él ansiaba más; sus labios descendieron más y más hasta que Amanda sintió su cálido aliento sobre el vello de la entrepierna. La caricia la estremeció. La enardeció.

—Tu chaqueta —le dio un empujón sobre los hombros y lo aferró por las solapas.

—Luego —replicó él con un gruñido.

—No... ahora.

Amanda intentó incorporarse, pero con una protesta gutural, él volvió a recostarla. Se quitó la chaqueta, la arrojó a un lado y retomó el asalto donde lo había dejado, aferrándola por las caderas, bajando la cabeza y...

—¡Martin!

Amanda acababa de ver las estrellas. Lo agarró del pelo, estremecida por la sensación. Todas sus terminaciones nerviosas cobraron vida y se tensaron mientras él la acariciaba con la lengua antes de que sus labios volvieran a succionar la delicada carne de su sexo. No podía pensar, apenas podía respirar mientras su boca la poseía, succionando y lamiendo hasta que estuvo convencida de que perdería la razón. Hasta que se vio envuelta por las llamas de un delirante placer.

Aferrándola por las caderas de modo que siguiera con los muslos separados, Martin utilizó la lengua para explorar aún más y descubrió la entrada que ansiaba probar. La tensión volvió a apoderarse de ella.

Jadeó y arqueó la espalda, pero él la sujetó con más fuerza. Hundió la lengua en su interior con delicadeza, pero sin tregua.

Y con un agudo chillido, el placer más intenso la recorrió; la conflagración hizo añicos no sólo su cuerpo sino también sus sentidos. El éxtasis se apoderó de sus venas hasta derretirse bajo su piel del modo más esplendoroso.

Entre jadeos, incapaz de recuperar el aliento y con los ojos entornados, Amanda observó que Martin se enderezaba. Esos ojos verdes estaban clavados en ella, en sus muslos separados, en la carne que quedaba expuesta. De repente, comenzaron a ascender por su cuerpo hasta posarse sobre su rostro. Sólo tuvo fuerzas para alzar un brazo, extender una mano y hacerle un gesto para que se acercara.

—Ven.

La palabra fue una súplica cargada de sensualidad. Martin siguió observándola y Amanda se percató de que su expresión jamás había sido tan tensa, tan contenida.

Y entonces comprendió que no había tenido la intención de poseerla de nuevo; eso no había formado parte de su plan. Enfrentó su mirada y consiguió esbozar una sonrisa.

—Te deseo. Ven.

Y era cierto. Lo deseaba en su interior, con ella, compartiendo el éxtasis, el placer más absoluto.

Martin titubeó antes de ponerse en pie. Se llevó las manos a la pretina de los pantalones para alegría de Amanda, que se vio obligada a contener el aliento para no pedirle que se quitara la camisa. Él se libró de los botones y apartó la bragueta antes de sentarse a horcajadas en el banco.

Amanda no tuvo tiempo de pensar antes de que la alzara sin esfuerzo alguno. Se agarró a sus hombros mientras él le sujetaba las caderas con las manos y la acercaba. La dejó sobre sus muslos, con las piernas separadas y aún más expuesta que antes. Una vez allí la instó a descender y ella notó que el extremo de su miembro presionaba contra su sexo. Tras ajustar la posición de sus caderas, él se alzó un poco y después, con manos firmes, la hizo bajar y bajar hasta estar hundido por completo en ella.

Respirar estaba fuera de toda cuestión; la invasión fue tan completa que reverberó en todo su cuerpo. En ese instante, Martin introdujo la mano entre ellos y recuperó la orquídea que antes dejara entre sus rizos. Tras sujetarla entre los tirabuzones de su coronilla, le rodeó la cara con las manos, la besó en los labios y volvió a enloquecer sus sentidos. Podía saborear su propia esencia en los labios masculinos, en su lengua, hasta que él ladeó la cabeza, le hundió la lengua en la boca y sus pensamientos se hicieron añicos. Sintió que apartaba las manos de su rostro para deslizarlas por sus caderas. Una vez allí, la rodeó con los brazos, la alzó un poco y la movió al tiempo que rotaba las caderas.

Y comenzó a mecerse dentro de ella.

La pasión se adueñó de él en un abrir y cerrar de ojos. La delicada fricción del cuerpo femenino que se cerraba en torno a él con esa deliciosa humedad fue la chispa que redujo a cenizas el poco control que le quedaba. Ni siquiera se dio cuenta de que ella le había abierto la camisa hasta que sintió que lo abrazaba y presionaba sus pechos contra su torso desnudo. La imitó y la encerró en un poderoso abrazo que la inmovilizó mientras se hundía en ella.

Buscó de nuevo sus labios y se apoderó de ellos, imitando el ritmo con el que mecía las caderas hasta que percibió que Amanda, atrapada entre sus brazos, perdía el control al igual que él. Hasta que, con un grito entrecortado, se derritió como una diosa sacrificada en algún rito pagano, ofreciéndole su cuerpo para que colmara todos sus deseos.

Y todos sus deseos, cualquier exigencia primitiva que hubiera sentido, se vieron colmados mientras la poseía y se hundía en ella hasta el fondo una última vez, mientras los músculos femeninos se cerraban en torno a su miembro al mismo tiempo que el placer se apoderaba de él.

No podía respirar. Tuvo que esforzarse por conseguir aire, por aclarar su mente.

¿Desde cuándo tenía la lujuria un efecto tan devastador?

Siguió abrazándola y acariciándole la espalda mientras dejaba que la satisfacción se apoderara de su cuerpo y del de Amanda. Ambos estaban exhaustos y le costó un enorme esfuerzo que su mente se pusiera a funcionar.

Intentó comprender por qué... por qué era tan distinto con ella. Por qué el sexo cobraba otro significado, mucho más importante, con Amanda. Intentó comprender sus sentimientos, la fuente de la que surgía esa necesidad abrumadora de hacerla suya, de poseerla en cuerpo y alma. Intentó nombrar la emoción que lo embargaba cada vez que la tenía tal y como estaba en esos momentos: desnuda entre sus brazos, satisfecha y exhausta, completamente suya.

Eso último lo asustaba. Muchísimo.

La opresión que le impedía respirar se había aliviado por fin. Ya no jadeaba. Miró hacia abajo y analizó lo que veía: los rizos rubios desordenados, las orquídeas blancas aún en su sitio, la piel de alabastro de sus hombros y su espalda aún sonrosada por efecto del deseo.

No había tenido intención de poseerla de nuevo, pero no se arrepentía de haberlo hecho. No podía arrepentirse del deleite que experimentaba cada vez que se hundía en ese voluptuoso y húmedo cuerpo y percibía el modo en que se rendía y se entregaba por completo a él. El interludio había reforzado su intención de seguir por ese rumbo en concreto, incluso lo había marcado con más determinación.

Inclinó la cabeza y le acarició la mejilla con la nariz antes de depositar un beso en su sien y susurrarle:

—Dime que te casarás conmigo.

—¿Qué?

—Si te casas conmigo, tendrás esto todas las mañanas y todas las noches.

Amanda alzó la cabeza, lo miró a los ojos y dejó que la incredulidad se reflejara sin tapujos en su rostro. Su genio salió a la superficie. Tuvo que morderse la lengua para no decirle que era un presuntuoso.

—¡No!

Se revolvió para apartarse de él, para alejarse de sus brazos y del banco. Una vez en pie, cogió la camisola; aquello se estaba convirtiendo en una costumbre...

—No voy a casarme contigo por... —Le resultaba imposible encontrar la palabra adecuada—. ¡Por esto!

¡Menuda ocurrencia! Claro que iba a disfrutar de lo que acababa de ofrecerle, pero quería mucho más; y, después del rato que acababan de pasar juntos, sabía que había mucho más por lo que luchar.

Martin resopló con fastidio y pasó una pierna por encima del banco para quedar frente a ella.

—Así no vamos a llegar a ningún sitio. Vas a casarte conmigo; no pienso desaparecer entre las sombras mientras tú te alejas de mí con cualquier caballero que sea un partido adecuado.

Amanda se colocó el vestido y lo miró a los ojos.

—¡Estupendo! —Se giró con brusquedad y le dio la espalda—. ¡Ayúdame!

Martin soltó un gruñido antes de ponerse en pie y atarle las cintas del corpiño.

—Si no te conociera mejor, diría que estás loca. —Mientras le ataba las cintas, le preguntó—: ¿Por qué no me dices que sí? Dímelo.

En cuanto se hubo puesto los escarpines, Amanda se dio la vuelta.

—¿Qué es lo que me ofreces que no pueda obtener de cualquier otro hombre?

Él la miró fijamente... y frunció el ceño.

Amanda le dio unos golpecitos con el dedo índice en ese maravilloso pecho.

—Cuando lo hayas descubierto, tal vez, ¡sólo tal vez!, podamos negociar. Hasta entonces —dijo y se dio la vuelta haciendo que se escuchara el frufrú de sus faldas cuando se encaminó hacia la puerta—, buenas noches.

Mientras salía por la puerta, lo miró de reojo. Estaba de pie con los brazos en jarras, y la camisa blanca sin abrochar acentuaba el tono oscuro de su torso. La contemplaba con el ceño fruncido.

11

Amanda pasó el resto del baile sumida en la confusión; estaba impaciente por regresar a casa y meterse en la cama. Apagó la vela de un soplido y se reclinó sobre los almohadones... Por fin podía pensar.

Él la amaba, estaba casi segura. Era sin duda el amor lo que lo había impulsado a tratarla como a una *madonna,* como si ella tuviera la llave de su alma. Además de la pasión y de las llamaradas que los habían consumido en las tres ocasiones que habían hecho el amor, había habido algo más... algo más profundo, más fuerte, difícil de definir aunque infinitamente más poderoso que la simple lujuria.

Lo había sentido desde el principio, pero jamás había conocido el amor con anterioridad; al menos, no ese tipo de amor, tan imbuido de anhelo sexual y tan oculto por la posesividad. Pero tenía que ser amor... ¿Qué otro motivo haría que un caballero de su alcurnia, con su pasado, estuviera decidido a casarse?

El honor.

Compuso una mueca. Eso era lo que pretendía que ella creyera. Pero si de eso se trataba, ¿cuál había sido el propósito de lo sucedido esa noche? ¿Por qué molestarse en tratar de sobornarla con la promesa del placer físico? Le había propuesto matrimonio... y ella lo había rechazado. El honor ya había sido satisfecho, ¿verdad?

Aporreó el almohadón y se acurrucó mientras mascullaba una retahíla de improperios sobre los hombres y sus ridículas obsesiones. Sentía punzadas en los muslos, pero no tan intensas como las que había sufrido cuatro noches atrás; en cambio, la profunda alegría que albergaba en su interior se había incrementado. Cerró los ojos y suspiró.

Al menos sabía con exactitud lo que quería, lo que le exigiría antes de acceder a casarse con él. Quería su corazón, ofrecido de forma libre y voluntaria, antes de acceder a ser suya en cuerpo y alma.

El fuego de la biblioteca seguía encendido cuando Martin volvió de Richmond. Se acercó al aparador para servirse una copa de brandy antes de desplomarse en su sofá favorito. La otomana donde había poseído por primera vez a Amanda Cynster.

La había desflorado; ése era el término socialmente aceptable. Ergo, tendría que casarse con ella. La ecuación se le antojaba de lo más lógica.

Al parecer, a ella no.

Bebió un sorbo de brandy para sofocar un gruñido y se concentró en lo que tendría que poner en práctica a continuación para hacerla cambiar de opinión. No desperdiciaría ni un solo segundo en decidir si volvería a enzarzarse en una discusión con ella o no... eso estaba fuera de toda consideración.

Quería casarse con ella. Y la situación así lo exigía.

Por lo tanto, eso haría.

En lo que a él respectaba, ésa era razón más que suficiente. Fuera lo que fuese lo que ella había querido decir con esa estúpida pregunta, bien podría quedarse sin respuesta... seguro que se trataba de alguna de esas ideas sin sentido tan típicas de las mujeres.

Así pues, ¿qué sería lo siguiente? ¿Una invitación para cabalgar esa mañana?

Miró el reloj y se preguntó a qué hora se habría acostado la muchacha. La imaginó en su cama... y después en la de él.

Desterró la perturbadora visión y pensó en esperar hasta la mañana siguiente, unas treinta horas, para volver a verla. La espera no le reportaría nada, como tampoco lo haría la cabalgada. Tenía que reunirse con ella en un entorno que propiciara sus argumentos; en otras palabras: que propiciara la seducción. Él era un hombre honorable y estaba claro que, en ese caso, el honor dictaba que utilizara todas las armas a su alcance para lograr que ella cambiara de opinión, para que aceptara el desenlace que la sociedad imponía a su relación.

Le importaba un comino si ése era un argumento racional o si, por el contrario, era capcioso. El hecho era que lo habían mimado en exceso. Lo habían mimado cuando era un joven apuesto, con título, rico y alocado; y también cuando alcanzó la edad adulta. No estaba en absoluto acostumbrado a escuchar la palabra «No» de labios de una dama.

Y, al parecer, ésa era la palabra favorita de Amanda.

Apuró su copa y contempló la pila de invitaciones que su hombre de confianza, Jules, siempre amontonaba sobre la repisa de la chimenea, como si de ese modo pudiera empujar a su aristocrático patrón a regresar al mundo al que según él pertenecía. Jules no ejercía tanta influencia sobre él. Sin embargo...

Martin suspiró. Dejó la copa vacía en una mesita auxiliar, se levantó y cogió el montón de tarjetas blancas.

Por supuesto que no tenía intención de hacer una aparición formal en semejantes eventos, pero la continua afluencia de invitaciones que recibía le facilitaba la tarea de localizar al menos una fiesta en la que su presa estaría presente cualquier noche. Era bastante fácil elegir una casa que, por cortesía del pasado, conociera lo bastante bien como para entrar sin que nadie se diera cuenta.

A la noche siguiente, cerró la puerta del jardín de la mansión de los Caldecott y se encaminó con parsimonia hacia las escaleras que conducían a la terraza del salón de baile. Escuchó un vals mientras se acercaba; apareció una pareja que caminaba hacia los jardines entre susurros y lo dejó atrás sin apenas reparar en su presencia.

Los ventanales del salón de baile estaban abiertos; atravesó uno para contemplar la estancia, convencido de que muy pocos lo reconocerían. La mayor parte de los asistentes llevaba sin verlo diez largos años. Aunque reconocía a varios de los presentes por sus incursiones en los ambientes menos selectos de la alta sociedad, no se hizo notar; las pocas damas que tenían motivos para recordarlo con claridad también los tenían para mantener su relación en secreto. Si bien desafiar las brillantes luces de las arañas sería una temeridad, aparecer brevemente por la periferia de las reuniones sociales encerraba un mínimo riesgo.

No le había fallado la memoria: el salón de baile de los Caldecott estaba rodeado por una larga galería a la que se accedía por las escaleras emplazadas en cada una de las esquinas. Se abrió paso entre las personas que se agrupaban en los márgenes de la multitud hasta las escaleras más próximas y subió.

La galería era amplia, diseñada para pasear, y un buen número de parejas hacía precisamente eso. Puesto que la única iluminación procedía de las arañas del salón de baile, las zonas alejadas de la balaustrada se encontraban en penumbra. El lugar perfecto desde el que observar lo que ocurría en la pista de baile, para rastrear a su presa entre aquel tropel de chaquetas oscuras y coloridos vestidos.

Localizó a Amanda sin ninguna dificultad: sus rizos brillaban como el oro puro y llevaba un vestido del mismo azul que sus ojos.

Estaba discutiendo con un caballero rubio.

Mientras los observaba, el caballero cogió la mano de Amanda y trató de colocársela sobre el brazo. Los dedos de Martin se tensaron sobre la barandilla.

Vio cómo Amanda se zafaba de un tirón y, contrariada, le dedicaba unos cuantos epítetos acalorados antes de girar sobre sus talones y atravesar la multitud hecha una furia.

Mientras una parte de su mente la seguía, la otra no apartaba la vista del caballero; así pues, no se le pasó por alto el arrogante encogimiento de hombros y el modo en que se estiró las mangas. A juzgar por las apariencias, no le afectaba en lo más mínimo la forma en la que lo habían despachado.

Con el ceño fruncido, Martin buscó a Amanda con la mirada y descubrió que estaba a punto de subir por una de las escaleras de la galería. Un minuto después, se adentró en la galería.

Oculto tras una enorme columna, Martin vio cómo la muchacha echaba un vistazo antes de encaminarse al mirador situado al fondo, desde el cual podían contemplarse los jardines. Estaba a menos de dos metros de ella, sin mover un músculo y al amparo de la densa sombra de la columna. Amanda escrutó los jardines antes de pegar la cara al cristal para observar la terraza.

¿Dónde se había metido ese hombre? Si no se reunía con ella en ese lugar, no creía que pudiera acceder al otro baile al que asistiría esa noche, al menos sin hacerlo por la puerta principal. Ya no le preocupaba que se rindiera y la dejara para regresar a la existencia que había llevado hasta entonces; sin embargo, sí se preguntaba cuál sería su siguiente paso, el siguiente argumento que utilizaría para convencerla de que debía casarse con él...

Percibió su presencia un instante antes de que sus dedos le acariciaran la curva de la cadera y descendieran antes de emprender un movimiento circular.

Sus sentidos cobraron vida; se quedó sin aire... y luego comenzó a respirar de forma entrecortada. Temblorosa, permaneció donde estaba e inclinó la cabeza.

—Buenas noches, milord.

Sus diestros dedos se detuvieron.

—Vaya... ¿no hay reverencia?

Hacerle una reverencia habría supuesto presionar su trasero cubierto por la seda del vestido contra aquellos audaces dedos. Martin estaba justo detrás de ella; cualquiera que mirara en esa dirección sólo vería sus faldas, nada que pudiera identificarla. Lo miró por encima del hombro y murmuró:

—Creo que en nuestra relación ya no son necesarias semejantes formalidades. —Convirtió su voz en un susurro sensual y vio que una mueca curvaba los labios masculinos antes de devolver la vista hacia el jardín.

—Muy cierto.

Esos dedos la acariciaban con sensualidad y tejían un hechizo imposible de ignorar. De una forma indecorosa y sexualmente explícita, aunque en absoluto ofensiva. Amanda sintió que un torrente de sensaciones descendía por su espalda y se colaba bajo su piel.

Él le apartó los rizos de la nuca con la otra mano e inclinó la cabeza para rozar con los labios esa zona tan sensible, donde se demoró un instante para inhalar su aroma antes de lamerla.

Se enderezó una vez más y apretó los dedos sobre su trasero antes de volver a aflojarlos, frotando de forma deliberada la seda de la camisola y el vestido contra su piel. Su aliento le acariciaba la oreja.

—¿Sabes lo que deseo... lo que me gustaría hacerte ahora, en este mismo instante?

Amanda sospechaba que si se echaba hacia atrás y se apoyaba contra él, notaría su miembro duro como una piedra.

—No. ¿Qué?

Su pregunta, lanzada con estudiada inocencia, obtuvo una carcajada como respuesta.

—Imagínatelo si puedes...

Su mente se dispersó en una docena de direcciones, hasta que él volvió a hablar con voz mucho más ronca y grave:

—Imagina que estamos solos, que el salón de baile de ahí abajo está vacío y en silencio. Las arañas están apagadas. La única música que se escucha es el susurro del viento en el exterior. Es de noche, está oscuro, igual que ahora. La única luz es la de la luna.

—Igual que ahora.

—Exacto.

Esa voz que le acariciaba la oreja estaba haciendo estragos en sus sentidos. La mano que le cubría el trasero se quedó donde estaba mientras con la otra le rozaba el hombro desnudo.

—Tú me esperas aquí, a sabiendas de que vendré a buscarte. De que vendré oculto por la oscuridad de la noche para poseerte.

—¿Vendrás?

—Estoy aquí.

Amanda no podía respirar.

—Y ¿después?

—Y después... te levantaré las faldas, sólo por detrás. Si alguien estuviera observando desde el jardín, no vería nada extraño. —Movió los dedos que tenía sobre su trasero como si le alzara el vestido; en realidad, no lo hizo, sólo quería que sus sentidos imaginaran que lo había hecho—. Y luego te tocaré, te acariciaré, te levantaré la parte trasera de la camisola hasta la cintura. —Hizo una pausa antes de susurrar—: No llevas pololos.

—La alta sociedad sigue considerando que los pololos son irrefutablemente atrevidos.

—Vaya. —El humor tiñó su voz antes de retomar el tono seductor—: Así que te dejaré desnuda, expuesta, y te acariciaré para excitarte. —La mano que tenía a la espalda imitaba los movimientos; la que acariciaba su nuca se cerró con suavidad, como si quisiera inmovilizarla. El cuerpo de Amanda reaccionó ante las sugerentes caricias a pesar de que las faldas la cubrían por completo—. Y después...

No estaba nada segura de que las piernas pudieran sostenerla.

—Y ¿después?

La mano que le rodeaba la nuca se fue aflojando; muy despacio, deslizó el dedo índice a lo largo de su columna hasta el trasero.

—Después te inclinaré hacia delante, haré que te agarres al alféizar...

No dijo más. Amanda notó que levantaba la cabeza y que el enorme cuerpo que tenía detrás sufría un cambio instantáneo. Un instante después, apartó las manos de ella... y desapareció. La súbita pérdida de su calor corporal resultó perturbadora.

Aturdida, giró la cabeza al escuchar las pisadas que se aproximaban y atisbó un movimiento entre las sombras cuando Martin se ocultó tras una columna cercana. Le dio la espalda a la ventana.

Edward Ashford se acercaba sin más compañía mientras observaba ceñudo el salón de baile, expresión que arruinaba la apostura de su rostro. Cuando levantó la mirada y la vio, inclinó la cabeza a modo de saludo y se encaminó hacia el mirador.

—No habrás visto a Luc, ¿verdad?

—¿Luc? —Amanda respiró hondo y trató de recuperar la compostura. De calmarse—. No. ¿Lo estás buscando?

La expresión del hombre se tornó malhumorada.

—Es inútil, lo sé. Apuesto a que se está divirtiendo con alguna corista. Prefiere eso a cumplir su deber con mamá y las niñas.

Amanda pasó por alto esa evidente invitación a unirse a la crítica del vizconde. Sería preferible que recordara la relación existente entre los Fulbridge y los Ashford; Edward reconocería a Martin. Y Martin estaba atrapado detrás de la columna.

—¿Por qué buscas a Luc? ¿Acaso Emily o Anne lo necesitan? —Entrelazó su brazo con el de Edward y comenzó a caminar hacia las escaleras.

—Ahora no, pero ¿puedes creer que...?

Mientras dejaba que Edward se explayase, Amanda lo llevó de vuelta al salón de baile.

—No tienes buen aspecto, Amanda.

La aludida levantó la vista del plato del desayuno y parpadeó antes de mirar a su madre, que se encontraba al otro lado de la mesa.

—Bueno... no he dormido muy bien.

Una verdad como un templo. Louise pareció opinar lo mismo, de manera que asintió.

—Está bien. Pero tanto andar de aquí para allá antes de que comenzara la temporada te ha dejado sin fuerzas; deberías cuidarte más.

Amanda suspiró y volvió a contemplar el plato.

—Tienes razón... como de costumbre. —Miró a su madre con una sonrisa—. Descansaré esta tarde. Esta noche es el baile de los Cottlesloe, ¿verdad?

—Sí, y antes la cena en casa de los Wrexham.

Louise dejó a un lado la servilleta y al levantarse clavó sus penetrantes ojos en la mayor de sus hijas. Amelia estaba callada, como era habitual, pero fruncía el ceño y era evidente que su mente estaba en algún otro sitio mientras sorbía el té. En cuanto a Amanda... además del cansancio, parecía inusualmente pensativa. Al pasar junto a ellas, Louise acarició el hombro de una y luego el de la otra.

—No olvidéis que debéis descansar.

Amanda se giró al escuchar un toquecito en la puerta de su dormitorio y no se sorprendió al descubrir que Amelia había entrado. Cuando su gemela la vio junto a la ventana, cerró con cuidado la puerta.

—Se supone que deberías estar descansando.

—Lo haré dentro de un minuto. Creo que por fin he descubierto lo que trama.

—¿Dexter?

—Ajá. Creo que trata de conseguir que lo desee. Quiere que lo desee tanto a un nivel físico que acepte casarme con él.

Amelia se dejó caer en la cama.

—Y ¿lo está logrando?

Amanda frunció el ceño y se unió a su hermana.

—Sí, maldito sea... por eso no pegué ojo. —Porque no paraba de dar vueltas, nerviosa e insatisfecha—. Es un canalla, pero no pienso rendirme.

Después de un rato, Amelia preguntó:

—¿Cómo consigue hacer... que lo desees?

—No quieras saberlo. Aunque no pienso casarme con él sólo porque sabe cómo hacer que me sienta muy bien.

—Entonces, ¿cómo vas a impedir...? —Amelia hizo un gesto con las manos—. ¿Cómo vas a impedir que obre su magia y te haga desearlo?

—No voy a hacerlo. —Amanda clavó la vista en el dosel mientras rememoraba los interludios ilícitos que su némesis y ella habían compartido—. Estaba pensando justo en eso. Creo que esta última táctica suya podría obrar en mi favor. De hecho, podría funcionar mejor que cualquier cosa que pudiera haber ideado.

—¿Por qué?

—Piénsalo bien: a medida que aumenta el deseo que me hace sentir... No estoy muy segura de esto, pero a juzgar por todo lo que ha ocurrido entre nosotros, parecer ser cierto. El caso es que cuando aumenta mi deseo, el suyo lo hace en la misma medida, si no más.

Tras un momento, Amelia preguntó:

—¿Me estás diciendo que vuestra batalla, tal y como están las cosas, se reduce únicamente a quién controla mejor el deseo?

Amanda asintió con la cabeza.

—Y creo que él me ha subestimado. Está acostumbrado a que las mujeres se vean... —Gesticuló frenéticamente con las manos—. Arrastradas por el deseo. Está acostumbrado a ser él quien las arrastre. No creo que se le haya ocurrido siquiera que yo pueda resistirme.

—Ya veo... Pero supongo que tendrá mucha experiencia.

—Mucha, pero en este caso la experiencia podría llegar a convertirse en una desventaja. Está acostumbrado a satisfacer sus deseos, y sin demora. No está acostumbrado a que lo hagan esperar, ni a negociar. Consigue lo que quiere cuando lo quiere. Pero esta vez, está utilizando el deseo como un señuelo. Y desea conseguir algo primero, antes de acceder a satisfacer mi deseo... o el suyo.

—Así pues, ¿crees que podría salirle el tiro por la culata?

—Sí. Y puesto que no estoy acostumbrada a desear y, por tanto, tampoco a satisfacer las demandas del deseo...

—Es posible que su táctica trabaje a tu favor.

—Exacto. —Amanda consideró la idea, la estudió desde todos los ángulos imaginables—. Sin duda, es una posibilidad; y, puesto que él cree que es su plan, resulta menos probable que se ponga a la defensiva. —Miró de reojo a Amelia, a sabiendas de que los pensamientos de su gemela se habían ido por las ramas—. ¿Cómo va tu plan?

Amelia la miró a los ojos y compuso una mueca.

—Tengo una lista increíblemente larga de candidatos que, con el pasar de los días y las noches, voy reduciendo poco a poco. —Apoyó la cabeza en la almohada y cerró los ojos—. De cualquier forma, va a llevarme mucho, pero que mucho tiempo.

Amanda reprimió el impulso de sugerir un atajo, un descarte rápido que sólo dejaría un nombre. Pero aunque no era su forma de hacer las cosas, comprendía la necesidad de su hermana de asegurarse bien antes de lanzarse a la persecución de ese único nombre. Atrapar a ese caballero en particular iba a resultar una tarea hercúlea.

Esa idea le trajo a la mente su propia tarea, a su propio caballero. Cerró los ojos y dejó que sus pensamientos vagaran hacia la deliciosa perspectiva de que su león cayera presa de su propia trampa.

Estaba segura de que aparecería en el baile de los Cottlesloe. El salón de baile estaba en la planta baja y las ventanas de uno de los extremos daban a una terraza desde la que, a su vez, se accedía a una zona de parterres, que casualmente lindaba con los jardines principales. La noche era cálida, perfecta para pasear a la luz de la luna.

La cena en casa de los Wrexham se le hizo eterna; pero, una vez que llegaron al baile, su mayor estorbo para reunirse con Martin fueron las crecientes atenciones de sus pretendientes. Puesto que la temporada estaba en pleno apogeo, habían aparecido como una plaga.

—Como la de las langostas —susurró mientras se abría paso entre la multitud.

Resultaba exasperante tener que estar desviando la vista constantemente. Mientras esbozaba sin titubeos su sonrisa social, se dirigió con tenacidad al rincón más oscuro de la estancia.

—¡Por fin!

Una vez que dejó atrás al último de los invitados, descubrió con abatimiento que no la esperaba ningún alto y apuesto caballero. La terraza se encontraba al otro lado de las ventanas; las puertas estaban a su derecha.

Amanda frunció el ceño y se preguntó si lo habría interpretado mal, tanto a él como sus intenciones; se dio la vuelta y volvió a examinar la estancia, por si acaso hubiera pasado por alto algún lugar en el que pudiera estar esperándola...

Unos dedos largos y fríos le rodearon la muñeca y se cerraron en torno al lugar donde latía su pulso, en ese momento desenfrenado. Giró la cabeza con los ojos abiertos como platos y se encontró con sus ojos verde oscuro.

—¿Dónde...? —Clavó la vista más allá del cuerpo masculino, pero no había ni puertas ni ventanas por las que pudiera haber entrado. Estaba casi detrás de ella; sentía el calor de su cuerpo a lo largo de la espalda, algo que no había ocurrido un momento antes. Lo miró a los ojos—. Te mueves con mucho sigilo.

Él le cogió la mano, le besó los dedos y luego cambió de posición para plantar los labios allí donde el pulso latía frenético. Tras bajarle la mano, inclinó la cabeza de manera que su respiración le agitó los rizos que había junto a su oreja.

—Soy un depredador... ya lo sabes.

Muy cierto. Por suerte, él no esperaba respuesta alguna. Tras colocarle la mano sobre el brazo, hizo un gesto en dirección a la terraza.

—¿Te apetece que nos traslademos a un lugar menos ruidoso?

Amanda inclinó la cabeza con una sonrisa en los labios.

—Como desees.

Se movieron por los márgenes del salón sin adentrarse en la multitud y sin que nadie lo reconociera... de hecho, sin que nadie les prestara la menor atención. Cuando llegaron a la terraza, Martin escudriñó el jardín. Descubrió que seis parejas ya estaban haciendo uso del lugar. Sonrió para sus adentros y le señaló las escaleras.

—¿Bajamos?

Ella asintió con un aplomo que Martin encontró irresistible: la envolvía el aura de una dama muy segura de sí misma. Una cualidad inherente a ella, sin duda; el hecho de que fuese él quien la llevaba del brazo le provocó una sonrisa.

Al verlo, ella enarcó las cejas. Martin hizo un gesto negativo con la cabeza.

—Venga... demos un paseo.

Y así lo hicieron, pero no fue un paseo inocente. De tácito acuerdo, caminaron el uno pegado al otro; el muslo masculino rozaba la cadera femenina, de la misma manera que su brazo le rozaba con insistencia el pecho. Le bastaba con contemplar su rostro a la luz de la luna para saber que ella se daba perfecta cuenta y que no le importaba en absoluto. Estaba disfrutando de ese leve contacto tanto como él.

Aunque quizá «disfrutar» no fuera la palabra adecuada.

Llegaron a una zona en la que las ramas de una morera se extendían sobre un parterre; Martin la arrastró hacia allí. Le colocó un dedo bajo la barbilla y le alzó el rostro para apoderarse de sus labios.

Dejó que el beso fuera leve... incitante, seductor. Tentador. Levantó la cabeza y observó su expresión mientras deslizaba con suavidad un dedo por su garganta hasta la piel marfileña que el escote dejaba a la vista. Siguió con la mirada el recorrido del dedo indagador que, en ese momento, se deslizaba sobre el corpiño de seda y trazaba un pequeño círculo alrededor de un pezón, ya endurecido.

Amanda inspiró de forma entrecortada cuando él retiró la mano, pero esbozó una sonrisa serena y se dio la vuelta cuando la instó a salir de las sombras. Continuaron el paseo. En cuanto rodearon el extremo más alejado del jardín, él murmuró:

—Te deseo.

Ella lo miró de soslayo, ocultando su expresión tras los párpados para que él no pudiera descifrarla. Sonrió mientras apartaba la mirada.

—Lo sé.

No se estremeció en lo más mínimo, pero Martin sabía que era tan consciente de su presencia como él de la suya. Un desafío femenino, uno para el que estaba más que preparado.

La entrada al jardín principal, un arco formado por un seto alto, quedaba a la derecha. Amanda no se sorprendió en absoluto cuando Martin se apresuró a traspasarlo para llevarla al oscuro camino que había al otro lado. Continuaron su paseo y aminoraron el paso cuando los altos setos, negros en la oscuridad de la noche, se cerraron a su alrededor.

Se sorprendió aún menos cuando él se detuvo y la estrechó entre sus brazos; cuando inclinó la cabeza para atrapar sus labios. Fue un beso dominante, un beso destinado a comunicarle su deseo. Amanda lo conocía lo bastante bien como para saber que lo tenía bajo control, que el fuego que le dejaba percibir estaba perfectamente dominado. Sin embargo, ése era un juego al que podían jugar los dos.

Se puso de puntillas, le rodeó el cuello con los brazos y le devolvió el beso con flagrante abandono. Mientras él mantuviera el control, podría hacer lo que le viniera en gana sin riesgo alguno. Podría incitarlo, provocarlo y llevarlo... por la senda de la locura.

Semejante respuesta desbarató los planes del hombre; durante un largo minuto se limitó a saborearla, a devorarla. Después recuperó las riendas y le arrebató el control de la situación; le arrebató el sentido común en cuanto la aplastó contra el seto.

Le cubrió los pechos con manos posesivas, demasiado

expertas, demasiado sagaces. Amanda se arqueó contra él en busca de algo que aliviara el ardor que le habían provocado sus caricias, justo antes de recordar que era precisamente eso lo que él quería.

Le supuso todo un esfuerzo, pero consiguió recuperar el juicio y desterrar de su mente ese abrumador impulso, incluso mientras le devolvía el beso con avidez. Y descubrió que podía disfrutar del beso y excitarlo sin quedar atrapada, sin ahogarse en el deseo. Mientras él guardara las distancias mentalmente, ella también. Si Martin bajaba la guardia, el deseo (el deseo de él, combinado con el suyo propio, que se avivaría en respuesta) los arrastraría a ambos. Como había ocurrido antes.

Pero Martin no la abrumaría por completo, ya no podía hacerlo; al menos, no sin bajar también sus propias defensas.

Y no estaba dispuesto a hacerlo.

Algo muy inteligente, tal y como se sucedieron las cosas. Estaban atrapados, hechizados, absortos en el desafío que suponía su interludio cuando escucharon voces. Unas voces que aumentaron de volumen hasta penetrar la neblina que envolvía sus sentidos.

Dejaron de besarse para escudriñar la penumbra que los rodeaba. Los sentidos de Amanda le advirtieron que estaba pegada a él, que sus brazos le rodeaban el cuello y que tenía los senos aplastados contra su torso. Martin le rodeaba la cintura y tenía las manos apretadas sobre sus caderas para acercarla a su cuerpo. La magnitud de su deseo, que aún seguía bajo un estricto control, era, sin duda alguna, innegable.

Se acercaba alguien. Con un suspiro, se apartó de él y, con toda intención, aprovechó el movimiento para frotar una de sus caderas cubiertas por la seda contra la parte de su anatomía más susceptible a la seducción.

Él jadeó y la reprendió con la mirada, pero las figuras que se acercaban por el camino, dos hombres y dos mujeres, desviaron su atención.

—Será mejor que regresemos al salón de baile. —Lo miró a los ojos—. Ya llevo ausente un buen rato.

Martin asintió con la cabeza tras meditarlo un momento. Le ofreció su brazo y ella lo aceptó. La escoltó sin más preámbulos de vuelta al salón antes de despedirse tal y como dictaba la etiqueta.

La noche siguiente se encontraron en casa de lady Hepplewhite. La mansión de los Hepplewhite era un antiguo y enrevesado lugar que ofrecía numerosas posibilidades a la hora de concertar citas clandestinas. Amanda chocó literalmente con Martin en uno de los salones secundarios. Estaba huyendo de Percival Lytton-Smythe.

—¡Por Dios! —Enlazó el brazo con el de Martin y le dio un tirón—. Si nos quedamos aquí, seremos la comidilla del baile. —Levantó la vista y enarcó una ceja—. ¿Puedo sugerir que vayamos al invernadero?

Martin estudió su mirada, su expresión impaciente y sincera. Se preguntó por un momento...

—Tengo una idea mejor.

El vestíbulo del jardín: un lugar reducido y desierto con vistas al pequeño patio que servía de antesala a los jardines principales. Se llegaba hasta allí a través de un laberinto de pasillos interconectados, pero el vestíbulo corría en paralelo a uno de los salones principales.

—Nunca había estado aquí antes —dijo Amanda al entrar mientras echaba un vistazo a su alrededor.

Martin cerró la puerta y observó cómo ella se giraba para enfrentarlo. La estancia estaba casi a oscuras, pero aun así vio la atrevida expectación que reflejaban sus rasgos mientras le tendía las manos.

—Ven... bailemos. La música se escucha incluso desde aquí.

Martin se acercó a ella. La melodía que tocaba la orquesta en el salón principal flotaba en el aire, aunque quedaba amortiguada por los gruesos muros. La atrajo hacia sus brazos y comenzó a girar muy despacio.

El ritmo era poco exigente y permitía que sus sentidos

disfrutaran a su antojo. Que buscaran y se deleitaran. Martin se deleitó con las incitantes curvas femeninas que tenía entre los brazos, con el ágil balanceo de la espalda de Amanda bajo su mano, con el seductor movimiento de sus caderas, que le rozaban los muslos. Agachó la cabeza para susurrar:

—Hay otro tipo de danza que me gustaría bailar contigo.

—Vaya... —Amanda sonrió y liberó sus manos para rodearle el cuello—. Por desgracia... —Se acercó aún más y notó que los brazos del hombre se tensaban en respuesta—. Por desgracia, parece que tendremos que conformarnos con el vals.

Un desafío calculado. Alzó la cabeza y le ofreció los labios; él se apoderó de ellos sin vacilar. No obstante, seguía controlándose, a pesar de que la incitó a separarlos y devoró su boca con la intención de hacerle perder el sentido.

Y lo consiguió, más o menos.

Amanda notó que su necesidad se incrementaba y que el deseo de Martin aumentaba en respuesta cuando le clavó las uñas en la nuca y se frotó provocativamente contra él. El ardor, avivado e insatisfecho durante las dos noches anteriores, cobró vida al menor contacto, en cuanto él le acarició el pezón con el pulgar. Más intenso, más exigente; deseaba que él se rindiera, deseaba poder rendirse.

Pero Martin tenía que rendirse en primer lugar.

Mantuvo la mente despejada mientras permitía que él la tentara con la silenciosa promesa de la gloria que estaba por venir. Se concentró por completo en devolverle la invitación. En aumentar su deseo y alimentar la necesidad compulsiva que intuía tras esa experimentada fachada.

Le recorrió un elegante pómulo con la yema de los dedos y bajó la mano hasta su hombro, y de allí hasta su pecho. Continuó con la exploración más abajo, hasta la cadera...

Él le agarró la mano antes de entrelazar los dedos y encerrarla en su puño para sujetarla con fuerza.

Amanda interrumpió el beso y se apartó un poco para murmurar:

—Déjame tocarte. —Lo besó de nuevo; un beso lento, largo y prometedor.

—No. —Martin se alejó un poco para recapacitar—. Cásate conmigo y podrás tocarme siempre que quieras.

Ella soltó una carcajada seductora y sensual, muy consciente de la tensión que lo embargaba mientras extendía la otra mano sobre su torso. Se sintió lo bastante atrevida como para declarar:

—Así no me conseguirás.

—Sea como sea, no perderé. —Le cogió la otra mano y se llevó ambas hasta los hombros. Después, la atrajo con fuerza hacia sí para aplastarle los pechos contra su torso y alinear las caderas de forma que pudiera sentir su erección sobre la parte baja del vientre.

Amanda lo miró a los ojos y le rodeó el cuello con más fuerza para atraerlo hacia ella. Dejó que su mirada se posara en los labios del hombre. Y dejó que sus párpados se entornaran.

Martin le besó la comisura de los labios y trazó con la punta de la lengua la curva del labio inferior.

—Ningún otro hombre te pondrá jamás las manos encima, ninguno acariciará tus pechos desnudos. —La calidez de su aliento le rozó los sensibilizados labios—. Ningún otro hombre llegará jamás a estar entre tus muslos ni se hundirá nunca dentro de ti. Sólo yo.

Pronunció las últimas palabras con voz grave; inclinó la cabeza y se apoderó de sus labios, devoró su boca. Y Amanda disfrutó de la súbita oleada de pasión, del inconfundible ramalazo de deseo. Trató de alzarse aún más para responderle con la misma audacia, para instarlo a continuar. Contuvo el aliento cuando él la apoyó contra la repisa que recorría uno de los muros.

La mano que tenía sobre las caderas bajó un poco y le cubrió el trasero para sujetarla mientras se frotaba de forma insinuante contra ella.

Amanda se sintió arrastrada por el deseo; quería alzarse todavía más, rodearle la cintura con las piernas y dejar que se hundiera en ella hasta el fondo. Sabía que podía hacerlo. Si él lo permitía.

Martin pareció tener la misma idea. Le dio un apretón en las nalgas y las acarició un poco antes de aferrarla por la cintura...

—¡Oye, oye! No... ¡Ni hablar! Vaya... ¡eres un atrevido!

Amanda y Martin interrumpieron el beso; ambos miraron de reojo a través de las puertas de cristal que daban al patio. Una joven lidiaba, entre risillas tontas, con un apasionado caballero. La pareja se sentó en el banco situado frente a las puertas y la joven gritó cuando el hombre comenzó a acariciarle un pecho.

Amanda se quedó con la boca abierta.

—¡Es la señorita Ellis! ¡Ésta es su primera temporada!

Martin soltó un juramento y se enderezó. Apartó a Amanda y la sostuvo hasta que ella recuperó el equilibrio.

—Vamos. —La cogió de la mano sin ocultar lo contrariado que estaba y se encaminó hacia la puerta—. Antes de que nos vean.

Cualquier otra cosa habría sido demasiado arriesgada. Acompañó a una Amanda tan decepcionada como él hasta uno de los salones secundarios.

—Te dejo aquí. —La miró a los ojos y comprobó que los rescoldos del deseo aún oscurecían ese azul zafiro. Le cogió la mano y le besó los dedos—. Hasta la próxima.

Los ojos de Amanda se abrieron de par en par cuando comprendió lo que quería decir. Martin hizo ademán de soltarla, pero ella lo retuvo.

—Mañana por la tarde. Hay un picnic en Osterley. Los demás irán a ver las campanillas. ¿Recuerdas la hondonada que hay al otro extremo del lago?

Tras meditarlo un instante, Martin asintió.

—Mañana por la tarde. —Le hizo una reverencia y desapareció entre las sombras.

Permitió de mala gana que regresara a su mundo de luces.

Si no la poseía pronto, si no la convencía en breve de que se casara con él, haría algo... algo drástico. Aunque no estaba seguro de qué.

En la hondonada que había en el extremo del lago de Osterley House, Martin se sentó sobre un enorme tronco para tomarse un respiro. Escabullirse hasta el lugar sin que lo vieran no había resultado difícil; el bosque rodeaba el lago y se extendía hasta el camino que había a casi un kilómetro. El lugar elegido para el picnic se encontraba en la pradera emplazada al otro extremo del lago, cerca de los caminos que conducían al prado de campanillas. Para reunirse con él, Amanda tendría que rodear el lago. Dudaba de que ninguna otra joven tuviera tanta energía, algo que en teoría los mantendría a salvo de interrupciones.

O eso esperaba con todas sus fuerzas.

Atrapar a Amanda en la red del deseo lo bastante como para convencerla de que se casara con él estaba resultando ser inesperadamente difícil. A decir verdad, nunca había intentado hacer algo semejante; en el pasado jamás había deseado atarse a ninguna mujer. No obstante, teniendo en cuenta lo mucho que se encariñaban las mujeres con él, sobre todo las damas, incluso cuando no tenía intención de que lo hicieran... Tenía la certeza de que si se lo proponía, podría atraparla.

La atraparía de tal forma que ni siquiera sería capaz de pensar en decir «No» de nuevo, sin importar lo que le estuviera preguntando.

Martin escuchó el rumor de sus pasos antes de verla. Se adentró en la hondonada, esbozó una sonrisa al verlo y se encaminó hacia el tronco para detenerse junto a él. Contempló el lago y examinó la orilla.

Martin se puso en pie. Era eso o sufrir tormentos peores; su simple presencia, por no mencionar esa sonrisa confiada, lo había excitado hasta un punto rayano en el dolor.

Ella lo miró a los ojos. Sus pechos casi se rozaban y Martin bajó la mirada hasta su rostro. La rodeó con los brazos y reprimió el impulso de estrecharla con fuerza.

—Cásate conmigo.

Ella no apartó la mirada.

—¿Por qué?

«¿Por qué?», repitió él para sus adentros.

—Porque te deseo. —Había pronunciado las palabras sin pensar; pero, cuando se detuvo a hacerlo, no encontró motivo alguno para retirarlas. Ni siquiera para disfrazar lo que significaban. En cambio, la atrajo hacia sí para que no le quedara el menor género de dudas sobre lo que quería decir.

Ella entornó los párpados para ocultar sus ojos; una pequeña sonrisa jugueteaba en la comisura de sus labios.

—Sé que me deseas. —El cuerpo femenino se rindió entre sus brazos cuando se apretó contra él para prometerle el paraíso—. Pero si el deseo es la única razón por la que me «deseas», no es razón suficiente para que me convierta en tu condesa.

Hablaba con acertijos. Otra vez...

Se vio asaltado por una súbita sospecha. Ella lo miró con los ojos entornados; Martin atrapó su mirada y se la sostuvo sin miramientos. En ese momento, consideró una posibilidad que hasta entonces ni siquiera se le había pasado por la cabeza.

Y sintió que sus facciones se endurecían.

—Estás jugando un juego muy peligroso.

Amanda abrió los ojos y enfrentó su mirada sin artificios, sin la más mínima vacilación.

—Lo sé. —Extendió la mano y le recorrió la mejilla con el dedo antes de mirarlo a los ojos de nuevo—. Pero hablo en serio y estoy bastante dispuesta a ver tu apuesta.

La emoción que lo atravesó, que resonó en sus oídos y se apoderó de su mente... si hubiera sido capaz de cerrar los ojos, de apretar los puños y permanecer de pie y a solas en una habitación vacía, habría podido reprimirla y desterrarla sin hacer nada. Sin reaccionar.

En cambio, tensó los brazos y la estrechó con fuerza; inclinó la cabeza y se apoderó de su boca, de sus labios. El preludio para poseerla. Sin tregua.

Amanda no la pidió. Enterró los dedos en el cabello de Martin y bebió gustosa de la pasión que derramaba sobre ella antes de devolvérsela. Percibió el momento en que se produjo el encontronazo, no de sus voluntades, sino de sus tercos corazones. Se había mantenido en sus trece; sabía que el suelo que pisaba era firme como una roca. Él había dejado clara su posición y no sería fácil lograr que la cambiara. No aceptaría de buen grado la necesidad de cambiar de opinión.

Pero ella estaba dispuesta a esperar cuanto hiciera falta. Dispuesta a luchar en esa guerra hasta conseguir la victoria... una victoria de la que también él disfrutaría. A pesar de lo que pensaba en ese momento, a pesar de la implacable resistencia con la que se oponía a ella en esos instantes y a pesar del obstinado muro de autoritarismo masculino que se negaba a abandonar.

Si él era una roca, ella era la marea que la desgastaría.

Si él era un león, ella era la mujer destinada a domarlo.

Le entregó su boca de buena gana y dejó que él le arrebatara el aliento para después infundírselo de nuevo. Se aferró a él cuando sintió los estragos que estaba causando en sus emociones y, una vez que se recobró lo suficiente, comenzó a imponerle sus propias condiciones. A arrastrarlo hacia su postura.

Las manos de Martin estaban en su trasero y lo masajeaban sin dejar de estrecharla con fuerza contra él para que pudiera sentir su evidente erección contra el vientre. Le había introducido la lengua, cálida e insistente, en la boca para embelesarla, para explorarla, cuando escucharon el primer ruido.

Martin cambió el talante del beso; Amanda percibió lo alterada que estaba su respiración; percibió el ascenso y el descenso de su torso contra los senos y el potente latido de su corazón, de los corazones de ambos, mientras él agudizaba el oído.

No se escuchó nada más; Martin agachó la cabeza y la arrastró una vez más a la vorágine del beso, hacia la senda de un deseo arrebatador.

—¿Por dónde es? ¿Por aquí?

La aguda voz femenina penetró su ensimismamiento y los trajo de vuelta a la realidad con angustiosa rapidez.

—¿Qué...? —Amanda echó un vistazo por encima del hombro.

Martin miró también y soltó una maldición.

—¡No puedo creerlo! —siseó Amanda—. ¡Es la señorita Ellis otra vez! ¡Y con otro hombre!

La pareja se encaminaba de la mano hacia la hondonada, bordeando la orilla. Aún no habían divisado a sus ocupantes.

Martin maldijo de nuevo.

—Tengo que irme.

Amanda lo miró y se tragó la negativa que pensaba gritar. Masculló un juramento de cosecha propia cuando él le quitó las manos de encima.

Martin paseó la mirada entre ella y la pareja mientras retrocedía hacia el bosque.

—¿Dónde estarás esta noche?

Amanda se llevó una mano a la cabeza, presa de la confusión.

—En casa de los Kendrick. ¡Maldición! No puede ser. No hay terraza ni tampoco jardines, sólo un enorme salón de baile. Son amigos de la familia... No me queda más remedio que asistir.

Martin se detuvo a la sombra de los árboles circundantes.

—¿La casa de Albemarle Street?

Ella asintió.

—Hay un balcón con vistas al jardín lateral.

—Está en la planta alta.

—Espérame allí a las doce.

Amanda parpadeó con incredulidad antes de asentir con la cabeza.

—Allí estaré.

Antes de seguir su camino, Martin le dijo con la mirada que más le valía cumplir su promesa; se desvaneció entre las sombras ante sus propios ojos.

Contrariada, hecha un lío, con los nervios a flor de piel y con la certeza de que seguiría así durante horas, Amanda se giró para saludar a los causantes de su malestar. Esbozó una sonrisa y salió al encuentro de la señorita Ellis y su caballero.

Si sus planes para esa tarde se habían hecho añicos, que la colgaran si permitía que la señorita Ellis corriera mejor suerte.

12

Justo a medianoche, Amanda salió a hurtadillas al estrecho balcón situado al fondo del salón de baile de los Kendrick. Dicho balcón, al cual se accedía por unas puertas acristaladas, rodeaba la esquina del edificio para ofrecer una vista del jardín lateral.

Amanda se rodeó la cintura con los brazos cuando comenzó a temblar a causa del frío. El tiempo había empeorado y las fuertes ráfagas de viento hacían que unas nubes cargadas de lluvia ocultaran la luna. Amenazaba con caer un aguacero. Se abrazó con fuerza mientras doblaba la esquina.

La puerta que había tras ella se abrió.

—¿Amanda?

Se giró y parpadeó al ver la figura de pelo rubio que se recortaba contra la luz del salón de baile.

—¿Qué estás haciendo aquí fuera? —El tono de Simon, un tono que sólo podría emplear un hermano pequeño, daba a entender que la creía chiflada.

—Bueno... estaba tomando el aire. Ahí dentro hace mucho calor.

Ni siquiera se había dado cuenta de que su hermano la había estado observando. Peor aún, el hecho de que tuviera los ojos entornados y la hubiera seguido hasta allí... su hermanito se estaba haciendo mayor. Y era un Cynster de la cabeza a los pies.

Al igual que ella. Hizo un gesto para restarle importancia.

—Regresaré dentro en unos minutos.

Simon frunció el ceño y salió al balcón.

—¿Qué estás tramando?

Amanda se irguió cuanto pudo; le habría encantado poder mirarlo desde arriba, pero con apenas diecinueve años, su hermano ya le sacaba una cabeza.

—No estoy «tramando» nada. —Todavía. Y si su hermano no se marchaba, no tendría la menor posibilidad. Le lanzó una mirada de reproche—. ¿Qué te crees? Acabo de salir a un balcón tan estrecho que podría considerarse una repisa... ¿se puede saber qué te preocupa? —Extendió los brazos en cruz—. No puedo bajar y ¡aquí no hay nadie!

Las nubes eligieron ese preciso instante para comenzar a descargar; el viento cambió de dirección y los goterones comenzaron a golpear la casa. Amanda jadeó y retrocedió hasta apoyarse contra la pared.

Simon la agarró del brazo.

—¡Hace mucho frío! Pillarás un resfriado y a mamá le dará un ataque. ¡Vamos!

Tiró de ella hacia las puertas. Amanda titubeó, pero empezaba a llover con fuerza. Si no regresaba al salón, acabaría empapada. Refunfuñando entre dientes, dejó que Simon la arrastrara al interior.

Sólo esperaba que Martin supiera que había acudido a la cita.

Desde su puesto bajo el balcón, Martin escuchó el ruido de la puerta al cerrarse; permaneció un rato escuchando el sonido de la lluvia que caía a su alrededor. Un Romeo bajo la lluvia sin su Julieta.

Eso era lo que ocurría cuando se hacían planes al calor de la pasión.

No se había percatado de la extrema inutilidad del encuentro que habían acordado hasta que llegó a casa desde Osterley. Le había costado mucho apartar su mente de aquello que no había sucedido junto al lago. Y de lo que sí había sucedido. Una vez que fue capaz de pensar con claridad, le resultó de lo más evidente que, dado el punto al que habían llegado sus negociaciones, no sacaría nada de provecho de unos cuantos encuentros ilícitos con Amanda y mucho menos en un estrecho balcón. Para exponer sus argumentos, y sobre todo para exponerlos de la forma en la que él quería, necesitaba al menos una hora, preferiblemente dos. En una cama.

Había acudido esa noche para arreglar semejante encuentro. Sin embargo...

Tan pronto como amainó la lluvia, se escabulló de debajo del balcón para encaminarse a las puertas del jardín y subirse al carruaje, negro y anónimo, que le esperaba en las caballerizas. Estiró sus largas piernas y se arrebujó en el gabán. Mientras el carruaje traqueteaba de regreso a Park Lane, le resultó difícil no reparar en el hecho de que la irrupción de Amanda ya había conllevado cambios considerables en su vida.

Dos meses atrás, ni se le habría ocurrido regresar a casa a esas horas. Habría estado deambulando, a la caza de... distracción, de disipación. A la caza de cualquier diversión que llenara sus horas de soledad.

En esos momentos... a pesar de que no habría nadie cuando llegara a casa, no se sentiría solo, no sentiría el opresivo vacío de la casa; no tendría tiempo. Comenzaría a darle vueltas y más vueltas en su cabeza al plan con el que convencería a una dama testaruda para que se casara con él, aun cuando eso provocara más cambios en su vida.

Casarse con Amanda Cynster sería poco menos que una revolución. Lo extraño era que, a pesar de su innata apatía y de lo mucho que le desagradaba que lo molestasen, ese hecho no lo desalentaba en lo más mínimo.

Al parecer, la única opción viable era secuestrarla.

A la mañana siguiente, mientras bebía su café durante el desayuno, Martin reflexionaba acerca del momento y el lugar apropiados para hacerlo. Y descubrió que la tarjeta que le había enviado lady Montacute anunciaba un baile de máscaras para esa noche, o al menos una de las desleídas e insulsas fiestas que en esos días recibían tal apelativo. La dama había decretado que para asistir eran necesarios un dominó, un antifaz y una invitación.

Cosas que él tenía.

Dilucidar el modo de identificar a Amanda sin delatarla a los ojos de los demás, a pesar de estar oculta tras el dominó y el antifaz, no le llevó más de un minuto.

Catorce horas después, ataviada con el dominó negro de rigor y con el rostro cubierto por el antifaz, Amanda apareció en la entrada del salón de baile de lady Montacute acompañada por otra dama y un caballero. A juzgar por la estatura y los rizos rubios que se distinguían bajo la capucha de la dama desconocida, Martin asumió que se trataba de su gemela, como también se habría atrevido a jurar que el caballero era Carmarthen. Esperó un instante para acorralar a su presa, lo justo para que intercambiara unas cuantas palabras con sus acompañantes antes de separarse.

Fue el primero en llegar a su lado, aunque por muy poco. Otros caballeros se habían fijado en ella, sola y observando los alrededores, y habían decidido reclamar su mano. Martin no le hizo el menor caso a la mano: le rodeó la cintura con un brazo y la pegó a su cuerpo.

—¡Por Dios! —Amanda alzó la vista; sabía que era él, de la misma forma que él sabía que era ella, y no otra dama de cabello rubio que por casualidad lucía tres orquídeas blancas en el cuello. Parpadeó—. ¿Adónde vamos?

Martin ya la arrastraba a través de la multitud.

—A algún lugar donde no puedan molestarnos.

No volvió a hablar mientras la arrastraba hacia el pasillo que conducía a un saloncito desierto, desde donde se llegaba a la terraza de acceso al porche delantero. Con la mano en la base de la espalda, la instó a bajar los escalones y a seguir el serpenteante camino de entrada hasta la calle. Su carruaje los esperaba, al igual que los caballos, que parecían inquietos.

Abrió la puerta y ella se aferró a su manga.

—¿Adónde...?

Él la miró a los ojos.

—¿Importa?

Amanda lo fulminó con la mirada y se giró hacia el carruaje. La ayudó a subir, entró tras ella y cerró la portezuela; con una sacudida, el carruaje se puso en marcha.

Amanda se quitó la capucha.

—Eso ha sido...

Martin se movió con rapidez; la sujetó por la cintura y la obligó a sentarse sobre su regazo. Le sujetó el rostro con una de sus fuertes manos y la besó en los labios.

La cabeza de Amanda comenzó a dar vueltas desde ese primer asalto; se aferró a sus brazos y dejó que la realidad pasara a un segundo plano. Sus sentidos se ahogaron en una súbita oleada de deseo, de cálida, irresistible e inconfundible pasión. Él se apoderó de su boca y ella se lo permitió; le rodeó el cuello con los brazos y se aferró a él mientras el carruaje proseguía su camino y él hacía lo propio con su seductor asalto. Sus brazos se cerraron en torno a ella, como una cálida jaula de acero que la mantenía pegada a su cuerpo, sana y salva.

Su casa no estaba lejos; Amanda se sintió desconcertada, aunque no sorprendida, cuando el carruaje se detuvo y Martin la devolvió al asiento antes de abrir la puerta; al otro lado, más allá de la figura masculina, vio la oscura y siniestra silueta de su hogar.

En esa ocasión, el carruaje se había detenido frente a la puerta principal; Martin descendió, se giró y subió las escaleras con ella en brazos. Las descomunales puertas se abrieron en el mismo instante en que sus botas resonaron sobre las baldosas del porche; cuando él atravesó el umbral, Amanda atisbó una figura oculta tras las sombras que proyectaba la puerta y que inclinó la cabeza con dignidad.

Esperó a que Martin se detuviera. No lo hizo.

—¿Es tu mayordomo? —preguntó con mordacidad.

—Jules.

Había supuesto que Martin se dirigía a la biblioteca; pero, en cambio, comenzó a subir los escalones de tres en tres.

El corazón de Amanda comenzó a latir más aprisa.

—Ya puedes dejarme en el suelo.

Él la miró a los ojos.

—¿Por qué?

No se le ocurrió ninguna respuesta, al menos, ninguna que él aceptara. Resultaba evidente que Martin sólo tenía una cosa en mente y eso la distraía en gran medida. Al tiempo que aceptaba la desconcertante idea de que, en realidad, todo lo demás carecía de importancia.

La primera vez que la llevó a su dormitorio no había estado despierta; por tanto, le pareció inteligente no perderse ni un detalle del camino en esa ocasión. El vacío de la casa era tal que el eco de sus pasos resonaba por doquier. Reconoció la galería que atravesaron antes de girar por un pasillo familiar.

Martin se detuvo un instante, la cambió de posición en sus brazos y abrió la puerta de un empellón.

La oscuridad, el frío y la sensación de vacío se desvanecieron en cuanto traspasaron el umbral. Cerró la puerta de una patada. Con los ojos abiertos de par en par, le clavó los dedos en el hombro y él se detuvo.

Permitió que observara con deleite el subyugante esplendor sensual de la estancia.

Recordaba algunas cosas: el enorme anaquel de piedra labrada que dominaba la chimenea en la que ardía el fuego; las gruesas cortinas de brocado que envolvían los enormes postes de madera tallada de la cama; la fastuosa seda de las sábanas y los almohadones. Diseminados por el resto de la habitación, otros objetos, como baúles y mesas de caoba tallada, resplandecían a la tenue luz de los candelabros de bronce emplazados en las paredes de la estancia. Las incrustaciones de bronce y oro centelleaban a la luz del fuego. El suelo estaba cubierto por alfombras orientales de vivos colores y en las paredes colgaban tapices que sobrepasaban su belleza.

Al igual que en la biblioteca, había un sinfín de lugares

atractivos a la vista, una miríada de colores, texturas, objetos y adornos cuyo fin era el de gratificar la mente y avivar los sentidos.

La excentricidad era de lo más evidente.

Lo que no era evidente en ese altar dedicado a la gratificación de los sentidos eran los objetos, por nimios que fueran, que le recordaran que estaba en los aposentos de un conde inglés; de un hombre nacido y criado en ese país, que había asistido a Eton y había sido educado para dirigir su porción de Inglaterra.

Ésa era la guarida de un pachá, de un hombre regido por el sol, de un hombre que había nacido para la sensualidad. Para quien la sensualidad era tan importante como respirar, una parte inherente de su ser; una parte poderosa y vital, inseparable del resto de su persona.

Martin avanzó unos pasos hasta dejarla en el suelo sobre la alfombra de seda situada junto a la cama. Ella lo miró a la cara en un intento por reconciliar todo lo que los rodeaba con lo que podía ver allí.

Él se desató las cintas que aseguraban su dominó y arrojó la voluminosa capa negra a un lado. Esa mirada leonina no abandonó su rostro, sus ojos, durante todo el proceso.

Ella alzó una mano para acariciar la mejilla que tantas veces había acariciado durante las dos semanas anteriores; se sentía fascinada por esos rasgos angulosos y agresivos que tanto se parecían a los de sus propios ancestros normandos. Una parte de él inglesa hasta la médula.

Lo miró a los ojos y vio una vez más a un hombre como ella, con sus mismos objetivos y aspiraciones. Y, de repente, lo comprendió todo.

Él había sido desheredado, o al menos eso creía. Así pues, había enterrado su parte inglesa y había permitido que otros rasgos de su carácter se hicieran con el control. Sin embargo, el caballero inglés seguía allí, como la otra cara de la moneda; no obstante, incluso en ese lugar, se ocultaba entre las sombras.

Ella los quería a ambos, al inglés y al pachá; quería a los

dos en uno. Se puso de puntillas al tiempo que colocaba las manos sobre su pecho para rozarle apenas los labios.

Para besarlo. Para alentarlo.

Martin esperó sin moverse a que ella dejara claros sus deseos antes de apoderarse de sus labios y tomar el control; antes de abalanzarse sobre ella y devorarla, marcando a fuego su lengua y el suave interior de su boca.

Amanda se entregó a él de buena gana. Se le desbocó el corazón cuando él alzó las manos; cuando sintió el tirón con el que desató las cintas del dominó antes de dejarlo caer al suelo. Acto seguido, unas manos decididas le rodearon la cintura y la acercaron a él.

Para apretarla contra su duro cuerpo.

Amanda alzó las manos para rodearle el cuello y acercarse aún más, para entregarse a él. Sólo conocía una forma para sacarlo a la luz: ofreciéndose a él. Ofreciéndole todo lo que era y todo lo que podría llegar a ser. Amándolo como deseaba que él la amara.

Por completo. Sin reservas.

Martin percibió su determinación; había estado con demasiadas mujeres como para no reconocer cuando una de ellas se entregaba sin restricciones y se ofrecía sin reclamar nada a cambio. A las otras les había prodigado toda clase de atenciones, placeres sensuales y efímeros deleites. Con ella, en ese preciso instante, era diferente: deseaba ofrecerle muchas más cosas. Placeres más intensos. Mayores deleites.

Un compromiso duradero.

No encontraba las palabras y no tenía la menor intención de buscarlas, de buscar una forma de confesar una dolencia que, según había aprendido en el pasado, suponía la vulnerabilidad más extrema; la única grieta que lucía la armadura que le habían legado sus ancestros. Las manifestaciones de afecto resultaban demasiado costosas y era el único sacrificio que no volvería a cometer. Ni siquiera por ella. Estaba dispuesto a entregarle todo lo demás: su cuerpo, su nombre y su protección. Su devoción.

Mientras la sostenía entre sus manos y sus dedos se hundían en ella para sentir la grácil fuerza de ese cuerpo y la resplandeciente, esbelta e innegable feminidad que se apretaba contra él, se concentró en la tarea de ponerle el paraíso a los pies.

En la tarea de convencerla de que se casara con él.

Soltó las riendas de su autocontrol con total deliberación. Dejó que el instinto se apoderara de él y le sirviera de guía. Con ella no necesitaba pensamiento alguno, ni lógica ni estrategia. Lo único que precisaba era seguir los dictados de su corazón.

Allí estaba ella, ansiosa por complacerlo, apretada contra su cuerpo mientras sus lenguas jugueteaban y él le quitaba el vestido. Se quitó los escarpines como pudo y los apartó de una patada. Martin fue incapaz de resistirse a sus pechos y cerró las manos a su alrededor a pesar de que seguían cubiertos por la camisola; acarició esos suaves montículos, firmes bajo sus manos, presa de la expectación. Apartó los labios de su boca y comenzó a trazar un reguero de besos por su esbelto cuello mientras ella echaba la cabeza hacia atrás y le permitía el acceso al lugar de la garganta donde su pulso latía acelerado. Martin dejó vagar las manos por el cuerpo femenino hasta que se cerraron sobre las deliciosas curvas de su trasero y la apretaron contra él al tiempo que la masajeaba de forma seductora.

Sintió cómo Amanda se quedaba sin aliento y cómo aumentaba el deseo.

Volvió a dejarla en el suelo; en cuanto recuperó el equilibrio, se arrodilló en el suelo frente a ella. Alzó la vista hacia su rostro y la miró a los ojos cuando Amanda bajó la cabeza, parpadeando y con los labios hinchados y entreabiertos.

—Las medias.

Volvió a parpadear, pero cuando Martin se echó hacia atrás, dobló la rodilla y le colocó el pie sobre el muslo.

Sonriendo para sus adentros y a sabiendas de que el gesto no modificaría su expresión severa, metió la mano bajo el borde de la camisola y aferró la banda de seda que le rodeaba la pierna. Quitó primero una media y después la otra, sin ocultar el placer que le proporcionaba la sedosa piel de sus largas piernas. Trató de no imaginárselas rodeándole la cintura, tal y como estarían en breve.

Tras arrojar a un lado la segunda media, volvió a concentrar su atención en ella; le colocó ambas manos sobre los muslos para deslizarlas muy despacio hacia abajo, hasta llegar a los tobillos, y después recorrer el camino inverso; durante todo el proceso, hasta que sus manos volvieron a su posición de partida, acarició sin prisas cada curva, cada recoveco. Entretanto, Amanda se inclinó hacia delante y le enredó los dedos en el cabello mientras él deslizaba los suyos por debajo del dobladillo de la camisola.

Cerró las manos sobre la parte superior de sus muslos y la mantuvo inmóvil mientras acercaba el rostro al valle que se formaba entre ellos. Amanda jadeó, pero no se apartó ni se resistió; muy al contrario, le agarró la cabeza y permitió que le separara los muslos... que le separara los húmedos pliegues y la saboreara.

Su perfume lo envolvió y se le subió a la cabeza, una atracción básica que despertaba todos y cada uno de sus instintos primitivos. Su disposición, su consentimiento y el estímulo que proyectaban su postura y sus entrecortados jadeos avivaron la más primitiva de las necesidades de Martin.

Se apartó de ella y se puso en pie a la par que deslizaba las manos por su cuerpo e iba alzándole la camisola para sacársela por la cabeza. Amanda levantó los brazos para facilitarle la tarea.

Cuando los tuvo libres, extendió las manos hacia él... en busca de su chaqueta. Sus miradas se cruzaron y Martin se quedó muy quieto. Y recordó. Refrenó sus impulsos para permanecer inmóvil y concederle el momento que ella ansiaba. Contempló la miríada de pensamientos que cruzaban su rostro mientras lo desvestía. Se movió lo justo para que ella le quitara la chaqueta, la corbata, el chaleco y la camisa, tras lo cual comenzó a trazar el contorno de cada músculo y de cada hueso con caricias que lo dejaron dolorido.

Martin se llevó la mano a la cintura y se desabrochó los

botones, pero ella le apartó la mano y le separó la bragueta. No podía verle el rostro; sólo le veía la coronilla, ya que había bajado la cabeza y después... se había quedado inmóvil. Entonces recordó que hasta entonces no lo había visto... no había visto esa parte de él... desnuda. No hasta después. Cuando ya estaba...

Antes de que pudiera preguntarse qué pasaba por la cabeza de Amanda, ella lo rodeó con los dedos, y sus caricias contestaron esa pregunta. Sus dedos le transmitieron la fascinación, el asombro, la reverente excitación que sentía. La expectación que la embargaba.

Acarició toda la longitud de su miembro y él reprimió un gemido... Amanda se sobresaltó y levantó la vista. Volvió a cerrar la mano en torno a él para acariciarlo una vez más. Y otra.

Martin extendió los brazos para alzarla, la estrechó contra él y la besó. Apresó su boca y permitió que ambos se intoxicaran con el festín... durante un rato. Sin finalizar el beso, le sujetó la muñeca y le apartó la mano muy a su pesar. Levantó la cabeza y se apartó un poco para quitarse los pantalones, los calcetines y los zapatos.

Cuando regresó, ella lo esperaba con los brazos abiertos. Se apretó contra él y Martin la abrazó; sus cabezas se encontraron a medio camino para que sus labios se fundieran en un beso. Le hundió la lengua en la boca, buscando la suya para juguetear con ella, y sintió que Amanda dejaba caer todo su peso contra él. Se amoldó a él por completo. Cuerpo contra cuerpo, piel contra piel.

La pasión los envolvió y las llamas del deseo comenzaron a avivarse hasta que se cerraron en torno a ellos.

Estiró un brazo para apartar la colcha y la instó a dar un último paso hacia la cama. Ella se sentó en las sábanas de seda; Martin la siguió y colocó una rodilla sobre la cama. Amanda dejó que la colocara sobre el colchón hasta que su cabeza quedó contra la almohada y sus rizos dorados quedaron esparcidos sobre la seda color marfil.

Sabía muy bien cómo la quería, qué posición satisfaría

mejor su necesidad. Se tendió en la cama junto a ella, con la colcha a su espalda, y le recorrió los brazos y los hombros con las manos; la espalda, las caderas, las piernas... hasta que la tuvo casi debajo de su cuerpo y acomodada sobre el grueso lecho de plumas, de forma que así soportara sin problemas sus embestidas; de forma que sus cuerpos pudieran entrelazarse y fundirse sin impedimentos.

La luz del fuego derramaba un cálido resplandor sobre su sedosa piel pálida y también sombras que se asemejaban a unos dedos que le acariciaran los pechos, cuyos pezones ya estaban enhiestos. Martin disfrutó del contraste cuando colocó una de sus bronceadas manos sobre uno de esos firmes montículos antes de deslizarla posesivamente hacia abajo, sobre las suaves curvas de ese voluptuoso cuerpo, en dirección a la redondez de su cadera para seguir por el muslo. Hacia la rodilla.

Tenía un cuerpo suave, ágil y receptivo; el suyo era duro, musculoso y de una fuerza algo intimidatoria.

Ambos eran presas de las llamas, incapaces de mantener el deseo a raya; ambos se esforzaban por refrenar la acuciante necesidad un instante más, el tiempo justo para saborear el momento. Para descubrir, para observar, para sentirlo todo.

Martin cerró la mano y contempló sus oscuros y brillantes ojos azules, que lo observaban con los párpados entornados. Sus rostros se encontraban a escasos centímetros, el suyo un poco más arriba al estar apoyado sobre los codos. Desvió la mirada hacia sus labios hinchados, anhelantes, a la espera; se percató del movimiento de sus pechos con cada respiración.

El deseo arremetía como la marea; la pasión se cernió sobre ellos, abrumándolos. Si la besaba, ambos se verían arrastrados...

Le clavó la mirada en el rostro y la instó a separar las rodillas para deslizar la mano hacia arriba por la cara interna de su muslo. Sin desviar la vista, acarició su sexo y esperó a ver su reacción (un súbito jadeo, la forma en la que se acercó a él de forma instintiva) antes de separar los pliegues para tocarla. Sus dedos vagaron y la acariciaron hasta que Amanda comenzó a respirar de forma entrecortada; hasta que comenzó a clavarle los dedos en los hombros y a tirar de él.

Con los ojos aún fijos en su rostro, retiró los dedos, se colocó sobre ella y presionó su miembro contra la entrada de su cuerpo para penetrarla.

Muy despacio. Se enterró en su calidez centímetro a centímetro, fundiendo sus cuerpos poco a poco hasta que, con una última embestida, se hundió hasta el fondo en su interior. Ella se estremeció y cerró los ojos mientras su cuerpo se cerraba a su alrededor. Martin emitió un gruñido ronco y le besó los párpados antes de deslizar la mano hasta el muslo y alzarlo para que le abrazara las caderas con la pierna.

Y entonces comenzó a moverse sobre ella, dentro de ella. Amanda jadeó, arqueó la espalda y aplastó los pechos contra su torso mientras se aferraba a él. Las íntimas y reiterativas embestidas le arrebataron el juicio; su cuerpo se amoldó a él, lo aceptó y acogió, y empezó a responder a sus movimientos, primero con cierta vacilación, aunque no tardó en ganar confianza.

Estudió el rostro de Martin con los ojos entornados antes de bajar la mirada y observar la facilidad con la que su cuerpo se adaptaba a las rítmicas embestidas.

Volvió a mirarlo a la cara y trazó un sendero con los dedos desde el hombro hasta la mejilla antes de enterrar la mano en su cabello.

Atrajo los labios masculinos hacia ella y abrió la boca para recibirlo. Lo arrastró hacia su interior cuando las embestidas ganaron en audacia. Los arrastró a ambos hacia las llamas.

Ardieron y se deleitaron con el fuego, con la pasión, con esa primitiva marea de deseo. Amanda sólo pensaba en el momento, en las sensaciones que inundaban su cuerpo mientras se movían y se fundían sobre las sábanas de seda. En la presión del torso de Martin sobre sus senos. En el roce de los rizos de su pecho sobre su sensibilizada piel. En el licencioso modo que se arqueaba su cuerpo, que se rendía a él mientras la penetraba más y más hondo... Todo ello quedó grabado a fuego en su mente.

Junto con las caricias de sus manos; la adoración con la que la serenaba y la preparaba para una intimidad que no cesaba de aumentar; el cálido roce de su aliento sobre los labios cuando se detenían para recobrar el aliento y la cordura antes de lanzarse de nuevo a ese adictivo frenesí.

A pesar de las llamas que la envolvían, a pesar del anhelo que la consumía, era muy consciente de la presencia de Martin, del modo en que se movía sobre ella y dentro de ella; de la manera en la que la acariciaba de todas las formas posibles, prodigando el placer y obteniendo el suyo sin robarlo por la fuerza. Aceptaba todo lo que ella le ofrecía, pero no exigía nada; no reclamaba nada a pesar de que podría haberlo hecho, porque suya era la habilidad para hacerlo...

«Reverente.» La palabra se le vino a la cabeza cuando él se retiró un poco y cambió ligeramente de posición para introducirse todavía más en su sumiso cuerpo.

Implorante... ¿Ella o él? Amanda no lo sabía. No podía pensar. Lo único que podía hacer era extender las manos sobre su espalda y estrecharlo contra ella mientras el fuego crecía hasta engullirlos a ambos.

Ni siquiera entonces apareció el más mínimo indicio de desesperación, de esa conocida y abrumadora urgencia; sólo la creciente subida de la marea, el inexorable aumento de esa necesidad indescriptible.

Hasta que, a la postre, se vieron arrastrados hasta la cresta de una ola de pasión y placer inconmensurables. El éxtasis la arrastró; el placer y otras muchas sensaciones recorrieron sus venas y enardecieron su cuerpo con la gloria del momento. Escuchó su propio grito antes de que Martin lo bebiera de sus labios. Momentos después, percibió cómo se tensaba el cuerpo masculino; lo rodeó con los brazos cuando él la embistió por última vez y comenzó a estremecerse al alcanzar su propio clímax. Lo acunó entre sus muslos y, cuando sus músculos comenzaron a relajarse, lo obligó a tenderse sobre ella. Notó que sus manos, dulces y reverentes, la acomodaban bajo su cuerpo. En ese momento, cerró los ojos y dejó que la marea la arrastrara a la deriva.

No pasó mucho tiempo antes de que volviera a abrir los ojos, pero para entonces ya habían cambiado muchas cosas. No en el plano físico, ya que él aún yacía a su lado, grande, cálido y desnudo mientras que una de sus manos trazaba lentas caricias sobre su piel sin que su mirada se perdiera el menor detalle.

Sus caricias no habían cambiado: eran reverentes. Amanda dejó que sus ojos se recrearan con el rostro masculino, con esos rasgos fuertes que tan pocas emociones reflejaban, que ocultaban sus secretos con tanta eficacia.

Era ella quien había cambiado. Había cambiado físicamente tras saborear semejante éxtasis, jamás podría vivir sin él. Lo mismo habría dado que la hubiera marcado a fuego. No obstante, ésos eran cambios sin importancia, ajustes mínimos. Lo que había aprendido durante esas horas era mucho más importante.

Era algo inherente a la gloriosa dicha que los embargaba a ambos. Algo que se extendía entre ellos, que los envolvía... que los vinculaba. Todo lo que había sentido, todo lo que había experimentado... todo lo que aún era incapaz de ver en su rostro, pero que ya sentía en sus caricias.

Lo miró y sintió que se le henchía el corazón, pero refrenó la sensación de triunfo. Comenzó a preguntarse si... Había ganado ese punto, pero ahora la pelota estaba en su campo.

Martin se había movido al separarse de ella y en ese instante estaba recostado de forma que sus hombros quedaban a la altura de su pecho. Le había pasado una pierna por encima, inmovilizando las suyas y observaba el movimiento de sus dedos mientras éstos le acariciaban el abdomen. En un momento dado, extendió los dedos y colocó la mano sobre su vientre, como si quisiera sopesar su tamaño...

Amanda supo de repente en qué estaba pensando.

—No estoy embarazada. —Presa de una súbita sensación de mareo, se apoyó en los codos para poder verle el rostro con claridad.

La expresión de esos ojos verdes con los que se encontró proclamaba que era suya.

—¿Cómo lo sabes? —preguntó Martin sin inflexiones. Sus dedos no dejaron de moverse y tampoco apartó la mirada de ella.

Amanda aceptó el reto y lo que leyó en su rostro... Era la viva imagen de un león satisfecho que agitaba la cola mientras examinaba su presa...

La estaba observando con detenimiento.

—Bien podrías acceder a casarte conmigo.

Amanda quería casarse con él... y la réplica le ardía en la punta de la lengua: «Me casaré contigo si...»

¿Si le decía que la amaba?

No serviría, eso no satisfaría su corazón. Habría al menos diez caballeros buscándola en el salón de baile de lady Montacute y todos ellos estarían encantados de postrarse de rodillas y jurarle amor eterno, a pesar de que ninguno de ellos sabía siquiera lo que era el amor.

Necesitaba saber que Martin la amaba, sin reservas, más allá de toda duda. Pero ésa no era la razón principal por la que quería escuchar esas palabras de sus labios, pronunciadas por propia voluntad. Necesitaba saber que él sabía que la amaba.

Los latidos del corazón seguían atronándole los oídos y aún disfrutaba de los rescoldos del placer mientras estudiaba sus ojos; meditaba el rumbo de los pensamientos masculinos y lo que él quería hacerle creer. Si le pedía una declaración de amor, si condicionaba el hecho de aceptar su ofrecimiento a escuchar dicha declaración de sus labios, él podría darle el gusto y pronunciar las palabras sin sentirlas de verdad, sin afrontar realmente lo que eso implicaba.

—No. —Volvió a recostarse sobre los almohadones y se dedicó a observar el dosel. Intentó olvidarse de que él estaba desnudo... al igual que ella.

El silencio descendió sobre la estancia hasta que Martin se movió y se alzó sobre los brazos y las rodillas para observar su rostro.

Lucía una expresión implacable.

—No pienso rendirme. —Fue una especie de gruñido, una especie de advertencia.

Ella le devolvió la mirada.

—Yo tampoco.

La respuesta lo dejó perplejo, a todas luces lo desconcertó, cosa que avivó la furia de Amanda.

—Deja que me levante. —Se giró y dobló las rodillas para hacer fuerza contra su brazo izquierdo; Martin permitió que se escabullera bajo su cuerpo, pero la siguió de inmediato.

—¡Esto es ridículo! —Al ver que ella no se detenía, que buscaba su camisola para ponérsela, Martin enterró una mano en los rizos de su nuca y tiró de ellos para acercarla a él al tiempo que la hacía girar. Acto seguido, le rodeó la cintura con el brazo y la estrechó una vez más contra su cuerpo.

Ella lo fulminó con la mirada.

—No podría estar más de acuerdo.

Intentó zafarse, pero él se negó a soltar su cabello. Sin apartar la vista de su rostro, intentó pasar por alto la reacción que produjo en su propio cuerpo esa piel sedosa; aunque, a juzgar por la respiración de su compañera, a ella la había afectado de la misma forma.

—Hemos mantenido relaciones íntimas en tres ocasiones.

Ella lo miró con los ojos entrecerrados.

—En cuatro.

Martin lo meditó un instante.

—Cuatro, lo que aumenta las posibilidades de que estés embarazada de mi hijo.

—Es posible.

—Si lo estás, nos casaremos.

La mirada de Amanda se ensombreció y Martin percibió el torbellino en el que se habían convertido sus pensamientos, aunque era incapaz de adivinarlos.

De repente, ella se apartó y le colocó las manos sobre el pecho. Martin soltó su cabello y dejó que se alejara.

—«Si» —dijo ella— se demuestra que eso es cierto, y sólo en ese caso, ya hablaremos de boda. —Se dio la vuelta y se puso la camisola—. Ahora, si eres tan amable, llévame de vuelta al baile de máscaras.

Martin entornó los ojos.

—Amanda...

Protestó, profirió unas cuantas maldiciones y protestó un poco más.

No sirvió de nada. Y para cuando terminó, ella ya estaba vestida.

Se estaba poniendo la chaqueta mientras la seguía escaleras abajo. Cuando Jules llegó desde la cocina, le ordenó que se encargara de llevar el carruaje a la puerta principal. Jules se retiró. Martin atravesó el vestíbulo hasta la puerta, donde su amorcito lo esperaba con la cabeza bien alta y tan furiosa que sólo le faltaba dar golpecitos en el suelo con la punta del pie.

Se detuvo justo delante de ella y contempló su desafiante rostro y sus ojos airados.

—¿Por qué?

Ni siquiera fingió no entender la pregunta. Enfrentó su mirada sin amilanarse y pareció considerar la mejor forma de explicarlo.

—Ya te lo he dicho antes: quiero más. Hay algo que sólo tú puedes darme; y hasta que no lo hagas, no pienso casarme contigo.

—¿¡Y se puede saber qué demonios es!? —Consiguió reprimir un bramido, aunque su voz destilaba ira.

—Eso es algo que tendrás que descubrir tú mismo —replicó ella en tono glacial al tiempo que le clavaba el índice en el pecho—. Asumiendo, claro está, que tengas lo que necesito. Si no es así... —Su mirada se tornó borrosa de repente, se apartó un poco y giró la cabeza—. Si no es así, pues no es así, eso es todo.

Martin apretó los dientes y abrió la boca para decir algo... Aunque a buen seguro que serían palabras de lo más inadecuadas...

Se escuchó el repiqueteo de los cascos en el exterior y Amanda se giró hacia la puerta mientras se subía la capucha del dominó.

—Me gustaría regresar al baile de máscaras, milord.

Martin cerró los ojos por un instante para tratar de controlar su temperamento y, a continuación, abrió la puerta de par en par.

—Como desee, milady.

Suya. Era suya, sin lugar a dudas.

De no haber sido por las horas que habían pasado en la cama, todavía se estaría preguntando si le había estado tomando el pelo, si lo único que le interesaba era un encuentro ilícito (o cuatro para ser exactos) con alguien a quien se consideraría muy peligroso en su círculo social. Incluso en esos momentos seguía sin tener claro que su reputación no hubiera contribuido en parte a la atracción que sentía por él, al menos en un principio. Pero... ahora ya sabía que tenía más motivos que la simple lujuria.

Regresó a su habitación una hora más tarde, después de haberla llevado de regreso a aquel infierno de máscaras y asegurarse de que encontraba a su hermana y a Carmarthen antes de marcharse. Dejó escapar un suspiro. Estaba relajado, pero no tranquilo; cansado, pero sin sueño. Cerró la puerta y se encaminó hacia el gigantesco sillón situado frente a la chimenea. Algo de un color blanco reluciente que destacaba sobre los intensos tonos de la alfombra llamó su atención.

Las orquídeas que le había enviado; las orquídeas que llevaba prendidas al cuello para que la reconociera sin problemas. Las recogió del suelo.

Amanda se había marchado del baile tan pronto como encontró a su hermana y a Carmarthen; en aquel momento, Martin se había preguntado si su huida se debía a la certeza de saber que la estaba vigilando y no permitiría que coqueteara con otros caballeros o al hecho de que sólo hubiera asistido al baile de máscaras para encontrarse con él. Se dejó caer en el sillón y comenzó a dar vueltas a las orquídeas entre los dedos. Su disposición de ánimo en aquel instante no había sido todo lo racional que hubiera debido ser.

Al rememorar sus encuentros mientras contemplaba las orquídeas, llegó a la conclusión de que se debía a lo último, a que había asistido al baile para encontrarse con él, como tantas otras veces.

Sin otras consideraciones en cuenta, no era la clase de mujer que se metía sin más en la cama de un hombre. Era una Cynster, y Martin conocía muy bien a los de su especie. Ambos pertenecían a la misma clase social, pero él jamás había conocido a una mujer Cynster; sólo a los hombres. Su experiencia con ella hasta el momento le indicaba que sería de lo más inteligente comenzar a extrapolar las similitudes.

Hasta el momento, la había subestimado en todo.

Supo desde un primer momento que ella tramaba algo, aunque no había sido capaz de descubrir su objetivo, lo que quería obtener. Había dejado que lo arrastrara a su juego, se había permitido caer presa de su hechizo, siempre confiando en que ella, una inocente a pesar de su edad, no sería capaz de arrebatarle nada que él no estuviera dispuesto a entregar.

Estudió las orquídeas, la suavidad de esos sedosos pétalos blancos que tanto se asemejaban a su piel, y después apretó los dedos y encerró las flores en el interior de su puño.

Inhaló su fragancia.

Cerró los ojos y apoyó la cabeza en el respaldo del sillón.

Sabía lo que deseaba Amanda.

Había esperado no tener que jugar esa carta, no tener que jugar a la defensiva, pero ella había descubierto todos los faroles y ya no le quedaba nada más que apostar para evitar exponer su corazón.

Uno de los troncos del fuego crepitó y se partió en dos. Tras abrir los ojos, contempló las llamas y dejó que lo inundaran con su calidez.

Sopesó la única jugada posible.

Porque aún quedaba una jugada, una posibilidad, una penúltima carta que tal vez consiguiera sacarlo del apuro y decantar la balanza a su favor para ganar la mano, además del resto de su persona, sin arriesgar su corazón.

La cuestión era: ¿estaba dispuesto a jugarla?

13

—Esto ha llegado hace unos pocos minutos para usted, señorita Amanda.

Cuando llegó al vestíbulo principal, Amanda miró a Colthorpe mientras el mayordomo le tendía su bandeja, en la que descansaba un buqué de flores envuelto en tisú.

—Gracias, Colthorpe.

Amelia se acercó a ella mientras cogía las flores. Estaban a punto de marcharse al gran baile de lady Matcham con su madre, que en ese momento bajaba las escaleras.

—El lazo está tejido con oro —musitó Amelia.

Amanda estudió el ramo. El tisú que protegía las flores estaba sujeto con el lazo, de manera que se pudiera soltar con facilidad. Sujetó el buqué por los tallos adornados por el lazo y tiró; el tisú se abrió y reveló tres orquídeas blancas y perfectas.

Amelia las contempló boquiabierta, al igual que Amanda.

Louise llegó junto a ellas.

—¡Qué encantador! —Cogió el ramillete y estudió las flores—. Increíblemente exótico. —Le devolvió el ramillete a Amanda—. ¿Quién te las envía?

Amanda miró a Colthorpe.

—¿No hay tarjeta?

Colthorpe negó con la cabeza.

—Lo trajo un lacayo con librea marrón oscuro y adornos en verde y oro. No reconocí la casa.

—Bueno. —Louise se encaminó hacia la puerta principal—. Tendrás que llevarlas para saber quién reclama tu mano.

Amanda miró de reojo a su hermana y ésta le devolvió la mirada.

—Venga o llegaremos tarde.

—Sí, mamá. —Amelia enlazó el brazo con el de su hermana y la instó a moverse—. Vamos... tendrás que ver qué sucede.

—Desde luego.

Amanda echó a andar junto a ella con la mirada clavada en las tres delicadas flores.

Tendría que ir y enfrentarse a su león.

Martin aguardó hasta el último minuto, hasta que el último de los invitados llegó y lady Matcham y su esposo estaban a punto de abandonar su lugar junto a las puertas de entrada al salón de baile. Cuando le entregó su tarjeta al mayordomo, el hombre estuvo a punto de dejarla caer, pero recuperó la compostura a tiempo de dar un paso al frente y anunciar a los concurrentes que el conde de Dexter había llegado.

Si hubiera anunciado a la muerte, el mayordomo no habría obtenido mayor atención. El silencio se extendió desde las escaleras hasta el otro extremo del salón de baile. Las conversaciones se fueron apagando a medida que los presentes se giraban para mirarlo y estiraban los cuellos para conseguir una mejor vista.

Martin se adentró en la estancia. Tras coger la mano que de forma instintiva le había ofrecido la anfitriona, se inclinó en una elegante reverencia.

—Señora.

Por un momento, lady Matcham sólo pudo mirarlo boquiabierta antes de que el triunfo se reflejara en su rostro.

—Milord... Permítame decirle que es... —Se interrumpió para observarlo con avidez desde su cabello elegantemente desarreglado, pasando por los hombros embutidos en un elegante traje de gala negro, hasta la corbata anudada a la perfección y el impecable chaleco antes de asentir con aprobación (después de todo, había sido una de las mejores amigas de su madre) y continuar—: Que es un placer ver que ha salido por fin de su guarida.

Una frenética oleada de susurros atravesó el salón de baile.

Martin saludó a lord Matcham con una inclinación de cabeza, y el hombre le devolvió el gesto, a todas luces intrigado por la inesperada asistencia de Martin. Éste contestó:

—Ya iba siendo hora y la llegada de su invitación me pareció una señal del destino.

—¿De veras? —Lady Matcham se deshizo de su esposo con un gesto de la mano antes de cogerse del brazo de Martin y comenzar a descender las escaleras—. Recuerdo que siempre tuvo un pico de oro... déjeme advertirle que lo va a necesitar. Tengo la intención de presentarle a todas las anfitrionas a las que ha estado un año dando esquinazo.

Con su indolente sonrisa social en los labios, Martin inclinó la cabeza.

—Si lo considera necesario...

—Por supuesto que sí —le informó lady Matcham—. No le quepa ninguna duda.

La escoltó escaleras abajo hasta el enorme salón de baile. Para una anfitriona de su categoría, esa noche (o más bien su presencia) aumentaría en gran medida su popularidad. La ronda de presentaciones sellaría su triunfo; para él era un precio insignificante.

En última instancia, podría resultarle de utilidad que volvieran a presentarle a las anfitrionas de mayor relevancia; mientras hacía reverencias e intercambiaba comentarios, unas veces indolentes y otras más cáusticos, con las damas que, a todas luces, controlaban la alta sociedad, le dio los toques finales a su último plan. Su última estratagema para conseguir la mano de Amanda.

La mayoría de anfitrionas estaban encantadas de conocerlo, de intercambiar unas cuantas palabras y de conseguir la promesa de que sus invitaciones recibieran la debida atención. Dos de ellas, lady Jersey hija y la condesa de Lieven, la primera parlanchina y la segunda con fría altivez, intentaron con sus dispares métodos averiguar la razón que había provocado su repentino cambio de parecer; su regreso al mundo que había rechazado durante el último año. Él se limitó a sonreír y a dejarlas con la duda, a sabiendas de que sería la mejor forma de que siguieran prestándole atención. Era evidente que algo tenía que haberlo llevado hasta allí y, ávidas chismosas como eran, ansiaban saber el qué.

Cuando por fin dejó de hablar con la anciana lady Osbaldestone (se había quedado estupefacto al descubrir que la vieja tirana seguía con vida y que seguía siendo tan aterradora como de costumbre), lady Matcham le lanzó una mirada especulativa.

—¿Hay alguien... alguna joven... a quien le gustaría que le presentara?

Él le devolvió la mirada.

—En efecto. —Levantó la cabeza y miró al otro lado de la habitación—. Hay una joven con un traje de color melocotón en el centro de aquel grupo.

—¿Sí? —Lady Matcham era demasiado baja para ver más allá del círculo de hombres masculinos—. Sea quien sea, no parece necesitar más parejas de baile.

—Cierto. —A Martin no se le escapó el tono hosco de su voz. Le sonrió a lady Matcham—. Será mi pareja en el primer vals, pero me da la sensación de que todavía no lo sabe. Creo que debería comunicarle las noticias, ¿no le parece?

Fascinada, lady Matcham tuvo que morderse la lengua para evitar exigirle que se lo contara todo, puesto que se percató de que no le serviría de nada.

—Muy bien. —Tras colocarle la mano sobre la manga, le permitió que la condujera hacia el grupo en cuestión—. La temporada social había sido de lo más aburrida hasta ahora.

Cuando se acercaron al grupo y los caballeros se hicieron a un lado para desvelar a la joven que era el objeto de sus atenciones, los ojos de lady Matcham se abrieron de par en par, pero después esbozó una sonrisa.

—Vaya... Señorita Cynster, permítame presentarle a Su Excelencia, el conde de Dexter.

—Señorita Cynster.

Martin llevó a cabo la reverencia con manifiesta elegancia, como si no se hubiera mantenido alejado de los salones de baile durante los últimos diez años. Amanda fue incapaz de hacer otra cosa que no fuera mirarlo hasta que recordó su papel y correspondió a su saludo como era debido.

Martin le cogió la mano y la ayudó a erguirse. Apenas si alzó una ceja cuando ella se quedó en silencio. Amanda levantó la cabeza.

—Milord. Me sorprende verlo aquí... Me habían dicho que no le interesaban las diversiones que proporciona la alta sociedad.

Los labios de Martin se curvaron en una sonrisa y sus ojos verdes se clavaron en los de Amanda.

—Las cosas cambian.

La mirada de lady Matcham se tornó más penetrante. Se giró hacia el caballero que estaba a la derecha de Amanda.

—Lord Ventris, hay una joven que me gustaría presentarle. Si me permite su brazo...

Sin esperar a que se lo ofreciera, lady Matcham se cogió de su brazo y, con la prestancia de un galeón, alejó al caballero de allí.

Y dejó el camino libre para que Martin ocupara ese lugar al lado de Amanda, cosa que hizo con una consumada elegancia.

—Como también supongo que habrá oído —murmuró en voz baja, aunque no del todo íntima— que he estado... ¿cómo decirlo?, que he estado fuera de circulación durante algunos años. Dígame, ¿se considera éste un evento normal o es más tranquilo de lo habitual?

Lo había sido hasta que él llegó. Amanda luchó por recuperar su sentido común, que se había marchado por la ventana en cuanto lo vio aparecer y que, seguramente, no regresaría con él tan cerca, y se las apañó para esbozar una sonrisa serena.

—Es una reunión bastante normal. ¿No le parece, lord Foster?

—Bueno, sí... desde luego. —Lord Foster echó un vistazo a su alrededor, como si examinara la estancia por primera vez—. Bastante normal, me atrevería a decir.

Un silencio incómodo cayó sobre el grupo. Amanda se mordió el labio. Había otros seis caballeros a su alrededor, pero todos se habían quedado sin habla con la llegada de Dexter, el león indomable de la sociedad. Todos lo contemplaban como si fuera alguna bestia exótica que pudiera morderles a la menor provocación. Amanda se resignó y se dispuso a hacer un comentario sobre el tiempo...

Lord Elmhurst se giró hacia Martin.

—Esto... ¿es cierto que ha negociado en nombre del gobierno con los marajás?

Martin vaciló antes de asentir con la cabeza.

—En ciertas cuestiones.

—¿Se ha adentrado mucho en el subcontinente indio?

—¿Se ha encontrado alguna vez con los guerreros *pathan*? Según tengo entendido, son unos tipos aterradores.

Amanda renunció a hablar del tiempo. Escuchó las respuestas de Martin a las continuas preguntas sobre sus actividades en la India. Intentó concentrar su mente en la incógnita más pertinente: ¿qué pretendía con ese acercamiento? No obstante, le resultó imposible. Más caballeros se unieron al grupo, atraídos por las voces masculinas y por el evidente entusiasmo de la conversación.

—Mi primo trabaja para la Compañía en la zona. En sus cartas dice que es usted un héroe reconocido en las filas de la Compañía.

—He oído que convenció sin más ayuda al marajá de Rantipopo para permitirnos comerciar con sus esmeraldas.

Amanda no se perdía detalle y los guardaba para poder

meditarlos más tarde, para añadirlos a lo que ya sabía de él.

—¿Ha estado alguna vez en un harén?

La entusiasta pregunta del joven señor Wentworth se escuchó por encima de las primeras notas que tocaba la orquesta.

Martin sonrió al señor Wentworth antes de desviar esa sonrisa, ensanchándola a ojos vista, hacia ella.

—Creo que ése es el preludio del primer vals. —Con un gesto de la cabeza, señaló las orquídeas que ella llevaba en la mano.

Amanda bajó la vista y, al verlas, recordó.

Escuchó cómo decía en voz baja:

—Ya que me ha concedido el honor de llevar mi prenda, supongo que también me concederá el honor de este baile.

No era una pregunta ni por asomo. Ella llevaba las orquídeas y él acababa de reclamarlas. Tras plantar una sonrisa en su rostro, Amanda levantó la vista y le ofreció la mano libre.

—El honor es todo mío, milord. —Después abrió los ojos de par en par—. Sabe bailar el vals, ¿no es así?

Martin esbozó una sonrisa amenazadora al tiempo que cerraba sus dedos en torno a los de ella.

—Eso deberá juzgarlo usted misma.

Amanda sabía que bailaba el vals como los ángeles, pero quería que los demás creyeran que jamás se habían visto con anterioridad. Tuvo que dejar que la condujera hasta la pista de baile y que la tomara entre sus brazos, ante los ojos de toda la alta sociedad. Ante los ojos de una anfitriona extremadamente interesada.

—¿Qué estás haciendo aquí?

Convirtió las palabras en un furioso siseo a pesar de que la sonrisa seguía pintada en sus labios.

Él le sostuvo la mirada mientras comenzaban a girar. Sus labios se curvaron en las comisuras.

—Cambiar las reglas.

—¿Qué reglas?

—Las reglas de nuestro juego.

Eso no sonaba muy prometedor, al menos no desde su perspectiva, encerrada entre sus brazos en mitad de un salón de baile de la alta sociedad.

Había supuesto que aparecería esa noche; las orquídeas habían sido una clara advertencia. Pero había asumido que lo haría como las veces anteriores, sin llegar a mezclarse con los invitados, y que se la llevaría a cualquier lugar íntimo donde pudieran seguir «discutiendo» el tema de su matrimonio.

Claro que ella no le permitiría, ni por asomo, que volviera a esgrimir el argumento del sexo. Después de que dejara caer su opinión acerca de la paternidad, no asumiría más riesgos en ese sentido. Aunque sí que había esperado poder utilizar la promesa de futuros encuentros íntimos para conseguir que meditara con más detenimiento acerca de lo que sentía por ella.

Que saliera a la palestra y se lanzara a por ella era lo último que se le habría ocurrido.

Así pues, se había separado de su madre, de Amelia y de Reggie nada más llegar y se había dirigido hacia el otro extremo del salón de baile, eludiendo a aquellos que querían cortejarla. Después escuchó cómo lo anunciaban, levantó la vista y lo vio llegar. Sin saber cómo reaccionar, se lanzó a la labor de reunir a caballeros sin ton ni son para protegerse; en cuanto escuchó el nombre de Dexter supo que necesitaba protección.

Cierta protección. Y una vez que esos retazos de información que Martin había dejado caer comenzaran a circular por los clubes, el león sería ensalzado y ella no tendría oportunidad alguna de procurarse una mejor protección la próxima vez, si acaso conseguía alguna.

Habría una próxima vez, no le cabía la menor duda.

Sin embargo, la cuestión de su objetivo no parecía tan clara...

Volvió a mirarlo a los ojos y esbozó una sonrisa serena. Después de todo, ella estaba mucho más familiarizada con ese ambiente que él.

Martin estudió su mirada en un intento por descifrar lo que pensaba; Amanda deseó poder hacer lo mismo. Al no conseguirlo, se dispuso a disfrutar del vals.

Un error... Uno del que no se percató hasta que la acercó más a su cuerpo mientras giraban al fondo de la estancia. Para entonces, sus sentidos habían sucumbido a su cercanía y se habían reavivado ante la compulsiva y atávica llamada de ese cuerpo que tan bien recordaba y que tan cerca se encontraba del suyo; ante la fuerza y la facilidad con la que la guiaba en los giros del baile. Se le crisparon los nervios por la expectación, por la ya conocida anticipación; mientras tanto, los muslos masculinos rozaban los suyos y el deseo iba cobrando vida, en una dulce agonía.

Se quedó sin aliento y le falló la sonrisa mientras luchaba contra el impulso de acercarse más, de meterse entre sus brazos para apoyarse contra ese cuerpo. Entornó los párpados para que no lo leyera en sus ojos, pero entonces se dio cuenta de que él lo sabía. De que sentía lo mismo.

La mano que estrechaba la suya se tensó, y la que tenía apoyada en la cintura también; los músculos de los brazos que la rodeaban luchaban contra el impulso de estrecharla contra él.

No hizo nada que pudiera romper su concentración; la idea de que cualquiera de ellos sucumbiera a tales impulsos en mitad de un salón de baile... Además de causar un escándalo, jugaría a favor de Martin.

Sintió un inmenso alivio cuando la música llegó a su fin; saber que casi con toda seguridad él también lo sabía y que si lo provocaba lo suficiente se arriesgaría a verse envuelto en un escándalo para conseguir lo que quería, la dejó mareada.

Por suerte, parecía estar interpretando hasta las últimas consecuencias el papel que había preparado. Con impecable corrección, hizo una reverencia antes de ayudarla a incorporarse y después la llevó de vuelta al círculo de caballeros que la esperaban.

El hecho de que él la hubiera escogido como compañera para su primer vals en la noche de su reaparición en la alta sociedad hizo que otros caballeros empezaran a reconsiderar sus encantos, algo que no le habría importado perderse. Martin permaneció a su lado mientras ella utilizaba sus increíbles habilidades sociales para mantener la conversación en los cauces socialmente aceptados. Le dio la impresión de que Martin estaba escuchando, aprendiendo. Puesto que ambos aceptaban que ella se movía con más soltura en ese mundo, sacó a colación el mayor número de temas que le fue posible.

Sintió que había contribuido bastante a su reeducación cuando la orquesta comenzó a tocar los acordes del siguiente baile. Lord Ashcroft solicitó el honor de bailar con ella y Amanda aceptó con elegancia, aunque fue muy consciente de la súbita tensión que se apoderó en ese preciso momento del enorme cuerpo que seguía a su lado.

Sin embargo, cuando lord Ashcroft la devolvió al grupo al final del cotillón, Martin permanecía allí, observando, esperando. El espacio que había junto a él parecía ser su lugar. Aunque aceptaba su destino sin el menor cargo de conciencia, se vio asaltada por una leve inquietud.

Inquietud que sólo se vio acrecentada con el discurrir de la velada, ya que él no se apartaba de su lado. La impresión que daba era que él le «permitía» bailar con otros caballeros; sólo era cuestión de tiempo que dicha percepción calara en las mentes de esos caballeros. En la de cualquiera que estuviera mirando. Si acaso no había calado ya.

Aprovechando un momento de distracción en el grupo motivado por una discusión entre lord Flint y el señor Carr, Amanda le dio un tironcito en la manga y siseó entre dientes cuando él se giró hacia ella:

—Deberías pasear por el salón.

Él la miró.

—¿Por qué?

—Porque resulta de lo más peculiar que me rondes de esta manera.

Sus labios se curvaron.

—Pero es que soy sumamente peculiar. —Le sostuvo la mirada—. Sobre todo en lo que concierne a la dama que quiero como mi condesa.

Ella abrió los ojos de par en par.

—¡Por el amor de Dios, cállate!

No hizo el menor intento de volver a reprenderlo. En cambio, y con una falsa sonrisa pintada en el rostro, continuó charlando y bailando, mientras hacía todo lo posible por ignorar las miradas desabridas de las restantes jóvenes y las expresiones reprobatorias de sus madres. No sólo estaba, desde su punto de vista, monopolizando a la celebridad del momento, sino que también estaba atrayendo en demasía la atención de otros buenos partidos.

No se le presentó vía de escape alguna (y en caso de que hubiera vislumbrado alguna, no había duda de que él se habría encargado de bloquearla) hasta que la velada llegó a su término y su madre, que por fin había dado por finalizado el cónclave de damas casadas en el otro extremo del salón de baile, se abrió paso entre la multitud. Amanda casi gimió cuando se percató de quién acompañaba a Louise: sus tías, la duquesa viuda de St. Ives y lady Horatia Cynster. Una Amelia rebosante de curiosidad cerraba la comitiva del brazo de Reggie.

—Bien, querida. —Sonriente, Louise se unió a ellos—. ¿Has disfrutado de la velada?

—Por supuesto. —Ya que no le quedaba alternativa, señaló a Martin—. Deja que te presente al conde de Dexter. Mi madre, lady Louise Cynster.

La sonrisa de Martin fue el epítome de la simpatía. Hizo una reverencia y Louise correspondió con una inclinación de la cabeza.

—Y mis tías, la duquesa viuda de St. Ives y lady Horatia Cynster.

Intercambiaron saludos. La duquesa viuda hizo un comentario sobre lo tardío de su reaparición en la alta sociedad. Tal vez fuera eso, o la sagaz y astuta mirada de los ojos claros de su tía, pero Martin decidió que ya era hora de liberar a su presa. Se despidió con elegancia, inclinándose sobre su mano en último lugar.

—Hasta la próxima.

Podría haberse tratado de una mera expresión de despedida. El brillo de sus ojos, el sutil deje de su voz, decían algo muy distinto.

Era un desafío... y una advertencia.

A la mañana siguiente, Amanda estaba sentada a la mesa a la hora del desayuno, bebiendo té con la vista clavada en el buqué formado por tres delicadas orquídeas color marfil que había llegado apenas una hora antes.

Louise entró.

—Y ¿bien? —Se acercó sin perder de vista las flores—. De Dexter, supongo.

Una vez más, no había nota.

—Eso creo.

Mientras acunaba la taza entre las manos, Amanda estudió las flores. No se le ocurría ningún otro caballero que pudiera enviarle orquídeas. Aparte de ser escandalosamente caras, eran demasiado exóticas. Tan decadentemente sensuales. Dexter, sí... Algún otro, imposible.

Louise se percató de su expresión. Enarcó un poco las cejas, se sentó en su silla, a la cabecera de la mesa, y esperó a que Colthorpe le sirviera el té y se retirara. Amelia estaba sentada enfrente de Amanda, y rumiaba en silencio sus propias ideas mientras dejaba que su hermana pensara en paz. Louise extendió su servilleta y miró a Amanda.

—Imagino que será la comidilla de todos. Que un caballero de la posición de Dexter, por no hablar de sus peculiares circunstancias, salga de su reclusión con las miras puestas desde el principio en ti...

En lugar de terminar la frase, se dedicó a untar una tostada de mantequilla. Tras darle un mordisco a una esquina, masticó con aire pensativo y le dio un sorbo al té. Volvió a mirar a Amanda.

—Sólo te diré algo que deberías tener muy en cuenta. —Amanda levantó la cabeza y se encontró con la mirada de su madre—. Sea cual sea la emoción que lo ha llevado a abandonar su guarida, ten por seguro que no será comedida.

Más tarde esa misma mañana, las palabras de su madre resonaban en los oídos de Amanda mientras observaba aquella enorme mano extendida frente a ella, en la entrada del parque.

Arrogante. Exigente. Impaciente. En absoluto comedida, desde luego.

Y complicada, por no decir peligrosa.

Aferró con más fuerza la sombrilla antes de colocar los dedos sobre esa mano y permitir que la ayudara a subir al faetón. Se arregló las faldas. Con un breve saludo en dirección a Amelia y a Reggie, que aguardaban en el césped, Martin azuzó los caballos y se pusieron en marcha.

—Dime —comenzó ella, ya que se había decidido a agarrar al león por la melena—, ¿por qué has decidido reintegrarte en la sociedad?

La miró de reojo.

—Tal y como le dije a lady Matcham, tuve la sensación de que era un decreto.

—¿Un decreto?

—De la más alta autoridad.

Ella meditó esas palabras.

—¿Eso quiere decir que vas a reclamar el lugar que te corresponde?

La mirada que ese comentario le valió fue algo más hosca.

—Si es necesario. —Se estaban acercando a la parte del recorrido más popular, lugar atestado de carruajes—. Ahora dime tú a mí, ¿quién diablos son estas mujeres?

Dado que «estas mujeres» los saludaban con elegancia y miradas ávidas, y dado que entre ellas se encontraban casi todas las anfitrionas más importantes, Amanda consideró oportuno contestarle.

—Aquélla es lady Cowper... tal vez la recuerdes.

Él asintió.

—¿La que viste de verde es lady Walford?

Amanda lo miró.

—Tu memoria es encomiable, pero ahora es lady Merton.

La dama había sido toda una belleza antes de que se casara por segunda vez algunos años atrás.

Martin frunció los labios, pero continuó lanzándole una pregunta tras otra, aunque no todas dejaban en buen lugar a quienes se referían. Sus recuerdos eran muy dispersos; en ocasiones increíblemente detallados. Había visto por última vez a esas personas diez años atrás y a través de los ojos del que entonces fuera un joven pendenciero. Algunos de sus comentarios la hicieron reír; se enteró de muchas cosas que no sabía; pero, al mismo tiempo, él desconocía otras muchas cosas que ella se encargó de contarle.

Cuando llegaron al final de la ruta más concurrida y Martin puso los caballos al trote, ella lo estudió de reojo. Había querido atraerlo de vuelta a ese mundo, el mundo al que ambos pertenecían; una parte de sí misma estaba encantada por su presencia... y por el éxito que suponía para ella. Otra, una más cautelosa, le advertía que no vendiera todavía la piel del oso.

Lo había sacado de su guarida, pero él lo había hecho con un objetivo muy claro en mente.

Y estaba decidido a conseguirlo. Cosa evidente a medida que los días iban pasando. Todas las mañanas recibía tres orquídeas blancas y allá donde fuera, allí estaba él, esperándola.

Para reclamar su atención, su mano, el primer vals y, en caso de haberlo, aquel que precedía a la cena. Sin importar la naturaleza del evento, se quedaba a su lado, inamovible. Sus atenciones, sin embargo, eran del todo calculadas... y socialmente aceptables, si bien a todos se les escapaba la sensualidad que destilaba cada mirada, cada caricia. La red que iba tejiendo en torno a ella, pasada a pasada, les resultaba invisible. Amanda lo sabía, pero no podía hacer nada por impedirlo, por negar que ya se había adueñado de sus sentidos y de su corazón.

Desde luego que había cambiado las reglas de su juego. Entre ellos ya no fingían que el deseo no latía a flor de piel, a la espera de que estallara la pasión. Que no preferían estar a solas, delante de la chimenea de su biblioteca o en cualquier otra parte, en lugar de girar en innumerables pistas de baile. Pero él buscaba su rendición, buscaba que aceptara casarse con él tal y como se mostraba en esos momentos, que lo aceptara tal y como hasta entonces había dejado entrever que era. Que le concediera su mano, que se entregara a él, sin recibir ninguna promesa a cambio. Había trasladado la batalla a la alta sociedad, había cambiado las reglas por aquellas que regían en ese mundo tan selecto, pero su objetivo no había cambiado en lo más mínimo.

Día tras día, noche tras noche, continuó acosándola. A través de salas de bailes, de salones, en la ópera o en el parque. Ni una sola vez traspasó la línea, pero siguió eligiéndola a ella, no sólo por encima de las demás... para él no existía ninguna otra. Sólo estaba interesado en una dama; y no había tenido reparos en establecer ese hecho con brutal claridad.

Para su sorpresa, su estupefacción... y su creciente consternación, demostró ser un maestro en el arte de utilizar los preceptos sociales para provecho propio. Lo que era peor, no había creído posible que en esa arena, en la que ella contaba con mucha más experiencia, pudiera derrotarla.

Sin embargo, estaba ganando.

Las anfitrionas comenzaban a complacerlo, a avenirse a sus deseos.

Apenas si pudo dar crédito a sus oídos cuando en el baile de los Castlereagh escuchó de pasada cómo Emily Cowper, tan agradable como siempre, le murmuraba a Martin antes de alejarse:

—Una excelente elección, querido. Será una magnífica condesa.

Giró la cabeza, abandonando la historia que el señor

Cole estaba contando, y vio que Martin sonreía antes de asentir y responder:

—Sin duda alguna. Yo también lo creo.

Lady Cowper esbozó una sonrisa amable, le dio unos golpecitos en el brazo y se marchó.

Martin se encontró con su mirada... y esbozó una sonrisa leonina. Fue la condesa de Lieven quien puso ante sus ojos cuán peligroso podía ser el cambio que se estaba obrando. La dama le dio unos golpecitos con el abanico en la muñeca y señaló con gesto regio hacia Martin, que charlaba con lord Woolley.

—Me complace que te hayas decidido por fin. Saltar de un caballero a otro puede ser aceptable a los dieciocho, pero a los veintitrés... —Enarcó las cejas con altanería—. Baste decir que una alianza con Dexter contaría con el respaldo general. Por supuesto, está el asunto de ese viejo escándalo, pero... —Se encogió de hombros antes de continuar—: Es de esperar que consigas hacerlo desaparecer, de una manera o de otra.

Tras una breve inclinación de cabeza, la condesa se marchó y dejó a Amanda contemplando su retirada. ¿De una manera o de otra?

Sabía lo que quería decir: debía casarse con Martin, mantener la cabeza bien alta y darle varios hijos, mientras se aseguraba de que ninguno de los dos se veía envuelto en otro escándalo. Redención a través de la asociación; si se mantenía tan pura como la nieve, se pasarían por alto las supuestas transgresiones de Martin.

Esa idea la dejó horrorizada. Se volvió hacia Martin y descubrió que la observaba con el ceño fruncido y que trasladaba ese gesto hacia la espalda de la condesa de Lieven.

—¿Qué te ha dicho esa arpía?

Casi pudo ver cómo se le encrespaba la melena.

—Nada, nada. Ya se escuchan los violines... vamos a bailar.

Consiguió arrastrarlo a la pista de baile y él dejó que lo distrajera, pero no se dejó engañar. Mientras giraba entre sus brazos, una parte de ella le susurraba que tal vez debiera rendirse. Después de todo, la había seguido hasta la alta sociedad, se había enfrentado a las brillantes luces y a las anfitrionas para ganar su mano... ¿necesitaba más declaración que ésa?

La respuesta fue un rotundo sí. Quería que reconociera sin tapujos que la amaba, y no había hecho nada parecido. Además, había un obstáculo mucho más grande, uno que no se doblegaría ante su voluntad ni ante la de él. Ni siquiera ante la de la sociedad. Los Cynster no estaban convencidos... al menos, no lo suficiente como para permitirle que se casara con él.

Hacía muy poco que se había dado cuenta, que se había percatado de la expresión cauta que asomaba a los ojos de su madre y de los susurros que pasaban entre su madre y sus tías. Cuando la música terminó, sintió un fuerte deseo de frotarse la frente. Su ordenado y sencillo mundo había quedado patas arriba de repente.

—¡Aquí! ¡Muchacha!

Amanda se giró. Lady Osbaldestone estaba sentada en un diván.

—¡Sí, tú! —La dama le hizo un gesto con el bastón para que se acercara—. Quiero hablar contigo.

Amanda se acercó al diván con Martin a su lado.

—Siéntate. —Lady Osbaldestone indicó el asiento que tenía al lado. Después miró a Martin y sonrió con malicia—. Y tú ve a buscarme un vaso de horchata, y otro de agua para la señorita Cynster. Te lo agradecerá más tarde.

Imposible negarse. Martin aceptó el encargo con deportividad, hizo una reverencia y se marchó en dirección a la mesa de los refrigerios.

—Es bueno saber que iba bien encaminada. —Se giró hacia Amanda y la estudió—. Y ¿bien? ¿Te has decidido ya?

Amanda enfrentó esos ojos oscuros e insondables y dejó escapar un suspiro.

—Me he decidido... y es evidente que él también, pero...

—Según mi experiencia, siempre hay un pero. ¿De qué se

trata? Y por el amor de Dios, ve al grano, porque regresará enseguida.

Amanda inspiró hondo.

—Hay dos peros. El primero no es tanto si me quiere o no, porque estoy segura hasta donde se puede estarlo de que es así, sino si él sabe que me quiere. El segundo tal vez sea más serio, más difícil de superar. El escándalo sigue estando ahí. Sé que la sociedad lo pasará por alto, pero no creo que mi familia lo haga.

Lady Osbaldestone asintió.

—Tienes razón. No lo harán, créeme. Aunque estás equivocada con respecto a lo que es importante y lo que no lo es. —Miró a Amanda a los ojos y se inclinó hacia ella—. Escúchame, y escúchame con atención. Haces muy bien manteniéndote en tus trece y exigiendo que reconozca, al menos entre vosotros dos, que te quiere. Supongo que ése ha sido el propósito de esta semana. El hecho de que te siguiera hasta los salones de baile para obligarte a tomar una decisión.

Amanda asintió.

—Exacto.

—Una buena señal, pero hagas lo que hagas, no flaquees. No dejes que ni él ni nadie te alejen de tu objetivo.

La anciana levantó la vista. Amanda siguió su mirada y vio que Martin se abría paso para regresar a su lado.

Lady Osbaldestone se apresuró a hablar.

—En cuanto al escándalo, tendrás que confiar en mi instinto acerca de él y de su familia, pero no se resolverá a menos que él lo quiera. Y sólo se decidiría a hacerlo si lo motivara una razón mucho más importante que aquellas que han motivado el silencio y, créeme, en su caso hay unas cuantas.

Martin se estaba acercando. Los ojos negros de lady Osbaldestone se clavaron en los de Amanda.

—¿Me has entendido, muchacha? —Le clavó esos dedos huesudos en la muñeca—. Sólo veo una razón lo bastante poderosa como para que él desee limpiar su nombre.

Lady Osbaldestone volvió a reclinarse en su asiento y sonrió al aceptar su vaso de horchata. Martin miró a la anciana antes de desviar la vista hacia Amanda. Le ofreció el vaso de agua que le había llevado.

Amanda lo aceptó con gesto distraído y lo apuró.

14

A medida que los días y las noches se sucedían, la sensación de Amanda de ser un antílope al que un león persiguiera para separarlo de la manada se acrecentaba. Un león enardecido, que era mucho peor. Ese hecho le concedía demasiados ases; unos ases que él jamás dudaba en utilizar.

Había comenzado a apresurar a su madre y a su hermana para llegar pronto a los eventos más importantes con el fin de reunir a un grupo de caballeros a su alrededor que pudiera servirle de pantalla. Aceptaba que tenía que lidiar con Martin, que no podía hacer otra cosa que esperar a que se cansara y que debía mantenerse firme en su exigencia de recibir «algo más».

Si él era una roca, ella era la marea... o algo por el estilo.

Si había comprendido bien a lady Osbaldestone, la naturaleza de su futura relación residía en la terquedad que ella demostrara.

El baile de lady Musselford iba a ser sin duda alguna un rotundo éxito. Las jóvenes Musselford eran arrebatadoras y ambas harían su presentación formal en sociedad esa noche. Amanda rogó para que una u otra acaparara la atención de la sociedad, de manera que ésta se mantuviera alejada de ella y de su decidido futuro cónyuge.

Estaba empezando a cansarse de que vigilaran todos y cada uno de sus movimientos.

—¡Señorita Cynster! Esperaba fervientemente que asistiera a este baile.

Amanda clavó la mirada en el caballero y parpadeó varias veces cuando Percival Lytton-Smythe le hizo una reverencia.

—Esto... Buenas noches, señor.

—Sin duda alguna —dijo el hombre con una expresión encantada en el rostro—, se habrá preguntado dónde he pasado las últimas dos semanas.

Ni siquiera se había percatado de su ausencia.

—¿Ha estado en el campo? —Se concentró de nuevo en busca de cualquier señal de la llegada de Martin.

—He estado en Shropshire, ya que una de mis tías maternas está muy delicada. Deseaba redactar su testamento, en el que me confirma como su heredero.

Amanda atisbó unos mechones bruñidos al fondo del salón.

—Qué afortunado.

—Afortunado, desde luego que sí. Señorita Cynster... mi querida Amanda, si me permite el atrevimiento...

El señor Lytton-Smythe le cogió la mano, obligándola a desentenderse del peligro que acechaba.

—¡Señor Lytton-Smythe! —Intentó soltarse, pero él se negó con terquedad.

—No, no... le pido disculpas, querida mía. La violencia de mis sentimientos la ha sobresaltado, pero debe entender que me haya dejado llevar por mi entusiasmo innato ante la idea de que, gracias a la generosidad de mi tía, nuestro futuro esté ahora a nuestros pies.

—¿Nuestro futuro? —Estupefacta, Amanda sólo pudo mirarlo con los ojos como platos.

El hombre le dio unas palmaditas en la mano.

—Mi queridísima Amanda, sólo era la disparidad de nuestras fortunas, la idea de que alguien pudiera considerar que nuestro enlace no era entre iguales, lo que me ha impedido hablar hasta ahora; pero sin duda debe de haberse dado cuenta de que una unión entre nosotros resultaría beneficiosa para ambos.

—¿Beneficiosa? —Amanda sintió que la furia se apoderaba de ella y luchó por reprimirla. El salón de baile comenzaba a llenarse.

—Por supuesto. Inocente como es usted, sus padres no habrán considerado oportuno soliviantar su cabecita con los aspectos económicos del matrimonio. Tampoco hay necesidad alguna, por supuesto, ya que tanto su padre como yo nos aseguraremos de cuidar bien de usted, no le quepa la menor duda.

La última frase estuvo acompañada de una sonrisilla paternalista; cuando Amanda estaba a punto de estallar, el hombre le soltó la mano y continuó:

—A pesar de la reciente y muy deplorable tendencia de imbuir la institución del matrimonio con emociones exaltadas, es absurdo que una unión seria se base en otros principios que no sean consideraciones lógicas como la riqueza y la posición. Tal y como fomentan los viejos principios.

—Dígame, ¿cuáles de esos «viejos principios» cree que una unión entre nosotros fomentaría? —La certeza de que debía parar en seco a Percival Lytton-Smythe fue el único motivo de su pregunta.

—Bueno, será evidente para todos que su matrimonio conmigo paliará su deplorable frivolidad; la misma frivolidad que le ha impedido casarse en los últimos años. Está claro que necesita una mano dura que la controle y yo soy el hombre apropiado para hacerlo. —El hombre examinó a la concurrencia con una expresión radiante—. Y, por supuesto, unir su fortuna con la mía dará como resultado una suma considerable, una que yo administraré para nuestro beneficio. La conexión con St. Ives me elevará en el escalafón social, algo que doy por consabido. Desde luego, una alianza entre nosotros será de inestimable valor y estoy convencido de que, pese a su inocencia, está al tanto de tales cuestiones y se aviene a ellas.

Sonrió con aire de suficiencia.

Ella lo miró a los ojos con los párpados entornados.

—Se equivoca. —La sonrisa del hombre se desvaneció; abrió la boca para decir algo... pero ella lo acalló con un gesto de la mano—. Se equivoca. En primer lugar, al imaginar que estimo en algo esos «viejos principios» que usted venera; mi riqueza y posición social no variarán en función de con quién me case. También insulta a mi familia al creer que tendrán en cuenta cualquier otra referencia que no sea mi felicidad. —Su mirada atisbó la imponente y alta figura que se dirigía con decisión hacia ellos—. Puedo asegurarle que mi familia desalentará a cualquier pretendiente que no cuente con mis favores tanto como desalentaría una alianza que no les pareciera apropiada para mis intereses.

—¡Pamplinas!

El tono desdeñoso del señor Lytton-Smythe hizo que se diera la vuelta para fulminarlo con la mirada; alzó las cejas con arrogancia.

—Creo que esta discusión ha terminado, señor. Le deseo muy buenas noches.

Se giró para marcharse, para escabullirse entre la multitud y congregar un círculo de admiradores con el que protegerse antes de que Martin llegara hasta ella...

Su molesto acompañante la cogió de la muñeca.

—¡Tonterías! Ya es hora de que deje de comportarse de manera tan frívola. Cuando no era más que una chiquilla podía pasarse por alto...

—¡Suélteme ahora mismo!

Su furioso y gélido tono lo azotó como un látigo.

El hombre se irguió de golpe, trató de mirarla con desdén y se percató de las orquídeas que llevaba en la mano. Amanda intentó zafarse de él, pero no la soltó. Con una expresión de absoluta estupefacción en el rostro, la obligó a levantar la mano para examinar las exóticas flores.

Fue entonces cuando le formuló una pregunta con la voz de un profesor que hubiera descubierto a un alumno en plena travesura.

—¿Qué es esto?

—La personificación de la sensualidad y la belleza —respondió una voz profunda.

El señor Lytton-Smythe dio un respingo y miró a su alrededor.

Martin se detuvo junto a él; contempló un instante las orquídeas antes de mirar a Amanda.

—¿No está de acuerdo?

La pregunta, a todas luces, estaba dirigida al otro caballero, si bien también era obvio que no se refería a las orquídeas.

Estupefacto, Lytton-Smythe relajó los dedos. Amanda aprovechó para soltarse.

Y esbozó una sonrisa encantadora en dirección a Martin.

—Dexter... qué feliz coincidencia. Permítame presentarle al señor Lytton-Smythe.

—Señor. —Martin ejecutó una ligera reverencia.

Los ojos del otro caballero se agrandaron. Tras una breve pausa, se inclinó con rigidez.

—Milord.

—¿Por qué es una feliz coincidencia?

La mirada de Martin se clavó en la de Amanda.

—Porque me estaba despidiendo del señor Lytton-Smythe antes de seguir paseando por el salón. Ahora no tengo por qué hacerlo sola.

Le tendió la mano.

Percival extendió el brazo, resoplando de ira.

—Será un gran honor para mí acompañarla, querida.

Martin sonrió.

—Vaya, pero da la casualidad de que yo tengo preferencia.

Señaló las orquídeas con uno de sus largos dedos. Se produjo una mínima pausa antes de que mirara a Lytton-Smythe y, después, con su habitual e innegable elegancia, le ofreció el brazo a Amanda.

Haciendo caso omiso de la tensión, de cualquier tipo de tensión, Amanda le colocó los dedos sobre el antebrazo. Después, tras despedirse de Percival Lytton-Smythe con una regia inclinación de cabeza, le dijo con frialdad:

—Adiós, señor. —Y dejó que Martin la separara de él.

No le causó ninguna sorpresa que, tras haber dado menos de diez pasos, Martin murmurara:

—¿Quién, exactamente, es el señor Lytton-Smythe?

—No quién, sino qué. Es un pelmazo.

—Vaya. En ese caso, confiemos en que haya captado la indirecta.

—Desde luego.

Aunque no preguntó a qué indirecta se refería, si a la suya o a la de ella. Cualquiera serviría. Por desgracia... Gimió para sus adentros y deseó haber sido mucho más explícita a la hora de rechazar la declaración de Percival Lytton-Smythe punto por punto.

Martin observó cómo la irritación y el enfado se evaporaban de los ojos de Amanda, por lo que no necesitó más pruebas de que Lytton-Smythe no significaba nada para ella. Sin embargo, su expresión siguió siendo un tanto ceñuda y el nítido azul de sus ojos estaba un tanto ensombrecido, cosa que no le gustaba en absoluto.

Hasta ese momento se habían abierto paso entre la creciente multitud que comenzaba a llenar las estancias. Justo delante de ellos había una hornacina que albergaba el busto de un general muerto desde hacía mucho tiempo. Martin cerró los dedos alrededor de la mano de Amanda y aminoró el paso.

Se detuvo junto a la hornacina y le alzó la mano en la que llevaba sus orquídeas; no examinó las flores, sino su muñeca, de huesos delicados y piel de porcelana que dejaba ver los trazos azulados de las venas.

—No te hizo daño, ¿verdad?

Esas palabras destilaban posesividad; aunque no hizo el menor esfuerzo por ocultarla. Enfrentó la sorprendida mirada de Amanda mientras le deslizaba los dedos por la muñeca en la más ligera de las caricias antes de posarlos, con sumo cuidado, allí donde latía su pulso, que se disparó con el contacto.

Se percató de que la respiración de Amanda se alteraba, de que sus pupilas se dilataban y de que tomaba la decisión de sostenerle la mirada con descaro, de dejar que el deseo se avivara entre ellos (la cálida y atrayente promesa de la pasión) antes de que, por necesidad, se vieran obligados a dejarlo morir.

Sólo entonces, cuando sus respiraciones se tranquilizaron, ella inclinó la cabeza y murmuró:

—Gracias por rescatarme.

Los labios de Martin se curvaron ligeramente antes de alzarle la mano sin apartar la mirada.

—El placer —murmuró— ha sido todo mío.

Esas últimas palabras le rozaron la sensible piel de la muñeca un instante antes de que sus labios la tocaran, presionaran.

Volvió a colocarse la mano sobre el antebrazo y, en perfecta armonía, continuaron con su paseo.

Al otro lado del salón de baile, Vane Cynster frunció el ceño. Observó la cabeza rubia de su prima y la de su acompañante hasta que la multitud le bloqueó la visión.

—¡Aquí estás! —La esposa de Vane, Patience, apareció de la nada y se colgó de su brazo—. Lady Osbaldestone quiere hablar contigo.

—Mientras deje el bastón quietecito...

Vane dejó que Patience lo arrastrara y, entretanto, la multitud se dispersó y pudo ver otra vez a Amanda y a su acompañante. Vane se paró y a Patience no le quedó más remedio que imitarlo. Miró a su marido con expresión interrogante.

—¿Quién demonios es ése? —Hizo un gesto con la cabeza hacia el otro lado de la estancia—. El tipo que está con Amanda.

Patience siguió el gesto y sonrió.

—Dexter. —Instó a su marido para que reanudara la marcha—. Creí que a estas alturas ya te habrías enterado; su regreso a la alta sociedad es la comidilla de todos los salones.

—Sabes muy bien que tanto yo como los demás evitamos los salones en la medida de lo posible. —Estudió la expresión de su esposa, la sonrisa que le curvaba los labios—. ¿Qué se dice?

—Todo el mundo se pregunta qué es lo que ha sacado a Dexter de su enorme mansión en Park Lane y lo ha hecho regresar a la alta sociedad.

Vane se detuvo... y obligó a Patience a girarse para que lo mirara a la cara.

—¿No será Amanda?

Una expresión de horrorizada comprensión asomó a sus ojos; Patience se echó a reír. Tras enlazar su brazo con el de su marido, le dio unos golpecitos tranquilizadores y lo instó a seguir caminando.

—Sí, es Amanda, pero no hay por qué preocuparse. Se las está apañando muy bien y, aunque el asunto de ese viejo escándalo aún tiene que solucionarse, no hay ninguna razón por la que tengáis que intervenir.

Vane no dijo nada. Si su esposa lo hubiera mirado a la cara, Patience habría detectado la expresión fatídica que brillaba en sus ojos grises y que no presagiaba nada bueno con respecto a su último comentario; pero estaba distraída saludando a otra dama y se limitó a tirar de él.

—Ahora ven conmigo y compórtate... y no gruñas.

En lo referente a Amanda, los sentimientos de Martin no diferían tanto de los de Vane. Puesto que ya la consideraba de su propiedad, las noches que pasaba en los salones de baile observándola, y estableciendo por tanto su derecho sobre ella con hechos en lugar de con palabras, suponían el máximo grado de frustración, una rendición simbólica a las expectativas de la alta sociedad.

Sus propias expectativas se volvían cada vez más precisas y mucho más difíciles de refrenar. Quería hacerla suya, reconocerla como suya. En ese instante y para siempre.

Mientras contemplaba cómo bailaba un cotillón con lord Wittingham, Martin hizo caso omiso de su irritación, de la llamarada que lo consumía cada vez que la veía en brazos de otro hombre, y se concentró en la pregunta más acuciante: ¿cuándo pondría fin a esa charada?

El único propósito de regresar a la alta sociedad había sido el de establecer la sinceridad de su cortejo, de su persecución. Había pasado casi dos semanas comportándose con una paciencia que no poseía y sus agudos instintos insistían en el hecho de que establecer el vínculo con Amanda como un hecho aceptado en la mente colectiva de la alta sociedad era la mejor forma de asegurarse la victoria.

La temporada social estaba a punto de llegar a su apogeo, a esa época en la que se celebrarían al menos tres grandes bailes por noche. La mera idea le helaba la sangre; los bailes, incluso los que pasaba al lado de Amanda, no le ofrecían lo que necesitaba para calmar sus desbocados sentidos.

Lo único que los calmaría sería estar a solas con ella, sobre todo si estaba desnuda.

Habían pasado dos semanas desde la última vez que la había visto de esa manera: exclusivamente suya. ¿Cuánto más tendría que esperar? Mejor dicho, ¿era necesario que esperara más?

El incidente con Lytton-Smythe lo molestaba. No porque creyera que Amanda pudiera caer bajo el influjo de otro y lo abandonara... se trataba más bien de un instinto atávico que le hacía rechazar a cualquier hombre que la mirara con ojos codiciosos.

Mientras la veía girar y enlazar sus manos al ritmo de la música, estudió a la concurrencia. La multitud había pasado a ser toda una muchedumbre; todo el mundo estaba en el baile, incluidos los primos de Amanda. Había visto a un par de ellos, también había escuchado cómo anunciaban a los St. Ives, pero aún no se había topado con ningún miembro del Clan Cynster. Durante las pasadas semanas, le habían presentado a todas sus esposas, que le habían hecho entender sin palabras cómo estaba la situación... cuál sería el veredicto familiar.

Le daban su aprobación, pero...

Conocía la causa de sus reservas. Las resolvería en cuanto se hubiera asegurado a Amanda. A raíz de las «investigaciones» previas que había llevado ella a cabo y por todo lo que le había dicho, sabía que a Amanda le importaba un comino, pero a su familia sí le importaría; una postura que encontraba muy comprensible.

Tenía que resolver el viejo escándalo, pero... su conciencia no le permitía abrir esa caja de Pandora, a menos que se viera obligado. Al menos no hasta que ella accediera a casarse con él y el escándalo fuera un obstáculo en su camino.

La condesa de Lieven pasó cerca y lo saludó con un gesto regio. Lady Esterhazy había dado su aprobación poco antes con una sonrisa. Y en cuanto a lady Jersey... bueno, cada vez que lo veía, buscaba a Amanda con la mirada.

Sus ojos volvieron a Amanda, que se inclinaba con una sonrisa para poner fin al baile con lord Wittingham. Después se irguió y echó un vistazo a su alrededor... buscándolo a él.

Martin se apartó de la pared. Todos los observaban, a la espera... El siguiente movimiento era suyo.

Amanda lo vio aproximarse a través de la multitud; segura de sí misma y tranquila, permaneció donde estaba, a la espera de que llegara a su lado. En la arena en la que se encontraban, no tenía nada que temer. Martin no podría asaltarla en mitad de un salón de baile.

Lo peor que podía hacer ya lo había hecho: convencer a toda la alta sociedad, o al menos a todas aquellas personas que importaban, de que un enlace entre ambos resultaría apropiado e incluso deseable. Cualquier otro obstáculo que les estorbara no tardarían en hacerlo desaparecer, tan predestinada era su unión.

Ese hombre lo había hecho posible, pero la opinión de la sociedad no era lo bastante poderosa como para obligarla a aceptar el pastel que le ofrecía a falta de la guinda. Hasta que le ofreciera todo lo que ella deseaba, estaba más que preparada para pasear por los salones de baile a su lado, para dejar que la cercanía le alterara los sentidos tanto como a ella.

Y sus sentidos estaban muchísimo más acostumbrados a la frustración que los de él.

Mientras se acercaba, le agradeció el baile a lord Wittingham y se giró hacia Martin con una sonrisa aún más deslumbrante. Si tenía que hacerle justicia al león, debía admitir que no intentaba utilizar las convenciones sociales para presionarla. Él también era un jugador demasiado experimentado como para cometer semejante error.

Le tendió la mano. Él le acarició los dedos mientras se colocaba la mano sobre el antebrazo. Reanudaron el paseo y se detuvieron junto a varios grupos para charlar con el resto de invitados. Comenzaron los acordes del primer vals; intercambiaron una mirada y ambos se dirigieron hacia la pista de baile. Mientras giraban, Amanda se percató de que la estaba estudiando. Alzó las cejas.

Él le soltó la mano y le colocó tras la oreja un díscolo mechón de pelo, rozándole la mejilla en el proceso.

Lo miró a los ojos cuando volvió a sostener su mano. «¿Qué?», parecía preguntarle con la mirada.

—Ya no te preocupa la posibilidad de que te muerda.

Amanda dejó que a su rostro asomara una expresión de burlona altivez; la observación era muy acertada, pero en absoluto necesaria.

Esos ojos verdes siguieron mirándola con seriedad.

—¿Por qué confías en mí?

Esa pregunta no la había esperado. Amanda meditó la respuesta, pero sólo se le ocurrió una:

—Porque eres tú.

Sus labios compusieron una mueca antes de levantar la vista para girar en el extremo del salón.

¿Debería ser más cauta? El único mensaje que le enviaban sus sentidos era de inequívoca satisfacción; estar en sus brazos le proporcionaba una sensación de absoluta seguridad. Era difícil ponerse nerviosa.

La música llegó a su fin. Y ellos retomaron una vez más el paseo por la estancia mientras charlaban con todo aquel que había decidido cultivar la amistad del conde de Dexter. Si lo creyera inocente, se habría preocupado, pero las miradas que intercambiaron le dejaron claro que él sabía muy bien cómo valorar a semejantes personas.

No obstante, aparte de esas miradas, era muy consciente de que los ojos masculinos regresaban una y otra vez a su rostro; de que intentaba leerle la mente.

Su corte de admiradores se había dispersado; la omnipresente presencia de Martin a su lado había dejado muy claras sus intenciones. Ningún otro caballero podría igualar su atractivo y los demás habían dejado de luchar por conseguir su mano. Sin nadie que lo desafiara, la condujo hacia el comedor. Se sentó con ella a una mesa junto a la pared y cogió dos platos repletos de exquisiteces.

Apenas si se habían sentado para comer cuando otra pareja se acercó. Amanda levantó la vista... y parpadeó.

—¿Os importa si nos unimos a vosotros? —Luc Ashford, el libertino rompecorazones por antonomasia, alzó una ceja con un gesto de elegante aburrimiento. Mientras sujetaba con éxito los dos platos que llevaba en las manos, hizo una breve reverencia en dirección a Amanda.

Amelia, que estaba al lado del recién llegado, le agradeció a Martin que se levantara y fuera a buscarle una silla.

—Os vimos desde el otro lado de la estancia. Apenas hemos podido intercambiar un par de palabras.

Luc dejó los platos en la mesa antes de sacar otra silla y colocarla junto a Amanda, en diagonal con Martin.

—Creí que la alta sociedad no te interesaba en lo más mínimo, primo.

—Yo también. —La sonrisa de Martin afloró con facilidad, pero su mirada se había tornado un tanto afilada—. Hay ciertas cosas de las que prescindiría de buena gana, pero... —se interrumpió para encogerse de hombros—, la necesidad apremia.

Amelia se echó a reír.

—Desde luego que su llegada ha causado sensación. ¿Por qué...?

Dejando que la charla amena de su gemela flotara en el ambiente, Amanda guardó silencio y ocultó la perplejidad que la embargaba. Conocía bien a Martin, pero a Luc lo conocía desde siempre. Si Martin era un león, Luc siempre le había parecido una pantera negra, elegante y letal.

En ese preciso instante, Luc estaba en tensión, pero se mostraba más cauto que agresivo. Por el momento. El motivo era una incógnita; de todas formas, a medida que contribuía a mantener la conversación, fue cada vez más consciente de que el león y la pantera se estaban calibrando, y también comunicando, a un nivel atávico que sólo podía existir entre dos primos de género masculino. Los recuerdos de lady Osbaldestone acerca de la profunda amistad que los había unido (habían crecido juntos) eran, sin duda alguna, ciertos. Martin no mostraba señales de sentirse amenazado, pero no dejaba de observar a Luc con atención, de intentar traspasar sus defensas.

Por su parte, Luc estaba proyectando... una advertencia. Y las razones eran indescifrables para Amanda. Luc y ella jamás se habían llevado bien; era uno de los pocos hombres cuya lengua respetaba. Podía utilizarla como un sable y lo había hecho con frecuencia... con ella como objetivo. Si bien ambos apreciaban las cualidades del otro, se prodigaban poco afecto; le resultaba imposible imaginar por qué acudía a rescatarla de su propio primo cual caballero de brillante armadura. Si acaso era eso lo que estaba haciendo.

Enfrente de Luc, repantigado en su silla, Martin se preguntaba lo mismo. Hubo un tiempo en el que Luc y él habían sido como hermanos. Diez años de distanciamiento absoluto habían abierto un abismo entre ellos, aunque aún era capaz de leer las reacciones de su primo. Sabía que Luc podría adivinar mucho mejor que ninguna otra persona lo que estaba pensando, y también lo que haría. Se habían visto en muy pocas ocasiones desde que volviera a Inglaterra, y sólo habían intercambiado unas pocas y tensas palabras. Sin embargo...

Amelia se calló para beber un poco de champán. Luc aprovechó el momento para mirar a Martin.

—¿Has decidido abrir Fulbridge House?

Martin buscó los ojos serios de Luc.

—Eso depende.

Dejó que sus ojos se desviaran hacia Amanda y se percató de la expresión desabrida que asomó al rostro de Luc, al rostro de un ángel caído.

La mirada que su primo le lanzó llevaba implícitos un desafío y una advertencia; Martin estuvo a punto de preguntarle qué demonios quería decir. No había nada entre Luc y Amanda, de esto estaba totalmente seguro. Sin embargo, sus muy bien desarrollados instintos reconocieron los motivos de Luc: quería proteger...

Amelia esbozó una sonrisa deslumbrante.

—Dígame, ¿es verdad que...?

Martin vio la luz en cuanto se percató del efímero instante en el que los ojos de su primo, de un azul tan oscuro que casi parecían negros y tan difíciles de leer, se suavizaron y tras seguir su mirada vio que Luc estaba observando... el delicado rostro de Amelia.

Su primo no estaba protegiendo a Amanda, sino a su gemela. Sabía que cualquier cosa que le hiciera daño a Amanda tendría repercusiones sobre su gemela.

El descubrimiento lo fascinó, pero poco podía hacer por mitigar las preocupaciones de su primo. Dada la relación que los Cynster mantenían con los Ashford, Luc se enteraría muy pronto y se daría cuenta de que Amanda, y por tanto Amelia, estaban a salvo con él.

Cuando la cena llegó a su fin, se levantaron al unísono y regresaron juntos al salón de baile. Amelia se mantuvo en silencio y Amanda se prestó a llevar todo el peso de la conversación mientras le formulaba preguntas a Luc sobre sus hermanas. Él las respondió con creciente aspereza. Cuando la música volvió a sonar, se giró hacia Amelia y le pidió que bailara con él.

Ella le tendió la mano. Tras despedirse con una inclinación de cabeza, se separaron. Mientras Amanda giraba entre sus brazos, Martin atisbó las reminiscencias de una sonrisa satisfecha.

—Estaba en lo cierto. —La guió entre la marea de parejas que giraban al son de la música—. Hay algo entre Luc y tu hermana.

Amanda frunció el ceño antes de admitir:

—No lo sé a ciencia cierta, pero creo que se llevarían

bien. —Lo miró a la cara—. ¿Tú qué crees? Conoces muy bien a Luc.

Mientras giraban, Martin sopesó su respuesta.

—Podría funcionar. —Le sostuvo la mirada—. Las semejanzas entre tu hermana y tú no son tantas como parecen.

Los labios de Amanda esbozaron una sonrisa.

—No... Ella es más terca.

Martin le deseó suerte a Luc en caso de que eso fuera verdad. Su elegida, la fuente de todas sus desdichas, ya era bastante mala.

Amanda estaba contemplando a las parejas que bailaban a su alrededor con una sonrisa confiada, imperturbable, contenta de estar entre sus brazos. La quería de esa forma, siempre, pero para conseguirlo...

Confiaba por completo en él, sin reservas. ¿Cómo reaccionaría cuando diera el siguiente paso e hiciera el movimiento que todo el mundo estaba esperando al jugar la carta que se había estado reservando? Ella no se había dado cuenta; se movía con tanta desenvoltura en ese mundo, se paseaba por los salones con tanta confianza que no se había parado a reflexionar y por tanto no se le había ocurrido lo que a él.

Tenía que hacer uso de esa carta, tenía que dar el siguiente paso, aunque...

Levantó la vista y miró hacia el otro lado de la estancia, donde vio a un caballero alto y moreno que paseaba junto a la pista de baile observándolos con evidente perplejidad. St. Ives. Martin reconoció la altura, la postura dominante, las facciones arrogantes. Sus miradas se encontraron durante un instante antes de que la duquesa apareciera de la nada y distrajera a su marido.

Martin controló su agresividad al reconocer lo que pasaba. Recordó la actitud de Luc. Tenía que hacer algo o se arriesgaría a un enfrentamiento con sus primos.

Como solía ser habitual entre los caballeros casados de su posición, el Clan Cynster no había hecho acto de presencia en los primeros bailes de la temporada. Era evidente que sus esposas no habían sentido la necesidad de informarles acerca de su cortejo; porque, de haber sido así, ya habría recibido noticias suyas (o más bien una visita) hacía ya mucho tiempo.

Las damas de la familia le habían dado la oportunidad de llevar a Amanda tan lejos como le fuera posible en el camino que ambos habían escogido. Se les acababa de agotar el tiempo. Tenía que jugar la siguiente carta.

—¿Qué pasa? —Martin bajó la vista y se dio cuenta de que Amanda lo miraba con detenimiento—. Llevas toda la noche comportándote de una manera extraña.

Podría haber esbozado una de sus encantadoras sonrisas y haber cambiado de tema; en cambio, le sostuvo la mirada mientras la música llegaba poco a poco a su fin.

—Tenemos que hablar. —Echó un vistazo a su alrededor—. En algún lugar privado.

Justo en el extremo del salón de baile había un mirador acristalado con vistas a los jardines. La zona circundante estaba desierta. Martin la condujo hacia allí. Al llegar al mirador, Amanda se adentró en las sombras que proyectaba y se giró para mirarlo a la cara con las cejas alzadas, aunque con semblante confiado.

Aún tenía la certeza de que no podría sorprenderla.

Martin se detuvo frente a ella y la protegió de las miradas de los invitados. Nadie podría oírlos ni verles las caras, aunque seguían a plena vista de todos los presentes.

—Tengo la intención de pedir tu mano mañana.

—Ya lo has hecho... —Su voz se apagó al tiempo que se le abrían los ojos de par en par—. No puedes...

—¿Hacer una petición formal de tu mano? Créeme que puedo.

—Pero... —Frunció el ceño y después negó con la cabeza, como si también quisiera negar su sugerencia—. No tiene caso. Hasta que yo no acceda, ellos tampoco lo harán.

Seguía sin comprender.

—Ese punto es un hecho: aún tengo que conseguir que me des el sí. Sin embargo, ése no es el objetivo de una petición formal. Pediré permiso a tu familia para cortejarte.

Amanda siguió frunciendo el ceño mientras intentaba imaginarse... y justo entonces abrió los ojos horrorizada. Lo cogió de la manga y lo miró a la cara.

—¡Santo Dios! ¡No puedes hacer eso! —Le tironeó del brazo—. Prométeme que no lo harás... que por ningún motivo mencionarás... —Comenzó a gesticular como una loca.

—Te aseguro que no saldrá de mis labios ni una sola palabra acerca de la intimidad que hemos compartido.

Ella se apartó, retiró la mano de su brazo y por fin retrocedió la distancia que debería haber retrocedido varias semanas atrás. Horrorizada, no pudo más que mirarlo de hito en hito.

—No te hará falta decir nada. Sólo tendrán que mirarte para adivinarlo.

Martin alzó las cejas en un rápido gesto.

—Que así sea, pero es imposible continuar como hasta ahora sin algún tipo de declaración por mi parte. Tus primos, si no tu padre, exigirán eso como mínimo.

El carácter desafiante de Amanda no le resultaba desconocido a esas alturas, aunque sí resultó una novedad el brillo beligerante que iluminó sus ojos.

—¡No! En cuanto se hagan una idea, en cuanto lo sepan...

Dejó la frase a la mitad mientras pensaba en algo imposible de adivinar para Martin. La vio entornar los ojos y esbozar una sonrisa tensa.

—No funcionará. —Volvió a concentrarse en él y asintió—. Muy bien. Puedes seguir esa línea si te place, si la consideras necesaria. Sin embargo —prosiguió antes de pasar junto a él con la barbilla alta y la mirada clavada en sus ojos—, mi padre no está Londres. Se ha ausentado en viaje de negocios y pasará toda la semana por los condados occidentales.

Tras inclinar la cabeza con un gesto regio, se apartó del mirador. Con el ceño fruncido, Martin la observó desaparecer entre la multitud que por fin comenzaba a dispersarse.

A unos cinco metros de distancia, con la mano sobre el

respaldo del diván donde su esposa, Catriona, charlaba con lady Forsythe, Richard Cynster observaba a Martin con expresión impasible.

—Deberíamos colgarlo de las...

—No creo que eso sea necesario.

Demonio miró a Richard cuando éste lo interrumpió a la mitad de la frase.

—¿Que no es necesario? Has dicho que la estaba presionando...

—Sí. —Desde el sillón emplazado frente al escritorio de Diablo, Richard continuó—: Pero no como te imaginas.

Demonio frunció el ceño antes de dejarse caer en una silla de respaldo alto, también situada frente al escritorio.

—¿Qué demonios está pasando?

Los seis intercambiaron miradas.

Sentado tras el escritorio, Diablo suspiró.

—Conociendo a Amanda, no será algo sencillo.

—Según lo que vi —intervino Richard—, no lo era.

—Su... —Vane, que estaba apoyado contra la estantería detrás de Diablo, hizo un pausa— *interacción* parece ser la comidilla de la alta sociedad.

Desde el sillón que ocupaba delante de la chimenea, Gabriel preguntó:

—¿Qué fue lo que viste exactamente?

—Yo fui el primero en verlos —contestó Vane—. Estaban paseando y se apartaron un poco de la multitud. Hablaron y después él le besó la muñeca... y no de manera inocente. Parecía estar deseando devorarla allí mismo y ella, la muy tontorrona, se lo habría permitido de buena gana. Luego prosiguieron con el paseo. —Cambió de posición—. Patience dice que Amanda se las está apañando muy bien y que, aunque ese viejo escándalo tiene que acallarse, no hay motivo alguno por el que debamos intervenir.

Los demás miraron a Vane antes de girarse hacia Richard al unísono.

—Los vi un instante, durante el último vals —dijo Diablo—. Estoy bastante seguro de que Dexter me vio.

—Pero ¿te reconoció? —Richard alzó las cejas antes de continuar—. Lo que yo vi sucedió poco después, más o menos a continuación de ese vals. —Describió lo que había presenciado—. En resumen, daba la sensación de que Dexter hablaba con mucha calma... era Amanda la que se expresaba con más vehemencia. Y por la manera en la que se alejó cuando terminaron de charlar, con la barbilla en alto, y por la forma en la que él observó su retirada, como si intentara averiguar de qué iba todo... —Richard suspiró—. Si debo ser sincero, me dio lástima.

Demonio masculló algo.

—El hombre es un lobo de la peor calaña.

—Como nosotros en nuestros tiempos... —murmuró Diablo.

—Que es justo a lo que me refiero. Sabemos lo que está pensando... —Demonio no acabó la frase.

—Y ahí es donde yo quería llegar —intervino Richard—. ¿No os acordáis de cuándo éramos nosotros los que estábamos en un salón de baile o en cualquier otro sitio y la observábamos marcharse mientras nos preguntábamos de qué demonios iba el asunto?

Los labios de Diablo se curvaron en una sonrisa.

—No tengo que hacer memoria para eso.

Las sonrisas no tardaron en aparecer, pero Diablo volvió a ponerse serio.

—De acuerdo. Aceptemos el hecho de que Dexter, al parecer, está cortejando a Amanda. No veo ningún motivo que me haga creer que se está tomando todo este trabajo sólo para seducirla. Por alguna razón, se está ajustando a las reglas de la sociedad. De manera que, ¿qué sabemos de él? No recuerdo haberlo conocido en persona. —Diablo miró a Vane, quien negó con la cabeza—. Era mucho más joven que nosotros.

—También más joven que yo —dijo Demonio—, pero recuerdo que era un pendenciero. Claro que estuvo muy poco en la ciudad.

—Justo hasta el escándalo. —Richard los informó en pocas palabras de lo que sabía al respecto y terminó con un—: Las *grandes dames* y otros muchos creen que la reacción de su padre fue desmedida; pocos creen que Dexter, el conde actual, fuera culpable, aunque no pidieron opinión a nadie. Todo se decidió en el norte, su padre así lo quiso, y a él lo sacaron de Inglaterra antes de que nadie se enterara.

Diablo preguntó:

—¿Qué dicen ahora del asunto?

Richard se encogió de hombros.

—Inocente hasta que se demuestre lo contrario, pero en la cuerda floja.

—Tuve tratos una vez con él. —Gabriel se inclinó hacia delante—. Entre los peces gordos del distrito comercial es toda una leyenda. Dirigía un consorcio en el que estábamos interesados y sabía lo que se hacía. Conseguimos muy buenos beneficios de ese negocio. Sus intereses son muy exóticos, incluso algo misteriosos, pero siempre en extremo beneficiosos. Tiene una reputación formidable y fama de ser un hombre de palabra, un comerciante justo y honesto, que no soporta a tontos ni a sinvergüenzas.

—También es una leyenda entre los grupos de coleccionistas. —Sentado junto a su hermano, Lucifer extendió sus largas piernas—. Pagaría por entrar en esa vieja tumba que tiene en Park Lane. Casi nadie lo ha hecho, pero aquellos que han visto su biblioteca salen con los ojos como platos. Sin habla. Y no se trata sólo de los libros, aunque parece ser que su colección es impresionante, sino también del arte oriental que ha ido coleccionando a lo largo de los años. Parece poseer un ojo espléndido para la belleza.

Demonio resopló.

Diablo comenzó a dar golpecitos con la pluma.

—Así que... no hay motivo alguno por el que debamos oponernos a una unión entre ellos, siempre que ese viejo escándalo se acalle de una vez por todas.

—Y siempre que se demuestre que es eso lo que tiene en mente.

Vane se apartó de la librería.

—Por supuesto. —El rostro de Diablo se endureció—. Sin importar las tiernas imaginaciones de nuestras esposas, creo que deberíamos exigirle al conde algunas respuestas.

—Iré contigo —dijeron cinco voces al unísono.

Un golpecito en la puerta hizo que todos volvieran la vista. La puerta se abrió. Sligo, el mayordomo de Diablo, apareció en el umbral.

—El conde de Dexter está aquí, Su Excelencia. Desea hablar con usted en privado.

Diablo lo miró.

—¿Dexter?

Sligo le tendió la bandeja en la que llevaba una tarjeta. Diablo la cogió y la estudió antes de preguntar:

—¿Dónde está?

—Lo conduje al salón.

—¿Dónde está mi esposa?

—Ha salido.

Diablo sonrió.

—Muy bien. Hazlo pasar.

Martin entró en el estudio de Su Excelencia el duque de St. Ives... y todos sus instintos de autoprotección se pusieron en alerta de inmediato. Seis pares de ojos lo fulminaron y supo de inmediato cuál había sido el tema de conversación más reciente.

Mientras se adentraba en la enorme estancia aprovechó el momento para estudiar al resto de ocupantes; eran muchos más de los que había previsto, aunque tampoco estaba demasiado sorprendido. Había escuchado que actuaban en manada.

Bajo el mando del hombre que se puso muy despacio en pie al otro lado del escritorio y que lo saludó con un gesto de cabeza.

—Dexter.

El duque extendió la mano. Martin devolvió el saludo y aceptó el apretón de manos.

—St. Ives.

—¿Tiene algún inconveniente en hablar delante de mis primos?

Martin dejó vagar su mirada por los pétreos rostros.

—Ninguno.

—En ese caso... —Diablo los presentó con sus apodos antes de señalar una silla de respaldo alto que se encontraba delante del escritorio—. Siéntese.

Martin miró la silla, la alzó y la movió hasta dejarla frente a una esquina del escritorio, con el fin de no quedar sentado con cuatro Cynster a su espalda.

Demonio resopló cuando se sentó. Martin miró a Diablo y dijo sin preámbulos:

—Vengo de Upper Brook Street donde acabo de enterarme de que su tío, lord Arthur Cynster, se encuentra en estos momentos fuera de la ciudad y de que no se espera su regreso hasta dentro de una semana. Deseaba hacer una petición formal para cortejar a su hija Amanda. Dadas las circunstancias, y puesto que usted es el cabeza de familia y se encuentra en la ciudad, me gustaría recibir su aprobación en ausencia de lord Arthur.

La declaración fue acogida con un silencio absoluto, que confirmó la sospecha acerca de lo que habían estado discutiendo antes de que él apareciera.

Con sus claros ojos verdes clavados en el rostro de Martin, Diablo murmuró:

—Una semana no es mucho tiempo.

Martin le devolvió la mirada sin flaquear. No estaba dispuesto a soportar otra semana de inactividad.

—Pueden suceder muchas cosas en una semana, como bien debe saber.

Dos de sus primos se agitaron ante esas deliberadas palabras. Martin no apartó la mirada del rostro de Diablo, que se arrellanó en el asiento y entornó los ojos.

—¿Por qué?

Martin no se molestó en disimular.

—Porque ya es hora. —Se detuvo para elegir las palabras con las que proseguiría—. Desde mi punto de vista, las cosas han progresado hasta el punto en el que se precisa una boda. Y por eso estoy aquí.

Ni uno solo de los presentes pasó por alto la naturaleza de las cosas que habían progresado y el lugar en el que lo habían hecho; juramentos mascullados y más de una amenaza en absoluto velada, entre las que se incluía colgarlo de una parte muy delicada de su anatomía, se alzaron a su alrededor.

Diablo acalló a los demás con un gesto sin dejar de mirarlo.

—Acaba de regresar a la alta sociedad... para perseguir a Amanda. Supongo que eso ha sucedido después de haber alcanzado dicho punto. ¿Dónde la conoció?

La mirada de Martin no vaciló.

—En Mellors.

—¿¡Qué!?

—¿En ese antro? —Y la pregunta fue acompañada de más juramentos.

Martin bajó la vista y se arregló los puños de la camisa.

—Acababa de aceptar una apuesta al *whist*. Contra Connor. No tenía compañero.

El silencio que siguió a sus palabras fue de la más absoluta, y sin duda escandalosa, incredulidad.

—La segunda vez que la vi fue en el salón de Helen Hennessy.

15

El caos se apoderó de la estancia. Amanda fue objeto de varios calificativos y Martin recibió un buen número de preguntas. Puesto que sabía que eran retóricas, guardó silencio. A la postre, todos se callaron ante un gesto de Diablo, que parecía bastante molesto.

—Muy bien —dijo el duque con una mirada torva—. ¿Qué pasó después?

—Tenía una lista de lugares que quería visitar, todos fuera del ámbito de la alta sociedad, pero no del todo escandalosos. Un paseo por Richmond Park a la luz de la luna, un paseo nocturno en barca por el Támesis, una visita a Vauxhall en compañía de alguien inapropiado y un baile de máscaras en Covent Garden.

Una oleada de protestas recorrió la estancia.

—¿Se ofreció a acompañarla en todas esas salidas?

—No. —Martin se percató de que la expresión del duque se tensaba aún más—. Pero no me quedó otro remedio. O me involucraba en sus planes o me limitaba a observar cómo involucraba a otro. Tenía a lord Cranbourne en mente para el paseo por Richmond.

—¿¡Cranbourne!? ¿Ese gusano? —El ceño de Diablo no podía ser más sombrío.

—También había conocido a otros en Gloucester Street. Tenía unas cuantas alternativas. Creí que sería más seguro no ponerla a prueba.

—Y durante esas salidas...

—No. —Martin miró a Diablo a los ojos—. Accedí a acompañarla con la condición de que después volviera a los salones de baile... donde debía estar. Sin embargo, tal y como descubrí más tarde, esas salidas no eran su verdadero objetivo. Cuando completamos la lista, cambió las reglas del juego y volvió a Gloucester Street y a otros lugares mucho menos apropiados. —Sin apartar la mirada de Diablo, afirmó—: Lo que sucedió a partir de entonces fue cosa suya, aunque no se tratara precisamente de lo que había planeado.

Ni uno solo de los presentes pudo evitar compadecerse de él; acababa de admitir que su prima lo había perseguido y, a la postre, atrapado. A sabiendas de que era el momento oportuno, Martin se atrevió a presionar un poco más.

—Dadas las circunstancias, el desenlace debe ser una boda. Así pues... ¿tengo su permiso para cortejarla?

Diablo parpadeó varias veces y volvió a fruncir el ceño.

—Fortuna, cuna, posición, propiedades... todo eso está en orden. Pero ¿y el pasado?

Martin inclinó la cabeza.

—Me encargaré de eso.

—¿Lo hizo?

—No —contestó y, tras una breve pausa, añadió—: Pero está claro que alguien sí.

Los penetrantes ojos del duque lo estudiaron con atención; Martin soportó el escrutinio con un gran aplomo. Diablo asintió.

—Muy bien; estoy de acuerdo. Es evidente que el matrimonio entre usted y Amanda resulta de lo más apropiado, siempre y cuando resuelva a su favor ese viejo escándalo. Tiene mi permiso para cortejarla. Hablaré con mi tío a su regreso.

—Muy bien. ¿Dejará clara la posición de su familia?

Diablo se encogió de hombros.

—¿Ante la alta sociedad? Por supuesto.

—Me refería ante Amanda.

La aclaración fue recibida con un silencio. Un silencio

diferente a los anteriores, ligeramente más incómodo. El duque fue el encargado de romperlo.

—¿Por qué?

—Porque, a pesar de que ha «accedido» en varias ocasiones de un modo más que convincente para cualquiera, todavía se niega a pronunciar el «sí» en el momento apropiado.

—¡Vaya! —exclamó Diablo con los ojos como platos—. De modo que se lo ha pedido...

Martin frunció el ceño.

—Por supuesto. Lo hice de inmediato y en varias ocasiones posteriores. ¿Por qué otro motivo cree que iba a perseguirla por bailes y fiestas, una arena que no aprecio en demasía, si no fuera para tensar la cuerda un poco más antes de pedírselo de nuevo?

—¿Ha justificado su negativa? —preguntó Richard.

Martin titubeó antes de contestar con voz desabrida:

—Quiere «algo más», y creo que se refiere a un detalle que no figura en ningún contrato matrimonial.

Las expresiones de los presentes le indicaron que sabían exactamente a lo que se refería.

La mueca de conmiseración que apareció en el rostro del duque fue de lo más sincera.

—Mis condolencias. —Tras una pausa, añadió—: Supongo que no tiene pensado claudicar sin más, ¿cierto?

—No —contestó Martin—. No si encuentro otra alternativa.

—¿Y si le dijera que es bastante probable que no logre hallarla?

Martin clavó los ojos en los de Diablo.

—No lo sabré hasta que no llegue a ese punto.

El duque suspiró antes de asentir con la cabeza.

—Haré lo que pueda, pero me temo que no le seré de mucha ayuda.

—Podría hablar con ella.

—Podría hacerlo, sí. Pero sólo conseguiría que me fulminara con la mirada, que me replicara con la insolente sugerencia de que me metiera en mis propios asuntos y que cualquiera de nuestros esfuerzos por apoyar su cortejo se encontrará con una firme oposición femenina.

Vane asintió.

—Y son ellas las que mandan dentro de la alta sociedad.

—Hay otra forma mejor —intervino Demonio, que estaba sentado en el brazo de un sillón, observando a Martin—. Dígale que Diablo ha dado el consentimiento a su cortejo. Amanda esperará que la persigamos allí donde vaya. Pero no lo haremos. Eso conseguirá que crea que estamos actuando con más sentido común del que ella espera, por lo que no le mencionará el asunto ni a nuestras esposas ni a nuestras madres —concluyó con una sonrisa—. Y así podremos ayudarlo.

Martin captó el brillo de complicidad en los ojos de Demonio, la sensación de camaradería que acababa de invadir la estancia. Asintió.

—¿Cómo?

Informó a Amanda esa misma noche, en la terraza de los Fortescue.

—¿¡Diablo!?

—Es el cabeza de la familia Cynster.

Amanda resopló. Se colocó mejor el chal que llevaba en los brazos y siguió paseando a su lado.

—Lo que piense él o cualquiera de los demás carece de importancia. Aún tengo que aceptar... y todavía no lo he hecho.

—Lo sé. —El tono desabrido de su voz hizo que Amanda alzara la mirada—. ¿Qué tengo que hacer para convencerte?

Ella entornó los ojos.

—Ya te lo he dicho: tienes que descubrirlo tú solo.

Martin miró al frente. Aunque otras parejas paseaban por la amplia terraza, ninguna se había aventurado por la dirección que ellos habían tomado. El lugar estaba cubierto por una serie de frondosas ramas cuyas sombras conformaban una especie de gruta.

—En ese caso, supongo que no te opondrás a que... investigue.

Amanda le lanzó una breve mirada. Ambos se giraron al escuchar una serie de ruidos. Todo el mundo regresaba al salón de baile, atraído por los primeros compases de un vals.

Martin sonrió.

—Creo que esta pieza es mía.

Extendió los brazos y la acercó a él. Amanda accedió, si bien con cierta cautela. La sonrisa de Martin se ensanchó. Comenzó a bailar a lo largo de la zona iluminada por los faroles de la fachada hasta que ella se relajó y comenzó a dejarse llevar por el momento y por la música, siguiendo sus pasos sin ser apenas consciente de ello.

A Amanda no le sorprendió que en un momento dado Martin la arrastrara hacia las sombras; ni tampoco que el baile se hiciera más lento y la estrechara con más fuerza. El aliento del hombre agitó los rizos de su sien cuando le susurró:

—Ya he bailado el vals contigo en bastantes ocasiones, así que presumo que no encontraré lo que buscas en esta danza. —Sus labios le rozaron el lóbulo de la oreja y trazaron la curva más externa antes de explorar la zona posterior—. Me pregunto...

La mano que le presionaba la espalda la mantenía pegada a él y sus labios la acariciaban con tanta delicadeza que sintió un escalofrío. Como si de una señal se hubiera tratado, esos labios abandonaron su cuello para dirigirse a su boca y, antes de darse cuenta de lo que ocurría, se encontró inmersa en el más dulce de los besos.

No era un beso posesivo, sino una caricia tentadora que seducía con la promesa no sólo del éxtasis sino también de... La cabeza comenzó a darle vueltas mientras intentaba adaptarse a esa nueva ofensiva. Sus pasos se ralentizaron hasta que quedaron inmóviles y todos sus sentidos se concentraron en la arrebatadora experiencia.

La mano de Martin no se apartó de su espalda, siguió firme en el lugar habitual: en la curva situada justo por debajo de la cintura. Con la otra le acariciaba suavemente la muñeca.

Se sentía atrapada, pero no en sentido físico. La trampa sensual que estaba tejiendo a su alrededor era incorpórea pero irrompible; era incapaz de resistirse a ella, de alejarse del panorama que él estaba creando con su lengua, sus labios, su boca y su aliento. Un panorama donde ella mandaba y él obedecía. Donde, como una emperatriz, podría decretar, exigir y sentarse a esperar que se cumplieran todos sus deseos.

Intentó liberar la mano para tocarlo, para acariciarle la mejilla, pero él aumentó la presión de los dedos en torno a su muñeca. La sujetó con más firmeza y la estrechó aún más, hasta que quedó envuelta por el calor y la dureza del cuerpo masculino. Hasta que olvidó todo salvo la unión de sus bocas y la irresistible promesa de ese beso.

—Te sentirás mucho mejor cuando tomes un poco de aire fresco.

Esas palabras, pronunciadas por una voz conocida para Amanda, rompieron el hechizo y el beso. Parpadeó y echó un vistazo a la terraza para descubrir que Edward Ashford escoltaba a Emily, a Anne y a la señorita Elliot, una amiga de las Ashford, que habían abandonado el salón a pesar de que el vals aún no había llegado a su fin.

Martin maldijo entre dientes; Amanda podría haber hecho lo mismo. Volvió a dejarla sobre el suelo y la pérdida de su calor incrementó la irritación que la embargaba. Estaban en las sombras, aún invisibles a los ojos de los recién llegados, pero no lo bastante ocultos como para no tener en cuenta la interrupción. Tras colocarse la mano de Amanda sobre el brazo, Martin la hizo girar y, como si no hubieran estado haciendo otra cosa, siguieron paseando bajo la sombra de las ramas hasta salir de nuevo a la luz.

Puesto que había sido el primero en salir del salón, Edward estaba esperando a que las jovencitas se reunieran con él. Fue el primero en verlos. Se enderezó y adoptó una expresión mucho más desdeñosa de lo habitual.

Las muchachas, que se afanaban por colocarse los echarpes y los ridículos, también los vieron y se apresuraron a acercarse a ellos entre sonrisas. Edward titubeó, pero acabó por seguirlas.

—¡Hola! Hace una noche estupenda, ¿verdad?

—Edward creyó que estaba un poco acalorada e insistió en que saliéramos a la terraza.

—Buenas noches, milord.

Las tres conocían a Martin y lo miraban un tanto intimidadas, pero la presencia de Amanda las armó de valor.

Tras saludar a las jovencitas, Amanda miró a Edward. El menor de los Ashford estaba observando a Martin con detenimiento, pero al notar que ella lo miraba, inclinó la cabeza. Saludó a Martin del mismo modo, aunque el gesto resultó algo más forzado.

—Dexter.

Martin correspondió al saludo.

Amanda sintió deseos de gritar. ¡Por el amor de Dios, eran primos hermanos! Al menos Luc había sido capaz de mantener una conversación razonable. La rigidez de Edward y su evidente incomodidad proyectaban la clara impresión de que estaría mucho más contento si pudiera alejar a las tres chicas, y también a ella, de la perniciosa presencia del conde.

Martin también observaba a su primo con los ojos entrecerrados. Sin embargo, Amanda no pudo menos que admirar la contención que demostraba ante la irritante actitud de Edward.

Tras apoyar de nuevo la mano en el brazo de Martin, sonrió a las chicas.

—Dejaremos que prosigáis con vuestro paseo. Pero no os demoréis mucho... la gente lo notará.

—¡No puedo creerlo! No me han sermoneado, no han gruñido. ¡Demonio incluso me ha sonreído...! —exclamó Amanda mientras observaba ceñuda a sus primos, situados en ese momento en el otro extremo del salón de baile de lady Hamilton.

Junto a ella estaba Amelia, que también los observaba.

—Y Diablo ha dado su permiso... ¿Lo habrán averiguado todos? Tal vez aún no lo sepan.

—Según me ha dicho Patience, estaban todos presentes cuando Martin habló con Diablo.

—Bueno, en ese caso, todos lo conocen. Lo que significa que tienes razón; es increíble. Me extraña mucho que no le hayan quedado marcas del encuentro. Deben de estar tramando algo.

—Tal vez... —La mirada de Amanda se tornó distante—. Sí, debe ser eso. Martin tiene que haberlos convencido (con el argumento de que lo hecho, hecho está y de que quiere casarse conmigo) para que le permitan lidiar con... con mi resistencia a solas. —Volvió a concentrarse en sus primos—. Sabe lo que pienso sobre ellos y sus intromisiones.

—Quizá se hayan dado cuenta de que nuestras vidas no son asunto suyo.

Amanda miró a su hermana a los ojos, Amelia hizo lo mismo y ambas menearon la cabeza antes de volver a fijar la vista en sus primos.

—Están tramando algo. Pero ¿qué?

Fuera cual fuese el plan del Clan Cynster, no incluía la desaprobación del cortejo de Martin. Dar permiso era una cosa y, dadas las circunstancias, habría sido muy difícil no concedérselo. Pero una aprobación...

Mientras bailaba con Martin el primer vals, se percató de que tanto Vane como Gabriel los miraban y se giraban con manifiesta indiferencia. Clavó los ojos en Martin.

—Cuando hablaste con Diablo, ¿sacaste el tema de... la intimidad de nuestra relación? ¿Lo sacó él?

Martin enfrentó su mirada.

—Si te refieres a si discutimos el hecho de que hemos tenido relaciones íntimas, la respuesta es no. Sin embargo, me dio la impresión de que todos dieron por sentado ese punto.

Amanda lo miró de hito en hito.

—¿Cómo que lo dieron por sentado?

—Digamos más bien que se lo «imaginaron».

No supo cómo reaccionar, aparte de soltar un resoplido. ¿Debería sentirse aliviada por la aparente disposición de sus primos a dejarla manejar su vida o recelosa por la posibilidad de que algo así ocurriera? Decidió tomar el camino de la cautela. Era mejor examinar el terreno antes de dar un salto.

—Esto es una casa de locos —murmuró Martin cuando la música acabó y se detuvieron—. Vamos a pasear por el vestíbulo. Al menos allí podremos respirar.

Amanda accedió de buena gana; lady Hamilton había invitado a más del doble del número de personas que sus salones podían albergar. Por desgracia, los invitados aún seguían llegando y el vestíbulo, aunque más despejado que el salón de baile, estaba abarrotado.

Se abrieron camino entre los invitados, hasta que Martin entrelazó los dedos con los suyos y la guió hacia un pasillo.

—Salgamos de esta locura. La biblioteca está por aquí. Todavía estará vacía.

Amanda asintió, un tanto excitada. Martin la guió por el pasillo en penumbra. Abrió la puerta, se asomó para echar un vistazo al interior de la estancia y se apartó para dejarla pasar.

La biblioteca era una habitación espaciosa, amueblada con divanes de apariencia confortable frente al fuego y un bonito escritorio en el otro extremo. Entre los divanes había una mesita auxiliar con un candelabro cuyas velas estaban encendidas. El tenue resplandor iluminaba una bandeja de plata en la que se habían dispuesto una serie de copas y botellas, que aguardaban la llegada de los caballeros de más edad según avanzara la velada.

En ese momento, sin embargo, la biblioteca estaba felizmente vacía.

Amanda respiró hondo y dejó escapar el aire con un suspiro. Sintió la mirada de Martin y los nervios se apoderaron de ella. A sabiendas del potencial peligro que representaban los divanes, se acercó al escritorio. Se detuvo frente a él y echó un vistazo a los tomos que se alineaban en las estanterías posteriores.

—Esta biblioteca no se parece en nada a la tuya.

—¿No? —le preguntó con un deje jocoso en la voz al tiempo que acortaba las distancias—. ¿Y eso?

—Le falta color. —Se dio la vuelta y descubrió que estaba pegado a ella, con su torso prácticamente rozándole el pecho, ese brillo sensual que tan bien conocía en sus ojos verdes y una sonrisa socarrona en los labios.

—¿Es sólo por el color? —susurró.

Amanda percibió la pregunta como una caricia. Alzó los brazos para rodearle el cuello.

—El color y unas cuantas... comodidades más.

Con un gesto seguro y decidido, tiró de él hasta que sus labios se rozaron. Los divanes estaban muy lejos y, con el escritorio a la espalda, entregarse a un beso (aunque fuese uno bastante largo) no suponía ningún peligro. Un beso que estimulara el deseo de Martin y saciara el suyo. Anhelaba con todas sus fuerzas entregarse a todo aquello que tenían vedado por culpa de la obstinación de ese hombre... y de la suya.

Él también lo deseaba, de modo que aprovechó su invitación para apoderarse de su boca y reclamarla. La aferró por la cintura para sostenerla mientras ladeaba la cabeza con el fin de proseguir con el festín. Amanda se entregó, tan ávida como él, y disfrutó del apasionado intercambio. Confiada en la seguridad que presentaba la situación, lo alentó en lugar de refrenarlo. Si quería tentarlo hasta el punto de que se entregara por completo a ella, tenía que recordarle lo que podría obtener a cambio.

Cuando por fin esas manos abandonaron su cintura para cerrarse en torno a sus pechos, Amanda creyó estallar de alegría. Sintió que se le desbocaba el pulso y que el deseo se apoderaba de ella, pero no estimó necesario ocultarlo. Permitió que la necesidad la invadiera por completo y se dejó arrastrar por la abrasadora marea que los consumía. Profundizó el beso con el fin de hacerle entender lo que sentía antes de separar los labios un poco para atormentarlo y desafiarlo.

Martin respondió con voracidad. Comenzó a acariciarle los pechos y, a través de la delicada seda del vestido, descubrió sus pezones y los pellizcó con suavidad. Ella jadeó y echó la cabeza hacia atrás para poner fin al beso; había olvidado la intensidad, el poder de la sensualidad. Martin recorrió su garganta con los labios antes de volver a apoderarse de su boca y arrastrarla de nuevo hacia el fuego de la pasión.

Había intentado ir despacio, engatusarla poco a poco hasta que la pasión la consumiera, guiarla por la senda del deseo hasta alcanzar el éxtasis. Había intentado demostrarle su experiencia desplegando ante ella todas sus riquezas, como un rey que sedujera a su reina; había tratado de mostrarle las maravillas del camino que podrían recorrer juntos.

Sin embargo, no había tenido en cuenta la naturaleza apasionada de Amanda; la oleada de deseo que la consumía cada vez que la acariciaba, cada vez que la besaba. No había tenido en cuenta el excitante efecto de esos dedos que se hundían en su cabello y aferraban los mechones del modo más insinuante. No había anticipado su respuesta a la situación.

Esa mujer le robaba el sentido. Lo volvía loco.

No podía respirar; de repente, su mente se negó a pensar en otra cosa que no fuera poseerla. Lo único que importaba era experimentar la increíble sensación de hundirse en su cuerpo y sentir cómo se contraía, ardiente y húmeda, en torno a él.

Ansiaba hacerlo, sentía una necesidad primitiva, sencilla y voraz que en nada se parecía a su acostumbrado entusiasmo y que, precisamente por eso, resultaba mucho más poderosa.

Lo bastante poderosa como para recorrerla de arriba abajo con las manos, impaciente por poseerla. Por volver a hacerla suya. Lo bastante devastadora como para que sus labios la devoraran y reclamaran esa boca con una urgencia instintiva. La sujetó por la cintura y la levantó para sentarla en el escritorio. Acto seguido, le alzó las faldas y le separó las rodillas.

La ternura se había desvanecido y a ninguno de ellos le importaba.

Muy al contrario.

Metió una mano bajo las faldas y le acarició la entrepierna hasta que estuvo lo bastante húmeda como para hundir los dedos en ella una y otra vez. Estaba deleitándose con la ardiente humedad que inundaba el cuerpo femenino, con los sonidos inarticulados que brotaban de su garganta y con el frenético latido de su pulso, cuando escuchó el chasquido metálico del picaporte.

Sus excelentes reflejos, rápidos como el rayo, lo habían salvado en más de una ocasión en el pasado.

Cuando la puerta se abrió, ya se habían ocultado tras un biombo chino que se encontraba a cierta distancia del escritorio. Estaba apoyado contra las estanterías, con la respiración alterada y el pulso atronándole los oídos. Amanda se aferraba a su chaqueta, aunque tuvo que taparle la boca para sofocar su indignada protesta. Una protesta que él mismo deseaba formular.

El silencio reinaba al otro lado del biombo. De repente, se escuchó una voz.

—Esto es la biblioteca.

Ambos reconocieron la voz y contuvieron el aliento.

La dama entró en la estancia y sus pasos resonaron en el silencio. Tras una pausa, lady Jersey preguntó con tono desabrido:

—Y ahora ¿qué?

Los ojos de Amanda, abiertos de par en par, lo miraron sin pestañear por encima de la mano que le tapaba la boca. Tras apartarle la mano, articuló con los labios:

—¿Quién?

Martin meneó brevemente la cabeza mientras se preguntaba cuánto tiempo podrían mantener la postura sin hacer un solo ruido.

¿Con quién demonios estaba hablando Sally Jersey, la mayor chismosa de la alta sociedad? ¿Por qué habrían ido a la biblioteca? Y, lo más importante, ¿cuándo se marcharían?

Los tacones de Sally resonaron sobre el parqué cuando la dama comenzó a pasearse por la biblioteca; por fortuna, el sonido de los pasos se alejó hacia la chimenea.

Al instante se escucharon unos pasos decididos en el pasillo. Alguien se detuvo en la puerta.

—¿Sally? ¿Qué haces aquí sola?

Amanda se enderezó. Era la voz de Diablo.

—Si te digo la verdad, St. Ives, no lo sé. —Escucharon el crujido de un papel—. Me entregaron esta nota que me instaba a venir a este lugar, a la biblioteca. En esta casa no hay otra, ¿verdad?

—No que yo sepa.

—Qué raro...

—¿Vas a esperar o me permites que te acompañe de vuelta al salón?

—Puedes ofrecerme tu brazo... y la siguiente pieza, ya que estamos.

Diablo rió por lo bajo.

—Como desees.

Poco después se cerró la puerta y volvieron a quedarse solos.

—¡Dios Todopoderoso! —exclamó Amanda mientras se retorcía para alejarse de él.

Martin hizo una mueca de fastidio antes de dejarla en el suelo.

—Ha estado... —Amanda hizo una pausa mientras miraba hacia el escritorio y recordaba lo que había sucedido... y lo que había estado a punto de suceder. Se ruborizó—. Ha estado muy cerca.

Con los labios apretados, se sacudió las faldas para volver a ponerlas en orden. Tanto el gesto como la expresión de su rostro decían bien claro que el encuentro había llegado a su fin.

Martin respiró hondo y dejó escapar el aire entre los dientes.

Al ver que ella lo miraba con recelo, le ofreció el brazo.

—Será mejor que regresemos al salón.

—Dios sabe lo que habría pasado si no hubiera entrado doña Silencio. —Amanda se detuvo y frunció el ceño—. No, eso no es cierto. Sé muy bien lo que habría pasado y Martin habría sacado más provecho de esa situación que yo.

Dejó de pasear de un lado a otro y se metió en la cama donde Amelia estaba acostada, escuchándola.

—Estar a solas con él es demasiado peligroso.

—¿Peligroso? —preguntó su hermana con evidente preocupación.

Amanda se mordió el labio durante un instante antes de hablar.

—Creo que si volvemos a hacer el amor, demostraré mi teoría; porque, cada vez que lo hacemos, está tan claro que me ama... ¡que no entiendo cómo puede seguir ignorándolo! Pero... —Hizo una mueca al tiempo que bajaba la mirada hasta su vientre y se estiraba el camisón—. Si lo hacemos, corro el riesgo de quedarme embarazada —concluyó mientras observaba la ligera curva—. ¿Quién sabe? Tal vez ya lleve a su hijo en mi seno.

Fue consciente de la nota esperanzada de su voz y no le sorprendió la pregunta de Amelia.

—¿Quieres tener un hijo con él?

—Sí. Más que nada en el mundo. —Una verdad como un templo. Respiró hondo—. Pero no quiero que se case conmigo porque esté embarazada... ¡porque ésa será la excusa a la que se aferre!

Golpeó el colchón con un puño antes de recostarse y mirar fijamente el dosel.

Amelia compuso una mueca y, después de un momento, preguntó:

—¿Qué importa la excusa si así lo consigues?

Ahí, sin duda alguna, radicaba el problema. Amanda encaró la cuestión con honestidad, pero no fue capaz de encontrar una respuesta. Y decidió apostar sobre seguro hasta que la encontrara: hablar, pero no besar; excitarlo, sí, pero no hasta un punto en el que también ella se viera arrastrada por el deseo. Otra vez. No hasta que...

—¿Señorita Cynster?

Amanda se dio la vuelta. Un criado le hizo una reverencia y le ofreció una bandeja con una nota. La cogió y, tras apartarse del diván en el que estaban sentadas sus tías y su madre, la desdobló.

> Si sale a la terraza del salón de baile, descubrirá algo de lo más intrigante.

La nota no estaba firmada. Y no era de Martin. Su letra era clara y angulosa. La que tenía delante era pequeña y parecía que la hubieran escrito apretando mucho la pluma.

Era temprano y el salón de baile estaba medio vacío; aun así, había bastantes personas a su alrededor en caso de que necesitara pedir ayuda. Dobló de nuevo la nota y la guardó en su ridículo antes de excusarse con su madre y sus tías y abandonar la estancia.

Las puertas de la terraza estaban cerradas. Echó un vistazo a través de los cristales, pero no vio a nadie. Abrió una de ellas, salió al exterior y se arrebujó en el chal cuando sintió el fuerte soplo de la brisa.

No podía dejar la puerta abierta, ya que el aire agitaría demasiado las cortinas. Echó un vistazo a su alrededor, pero el lugar parecía vacío. No obstante, la terraza era bastante amplia y los frondosos setos que la rodeaban creaban demasiadas sombras. Cerró la puerta con cierta renuencia. Se envolvió en el chal y comenzó a pasearse, aunque sin alejarse de las ventanas del salón de baile para no abandonar la luz que se derramaba a través de los cristales.

No escuchaba otra cosa que el silbido del viento.

Se dio la vuelta y volvió sobre sus pasos hasta el otro extremo del salón de baile. Aterida de frío, frunció el ceño y lanzó una maldición al tiempo que giraba...

—Señorita Cynster... señorita Amanda Cynster...

Se detuvo para escudriñar las densas sombras de lo que era, acababa de descubrir, la entrada del jardín. La voz incorpórea volvió a llamarla.

—Venga conmigo, querida, y bajo la luz de la luna...

—¡No se esconda! —exclamó con expresión ceñuda mientras intentaba descubrir a cuál de sus amistades pertenecía la voz. Reconocía la cadencia, pero fuera quien fuera estaba fingiendo una voz infantil y almibarada. Aunque no le cabía duda de que era un hombre—. ¿Quién es usted? Sólo un canalla actuaría de este modo.

—¿De qué modo?

Amanda se giró y el alivio la invadió al ver que Martin salía a la terraza. Cerró la puerta tras él. Los pasos del desconocido que huía por el jardín llegaron hasta ellos. Martin se acercó y la miró con expresión perpleja. Recorrió la terraza con la mirada antes de posarla sobre su rostro.

—¿Con quién estabas hablando?

—¡No lo sé! —Hizo un gesto hacia los setos—. Había algún imbécil escondido, intentando convencerme de que me acercara a él.

—¿De veras?

Fue el tono con el que formuló la pregunta lo que la puso a la defensiva, lo que la irritó. Alzó la barbilla con brusquedad y descubrió que Martin se había acercado a los setos con actitud amenazadora. Entornó los ojos.

—Sí. Había alguien. Pero no consiguió su propósito, ¡y no lo habría conseguido aunque no hubieras llegado!

Se giró sobre los talones y se encaminó hacia el salón. Martin la alcanzó en dos zancadas.

—¿Por qué has salido a la terraza?

—Porque él, sea quien sea, me envió una nota.

—Déjame verla.

Amanda se detuvo de golpe y Martin chocó contra su espalda, aunque la sostuvo para que no se cayera. Rebuscó en el ridículo y sacó la nota arrugada.

—¡Aquí está! ¿Lo ves? No me estoy inventando nada.

Martin estudió la nota y frunció el ceño antes de guardársela en el bolsillo del chaleco.

Amanda refunfuñó algo y retomó el camino hacia el salón. Le importaban un comino tanto la nota como su autor.

—No deberías haber salido sola y mucho menos en respuesta a una nota anónima.

Amanda se detuvo al llegar a la entrada del salón. Martin extendió un brazo para abrir la puerta y ella se aferró al borde mientras giraba de forma abrupta y lo miraba echando chispas por los ojos.

—Era mi nota, mi decisión y estaba perfectamente a salvo. Ahora, si me disculpas, me voy a bailar. ¡Con quien me dé la gana!

Abrió la puerta de un tirón y entró en el salón.

No estaba dispuesta a permitirlo; no iba a permitirle que actuara como un hombre posesivo. Al menos, no hasta que accediera a casarse con él. Y no lo había hecho. Todavía.

La primera pieza fue una contradanza; obligó a Reggie a ser su pareja. Más tarde, se unió a un grupo de jovencitas que mantenían una alegre conversación hasta que sonaron los acordes de un cotillón. Demonio le dio unos golpecitos en el hombro.

—Ven a bailar.

Semejante invitación despertó sus sospechas, pero no descubrió ningún indicio de malestar ni ninguna otra reacción sobreprotectora en la actitud de su primo. Flick estaba esperando su tercer hijo y no podía bailar. Sentada junto a Honoria en un diván cercano, sonrió y le hizo un gesto con la mano para animarla a bailar con su apuesto marido.

Así pues, bailó el cotillón con Demonio, que no le dio motivo alguno de queja. La siguiente pieza era otra contradanza y en esa ocasión fue Richard quien solicitó ser su pareja con una sonrisa.

—Tengo que bailar contigo al menos una vez esta temporada, antes de que nos marchemos.

—¿Volvéis a Escocia? —preguntó mientras dejaba que la guiara hacia la hilera de bailarines.

—A Catriona no le gusta abandonar el valle, ni a los gemelos, durante mucho tiempo.

Lo dijo con una sonrisa que Amanda correspondió. De todos sus primos, Richard era el más... no exactamente cariñoso, pero sí el más comprensivo. Y Catriona era una fuente de sabiduría femenina; le dijo a Richard que hablaría con ella antes de que se marcharan.

—En ese caso, será mejor que lo hagas esta noche, porque nos vamos mañana por la mañana.

Cuando la pieza llegó a su fin, se habría marchado con Richard, pero se encontró rodeada por un grupo de personas y no tuvo más remedio que detenerse a charlar. En ese momento escuchó los primeros compases de un vals.

Al darse la vuelta, descubrió que Martin estaba a su lado y la miraba con una ceja enarcada.

—Creo que este baile es mío.

Había una clara advertencia en esas roncas palabras, una advertencia que ni siquiera su hablar pausado conseguía suavizar. Amanda inclinó la cabeza, le ofreció la mano y dejó que la acompañara al centro del salón con la majestuosidad de una reina. Se colocó entre sus brazos y comenzaron a girar.

Las orquídeas que continuaban llegando todas las mañanas (un ramillete de tres flores de un blanco inmaculado) descansaban sobre su hombro, creando un intenso contraste con el negro de su chaqueta. Amanda las observó un instante antes de mirarlo a los ojos.

A esos ojos tan verdes como siempre, pero que en esos momentos parecían más tumultuosos, más adustos.

—No te pertenezco.

Su mirada se tornó más amenazadora.

—Eso es lo que tú crees.

—Además, aunque nos casáramos... —Observó por un instante a las parejas que bailaban junto a ellos antes de volver a mirarlo a los ojos—. Siempre seré una persona independiente.

—No sabía que el matrimonio y la independencia fueran excluyentes —replicó con voz cortante y desabrida.

Amanda abrió los ojos de par en par.

—¿Quieres decir que puedo ser tu esposa y seguir actuando de modo independiente? ¿Que, por ejemplo, podré decidir sobre ciertas cuestiones, como acudir o no a una cita anónima? ¿Que no ejercerás tu derecho de interferir?

—Es mi derecho mantenerte a salvo.

Amanda lo fulminó con la mirada.

—Si decido casarme contigo, tal vez.

—No hay cabida para el «tal vez» en esta cuestión.

—Me niego a aceptar que tus supuestos «derechos» incluyan protegerme de cualquier daño, como si fuera una completa descerebrada.

—Lo último que pensaría de ti es que careces de cerebro.

Sus enervadas miradas se enzarzaron por un momento al llegar al extremo del salón y se desviaron mientras buscaban un hueco para girar entre la multitud. Se dieron cuenta de que estaban discutiendo en mitad del salón y de que había muchos ojos clavados en ellos. En cuanto volvieron a uno de los laterales, retomaron la conversación.

—Esto no nos llevará a ninguna parte —afirmó Martin con la mandíbula tensa antes de mirarla un instante a los ojos—. Ni esta discusión ni tu última estrategia.

¿La última estrategia?

—¿Qué quieres decir?

La mandíbula del hombre se tensó aún más.

—Que tendrás que ejercitar tu independencia y tomar una decisión... pronto. —Volvió a mirarla a los ojos—. Ya sabes lo que te estoy ofreciendo; mis cartas están sobre la mesa.

Amanda lo comprendió. La expresión de sus ojos le dijo que acababa de mostrarle su mano y le ofrecía todo lo que podía; no habría más ganancias, no arriesgaría nada más en el juego.

—Te toca jugar, tú decides. —Su rostro parecía esculpido en granito.

Amanda no contestó. Se limitó a mirar hacia otro lado y dejar que los giros de la danza los movieran por el salón hasta que los compases de la música terminaron con una floritura. Hizo una reverencia que él correspondió con una breve inclinación antes de tomarla de la mano para ayudarla a incorporarse.

Enfrentó su mirada y dejó que Martin viera su determinación, tan férrea como la que él mostraba.

—Has olvidado que tengo otra opción. —Martin frunció el ceño. Con una leve sonrisa, Amanda se giró sin apartar los ojos de él—. Puedo retirarme del juego. —Con voz muy clara y decidida prosiguió—: Puedo arrojar mis cartas sobre la mesa y poner fin a la partida.

Y, con esas palabras, giró sobre sus talones y caminó en dirección al diván donde estaban sentadas su tía Helena, lady Osbaldestone y Honoria, duquesa de St. Ives.

—¡Bueno! —exclamó lady Osbaldestone mientras se recogía el voluminoso vestido de damasco italiano para hacerle sitio a Amanda—. ¿Qué ha pasado? —Rió entre dientes con una nota maliciosa al tiempo que señalaba con el bastón la espalda de Martin, que se batía en retirada—. Si las miradas pudieran matar... supongo que no consigue salirse con la suya.

—No, ni mucho menos —aseguró Amanda mientras se esforzaba por controlar su temperamento—. Pero es testarudo, arrogante y está decidido a ganar...

Helena se echó a reír y tomó una de las manos de Amanda para darle un apretón cariñoso.

—Es un hombre y, además, se parece a los nuestros... No se puede esperar otra cosa de él.

—Estoy de acuerdo —intervino Honoria con una sonrisa, desde su lugar al otro lado de Helena—. Si te sirve de consuelo, intenta recordar que Dexter no es más que un conde. Yo tengo que vérmelas con un duque... uno que, por razones obvias, lleva el apodo de «Diablo».

Amanda sonrió muy a su pesar.

—Pero a la postre conseguiste que viera la luz.

Honoria enarcó las cejas.

—Si te soy sincera, creo que vio la luz desde el principio, pero... —Tras una pausa, añadió—: Deberías decidir qué tipo de capitulación prefieres. Hay otros signos, otras formas de comunicación que al final resultan más elocuentes que las palabras.

—Sí —convino lady Osbaldestone moviendo la cabeza—. Un buen consejo que deberás tener en cuenta. Sin embargo —comentó mientras sus penetrantes ojos negros la traspasaban—, recuerda lo que te dije. Sin importar lo que diga ni lo que haga, no debes flaquear. Tienes que obligarlo a reabrir las viejas heridas y aclarar ese antiguo escándalo.

Amanda echó un breve vistazo en dirección a Honoria y a Helena y vio que ambas asentían. Su temperamento por fin se había apaciguado, llevándose con él toda la fuerza de su resolución. Miró hacia el otro extremo del salón y vio que Martin estaba con Luc Ashford. Hizo una mueca y suspiró para sus adentros.

—Lo intentaré.

Pero ya no estaba tan segura de poder conseguirlo.

Martin se alejó del centro de la pista con un enfado de mil demonios; algo extraño, ya que por regla general no le resultaba difícil controlar su temperamento. No sabía cuánto tiempo podría seguir representando el papel de hombre civilizado y sofisticado si Amanda se empeñaba en sacar a la luz sus instintos más básicos.

No mucho más, suponía.

Vio a Luc y Edward Ashford en un extremo del salón, acompañando a sus hermanas. Las jovencitas lo vieron y le sonrieron encantadas, aunque al percatarse de su sombría expresión las sonrisas se desvanecieron.

Se obligó a desterrar el rictus severo de su rostro y les sonrió en respuesta, haciéndolas sonreír de nuevo. Cambió de dirección para acercarse a ellos. No le vendría mal un poco de charla y un par de saludos; eran muy jóvenes y dulces y él era el cabeza de familia de un linaje con el que estaban emparentados.

Dos jovencitos, las parejas de baile de las muchachas, se acercaron con actitud cautelosa. Mientras Martin hablaba con ellas y con sus parejas, Luc se mantuvo a su lado, lanzando una serie de cáusticos comentarios a los caballeretes antes de dedicar unos cuantos elogios alentadores a sus hermanas. Estaba claro que ellas lo adoraban.

Edward, por el contrario, mantuvo las distancias con expresión crispada, al parecer por la desaprobación. Martin tardó un momento en percatarse de que el objeto de dicha desaprobación era él.

En ese momento, los músicos comenzaron a tocar y las jóvenes se dirigieron con sus galanes al centro del salón. Martin se giró hacia Edward.

Antes de que pudiera hablarle, su primo comentó:

—Tengo entendido que estás muy interesado en Amanda Cynster.

Estaba claro que Edward no se había enterado de que había hecho una oferta formal. Martin inclinó la cabeza.

—Tengo que casarme.

—Claro, claro... —Los labios de su primo adoptaron un rictus desdeñoso—. El título, la propiedad y todo lo demás...

Ésas eran las razones por las que se había librado del juicio; volvió a inclinar la cabeza.

—Exacto.

Edward dio un tironcito a su chaleco, alzó la barbilla y observó la multitud.

—Deberías saber que yo, al menos, he defendido el nombre de nuestra familia durante los años que has estado ausente. Me alegra afirmar que todos los que me conocen me tienen por un hombre de honor intachable y carácter firme. A su debido tiempo me casaré, en cuanto mis hermanas consigan un matrimonio que no desmerezca la familia.

De repente, como si acabara de percatarse de que estaba en presencia del cabeza de su familia y de un pariente de rango superior, se sonrojó, miró a su hermano con los ojos entornados y se despidió de Martin con una brusca inclinación de cabeza.

—Mi turno de supervisar a mis hermanas ha acabado, creo que voy a dar una vuelta.

El comentario daba a entender que no quería que lo vieran con Martin y que no estaba dispuesto a demostrarle su apoyo con su presencia.

Martin guardó silencio y se limitó a seguirlo con la mirada mientras se alejaba antes de clavar los ojos en Luc.

El vizconde le devolvió la mirada.

—No, no ha mejorado con los años.

—Es obvio. ¿No has sentido nunca deseos de darle una buena tunda para enderezarlo?

—Más de los que te imaginas. Pero es tan pelmazo que no podría soportar sus lloriqueos.

Martin vislumbró un destello dorado: el cabello de Amanda, que acababa de abandonar el diván y se alejaba de sus ocupantes. Se tensó, consciente de la necesidad de seguirla o al menos de vigilar sus pasos.

Luc siguió la dirección de su mirada y murmuró:

—Si tienes los ojos puestos en Amanda, no me queda más remedio que desearte suerte.

Martin lo miró con una ceja alzada.

—Es una bruja —explicó—. La antítesis de la mujer obediente. —Hizo una pausa y añadió con tono más suave—: Puestos a pensarlo, las dos lo son.

Martin preguntó:

—¿Te refieres a su hermana?

—Bueno... —musitó Luc, que observaba la multitud con expresión distraída—. Sólo Dios sabe por qué un hombre en su sano juicio querría casarse con cualquiera de ellas.

16

La llegada de las tres orquídeas a primera hora de la mañana se había convertido en una rutina. Cuando no aparecieron al día siguiente, para Amanda fue todo un golpe. ¿Acaso debería haber esperado otra cosa después de la conversación de la noche anterior? Martin le había dicho que ahora todo dependía de ella, que estaba en su mano aceptar o rechazar lo que le ofrecía. El hecho de que dejaran de llegar las orquídeas significaba, al parecer, que había abandonado la lucha; que había abandonado sus intentos por seducirla.

Aunque tal vez se hubiera quedado sin orquídeas...

Amanda vaciló entre las dos explicaciones a lo largo de un día plagado de acontecimientos sociales: un té matutino, un almuerzo, un paseo en carruaje por el parque y una reunión familiar. Su ánimo oscilaba como un péndulo, de la tranquilidad más absoluta a la depresión más profunda.

Cuando llegó al baile de lady Arbuthnot y se percató de la ausencia de Martin, decidió esbozar una falsa sonrisa mientras sentía que se le caía el alma a los pies.

Aunque al instante recibió una nota. Se la llevó un criado. Un pliego de papel de color marfil con la letra inconfundible de Martin.

Mira en la terraza.

Eso era todo.

Tras guardarse la nota en el bolsillo, se despidió del grupo con el que conversaba y se dispuso a atravesar el atestado salón. Tardó un buen rato en conseguirlo. Cuando por fin llegó a los enormes ventanales que daban a la terraza, comprobó que el salón estaba lleno a rebosar. La noche era muy agradable. Las puertas de acceso a la terraza estaban entornadas, pero no había nadie en ese momento paseando bajo la luz de la luna.

Sin embargo, la luz de la luna hacía brillar los pétalos de una flor blanca que alguien había dejado caer sobre el primer peldaño de las escaleras que bajaban hacia los jardines. Amanda recogió la flor. Era una orquídea blanca. Si seguía su costumbre, Martin habría dejado dos más. Echó un vistazo, pero no vio nada más en la terraza. Al instante, estudió los peldaños restantes y se preguntó...

Echó un vistazo por encima del hombro en dirección al salón y se apresuró a bajar. El camino de gravilla que bordeaba el jardín se bifurcaba más adelante. Miró a la izquierda y descubrió la segunda flor, iluminada por un rayo de luna, justo en la intersección de dos caminos secundarios.

La gravilla crujía bajo sus escarpines mientras se acercaba para recoger la orquídea y unirla a la que ya tenía en la mano. Miró a su alrededor en busca de la tercera. El camino que se alejaba de la casa estaba oscuro y desierto, pero en el otro, que bordeaba un seto y rodeaba la construcción... resplandecía un objeto blanco.

La tercera orquídea yacía justo bajo un arco formado por arbustos a través del cual se accedía a un patio. Tras juntar la flor con las otras dos, Amanda atravesó el arco y se detuvo para echar un vistazo.

Era una visión mágica. El patio estaba cubierto por parterres de plantas estivales y de rosas, bordeados por setos pequeños. Había cerezos llorones e iris, separados por caminos embaldosados que conducían a un área semicircular tras la cual se alzaba un mirador construido con madera blanca. El mirador actuaba como punto de unión entre el patio y los jardines que se extendían al otro lado, y se adentraba en el alto seto que conformaba el muro posterior del patio.

La luna se reflejaba en el mirador, el único objeto blanco en un mar de verdes apagados y baldosas de un rojo desvaído. Desde el lugar en el que Amanda se encontraba, era imposible saber si había alguien dentro. La oscuridad era impenetrable.

Respiró hondo, agradecida por la agradable temperatura que permitía pasear sin necesidad de llevar un chal, alzó la cabeza y avanzó con arrojo. Las tres orquídeas se mecían en su mano.

Martin estaba allí, esperándola. Una sombra más densa en la oscuridad, reclinada en uno de los amplios bancos que se alineaban a lo largo de las paredes internas del mirador. Dichas paredes quedaban interrumpidas por dos arcos, el que daba al patio y el que daba a los jardines posteriores.

Se detuvo al llegar al primer escalón del mirador. Él se puso en pie, pero siguió en silencio e inmóvil entre las sombras.

Un depredador; eso era lo que le gritaban sus sentidos, aunque éstos no dudaron en despertar alborozados al verlo. No dijo nada, ni ella tampoco. Amanda siguió mirándolo durante un buen rato; ella estaba bajo la luz de la luna y él, oculto en la oscuridad. Un instante después, se alzó la falda y comenzó a subir los escalones.

Hacia él.

Martin cogió sus manos, le quitó las orquídeas y las dejó a un lado. La observó durante un momento, estudiando su rostro en la oscuridad, y extendió los brazos para acercarla a su cuerpo con lentitud. Inclinó la cabeza, también muy despacio, dándole tiempo más que suficiente para huir si ella así lo deseaba.

Amanda alzó el rostro a modo de invitación para que la besara. Percibió el gruñido de satisfacción que reverberó en todo su cuerpo mientras él se apoderaba de sus labios. Se adueñó de su boca, aceptando su rendición, entregándole la promesa del placer que ambos obtendrían a cambio.

«Te deseo.»

No supo si fue su mente la que pronunció la frase o si brotó de los labios de Martin. Le colocó las manos en el pecho y de allí las subió hasta rodearle el cuello para poder arquearse contra él. La sensación de estar atrapada entre sus brazos le supo a gloria; al igual que el tacto de esas manos que le acariciaban la espalda y las caderas, que la acercaban a él mientras sus bocas se daban un festín, ávidas y ansiosas por saborear aquello que habían ido a buscar: la pasión, el enloquecedor asalto de un deseo tan potente que robaba el sentido. Dejaron que el deseo se avivara y los consumiera, que los arrastrara en su ya conocida marea.

Cuando el beso acabó, ambos estaban jadeantes, consumidos por la necesidad y un único deseo. Sin pensarlo, de forma totalmente involuntaria, se dejaron caer sobre los cojines del banco en un lío de ropas y de manos que se afanaban por acariciar; en un lío de extremidades, unas musculosas y duras, otras suaves y delicadas.

La ropa era un obstáculo. Sus dedos se apresuraron a apartarla. En cuanto Martin consiguió bajarle el corpiño, Amanda sintió sus labios sobre un pecho.

Dejó escapar un grito, sobresaltada por la poderosa sensación, por la intensa descarga sensual que acababa de descender desde su pecho hasta su entrepierna. Empezó a jadear mientras intentaba controlar la reacción que la caricia suscitaba.

—Silencio —le advirtió él.

Amanda respiró hondo y consiguió preguntar:

—¿Aquí?

Como respuesta, los labios de Martin abandonaron ese pecho para trasladarse al otro; introdujo las manos bajo sus faldas y comenzó un lento ascenso por los muslos.

—¿Cómo? —Amanda intentó imprimir un deje horrorizado a la pregunta que pusiera de manifiesto la imposibilidad de la situación.

En cambio, las palabras quedaron suspendidas en el aire como una flagrante invitación o como el reconocimiento del deseo que la embargaba, mientras cerraba los ojos y los pícaros dedos de Martin encontraban aquello que buscaban para acariciarla, abrirla y hundirse en ella.

—Muy fácil. —Amanda escuchó el ronco gruñido y distinguió la nota de satisfacción y la expectación que destilaba—. Tú encima.

La posibilidad se le antojó fascinante. Sabía que él conocía el terreno que pisaba. Extendió un brazo hacia Martin y sus curiosos dedos encontraron el duro contorno de la erección que se adivinaba bajo los pantalones. Lo acarició con lentitud... y él se tensó y soltó una maldición antes dejarse caer sobre los cojines y apoyar los hombros contra el alféizar del ventanal. Al mismo tiempo que se echaba hacia atrás, la arrastró con él hasta que acabó sentada a horcajadas sobre las caderas masculinas, con las rodillas a ambos lados de su cuerpo y las manos sobre sus hombros.

La penetró aún más con los dedos y ella jadeó. La otra mano se afanaba en acariciarle una de las nalgas, instándola a acercarse a su cuerpo para que pudiera continuar acariciándole los pechos.

Con esos pecaminosos labios, acompañados de su no menos pecaminosa lengua (por no mencionar sus dedos), Martin cautivó sus sentidos y le hizo olvidar cualquier cosa que no fuese la abrasadora pasión que corría por sus venas y el abrumador deseo de unirse a él, de convertirse en un solo ser.

La marea de pasión fue creciendo a su alrededor; las manos y los dedos de Martin, con sus rítmicas caricias, la avivaron y consiguieron arrastrarla. Amanda jadeaba perdida en el abrasador asalto, hasta que estuvo segura de que se derretiría con la siguiente penetración, de que explotaría cuando esos labios volvieran a succionar uno de sus pezones. Tenía todo el cuerpo en tensión, sobre todo los pechos. Las llamas la consumían, dejándola acalorada, húmeda y vacía.

Muerta de deseo... por él.

—Ahora, ¡por favor! —Apenas reconoció su propia voz, pero Martin la escuchó. Su mano izquierda se apartó de ella para desabrocharse la pretina de los pantalones.

Y al instante sintió el ardiente contacto de esa delicada piel; la rigidez de su miembro bajo ella. Introdujo una mano bajo sus faldas para acariciarlo. En cuanto cerró la mano en torno a él, Martin jadeó y le apartó la mano... para agarrarla por las caderas y acercarla...

—¡Oh! ¿No es precioso?

—¡Es mágico!

—Ese caballero tenía razón. Es un lugar maravilloso, ¿verdad?

—Y con ese mirador tan precioso...

Amanda agradeció el hecho de haberse quedado sin aliento, porque de otro modo les habría gritado a pleno pulmón a ese grupo de cacatúas que regresaran al salón de baile del que no deberían haber salido. Las muchachas se adentraron en el sendero y se detuvieron para admirar las flores.

Martin seguía bajo ella, con el cuerpo en tensión. Amanda lo miró sin saber qué hacer. Aun en la penumbra, se percató de la hosca expresión de su rostro.

—Calla —le dijo con un susurro apenas audible antes de agarrarla por la cintura y alzarla para dejarla de pie en el suelo.

Cuando él también estuvo de pie, la cogió de la mano y tiró de ella para sacarla del mirador y bajar los escalones que conducían al jardín trasero.

—¡Vaya! ¡Mirad!

Martin tiró con fuerza de ella hacia un lado en cuanto atravesaron el arco de entrada para apartarla de la vista. Amanda acabó aplastada contra su torso mientras él se apoyaba contra el seto. Un coro de risillas se alzó en el aire.

—¡Caramba! ¿Quiénes eran? ¿Los habéis visto?

Por fortuna, habían sido tan rápidos que ninguna de las jovencitas los había reconocido; lo único que habrían visto serían dos figuras oscuras que se recortaban en la oscuridad del interior del mirador y que se movían al amparo de las sombras del seto.

Martin echó un vistazo a los alrededores al tiempo que acababa de abotonarse los pantalones y después volvió a darle un tirón a Amanda.

—Vamos, todavía no estamos fuera de peligro.

—¡Estoy casi desnuda! —siseó mientras intentaba cerrarse el corpiño con la mano libre.

Martin la miró, pero continuó avanzando frente a ella, tirando de su mano. Se detuvo al llegar a un seto más alejado junto al que disfrutarían de cierto grado de intimidad. Giró a Amanda en un abrir y cerrar de ojos, la apoyó contra el seto y se apoderó de sus labios mientras le acariciaba los pechos.

La pasión seguía allí, consumiéndolos con su fuego, más intensa que antes a causa de la espera; como un volcán cuya boca estuviera bloqueada mientras la presión aumentaba antes de entrar en erupción.

—¿Seguro que éste es el camino?

Martin se apartó de sus labios con una horrible maldición. Hasta ellos llegó el ruido de las pisadas que se acercaban desde el otro extremo del camino de gravilla. Para ambos fue como un jarro de agua fría que apagara el fuego. Se miraron a los ojos, pero la mirada de Amanda regresó a los labios de Martin.

Él también la miró a los labios antes de exhalar un trémulo suspiro. Estaba atrapada entre sus brazos, con los pechos aplastados contra el torso masculino, pero Martin retrocedió un paso y la ayudó a recuperar el equilibrio. La ayudó a colocarse el corpiño, atando las cintas con destreza.

—Te deseo —le dijo mientras sus manos bajaban hasta la pretina de sus pantalones mientras ella se ataba las restantes cintas—. Pero no así. Te deseo en mi casa, en mi cama. Quiero hacerte mía.

Amanda enfrentó su sombría mirada, percibió la frustración que encerraban sus palabras, el deseo, el anhelo... la necesidad. Sintió que la seguridad la abandonaba, que su determinación flaqueaba... y en ese momento escuchó la voz de lady Osbaldestone en su cabeza. Tras tomar una honda bocanada de aire, alzó la barbilla y le dijo sin dejar de mirarlo:

—¿Cuánto me deseas?

Martin no contestó. El grupo que se aproximaba por el

camino, al parecer en busca de un estanque, rompió el momento... y lo libró de decir algo de lo que tal vez se habría arrepentido más tarde.

Regresaron a la casa cogidos del brazo, tras intercambiar saludos con el grupo de paseantes al cruzarse con ellos. Martin frunció el ceño. Esperaba que dada la edad de Amanda, la situación no suscitara habladurías. Al menos no los habían descubierto...

Eso les habría complicado la vida mucho más de lo que ya estaba. El acuerdo al que había llegado con el Clan Cynster no llegaba tan lejos. Todos esperaban que utilizara todo su arsenal para convencerla de que se casara con él. Al igual que esperaban que no diera lugar a ningún escándalo.

Seducir a una Cynster bajo las luces de las arañas de la alta sociedad y persuadirla de que aceptara su oferta de matrimonio sin otorgarle la rendición que estaba decidida a obtener de él, todo ello sin crear el menor indicio de escándalo, era el desafío por antonomasia.

Parte de él disfrutaba con el juego; pero la otra parte deseaba que todo llegara a su fin y que Amanda fuera suya, pública y totalmente, tal y como él lo era de ella.

Mientras ascendían los peldaños que conducían a la terraza, echó un vistazo al rostro de la muchacha. Tenía la barbilla alzada y la mandíbula tensa en un gesto obstinado que ya le resultaba muy familiar. Sin embargo, bajo esa fachada, Martin percibió un estado mucho más frágil y meditabundo. Tal vez, con un poco más de persuasión...

La detuvo al llegar a la puerta y entrelazó sus dedos antes de llevarse su mano a los labios para besarle los nudillos mientras la miraba a los ojos sin parpadear.

—La decisión es tuya.

Amanda enfrentó su mirada y estudió su expresión antes de girarse para entrar al salón de baile.

Permanecieron juntos durante la cena y el último vals, tras el cual Martin se despidió según dictaban las buenas costumbres. Amanda lo observó mientras ascendía las escaleras del salón y sus ojos se demoraron en esos amplios hombros y en el brillo de su cabello antes de que desapareciera por el arco de entrada.

Ojalá pudiera marcharse con él. Ojalá se atreviera a hacerlo.

Deseó de corazón poder entregarse sin más a ese hombre y darle lo que él quería para que el juego emocional en el que estaban inmersos llegara a su fin. Saber que la amaba era importante, pero ya sabía que él la amaba. ¿Acaso era tan importante que él mismo lo reconociera?

De acuerdo con lady Osbaldestone y con los sabios consejos de las mujeres de su familia, con un hombre así sí lo era. Amanda comprendía las razones que le habían dado para ello y las aceptaba; sin embargo, comenzaba a sospechar que tal vez hubiera algo más que no le estaban diciendo. Algún otro motivo que lady Osbaldestone, con la astucia que conferían los años, conocía y se negaba a revelar. Era inútil intentar sonsacarle algo; si a esas alturas no había dicho nada, estaba claro que no tenía intención de hacerlo. Y ni un regimiento de los Coldstream Guards la haría cambiar de opinión.

La idea de que había más en todo aquello siguió rondándole la cabeza mientras esperaba a que su madre y Amelia se despidieran. Echó un vistazo por el salón de modo distraído y su mirada se posó sobre Edward Ashford. Estaba esperando con una postura rígida y una expresión de manifiesto desdén mientras sus hermanas intercambiaban direcciones con otras dos jovencitas cuyo aspecto dejaba claro que pertenecían a la aristocracia rural.

Mientras se aproximaba al grupo, Amanda intentó encontrar el modo de sacar a colación el tema que deseaba discutir.

Edward la saludó con una brusca inclinación de cabeza. Tenía el ceño fruncido.

—Me alegro de tener la oportunidad de hacerte una advertencia.

—¿Una advertencia? —preguntó Amanda con los ojos abiertos de par en par, fingiendo interés para alentarlo.

—Sobre Dexter. —Edward se giró hacia el salón de baile, ya casi vacío, y alzó su monóculo para echar un vistazo con un gesto pretencioso—. Por desagradable que resulte hablar mal de un familiar, debo decirte que Dexter es un individuo muy poco fiable —afirmó al tiempo que bajaba el monóculo y la miraba a los ojos—. No sé si sabes que mató a un hombre. Lo arrojó por un barranco y después lo golpeó con una piedra hasta matarlo. Un anciano incapaz de defenderse. Dexter tiene un temperamento horrible y su reputación es de lo más escandalosa. A decir verdad, me sorprende mucho que tu familia no haya tomado cartas en el asunto para poner fin a la persecución a la que te está sometiendo. Ahora que la temporada está en su punto álgido y que tus tías y tus primos están aquí, no me cabe la menor duda que harán lo correcto e intervendrán.

Amanda se preguntó qué habría hecho Martin para merecer como primo al gusano de Edward.

—Edward, St. Ives ha dado permiso formal para que Martin me corteje.

El rostro del hombre perdió toda expresión y la mano que sostenía el monóculo cayó a un lado.

—¿Permiso formal? Quieres decir que...

Amanda esbozó una sonrisa forzada.

—Quiero decir justo eso. Buenas noches, Edward —se despidió al tiempo que inclinaba la cabeza y lo dejaba sin más, orgullosa de que su genio, de que el instinto que la impulsaba a defender a Martin, no hubiera estallado.

Luc se acercaba a sus hermanas y a Edward. No había duda de que había abandonado el baile después de la segunda pieza y acababa de regresar en ese mismo momento. Movida por un impulso, lo interceptó a medio camino. El vizconde se detuvo y la miró al tiempo que alzaba una ceja con suspicacia.

Amanda enfrentó su mirada con expresión decidida.

—Dexter ha pedido mi mano y St. Ives le ha dado permiso para cortejarme.

—Lo había supuesto.

—¿Qué opinas de su cortejo?

Luc la miró durante un buen rato sin decir nada, por lo que Amanda comenzó a sospechar que tal vez estuviera borracho. El hombre alzó las dos cejas.

—Si sirve de algo mi opinión, creo que está loco. Y así se lo dije.

—¿Loco? —Amanda fue incapaz de ocultar su sorpresa—. ¿Por qué?

Luc volvió a guardar silencio mientras reflexionaba, si bien sus penetrantes ojos azul oscuro no se apartaron de ella ni un instante. Cuando contestó lo hizo en voz baja.

—Sé lo de Mellors y lo de la velada en casa de Helen Hennessy. Sé que Martin te ha rescatado del peligro no en una, sino en varias ocasiones. Ha vuelto a los círculos de la alta sociedad, una arena que detesta por buenas razones (y que a decir verdad es lógico que evite con todas sus fuerzas) y todo para ir tras de ti. Te está cortejando a ojos de todo el mundo, controla su temperamento con mano de hierro y se ha prestado a seguir las reglas, tal y como la sociedad espera. Y semejante capitulación ha debido de costarle horrores. Ha hablado con tu primo y Dios sabe a qué acuerdo habrá llegado... y todo para que lo consideren digno de aspirar a tu exquisita mano. —Hizo una pausa y su mirada se tornó despiadada—. Dime, ¿qué tienes para merecer todo eso? ¿Qué te hace merecedora de semejante sacrificio? No, espera, ¿qué derecho tienes a mantenerlo en la cuerda floja como si fuera un pececillo sin importancia al que te ves incapaz de devolver al agua?

Amanda se negó a apartar la vista, no quería bajar la mirada.

—Eso —replicó con serenidad— queda entre él y yo.

Luc inclinó la cabeza y la rodeó para alejarse de ella.

—Siempre y cuando conozcas la respuesta.

Alguien estaba vigilando a Amanda, alguien aparte de él. La vigilaba... los vigilaba. ¿Quién? Y ¿por qué?

Martin reflexionó sobre las respuestas a esas cuestiones durante el desayuno, la mañana posterior al baile. Lo hizo desde todas las perspectivas posibles y el tema lo ayudó a olvidar la frustración que era su constante compañera.

Si bien los motivos eran un misterio, había demasiadas evidencias como para pasarlas por alto. La nota que la había convocado a solas en la terraza había sido el comienzo. No recordaba ningún otro incidente sospechoso anterior, pero poco después tuvo lugar la llegada inesperada de Edward y su compañía en la terraza de los Fortescue en un momento potencialmente peligroso, y después la misteriosa nota que emplazaba a Sally Jersey a acudir a la biblioteca de los Hamilton. Y, por supuesto, estaba el incidente de la noche anterior; la llegada de ese grupo de jovencitas que querían explorar el mirador en el peor de los momentos.

Las muchachas habían salido al jardín por recomendación de «ese caballero». No se le había escapado el comentario.

Algún caballero estaba intentando arruinar la reputación de Amanda.

Un buen escándalo lo conseguiría, o eso pensaba alguien que no estaba muy bien informado del asunto. A aquellos que mantenían una estrecha relación con los Cynster, conocedores del calibre de los involucrados y a sabiendas de que había solicitado permiso formal para cortejarla, jamás se les ocurriría algo semejante. En realidad, si ambos se vieran envueltos en un escándalo, aparte de irritar a todo el mundo, lo único que conseguiría sería acelerar la boda.

De hecho, un escándalo que no se hiciera público (como dejarla embarazada) era un as desesperado que aún guardaba bajo la manga.

Así pues... quienquiera que fuese el caballero, tenía motivos para hacer daño a Amanda y no estaba relacionado con su familia ni con sus amistades.

El conde de Connor era el único de su lista.

Una visita al conde esa misma tarde lo dejó sin sospechosos. Connor se alegraba de que sospechara de él, pero la explicación que le ofreció sobre el interés genuinamente paternal que demostrara por Amanda en Mellors le pareció a Martin de lo más sincera. Le dio su palabra de que no albergaba deseos de hacerle daño a la joven y después aprovechó la oportunidad para echarle un sermón sobre el peligro de tardar demasiado en tomar una esposa y crear una familia; de convertirse en un anciano sin razones para seguir viviendo.

La advertencia que Connor murmuró como despedida, «No se arriesgue», no dejó de resonar en sus oídos de camino a casa, a su biblioteca, donde seguiría elucubrando sobre los acontecimientos más recientes y la persona que estaba detrás de todos ellos.

—Si no es Connor, ¿quién es? —preguntó Amanda, mirando por encima del hombro a Martin, que la seguía mientras entraba en el invernadero de su tía Horatia.

Martin cerró la puerta y sus dedos se demoraron un instante en torno al picaporte, como si estuviera distraído. El ruido del baile que se celebraba en el salón se convirtió en un murmullo.

Un recuerdo enterrado en la memoria regresó a la mente de Amanda. Recordó el día en el que arrastró a Vane hasta allí para preguntarle acerca de la sugerencia hecha por un caballero. Al salir, sorprendieron a Patience en la puerta y, por su expresión, dedujeron que había estado a punto de abrirla de un empujón y entrar en tromba en el invernadero. Vane había esbozado una sonrisa ladina y había invitado a Patience a contemplar el oasis de palmeras de su madre. Una vez que ambos estuvieron dentro, Amanda recordaba haber escuchado el chasquido metálico de la llave en la cerradura.

Y todavía recordaba la expresión soñadora del rostro de Patience cuando salió con Vane, mucho después.

Desechando los recuerdos, Amanda se concentró en la discusión que tenía entre manos.

—No hay nadie más a quien haya molestado.

—Antes de que aparecieras en Mellors, o tal vez después, ¿alentaste a algún caballero?

—Nunca lo he hecho, no en ese sentido. —Alzó la mirada cuando él la cogió de la mano—. Ése no era mi objetivo.

Martin enarcó las cejas y la miró a los ojos.

El invernadero sólo estaba iluminado por la mortecina luz de la luna que penetraba a través de las frondosas hojas de las exóticas palmeras. Así pues, no podía ver el rubor que se había adueñado de su rostro.

—No se me ocurre ningún caballero que pueda desearme mal. No hasta el punto de...

Al ver que guardaba silencio, Martin la apremió a continuar.

—¿Quién?

Su tono de voz no le dejó otra opción que la de contestar con sinceridad.

—Luc —respondió al tiempo que lo miraba a los ojos—. No aprueba en absoluto mi relación contigo. Según me dijo, no le gusta que te tenga en la cuerda floja.

—¿Habló en mi favor?

—Del modo más efectivo —contestó Amanda, que se encogió de hombros—. Siempre ha tenido una lengua mordaz.

Martin reprimió una sonrisa.

—No importa. No es él. Tiene que ser alguien que no esté enterado de la situación y Luc sabe hasta el último detalle.

—No me cabe duda —convino ella—. Además, no puede ser él. No es su estilo.

Martin observó su rostro mientras caminaba un paso por delante de él. No podía distinguir sus facciones, pero su voz sugería que ya no estaba tan segura de que «mantenerlo en la cuerda floja» fuera sensato. Si las drásticas palabras de Luc habían conseguido que Amanda se replanteara su estrategia, estaba en deuda con su primo.

Lo que le recordaba que era la ocasión perfecta para una nueva dosis de persuasión. Además, en esa ocasión nadie iba a interrumpirlos. Había tomado las medidas pertinentes para asegurarse un poco de intimidad, de modo que pudiera restablecer el nexo sensual que los unía y apremiarla a rendirse no sólo esa noche, sino para siempre.

Vane había sugerido el invernadero de su madre; a Martin le bastó un vistazo para estar de acuerdo con él. El aire era cálido y ligeramente húmedo; la luz era tenue, pero el lugar no estaba sumido en las sombras. Llegaron hasta un claro en el que se alzaba una fuente, en cuyo centro la estatua de una mujer ataviada con una sucinta túnica romana sujetaba un jarrón del que manaba agua. La fuente estaba situada en una peana que la elevaba del suelo. Martin consideró las posibilidades... sí. Sus dedos se hundieron en el codo de Amanda, que seguía perdida en sus pensamientos, y la instó a seguir adelante.

El camino atravesaba la amplia estancia hasta acabar en otro claro, un semicírculo íntimo y recóndito donde se hallaba justo lo que estaba buscando.

17

—¡Un columpio! —Amanda se detuvo junto a un asiento acolchado con espacio para dos personas, suspendido de
una estructura de hierro situada en el centro de un bosquecillo de helechos y palmeras—. Qué idea tan maravillosa.
Debe de ser nuevo.

—Podríamos bautizarlo —sugirió Martin, que se había
detenido a su lado.

Amanda se giró para sentarse.

—No. —Los dedos de Martin se cerraron con firmeza
en torno a su codo para detenerla—. Así no.

El tono de su voz la alertó en cierta medida y no pudo
evitar contemplar sus labios antes de volver a mirarlo a los
ojos.

—El baile... mis primos. ¿Y si nos interrumpen? Otra
vez... —Y precisamente ellos.

—No nos interrumpirán. Te aseguro que tus primos no
aporrearán la puerta; están ocupados. Tenemos todo el tiempo del mundo para hacer lo que queramos. —Consiguió que
esa última frase sonara como un desafío.

Amanda se humedeció los labios.

—Entonces, ¿cómo debo sentarme?

Tiró de ella para acercarla a su cuerpo y Amanda se lo
permitió con cierta cautela, como si quisiera reservarse la opinión sobre su supuesta experiencia. Una sutil provocación,
un aliciente más para impresionarlo. Martin reprimió una

sonrisa confiada antes de inclinar la cabeza para cubrir sus labios.

Y la besó hasta que ella olvidó toda cautela; hasta que se entregó al beso y separó los labios, hasta que le rodeó el cuello con los brazos y le enterró las manos en el pelo.

—Tendremos que quitarte el vestido... o acabará hecho un desastre —le advirtió con un murmullo, sin alejar los labios de su boca.

Volvió a apoderarse de su boca y los sentidos de Amanda quedaron atrapados en la pasión abrasadora del beso.

En las llamas que comenzaron a consumirlos. Pese a toda su experiencia, ya fuese exótica o no, jamás había experimentado algo semejante; nunca se había visto arrastrado hasta ese estado de necesidad de un modo tan rápido, con tanta facilidad ni con tanta vehemencia. Arrastrado hacia ese lugar primitivo donde la necesidad de poseer lo regía todo. Con Amanda nunca había sido de otra manera, y por eso él lo había sabido desde un principio. Al igual que había sabido que, en última instancia, vendería su alma al diablo si fuera necesario.

Si la tenía entre sus brazos, todo lo demás carecía de importancia; cuando ese cuerpo se arqueaba contra él, exigiéndole sus caricias del modo más evidente, sólo podía pensar en obedecerla, en satisfacer y retribuir sus ávidos sentidos para que, de ese modo, los suyos quedaran saciados.

Mientras tiraba de las cintas del corpiño, supo sin lugar a dudas lo que quería, lo que necesitaba, ver esa noche. Lo que quería y necesitaba obtener de ella. Ambos respiraban con dificultad; el deseo oscurecía sus ojos.

—Levanta los brazos.

Le sacó el vestido por la cabeza, haciendo que tanto los tirabuzones como las orquídeas, que esa noche había elegido llevar en el pelo, se bambolearan. Clavó los ojos en su cuerpo, cubierto sólo por una diáfana camisola de seda y arrojó el vestido a ciegas sobre una palmera cercana antes de extender los brazos hacia ella.

En esa ocasión, Amanda se entregó sin reservas. Arrojó

la cautela a los cuatro vientos y dejó que el deseo que sentía brillara en sus ojos y en los labios que le ofrecía.

La aferró por la cintura y disfrutó del tacto de esas curvas esbeltas y firmes antes de deslizar las manos hasta su espalda para acercarla. La estrechó contra él a fin de que pudiera notar la evidencia de su deseo y meció sus caderas contra la dureza de su erección. Amanda se derritió entre sus brazos y su entrega se hizo patente en la seductora rendición de su cuerpo.

Le devolvió el beso, dejando a un lado todas las reservas. Lo deseaba y él la deseaba. En ese momento le bastaba con eso. Necesitaba estar con él de nuevo; tenerlo cerca; unirse a él de la forma más íntima para que sus corazones latieran al unísono y sus almas se rozaran durante un fugaz instante.

Necesitaba volver a sentirlo, volver a experimentar esa unión, antes de tomar una decisión. Antes de rendirse y entregarse a él de forma incondicional, sin pedir nada a cambio. Comenzaba a pensar que sería el único modo para él, para ambos; que la rendición de Martin sólo tendría lugar si ella se rendía primero. Un riesgo... pero uno que se sentía obligada a afrontar.

Sus manos le acariciaban todo el cuerpo, abrasándole la piel en su descenso. Le alzó el borde de la camisola y deslizó las palmas sobre la piel desnuda de sus nalgas, acariciándolas y masajeándolas. Esos dedos largos trasladaron sus caricias un poco más abajo y separaron su carne antes de penetrarla con cuidado.

La boca de Martin recibió el jadeo que escapó de sus labios y le dio aliento mientras la acariciaba y exploraba. Poco después puso fin al beso y apartó las manos de ella. Acto seguido, le colocó una sobre las caderas para ayudarla a guardar el equilibrio mientras introducía la otra entre sus cuerpos. Amanda notó que tironeaba de la pretina de los pantalones, bajó la vista y comenzó a deslizar las manos hacia la parte inferior de su torso. Cuando llegó hasta su cintura, apartó las manos de Martin y comenzó a desabrocharle la bragueta. Sus labios se curvaron en una sonrisa cuando por fin lo tuvo desnudo frente a ella.

Sostuvo su erección sobre la palma de la mano y sintió su brusca bocanada de aliento, la tensión que embargaba su cuerpo. Se dio cuenta de que él se limitaba a esperar el siguiente movimiento, de modo que cerró los dedos en torno a su miembro con mucho cuidado. Sin dejar de maravillarse por el contraste entre la dureza y la fuerza de su carne y la sedosa suavidad de la piel que lo recubría, lo arañó con delicadeza desde la base hasta la punta.

Volvió a torturarlo del mismo modo tres veces más antes de que él se apartara con cuidado; daba la impresión de que ni siquiera respiraba. Se alejó de ella, se sentó en el columpio y le hizo un gesto para que se acercara.

—Arrodíllate a horcajadas sobre mí.

Amanda colocó una rodilla y después la otra sobre el cojín de damasco. Le rodeó el cuello con las manos y ladeó la cabeza para besarlo; se acercó a él hasta que notó su abdomen contra el vientre y comenzó a descender con un movimiento sensual. El áspero roce de la ropa que él llevaba puesta fue un recordatorio de su estado de desnudez. De lo indefensa que estaba ante su fuerza; de la entrega que mostraba ante su necesidad.

La besó con pasión y la instó a descender aún más. La sujetó con una mano para guiarla mientras que con la otra conducía el extremo de su miembro hacia la suavidad de esa zona húmeda. Amanda sintió el roce, sintió la tensión cuando él presionó un poco sobre la abertura de su cuerpo. Contuvo el aliento e hizo una pequeña pausa antes de comenzar a descender lentamente, tan despacio como le fue posible, para acogerlo en su interior, deleitándose con la presión y la sensación de plenitud que la embargaba; maravillándose ante la facilidad con la que su cuerpo se adaptaba a su tamaño antes de contraerse con dulzura en torno a él.

No se detuvo hasta que la penetró por completo; hasta que lo sintió en el alma. Sentía la piel acalorada, en extremo sensible y a la vez excitada.

Cuando Martin le introdujo la lengua en la boca, su atención se vio dividida. En ese momento notó que él flexionaba una rodilla...

Y el columpio comenzó a moverse.

Una poderosa sensación la recorrió por entero. Desconcertada, se aferró a él, se apretó contra él hasta que sintió sus manos sobre las piernas, instándola a rodearle las caderas.

Amanda lo hizo y él la penetró aún más profundamente; las sensaciones se intensificaron gracias al columpio. Éste estaba bien engrasado, bien equilibrado, así que el impulso que Martin daba con el pie de cuando en cuando era suficiente para mantener el suave y rápido vaivén hacia delante y hacia atrás.

No estaba segura de quién inició la danza, pero en un momento dado, sus cuerpos encontraron el contrapunto perfecto al balanceo. Las embestidas y retiradas se amoldaron al movimiento, de modo que el efecto se amplificó. Amanda controlaba el impulso, utilizando los brazos para mantenerse erguida y las piernas para guardar el equilibrio. Una vez que Amanda estableció el ritmo, una vez que sus cuerpos se fundieron profunda y libremente en completa armonía, Martin apartó las manos de sus caderas y comenzó a recorrerle la piel, a acariciarla con maestría, prendiendo un millar de pequeñas hogueras que poco a poco acabaron por agruparse para convertirse en una sola llamarada. Y, después, en un infierno.

La vorágine de la pasión y del movimiento los alzó y volvió a bajarlos, dejándolos mareados y sin aliento con el placer que provocaba. Con el placer que se daban el uno al otro.

La entrega más sublime. La entrega definitiva.

Mientras ella se aferraba a él, entregándole sus labios del mismo modo que le había entregado su cuerpo, Martin dejó atrás el pasado y el presente, se abrió al futuro y se entregó al momento, a ella, a lo que necesitaba por encima de todo lo demás.

Eso era lo que había deseado encontrar esa noche. Una entrega absoluta, sin reservas. Había deseado sentir sus piernas, desnudas salvo por las delicadas medias, alrededor de las caderas; meter las manos bajo su camisola y acariciarla a placer; sentir ese cuerpo ardiente, húmedo y rendido contrayéndose a su alrededor cuando el columpio descendía y liberándolo cuando volvía a ascender. Entregada, rendida y suya.

Una y otra vez; y otra...

La poderosa cadencia, un ritmo que por vez primera no podía controlar, se apoderó de sus sentidos y los inundó con un deleite sin igual. Hasta que estallaron.

Amanda alcanzó el éxtasis entre sus brazos y él silenció su grito con un beso. No tardó en seguirla, incapaz de romper el vínculo que los unía, que ligaba la satisfacción de Amanda a la suya, que los convertía en un solo ser. Un ser en el que sus corazones latían al unísono y sus almas quedaban unidas por la pasión.

Un futuro. Si alguna vez había albergado cualquier duda al respecto, esos últimos momentos, mientras el columpio se detenía y él recuperaba el aliento, mientras estrechaba a Amanda entre sus brazos y sentía el latido de su corazón en lo más profundo de su ser, las habían erradicado todas.

El poder que habían desencadenado, fugaz pero extraordinario, el poder que los había unido no sólo en esa vida sino también en la siguiente, era innegable.

Debía aceptarlo. Lo que significaba que debía encontrar el modo de arreglar las cosas. No sólo por él, sino también por ella. Por los dos. No necesitaba de las advertencias de Connor; sabía que no podía arriesgarse a perderla.

Respiró hondo, aunque aún sentía una fuerte opresión en el pecho. Hundió la nariz en los rizos de su sien y se esforzó por pronunciar las palabras que sabía que ella deseaba oír. Fue incapaz de hacerlo.

—Cásate conmigo. —Eso fue mucho más fácil—. Pronto. Este juego se ha prolongado demasiado. Tenemos que ponerle fin.

Su voz destilaba sinceridad. Amanda apartó la cabeza de su pecho y lo miró a los ojos al tiempo que alzaba una mano hasta su mejilla. Intentó sonreír, pero aún tenía los músculos demasiado extenuados para hacerlo con propiedad. La cabeza le daba vueltas y le resultaba imposible pensar. Tenía el «Sí» en la punta de la lengua...

No sabía muy bien qué le impedía pronunciarlo. Qué le impedía aceptar y casarse con él a pesar de todo. A la pálida luz de la luna y las sombras que ésta creaba, el rostro de Martin quedaba reducido a sus rasgos esenciales, a líneas duras y angulosas; un reflejo del hombre que era en realidad, sin el efecto mitigador del cabello castaño dorado y del verde oscuro de sus ojos.

Siguió esperando su respuesta con el rostro en tensión, señal de que aún escondía algo, de que negaba algo. Había algo más que se empeñaba en ocultar, pero no por su bien; llevaba sobre sus hombros la carga de otros.

¿Aceptaría por fin que necesitaba librarse de esa carga, que necesitaba reabrir las heridas del antiguo escándalo, reabrir la investigación sin tener en cuenta lo que pudieran descubrir? Si lo hacía, podría entregarse a él y seguir así el consejo de lady Osbaldestone.

—Yo... —Hizo una pausa para humedecerse los labios y se movió entre sus brazos sin apartar los ojos de él—. No estoy diciendo que no, pero... —Frunció el ceño. Por mucho que se esforzara, no encontraba en él ninguna señal de transigencia—. Necesito pensar.

La expresión de Martin no fue precisamente de capitulación.

—¿Cuánto tiempo?

Amanda entornó los ojos, pero sabía que él tenía razón. Tenían que ponerle fin a la situación.

—Un día.

Él asintió.

—Bien —replicó al tiempo que volvía a impulsar el columpio con el pie.

Amanda sintió un escalofrío de placer. Con los ojos abiertos de par en par, observó cómo Martin alzaba las manos hasta sus pechos una vez más. Y sintió que volvía a endurecerse dentro de ella.

Comenzó a impulsarse con más ahínco. Pellizcó sus pezones con más fuerza. Amanda cerró los ojos.

—¡Santo Dios!

—¡Estuvieron vigilando todo el rato!

—¿¡Qué!? —Amanda miró a su hermana de reojo.

Se habían separado de su madre al llegar a la planta alta y en esos momentos se dirigían a sus habitaciones.

La expresión de Amelia parecía preocupada.

—Martin y tú entrasteis en el invernadero. Demonio comenzó a deambular cerca de la puerta y acabó apoyándose contra la pared, como si estuviera observando los alrededores... bueno, ya sabes cómo lo hacen.

—¿Y?

—Y cuando otra pareja trató de abrir las puertas, estaba allí para impedirlo. Yo lo vi. Y siguió vigilando. Después, cuando Flick le dijo que quería marcharse del baile temprano, Demonio intercambió una mirada con Vane y éste ocupó su lugar. Estuvo allí hasta que salisteis; no te diste cuenta porque estaba apoyado contra la pared.

Habían llegado a sus aposentos; Amanda miró fijamente a su hermana y, por primera vez en toda su vida, fue incapaz de pronunciar palabra. La cabeza le daba vueltas. Le dio un apretón a Amelia en la mano.

—Cámbiate y ven a hablar a mi habitación.

El tiempo que pasó con su doncella, quitándose el vestido por segunda vez esa noche, poniéndose el camisón y cepillándose el cabello, hizo muy poco por mejorar su estado de ánimo. Cuando la doncella se marchó por fin y Amelia entró a hurtadillas para meterse debajo de las mantas, su mente y sus emociones se habían convertido en un caótico torbellino que estuvo a punto de provocarle náuseas. La sensación de mareo era casi real. Tanto la cabeza como el corazón trabajaban a un ritmo frenético; no podía confiar en ninguno de ellos. La única guía fiable parecía ser el instinto. Y el instinto le decía a gritos que retrocediera.

—No entiendo lo que está sucediendo —confesó mientras se metía en la cama junto a Amelia—. Sé que Diablo ha dado su permiso, pero... —La ira y la confusión batallaban en su interior. Meneó la cabeza—. Después de haber pasado todos estos años entrometiéndose en nuestras vidas cada vez que se nos ocurría sonreír a alguien que ellos catalogaban como un «lobo», ahora se dan la vuelta alegremente y me entregan... ¡a un león!

Amelia la miró de reojo.

—¿Tanto se parece a un león?

—¡Sí! —Cruzó los brazos sobre el pecho y la miró echando chispas por los ojos—. Si supieras lo que ha sucedido en el invernadero no lo preguntarías. —Amelia hizo ademán de preguntar y Amanda se apresuró a continuar—: Suponía que habían accedido a regañadientes y, en cambio... —Entornó los ojos—. Ya sé por qué. ¡Porque es igual que ellos!

—Bueno, claro. Ya sabíamos que nuestro caballero ideal sería como ellos.

Amanda sofocó un grito de frustración.

—Pero no tienen por qué ayudarlo. ¡Ya es bastante difícil por sí solo!

Tras una pausa, Amelia preguntó:

—Entonces, ¿cómo va el juego?

—Ése es el problema. ¡No lo sé! Cada vez que intento pensar en eso —dijo y se pellizcó el puente de la nariz— me duele la cabeza horrores.

Guardaron silencio durante unos momentos; después, Amelia le dio un apretón en la mano bajo las mantas y se incorporó.

—Me voy a mi cama. Duerme. Todo parecerá más sencillo por la mañana. Al menos, eso es lo que siempre dice mamá.

Amanda le deseó buenas noches con un murmullo y escuchó cómo Amelia salía de puntillas de la habitación. Cerró los ojos y se obligó a conciliar el sueño.

No lo logró hasta el amanecer. Y en realidad fue más bien una duermevela. Fue consciente de que su madre entraba en la habitación y, tras echarle un vistazo, aseguraba que debía dormir un poco más.

Más tarde volvió a aparecer junto a su cama. Le sonrió antes de sentarse en el colchón y apartarle los rizos de la frente con un gesto cariñoso.

—No es fácil, ¿verdad?

Amanda frunció el ceño.

—No. Y pensé que lo sería.

La sonrisa de su madre se tornó agria.

—Nunca lo es. Pero al final —dijo mientras se ponía en pie—, merece la pena perseverar. Quiero que duermas lo que resta de mañana. Amelia y yo asistiremos al té matinal de lady Hatchman y después nos pasaremos por aquí para ver si estás lo bastante recuperada como para asistir al almuerzo de lady Cardigan.

Louise se despidió con otra sonrisa afectuosa. Amanda observó la puerta un instante mientras ésta se cerraba y reflexionó acerca de lo comprensiva que se había mostrado su madre. De lo mucho que su relación había mejorado; y no sólo había mejorado la relación con ella, sino también con sus tías y con las esposas de sus primos. Como si hubiera superado una especie de rito femenino de maduración; como si al afrontar las dificultades que habían encarado y superado todas las mujeres de su familia, hubiera conseguido una mayor sabiduría, un conocimiento mucho más profundo. Acerca de un gran número de cosas.

Cosas como la vida, el amor y la familia. Cosas como lo difícil que era conseguir el sueño de toda mujer. Cosas como el hecho de que todas las mujeres soñaban con lo mismo, incluso en distintas épocas de la historia; hombres distintos, circunstancias distintas, pero anhelos semejantes. La misma emoción en su interior.

Con un suspiro, rodó sobre el colchón hasta quedar de espaldas y clavó los ojos en el dosel con la mirada perdida. En contra de las esperanzas de Amelia, las cosas no parecían más sencillas; aunque al menos ya no se sentía tan agobiada.

La cuestión principal seguía siendo una incógnita. Suponiendo que Martin la amara, ¿él lo sabría? Si lo hacía, ¿necesitaba ella oírlo de sus labios o serviría otro tipo de comunicación?

Pero ¿y si lo interpretaba mal y lo aceptaba sin una declaración verbal para después descubrir que no aceptaba que la amaba? ¿Se vería entonces comprometido a limpiar su nombre aclarando el antiguo escándalo? O, por el contrario y pese a todas las garantías que estaba segura de que le había dado a Diablo para conseguir su aprobación, ¿se atendría a las reglas y reconocería el escándalo ante los ojos de todos, ocultándose de la vida pública y dejando que fueran sus hijos y ella los que se encargaran de dar una buena imagen familiar, una vez que fuese suya?

De ser así, los Cynster poco podían hacer aparte de poner al mal tiempo buena cara.

Ésa debía de ser la razón por la que lady Osbaldestone se mostraba firme en sus consejos de que no se rindiera a menos que obtuviera una declaración rotunda, de palabra o de cualquier otro modo; ése sería el único argumento que lo obligaría a reabrir el tema y limpiar su nombre. Si la amaba y lo admitía, ella podría insistir en que lo hiciera. Sin embargo, si la amaba y no lo sabía o se negaba a reconocerlo, ella no tendría nada con lo que forzarlo.

Amelia le había preguntado si era tan importante semejante declaración. Tras repasar todo lo que sabía sobre Dexter y Martin, el conde y el hombre, Amanda llegó a la conclusión de que sí lo era. No sólo por la razón que había descrito lady Osbaldestone, sino también por esa oscura e inquietante preocupación que ella había atisbado en la mirada de la anciana.

Esa preocupación que no podía identificar era lo más irritante, lo más difícil de comprender, aunque ella también la sentía a esas alturas. No en la cabeza ni en el corazón, sino en las entrañas. Su cabeza le decía que en cuanto el escándalo se resolviera, todo iría bien. Su corazón le aseguraba que él la amaba, a pesar de lo que pudiera creer. Sus entrañas le decían que tuviera cuidado, que allí había algo más, una herida más profunda que no veía; algo oculto que ella, o más bien los dos, debían resolver...

Soltó un grito de frustración al tiempo que se sentaba en la cama y alzaba los brazos.

Así no conseguiría nada, salvo otro dolor de cabeza. Apartó las mantas y se bajó de la cama. Y entonces lo recordó. Le había dicho a Martin que le respondería en un día. Lo que quería decir que debía darle una respuesta esa misma noche.

Volvió a echarse en la cama. La simple idea de verlo hacía que comenzara a darle vueltas la cabeza.

—No puedo hacerlo.

Si lo veía en esos momentos sólo conseguiría confundirse más. Tal vez incluso le diera el «Sí» cuando todos sus instintos le pedían a gritos que le dijera: «No, todavía no. No hasta que...»

Una vez fuera de la cama, se echó un chal sobre los hombros y comenzó a pasear de un lado a otro de la habitación. Necesitaba pensar, necesitaba preparar sus argumentos y darles forma para poder esgrimirlos la próxima vez que la mirara con los ojos entornados y la presionara para obtener una respuesta. Y no le cabía duda de que lo haría. Con el respaldo de sus primos (y después de la velada de la noche anterior ya no albergaba duda alguna acerca de sus intenciones) estaba claro que seguiría utilizando esa estrategia tanto tiempo como le fuera posible. Le habían ofrecido un arma poderosa que podría darle la victoria, como muy bien sabían todos ellos.

Apretó los dientes para reprimir un grito de frustración.

Gracias a esa diabólica alianza, Londres ya no era un lugar seguro para ella; no hasta que hubiera reunido sus armas y pisara terreno firme. Tenía que marcharse a algún lugar donde pudiera pensar, lejos de todos ellos; preferiblemente con alguien que pudiera escudarla y la ayudara a tomar una decisión...

Se detuvo de repente.

—¡Claro! —Lo meditó un instante más antes de tensar la mandíbula y asentir—. Perfecto.

Mucho más animada y con un sentimiento rayano en la esperanza, se acercó a la campanilla.

Martin esperó y paseó por la habitación. Y siguió esperando. A las cuatro se rindió y salió de su casa en dirección a Upper Brook Street. Se le había agotado la paciencia. Estaba seguro de que Amanda se habría desentendido de sus compromisos sociales y de que tampoco estaría paseando por el parque después de haber accedido a darle una respuesta en cuestión de horas.

Llevaba todo el día reprendiéndose por no haberla presionado más la noche anterior cuando la pasión se adueñó de ella y alcanzó su punto más vulnerable. Cuando no era más que un delicioso cuerpo femenino saciado entre sus brazos, todo sentido común olvidado. Si hubiera insistido en que le ofreciera una respuesta... no lo había hecho porque un arraigado instinto de caballerosidad le advirtió que una respuesta obtenida bajo presión no sería vinculante; por no mencionar que tampoco sería justo aprovecharse de forma deliberada de que estuviera en semejante estado para obtener una respuesta favorable.

No habría sido justo. Reprimió un bufido. Amanda llevaba semanas persiguiéndolo y ahora que se habían cambiado las tornas lo estaba torturando... sin siquiera ser consciente de ello. Cuando estaba con ella era incapaz de admitir la verdad; habría resultado mucho más sencillo cortarse el brazo izquierdo. El motivo... lo sabía, pero insistir en la cuestión no resolvería las cosas. No obstante, cuando estaban separados no veía problema alguno para pronunciar las palabras en voz alta si eso era lo que hacía falta para que lo aceptara... Una decisión estratégica que nada tenía que ver con las emociones.

Pero las emociones se adueñaban de él en cuanto le ponía la vista encima; el efecto que Amanda le provocaba, el torbellino emocional que le causaba, le resultaba poco menos que aterrador. En cuanto a la cuestión de lo que se estaba haciendo a sí mismo... soñaba continuamente con el peligroso destino que Connor había presagiado. Las palabras del hombre lo torturaban, y a buen seguro ésa había sido su intención.

Pero no iba a perderla.

Y todo se decidiría ese día. En cuanto Amanda le hubiera comunicado su decisión, en cuanto tuviera una respuesta clara, él podría seguir adelante... ambos podrían hacerlo. Después de la noche anterior, ella tenía que saber que negar que lo amaba no era una opción viable. Amanda lo amaba, lo había amado desde la primera vez que se entregó a él, y Martin tenía demasiada experiencia para no darse cuenta. Cada vez que acudía a él, cada vez que se entregaba a él, se fortalecía el vínculo que los unía.

No había razón alguna para que rechazara su proposición. Al menos, no una razón lógica. La razón ilógica seguía estando allí, pero Amanda no era una mujer irrazonable. Había estado a punto de rendirse la noche pasada... había estado a punto de aceptar. Pero ese día lo haría.

De haber estado su padre en casa, tal vez habría acudido a él en busca de consejo. Sin embargo, Arthur aún tardaría un par de días en regresar. Había conocido a Louise y a sus tías... pero tenía muy claro que ellas no le prestarían ninguna ayuda, y mucho menos para algo semejante. Tal vez lo ayudaran si suplicaba clemencia, pero hacerlo en contra de la opinión de Amanda... Antes muertas, sin duda alguna. Lo cual lo dejaba completamente solo mientras ascendía los escalones de la entrada del número 12. El mayordomo abrió la puerta.

—¿La señorita Amanda Cynster? —preguntó al tiempo que le tendía su tarjeta.

El mayordomo le echó un vistazo.

—Me temo que llega tarde, milord. Aunque ha dejado un mensaje.

—¿Cómo que llego tarde?

—Así es. Se marchó después del almuerzo de forma bastante inesperada —contestó a la par que se hacía a un lado y abría más la puerta para dejarlo entrar—. El señor Carmarthen la acompañó. Estoy seguro de que vi su nombre en la nota que dejó aquí... —Comenzó a rebuscar entre un montón de invitaciones—. Sí. Sabía que no estaba equivocado, aunque por qué lo dejó aquí Su Excelencia...

Martin le arrancó la nota de las manos al mayordomo. En la parte frontal podía leerse su nombre: «Dexter.» Negándose a pensar y a sacar conclusiones precipitadas, desdobló las esquinas y extendió el pliego de papel.

Sus ojos volaron sobre él. La mente se le quedó en blanco. La sangre se le heló en las venas.

Te pido disculpas. No puedo darte la respuesta que esperas. He tomado las medidas necesarias para mantenerme lejos de tu alcance, pero regresaré a la ciudad tan pronto como me sea posible y entonces tendrás la respuesta.

La misiva estaba firmada con una ostentosa «A».

Martin arrugó el papel hasta convertirlo en una bola. Permaneció con la vista perdida en el otro extremo del vestíbulo durante un buen rato, en silencio. Tenía la sensación de que el mundo se hubiera detenido y con él, su corazón. Cuando habló, su voz carecía de inflexiones.

—¿Dónde ha ido?

—A Escocia, por supuesto, milord. ¿Acaso no lo decía en...?

Martin tensó la mandíbula. Se guardó la nota en el bolsillo y dio media vuelta para alejarse de la casa.

Una hora después, fustigaba a sus caballos mientras avanzaba por el camino que llevaba al norte y maldecía a todo aquello que se interponía en su camino. También maldecía los escasos minutos que había perdido escribiendo una breve nota en la que le explicaba a Diablo lo sucedido.

En la que le decía que la llevaría de vuelta.

Aunque sobre todo se maldecía a sí mismo. Por no haber dicho las palabras que ella quería oír; por carecer del valor para admitir la verdad y mandar el pasado al infierno. La noche anterior había tenido la oportunidad perfecta, pero se había resistido y había tomado el camino fácil. Se había empeñado en que fuera ella quien se doblegara, quien se ajustara a los límites a los que él estaba dispuesto a llegar. Había tenido la oportunidad de abrir su corazón; pero, en cambio, había elegido mantenerlo cerrado a cal y canto. Incluso para ella. No había querido arriesgarse... y ambos estaban a punto de pagar su error.

El tílburi volaba sobre las piedras del camino, dejando atrás otros vehículos más lentos. Cambió los caballos en Barnet y siguió haciéndolo con regularidad a partir de entonces, sin dejar de maldecir la necesidad de viajar sin un lacayo. No quería que hubiera testigos presentes cuando alcanzara el carruaje de Amanda. Verse obligado a lidiar con Carmarthen y su cochero ya sería bastante humillante de por sí.

Claro que Amanda y Carmarthen no viajarían tan deprisa, no cambiarían constantemente de caballos para mantener la velocidad. Después de darle muchas vueltas a la nota por fin se había dado cuenta. La intención de Amanda había sido que se la dieran por la noche, cuando la persecución hubiera resultado inútil. En cambio, le llevaba apenas cinco horas de ventaja y su tílburi era mucho más rápido que cualquier carruaje.

El destino, por caprichoso que fuera, le había dado otra oportunidad. De haber estado más tranquilo, más confiado en su respuesta, no habría ido a su casa a las cuatro de la tarde, cosa que nadie esperaba. Pero lo había hecho y, por tanto, disponía de una última oportunidad para decirle las palabras que quería oír; para pagar el precio que le había puesto a su «Sí». Una última oportunidad para convencerla de que fuese suya.

Y no de Carmarthen.

La luz se desvanecía poco a poco mientras hacía restallar el látigo y azuzaba a los animales con el fin de que no aminoraran el paso. El viento le llevaba los ecos de la voz cínica y burlona de Connor.

Amanda cerró los ojos cuando dejaron atrás las luces de Chesterfield. Había pasado la mayor parte del trayecto adormilada. No tenía sueño, pero Reggie, que estaba sentado frente a ella, había cerrado los ojos nada más pasar Derby. Al menos, así había dejado de regañarla.

Ya había ideado el plan para cuando su madre y Amelia regresaron del té matinal en casa de lady Hatchman. Louise la había escuchado con atención y había accedido, aunque con la condición de que alguien la acompañara durante el largo viaje al valle. Su madre había mirado a Amelia, quien, a su vez, la había mirado a ella en silencio. Fue entonces cuando el mayordomo anunció a Reggie. Iba a acompañarlas al almuerzo de lady Cardigan.

En cuanto le sugirió la idea, Reggie enderezó la espalda y, como el amigo que era, se declaró dispuesto a acompañarla en el viaje al norte. Ya había ido con la familia al valle en otra ocasión y le había gustado mucho; por tanto, no tardó en darse la vuelta para preparar su equipaje. Amanda lo había recogido con el carruaje y así habían dejado atrás Londres.

No se le ocurrió preguntar el motivo exacto del precipitado viaje hasta que reanudaron la marcha después de detenerse en Barnet. ¿Dónde estaba Dexter?, le había preguntado.

Ella se lo había explicado y, por sorprendente que pareciera, Reggie se había puesto de parte de Martin. Amanda jamás lo había visto tan enojado. Había pasado kilómetros y kilómetros sermoneándola acerca de sus «fantasiosas expectativas» y sobre el horrible comportamiento que su intransigencia demostraba cuando, por el contrario, Dexter había estado dispuesto a complacerla en numerosas ocasiones. Y así había seguido...

De Luc se lo habría esperado, pero no así de Reggie.

Aturdida, Amanda apenas le había prestado atención. Parecía absurdo intentar discutir con él o defenderse. En esa cuestión, todos y cada uno de los hombres pensaban lo mismo, mientras que la postura femenina era diametralmente opuesta.

Reggie se calló por fin al llegar a Derby. Cenaron en silencio en Las Campanas Rojas y no tardaron en ponerse de nuevo en camino. Una vez en el carruaje, Reggie se sentó con los brazos cruzados delante del pecho y la miró con expresión furibunda antes de cerrar los ojos.

Y no había vuelto a abrirlos desde entonces. Amanda había llegado a escuchar incluso algún que otro ronquido.

El carruaje siguió traqueteando por el camino. El viaje hasta el valle era largo y cansado, pero lo había hecho en numerosas ocasiones desde que Richard y Catriona se casaran. Los gemelos no habían tardado en llegar y después vino la pequeña Annabelle... Su mente se demoró en la felicidad que inundaba el corazón del valle. Jamás había tenido tan claro como en ese momento lo que deseaba compartir con Martin.

—¡Alto!

El grito que escuchó a su espalda le hizo dar un respingo y despertó a Reggie, que la miró con el ceño fruncido.

—¿Qué di...?

El cochero tiró de las riendas y los caballos se detuvieron al instante, haciendo que el vehículo se zarandeara peligrosamente. Amanda se enderezó y clavó los ojos en la oscuridad de la noche, atónita e incapaz de creer lo que escuchaban sus oídos.

No podía ser. Era imposible que...

Alguien abrió de un tirón la portezuela del carruaje; una mano grande y familiar apareció en el vano.

—¡Aquí estáis!

El alivio que invadió a Martin estuvo a punto de postrarlo de rodillas. En cambio, decidió dejarse llevar por la necesidad de abrazarla. Extendió el brazo y, tras aferrarla por la muñeca, tiró de ella para sacarla del vehículo y encerrarla entre sus brazos.

Se apartó del carruaje mientras ella se revolvía con manifiesta furia.

—¡Martin! ¿Qué demonios estás haciendo? ¡Bájame!

La dejó en el suelo y la miró ceñudo.

—¿Que qué estoy haciendo? ¡No soy yo quien ha huido a Escocia!

—¡No estaba huyendo!

—¿En serio? En ese caso, tal vez puedas explicarme...

—Si no os importa —los interrumpió la voz templada de Reggie—, ni el cochero ni yo tenemos necesidad de escuchar esto. Seguiremos adelante y os esperaremos al otro lado de ese recodo —dijo antes de cerrar la portezuela.

Martin echó un vistazo al camino y comprobó que frente a ellos el camino trazaba una curva que ocultaría el carruaje. Alzó la mirada hacia Reggie y asintió con brusquedad; Reggie se estaba comportando de un modo sorprendentemente comprensivo. Pero claro, conocía a Amanda desde que era pequeño.

Se alejó del carruaje y tiró de Amanda para que lo siguiera.

—No tardaremos en reunirnos con vosotros.

—¿Vas a dejarme aquí sola con él? —preguntó ella con una nota de incredulidad y furia en la voz.

—Sí —contestó Reggie, que la miraba ceñudo—. Con un poco de suerte, te hará entrar en razón. —Y con eso cerró la puerta.

El cochero puso en marcha a los caballos con evidente renuencia y el vehículo se alejó despacio. Amanda lo miró durante un instante antes de girarse hacia Martin con los ojos entornados. Haciendo gala de un regio desdén, bajó la mirada hacia los dedos que le aprisionaban la muñeca.

—Haz el favor de soltarme.

Él tensó la mandíbula.

—No.

Amanda lo miró fijamente y entornó los ojos aún más.

El gruñido que brotó de la garganta masculina fue fruto del instinto; Martin la soltó, aunque siguió echando chispas por los ojos.

—Gracias —dijo Amanda al tiempo que respiraba hondo—. Y ahora, si te parece bien... ¿¡podrías explicarme qué crees que estás haciendo al sacarme del carruaje de mis padres en mitad de ningún sitio y en plena noche!?

—¿¡Que qué estoy haciendo!? —repitió al tiempo que apuntaba con un dedo en dirección a su nariz—. ¡Se supone que ibas a darme una respuesta esta noche!

—¡Ya te lo he explicado! Te dejé una nota.

Martin rebuscó en el bolsillo.

—¿Te refieres a esto? —preguntó mientras agitaba la arrugada nota frente a su rostro.

Ella la cogió y la alisó un poco.

—Sí. Y también estoy segura de que mi madre te lo explicó todo cuando te la dio.

—No me la dio tu madre... me la dio el mayordomo.

—¿Colthorpe? —preguntó Amanda con expresión incrédula—. ¿Te la dio Colthorpe? ¡Vaya por Dios! —Su rostro perdió el color—. Por eso nos alcanzaste...

—A este lado de la frontera. Por suerte para todos nosotros, porque si os hubiera alcanzado en Gretna Green, o después, sí habrías tenido problemas.

Los ojos de Amanda se abrieron de par en par.

—¿Gretna Green?

Martin frunció el ceño al ver su expresión atónita.

—Sólo Dios sabe por qué habrás pensado que es una buena idea dejar que Reggie te ponga el anillo en el dedo...

—No íbamos a Gretna Green... y jamás me casaría con Reggie. ¿Por qué diantres has pensado algo así?

Le estaba diciendo la pura verdad... la llevaba escrita en la cara.

La expresión ceñuda de Martin se transformó en algo parecido a la estupefacción.

—La nota... que escribiste. ¿Qué quería decir si no? —Empezaba a sentirse tan perdido como parecía estarlo ella.

Amanda miró la nota, leyó las escuetas líneas y compuso una mueca.

—Mamá me dijo que escribiera una nota para que pudiera entregarte algo escrito de mi puño y letra; se suponía que debías leerla una vez que ella te lo explicara todo. No está redactada para darte información alguna.

El enojo se adueñó de él.

—Bueno, ¿qué demonios querías que pensara? —Se pasó la mano por el cabello y respiró hondo por primera vez desde hacía horas... o eso le pareció. No había tenido intención de casarse con Reggie. Parpadeó varias veces antes de volver a mirarla—. Maldita sea, ¿dónde vais si no es a Gretna Green?

La impertinente nariz de Amanda se alzó.

—En Escocia hay muchos otros lugares aparte de Gretna Green.

—Ya, pero no todos son habitables. ¿Por qué demonios tenías que viajar tan al norte?

Ella lo miró con los ojos entrecerrados.

—Voy a hacerles una visita a Richard y Catriona. Viven en el valle de Casphaim, al norte de Carlisle —contestó al tiempo que daba media vuelta y comenzaba a caminar en dirección al tílburi.

Martin la alcanzó en un santiamén. Por su mente pasó la imagen de una encantadora joven pelirroja casada con... Richard. Y recordó todos los rumores que había escuchado sobre ella. Con los ojos convertidos en dos rendijas, miró a la mujer que caminaba a su lado.

—Catriona... ¿no es una bruja?

Amanda asintió.

—Es una mujer sabia; muy sabia.

—¿Es verdad que trabaja con hierbas y otras plantas medicinales?

Amanda estaba a punto de asentir cuando se detuvo para mirarlo. Volvía a parecer perpleja. Apretó los labios antes de contestar.

—No voy a ver Catriona en busca de un... ¡remedio herbal! ¡Como si pudiera hacerlo...! ¡Por el amor de Dios! —Alzó las manos con la intención de apartarlo de un empujón, pero se giró y continuó caminando mientras meneaba la cabeza con evidente furia—. ¡Eres imposible!

—¿Que yo soy imposible? Todavía no me has dicho por qué...

—¡De acuerdo! —Dio media vuelta para quedar frente a él y comenzó a golpearlo con un dedo en el pecho—. Necesitaba tiempo para pensar... ¡lejos de ti! Estaba intentando tomar la decisión que querías que tomara, pero... necesitaba tiempo y tranquilidad. ¡Un poco de tranquilidad, por el amor de Dios! —exclamó mientras se retorcía las manos y parpadeaba con rapidez—. No puedo tomar la decisión equivocada. Y Catriona es una confidente estupenda... —Se giró hacia el tílburi—. Así que allí voy.

Martin la ayudó a subir y se detuvo por un instante. Por primera vez se encontraban a la misma altura.

—Iré contigo.

Ella lo fulminó con la mirada.

—Eso echaría por tierra el propósito del viaje.

—No. No lo hará —le aseguró con determinación—. Si ese valle y Catriona son tan buenos como aseguras... tal vez también puedan servirme de ayuda.

Amanda no se movió y él se quedó donde estaba. No dejaron de mirarse a los ojos mientras ella estudiaba su expresión y trataba de averiguar si decía la verdad... Con evidente indecisión, le ofreció la mano.

Y él la tomó.

Sus dedos se rozaron, se acariciaron y se entrelazaron.

Un disparo resonó en el silencio de la noche.

18

Amanda aferró la mano de Martin y éste le devolvió el apretón. Ambos miraron hacia la curva del camino por la que había desaparecido el carruaje. Se escuchó otro disparo, justo a la zaga del primero, que rompió el silencio.

Martin maldijo al tiempo que se encaramaba al tílburi.

—¡Reggie! —Amanda tenía los ojos abiertos de par en par.

—¡Sujétate! —La miró de soslayo para asegurarse de que lo hacía antes de azuzar a los caballos.

Los animales se lanzaron al galope, pero Martin los refrenó y guió el tílburi a toda carrera, haciendo que aminoraran el paso hasta convertirlo en un trote cuando tomaron la curva.

El pandemonio los esperaba. El carruaje estaba volcado sobre el camino y los caballos no dejaban de relinchar y dar patadas, casi en la cuneta. El cochero tenía un brazo pegado al cuerpo y aferraba las riendas con la otra mano.

El hombre los vio aparecer y después, con el dolor reflejado en el rostro, hizo un gesto hacia el coche.

—El caballero...

Martin detuvo el tílburi, ató las riendas y saltó al suelo para acercarse al carruaje. Amanda también saltó y lo siguió de inmediato.

—¡Reggie!

La luz de la luna iluminaba una mano blanca con la palma hacia arriba y los dedos un tanto curvados que se apoyaba, exánime, sobre el marco de la ventanilla del carruaje.

Martin llegó al carruaje, le levantó la mano y abrió la puerta.

—¡Dios mío!

Amanda contempló por encima de su hombro la dantesca escena. Reggie tenía los ojos cerrados y estaba tirado de espaldas con medio cuerpo fuera del asiento. A su alrededor había unos charcos oscuros que brillaban a la escasa luz. Sangre. Por todas partes.

—Ten cuidado. —Martin se apoyó en el marco de la puerta para inclinarse sobre Reggie y apartarle la corbata—. Está vivo.

Amanda soltó el aire que había estado conteniendo y sintió que la cabeza le daba vueltas, aunque se negó a desmayarse. Se levantó las faldas y comenzó a rasgarse la enagua. Martin cogió la primera tira que le tendió y después se desató la corbata y la dobló para hacer una compresa que colocó bajo la venda improvisada de Amanda.

—Tiene una herida en la cabeza. Parece que la bala le rozó cerca de la sien. Justo por encima, gracias a Dios. Le ha abierto una buena brecha en la cabeza, pero no lo atravesó.

—Pero tanta sangre...

Amanda siguió cortando tiras y tendiéndoselas; Martin las utilizó para sujetar el vendaje improvisado.

—Ahí radica el peligro. Las heridas en la cabeza sangran mucho. —Hizo un nudo y reservó la última tira—. Tal vez la necesitemos más tarde.

Se estiró cuanto pudo hacia la parte superior del carruaje. Amanda se asomó a la puerta y extendió el brazo para tomar la mano de Reggie y estrecharla entre las suyas.

—Está tan frío...

—La conmoción combinada con la pérdida de sangre. —Martin cogió las dos mantas dobladas que había en el estante situado sobre el asiento—. Gracias a Dios, vinisteis preparados para la estancia en Escocia.

Extendió una manta sobre el asiento opuesto. Desde la puerta, Amanda le ayudó mientras intentaba controlar el temblor de sus labios.

Martin la miró de soslayo.

—Voy a ponerlo sobre el asiento antes de arroparlo con las mantas. Quédate con él mientras ayudo al cochero, ¿de acuerdo? —Ella asintió—. No irás a desmayarte por la sangre, ¿verdad?

Lo fulminó con una mirada que decía que no fuera estúpido. Martin se sintió un tanto aliviado. Iba a necesitar su ayuda; Reggie no podía permitirse los histerismos. Levantó a Reggie doblando su cuerpo, una maniobra muy difícil en tan reducido espacio. Amanda ya había subido al carruaje y estaba preparada para cubrirlo con la manta cuando Martin lo dejó sobre el asiento.

La miró a la cara y percibió su firme determinación. Le dio un apretón en el hombro antes de pasar junto a ella para saltar al camino.

Los caballos se habían tranquilizado, pero el cochero aún se tambaleaba. No había conseguido soltar a los animales, sólo calmarlos.

—¿Y el señor Carmarthen? —preguntó.

—Está vivo. Ven, siéntate. —Martin ayudó al hombre a sentarse al borde del camino sin apartar la vista de los caballos—. ¿Qué tal el brazo?

—La bala lo atravesó. Gracias a Dios que no tocó el hueso. Me tapé el agujero con el pañuelo. Duele, pero sobreviviré.

Martin le echó un vistazo a la herida; una vez satisfecho, preguntó:

—¿Qué ha pasado?

—Un salteador de caminos.

Martin se levantó y se acercó a los caballos sin dejar de hablar con voz tranquilizadora; se dispuso a desenredar los arneses. Miró al cochero.

—Haz memoria. Describe lo que sucedió paso a paso.

El cochero suspiró.

—Tiene que haber estado esperándonos. No se me ocurre otra cosa. Tomamos la curva y lo vimos allí...

El hombre señaló con la cabeza. Martin miró por encima del lomo de los caballos en dirección a un camino que conducía hacia el este. Otro, mucho más amplio, llevaba al oeste, pero no miró hacia allí.

—Estaba sobre su montura, de lo más tranquilo. No creí que fuera un salteador. Parecía un caballero que esperara a alguien. El señor Carmarthen me había dicho que parara allí, así que aminoré la marcha. Ese villano esperó a que estuviéramos casi a su altura para meter la mano bajo el abrigo y sacar la pistola con la que me disparó. Ni avisos ni nada. Frío como el hielo.

Con el ceño fruncido, Martin liberó una de las riendas.

—¿Qué pasó a continuación?

—Grité. Me cogí el brazo y caí del pescante. Fue entonces cuando escuché el segundo disparo. —El cochero se detuvo un instante antes de continuar—. Después de eso, escuché los relinchos de los caballos y cómo se alejaba el jinete.

—¿No se acercó al carruaje?

—No. Lo habría visto de haberlo hecho.

—Así que se limitó a dar la vuelta y a marcharse... ¿Por dónde? No se cruzó con nosotros.

—Se fue por allí. —El cochero volvió a señalar hacia el camino del este—. Se dio la vuelta y se lanzó al galope.

Martin observó el camino en cuestión mientras reajustaba las riendas.

—Hay un atajo hacia Nottingham por ahí. —Y desde Nottingham, un magnífico camino que regresaba a la carretera principal hacia el norte y, desde ahí, rumbo al sur hacia Londres.

Regresó junto al cochero.

—No está en condiciones de conducir, pero necesitaremos que nos ayude a evitar que el señor Carmarthen se caiga del asiento.

El hombre dejó que Martin lo ayudara a ponerse en pie.

—Sheffield es la siguiente ciudad.

—Por desgracia, está demasiado lejos para el señor Carmarthen y ya será muy tarde para cuando lleguemos; será toda una hazaña conseguir que alguien nos abra la puerta.

El cochero compuso una mueca.

—Sí. —Señaló con la cabeza el carruaje—. ¿Se pondrá bien?

—Con un poco de suerte, pero tenemos que limpiar esa herida y conseguir que entre en calor sin pérdida de tiempo. —Martin echó un vistazo a los alrededores, silenciosos y vacíos—. La temperatura bajará en las próximas horas.

Tras averiguar que el nombre del cochero era Onslow, Martin hizo que Amanda saliera del carruaje.

—Onslow cuidará de Reggie mientras yo conduzco.

Confundida, Amanda se apeó y frunció el ceño cuando vio que Martin cerraba la puerta del carruaje detrás de Onslow.

—Y yo ¿qué?

Martin la condujo hasta su tílburi.

—No son mis caballos y los he hecho trabajar mucho. Están cansados y se dejan guiar bastante bien. ¿Podrás dominarlos?

Ella lo miró con fijeza.

—¿Quieres que conduzca yo?

—No. Pero es la única manera de que no se queden aquí toda la noche. Helará antes de que amanezca y han estado horas corriendo. Además, nadie los ha cepillado.

Fue entonces cuando Amanda se percató de la temperatura. Miró a su alrededor y se echó a temblar.

—¿Dónde estamos? ¿Adónde iremos?

La ya seria expresión de Martin se tornó pétrea.

—Estamos en el distrito de Peak... Está a bastante altura, por eso hace frío, y hará mucho más frío conforme avance la noche. —Inspiró hondo y la miró a los ojos—. Reggie aún no está fuera de peligro. Si limpiamos la herida y lo mantenemos caliente... con suerte, saldrá de ésta. Pero la conmoción combinada con la pérdida de sangre y agravada por la baja temperatura... tenemos que llevarlo a un refugio ya.

Amanda tuvo la impresión de que intentaba convencerse a sí mismo, no a ella.

—Así que ¿adónde...?

De repente se dio cuenta de que Martin sabía dónde se

encontraban. Se lo confirmó al señalar el camino que llevaba hacia el oeste.

—Iremos por allí. —La cogió por la cintura y la dejó en el asiento del tílburi. Ella se arregló las faldas mientras él recogía las riendas y se las ofrecía—. Sabes guiar los caballos, ¿verdad?

—¡Por supuesto! —Cogió las riendas.

—Síguenos a unos cuantos metros de distancia, por si tengo que parar de repente.

Mientras Martin se giraba para marcharse, Amanda le preguntó:

—¿Qué hay en esa dirección?

No miró atrás mientras se alejaba.

—Hathersage. —Dio otro par de zancadas antes de añadir—: Mi casa.

A la luz del día habría sido un trayecto muy sencillo; con la escasa luz de la luna como única guía, sentía todos los nervios en tensión mientras instaba a los cansados caballos a seguir al carruaje. Al menos el camino era ancho. Se internaba hacia el sur, alternando las subidas con los descensos mientras serpenteaba por las boscosas colinas.

Llegaron a un río; el carruaje pasó muy despacio y con cuidado por el puente de piedra antes de girar hacia el norte. Ella lo siguió, guiando a los caballos con cuidado. Al ser de alquiler, no tenían tan buena disposición como le habría gustado, pero se las arregló para que no flaquearan.

Por delante vio las dispersas casitas de un pueblo sumido en el silencio de la noche. Había una iglesia al fondo; mientras pasaban de largo, sintió una ráfaga de aire frío. Alzó la vista al sentir que cambiaba el paisaje... y descubrió que la campiña se extendía ante ella. Las colinas se alzaban a su alrededor. Se giró en el asiento del tílburi, maravillada ante los altos riscos que dominaban el valle, los campos y los pastos, y el río que corría en silencio junto al camino mientras la luz de la luna le arrancaba destellos plateados.

Sombría y sorprendente a la luz de la luna, la escena debía de ser mucho más impresionante de día, cuando se apreciaran los colores y la magnitud de los enormes bosques rodeados por los gigantescos riscos.

El carruaje continuó su marcha. El camino volvió a bajar y a girar. Un sexto sentido le hizo levantar la vista, buscar a lo lejos... y entonces la vio. Una casa, una enorme mansión, se alzaba a medio camino hacia la cima de la colina que tenían delante, medio escondida entre las sombras del risco que había tras ella. El río giraba hacia el oeste, al igual que el camino, pero ella estaba segura de que su destino estaba allí delante.

Y así fue. Martin condujo el carruaje hacia un camino descuidado. Poco después atravesaron unas enormes puertas abiertas. El bosque allí era más denso, compuesto por gigantescos robles, olmos y otros árboles que no era capaz de identificar en la oscuridad, como si fueran una silenciosa guardia que vigilaba su llegada. Las hojas se agitaron, un suave susurro recorrió los árboles; no resultaba amenazador, sólo triste y melancólico.

Era lo único que rompía el sepulcral silencio.

Estaba acostumbrada a las mansiones campestres de noche, a las fincas que se extendían kilómetros y kilómetros, pero la sensación de vacío de ese lugar resultaba increíble. La acechaba como los dedos de un fantasma, pero no para asustarla, sino para suplicar...

El camino llegó a su fin y la casa apareció ante ellos, silenciosa y cerrada... desierta. Podía sentirlo. Una pequeña extensión de hierba, apenas cuidada, se extendía frente a la mansión; había una fuente y varios arbustos un poco más adelante, en la ladera de la colina, con los restos de un parterre a un lado. Las vistas hacia el valle eran arrebatadoras incluso en esas circunstancias. Salvajes, accidentadas y tremendamente hermosas.

Martin no se detuvo en la escalinata principal, sino que continuó por el camino hasta rodear la casa hacia el enorme patio que había tras ella. Amanda desvió la vista a regañadientes y prosiguió la marcha para después tirar de las riendas y que los caballos se detuvieran por fin, con las cabezas gachas, a unos metros del carruaje.

Puso el freno, ató las riendas y suspiró aliviada. Justo entonces se percató del frío que sentía. Su aliento era una nube de vapor y tenía los dedos helados a pesar de los guantes. Abrió y cerró las manos un par de veces antes de bajar del tílburi y acercarse a la carrera al carruaje.

Martin ya les había echado un vistazo a los ocupantes y se acercaba a la parte posterior de la casa. Amanda también miró en el interior, vio que Onslow le hacía un gesto con la cabeza y siguió a Martin, que estaba llamando a la puerta trasera mientras ella se acercaba al porche cubierto. No había lámparas encendidas en ningún sitio. Se apartó a un lado para mirar por una ventana y atisbó un destello.

—Viene alguien. —Se reunió con Martin en el porche.

—¿Sí? —preguntó una voz al otro lado de la puerta—. ¿Quién es?

Martin abrió la boca y titubeó antes de contestar.

—Dexter.

—Dex... —Escucharon el ruido de los cerrojos al descorrerse antes de que la puerta se abriera de par en par. Un anciano de ralo cabello sostenía una vela en alto y contemplaba a Martin con los ojos abiertos como platos—. ¡Alabado sea Dios! ¿Es usted de verdad, señor?

—Sí, Colly, soy yo. —Dio un paso al frente e hizo que Colly se girara para que regresara al interior—. Tenemos que atender a dos hombres heridos. ¿Estás solo?

—Sí, sólo estoy yo. Ha pasado mucho desde... Bueno, Martha Miggs volvió a la granja de su hermano y yo me quedé para guardar la casa.

Sólo unos pasos separaban la pequeña entrada de una cavernosa cocina. Martin se detuvo; Amanda, que le pisaba los talones, miró a su alrededor. Había telarañas en los rincones y la única zona que parecía habitada era la que estaba delante de la chimenea. Parpadeó antes de dar un paso adelante.

—Lo primero es encender el fuego. Después buscaremos una cama.

Martin la miró.

—Ésta es la señorita Amanda, Colly... Quiero que hagas cuanto te pida. —Echó un vistazo a la estancia.

Colly lo observó, preocupado, mientras retorcía el chal de lana con el que se había cubierto la camisola de dormir.

—No contamos con mucho, milord.

Martin asintió con expresión severa.

—Nos las apañaremos con lo que hay. —Se volvió hacia la puerta—. Enciende el fuego, yo traeré a los heridos.

Se marchó. Amanda se encaminó directamente hacia el enorme horno de hierro.

—¿Cómo se abre?

Colly se apresuró a mostrárselo.

—Aquí... se lo enseñaré, señorita.

Encendieron el fuego. Por sugerencia de Amanda, Colly encendió también la chimenea. El anciano estaba perplejo, aunque dispuesto a seguir sus instrucciones. Pero si ella no le ordenaba algo, titubeaba. Amanda cogió un trapo y limpió la mesa, el único lugar que se le ocurría para tender a Reggie. Estaba cubriendo la superficie con los cojines de una vieja silla cuando Martin apareció por la puerta con Reggie en los brazos.

—Bien. —Mientras dejaba a Reggie sobre la mesa, señaló con la cabeza hacia la entrada. Onslow se recostaba contra la pared—. Cierra la puerta trasera y echa los cerrojos.

Al sentir las corrientes de aire helado, Amanda se apresuró a obedecerlo. Regresó a la cocina e instó a Onslow a que se sentara en una silla polvorienta. Colly estaba poniendo un par de hervidores al fuego.

—Necesitaremos más vendajes. —Miró al anciano—. ¿Hay sábanas viejas? Y también toallas.

El anciano asintió antes de desaparecer. Martin inspeccionó el vendaje de Reggie mientras ella hacía lo propio con el brazo de Onslow. El agua de uno de los hervidores comenzó a burbujear.

La siguiente media hora pasó mientras atendían a los heridos. Amanda lavó la sangre del rostro y la cabeza de Reggie antes de que Martin ocupara su lugar para examinar la herida. Ella se hizo a un lado para observar con las manos tan fuertemente entrelazadas que se le pusieron los nudillos blancos. Martin limpió la sangre que brotó de la herida.

—Tal y como pensaba. —Cogió una de las toallas que ella había preparado—. La bala no entró, pero ha faltado poco.

Vendaron de nuevo a Reggie antes de que Martin saliera en busca del equipaje. Rebuscó entre las bolsas de Reggie y sacó una camisola de dormir. Le quitaron la chaqueta y la camisa ensangrentadas y le pasaron la camisola por la cabeza.

Onslow, que seguía despierto aunque débil, fue un paciente más tratable. Una vez atendido, Martin echó un vistazo a su alrededor.

—Tengo que llevar los caballos al establo. ¿Te importaría ayudar a Colly con las camas?

Amanda asintió y, cuando Martin se marchó, se giró hacia Colly.

—Lo primero que necesitamos es luz. Unos quinqués nos vendrían muy bien.

Encontró dos, pero estaban vacíos. Pertrechada con un enorme candelabro de siete brazos y seguida de Colly, que llevaba otro de cinco, Amanda se adentró en la casa. Ambos candelabros tenían velas nuevas, pero puesto que cabía la posibilidad de que fueran las únicas disponibles, encendió sólo dos de ellas en cada uno. Así pues, avanzaron por el largo pasillo que salía de la cocina guiados por esa tenue y parpadeante luz. Unas impresionantes escaleras ascendían a la planta superior, donde se dividían en dos. Comenzó a subir los escalones.

—¿Qué habitaciones se utilizaron por última vez?

—Las habitaciones de la familia. El ala familiar está a la derecha.

Amanda tomó el tramo de escaleras correspondiente. La galería que la esperaba estaba totalmente a oscuras. La luz de las velas arrancaba destellos a los marcos dorados mientras avanzaba siguiendo las indicaciones de Colly, en dirección a un pasillo que parecía recorrer la mitad de la casa.

La mansión estaba en silencio, al igual que la residencia

londinense de Martin, pero había una diferencia muy importante: esa casa parecía respirar, viva aunque dormida, aguardando pacientemente bajo las sábanas de hilo. A pesar de que la temperatura era más baja aquí, la frialdad de la residencia de la capital resultaba mucho más intensa. Esa casa había sido un hogar en otra época y esperaba una nueva oportunidad para volver a serlo. Tenía la impresión de que las sombras susurraban, de que si aguzaba el oído podría escuchar el eco de las risas y las carreras por los pasillos, de los gritos infantiles y de las carcajadas masculinas.

Había calidez allí, aunque estuviera a la espera; la promesa de vida seguía enraizada en esa casa. Se le vino a la cabeza el cuento de la Bella Durmiente: la casa estaba esperando a que su príncipe la despertara. Con una sonrisa burlona ante semejante idea, dejó que Colly la precediera y abriera una puerta.

—Esta habitación siempre estuvo preparada para el señor.

Sostuvo el candelabro en alto para inspeccionar la estancia.

—¿El conde?

No parecía lo bastante grande.

—No, el joven señor. Lord Martin. Esperaban su regreso en cualquier momento.

Se acercó a la cama con dosel.

—¿Quiénes lo esperaban?

—El difunto conde y lady Rachel. Lo buscaron durante años, pero nunca regresó. —Colly apartó las cortinas de la cama sin hacer caso de la nube de polvo—. Me ha dado una gran alegría verlo ahí de pie, vivito y coleando. Aunque demasiado tarde para Su Excelencia (me refiero a su padre, claro) y para su esposa; una pena.

Colly comenzó a sacudir las almohadas y las mantas. Amanda dejó a un lado su confusión y colocó el candelabro en la mesita de noche para ayudar. Esa habitación, con su correspondiente cama, sería para Reggie. Dejó a Colly con órdenes de que encendiera el fuego y regresó a la cocina.

Junto a Reggie. Jamás lo había visto tan pálido, tan falto

de vida, como en ese momento, echado en la mesa delante del fuego. No dejaba de darle vueltas a sus últimas palabras. Tragó saliva y le frotó las manos, aunque tuviera las suyas heladas. Con sumo cuidado, le apartó un mechón de pelo que le había caído sobre el vendaje. Se obligó a mirar a su alrededor a pesar de que tenía el corazón en un puño. Se obligó a hacer algo para controlar lo incontrolable.

Conmoción, pérdida de sangre... ¿cómo se trataba eso? Jamás se había sentido tan inútil en la vida. Té, la gente siempre prescribía té para todo. Rebuscó en los pocos botes que había en un armarito y que componían las espartanas provisiones de Colly. Encontró té.

Martin regresó justo cuando ella titubeaba junto a una tetera, con una cuchara en una mano y el bote abierto en la otra. Lo miró y se encogió de hombros con impotencia.

—No tengo ni idea de cuánto poner.

Martin se percató del temblor de su voz y vio el creciente pánico en sus ojos. Se acercó a ella.

—Ya lo hago yo. —Le quitó el bote y la cuchara de las manos y echó la cantidad apropiada de té en la tetera—. ¿Cómo está?

—Helado. —Respiró hondo con dificultad.

—¿Has encontrado una cama decente?

—Sí, pero está en la que era tu habitación, según me ha informado Colly.

Martin dejó el bote a un lado y tapó la tetera.

—No importa, es una buena elección. Es más pequeña que algunas de las demás. Más fácil de calentar.

Amanda comenzó a temblar. Martin la miró. Ya no hacía frío en la cocina.

—¿Por qué no buscas algunas tazas? A todos nos vendría bien algo caliente.

Ella asintió y se acercó a los armarios.

Colly volvió con un montón de mantas.

—Aquí tienes. —Le tendió una a Onslow, que cabeceaba sentado en la silla que había acercado a la chimenea.

Amanda dejó las tazas que había encontrado y se apresuró a coger una manta con la que arropar a Reggie. Martin la contempló antes de desviar la vista a Colly.

—¿Por qué no preparas una cama para Onslow en una de las habitaciones cercanas a la tuya? Puede tomarse un poco de té, pero después debería dormir un rato.

—Sí, eso haré. —Colly se marchó por una estrecha escalera que conducía a las habitaciones situadas justo encima de la cocina.

Martin sirvió el té en cuatro tazas.

—Toma. —Le tendió una a Onslow, que la acunó entre las manos—. ¿Qué tal va el brazo?

—Me duele un poco, pero creo que es una buena señal. —El cochero bebió un poco de té—. Ya me dispararon hace unos años. Sobreviviré.

Martin le ofreció una de las tazas a Amanda. Ella hizo un gesto negativo con la cabeza sin apartar la vista de Reggie.

—No... es para él.

—Dudo mucho que se despierte esta noche, ha perdido demasiada sangre.

El rostro de la muchacha se tornó ceniciento; Martin la acercó a él y la rodeó con un brazo.

—Es muy probable que acabe por despertarse como si tal cosa, pero todavía no. Vamos, necesitas tomarte esto. —La obligó a coger la taza; Amanda se echó a temblar pero la cogió con ambas manos y sorbió un poco de té, si bien sus ojos no se apartaron de Reggie en ningún momento.

Colly regresó. Martin le tendió la cuarta taza, tras lo cual todos bebieron en silencio frente a la chimenea.

—¿Están bien los caballos? —preguntó Colly.

—Tan bien como podrían estarlo. —Martin clavó la vista en su taza y empezó a darle vueltas al té—. ¿Dónde están los otros? Los que mi padre utilizaba para cazar, los de tiro. ¿Qué ha pasado con ellos?

—Se vendieron. Hace años.

Martin frunció el ceño. Su padre había muerto apenas un año atrás, pero los establos llevaban desiertos mucho más tiempo.

Colly dejó su taza vacía a un lado y cogió la de Onslow.

—Vamos, será mejor que te acompañe a tu habitación.

La pareja desapareció por la estrecha escalera. Martin arrastró la silla en la que Onslow había estado a punto de quedarse dormido frente al crepitante fuego y obligó a Amanda a sentarse. Ella se dejó caer, pero siguió mirando con evidente preocupación la silenciosa figura que yacía sobre la mesa.

Cuando Colly volvió, Martin señaló a Reggie con la cabeza.

—La habitación ya debe de estar lo bastante caldeada. Será mejor que lo traslademos.

No fue una tarea fácil. Reggie era delgado, pero pesaba bastante, y Martin no quería pedirle ayuda a Colly; el anciano parecía demasiado frágil. Sosteniéndolo para que no se cayera, se detuvo primero en el vestíbulo principal y una vez más al subir las escaleras para recuperar el aliento, pero llegaron a su antigua habitación sin que se produjera ninguna catástrofe. Amanda se apresuró a entrar para apartar las mantas y el calentador que Colly había colocado ente las sábanas.

Martin dejó su carga sobre la cama y Amanda lo cubrió, le colocó bien los brazos y le apartó el pelo de la cara. Martin se giró hacia Colly.

—Necesitaremos ladrillos.

—Puse algunos a calentar en la cocina. Los traeré.

Martin se agachó delante de la chimenea para avivar el fuego y se percató de que tanto la carbonera como la leñera estaban a rebosar. La estancia comenzaba a caldearse. Se puso en pie y contempló las llamas con el fin de no mirar a su alrededor... y recordar.

No envidiaba a Reggie por ser el ocupante de la estancia; dudaba mucho de que pudiera volver a dormir en esa cama. Además, ya no era el heredero, sino el conde... Su habitación estaba al final de ese pasillo.

Colly regresó con los ladrillos calientes envueltos en paños; los colocaron bajo las mantas para crear un cálido refugio alrededor del cuerpo inánime de Reggie. Al mirar a Amanda, que tenía los labios apretados, los ojos abiertos de par en par y el rostro casi tan pálido como el de Reggie, Martin deseó que el joven se moviera, que mostrara cualquier indicio de vida. Pero Reggie estaba inconsciente y, cuanto más tiempo permaneciera en ese estado, menores serían sus probabilidades de recuperación. Martin no vio la necesidad de informar a Amanda de ese hecho.

Despachó a Colly con un gesto de la cabeza.

—Intenta dormir algo. Ya veremos cómo están las cosas cuando amanezca.

Colly hizo una reverencia y se marchó. Martin miró a Amanda, que se había instalado junto a Reggie y contemplaba su pálido rostro. La medianoche había quedado atrás hacía un buen rato; ambos necesitaban descansar, pero ni se le ocurriría sugerirle que abandonara la vigilia.

—Buscaré algunas colchas y almohadas. —Cogió el candelabro más pequeño.

Amanda no levantó la vista cuando él salió de la habitación.

En el pasillo, vaciló un instante antes de adentrarse más en el ala familiar. En dirección a las puertas de roble que había al fondo, con el blasón familiar tallado. Se detuvo frente a ellas, pero no veía las puertas: su mente revivía escenas del pasado. Giró la cabeza y estudió la puerta que tenía a la izquierda; pasó un buen rato antes de que se decidiera a abrirla.

Habían pasado más de diez años desde la última vez que entrara en el vestidor de su madre. Durante su infancia, había sido un lugar de irresistibles deleites, una amalgama de estímulos para su imaginación y sus sentidos.

La estancia seguía tal y como la recordaba, decorada en satén y seda, con ricos brocados y encajes. Ningún harén había sido jamás tan ostentoso. Su indomable naturaleza sensual, su sensibilidad, su amor por los colores y las texturas era una clara herencia de su madre. Cerró la puerta y levantó el candelabro para contemplar el escritorio situado entre las dos ventanas. Casi podía verla allí, escribiendo una nota, dándose la vuelta para recibirlo con esa sonrisa que era su sello personal, y también su mayor regalo.

No le había sonreído aquel día; tampoco lo había creído. Para ser más exactos, no había sabido qué creer. Había titubeado, no se había apresurado a proclamar su lealtad, y con eso lo había dicho todo. Eso había bastado para terminar con la vida que habían conocido.

Se adentró muy despacio en la estancia. Reconoció las figurillas, el reloj, el abrecartas... Inspiró hondo y casi se convenció de que podía oler su perfume, apenas un rastro añejo bajo el peso de tantos años, pero aún allí.

Aún evocaba su presencia, su sonrisa.

Había dejado de culparla mucho tiempo atrás. Se detuvo junto a la cama. La colcha era de seda mullida; había echarpes y mantos de la mejor lana esparcidos por toda la habitación. Cojines con borlas de seda, almohadas con adornos de encaje. Los amontonó todos en el centro de la cama e hizo un atillo con la colcha. Recogió el candelabro y regresó con Amanda. Al llegar a la puerta de su antigua habitación, se detuvo. En el interior no se oía nada. Dejó el hatillo de seda junto a la puerta y continuó, de vuelta a la galería.

Conocía la casa como la palma de su mano. Se paseó por las habitaciones de la planta inferior y comprobó que todas las puertas y ventanas, que cualquier lugar por donde pudiera entrar alguien, estuvieran bien cerradas. Su bisabuelo había construido esa casa, hasta el último detalle. Un año de total abandono no había dañado la construcción, apenas si había dejado más señales que un poco de polvo y unas cuantas telarañas. Convencido de que ningún «salteador» podría sorprenderlos durante la noche, regresó al piso superior. Al abrir la puerta de su antigua habitación, escuchó los delirios de Reggie.

—¿Sabe? Se parece mucho a una joven que conocí. Debe confiar en mí, estoy bastante seguro. ¿Hemos...? Bueno, supongo que debería hablar sólo por mí... ¿Me he entrevistado ya con el Gran Jefe? Con san Pedro, quiero decir. O ¿esto se suele hacer sin más? Suponiendo que mi conciencia esté libre de pecado... Creo que la mía está bastante libre, de verdad. Al menos no hay nada demasiado pecaminoso...

Reggie se agitaba en la cama como un loco; mientras cerraba la puerta y dejaba a un lado el fardo, Martin vio cómo se tensaba antes de enderezarse y comenzar a tironear de las mantas con las que Amanda se afanaba por taparlo. Le había visto ese gesto en incontables ocasiones: se tiraba del chaleco para colocarlo en su sitio.

—La verdad es —continuó Reggie en un susurro— que siempre creí que se parecería a mi viejo profesor, Pettigrew. Me encantaría verlo. —Se detuvo, frunció el ceño y después aclaró—: A san Pedro, claro, no a Pettigrew. Sé muy bien el aspecto que tenía Pettigrew... se parece a... bueno, a Pettigrew, ¿sabe? —Reggie siguió mascullando, pero sus palabras se tornaron cada vez más inteligibles hasta convertirse en un susurro sin sentido.

Amanda lloraba en silencio y las lágrimas se deslizaban por sus mejillas mientras intentaba con todas sus fuerzas que Reggie se quedara quieto, que no se quitara los vendajes. Los susurros continuaron, alternando su intensidad; y Reggie continuó agitándose en la cama.

Martin apartó a Amanda.

—Siéntate junto al cabecero y sujétale la cabeza. Yo me encargaré del resto.

Ella asintió, sorbió un par de veces y se secó las mejillas mientras lo obedecía. Juntos consiguieron que el delirio siguiera su curso sin que Reggie sufriera demasiados daños. Ni ellos tampoco; Martin se vio obligado a abalanzarse sobre la cama para atrapar el brazo de Reggie antes de que golpeara a Amanda. A su entender, estaba demostrando cómo se utilizaba un látigo.

No tenía la menor idea de cuánto duró el ataque, pero a la postre acabó y Reggie volvió a hundirse en una profunda inconsciencia. Martin se enderezó poco a poco para estirar la espalda. Amanda se apoyó contra el cabecero y sus manos soltaron a regañadientes la cabeza de Reggie.

«Cree que está muerto».

Martin clavó la mirada en su rostro ceniciento y la atrajo hacia sus brazos. La abrazó mientras le acunaba la cabeza contra su pecho.

—No está muerto, y no hay nada que nos haga suponer que lo esté en poco tiempo. Sólo tenemos que esperar a que se despierte.

Rezó porque fuera cierto.

Amanda sorbió un par de veces más antes de girarse hacia la cama... como si pretendiera quedarse arrodillada junto a ella hasta que Reggie recuperara el conocimiento.

Martin no la dejó marchar.

—No, tienes que descansar.

Ella lo miró con ojos como platos.

—No puedo dejarlo solo.

—Podemos improvisar una cama junto al fuego, lo bastante cerca como para escucharlo si empieza a delirar de nuevo. —La arrastró consigo al tiempo que recogía la colcha y los cojines—. No le servirás de nada si estás agotada.

Amanda dejó que la convenciera y lo ayudó a extender la hermosa colcha. Hicieron una improvisada cama con los gruesos cojines y las almohadas, los echarpes y los mantos. Sabía que Martin tenía razón. Pero cuando intentó que se acostara en el lado más cercano al fuego, se negó.

—No, no podré verlo desde ahí.

Él la miró con los ojos entrecerrados; Amanda cayó en la cuenta de que ésa había sido su intención, de modo que si Reggie se despertaba, ella no se diera cuenta y él pudiera ocuparse de todo sin molestarla. Lo miró con la barbilla alzada.

—Voy a dormir en este lado.

Se colocó en el lado que daba a la cama y allí clavó la mirada después de colocarse el pelo sobre la almohada. Con los brazos en jarras y los labios apretados, Martin la fulminó con la mirada, pero acabó capitulando con uno de sus roncos gruñidos. Pasó sobre ella y se echó junto al fuego.

Dado que su cuerpo le bloqueaba el calor que provenía de la chimenea, debería estar helada, congelada hasta la médula por la conmoción y la preocupación. No le quedaba ni rastro de calor en el cuerpo. Pero Martin se pegó a su espalda, amoldando su cuerpo contra el suyo, le pasó un brazo por encima de la cintura... y su calidez la envolvió. Comenzó a inundar su cuerpo y caló hasta sus huesos... hasta que sus músculos se relajaron y se le fueron cerrando los párpados...

Un extraño ruido la despertó. Algo a caballo entre un ronquido y una tos, un resoplido...

Fue entonces cuando se acordó. Abrió los ojos de par en par para mirar hacia la cama. Y se dio cuenta de lo que estaba escuchando. Ronquidos. Pero no provenían de Martin, sino de Reggie.

Se zafó del abrazo de Martin para ponerse en pie y acercarse a la cama. Habían dejado descorridas las cortinas de una ventana, de manera que una luz mortecina se filtraba en la estancia. Reggie estaba tumbado de espaldas y no cabía la menor duda de que él era la fuente de los ronquidos, pero no parecía inquieto. El sonido parecía demasiado regular como para ser los estertores de la muerte.

Sus facciones también parecían relajadas, pero no sumidas en el vacío extremo de la inconsciencia. Se atrevió a albergar esperanzas, a creer en el alivio que comenzaba a invadirla, y le colocó una mano en la mejilla.

En ese momento, Reggie soltó un bufido, levantó una mano y le cogió los dedos para apartárselos después de darle un apretón.

—Ahora no, Daisy. Luego.

Le dio la espalda a Amanda, se cubrió con las mantas y se acurrucó más, aunque frunció el ceño cuando movió la cabeza.

—Querida, no hay duda de que tienes que buscarte mejores almohadas.

Amanda lo miró de hito en hito. Un ronquido mucho más suave le llegó desde debajo de las mantas. Y entonces escuchó algo más. Se giró hacia Martin y descubrió que se había incorporado sobre un codo y la miraba con una ceja enarcada.

Amanda señaló la cama.

—Está durmiendo. —Fue entonces cuando lo comprendió de golpe. Esbozó una sonrisa radiante—. Eso significa que se va a poner bien, ¿no?

—Sí, pero apenas ha amanecido. Deja que duerma. —Martin se recostó de nuevo—. Ven aquí. —Gesticuló medio dormido.

Tras dirigirle una última mirada a Reggie, Amanda regresó a su cama improvisada. Se metió de nuevo bajo las mantas, de cara a Reggie, y susurró:

—Le toqué la cara y me confundió con una tal Daisy. Me dijo que luego.

—Vaya.

Pasado un momento, Amanda preguntó:

—¿Crees que sigue delirando?

—Me parece que está en su sano juicio, aunque un poco débil.

Amanda frunció el ceño, pero entonces Martin se dio la vuelta, volvió a acurrucarse contra su cuerpo. Y ella sintió...

Abrió los ojos de par en par.

—Vuelve a dormirte.

Parecía mucho más molesto que Reggie. Amanda se preguntó... Aunque luego sonrió, cerró los ojos y le obedeció.

19

Seguían envueltos en la calidez de la colcha de su madre cuando Martin escuchó los pasos de Colly que subía las escaleras. Mantuvo los ojos cerrados y se permitió un último momento para que sus sentidos se deleitaran con la paz, con la alegría que los embargaba. Acurrucada entre sus brazos, Amanda tampoco dormía y se mostraba igual de reacia a moverse, pero permanecía tranquila y relajada contra su cuerpo. Sin duda alguna, también saboreaba el último momento que pasarían juntos durante el resto del día.

Sin embargo, había llegado la mañana y tenían muchas cosas que hacer. Se desperezó y se puso en pie; después ayudó a Amanda a levantarse. Cuando Colly llamó, Martin le abrió la puerta. El anciano llevaba un pequeño aguamanil y una palangana. Martin se quedó el tiempo suficiente para sugerir que dejaran dormir a Reggie hasta que se despertara por sí solo y después siguió a Colly hasta la cocina.

De camino, hizo algunos cálculos; para cuando llegó a la cocina, tenía el ceño fruncido.

—Nos quedaremos durante unos cuantos días. Habrá que ventilar algunas habitaciones, quitar las telarañas y limpiar el polvo, lo justo para que sean habitables.

Colly lo miró horrorizado.

—¿Y el salón?

El salón era una estancia gigantesca.

—No, con el saloncito bastará.

—Me pondré manos a la obra después del desayuno...
—Colly echó un vistazo a los fogones—. No se me da muy
bien la cocina.

Martin suspiró.

—¿Qué hay?

Sus años de viajes le habían otorgado habilidades que
rara vez se le enseñaban al hijo de un conde. Cuando Amanda se reunió con ellos, estaba removiendo gachas en una ca-
cerola aún sobre el fogón.

—Colly ha encontrado un poco de miel, así que sabrán
un poco mejor.

Amanda lo miró con cautela.

—No sé yo...

Pero se lo comió; Martin sospechaba que estaba tan fa-
mélica como él. Tras mucho insistir, Colly y Onslow comieron con ellos. Onslow guardaba silencio; Colly ya le había
limpiado la herida y la había vuelto a vendar. Martin aprovechó el momento para inspeccionar el contenido de la des-
pensa.

—Hay algunas patatas en la bodega y también coles. Queda un poco de pastel de carne de la semana pasada. —Colly
lo meditó un momento y después compuso una mueca—: Y
poco más.

El mercado más próximo se encontraba en Buxton; Martin no quería desperdiciar todo el día, que sería lo que tardaría en ir y volver. Y mucho menos anunciar su regreso a
diestro y siniestro. A decir verdad, no había tenido la menor
intención de regresar; mientras removía las gachas se dio
cuenta de que no tenía claro si había asimilado ya el hecho de
estar allí.

Se concentró en las necesidades del momento y asintió.

—Saldré de caza para ver lo que encuentro; después en-
sillaré uno de los caballos y me acercaré a la panadería.

—Vale. —Colly se levantó y recogió los platos—. Hay
muchos ciervos por la zona, y en la panadería siempre tienen empanadas y pasteles.

Amanda se puso en pie.

—Limpiaré el polvo, ventilaré las habitaciones y prepararé unas cuantas camas. Tengo que vigilar a Reggie.

Martin la miró al instante.

—Colly te mostrará dónde están todas las cosas.

Dos horas por las escabrosas laderas de unas colinas que conocía tan bien como la palma de su mano dieron como resultado tres liebres. Y un montón de recuerdos. Le entregó las liebres a Colly para que las preparara, limpió el arma y se dirigió a los establos. Le llevó media hora encontrar los arreos necesarios para ensillar uno de los caballos de tiro; después, no tuvo excusas para retrasar lo inevitable.

El sol brillaba bien alto en el cielo cuando entró al trote en el pueblo de Grindleford. Dejó atrás la iglesia, vacía en esos momentos, que se erigía cual benevolente guardián de su pequeña congregación. Las casitas de los feligreses quedaban diseminadas por los campos cercanos; sólo la panadería y la fragua se encontraban en el propio camino, una frente a la otra. La fragua estaba abierta, pero no se veía a nadie, ni allí ni en los campos.

Martin se apeó de la montura frente a la panadería y ató las riendas del caballo a un árbol cercano. La campanilla tintineó al abrir la puerta; se preparó para lo que se le avecinaba y se agachó para entrar en la luminosa tiendecita. El delicioso aroma del pan recién hecho impregnaba el reducido espacio. Una niña ataviada con un delantal blanco llegó corriendo desde la parte trasera con expresión interrogante.

No lo reconoció; o bien era demasiado joven o bien había llegado al pueblo en los últimos diez años. Ya que sabía lo poco que variaba la población por aquellos lugares, Martin asumió que se trataba de lo primero.

—¿Puedo ayudarlo en algo, señor?

Martin sonrió y dejó que le mostrara los productos recién hechos. Eligió dos hogazas, incapaz de resistir la tentación de ese pan que no había probado desde la infancia, y una variedad de pasteles y empanadas; una compra lo bastante grande como para que la niña lo mirara con curiosidad.

Mientras se felicitaba en silencio por haber llevado a cabo la tarea sin toparse con nadie que lo conociera, pagó y esperó el cambio. Ya se estaba girando para marcharse cuando una mujer mayor apareció bajo el arco que comunicaba la panadería con la tienda, limpiándose las manos en el delantal.

—Heather...

La recién llegada se paró en seco en cuanto le puso la vista encima, como si hubiera chocado contra un muro invisible. Lo miró como si no pudiera dar crédito a sus ojos.

Martin comprendía su reacción. Su sonrisa se desvaneció y lo único que se le vino a la cabeza fue que esa mujer antes no era panadera. Con una expresión impasible, inclinó sutilmente la cabeza a modo de saludo.

—Señora Crockett.

A la postre, la mujer se inclinó en una torpe reverencia.

—Señor... Milord, quiero decir.

Con un breve gesto de cabeza en dirección a la mujer y a la niña, que lo contemplaba con los ojos como platos, Martin se giró y abandonó la tienda.

Si la señora Crockett hubiera exclamado «¡Dios mío!», Martin habría estado de acuerdo. ¡Tenía que encontrársela a ella, nada más y nada menos! Había sido el ama de llaves del viejo Buxton y el aya de Sarah; ella más que nadie tenía motivos para recordar por qué se había marchado... por qué lo habían desterrado.

A pesar de lo pequeño que era Grindleford y de lo diseminada que estaba su población, las noticias de su regreso se extenderían por todo el condado en cuestión de horas. No le cabía la menor duda al respecto. Todavía tenía una expresión hosca cuando llegó a la cocina desierta y dejó sus compras en la mesa. No se veía a Colly por ningún sitio, pero había algunas verduras listas para cocinarlas y las liebres estaban desolladas sobre el fregadero. Al menos podrían comer algo.

Se encaminó hacia el vestíbulo principal, preguntándose dónde estaban los demás; un resoplido femenino le hizo levantar la vista. Amanda intentaba guardar el equilibrio en el descansillo de las escaleras mientras acarreaba como podía un enorme aguamanil y una palangana. Martin subió los escalones de dos en dos y le quitó los pesados objetos de las manos.

—Gracias. —Su radiante sonrisa hizo desaparecer el ceño de Martin incluso antes de que hubiera llegado a formarlo—. ¡Reggie está despierto! Y está lúcido.

—Me alegro.

Subieron juntos las escaleras.

—Colly lo está ayudando a quitarse la ropa. Onslow está durmiendo. —Cuando llegaron a la galería, la sonrisa de Amanda se desvaneció—. Reggie todavía se encuentra muy débil.

—Era de esperar. Le llevará unos cuantos días recuperarse.

Amanda pareció aceptar sus palabras. Martin omitió que tal vez pronto tendrían que hacer frente a la infección de la herida; esperaba no tener que pasar por ese trance.

Ella llamó a la puerta y Colly dio su permiso para que entraran. Reggie yacía boca arriba sobre la cama con una bata de seda de cachemira que resaltaba aún más su extrema palidez. Encantada, Amanda corrió hacia él.

—Ahora vamos a cambiarte el vendaje y a limpiarte la herida.

Reggie pareció sorprendido.

—¿Tú? —Acto seguido miró a Martin—. Yo no...

A continuación se sucedió una discusión típica de dos amigos de la infancia. Martin escuchó, sonriendo para sus adentros, y se negó a apoyar a ninguno de ellos; aunque no le sorprendió en absoluto que Amanda se saliera con la suya y, pese a las espantosas quejas de Reggie, le quitara el vendaje para dejar al descubierto la herida.

Estaba roja, hinchada y en carne viva. No era una visión

muy agradable. Martin echó un vistazo al rostro de Amanda, pero ella no dejó de parlotear mientras lavaba la herida con delicadeza y la secaba aplicando presión sobre ella. Ni siquiera cuando Reggie se tensó y dio un respingo cesó su cháchara. En un momento dado, Martin se percató de la expresión con la que miraba a su amigo y comprendió que su buen humor no era más que una fachada para que Reggie no se diera cuenta de lo mucho que le preocupaba su estado. Tan pronto como hubo acabado, Martin ocupó su lugar y volvió a vendarlo con destreza después de colocar un paño sobre la herida y asegurarlo bien.

Semejante calvario agotó las pocas fuerzas de Reggie; cuando lo recostaron sobre los almohadones para que descansara, estaba aún más pálido que antes.

Martin vaciló al ver lo mucho que le costaba mantener los ojos abiertos, pero le preguntó:

—¿Recuerdas lo que ocurrió?

Reggie frunció el ceño, un gesto que resultó bastante cómico debido al vendaje.

—Doblamos el recodo y Onslow aminoró el paso... Le dije que se detuviera y esperara. Entonces se escuchó un disparo. Escuché el grito de Onslow y después un ruido sordo... y me incliné hacia delante para poder ver qué estaba pasando. Vi a ese tipo a lomos de su caballo. Lo siguiente que recuerdo es este dolor punzante en la cabeza... y después escuché un estruendo. —Frunció el ceño aún más—. No recuerdo nada más.

—No hay mucho más que recordar. Nosotros también lo oímos y acudimos a la carrera, pero el jinete ya había desaparecido. ¿Pudiste verlo bien?

Reggie levantó la vista, estudió su rostro y luego negó con la cabeza.

—Eso es lo más extraño de todo. No sé si la mente me está jugando una mala pasada o qué.

—¿Por qué? —preguntó Amanda.

—Recuerdo que estaba nublado; pero, justo en ese momento, se despejó y la luz de la luna cayó sobre él (sobre el jinete, digo)... y no estaba tan lejos. Lo vi con toda claridad. O eso creo. Debió de ser una visión provocada por la luz de la luna.

—¿Por qué?

Reggie miró a Martin.

—Porque lo más curioso es que era igualito a ti.

Se hizo el silencio y después Amanda dijo:

—Eso es imposible. No puede haber sido Martin... estaba conmigo cuando escuchamos los disparos.

—¡Ya sé que es imposible! —Inquieto, Reggie dio un tirón de la colcha—. Pero me ha preguntado lo que vi... y eso fue lo que vi. Sé que no era él. Es justo lo que he dicho: que el hombre era igualito a él.

Amanda se reclinó en el asiento, como si tratara de poner en orden sus ideas. Martin le dio un tironcito en la manga.

—Te dejaremos para que descanses. Duerme y recupérate, no pienses en nada más. Dejaremos la puerta entreabierta; si quieres algo, toca la campanilla.

Aún ceñudo, aunque ya con los ojos cerrados, Reggie asintió.

Martin señaló la puerta con un gesto de la cabeza. Amanda titubeó un instante antes de inclinarse y depositar un beso en la mejilla de Reggie.

—Ponte bien.

La frente del hombre se relajó. Al igual que el rictus de sus labios.

Lo dejaron a solas.

—No lo entiendo.

Amanda frunció el ceño mientras llevaba el aguamanil vacío a la cocina. Martin la seguía con la palangana, que contenía las vendas usadas. Se dirigieron a la recocina. Amanda aún no había perdido la expresión ceñuda cuando regresaron a la cocina.

Onslow estaba bajando las escaleras.

Lo vieron a la vez; Amanda abrió la boca, pero Martin la

cogió del brazo y le dio un apretón a modo de advertencia. Ella lo miró con expresión sorprendida.

—Onslow... tuviste que ver al salteador. —El cochero se tambaleó y Martin lo ayudó a llegar hasta el sillón—. Siéntate y dinos lo que viste. No te preocupes por nada, limítate a describirnos al hombre lo mejor que puedas.

Onslow dejó escapar un suspiro mientras se acomodaba en el sillón.

—Me alegro de que haya dicho eso, milord, porque a decir verdad creí que estaba viendo doble. El tipo se parecía muchísimo a usted. —Tal y como había hecho Reggie, Onslow recorrió a Martin de arriba abajo con la mirada—. Sé que no era usted, y no sólo porque lo dejé en el camino discutiendo con la señorita Amanda, quien sé de buena tinta que tiene carrete para rato.

Martin miró de reojo a la aludida, que a todas luces no sabía si enfadarse o echarse a reír.

—La cosa es que no sabría decir por qué estoy tan seguro de que no era usted. No tendrá un hermano por ahí, ¿verdad?

—No. —Martin frunció el ceño—. Pero... —Dejó la frase a medias; cuando Amanda lo miró con las cejas enarcadas, él sacudió la cabeza. Le preguntó a Onslow—: ¿Cómo va la herida?

—Duele, pero no es tan grave como parece. Creo que descansaré un poco para recuperar las fuerzas y después de comer iré a ver a los caballos.

Faltaba al menos una hora para el almuerzo. Amanda regresó a las estancias principales.

—Todavía tengo que airear las habitaciones y preparar las camas. Acababa de empezar cuando se despertó Reggie.

Martin la siguió hasta el vestíbulo principal.

—Espera. —Ella lo miró desde los pies de las escaleras y enarcó una ceja. Pese a la vitalidad que demostraba, estaba cansada—. Salgamos al jardín un rato; te vendría bien un poco de aire fresco.

Ella echó un vistazo hacia la planta alta.

—Pero las habitaciones...

—Seguirán en el mismo sitio después de comer. No olvides que aquí oscurece antes... No podrás pasear por el jardín de noche.

Amanda sonrió, pero se apartó de las escaleras para reunirse con él.

—Vine preparada para Escocia, ¿recuerdas?

Martin la cogió de la mano y se giró, pero no hacia la puerta principal, sino hacia un pasillo lateral.

—¿Adónde vamos?

—A un lugar muy especial.

Tal y como ella misma comprobó cuando la condujo a través de las puertas francesas situadas al fondo del ala y salieron a un patio techado que hacía las veces de vestíbulo de un jardín que en otra época debió de ser todo un espectáculo de aromas y colores. Aunque descuidado, aún perduraban los vestigios de su elegancia y de su belleza, y las flores de diferentes colores resaltaban sobre la vegetación, con la promesa de lo que se podría conseguir con unos cuidados mínimos.

—Es precioso. —Mientras caminaba junto a él, Amanda se giró para mirar atrás. El jardín estaba protegido en las vertientes norte y este por los altos acantilados, y en la oeste por la casa. Al sur, se extendía el valle, bañado por el sol. Miró hacia delante una vez más y divisó un banco al otro extremo del jardín—. ¿Era el jardín de tu madre?

Martin asintió.

—Lo que más le gustaba eran las rosas. Las rosas, los iris y la lavanda.

Había rosas por todos lados, en grupos y también dispersas. Las hojas alargadas de los iris crecían sin ton ni son. La lavanda necesitaba una poda.

Llegaron al banco y Amanda se sentó. Esperó a que él hiciera lo propio... y ambos desviaron la vista hacia la casa.

—¿Qué ocurrió?

Su indecisión dejó patente que Martin no había esperado una pregunta tan directa. Un momento después, se inclinó hacia delante, apoyó los codos sobre los muslos, entrelazó los dedos de las manos y se lo dijo. Le contó que cuando los aldeanos entraron en tromba en la casa, con él a rastras, para contar su historia y exigir que se hiciera justicia, su padre lo aceptó todo sin rechistar.

—Lo único que me dijo fue: «¿Cómo has podido?» —No apartó la mirada de sus dedos—. Jamás le entró en la cabeza que yo pudiera ser inocente. En su descargo, tengo que admitir que por aquel entonces mi temperamento era incontrolable.

—Ése no parece ser el caso ahora.

—No. Es una de las cosas que aprendes haciendo tratos con los indios: no tiene sentido dar rienda suelta al temperamento.

»La familia al completo estaba aquí: mis tíos, mis tías, mis primos... Habían venido a la reunión anual de Pascua que a mi padre le encantaba organizar. Creo que para él lo peor de todo fue que yo hubiera hecho algo así en una fecha tan señalada, delante de toda la familia. Muy pocos miembros aprobaban mi comportamiento, de modo que... por el bien de la familia, decidieron hacerme desaparecer esa misma noche.

Amanda reprimió un escalofrío. Que tu propia familia te desheredara, se deshiciera de ti y te diera la espalda... Desterrado. Sin juicio, sin apelación. Era incapaz de concebir algo semejante; se le rompía el corazón por él con sólo pensarlo.

Le preguntó lo que más deseaba saber:

—¿Y tu madre?

—Sí... mamá. Sólo ella comprendía mi carácter... mi temperamento, mi naturaleza, como quieras llamarlo. El suyo era igual. —Alzó la cabeza y contempló el jardín con los ojos entornados mientras rememoraba el pasado—. No estaba segura. Sabía que podría haberlo hecho, pero... al igual que los demás, no me creyó cuando juré que yo no había sido. Si me hubiera creído... —Se detuvo un momento y prosiguió con un tono de voz más áspero—: Lo hecho, hecho está; no se puede cambiar el pasado.

El cambio en su tono de voz, tan diferente al que había utilizado hasta entonces, reveló la verdad subyacente.

—Los amabas, ¿verdad?

En lugar de mirarla, Martin clavó la vista en la casa.

—Sí. —Y, después de un momento, añadió—: A los dos.

No dijo nada más, pero Amanda ya se hacía una composición de lugar. Poco antes había vuelto a guardar en el vestidor de la condesa la colcha que habían tomado prestada. Esa habitación le había contado muchas cosas acerca de sus orígenes; si bien la habitación del conde, contigua a aquélla, también albergaba trazos de algunos rasgos que pervivían en él.

Con la mirada aún clavada en la casa, Martin se puso en pie.

—Cuando nos casemos, no viviremos aquí.

Nada de «si», «pero» o «quizá». Amanda tenía una protesta en la punta de la lengua, pero se la tragó. El destino había tomado cartas en el asunto; se encontraban en una casa desierta que ni siquiera contaba con un ama de llaves para guardar las apariencias. Ya no había lugar para juegos. Era hora de tomar una decisión. A pesar de las dudas, Amanda respiró hondo y preguntó:

—¿Y por qué no?

Él la miró de reojo.

Amanda estudió el edificio.

—Necesita algunas reformas... bueno, quizás algo más que eso, y debo admitir que todavía no lo he visto todo. Aun así... —Inclinó la cabeza para estudiar los muros de piedra desgastada por el paso de los años y el empinado tejado—. Tiene mucho potencial; le faltan algunos retoques aquí y allá. Sólo necesita gente para devolverle la vida. La estructura es impresionante: majestuosa por un lado, fascinante por el otro. Me gustan las ventanas y la disposición de las habitaciones. —Dudó por un instante y después, en un gesto impulsivo, extendió los brazos—. Encaja, ésa es la verdad. Ésta es una zona magnífica y, de alguna forma, la casa se ha fundido con el entorno; es una parte integrante del conjunto. Es parte del lugar.

Martin la miró a los ojos y apoyó la cabeza sobre el respaldo de hierro del banco.

—Creí que te gustaba Londres, que eras una criatura de ciudad de los pies a la cabeza...

—He vivido allí la mayor parte de mi vida; allí está la casa de mis padres. Pero mis tíos y mis primos tienen propiedades por todo el país. He pasado años en el campo, en distintos lugares; no obstante... —Se puso en pie, caminó unos cuantos pasos y se detuvo para contemplar el paisaje del valle—. Jamás he visto un lugar tan increíblemente hermoso como éste... No, ésa no es la palabra adecuada... Tan «dramático» como éste. Podría pasarme horas contemplando la vista sin cansarme.

Su voz se apagó cuando las vistas acapararon toda su atención. Martin sabía muy bien lo fascinante que podía resultar el juego que creaban las sombras de las nubes sobre las distintas parcelas de pastos. No se le había ocurrido pensar que la vista también conmovería a Amanda, ni que su gusto por el dramatismo se extendería también a ese escabroso e indómito paisaje.

El paisaje que lo había visto nacer. Los agrestes y amplios espacios formaban una parte tan importante de él como su naturaleza sensual; ahí, más que ningún otro sitio en el que hubiera vivido durante sus viajes, estaba su casa.

Su hogar.

Le había dado la espalda a ese lugar; creía que lo había expulsado para siempre de su vida y que jamás regresaría... Que jamás volvería a caer presa del embrujo que entonaba el viento al pasar entre los riscos; que jamás volvería a atraparlo la majestuosa e intrincada belleza de sus cumbres.

Su hogar.

Se levantó para acercarse a Amanda. Se metió las manos en los bolsillos y sintió cómo el viento le agitaba el cabello. Como si lo estuviera bendiciendo, como si diera la bienvenida a un hijo pródigo que regresaba al hogar con la esperanza de ser más sabio y experimentado.

Su hogar.

Allí de pie junto a Amanda, se sintió invadido por la magia del lugar, por los buenos recuerdos que había desterrado de su mente junto con los malos. Los sonidos de su infancia: las risas, las charlas, el sonido de los pasos, las voces estridentes y la felicidad imperecedera. El momento en el que la infancia dio paso al aturdimiento de la adolescencia, una época repleta de nuevas experiencias, del entusiasmo de los descubrimientos, de la adquisición de conocimientos...

Y después llegó la catástrofe que puso su mundo patas arriba y le arrebató las cosas buenas como el viento que arrastra las hojas caídas en otoño. Hojas que Martin nunca había sabido cómo atrapar.

Quizás atraparlas no fuera lo acertado. Quizá sólo le hiciera falta volver, dejar que el árbol reviviera y echara nuevas hojas. Empezar desde cero.

Echó una mirada a Amanda y descubrió que el embeleso aún no había abandonado su rostro. Desvió la vista hacia la casa. Reflexionó sobre lo que podría llegar a ser. Y el coste que supondría.

Ella alzó la cabeza con la alegría pintada en el rostro.

—Gracias por traerme aquí. —Lo tomó del brazo—. Pero ahora será mejor que vayamos a comer para ponernos manos a la obra.

Martin dejó que lo llevara de vuelta hacia la casa.

Colly llevaba trabajando sin descanso en el saloncito toda la mañana; insistió en servirles la comida (consistente en empanadillas y pan) allí, ya que era lo adecuado para alguien de su posición. Al darse cuenta de que tanto Colly como Onslow se sentían incómodos comiendo con sus señores, aceptaron el destierro de la cálida y acogedora cocina sin objeciones.

Aunque eso no impidió que, cuando terminaron de comer, se abstuvieran de hacer sonar la campanilla y recogieran los platos para llevarlos a la cocina y desde allí, a pesar de las protestas de Colly, al fregadero. Regresaron a la cocina justo en el momento en que la puerta trasera se abría de golpe.

—¡Paparruchas! —Una corpulenta mujer entró en tromba en la estancia.

Los ojos de Amanda se abrieron como platos. La mujer llevaba un sombrero sobre un bonete, además de una bufanda en torno a la garganta y un chal sobre los hombros de su grueso abrigo negro de lana. Bajo el abrigo, que estaba abierto, llevaba unas cuantas frazadas y blusas y una verdadera montaña de faldas. Unas botas enormes le cubrían los pies.

En las manos acarreaba un buen número de cestas a rebosar con un sinfín de contenidos: desde nabos y puerros, hasta pichones y pollos.

Con la cabeza gacha, la mujer se acercó a toda prisa a la mesa y, con un suspiro de alivio, dejó las cestas encima.

Sólo entonces levantó la vista. Era alta y de constitución fuerte, con una cara redonda y mofletuda; su liso y canoso cabello estaba recogido en un moño muy tirante. Se fijó en Onslow, en Colly y en Amanda antes de clavar la mirada en Martin. Hizo un gesto afirmativo con la cabeza.

—Ya era hora de que volvieras.

Amanda miró de reojo a Martin; en sus labios se dibujaba una sonrisa.

—Buenas tardes, Allie.

—Ya... ha llegado la hora de que todos sepan que has regresado al lugar al que perteneces. —Tras saludar a Colly con un gesto de la cabeza, comenzó a sacar las cosas de las cestas—. Voy a decírtelo sin tapujos: jamás creí que tú hicieras... eso que dijeron. Pero ahora has vuelto, y espero que te pongas manos a la obra para aclarar el asunto. Un conde como Dios manda no puede andar con esa espada pendiendo sobre él.

Mientras arrojaba los paquetes sobre la mesa, que Colly se apresuraba a desenvolver con rapidez para quitarlos de en medio, Allie miraba a Amanda con los ojos entornados.

—Bien, ¿quién es ésta?

—Ésta —respondió Martin con admirable serenidad— es la señorita Amanda Cynster. —Se dirigió a Amanda para continuar—: Permite que te presente a Allie Bolton. En un principio fue mi niñera, pero siguió ostentando ese título mucho después de que yo dejara atrás la infancia. Teníamos una cocinera que hacía las veces de ama de llaves, pero era Allie quien dirigía la casa. —Se adelantó un poco antes de proseguir—. Como no habrás tardado en comprender, es una tirana, pero tiene un corazón de oro y siempre ha actuado pensando en el bien de la familia. —Se acercó a Allie, la abrazó y le dio un beso en la mejilla.

—¡No me vengas con ésas! —Lo apartó a manotazos, azorada, pero también muy complacida, por mucho que intentara disimularlo—. Yo no le enseñé a comportarse así —murmuró en dirección a Amanda—, puede estar segura.

—Sin duda era una buena pieza. —Amanda trató de interpretar los gestos que Martin, detrás de Allie, le estaba haciendo. Colly también asentía de forma alentadora. Le echó un vistazo al último paquete que había sido desenvuelto: un trozo de mantequilla. De pronto, lo comprendió todo y se acercó un poco—. Por supuesto, no sabemos cuáles son sus circunstancias actuales, pero le estaríamos muy agradecidos si hubiera alguna forma de que retomara su puesto en esta casa.

—¡Paparruchas! Bueno... si no hay nadie más que él —dijo y señaló a Colly con la cabeza— para cuidar la casa, supongo que el lugar no se encontrará en muy buen estado.

—Hemos empezado a ventilar las habitaciones, pero... bueno, no sé cómo solían ser aquí las cosas...

—Déjelo en mis manos. —Una vez que las cosas estuvieron recogidas, Allie se desató el bonete y lo colocó sobre el aparador, junto con el sombrero. A continuación comenzó a desabrocharse el abrigo—. Avisaré a Martha Miggs; estará aquí mañana y este lugar recuperará su brillo original en un santiamén.

La determinación que encerraban sus palabras dejó claro que Allie no permitiría que nada ni nadie se interpusiera en su camino; dado que se había quitado ese peso de encima, Amanda dejó que la inundara el alivio.

—Tenemos a un hombre herido en el piso de arriba; le disparó un salteador, y también a mi cochero. —Hizo un gesto en dirección a Onslow, que ya se dirigía hacia la puerta.

—¡Por el amor de Dios! —Allie sacó un delantal de debajo de sus faldas y se lo ató en torno a su generosa cintura—. En ese caso, será mejor que eche un vistazo a esas heridas.

—La mía ya está bastante curada... y tengo que ir a ver a mis caballos. —Tras inclinar la cabeza en dirección a Martin y Amanda, Onslow se escabulló por la puerta trasera.

—¡Ya te pillaré más tarde! —gritó Allie cuando se marchó; a continuación se giró hacia Amanda—. ¡Muy bien! Será mejor que me muestre dónde se encuentra ese caballero y después nos encargaremos de ventilar más habitaciones. Colly, harás falta... así que no se te ocurra desaparecer.

Martin observó cómo Allie obligaba a Amanda a precederla hacia las estancias principales. Colly suspiró, pero estaba sonriendo cuando se agachó a atizar el fuego. Martin notó que sus propios labios se curvaban y sintió que la ternura del gesto entibiaba un lugar de su pecho que llevaba helado mucho, mucho tiempo. Titubeó un instante y después, con una sonrisa en la cara, se dio la vuelta para ayudar a Onslow.

La actividad doméstica durante la mañana siguiente alcanzó cotas medianamente normales. Reggie seguía débil; se había sobresaltado al ver que Allie se inclinaba sobre él y le pidió a Amanda con una mirada que lo rescatara, pero la mujer no tuvo el menor problema para someterlo. Se comió el desayuno que le sirvió sin rechistar en lo más mínimo y se dejó llevar a la planta baja para dormir la siesta al sol sentado en un sillón.

Después de una buena noche de sueño en la habitación contigua a la de Reggie (que había sido ventilada y limpiada según las estrictas órdenes de Allie) y de desayunar con Martin en el luminoso saloncito, Amanda ya había recuperado su testaruda y decidida personalidad, y fue en busca de Allie con la intención de agradecer sus desvelos y ponerse a disposición de la mujer para lo que la necesitara. Había mucho trabajo que hacer y ayudar se le antojaba la manera más rápida de aprender los tejemanejes de la vida doméstica.

Encontró a Allie en la habitación de Martin, sacudiendo las colchas que cubrían la enorme cama. El día anterior, una vez que se hubo encargado de Reggie y rematado la habitación que utilizaba Amanda, Allie se había acercado a paso firme a las puertas que había al final del pasillo y las había abierto de par en par. Lo siguiente habían sido las ventanas. Después había barrido, había limpiado el polvo y había encerado los muebles a conciencia. Había cambiado la ropa de cama sin dejar de parlotear. Amanda había ayudado, escuchado y aprendido.

Cuando Martin y ella se retiraron al llegar la noche, él le preguntó a la mujer qué habitación le había preparado y ella les había indicado precisamente ésa. Amanda había notado una cierta incertidumbre, pero no dejó traslucir sus pensamientos y se limitó a esbozar una sonrisa cansada y a desearle buenas noches. Una vez dentro de su habitación, cerró la puerta y se quedó escuchando; pasado un minuto, Martin recorrió el pasillo y escuchó cómo abría la puerta de sus aposentos.

Después, se produjo un largo silencio, seguido del ruido de la puerta al cerrarse.

En ese instante, se asomó al pasillo; Martin había entrado en la habitación. A la postre, se fue a la cama preguntándose que sentiría él, que pasaría por su mente. Le tentó la idea de ir a comprobarlo, pero en el fondo sabía que aún no había llegado el momento adecuado. Y estaba demasiado cansada para hacer otra cosa que dormir; algo que hizo... como un tronco.

No obstante, aunque creía comprender la relación de Martin con su madre, la que mantenía con su padre aún era un misterio. Pese a todo, la noche anterior Martin había dormido en la que fuera la habitación del conde. Al menos, había aceptado eso: era hijo de su padre.

Amanda entró en la habitación esa mañana y buscó alguna prueba de que él hubiera cambiado las cosas; alguna señal, por minúscula que fuera, de que se había apropiado de la estancia. Sus peines estaban allí y también habían cambiado de sitio el espejo que había sobre la cómoda.

Mientras ahuecaba las almohadas, Allie se percató de que Amanda había notado los cambios.

—Sí... Acabará por avenirse a razones. —Miró a Amanda y preguntó—: ¿Me equivoco al pensar que no tenían pensamiento de acabar en este lugar?

—No, está en lo cierto; fue una casualidad que nos asaltara ese hombre tan cerca de aquí. Iba de camino a Escocia, a la casa de mi primo y su esposa. Martin... me siguió.

—Ya veo. —El tono de Allie revelaba que sabía muy bien de qué iba todo. Le había llevado escasos minutos darse cuenta de cómo estaban las cosas entre Amanda y su otrora pupilo. A pesar de no haber dicho nada, Amanda sabía que había sido sometida a un riguroso examen el día anterior y que Allie le había dado su aprobación.

Allie se alejó de la cama y se detuvo para mirar por la ventana.

—Me pregunto qué...

Amanda se acercó a la ventana y vio que Martin partía a lomos de uno de los caballos.

—Debe de ir al pueblo... —Allie no le había encargado que comprara nada.

La mujer se colocó a su lado con una expresión preocupada en sus viejos ojos mientras observaba cómo Martin se alejaba por el camino. Entonces asintió de forma brusca.

—¡Cómo no! Va al cementerio.

—¿Al cementerio? Me pareció haber visto un mausoleo en el bosque.

—Bueno, sí... sus padres están enterrados allí. —Allie sacudió el paño del polvo y la emprendió con la cómoda—. Pero quiere ver primero a Sarah. Allí fue donde comenzó todo. —Miró a Amanda de reojo—. Se lo ha contado, ¿verdad?

—Sí.

—Bien. —Allie asintió en dirección a la ventana—. Usted sabrá lo que hay que hacer.

La absoluta confianza que destilaba el tono de Allie acabó con las dudas que rondaban la mente de Amanda. Dejó a la mujer y se dirigió a los establos.

Onslow la ayudó a ensillar el otro bayo antes de montar. Puesto que no habían encontrado una silla de amazona y Amanda no tenía tiempo para cambiarse de ropa, se sentía como una chiquilla traviesa mientras cabalgaba en dirección al pueblo con las pantorrillas al aire.

Con la casa a su espalda en todo momento, tomó rumbo sur y siguió el río. Hacía una mañana soleada y fresca; la primavera estaba al caer y los brotes cuajaban las ramas a la espera de florecer. Un manto verde ya había reemplazado el desabrido marrón del invierno. Junto al camino, el río fluía por su lecho pedregoso y reflejaba la luz del sol mientras que el murmullo del agua se alzaba como una alabanza a la mañana.

Amanda llegó a la iglesia y vio que el otro caballo estaba atado a un árbol. Tiró de las riendas y se apeó de la montura, un movimiento carente de toda elegancia que por suerte nadie había presenciado. La panadería se encontraba un poco más adelante y justo enfrente había una herrería cuya fragua resplandecía en el oscuro interior. Ató su caballo junto al de Martin y se encaminó hacia el pórtico de acceso al cementerio.

Estaba abierto; subió los escalones hasta un estrecho sendero que conducía a la puerta principal de la iglesia. Tras echar un vistazo a su alrededor, decidió seguir el sendero, que se bifurcaba ante la puerta y rodeaba el pequeño edificio. Giró a la derecha y siguió caminando sin dejar de examinar las tumbas. Ninguna de las losas era lo bastante grande como para ocultar a Martin; y así fue como llegó a la parte trasera de la iglesia sin haberlo visto.

Con el ceño fruncido, desvió la vista hacia la panadería y después hacia la herrería. Escudriñó los campos cercanos. No había rastro de Martin. Perpleja, regresó al pórtico y a los caballos... que seguían donde los había dejado.

Y entonces se acordó. Sarah se había suicidado.

Amanda echó otro vistazo a su alrededor antes de tomar el camino de la izquierda y rodear por fuera el muro del cementerio en busca de la pequeña parcela que a veces se reservaba al otro lado de un camposanto. La encontró tras el muro del fondo. Allí la hierba era más alta y las tumbas, simples montones de tierra apenas apreciables.

Martin estaba de pie frente a una de ellas, señalada sólo por una roca colocada en uno de los extremos en la que habían grabado de forma tosca las letras «SB».

Debió de oírla acercarse, aunque no mostró señal alguna de haberlo hecho. Amanda atisbó un enorme e intimidante vacío en su expresión. Pasó entre dos tumbas y lo tomó de la mano antes de bajar la vista hacia el lugar en el que descansaba la muchacha a la que, según las acusaciones, Martin había deshonrado.

Pasado un momento, él le apretó la mano con fuerza.

—Nunca tuve oportunidad de despedirme. Cuando me expulsaron aquella noche, no me dejaron detenerme aquí.

Amanda no dijo nada, se limitó a devolverle el apretón. A la postre, Martin tomó una enorme bocanada de aire y levantó la cabeza. Y después la miró. Estudió sus ojos justo antes de hacer un gesto con la cabeza para ponerse en marcha.

La alejó de la pequeña parcela y la condujo hacia unas peñas situadas en una esquina del muro. La alzó para sentarla sobre una de ellas antes de hacer lo mismo.

Contemplaron el soleado valle hasta la zona donde se alzaba la casa con el acantilado a la espalda. El sol se reflejaba en las ventanas, arrancando destellos al cristal.

Amanda no necesitó palabras para saber que estaban pensando en lo mismo.

—¿En qué risco fue? —Se giró para examinar los escabrosos riscos que conformaban el telón de fondo del pueblo.

Él señaló una ladera empinada y abrupta.

—Ése, Froggatt Edge.

Amanda lo estudió y calculó la distancia que lo separaba del pueblo antes de observar la espeluznante caída hasta el abrupto terreno que había debajo.

—Cuéntamelo una vez más: ¿qué ocurrió esa mañana cuando saliste y encontraste al padre de Sarah?

Él vaciló apenas un instante antes de girarse para señalar una casita emplazada junto a un estrecho camino.

—Primero fui a casa de Buxton. Cuando el ama de llaves me dijo que había salido a pasear, me lo pensé durante un minuto y al final seguí ese sendero. —Lo señaló con el dedo y siguió el recorrido, que iba desde el camino que atravesaba los campos hasta el acantilado—. Sube por el costado de Froggatt Edge y viene a salir por la cara posterior, cerca de la cima. —Hizo una pausa antes de continuar—: No me encontré con nadie ni escuché nada raro, claro que el sendero sube por esa grieta y se necesita concentración; no es lo que se dice un paseíto tranquilo. Además, yo estaba furioso... Podría haberme percatado de un disparo, pero no de cualquier otra cosa.

»Cuando llegué a la cima, estaba desierta, tal y como esperaba. Había subido porque desde allí podría divisar a Buxton en caso de que se encontrara por la zona. Me acerqué al borde y eché un vistazo en todas direcciones. No vi a nadie. Recuerdo que de repente sentí mucho frío, un frío letal. Y en ese momento me fijé en los buitres. Volaban en círculos justo por debajo de la cima. Me acerqué al borde y miré hacia abajo.

Martin se detuvo; después de un rato, Amanda lo instó a continuar.

—¿Adónde cayó?

Martin señaló la base del risco, un lugar donde el terreno estaba salpicado de rocas caídas y cantos rodados.

—Hay un hueco entre las rocas. Sólo se ve al llegar... o si miras hacia abajo desde la cima. Recuerdo... se parecía a Buxton, y lo primero que pensé fue que me alegraba de que estuviese muerto. Pensé que debió de tirarse guiado por la culpa y los remordimientos.

—Y bajaste a comprobarlo.

—No estaba seguro de que fuera él. Yacía boca abajo y además, ¿qué pasaría si no estaba muerto? No podía dejarlo allí sin más.

—¿Cómo bajaste?

—Por el mismo camino por el que subí.

Amanda calculó las distancias.

—¿Hay alguna otra forma de bajar desde la cima hasta el lugar donde cayó?

Martin señaló el otro costado de Froggatt Edge.

—Hay un sendero mucho más empinado que baja por ese lado. Es más corto, pero no lo tomé porque es más peligroso y por lo general eso significa ir más despacio.

—Así que bajaste hasta donde se encontraba Buxton, y después...

—Le habían dado la vuelta y le habían aplastado el cráneo con una piedra.

Amanda lo miró sin pestañear.

—¿En el tiempo transcurrido desde que lo viste desde la cima hasta que llegaste a su lado?

Martin asintió.

—Alguien había estado allí entretanto y quienquiera que fuese se aseguró de que estuviera muerto. La piedra le tapaba la cara. Seguía sin estar seguro... así que levanté la piedra.

—Y así fue como te encontraron los lugareños.

Martin volvió a asentir.

—Levanté la piedra y vi... En ese momento escuché que se acercaban y alcé la vista. Y allí estaban, agolpados junto al borde... —Se detuvo un momento antes de sacudir la cabeza—. Debía de estar conmocionado. Ahora lo sé, pero entonces... nunca me había ocurrido algo así. Acababa de enterarme de que Sarah había muerto, de que la gente creía que yo... y luego eso. No sé lo que dije, la verdad, aunque si sé que más tarde insistí en que yo no lo había hecho.

La expresión de Amanda se tornó ceñuda.

—Según tú, los aldeanos habían visto a un caballero que creyeron que eras tú arrojando al anciano por el borde del risco.

Martin señaló la fragua.

—El herrero estaba trabajando y la parte trasera de la fragua carece de techado. Dio la casualidad de que miró en esa dirección y vio que dos hombres forcejeaban en Froggatt Edge. Uno era el viejo Buxton y el otro era un joven caballero a quien confundió conmigo. Vio cómo el hombre empujaba a Buxton. Tiró las herramientas al suelo, sumergió en agua el objeto con el que estaba trabajando y después reunió a unas cuantas personas y corrió hacia el lugar.

Amanda empezó a recomponer el rompecabezas en su mente con los retazos de información que tenía.

—De modo que... Buxton salió a dar un paseo... y subió a Froggatt Edge. ¿Crees que eso es probable?

—Muchos pasean hasta allí arriba. Es un sitio que goza de mucha popularidad.

—Muy bien, fue a dar un paseo por allí arriba. Tú vas a su casa y de ahí a Froggatt Edge, casi por casualidad, para localizarlo. Pero se te adelanta otra persona que también quería encontrar a Buxton. Mientras tú subes, él forcejea con el anciano y lo empuja. El herrero lo ve, deja su trabajo y se apresura a conseguir ayuda. Después, como no está seguro de que Buxton haya muerto, el asesino desciende por el otro sendero para rematarlo. Entretanto, tú alcanzas la cima, echas un vistazo por los alrededores y ves a Buxton tendido en el suelo boca abajo. Ese otro sendero no se ve desde la cima, ¿verdad?

Con el rostro impasible, Martin sacudió la cabeza.

—Decides bajar y comprobar si sigue vivo. Bajas por el sendero por el que subiste. ¿Se ve el lugar donde cayó Buxton desde ese sendero?

—No.

—Mientras tú bajas, el asesino llega hasta el anciano, le da la vuelta y le asesta el golpe mortal. Acto seguido, huye. ¿Podría haberlo hecho sin que lo vierais los aldeanos o tú?

Martin dudó un instante.

—Sería arriesgado, pero sí. El suelo es tan irregular en la base de los riscos que podría haberse ocultado a los ojos de todos nosotros sin tener que ir muy lejos. Más tarde... cuando los aldeanos me encontraron, todo el mundo dejó de buscar.

Amanda asintió.

—De modo que vas a ver el cadáver y los aldeanos te descubren allí. Así es como ocurrió.

Martin observó su tranquila y decidida, o mejor testaruda, expresión.

—Pareces tomarte el asesinato con mucha calma.

Ella lo miró a los ojos.

—No es eso, es que me crispa que te acusaran erróneamente de asesinato. —Enfrentó su mirada antes de continuar—: Pero tú ya sabes todo esto desde hace años.

Él no lo negó. Amanda dejó que el silencio se prolongara entre ellos y después preguntó:

—Bien, ¿cómo vamos a demostrar la verdad?

—No sé si es posible hacerlo. En su momento no se encontró ni la más mínima pista. Si la hubiera habido, aun estando conmocionado, yo la habría sacado a la luz.

Amanda recordó las palabras de lady Osbaldestone.

—A veces las cosas ocurren muy deprisa. Es posible que se pasara algo por alto o sencillamente que ese algo saliera a la luz más tarde. —Al ver que él no decía nada, Amanda lo apremió—. No se pierde nada con preguntar.

Tal vez, pero no serían ellos los que sufrirían las consecuencias. Martin no pronunció esas palabras; sabía que había llegado el momento. Tenía que elegir: a ella o a aquello que protegía. Amanda no se lo había rogado, pero si él se resistía, llegaría a hacerlo; recurriría a cualquier cosa. Estaba comprometida con la causa de su reaparición en la sociedad porque su futuro en común dependía de ello.

Un futuro que Martin codiciaba en esos momentos más que ninguna otra cosa en su vida. Contempló esos ojos tan azules como un cielo de verano y levantó la vista para recorrer con la mirada la zona que se extendía desde el valle hasta Hathersage. La casa de su padre, de su abuelo y de su bisabuelo. Y la suya.

La de ambos. Si lograba...

Inspiró hondo antes de soltar el aire y cogerle la mano.

—Vamos a ver si encontramos a Conlan. —Amanda se bajó de la peña de un salto y lo miró con expresión interrogante—. Es el herrero que creyó verme empujar al viejo Buxton por Froggatt Edge.

20

—Papá está en casa, en el patio, milord. —El herrero dejó a un lado el fuelle; sus gestos denotaban ansiedad—. Estará encantado de verlo. Ese viejo asunto le lleva pesando en la conciencia durante años. ¿No le importa ir a la casa? Sus piernas ya no son lo que eran.

—Eso haremos, Dan. Recuerdo el camino. No querrás dejar eso a medias. —Con un gesto de la cabeza, Martin señaló la herradura al rojo vivo en la que Dan había estado trabajando.

—Sí... bueno, tiene toda la razón.

Mientras cruzaban el patio que había detrás de la herrería, Martin levantó la vista y aminoró el paso. Amanda siguió su mirada hacia los riscos. Froggatt Edge se divisaba a la perfección, pero ¿podría alguien estar completamente seguro de la identidad de una persona a tanta distancia?

—Según se dice, la gente del campo tiene buena vista —murmuró Martin.

Amanda musitó algo e igualó sus zancadas mientras se dirigían hacia la casa, que estaba en un lateral del patio adoquinado.

Martin llamó a la puerta. Una joven regordeta les abrió. Cuando le dijo su nombre y pidió hablar con Conlan, los ojos de la mujer se abrieron como platos.

—¡Dios mío! —Se apresuró a hacer una reverencia—. Milord, yo... —Giró la cabeza para echar un vistazo a la habitación.

—¿Quién es, Betsy?

Martin enarcó las cejas. Azorada, Betsy se apartó de la puerta mientras se limpiaba las manos en el delantal y los invitó a pasar.

—Soy Dexter, Conlan.

Un anciano que estaba sentado en el sillón situado junto al fuego parpadeó varias veces antes de que su rostro se iluminara.

—¿Su Excelencia? ¿Es usted de verdad?

—Sin duda alguna, soy yo.

—¡Alabado sea Dios! —Conlan se puso en pie a duras penas e hizo una reverencia—. Bienvenido a casa, milord... Doy gracias a Dios porque por fin podré contarle la verdad. No fue a usted a quien vi.

—¿Cómo puedes estar tan seguro? —preguntó Martin en cuanto se sentaron y Betsy hubo cerrado la puerta—. Comprendo que dudes de si fui yo o no, pero ¿cómo puedes estar tan seguro de que no lo era? No hay forma humana de que hubieras podido distinguir las facciones a esa distancia.

—Sí, tiene razón en eso, pero no fueron las facciones lo que me dio la pista. —Conlan se arrellanó en la silla mientras intentaba encontrar las palabras—. Déjeme contarle lo que sucedió para que vea lo que le digo.

Martin le hizo un gesto para que continuara.

—Vi a dos personas en Froggatt Edge forcejeando, luchando, y después vi cómo el caballero empujaba al viejo Buxton por el borde. Sabía que era Buxton por ese chaleco a rayas amarillas que solía llevar. Corrí en busca de Simmons, Tucker y Morrisey. Otros se nos unieron mientras corríamos hacia la cima. Tucker preguntó quién había empujado a Buxton. Le contesté que había sido un caballero igualito a usted. Bueno... era el único caballero al que conocíamos y sabíamos muy bien qué aspecto tenía, incluso desde lejos. Y seguiría jurándolo: el caballero que empujó a Buxton era igualito a usted. En aquel entonces, no dije nada más... era lo único que sabía, lo tenía muy claro. Y cuando lo encontramos, encajaba. Usted lo había hecho. Incluso a pesar de que afirmaba lo contrario, ¿qué íbamos a pensar cuando lo vimos con la piedra en la mano y Buxton muerto a sus pies?

»Así que lo llevamos con su padre y él actuó en un santiamén... Fue toda una sorpresa, de verdad. Jamás creímos que lo enviaría lejos de esa manera. Pero ya estaba hecho... y nos fuimos a casa. —Señaló hacia la ventana con la cabeza—. Me senté en este mismo sillón y oí cómo el carruaje lo llevaba rumbo al sur. —Conlan suspiró—. Intenté dormir, pero había algo que no me dejaba tranquilo. Algo que no dejaba de molestarme, que me obligaba a revivir una y otra vez lo que había visto, cómo el caballero había arrastrado a Buxton hasta el borde para arrojarlo. Buxton no era estúpido y no se habría acercado tanto al borde de otro modo. El otro tendría que haberlo empujado, y estaba claro que Buxton no se habría dejado hacer sin más... y fue entonces cuando lo vi todo claro y supe que lo habíamos entendido mal.

Martin frunció el ceño.

—¿Cómo? ¿Qué recordaste?

—La fusta que llevaba el caballero. Golpeó a Buxton con ella. La vi con absoluta claridad... vi cómo el brazo del caballero subía y después bajaba, vi cómo Buxton se cubría la cabeza con las manos. Así fue cómo el caballero lo obligó a acercarse al borde para después empujarlo. Vi al caballero allí en el borde, mirando hacia abajo con la fusta en la mano. —Otro suspiro—. Así que ya ve, así supe que no había sido usted. Era imposible.

Amanda miró a Martin y vio cómo se aclaraba la oscuridad que siempre le había ensombrecido el rostro, al menos desde que ella lo conocía. Se giró hacia Conlan.

—¿Por qué ese hecho le convenció de que no se trataba de Su Excelencia?

Conlan parpadeó.

—La fusta. Jamás usó una. Ni una sola vez. Ni siquiera cuando montó en su primer poni. Todos lo conocíamos desde niño... lo habíamos visto montar desde siempre. Nada de fustas. De acuerdo con Smithers, que era el encargado de los establos de la casa grande, ni siquiera tenía una. —Conlan miró a Martin—. Así fue como lo supe entonces, y me aseguré de contárselo a todo aquel que quisiera escucharme. Por la mañana, fui a la casa grande, pero no me dejaron ver a su padre. Intenté explicarlo, pero parecía haber mucho jaleo. Se lo dije a Canter y él intentó hablar con su padre, pero parece que estaba prohibido pronunciar su nombre. Canter lo intentó, pero su padre no quiso escucharlo.

»Me dije que había hecho todo lo posible, pero aun así seguí dándole vueltas. Fui al pueblo de Buxton y hablé con Sir Francis, pero me dijo que su padre era el magistrado del distrito y que no veía cómo podía intervenir en el asunto. Me dijo que sin duda su padre tendría sus motivos y que debería dejarlo estar. —Hizo una pausa antes de añadir—: Y ahí quedó todo. Llevo diez años esperando para decírselo en persona. Pensé que volvería, que su padre cambiaría de opinión, sobre todo cuando murió su madre. Pero usted jamás regresó. —Miró a Martin con expresión interrogante.

—No sabían dónde me encontraba... no podrían haberme pedido que volviera. —Martin le dio unas palmaditas en el hombro—. Gracias por decírmelo.

Se puso en pie; tenía que salir de la casa. Salir a un lugar donde pudiera respirar. Pensar. Asimilar la información. Era consciente de la tirantez de su sonrisa mientras se despedía de Conlan y Betsy. Amanda sentía su rigidez; fue ella quien conversó animadamente de camino a la puerta.

Martin saludó a Dan con la mano, sin detener sus largas zancadas. Escuchó el frufrú de las faldas de Amanda tras él, caminando con rapidez para alcanzarlo, antes de que lo agarrara del brazo y le diera un tirón para detenerlo.

Se detuvo y dio media vuelta para encararla.

—¡Ve más despacio! —exclamó ella con el ceño fruncido—. Ya lo has oído... ¡no eres culpable!

Martin la miró.

—Eso siempre lo he sabido.

—Me refiero a que nunca fuiste culpable a los ojos de estas personas. —Estudió su rostro—. ¿Es que eso no significa nada para ti?

—Sí, por supuesto —respondió entre dientes antes de soltar el aire y mirar por encima de la cabeza de Amanda—. Sólo... que no sé qué significa. —Se pasó las manos por la cara antes de maldecir y darse la vuelta.

Amanda estaba junto a él.

—¿A qué te refieres? —Mientras se mantenía a su altura, lo miró a la cara—. ¿Qué quieres decir con que no sabes lo que significa?

—Quiero decir que... —Su mundo se estaba haciendo pedazos delante de él—. Yo... —Era incapaz de encontrar las palabras para describir el torbellino de sus pensamientos. Con un juramento, la cogió del brazo y la llevó más allá de los caballos. Se detuvo junto al muro de piedra del cementerio. Después, la hizo girar en dirección a los riscos.

—Mira Froggatt Edge. Hace un día muy parecido al de entonces y también fue por esta época del año. La luz es la misma. Imagina que estoy allí arriba. Ahora imagina que es Luc. ¿Podrías tú o cualquier otro confundirnos?

Amanda hizo lo que le pedía. Luego lo miró.

—¿Creías que fue Luc?

—No se me ocurrió ninguna otra persona a la que Sarah pudiera haberse entregado, pero Luc jamás usó fusta, al igual que yo.

Se sentaron en el muro y él siguió con la explicación.

—Luc también la conocía, no tan bien como yo, pero... lo bastante bien. Siempre ha sido increíblemente apuesto... no me costó mucho imaginarme cómo sucedieron las cosas. Además, Luc había estado en Hathersage durante la Navidad y había llegado de Londres ese día un poco antes que yo. Sabía que estaba en casa antes de que yo llegara... podría haberse enterado de la muerte de Sarah, al igual que yo, tan pronto como llegó. Tuvo la oportunidad de hacerlo, y pensé que su móvil sería el mismo que me habían atribuido a mí. —Frunció los labios—. Y por mucho que me tacharan de salvaje, Luc lo era mucho más.

Amanda asintió.

—Ya veo. Pero te olvidas que lo conozco desde siempre. Pero ¿por qué no te diste cuenta si Conlan dijo que el asesino era igualito a ti...?

—Creí que había cometido un error, como tantos otros solían hacer.

—¿Confundiros a Luc y a ti?

Martin asintió.

—Nos parecemos mucho, de manera que... es fácil confundirnos a simple vista. Pero no... no he caído en el detalle de la luz hasta que Conlan ha descrito la escena.

Amanda levantó la vista hacia los riscos.

—¿Era tan clara aquel día?

—Sí. Cielo despejado y el sol bañando toda la zona. Aparte de la fusta, no se me ocurre cómo Conlan podría haber pasado por alto la diferencia en el color de pelo... Al menos, no con esa luz.

—Lo que quiere decir que no es Luc. —Amanda se giró hacia Martin—. De manera que ¿quién...? —Dejó la frase en el aire y abrió los ojos de par en par—. «Un caballero que es igual a usted.» —Se cogió del brazo de Martin—. ¡El salteador! —La expresión de sus ojos le dijo que Martin ya había establecido esa conexión y que le habría gustado que ella no fuera tan perceptiva; decidió pasarlo por alto. Un millar de ideas le bullían en la cabeza—. Por eso estaba esperando en el cruce... Estaba esperando, pero no a Reggie, sino... —Frunció el ceño—. ¿Cómo pudo saber que ibas por el camino del norte?

—No lo sé, pero dudo mucho que Reggie fuera su objetivo.

—Reggie dice que disparó en cuanto él se inclinó hacia la ventanilla.

—Y el «salteador» no se aseguró de la identidad de su víctima, por lo que no sabemos si se dio cuenta de que había disparado al hombre equivocado.

—Pero ¿por qué querría dispararte?

—Para evitar que investigara los hechos que rodearon la muerte de Buxton... y la de Sarah. —Martin guardó silencio un momento antes de saltar del muro con la mandíbula apretada—. Vamos, tengo que hablar con alguien más.

La señora Crockett lo contempló largo rato antes de hacerse a un lado.

—Entre. No puedo decir que me sorprenda verlo.

Amanda miró a Martin; impertérrito, la hizo pasar delante de él y la siguió hasta la salita. La señora Crockett les indicó un sofá antes de regresar a la mecedora, que aún seguía moviéndose.

—Bien. —Los miró por encima del brasero—. Tengo que decir que estaba convencida de que fue usted quien causó la muerte del viejo, dado que le encontraron con esa piedra en la mano. Bien podría haberlo hecho con ese temperamento suyo, tan honrado como el de su padre. Y también sería muy típico de usted salir en defensa de Sarah. Pero Conlan dijo lo contrario y nadie tenía mejor vista que Conlan, al menos por aquel entonces. —Comenzó a mecerse y apartó los ojos de ellos—. La verdad es que no me dolió ver al viejo muerto, no después de lo que hizo. Sobre él recae un enorme pecado y con toda la razón. Pero... —Dejó de mecerse y volvió a clavar la vista en Martin—. Pero hay algo que sé que usted no habría hecho nunca: aprovecharse de mi Sarah —prosiguió con acritud—. Intenté decirles que no fue usted, pero compusieron todo un cuadro. Todos sabían que ella habría sido suya si usted lo hubiera querido; en cualquier momento, sólo tenía que chasquear los dedos. —Sacudió la cabeza—. Pero nunca pensó en ella de esa forma, al menos que yo me diera cuenta. Nunca tuvo hermanos... ella era una hermanita para usted.

—Sí.

—Sí. —La señora Crockett se arrebujó en el chal—. Una pandilla de estúpidos, todos ellos, por creer que fue usted. Yo lo sabía. Vi los moratones.

Amanda sintió que sobre la habitación caía un silencio sepulcral. Hasta que Martin preguntó en voz baja:

—¿Moratones?

La señora Crockett abrió la boca sin decir nada y, luego, barbotó:

—Quienquiera que fuese, la forzó. Vi los moratones... sí, y el cambio que se obró en ella. Sarah era toda risas y alegría, pero al día siguiente no podía conseguir que me mirara. Y lloró toda la noche. No lo supe, no entonces. Pero mi Sarah jamás hizo un alboroto, y con un padre como el suyo, no era de extrañar, ¿no le parece?

Comenzó a mecerse con más rapidez y fulminó a Martin con la mirada.

—Si hubiera estado aquí, se lo habría dicho; me habría encargado de que usted hablara con ella. Pero conmigo... no consintió decirme nada, a pesar de lo que yo había averiguado.

—La forzaron —declaró Martin con voz firme—. ¿Está segura?

La señora Crockett asintió.

—Tanto como de que estoy sentada aquí. El segundo día del año; es decir, dos días después del baile celebrado en la casa grande.

Cuando ambos guardaron silencio, Amanda comentó:

—Dijo que sabía a ciencia cierta que no había sido Martin.

La señora Crockett la miró a los ojos.

—Me parece lógico, ¿no cree? Si la hubiera querido —dijo al tiempo que hacía un gesto en dirección a Martin—, le habría bastado con decirlo. No habría tenido necesidad de forzarla. —Le lanzó otra mirada a Martin, pero en esa ocasión le temblaron los labios y habló en voz baja cuando añadió—: Tampoco le habría hecho daño... había muchachas más que suficientes, incluso por aquel entonces, para dar fe de eso. Pero mi Sarah tenía marcas, enormes moratones por toda la espalda. Ese canalla la forzó sobre un lecho de piedras. —Señaló a Martin con un gesto de la cabeza—. No fue él.

Martin se removió, inquieto. Amanda podía sentir la furia contenida que se había adueñado de su cuerpo; estaba más tenso que un muelle. Pero mantuvo el tono sereno cuando preguntó:

—¿Dijo algo? ¿Dio alguna pista acerca de la identidad del hombre?

La señora Crockett negó con la cabeza.

—Nunca. Puede estar seguro de que lo recordaría de haberlo hecho. —Pasado un momento, siguió hablando con la vista clavada en el fuego—. Aún recuerdo cómo se armó de coraje para enfrentarse a su padre cuando llegó el momento. Intentó hacerlo razonar, pero ¿él? Ni hablar... —Bufó—. La encerró en su habitación, eso hizo, y fue entonces cuando comenzaron las palizas y los sermones.

Amanda rompió el silencio que siguió a esas palabras.

—Entonces, ¿es cierto que la obligó a quitarse la vida?

—Fue él quien le quitó la vida... tal vez no atara el nudo, pero bien que se aseguró de que ella lo hiciera. No le dejó otra alternativa... Ninguna. —La señora Crockett se rodeó la cintura con los brazos y siguió meciéndose—. Si al menos hubiera llevado un diario... pero nunca lo hizo.

Dejaron a la anciana en su mecedora y regresaron al presente, a la luz del sol.

Amanda refrenó su lengua durante el camino de vuelta a casa. Allie le echó un vistazo al rostro de Martin y les dijo que se adecentaran para el almuerzo; les sirvió la comida en el salón, que volvía a estar reluciente. Mantuvo un constante contacto visual con Amanda, pero se cuidó mucho de preguntar nada.

Lo que sí hizo fue informarles de que Reggie ya había comido un poco y de que estaba durmiendo en su habitación.

—Parece mucho más recuperado y no hay indicios de fiebre.

Amanda abandonó la mesa aliviada por esas noticias.

—Vamos, señor conde, muéstreme los retratos de familia. —Martin se levantó y alzó una ceja con un gesto cínico, a lo que ella respondió con una expresión cándida—. ¿No es eso lo que hacen los caballeros para impresionar a sus futuras esposas?

Él la estudió mientras se acercaba.

—Eres tan transparente como el agua.

Amanda sonrió y enlazó su brazo con el de él.

—Dame el gusto.

Los cuadros estaban colgados a lo largo de la galería emplazada justo sobre las escaleras principales; mientras subían, se fijó en el rostro del hombre que tenía al lado.

—¿Me equivoco al pensar que a tu regreso a Inglaterra no investigaste la autoría del asesinato porque creíste que había sido Luc?

No le respondió de inmediato. Cuando llegaron al descansillo en el que se dividía la escalera, se detuvo y después giró hacia la izquierda.

—No sabía qué pensar... ni al principio ni tampoco después. Luc y yo... hasta entonces habíamos sido mucho más que primos, casi hermanos. Crecimos juntos, nuestras madres eran hermanas, fuimos juntos a Eton y de allí a la ciudad... —Se encogió de hombros—. En realidad no llegué a ninguna conclusión; era una posibilidad y mi mente se negó a ir más allá.

—Pero ¿ya no sospechas de Luc?

—No, en absoluto. La vista de Conlan era demasiado buena y luego está el asunto de la fuerza. —Frunció los labios antes de mirarla de soslayo—. Ya sabes que Luc, en lo que se refiere a las mujeres, sólo utiliza la fuerza para quitárselas de encima.

Amanda resopló.

—Desde luego. No es su estilo. ¿Quién más podría ser? —preguntó justo cuando llegaban a la galería.

—La respuesta no es lo que crees, pero ya la verás. —Martin la llevó hacia los retratos.

Allie había estado muy ocupada; habían descorrido las cortinas, que ya estaban sujetas por sus cordoncillos. La luz entraba a raudales; se reflejaba en las motitas de polvo que flotaban en el aire e iluminaba las hileras de retratos que colgaban de las paredes.

—Bien podríamos empezar por el viejo Henry, el primer

conde. —Martin la condujo hacia el retrato de un caballero de aspecto irritado que posaba con una camada de spa-
niels; los animales lo miraban con adoración—. Según dicen,
les tenía más cariño a sus perros que a su condesa. Aquí la
tienes.

Amanda miró el retrato contiguo: una mujer con aire severo, semblante adusto y pelo cano. Como comentario, soltó un bufido.

Fueron pasando de retrato en retrato hasta que estuvieron frente a uno bastante más reciente.

—Mi abuelo, el tercer conde.

Un retrato realizado en la flor de la vida del modelo.
Amanda lo estudió, miró a Martin con el ceño fruncido y volvió a contemplar el cuadro.

—No tenéis demasiadas semejanzas.

—Es que no me parezco mucho a él. —Martin la miró a
los ojos—. En el físico me parezco a mi madre.

Señaló hacia delante y continuaron su camino, dejando
atrás varios ancestros Fulbridge cuyos retratos, sobre todo los
de los varones, confirmaban sus palabras. Los Fulbridge tenían rasgos distintos, con una frente más ancha y una mandíbula más alargada. Rostros muy diferentes, sin duda, aunque
la mayor diferencia radicaba en la forma de los hombros:
anchos, pero caídos. Semejante complexión física se repetía
del primer retrato al último, el padre de Martin.

Amanda se detuvo frente a ese retrato sin necesidad de
que le dijera quién era, consciente de que Martin se había quedado muy callado y de que había entornado los ojos. Estudió al hombre que había desterrado a su propio hijo sin razón
alguna, tal y como apuntaban las pruebas más recientes. El cuadro mostraba un rostro severo y, sí, un porte honesto, pero
no había rastro de crueldad ni de un temperamento irritable.

Con el ceño fruncido, Amanda miró el siguiente cuadro.
El retrato capturó toda su atención.

—¿Tu madre?

Se detuvo justo delante y contempló con avidez los tres
rostros que aparecían en el cuadro.

—Y su hermana.

—La madre de Luc, lo sé. Aquí está mucho más joven.

—Apenas tenían veinte años por aquel entonces.

Había dicho que se parecía a su madre y, hasta cierto punto, era verdad; el parecido era evidente, pero mitigado por las diferencias entre sexos. Aunque Amanda ya había descubierto por qué lo había afirmado de modo tan rotundo. Señaló al hombre que se sentaba a la mesa entre ambas hermanas.

—¿Quién es?

—Mi tío, su hermano mayor.

El hombre era, si no una copia exacta de Martin, una réplica muy parecida. Con semejante parecido, no era de extrañar que pudieran confundirlos, incluso a una distancia relativamente corta.

Amanda contempló el cuadro, absorbiendo toda la información que podía ofrecerle, todo lo que Martin quería que viese con sus propios ojos. Después se giró para contemplar sus oscuros ojos verdes.

—El asesino pertenece a tu familia, pero no a la rama de los Fulbridge. Es alguien de la familia de tu madre. —Al ver que no replicaba, continuó—: Y ese alguien sigue vivo y no quiere que investigues el asesinato, porque si lo haces...

Pasado un momento, Martin habló con los ojos clavados en los suyos.

—Ese alguien tenía la esperanza de que el asunto estuviera zanjado y, por tanto, de que él estaba a salvo, ya que no había removido las aguas durante tanto tiempo y no había proclamado mi inocencia ni había intentado buscar al verdadero asesino cuando regresé a Londres. Ahora, en cambio, mi interés por ti se ha vuelto del dominio público y el asesino se ha enterado de que he hecho una proposición formal; nadie que conozca a los Cynster creerá que he recibido la venia de la familia sin haber prometido que resolveré el antiguo escándalo. Así que, de repente, el asesino vuelve a sentirse amenazado.

Amanda asintió sin dejar de mirarlo.

—Así que vuelve a atacar... era a ti a quien intentaba matar cuando le disparó a Reggie.

—Sí.

—¿Crees que se ha dado cuenta? ¿De que le disparó a Reggie y no a ti?

—Es posible. Aunque, en caso contrario, se habría visto obligado a marcharse de todos modos, ya que no puede arriesgarse a atacarme aquí.

Amanda frunció el ceño.

—¿Por qué no? Es de suponer que conoce el lugar.

—Y es más que probable que él también sea muy conocido por estos contornos. —Puesto que su expresión le dijo que no estaba convencida, continuó—: Si lo ven y lo reconocen, matarme no servirá de nada ya que lo habrán descubierto. Si pudiera matarme y escapar, valdría la pena el riesgo. Sin embargo, lo más probable es que crea casi imposible que yo pueda hacer algo para limpiar mi nombre o que, en el caso de que lo consiguiera, no haya pruebas que lo relacionen con la muerte de Buxton después de tantos años. —Martin compuso una mueca—. Como bien puede ser el caso.

Enlazó su brazo con el de ella y emprendieron el camino de vuelta.

Amanda dejó que la condujera mientras meditaba los hechos y encajaba otras piezas en su rompecabezas mental.

—Pero —dijo a la postre—, la mejor forma de limpiar tu nombre socialmente, sobre todo pasado todo este tiempo, será demostrar que otra persona lo hizo.

Martin vaciló antes de asentir.

—La manera más efectiva, aunque tal vez no sea la única.

Ella lo miró a la cara.

—¿Hiciste alguna promesa? Acerca de resolver el escándalo.

—No con palabras, pero se sobreentendió.

—¡Que así sea! —Lo aferró por el brazo y dejó que su voz trasluciera toda su determinación; no iba a permitir que nada ni nadie se interpusiera entre ellos, mucho menos un asesino—. Sugiero que comencemos a buscar entre tus parientes maternos que encajen en el perfil. Tuvo que estar aquí, conocer a Sarah...

—Tal vez haya otras opciones —dijo él abstraído.

Amanda observó con detenimiento su rostro y arqueó las cejas.

—Supongo que no se te habrá ocurrido, ni por un instante, que voy a permitir que dejes las cosas como están para que vuelvas a tu vida en las sombras, ¿verdad?

El semblante de Martin siguió siendo serio.

—Quienquiera que sea, tiene una familia que depende de él... inocentes que sufrirán las consecuencias de su desgracia. —La acalló con la mirada, inspiró hondo y continuó—: Sarah está muerta... nada de lo que hagamos la traerá de vuelta. En cuanto a Buxton, hacer justicia con su asesinato me importa muy poco, pero...

—¡Espera! —exclamó ella, agitando las manos—. Repite eso: ¿te preocupa que la familia del asesino sufra si lo descubres?

Al ver que él se limitaba a enarcar una ceja, un gesto que ella entendía a la perfección, comprendió de repente el problema que lady Osbaldestone había previsto gracias a su sabiduría. Vio el agujero, la fosa en la que podía enterrarse un hombre que adoleciera de una actitud sobreprotectora, y supo que tenía que encargarse del problema, y superarlo, en ese mismo instante.

Le sostuvo la mirada.

—Tu familia te desterró sin motivo. Sé que no le darás la espalda a nadie como hicieron contigo, eres incapaz de algo así. Te sacrificarías por tal de proteger a tu familia. ¿Estoy en lo cierto?

Martin frunció el ceño y cambió de postura.

—Sin embargo —continuó—, sin importar la situación ni los argumentos que expongas, nada cambia el hecho de que tu principal objetivo será proteger el futuro de tu linaje. Te han enseñado desde la cuna a anteponer tu apellido a todo lo demás —dijo y se detuvo para inspirar hondo—. Y el futuro de tu familia reside contigo... —prosiguió, dándole un golpecito en el pecho— y conmigo, con nuestros hijos. —Martin entornó los ojos de repente y Amanda se ruborizó al tiempo que restaba importancia a la idea con un gesto de la mano—. Ése no es el tema que nos compete ahora.

A juzgar por la tensión que se apoderó de sus rasgos, Amanda supo que el hijo que tal vez ella llevara en el vientre era un tema que le competía y mucho; consciente de las implicaciones, cambió de táctica. Empezó a gesticular.

—Piensa en esto un instante: el asesino ya le ha disparado a Reggie por error. ¿Qué pasaría si decide que debe asegurarse de tu muerte y lo vuelve a intentar, pero en cambio me mata a mí o a alguno de nuestros hijos?

Su expresión le dijo entonces que había dramatizado demasiado, que estaba al tanto de los hilos de los que ella estaba tirando. Amanda mantuvo los ojos muy abiertos, las manos extendidas y le sostuvo la mirada. Pese a todo, ese hilo era muy poderoso.

Martin soltó el aire y apartó la mirada.

Amanda le cogió las manos y entrelazó los dedos con los suyos. Él le dio un apretón. Cuando Martin volvió a mirarla, dejó que su expresión revelara todo lo que estaba sintiendo.

—El futuro de tu linaje reside en ti, en mí y en nuestros hijos. Sacrificar tu futuro por proteger el de otros miembros de tu familia es una cosa. Sacrificarnos a ambos es otra muy distinta. Nadie te lo pediría. Es algo imposible de pedir. Tal vez alguien acabe herido, pero estaremos allí (tú, yo y los demás) para ayudar... Podemos ayudarlos a superar el mal trago. Pero no puedes seguir protegiendo al asesino. Además, no se merece tu protección.

Permanecieron allí de pie, con las manos y las miradas entrelazadas. La luz del sol los envolvía, calentándolos y entregándoles la promesa de una nueva vida de abundancia y felicidad. A su alrededor, la casa pareció desperezarse como si se despertara de un largo sueño. Desde algún lugar de la planta baja, les llegó la voz de Allie y el ruido de unos cubiertos al caerse.

Martin inspiró hondo y le dio un breve apretón en los dedos. Desvió la vista hacia la ventana.

Ella esperó, rezando. ¿Qué más podría decir?

—Es un miembro de la familia que estuvo en Navidad y en Año Nuevo y que volvió para la reunión de Pascua.

Martin la miró. Ella esbozó una exuberante y alegre sonrisa.

—¿Te acuerdas de...?

Él negó con la cabeza.

—Hay más candidatos de los que te imaginas. Esa rama de la familia es muy numerosa y muchos nos visitaban con frecuencia. En Navidad, en Año Nuevo, durante la Pascua y al menos dos veces durante el verano para asistir a las fiestas multitudinarias que se celebraban. Era muy habitual que tuviéramos más de setenta invitados.

—Y ¿quién podría saberlo? ¿Allie?

—No. —Pasado un momento, dijo—: Tendría que mirarlo en el despacho de mi padre.

Sabía que aún no había entrado allí, sabía que quería hacerlo solo. Así que sonrió.

—Y yo tengo que ver cómo está Reggie. Después hablaré con Allie.

Le soltó las manos, se puso de puntillas y lo besó en la mejilla. Él aceptó la caricia pero no tardó en mover la cabeza. La miró a los ojos y se inclinó para besarla en los labios.

Fue un beso muy breve e increíblemente tierno.

—Reúnete conmigo cuando hayas terminado de hablar con Allie.

Martin abrió la puerta del despacho de su padre, una estancia cuadrada con ventanas orientadas al este que ofrecían una vista de los riscos. Allie aún no había pisado esa parte de la casa. La habitación estaba en penumbra y llena de polvo. Se acercó a las ventanas y, tras descorrer las cortinas, contempló cómo el río brillaba mientras se perdía hacia el este.

A su alrededor todo estaba en silencio... a la espera. ¿Eran imaginaciones suyas o su padre estaba muy cerca? Como si la estancia todavía estuviera impregnada de su presencia a pesar del año transcurrido desde que falleciera. Inspiró hondo, se preparó mentalmente y se giró.

Contempló el escritorio de caoba y el sillón orejero que había al otro lado, cuya piel estaba tan desgastada que incluso brillaba. El papel secante, con unas cuantas motitas, y la pluma junto a un tintero cuyo contenido se había secado hacía mucho. No quedaban papeles sobre el escritorio. Todo se había guardado. Su abogado fue el encargado de hacerlo, no él.

Ni siquiera sabía dónde había muerto su padre, ni cómo, sólo que lo había hecho. Martin recordó la fecha y se dio cuenta de que había sido justo un año antes de que viera por primera vez a Amanda.

Pensar en ella, en todo lo que le había dicho, rompió su ensimismamiento y lo obligó a alejar el pasado a una distancia tolerable. Puso el presente en su justa perspectiva.

Se acercó al escritorio, sacó el sillón y se sentó. Pasó la vista por los libros de cuentas que llenaban la estancia, se percató de unos cuantos tomos nuevos; nada raro y tampoco nada fuera de lugar. Frunció los labios. Por supuesto que no. Bajó la vista al escritorio y, sin hacer caso del polvo que lo cubría, abrió el primer cajón de la izquierda.

Plumas, lápices, algunos recuerdos... una figurilla de marfil que le había regalado a su padre años atrás. Martin la miró durante un buen rato; dada la severidad de su padre, resultaba extraño que la guardara allí, donde tendría que haberla visto todos los días... Con el ceño fruncido, cerró ese cajón y abrió el siguiente.

Cartas, muy antiguas, con los sobres ya amarillentos... Un buen puñado. Curioso, las sacó y las ojeó...

Estaban dirigidas a él. De puño y letra de su padre.

Las contempló. No se imaginaba qué... Se preguntó cuándo las habría escrito.

Sólo había una manera de averiguarlo. Abrió de nuevo el primer cajón y sacó el abrecartas para leer la primera. Miró la fecha antes de abrir las demás y ordenarlas por orden cronológico. Las misivas se extendían a lo largo de nueve años. La primera había sido escrita cuatro días después de que se marchara... de que lo desterraran.

Inspiró hondo, se preparó y cogió la primera hoja.

«Martin, hijo mío... Estaba equivocado. Muy equivocado. Llevado por mi arrogancia...»

Tuvo que dejar de leer y obligarse a respirar. Le temblaba la mano; dejó la carta sobre la mesa, se levantó, se acercó a la ventana y forcejeó con el cierre hasta que consiguió abrirla. Se inclinó hacia el exterior y le dio la bienvenida a la ráfaga de aire frío proveniente del valle. Inspiró hondo. Calmó sus frenéticos pensamientos.

Después, regresó al escritorio y leyó la carta de arriba abajo.

Cuando llegó al final, contempló la puerta mientras el pasado que había creído cierto se desintegraba para conformar uno nuevo. Cerró los ojos y se quedó largo rato inmóvil y en silencio, imaginando...

Lo que el distanciamiento habría significado para su madre.

Lo que, además de la culpa y de la angustia que destilaba la carta, le había hecho a su padre. Su honesto y siempre tan preocupado por hacer lo correcto (porque lo vieran hacer lo correcto) padre.

Al final, abrió los ojos y leyó el resto de las cartas. La última concluía con una nota de su madre, escrita justo antes de su muerte. En ella, le rogaba que los perdonara y que regresara a casa para que su padre pudiera enmendar la injusticia que había cometido. Sus palabras, más que ninguna otra cosa, lo destrozaron.

Seguía sentado detrás del escritorio, con las cartas frente a él, cuando se abrió la puerta. Había pasado bastante tiempo, ya que las sombras que proyectaban los objetos eran más alargadas.

Amanda echó un vistazo al interior y titubeó. La habitación estaba impregnada de emociones, no amenazadoras pero... Cerró la puerta muy despacio y se acercó a Martin.

Él la escuchó, levantó la vista y parpadeó para mirarla. Dudó un instante antes de extender un brazo para acercarla a él. Apoyó la cabeza contra su costado. La estrechó con más fuerza.

—Lo sabían.

Amanda no podía verle el rostro.

—¿Que no eras el asesino?

Él asintió.

—Se dieron cuenta a los pocos días y enviaron a alguien en mi busca de inmediato. Pero...

—Pero ¿qué? Si lo sabían, ¿por qué has pasado tantos años en el destierro?

Martin inspiró de forma entrecortada.

—Decidieron mandarme al continente, el lugar al que los sinvergüenzas ricos y con título huyen cuando Inglaterra se vuelve demasiado peligrosa. Pero decidí que si mi padre iba a desterrarme, no tenía por qué seguir sus instrucciones. En vez de ir a Dover y de allí a Ostende, me fui a Southampton. El primer barco que zarpaba iba rumbo a Bombay. No me importaba el destino siempre que me llevara lejos de Inglaterra. Lejos de aquí.

—¿No pudieron localizarte?

Él señaló el montón de cartas.

—Enviaron mensajeros y detectives para buscarme, pero nunca me encontraron porque estaban buscando en el continente equivocado. Si lo hubieran intentado en la India, me habrían encontrado... No me ocultaba.

Amanda le acarició el cabello con la mano.

—Pero sin duda alguien en Londres que hubiera visitado la India o que tuviera negocios allí...

Él negó con la cabeza.

—No, eso es lo peor. —Su voz sonaba desconsolada. Sintió cómo inspiraba hondo—. Esperaron aquí... me esperaron aquí. Como una especie de penitencia; en lugar de vivir como de costumbre, acudir a las fiestas de la temporada, visitar a sus amigos, organizar cacerías o asistir a las de los conocidos, se quedaron aquí, en esta casa. Desde el día en que me fui hasta el día que murieron; hasta donde puedo saber, se quedaron aquí, esperando que regresara y los perdonara.

«Y nunca lo hice.»

No hubo necesidad de que pronunciara las palabras, Amanda podía escuchar cómo resonaban en su cabeza. El brazo que le rodeaba la cintura se tensó y hundió el rostro en su costado, aferrándose ciegamente a ella por un segundo.

Amanda le acarició la cabeza e intentó sin éxito refrenar las emociones: la comprensión, la simpatía, la extrema frustración que el descubrimiento le había deparado, la enorme tristeza de que hubiera sucedido algo así. Y todo por la cobardía de un hombre. Quienquiera que fuese.

Martin recordó eso último. Soltó a Amanda y tiró de ella para que se sentara en el brazo del sillón. Después, apiló las cartas, las metió en el cajón y lo cerró.

«Lo hecho, hecho está. El pasado está muerto y enterrado.»

No podía retroceder en el tiempo y hacer las paces con sus padres, pero sí podía vengarlos, y también a Sarah e incluso a Buxton, al asegurarse de que quienquiera que hubiera destruido sus vidas fuera llevado ante la justicia; después continuaría adelante tal y como a sus padres les habría gustado.

Se concentró en el presente.

—Vine aquí para encontrar el diario de visitas de mi padre. Era un hombre muy disciplinado, exacto, preciso. Llevaba un diario con todos los invitados a cada reunión familiar, y apuntaba quién asistía y quién no. Solía guardarlo en su escritorio...

Estaba en el último cajón. Lo sacó, sopló para quitarle el polvo y hojeó las páginas.

—Algo que no entiendo... Si sabían la verdad, ¿por qué tus padres no limpiaron tu nombre?

Martin levantó la vista y, al ver la preocupación que le ensombrecía los ojos, consiguió esbozar una breve sonrisa.

—Lo explican en las cartas. Mi padre imaginó una declaración formal. Un gran gesto ante toda la alta sociedad. Era el tipo de cosa que haría, a modo de expiación. Pero quería que yo estuviera a su lado cuando lo hiciera. —Devolvió la vista al diario—. Murió de forma repentina.

El asunto había sido demasiado doloroso, había provocado un sentimiento de culpa tan profundo que su padre había sido incapaz de afrontarlo sin la promesa de la absolución que le habría reportado la presencia de su hijo.

—¿Cómo te enteraste de su muerte y de que ya podrías volver?

—Pasados unos años, contraté a un abogado londinense para que se ocupara de mis intereses en el país. Fue él quien me informó de la muerte de mi madre y, después, de la... de la de mi padre.

Su voz la puso sobre aviso. Miró el diario.

—¿Qué?

Pasó un instante antes de que él pudiera hablar.

—Te dije que mi padre adoraba las reuniones familiares. Después de esa Pascua, no hay más anotaciones.

No más reuniones. Habían vivido allí, solos, alejados por completo de la familia y de los amigos, tal y como él mismo había vivido. Martin suspiró y sintió cómo la vergüenza y la amargura, sus compañeras durante tantos años, se disipaban hasta desvanecerse. Sus padres habían sufrido mucho más que él.

Con la mandíbula apretada, colocó el diario abierto sobre la mesa.

—Ésta es la lista de los que asistieron a aquella reunión de Pascua.

La examinaron y la compararon con la lista de los invitados de Año Nuevo. Al lado de cada nombre había una anotación con la fecha de llegada. Amanda buscó una hoja de papel en blanco y un lápiz.

—Dime los nombres de todos los hombres de tu familia materna que estuvieron el dos de enero aquí y repíteme los de Pascua. No los juzgues ni excluyas a nadie. Ya lo haremos después.

Martin cogió el diario, se arrellanó en la silla y la obedeció. Después, eliminaron de la lista a aquellos sobre los que no recaía sospecha, debido a la edad o a cualquier otra razón.

—Doce. —Amanda estudió la lista—. Es uno de estos hombres. Ahora, ¿qué más sabemos de él?

Martin cogió la lista y la repasó.

—Puedes tachar a Luc y a Edward.

Ella retomó la lista y tachó el nombre de Luc, pero titubeó.

—¿Cuántos años tenía Edward por aquel entonces?

—Es casi dos años más joven que Luc... Tendría unos dieciséis, casi diecisiete.

—Ya veo.

—Es imposible que creas que él lo hiciera.

Martin hizo ademán de apoderarse de la lista, pero ella se lo impidió.

—Tenemos que enfrentar este asunto con lógica. Estoy de acuerdo con respecto a Luc, pero sólo porque a plena luz del día es imposible confundirlo contigo. Pero ¿Edward? —Enarcó una ceja—. Haz memoria: ¿qué aspecto tenía Edward a los dieciséis?

Martin la miró a la cara con los ojos entornados, pero luego hizo un gesto con la mano.

—Muy bien, haz lo que quieras; deja a Edward en la lista por el momento.

Amanda resopló. Edward tenía el mismo color de pelo que Martin y, aunque no se le ocurriría decir que se parecían en la actualidad, ¿por aquella época...? Si se parecía al resto de los hombres de su familia, a los dieciséis ya casi habría crecido del todo. Sería muy fácil confundirlos desde lejos.

No acababa de creer que hubiera hecho algo tan horrible, pero dejar al mortalmente aburrido y decoroso Edward en la lista tras haber eliminado a Luc, le parecía, por muy infantil que fuese, satisfactorio.

—Muy bien. Ahora nos queda averiguar quién estuvo aquí por Pascua y eliminar a los caballeros que tengan coartadas para la hora del asesinato.

Martin la miró.

—¿Cómo está Reggie?

Amanda sonrió.

—Mucho mejor y más que dispuesto a regresar a Londres.

Martin se levantó. Rodeó el escritorio para reunirse con ella.

—Ése es otro detalle que sabemos de nuestro hombre. Estaba en el camino del norte hace dos noches.

Ella dejó que la condujera hacia la puerta.

—De hecho, eso nos dice algo más.

Él la miró con las cejas arqueadas.

—Nuestro hombre sabía que tú viajabas por ese camino hace dos noches, pero desconocía la razón y tampoco sabía en qué carruaje.

21

Una vez que todo estuvo preparado para marcharse a la mañana siguiente, se retiraron temprano a la cama. Con los brazos cruzados, sin chaqueta ni corbata y apoyado contra el marco del mirador, Martin contemplaba la luz de la luna y las sombras que ésta creaba sobre el valle desde el dormitorio del conde de Dexter. Dejó que la visión lo inundara por completo y admitió por fin que el título, la habitación, la casa y los campos que se extendían ante él habían pasado a sus manos.

Eran responsabilidad suya y como tal tenía que cuidarlos.

La admisión trajo consigo el primer indicio de paz; una paz que jamás creyó poder recuperar, una paz desconocida para su alma durante los pasados diez años.

Estaba a su alcance una vez más, y todo porque había perseguido a una hurí de cabello dorado hacia el norte. Ella había sido su faro en la oscuridad, la luz que lo había embaucado para salir de las sombras y que le había devuelto la vida para la que lo habían educado.

Sin ella no estaría allí. Le había devuelto su futuro. Y tenía la intención de jugar un papel fundamental en él.

Frunció los labios. Repasó las últimas semanas, la incertidumbre, las limitaciones. Todo eso carecía ya de importancia; ambos sabían hacia dónde se dirigían.

Pensar en Amanda le produjo el mismo efecto de siempre; sabía que podría acudir a ella, en ese instante, esa noche, y que lo recibiría con los brazos abiertos...

A pesar de todo, aún no le había dado una respuesta. El hecho de que creyera necesario poner tierra de por medio para pensar con claridad... Si quería ser razonable y justo, no podía dar por sentada su decisión, aun cuando supiera a ciencia cierta cuál sería ésta. Sin importar lo mucho que ella se lo pensara.

No era la lógica lo que los unía y no sería la lógica lo que podría separarlos.

Escuchó el chasquido del picaporte y volvió la vista hacia la puerta esperando que fuera Colly con algún recado. Pero fue su hurí la que entró, ataviada con una delicada bata. Miró a su alrededor y cuando lo vio, cerró la puerta y se acercó a él.

Él se giró, sorprendido a más no poder. Había apagado las velas para disfrutar de la vista; la habitación estaba bañada por la luz de la luna, que creaba sombras y confería al ambiente un tinte esquivo, misterioso y seductor.

Se acercó a él con el asomo de una sonrisa en los labios y una mirada curiosa. No dijo nada cuando se cobijó entre sus brazos ni cuando alzó la mano para cubrirle la mejilla. Como había hecho en tantas ocasiones.

Sus ojos se encontraron en la penumbra. No había exigencias, ni órdenes, sólo ellos para disfrutar del momento. Sólo contaban el instante y el lugar presentes.

Ella ladeó la cabeza al tiempo que se alzaba hacia él para besarlo. Martin agachó la cabeza y sus labios se rozaron; al instante, con la familiaridad que otorga la práctica, sus bocas se fundieron. Sus lenguas se enredaron mientras el resto del mundo comenzaba a desaparecer. La realidad se redujo; en un principio a esa habitación; después aún más, hasta que sus sentidos se limitaron a ellos dos. No había nada más allá del aire que acariciaba sus acaloradas pieles.

Atrapado en la magia que ella conjuraba con tanta facilidad, en esa promesa de deleite sensual, Martin enterró los dedos en sus rizos para después extenderlos sobre el cuero cabelludo. Se quedó muy quieto mientras ella le desabrochaba la camisa, se la sacaba de los pantalones y se la apartaba de los hombros. Martin sólo tuvo que moverse un poco para quitársela y después la arrojó a un lado antes de extender la mano hacia ella. Se apoderó de su boca una vez más, la pegó a su torso y la estrechó contra su cuerpo antes de buscar con las manos el cinturón de la bata y quitarle la prenda por los hombros mientras ella se encargaba de los botones del pantalón.

Hacía fresco en la habitación, pero cuando se apartaron, ella se alzó la larga falda de su camisón color marfil para aferrar el dobladillo y sacarse la prenda por la cabeza. Martin se sentó en el mirador y se quitó las botas y los calcetines sin dejar de mirarla; una vez descalzo, se puso de pie y se quitó los pantalones.

Desnudo, la atrapó entre sus brazos cuando el voluminoso camisón liberó por fin su largo cabello rizado. Amanda soltó la prenda lentamente, hasta que cayó a su espalda justo cuando Martin le rodeaba la cintura con las manos y la obligaba a ponerse de puntillas al pegarla contra su cuerpo. Piel contra piel ardiente... necesidad contra abrumadora necesidad.

Le rodeó el cuello con los brazos; le entregó su boca y se apoderó de la suya, instándolo a continuar. Esa noche era para ellos; ocurriera lo que ocurriese, nada cambiaría ese hecho. Su unión era absoluta, inquebrantable. No le cabía la menor duda. Estar entre sus brazos, sentir el roce del vello masculino contra su sensibilizada piel, sentir la fuerza de esos músculos que se tensaban y se contraían en torno a ella y, sobre todo, sentir la bendición del lugar: de la habitación, de la casa, de la propiedad, de los riscos, del valle y de la luna que brillaba al otro lado de la ventana... Todo eso encajó en una única pieza, se fundió e hizo que su corazón se dejara llevar por una oleada de emociones demasiado profundas y poderosas para calificarlas como simple deleite.

Estaba en el lugar que le correspondía: allí, en ese momento, entre sus brazos. Había tardado mucho tiempo en encontrar su lugar, pero por fin lo había logrado: había encontrado su futuro, su vida.

Era suya; la hora de las decisiones ya había quedado

atrás, sólo la esperaba el compromiso. Por eso había ido a buscarlo esa noche, para dejar claro que su aceptación era incondicional: nada de «si», nada de «pero», nada de «quizá».

Él captó el mensaje. Amanda se percató por la actitud posesiva con la que la había recibido. Por la fuerza que mostraban esas manos extendidas que la apretaban contra él y la estrechaban de forma provocativa contra su excitado cuerpo... Una promesa de lo que pensaba entregarle y de lo que reclamaría a cambio.

Una posesividad que se reflejó también en su beso, un beso desinhibido y dominante con un propósito tan evidente y tan primitivo que se le aflojaron las rodillas.

Le aferró la espalda con las manos y se pegó a él para disfrutar de la fuerza de los músculos que se contraían bajo sus dedos, del poder masculino cuyo objetivo primordial, sin tener en cuenta las apariencias, era complacerla. Obtener placer de su deleite y permitir que ella lo complaciera a su vez.

Con ese objetivo en mente, se apartó de él para recorrerle el pecho desnudo con las manos. Había pasado mucho tiempo desde la última vez que lo contemplara de esa manera, desnudo entre sus brazos, y sintiera la calidez de su piel bajo los dedos. Martin la dejó hacer al tiempo que le deslizaba las manos hasta el trasero para aferrarlo y alzarla, de manera que sus caderas quedaran a la altura de sus muslos mientras la provocaba y la tentaba con la lengua y los labios, haciéndole todo tipo de promesas. Amanda dejó que sus manos vagaran por el cuerpo masculino, saturando sus sentidos con el relieve de los músculos y los huesos, con el peso masculino, con la calidez, con la dureza... con su virilidad.

Martin permitió que lo explorara a su antojo, dejó que bajara la mano para cerrarla en torno a su miembro, rígido y ardiente, que se apretaba contra la curva de su vientre. Como en otras ocasiones, el hecho de que esa dureza acerada tuviera una envoltura tan sedosa la fascinó; lo acarició, lo rodeó con los dedos y movió la mano hacia abajo, maravillada, antes de volver a encerrarlo de nuevo.

Lo besó con más urgencia... y se vio arrastrada por su

respuesta, por la arrolladora ola de deseo y posesividad. Una ola que rompió sobre ellos, acabó con todas las inhibiciones y los arrastró consigo...

No hacia la cama, sino hacia el asiento del mirador, para su sorpresa.

Martin la colocó sobre el banco.

—Arrodíllate de cara a la ventana.

Ella así lo hizo y en ese momento recordó otro momento, otro lugar en el que había estado frente a una ventana y él se había colocado tras ella. Martin le separó los pies y las pantorrillas para hacerse un hueco; le sujetó las caderas mientras ella separaba las rodillas para acomodarlo y luego se acercó más.

Alzó las manos para cubrirle los pechos y los masajeó posesivamente antes de buscar sus pezones con los dedos para atormentarlos, para acariciarlos... Después, cumplió su promesa y los apretó con más y más fuerza... hasta que ella se arqueó y apoyó la cabeza contra su hombro mientras se retorcía delante de él.

Martin estaba duro, preparado, una inconfundible señal de lo que estaba por llegar; sin embargo, no la penetró de inmediato. En cambio, recorrió su cuerpo con manos posesivas para marcar a fuego cada centímetro de su piel... hasta que ella comenzó a retorcerse, consumida por la pasión, y a rozarlo con las caderas en una insinuante súplica.

Una enorme mano se extendió sobre su abdomen para sujetarla mientras la otra se deslizaba entre sus muslos. Martin la acarició antes de separar los pliegues y dejar expuesta la entrada a su cuerpo... y comenzó a indagar. La llenó con sus largos dedos y los movió hasta que ella gimió de placer y le clavó las uñas en los muslos.

Cuando retiró la mano, Amanda levantó la cabeza con la respiración entrecortada e intentó recobrar el aliento. Aturdida, contempló el paisaje bañado por la luz de la luna que se extendía al otro lado de la ventana mientras sentía cómo él la penetraba lenta y posesivamente. Lo sintió en toda su longitud y se permitió cerrar los ojos al percibir cómo su cuerpo se relajaba para acogerlo.

Y de pronto él estuvo allí, hundido en su suavidad, rozándole las nalgas con el abdomen. La excitación hizo que Amanda dejara escapar un largo suspiro. Él la rodeó con los brazos y utilizó una de las manos para cubrirle un pecho y atormentar el enhiesto pezón con los dedos mientras le sujetaba las caderas con la otra, con la palma extendida sobre la parte baja del vientre. La tenía atrapada, cautiva.

Cuando Martin arqueó la espalda, Amanda sintió que la atravesaba una oleada de puro deleite. Se retiró y embistió de nuevo, llenándola de una lenta e incesante oleada de ardiente placer que le recorrió las venas y se propagó por cada centímetro de su ser, concentrando todo rastro de lucidez en él, en lo que estaban haciendo.

Con sus últimos vestigios de cordura, Martin le dio las gracias al carpintero que había construido el asiento del mirador: estaba justo a la altura adecuada. Gracias a eso, podía sujetarle el trasero contra su entrepierna; apoyar el torso contra su sedosa espalda sin apenas inclinarse hacia ella mientras se llenaba las manos con sus pechos; y amarla sin el menor esfuerzo.

Y, también sin el menor esfuerzo, apoderarse por completo de ella, deslizarse hasta el fondo de su cuerpo y poseerla tan concienzudamente que cualquier noción de separación quedara desterrada para siempre de su mente. Su cuerpo, húmedo, caliente y anhelante, se cerraba con fuerza en torno a él. Ella acompañaba cada embestida, cada profunda penetración; recibía sus envites y lo liberaba a regañadientes... sólo para que él volviera a penetrarla, para que llegara más adentro y le robara el aliento. Para enterrarse hasta el fondo en su interior, entregarse a ella y reclamar lo que tuviera para darle, en un intercambio infinito.

Esa forma de entregarse, libres y desnudos bajo la luz de la luna, tenía algo de primitivo y elemental. Les permitía sentir el contraste entre el ardor de sus cuerpos y la frescura de la brisa nocturna. Sentir que el misterio de la noche los envolvía, que la luna los bendecía con su luz mientras fundían sus cuerpos.

Sentir que la pasión crecía y aullaba mientras corría por sus venas y que el deseo explotaba y los arrastraba, dejando sus cuerpos sudorosos, tensos y anhelantes.

Ambos jadeaban, aferrándose con coraje a los vestigios de cordura, mientras deseaban con desesperación prolongar ese momento tan intenso, íntimo y embriagador. Martin agachó la cabeza y le mordisqueó la curva del cuello, que había quedado expuesta cuando Amanda echó la cabeza hacia atrás. Y después se hundió en ella aún más.

—Jamás te dejaré marchar. —Las palabras sonaron ásperas y roncas—. Lo sabes, ¿verdad?

—Sí —susurró Amanda, una rendición teñida por la plateada luz de la luna, al tiempo que le apartaba la mano del muslo para acariciarle la mejilla. La recorrió con cariño, tal y como había hecho en tantas ocasiones; la más sencilla de las comuniones.

Martin giró la cabeza y apretó los labios contra su palma; acto seguido, se inclinó y la besó en la base de la garganta antes de estrecharla con más fuerza.

Antes de soltar las riendas del deseo y dejar que los consumiera.

Antes de dejar que el torrente que recorría su cuerpo se derramara en ella para después sentir cómo regresaba a él y devolvérselo con una nueva embestida... hasta que sintió que la marea crecía, inexorable y abrumadora, y los atrapaba, fusionando sus almas antes de arrastrarlos hacia un vibrante éxtasis. Hasta que ambos estallaron.

La marea retrocedió con suavidad y los dejó flotando sobre un mar dorado.

Martin despertó antes del alba con el suave cuerpo de Amanda acurrucado contra él, de la misma forma que la vez anterior; sólo que en esa ocasión, cerró los ojos y dejó que la satisfacción lo embargara.

Tras darse un momento para disfrutar de la sensación, suspiró, se puso de costado y le recorrió el cuerpo muy despacio con las manos. Ella murmuró algo en sueños, se arqueó, se giró hacia él y le rodeó el cuello con los brazos. Lo besó lentamente antes de murmurar:

—Tendremos que separarnos cuando regresemos a la ciudad.

—Ajá, pero no por mucho tiempo... y... todavía no.

Sin abrir los ojos, Amanda se acercó a él. Martin la estrechó entre sus brazos, rodó para colocarla bajo su cuerpo y dejó que el futuro llegara a su debido momento.

Les llevó la mayor parte del día regresar a Londres. El brazo de Onslow no se había curado lo suficiente como para conducir el carruaje, de modo que lo dejaron bajo los cuidados de Allie y utilizaron el tílburi de Martin. Fue él quien se encargó de las riendas; Amanda se sentó a su lado y Reggie se acomodó en el asiento del lacayo.

Mientras el vehículo marchaba a toda prisa hacia el sur, Martin y Amanda perfilaron sus averiguaciones, sus conclusiones... sus sospechas. Reggie los escuchó en silencio y después añadió con tono sombrío:

—Sabéis que no se detendrá. Si estaba dispuesto a matar para asegurarse de que no se investigara el asunto, no se quedará de brazos cruzados cuando vuelvas a aparecer.

Martin asintió con expresión adusta.

—La cuestión es si dejamos que sepa a quién disparó... o si lo mantenemos en la incertidumbre al respecto. —Reggie votó por aumentar la presión—. En ese caso —añadió Martin mientras sacudía el látigo para azuzar a los caballos—, tendremos que ocultarte.

Y con ese objetivo tomaron un desvío cuando llegaron a las afueras de Londres; se internaron en la parte elegante de la ciudad que se extendía al sur del parque con las últimas luces del día y continuaron con sigilo por el camino de acceso a Fulbridge House hasta rodear la mansión e internarse en el patio que había detrás.

—Nadie nos ha visto. —Amanda se apeó del vehículo.

—Al menos, nadie que pueda reconocernos. —Reggie bajó de su asiento mucho más despacio.

Martin le tendió las riendas a un mozo y se giró hacia Reggie.

—¿Qué tal la cabeza?

Reggie meditó la respuesta mientras enderezaba la espalda para desperezarse.

—No tan mal como antes... Parece que el aire fresco me ha venido bien.

—Estupendo. Me encargaré de que Jules, mi asistente personal, le eche un vistazo a la herida. Tiene remedios infalibles para cualquier cosa.

Amanda enlazó el brazo con el de Reggie para prestarle apoyo y lo hizo girar hacia la casa.

—Es posible que Jules sepa cómo preparar té.

Más tarde, una vez que Jules volvió a vendar la herida de Reggie tras anunciar que se estaba curando bien y les preparó una sustanciosa aunque exótica cena, se recluyeron en la biblioteca para trazar el plan.

Durante el viaje habían acordado que la única persona cuya colaboración necesitaban era Luc Ashford. Martin le envió una nota a Ashford House; una vez hecho, pudieron concentrarse en los problemas más inmediatos.

—Reggie puede quedarse aquí, de esa forma estará fuera de circulación y nos aseguraremos de que siempre haya alguien... en lo que podríamos llamar el centro de operaciones.

Reggie se había estado paseando por la estancia, reparando en los objetos que allí había. Recapacitó un momento antes de asentir.

—La gente sabrá que me marché con Amanda. —Desvió la vista hacia ella, que estaba acurrucada en la otomana adornada con un montón de sedas—. Si haces correr el rumor de que fui a visitar a unos amigos del norte, nadie esperará verme.

—Salvo tu madre —le recordó ella—, que no me creerá. Y supongo que no querrás que le diga que tienes un agujero en la cabeza...

Reggie palideció.

—¡Por el amor de Dios, no! Le escribiré una nota. Le diré que voy a ver a esos amigos. Se lo creerá.

Martin clavó la vista en Amanda.

—Te llevaré a casa un poco más tarde. ¿Crees que tu padre habrá regresado ya de su viaje?

Ella hizo cálculos y después asintió.

—Pero ¿por qué quieres verlo?

—Porque tiene que saber la verdad. —Enarcó las cejas al ver el ceño fruncido de Amanda—. Voy a casarme contigo y ni siquiera he hablado con él todavía.

Ni se le ocurrió protestar, pero se hizo el propósito de estar presente en cualquier conversación entre su progenitor, un Cynster de los pies a la cabeza, y su futuro marido, otro modelo de protector. No tenía la menor intención de perderse ese emocionante encuentro.

Martin hizo cuatro copias de su lista de sospechosos. Le estaba pasando el secante a la última cuando sonó la campanilla de la puerta principal. Tras recoger las listas, se puso en pie y se acercó a la otomana para tenderle una de ellas a Amanda; Reggie se incorporó y cogió otra.

La puerta se abrió para dar paso a Jules.

—El vizconde de Calverton —entonó con su fuerte acento.

Luc entró en la estancia y paseó rápidamente la mirada por la habitación antes de posarla en ellos, que estaban reunidos frente al fuego. Jules retrocedió y cerró con cuidado la puerta. Luc parpadeó por el asombro al ver a Amanda y a Reggie... y se sorprendió aún más cuando se percató del vendaje que cubría la cabeza de este último.

—¡Por el amor de Dios! ¿Qué te ha ocurrido?

Reggie frunció el entrecejo.

—Uno de tus parientes me ha pegado un tiro.

—¿¡Qué!? —Luc clavó la mirada en Martin con una expresión cautelosa—. Recibí tu... llamamiento, Dexter. —Hizo un gesto con las manos—. Y aquí estoy.

Martin compuso una mueca y le hizo un gesto para que se sentara en el diván.

—Te pido disculpas por mi modo de expresarme, pero necesitaba que vinieras.

Luc enarcó las cejas. Al ver que Martin no añadía nada más, se acercó al diván y se sentó enfrente de Amanda con su ágil y acostumbrada elegancia. Clavó en ella una mirada adusta y pensativa antes de dirigirse de nuevo a su primo.

—¿Por qué?

Martin enfrentó su mirada.

—Acabo de regresar de Hathersage.

Le relató en pocas palabras todo lo que habían averiguado. Luc le prestó toda su atención. No lo interrumpió; Martin parecía anticipar sus preguntas y hacía unos cuantos incisos para explicarle los detalles. Acabó la narración en el punto en el que había descubierto que sus padres sabían la verdad y habían tratado de encontrarlo sin éxito. Concluyó asegurándole que estaba resuelto a encontrar a ese pariente que había cometido la cobarde fechoría.

Martin guardó silencio, a la espera. Luc tomó una enorme bocanada de aire.

—Te ruego que me disculpes. Debería haberlo sabido, pero... para serte sincero, en aquella época no sabía qué creer.

Los labios de Martin se curvaron en una mueca irónica.

—A decir verdad, yo podría decirte lo mismo.

Luc lo pensó un instante antes de clavar la mirada en él.

—¿Pensabas que lo había hecho yo?

—Bueno, sabía que yo no había sido. Y hasta ayer no supe que habían forzado a Sarah. Puesto que yo no fui, eras tú quien más posibilidades tenía de haberla seducido.

Luc compuso una mueca.

—Para mí era como una hermana pequeña, al igual que para ti. Habría sido como... como comerme con los ojos a Emily o a Anne. —Se estremeció de arriba abajo.

—Cierto. —Martin tomó asiento en la otomana y extendió un brazo a lo largo del respaldo, de manera que sus dedos acariciaran los sedosos rizos de Amanda. Se colocó las dos copias restantes de la lista sobre las rodillas y las señaló con un gesto—. Empezaremos descartando posibilidades: el asesino (probablemente también el violador de Sarah y el asaltante de Reggie) debe de ser uno de estos hombres.

Le explicó lo del diario de su padre; Luc recordaba esa costumbre que tenía. Ashford tomó una lista y examinó los nombres.

—No puede ser Giles, ni tampoco Cameron. —Echó un vistazo a Martin—. Me detuve en casa de los Milliken, cerca de Derby, así que llegué a Hathersage a media mañana. Ni siquiera entré en la casa. Mientras cruzaba el patio, Giles y Cameron aparecieron con unas cuantas armas y un cesto y me preguntaron si quería unirme a ellos, cosa que hice. Estuve con ellos todo el día. No regresamos hasta que anocheció. —Compuso una mueca—. Una vez que se apagó el revuelo y se tomaron las decisiones, nos prohibieron hablar contigo. Te despacharon una hora después.

Martin asintió con rostro impasible y sopesó los nombres que quedaban.

—Eso nos deja con nueve candidatos.

Luc releyó la lista.

—Todos estaban en casa cuando regresamos ese día. —Echó una rápida mirada a Martin—. No será fácil comprobar las coartadas de toda esta gente ni sonsacarles nada después de diez años.

—Cierto, pero tenemos que comprobar algo mucho más reciente. ¿Quién estaba en el camino principal al norte hace tres noches?

Luc miró a Reggie, que estaba sentado en la otomana.

—¿De verdad te dispararon?

Reggie le devolvió la mirada.

—¿Te gustaría ver el surco que tengo en la cabeza?

Luc hizo una mueca.

—Me basta con tu palabra. —Giró la cabeza hacia Martin—. Pero ¿por qué?

—Supongo que creyó que yo era el hombre que viajaba en el carruaje. Amanda y yo nos habíamos quedado un poco más atrás, antes de la curva, para discutir ciertos asuntos. Reggie había seguido el camino con la intención de detenerse pasado el recodo y esperarnos allí. Cuando el carruaje aminoró la marcha, sin duda, el asesino asumió que se dirigía hacia Hathersage. Conoces el lugar... es ideal para una emboscada.

Luc asintió y bajó la mirada para estudiar la lista.

Amanda estaba preparada para protestar en caso de que quisieran tachar el nombre de Edward de la lista, pero en lugar de discutir ese punto, Luc se limitó a asentir.

—Bien. Puedo comprobar las coartadas de estos hombres con más facilidad que tú. Le pediré a mi madre —dijo al tiempo que levantaba la mano para acallar sus protestas—, sin revelarle nada, que consiga las direcciones de Oliver y de Bruce, a quienes no he visto desde hace años. No creo que tenga problema para localizar a los demás en sus clubes.

Martin asintió con la cabeza.

—Si podemos situar a la gente en un baile o en cualquier otro acontecimiento público tres noches atrás, podremos eliminarlos de la lista.

—¿Estás seguro de que... el asesino y el hombre que disparó a Reggie son el mismo hombre?

—Espero de todo corazón que así sea, por el bien de la familia. —Cuando Luc consideró el asunto, Martin explicó—: Tenemos testigos que aseguran que los dos son «igualitos» a mí.

Luc observó el rostro de Martin antes de componer una mueca.

—Empezaré esta misma noche. —Se puso en pie.

Martin lo imitó.

—Reggie se quedará aquí, oculto. En cuanto yo reaparezca, quienquiera que sea el asesino comenzará a plantearse la identidad de su víctima, si es que no lo ha hecho ya.

—¿Y cuándo será eso? —preguntó Luc.

—En el baile de la duquesa de St. Ives. —Amanda esbozó una sonrisa cuando Martin se giró hacia ella—. Mañana por la noche.

—Bien, querida. —Su padre cerró la puerta del salón tras haberse despedido de Martin—. Apruebo de todo corazón tu elección.

Sonrió y atravesó la estancia para quedarse de pie junto a la chimenea; sus ojos se encontraron con los de su esposa, que estaba reclinada en un diván con un libro olvidado en el regazo.

—Habrá que enfrentarse a un escándalo; pero, en términos generales, mi conclusión coincide con la de Diablo. —Alzó la cabeza y le sonrió con cariño a Amanda—. Será un matrimonio excelente y Dexter es justo el tipo de hombre que siempre hemos deseado acoger en la familia.

Amanda intercambió una mirada con su madre. Louise sonrió y volvió a coger el libro.

—Amanda ha sugerido que el mejor momento para dejar clara la opinión de la familia, con hechos más que con palabras, dadas las circunstancias, sería la cena y el baile que ofrecerá Honoria mañana por la noche, y yo estoy de acuerdo con ella. Como también lo estarán Honoria y Helena, estoy segura.

—Sé que puedo dejar la resurrección social de Dexter en tus delicadas manos. —El guiño de Arthur fue para las dos. Enfrentó la mirada de Amanda con una expresión de afecto, aunque también de perspicaz valoración, según se percató ella—. Estoy convencido, a juzgar por toda la información que han reunido Diablo y el resto de tus primos, de que se demostrará que el viejo escándalo fue una espantosa equivocación y de que Dexter quedará libre de culpa. El comportamiento que ha demostrado en todo momento desde que abandonó Inglaterra hasta ahora... Bueno, habría resultado imposible ocultar semejante falta, en especial dadas las difíciles circunstancias a las que ha tenido que enfrentarse. Por lo que ambos me habéis contado, parece que sus planes para resolver el asunto están bastante avanzados. —Arthur hizo una pausa y Amanda se encontró presa de su mirada azul—. Lo que nos trae de vuelta al verdadero culpable, quien, a juzgar por el lastimoso aspecto que presenta la cabeza de

Reggie, sigue siendo peligroso. Aunque no me cabe la menor duda de que estarás a salvo mientras permanezcas en compañía de Dexter, durante el tiempo que sigas bajo mi cargo, me harás el favor de tomar todo tipo de precauciones cuando no cuentes con su protección.

Se produjo un sutil cambio en la voz de su padre. En raras ocasiones hablaba de forma autoritaria; pero, cuando lo hacía, Amanda sabía muy bien que no debía protestar.

—Lo... lo prometo. —Miró a su madre de reojo, quien contemplaba a su esposo con una ceja arqueada.

—¿Crees de verdad que es peligroso?

Arthur enfrentó su mirada.

—Dexter cree que existe esa posibilidad, y no es de los que se preocupan por nada.

Era la ocasión perfecta para efectuar una gran entrada... un gesto grandilocuente que capturara la atención de la siempre frenética alta sociedad. Se discutieron los detalles durante la cena que precedió al baile de Honoria; el apoyo de las anfitrionas más influyentes, quienes se encontraban presentes, quedaba por tanto asegurado desde un principio.

Se decidió que Martin haría su aparición del brazo de Amanda cuando la mayor parte de los invitados hubiera llegado.

Cuando llegó el momento, Webster anunció en primer lugar al señor Spencer Cynster y a su esposa Patience, que acompañaban a la duquesa viuda de St. Ives y a lady Osbaldestone, quien había insistido en formar parte de la diversión.

Eso fue suficiente para que la gente volviera la vista hacia la entrada, impaciente por escuchar los nombres de los siguientes invitados: lord Martin Fulbridge, conde de Dexter, y su acompañante, la señorita Amanda Cynster.

Los ojos de la multitud se abrieron como platos antes de que las ávidas especulaciones comenzaran a correr entre los invitados cuando vieron que Martin, alto, increíblemente apuesto y con esa melena leonina a la que la luz de las velas arrancaba destellos dorados, se inclinaba frente a Honoria y estrechaba la mano de Diablo con Amanda a su lado. Los susurros habían comenzado incluso antes de que se dieran la vuelta para descender las escaleras cogidos del brazo, tras la estela de la duquesa viuda y lady Osbaldestone.

La sociedad se dio perfecta cuenta de lo que aquello implicaba; todo el que lo vio comprendió el mensaje sin ninguna dificultad. Cuando se anunció a los siguientes invitados, que resultaron ser lord Arthur y lady Louise Cynster, a nadie le quedó ninguna duda de que se había establecido una alianza entre dos de las principales familias de la aristocracia y de que el anuncio formal se realizaría a su debido tiempo.

Un anunció formal siempre era más divertido si se podía presumir de conocer la noticia antes que nadie.

—Yo diría —lady Osbaldestone sonrió con malicia a Martin cuando Amanda y él se unieron a ella en el salón de baile— que tu inminente matrimonio será mañana la comidilla de todas las reuniones.

Martin arqueó una ceja con indiferencia.

—¿Mañana? —Arthur, con Louise a su lado, se unió al grupo y echó un vistazo a las frenéticas hordas que no dejaban de parlotear—. Apostaría que media ciudad se habrá enterado de las noticias para cuando llegue la hora de meterse en la cama.

—Es inútil apostar —replicó Vane—. Jamás encontrarás a alguien que te acepte esa apuesta.

Los tres hombres intercambiaron una mirada de exasperación; sus damas ya se habían girado para saludar a los demás, que se morían por conocer los detalles de tan intrigante relación.

Amanda no dejó de charlar, sonreír y representar su papel con la serenidad de una futura condesa, soslayando las preguntas ladinas y curiosas que pretendían averiguar dónde se habían conocido Martin y ella, cómo había llegado a entablar relación con él y cuándo le había propuesto matrimonio. Con su madre a un lado y su tía Helena al otro, no le resultó muy difícil mantener la compostura necesaria para conseguir la aceptación de la sociedad.

Las agudas y perspicaces damas se retiraron de la fiesta y, aunque no se habían dejado engañar, se dieron por satisfechas con la propuesta de matrimonio, que contaba con la aprobación incondicional de los Cynster y de muchos otros, y con el hecho de que se hubieran observado las normas.

Según el veredicto de la sociedad, se trataba de un matrimonio «adecuado y oportuno».

Cuando los acordes del primer vals comenzaron a flotar sobre la multitud, Amanda se dio la vuelta. Rodeados por la animada charla de sus mujeres, Martin, Arthur, Diablo y Vane se mantenían juntos (un grupo de hombres altos, anchos de espalda, arrogantes y apuestos que intercambiaba comentarios cínicos) y alerta. Diablo tenía la mirada clavada en Honoria; la de Vane no dejaba de posarse sobre Patience. En su padre, aquel hábito era el resultado de toda una vida. En cuanto a Martin, atrapó su mirada y atravesó la distancia que los separaba.

Él esbozó una sonrisa deslumbrante para beneficio de las damas con las que Amanda había estado charlando y volvió a mirarla a los ojos.

—Es mi baile, según creo.

—Desde luego, milord.

Tomó su mano y la condujo hasta la pista de baile; ella se dejó envolver por sus brazos y Martin la arrastró consigo. Hacia el baile. Hacia el futuro.

El resto de los presentes los observó bailar a solas hasta que Arthur y Louise se les unieron, seguidos de Diablo y Honoria, Vane y Patience y otras parejas que se sumaron a sus filas.

—Hasta ahora todo va bien. —Martin contempló su sonriente rostro y sintió que lo invadía la euforia—. Había olvidado cómo se hacían estas cosas.

—Todavía no hemos acabado; no se consigue una fachada sólida con una única aparición.

La euforia se desvaneció.

—¿Quieres decir que tendré que asistir a más bailes como éste?

En la mejilla de Amanda apareció un fugaz hoyuelo.

—Quizá no tan abrumador como éste. Pero no vayas a pensar que podrás escabullirte pronto a esa enorme casa que tienes en Park Lane y dar por cumplidas tus obligaciones.

Martin se percató de la determinación que escondía su sonrisa. Echó un vistazo a su alrededor y atisbó unas cuantas miradas extrañadas e insatisfechas.

—Al menos ya no tendré que fingir que apruebo a esos petimetres que te seguían a todas partes.

—¡No son petimetres!

Pasaron el resto del vals discutiendo sobre los caballeros que la habían cortejado. Cuando la música llegó a su fin, se vieron asediados por aquellos que querían poder presumir de haber recibido en persona las noticias. Cuando la orquesta comenzó a tocar de nuevo, numerosos caballeros quisieron bailar con Amanda; ella sonrió y declinó sus ofertas antes de desviar esa sonrisa hacia Martin y darle la mano.

—¿Te apetece dar un paseo?

Martin asintió con gesto elegante y se excusó con los presentes; le cubrió la mano que reposaba sobre su manga y comenzaron a pasear hacia el otro lado de la estancia.

Puesto que se detenían continuamente para saludar, pasó bastante tiempo antes de que Amanda pudiera preguntar:

—¿Has tenido noticias de Luc?

—Está por aquí. —Martin escudriñó el gentío—. Debe de haber descubierto algo... ahí está.

Cambiaron de rumbo para interceptar a Luc, quien se encontraba de pie en mitad de un grupo en el que también estaban sus hermanas y Amelia, rodeada por una corte de ansiosos caballeros, jóvenes y no tanto.

Luc inclinó la cabeza a modo de saludo.

—He descartado algunos nombres... —Se escucharon las notas iniciales del cotillón y Luc volvió a clavar la mirada en el grupo. No desvió la vista cuando sus hermanas salieron a la pista de baile de manos de un par de caballeros; cuando

Amelia hizo lo propio con lord Polworth, Luc volvió a concentrar su atención en ellos—. ¿Hay algún lugar donde podamos hablar en privado?

Martin asintió.

—Diablo nos ofreció su despacho. —Miró a Amanda de forma elocuente.

—Podemos salir de aquí por la puerta lateral. —Los condujo hasta el ala privada de la mansión. Poco a poco dejaron atrás los sonidos del baile. Llegaron al despacho de Diablo y entraron. En el escritorio había un quinqué encendido que proporcionaba un tenue resplandor. Amanda ajustó la mecha para subir la intensidad de la luz—. ¿Qué has descubierto?

Luc rebuscó en sus bolsillos.

—¡Maldita sea! He olvidado la lista.

Echó un vistazo a Martin, que realizó la misma pantomima sin mejores resultados.

Amanda dejó escapar un suspiro y alzó su ridículo para sacar su copia de la lista. Luc extendió la mano y ella fingió no darse cuenta. Desdobló el papel y lo sostuvo a la luz.

—Muy bien... ¿a quién has investigado?

Luc se situó a un lado de Amanda y Martin al otro.

Contemplaron la lista.

—A Moreton. —Luc dio unos golpecitos con el dedo en el nombre y miró a Martin—. Estaba a su lado cuando entrasteis; su alegría al veros me pareció sincera. Es tan incapaz de fingir como lo era hace diez años. Si fuera el asesino, se habría echado a temblar. En cambio, parecía entusiasmado.

Martin asintió.

—Tachemos a Moreton.

—Y también a George, a Bruce y a Melville. No han puesto un pie en Londres esta temporada y, a juzgar por lo que me dijiste, el tiempo transcurrido desde que decidisteis salir de la ciudad hasta que dispararon a Reggie no dejaba lugar a que nadie que estuviera fuera de Londres recibiera aviso con suficiente antelación para actuar.

—Eso no lo había pensado —murmuró Martin—, pero

tienes razón. El asesino no sólo tuvo que averiguar que me marchaba, sino que además contó con una hora a lo sumo para enterarse.

—En realidad —Luc miró de reojo a Amanda—, es probable que no se enterara de tu marcha, sino de la de Amanda.

—¿De la mía?

—A pesar de vuestra reciente entrada, no puede decirse que vuestra relación haya sido un secreto. Si el asesino se enteró de que tú —dijo, señalando a Amanda con la cabeza— ibas a Escocia de visita, tal vez asumió que Martin te acompañaría y que te detendrías en Hathersage.

—Eso tiene más sentido. Me marché momentos después de tomar la decisión. —Martin observó la lista—. Todavía nos quedan cinco nombres.

—Y dudo mucho que podamos reducirla más. —Luc se apoyó contra el escritorio—. He investigado a cuatro de esos cinco, y ninguno de ellos tiene una coartada verificable que establezca dónde se encontraba cinco noches atrás.

Amanda parpadeó con asombro.

—¿Cómo es posible que cuatro caballeros estuvieran en algún lugar donde nadie pudiera verlos?

—Muy sencillo. —Luc miró a Martin—. Radley es el único con quien todavía no he hablado, pero puedes apostar a que dirá lo mismo que los otros.

Martin compuso una mueca.

—Comprendo.

—¿Qué es lo que comprendes? —Amanda paseó la vista entre los dos hombres.

Luc miró a Martin antes de decir:

—Radley y los demás son primos, y más o menos de nuestra edad.

Al ver que no decía nada más, Amanda clavó la mirada en él antes de desviarla hacia Martin.

—No querrás decir que... —Miró de nuevo a Luc—. ¿Todos ellos?

Él respondió con una expresión de impotencia.

—¡Paparruchas! —Observó la lista—. ¿Y qué pasa con

Edward? No irás a decirme que no cumplió con el deber de acompañar a tus hermanas y a tu madre a algún baile, ¿verdad?

La mirada cínica que Luc clavó en ella fue respuesta suficiente.

—Según Cottsloe, nuestro mayordomo, Edward llegó a casa temprano, le ordenó que le dijera a mi madre que se iba a la cama con dolor de cabeza y que no quería que lo molestaran y se marchó. Regresó en algún momento de la noche, pero nadie estaba despierto para saber la hora exacta. —Los pensamientos que inundaban la cabeza de Amanda debieron de reflejarse en su rostro, porque Luc añadió—: Yo no le daría demasiadas vueltas al lapso de tiempo... Ya lo ha hecho antes. Por desgracia, en el... establecimiento que frecuenta corren ríos de ginebra. Yo no me fiaría de la palabra de nadie que estuviera allí. Y lo mismo puede decirse de los demás... no en cuanto a la ginebra, pero sí en cuanto a que los testigos no son de fiar, lo que significa que no podemos tachar a ninguno de nuestra lista, aunque sus actos no los convierten necesariamente en culpables.

Amanda arrugó la nariz; estudió la lista durante un momento, mientras Martin y Luc concertaban una cita para encontrarse en casa de Martin al día siguiente.

Se fijó en uno de los nombres y frunció el ceño. Conocía a los cinco hombres que quedaban en la lista, pero sólo de vista... salvo a Edward. Los otros cuatro, tal y como había dicho Luc, se parecían mucho a Martin y a él mismo; no le resultó muy difícil imaginar que habían estado con alguna dama cuyo nombre no querían divulgar. Eso era una cosa, pero otra muy diferente era frecuentar un establecimiento en el que «corrían ríos de ginebra».

Conocía a Luc lo bastante bien como para saber que no había exagerado; en todo caso, habría suavizado las indignas predilecciones de su hermano, como en efecto había hecho.

Eso le provocaba a Amanda un extraño presentimiento con respecto a Edward. ¿Qué clase de hombre fingiría ser un resignado y estricto puritano de cara a la sociedad mientras visitaba en secreto esos antros de iniquidad?

—Vamos. —Martin la agarró del codo—. Será mejor que regresemos al salón de baile antes de que empiecen a imaginarse cosas raras.

Amanda volvió a guardar la lista en su ridículo y permitió que la guiara hasta la puerta.

22

Por órdenes de su futura esposa y de su futura suegra, Martin fue a Upper Brook Street a la mañana siguiente para recoger a Amanda y dar un paseo en tílburi por el parque.

Mientras conducía por la avenida, miró a Amanda y, al percatarse del brillo de sus ojos y del triunfo que la embargaba, decidió que el sacrificio merecía la pena. Le había asegurado que sólo tendría que hacerlo una vez. Y él había llegado a la conclusión de que se trataba de un extraño rito que sólo comprendía la mitad femenina de la alta sociedad.

Esa deducción cobró fuerza cuando los rostros de las damas casadas y de las anfitrionas de mayor relevancia, que se sentaban con aire regio en los carruajes alineados junto a la verja, se iluminaron al verlos aparecer antes de sonreír con elegancia y asentir. Amanda esbozó una sonrisa radiante y les devolvió el saludo. Martin se limitó a saludar de forma indiferente a las damas de mayor influencia y a aquellas que recordaba como amistades de sus padres, y se concentró en guiar sus purasangres a través de la pista de obstáculos en la que se convertía el camino a esas horas.

Se acercaron a la duquesa viuda de St. Ives para charlar con ella y después intercambiaron algunas palabras con Emily Cowper. Tras eso, consideraron la prueba como superada y dejaron atrás al último carruaje. Martin dejó que los caballos fueran al trote. Estaba felicitándose por haber sobrevivido a tan dura experiencia cuando Amanda le dio unos tironcitos en la manga y señaló hacia el lugar donde se alineaban los carruajes para dar la vuelta.

—Tenemos que volver.

Martin la miró; no estaba bromeando. Aunque soltó un gruñido, dio la vuelta. Había aceptado comportarse tal y como le pidieran hasta que tanto ella como las mujeres de su familia (un grupo de damas muy decididas y voluntariosas) decretaran que su resurrección social se había llevado a cabo. Suponía que, una vez que lo consiguiera, podría retirarse del escenario, al que sólo regresaría bajo petición, al igual que lo hacían sus esposos e hijos.

Le había parecido prudente no mencionar que tenía toda la intención de retirarse la mayor parte del año a Hathersage. Mientras se abrían paso una vez más a través de los carruajes, su hogar jamás se le había antojado más atractivo.

Estaban inmersos en el ojo del huracán cuando Amanda lo cogió del brazo y le dio un apretón tan fuerte que le clavó las uñas a través de la tela.

—¡Mira! —Señaló con su sombrilla.

Miró hacia donde le estaba señalando: dos jóvenes que paseaban bajo el sol, seguidas a unos cuantos pasos por un caballero.

—Edward, Emily y Anne.

—Es Edward. —El tono de Amanda denotaba su sorpresa. Martin la miró y se percató de que sus mejillas estaban pálidas. Ella le devolvió la mirada con los ojos abiertos muy abiertos—. Jamás me había dado cuenta, pero... de lejos, es igualito a ti.

Martin reprimió un resoplido.

—No te entusiasmes. Los cinco que quedan en nuestra lista se parecen mucho a mí de lejos. —Volvió a mirar a Edward, pero el resto de carruajes lo obligó a continuar—. Y no es igualito a mí.

—Lo sé, a eso me refiero. Es más bajo y más delgado, y su pelo no es tan brillante como el tuyo. Además, sus facciones no están tan definidas. Jamás pensé que se pareciera tanto... —Se giró para echarle un último vistazo—. Pero ahora mismo... Es por la distancia. Lo reduce todo a una cuestión de proporciones.

Volvió a mirar al frente. A Martin le bastó una mirada de reojo para darse cuenta de que su rostro lucía esa expresión terca que tan bien conocía.

—Si se trata de Edward...

—Amanda...

—No. —Lo acalló con una mano—. No digo que sea cierto, pero supongamos que es él. ¿Cómo se enteró de que nosotros, de que cualquiera de los dos, íbamos rumbo al norte...? —Dejó la pregunta en el aire. Martin la miró una vez más. Su rostro estaba ceniciento, pero entonces lo miró a la cara y su expresión fue el epítome de la euforia—. ¡Amelia! Tenemos que encontrarla. —Echó un vistazo a su alrededor—. No la he visto, no estaba con mamá, lo que quiere decir que está dando un paseo; pero no estaba con Emily y con Anne, y Reggie no está... ¡Allí! —Lo cogió del brazo—. Apártate a un lado. Deprisa.

Hizo que el tílburi pasara entre un viejo landó ocupado por una vieja bruja engalanada en exceso, acompañada por un chucho que no dejaba de ladrar, y un cabriolé a rebosar de jovencitas que no paraban de reírse. Y que al mirarlo redoblaron sus risillas.

Amanda apenas se contenía en su asiento. Amelia la había visto gesticular como una loca y se estaba acercando acompañada por lord Canthorp.

Amelia saludó a su hermana con un apretón en la mano, sonrió a Martin y después le presentó a su acompañante. Mientras los hombres intercambiaban unas palabras, ellas se miraron con un gesto de lo más elocuente.

Como resultado, Canthorp recibió una despedida muy cortés que lo obligaba a marcharse. En cuanto se alejó lo bastante para que no pudiera escucharlos, Amelia le preguntó a su hermana:

—¿Qué pasa?

Amanda inspiró hondo y abrió la boca para hablar, pero después vaciló un instante y preguntó con cautela:

—El día en que me marché a Escocia, ¿le dijiste a alguien hacia dónde me dirigía?

Con una expresión inequívocamente curiosa en sus ojos azules, Amelia respondió:

—Lady Bain y la señora Carr me preguntaron dónde estabas mientras almorzábamos en casa de lady Cardigan.

La euforia de Amanda se evaporó.

—¿Nadie más?

—Bueno, nadie más preguntó, pero de camino al almuerzo nos paramos en el parque y nos encontramos con los Ashford. Salió en la conversación.

—¿De veras? —Amanda cogió la mano de su hermana—. ¿Quién estaba? Con los Ashford, me refiero.

—Los cuatro de siempre: Emily, Anne, su madre y Edward.

Martin cerró la mano en torno a la de Amanda y le dijo con un apretón que se mantuviera en silencio.

—Amelia, haz memoria. ¿Qué fue exactamente lo que les dijiste?

Amelia sonrió.

—Eso es fácil. Mamá y yo discutimos lo que teníamos que decir antes de salir de casa. Y habíamos decidido ser vagas a conciencia. Acordamos decir que te habías ido al norte durante unos días, nada más.

Condujeron por las calles durante toda una hora mientras debatían la posibilidad de que Edward, ¡nada más y nada menos!, fuera el rufián que buscaban.

—No puedes, bajo ningún concepto, sostener que no es posible —declaró Amanda.

Se habían despedido de Amelia, tan abatidos y tan conmocionados que su hermana había mostrado verdadera preocupación. Amanda la había tranquilizado y le había prometido que se lo contaría todo más tarde; después, prosiguieron camino y se apresuraron a dejar atrás la ruidosa avenida.

—Admito que es posible. —El apagado tono de Martin le dijo que estaba mucho más convencido, pero...

Contempló su expresión pétrea.

—Si crees que delatarlo le causará a Luc, a lady Calverton y a sus hermanas mucho dolor, no te olvides del dolor que él le ha causado a todas esas personas que ya no pueden obtener justicia. —La mirada penetrante que le lanzó le indicó que había tocado una fibra sensible. Continuó—: Y no te olvides de que si cree que puede librarse, tal vez intente algo parecido en el futuro. No esperarás que me crea que la mitad de tu familia frecuenta los burdeles. Y, como ya sabes, Edward tiene una reputación de ultramoralista, conservador y pomposo, pero siempre se comporta con suma corrección. No lo has visto en este ambiente, pero es así. Melly y yo siempre hemos creído que es su manera de hacerse notar; sobre todo porque, a pesar de ser lo bastante apuesto, jamás podría competir con Luc. Ni contigo.

Martin compuso una mueca. Pasado un momento, dijo:

—Cuando éramos jóvenes, siempre nos perseguía.

Amanda guardó silencio; si para ella era difícil asimilar esa posibilidad, ¿cuán duro no sería para él?

Poco después le dio un apretón en la mano y entrelazó sus dedos; Martin la miró.

—Acabo de recordar algo que me dijo lady Osbaldestone. No estoy segura de a qué se refería, pero no se trataba sólo de tu situación. Dijo que incluso en las mejores familias había manzanas podridas. Dijo que, en tu caso, nadie creyó que fueras tú esa manzana podrida. No lo dijo con palabras, pero supe que creía que era el deber de la familia eliminar a su manzana podrida. —Le sostuvo la mirada—. Estaba pensando... ¿era eso lo que creía tu padre que estaba haciendo? ¿Lo que sentía que debía hacer por el bien de la familia? El problema es que cogió la manzana que no era.

Martin la miró a los ojos antes de que su expresión se tornara distante y girara la cabeza en dirección a los caballos. Pasó un momento hasta que volvió a moverse para echar un vistazo a su alrededor.

—Sabe Dios dónde estará Luc a estas horas.

—Pero se reunirá con nosotros en Fulbridge House a las

cuatro. —Cuando Martin asintió con expresión seria, añadió en voz baja—: Y entre tanto, tenemos que atender al almuerzo al aire libre y también visitar a lady Montague.

Martin la miró y luego soltó una maldición.

Acudieron a ambos eventos. Aunque Martin encubrió su impaciencia con su desenvuelto encanto, tenía los nervios a flor de piel; Amanda lo percibía, sentía cómo la tensión hacía vibrar su cuerpo. La estaba sacando de quicio. Cuando, apenas diez minutos después de llegar a casa de lady Montague, Martin le preguntó al oído si podían marcharse ya, estuvo encantada de fingir un dolor de cabeza como excusa para irse.

Martin la ayudó a subir al tílburi antes de azuzar a los caballos para dirigirse a Park Lane.

—¿Edward? —Reggie abrió los ojos de par en par—. ¡Ese canalla! Sí, me lo puedo imaginar, la manera en la que sermonea a diestro y siniestro...

—¡Un momento! —lo interrumpió Martin.

Reggie y Amanda miraron a Martin, que estaba junto a la ventana de la biblioteca y contemplaba el jardín y la vegetación que lo adornaba.

—No debemos condenarlo sin pruebas. Y de momento no tenemos ninguna.

Amanda estuvo de acuerdo.

—Lo único que sabemos es que podría ser él.

Martin suspiró.

—En todos los casos (Sarah, Buxton y Reggie), Edward dispuso tanto de los medios como de la oportunidad para hacerlo, algo que aún debemos establecer para el resto de sospechosos. Sin embargo, y hasta que no tengamos pruebas irrefutables, sugiero que moderemos nuestra postura.

Sentado en el diván, Reggie hizo una mueca en dirección a Amanda, que ocupaba su lugar favorito en la otomana. Se inclinó para preguntar en un susurro:

—¿Podría ser Edward al que viste?

—¡Sí, maldita sea! —respondió Reggie de la misma manera—. Dije que se parecía mucho a Dexter porque acababa de verlo y fue él quien me preguntó. Lo tenía delante. Sé que no fue Luc porque su pelo es negro en la oscuridad, pero si Dexter no hubiera estado allí, habría dicho que ese canalla era igualito a Edward. —Reggie miró la espalda de Martin—. Claro que eso no prueba mucho, por desgracia.

Luc llegó cuando el reloj marcaba las cuatro. Le echó un vistazo al rostro de Martin y preguntó:

—¿Qué?

Martin se lo contó, repitiendo las palabras que Amelia dijera sin pensar.

Cuando Martin terminó, Amanda continuó relatando las discrepancias en el comportamiento de Edward.

—La imagen que quiere proyectar de sí mismo es una patraña. En realidad no es un amante hermano ni un caballero de estricta moral y comportamiento intachable.

Recostado en el sillón, Luc la miró sin parpadear. Tenía el rostro pálido, pero su expresión no denotaba incredulidad. Pasado un momento, miró a Martin antes de exhalar un suspiro cansado.

—Aún recuerdo a Sarah. —Cerró los ojos un instante y los abrió para clavarlos en el rostro de Martin—. Y sí, puedo creerlo de Edward.

Era lo último que Martin había esperado oír. Se quedó estupefacto, como bien reflejaba su expresión.

—¿Cómo...? —Se acercó a él—. ¿Estás seguro?

—¿Seguro de que lo hizo? No. ¿Seguro de que podría haberlo hecho? Sí. —Luc miró a Amanda y a Reggie antes de volver a Martin—. Lo conozco, conozco al verdadero Edward, mucho mejor que tú. Lo que Amanda dice es verdad: la imagen que Edward proyecta en la alta sociedad difiere mucho del hombre que es en realidad. Y no, no es algo que haya pasado en los últimos tiempos. —Bajó la vista al suelo—. Solía preguntarme si se debía a los celos, si era una mera reacción al hecho de que nosotros dos siempre fuéramos... algo más: mejores, más fuertes, lo que fuera. Edward jamás estaba a nuestra altura, aunque ninguno de nosotros nos medíamos por ese rasero, sólo él. Sin embargo, cuando tenía siete años, lo pillé torturando a una gata. La rescaté y me la llevé de allí. No se lo dije a mi padre, pero intenté explicarle a Edward que lo que había hecho estaba mal. No lo entendió, ni entonces ni nunca.

Miró de nuevo a Martin.

—Tal vez no te hayas enterado, pero Edward solía tener problemas en la escuela... por intimidar a los demás. Desde que llegó a la ciudad, apenas he mantenido contacto con él. Sabe que no apruebo su comportamiento, así que se asegura de que no me lleguen los rumores. De todas formas, durante años ha mantenido la creencia de que nosotros, los ricos y poderosos, somos los únicos que importamos, mientras que el fin de aquellos de menor rango es el de complacernos. —Pasado un instante, añadió—: Los criados lo detestan. De no ser por mi madre y las niñas, no lo soportarían.

»Así que si me preguntas si podría haber forzado a Sarah, haber matado a Buxton y haber guardado silencio cuando te acusaron, a ti que siempre te odió... si me preguntas si podría haberle disparado a Reggie creyendo que eras tú, la respuesta es sí. Si en una ocasión dejó que cargaras con la culpa, no creo que haya dudado en intentar que sea algo permanente.

Martin sostuvo la mirada de Luc antes de acercarse a la otomana y recostarse en ella. Sacudió la cabeza y después clavó la vista en el techo. Pasado un tiempo, su mirada regresó a Luc.

—Seguimos necesitando pruebas.

—A menos que le retuerzas el pescuezo hasta que confiese, algo que no harás, no se me ocurre ninguna manera de lograrlo. Es inteligente, calculador y no le corre una pizca de calidez por las venas. Apelar a su sentido del honor sería una pérdida de tiempo: no reconoce ese concepto.

La amargura de su voz y la mueca de sus labios expresaban con claridad los sentimientos de Luc. Había intentado reformar a su hermano, pero sabía que había fracasado. Amanda lo observó mientras se preguntaba si aceptaría la necesidad de llevar a Edward ante la justicia. Sus siguientes palabras despejaron cualquier duda.

Luc miró a Martin, con una expresión adusta en sus ojos azules.

—Tenemos que considerarlo un desafío, primo... Rara vez fallamos, no cuando trabajamos juntos para resolver algo.

Martin le devolvió la mirada y sus labios esbozaron una sonrisa burlona.

—Tienes razón. Que sea un desafío: demostrar la culpabilidad de Edward. Tiene que haber una manera... y la hay. Pero ¿cuál? —Luc miró a Reggie—. ¿Cómo llegó al norte?

—Parece que atajó por Nottingham.

Empezaron a lanzar preguntas, a definir los actos de Edward en un intento por encontrar alguna prueba que hubiera dejado algo sustancial. Amanda y Reggie los ayudaron; Jules les llevó unas bandejas y unas cuantas botellas de licor. Comieron y bebieron mientras se devanaban los sesos.

Pasada una hora, Martin se recostó.

—Esto no nos está llevando a ninguna parte. Aun cuando demostráramos que estaba en el norte, no podríamos demostrar que apretó el gatillo. Y aunque lo hiciéramos, no hay manera de relacionarlo con Sarah y Buxton.

Luc compuso una mueca, pero la expresión de sus ojos no se suavizó.

—Me gustaría hacerle pagar por lo que le hizo a Sarah. Ahí empezó todo. —Suspiró—. Si ella al menos hubiera dicho algo... lo que fuera. Si le hubiera hablado a su aya...

Martin negó con la cabeza.

—La señora Crockett se mostró inflexible, y ella no se habría olvidado de...

—¡Espera! —Amanda le cogió el brazo—. ¡Eso es!

—¿Qué? Sarah no dejó pista alguna...

—Cierto, pero sólo nosotros cuatro y la señora Crockett lo sabemos.

Luc entrecerró los ojos.

—Nos sacamos algo de la manga...

—No exactamente. —Amanda gesticuló para acallarlos—. Escuchad. Esto es lo que está pasando, al menos de cara al resto de la sociedad. —Inspiró hondo mientras su mente sopesaba todas y cada una de las piezas hasta que todas encajaron en su lugar—. Martin ha pedido mi mano, lo que significa que tiene que resolver ese viejo escándalo. Así que, por primera vez en mucho tiempo, regresa a la escena del crimen y hace unas cuantas preguntas a varios testigos. El asesino sabe que Martin ha vuelto a casa, de manera que eso encaja. Por supuesto, una de las personas con las que habla es la señora Crockett. A pesar de que ella no sabe nada, después de que nos marchamos, rebusca en los baúles donde el padre de Sarah guardó sus cosas. No lo había hecho antes porque había asumido que Martin era culpable. —Amanda lo miró—. Sé que no es así, pero queda mejor que durante todos estos años ella te creyera culpable. Eso explicaría por qué no había leído hasta ahora el diario de Sarah. Te llevaron a la fuerza, casi preso por el crimen... Años atrás no hizo falta prueba alguna. Pero cuando nos marchamos, la señora Crockett recuerda el diario, aunque no está segura de que siga allí. Así que cuando mira en el baúl, lo encuentra; como es lógico, en el diario no aparece su nombre, pero Sarah describe lo suficiente a su agresor, el padre del bebé que llevaba en el vientre. —Miró a los tres hombres—. Todos los hombres creen que las jovencitas lo escriben todo en sus diarios, ¿no es así?

Luc se encogió de hombros.

—Es uno de los riesgos de relacionarse con inocentes.

Amanda asintió.

—Exacto. La señora Crockett le envía una nota a Martin para preguntarle lo que debe hacer con el diario. Tú le contestas diciéndole que lo envíe a Londres. El diario llegará aquí, cierto día a cierta hora, porque se enviará con el coche de postas, de manera que su llegada se sabrá de antemano. Y nosotros estaremos aquí, esperando la entrega, para abrirlo y leer lo que pone...

—Y Edward moverá cielo y tierra para evitarlo. —Luc

se inclinó hacia delante con expresión decidida—. Podría funcionar.

—Además, el plan funcionaría aunque no fuera Edward —intervino Martin. Cuando los demás lo miraron, continuó—: Sólo tenemos pruebas circunstanciales contra él. Sería una estupidez que lo juzgáramos culpable sin más. —Clavó la vista en Amanda—. Y ésa es la razón de que tu plan sea tan acertado: funcionará sin importar quién de los cinco de la lista sea el culpable. Quienquiera que sea, intentará evitar que leamos el diario.

—Pero no tenemos ningún diario —puntualizó Reggie.

—Cualquier libro servirá. —Martin miró las estanterías que los rodeaban.

—No, no servirá cualquiera —contravino Amanda—. Tiene que parecer un diario. Tengo uno bastante viejo de cuando era niña, con rosas en la cubierta. No tiene mi nombre escrito, así que pondré el de Sarah. Eso servirá.

Luc frunció el ceño.

—Si fuera yo, intentaría arrebatarle el diario a la señora Crockett directamente. Me presentaría en su casa y le diría que Martin me envía para recogerlo.

—No tendrías tiempo de hacerlo —dijo Martin—. Vamos a ponerlo todo en marcha muy deprisa. —Los miró a todos—. El diario llegará mañana por la tarde. El coche de postas desde el norte llega a St. Pancras a las cinco en punto. Para hacer que parezca más realista y asegurarnos de que el diario llega aquí y que no sufre intentos de robo durante el viaje, enviaré a Jules para que lo recoja. En realidad, envolveremos el diario y se lo daremos a Jules, y uno de los lacayos lo llevará a Barnet mañana al amanecer. Estará allí para coger el coche de postas cuando haga una de las paradas de camino hacia aquí.

—Pero ¿qué pasa con Jules? —Amanda se giró hacia Martin—. Sabemos que el asesino es peligroso y no queremos que le pase nada.

—No tienes que preocuparte por Jules. Puede cuidarse solito. —Al ver que Amanda no se quedaba tranquila, la sonrisa de Martin se tornó burlona—. Jules es un antiguo bandido corso, un asesino entre otras cosas. Lo enviaron para matarme.

Luc estudió a Martin.

—Evidentemente no era lo bastante bueno en su trabajo.

Martin enarcó las cejas.

—A decir verdad, era muy bueno... pero yo soy mejor.

Intercambiaron una mirada que sólo podía darse entre primos antes de concentrarse de nuevo en el asunto que se traían entre manos.

—De cualquier forma, para asegurarnos y conferirle más veracidad a nuestra historia, ordenaré que dos lacayos esperen en St. Pancras y escolten a Jules y al valioso diario de vuelta a casa.

Luc asintió.

—Sí. Eso servirá. Apostar guardias para que vigilen el diario será el toque maestro: no te molestarías a menos que estuvieras convencido de que contiene pruebas cruciales.

—Y lo sería en más de un sentido. Probaría que me acusaron de forma injusta, limpiaría mi nombre, recuperaría mi posición dentro de la familia, allanaría mi camino para conseguir la mano de Amanda (algo que me emparentaría con los Cynster) y me aseguraría el beneplácito de la alta sociedad durante bastante tiempo. —Martin miró a Luc—. Si se trata de Edward y no sólo aspira subir en el escalafón social, sino que también actúa movido por el odio que me profesa según tú, el hecho de que tan buena fortuna dependa de la información de ese diario lo obligará sin duda alguna a actuar.

Cuando amaneció al día siguiente ya estaba todo dispuesto. Amanda había rescatado su viejo diario, había escrito el nombre de Sarah en la cubierta y, tras envolverlo en papel marrón, ya se encontraba en posesión de Jules, quien había partido hacia Barnet al despuntar el alba, junto con los lacayos.

Todos tenían una tarea asignada. Reggie se quedó en Fulbridge House a cargo del puesto de mando. Los otros le fueron llevando informes a lo largo del día, a medida que llevaban a cabo cada una de las tareas y comprobaban que todo seguía el curso marcado.

Tras una intensa discusión, convinieron en cómo darían a conocer la historia a los cinco caballeros de la lista. Tenían que asegurarse de que todos recibían el mensaje, esa advertencia del peligro inminente, antes de las cinco de la tarde. Amanda, Luc y Reggie tuvieron que combinar sus fuerzas para convencer a Martin de que era imposible mantenerlo en secreto.

—Sin embargo —había señalado Amanda—, la mejor forma de asegurarse de que la historia se repite lo suficiente como para resultar creíble y de que se extiende con rapidez es decírselo a unas cuantas personas «en confianza».

Luc observó por un instante el semblante serio de Martin antes de suspirar.

—No puedes tenerlo todo: o es rápido y público o lento y potencialmente más peligroso si nos decantamos por mantener el secreto.

A la postre, Martin había capitulado y habían acordado cuál sería la mejor manera de abordar el asunto. A pesar de lo tardío de la hora, Luc se había marchado para pasarse por sus clubes e ir sembrando la historia en los círculos apropiados. Después de eso, pasaría por el baile al que habían asistido su madre, sus hermanas y Edward, pero no permitiría que su hermano sospechara nada, salvo que estaban preparando algo. Algo que tenía que ver con Martin.

Esa mañana, Luc visitaría Limmers y después se llegaría a los clubes y se acercaría a los demás hombres de la lista para averiguar si se habían enterado, sin necesidad de preguntar nada. No cabía duda de que le preguntarían por las últimas noticias, algo que, cómo no, él estaría encantado de contarles.

En cuanto a Edward, llegaron a la conclusión de que sería mejor que se enterara por medio de alguien de quien jamás podría sospechar: sus hermanas, Emily y Anne. Amanda sería la encargada de contarles la historia a las muchachas.

Acompañada de Amelia, que estaba más que dispuesta a ayudar, salieron para dar su habitual paseo por el parque con su madre.

Encontrarse con los Ashford y unirse a las muchachas para dar un paseo por los jardines era ya una práctica habitual. Como de costumbre, Edward se quedó cerca, pero no paseó con ellas. Amelia y Amanda desviaron con habilidad la conversación hacia la futura boda de Amanda. Emily y Anne las acribillaron a preguntas, movidas por el inocente entusiasmo que despertaba la que sería su primera boda de la alta sociedad.

Fue muy fácil para Amanda contarles en confianza, e inundada por el alivio, que la mancha que ensuciaba el nombre de Martin desaparecería en breve. Cuando las muchachas, que habían oído rumores acerca del viejo escándalo, le pidieron una explicación, les dijo todo lo que necesitaban saber. No se recreó con los detalles de ese antiguo crimen, pero se aseguró de que captaran la importancia de lo que sucedería esa misma tarde y, más aún, de la esperada resolución que el acontecimiento conllevaría.

Encantadas, Emily y Anne declararon que parecía un cuento de hadas. Tras intercambiar una mirada, Amanda y Amelia reforzaron esa impresión, ya que tenían la certeza de que más tarde las muchachas se sentarían en el carruaje y charlarían animadamente con su madre durante el camino de vuelta a casa, mientras Edward escuchaba en silencio.

No había forma alguna de comprobar que Edward se había enterado de todos los detalles necesarios. Martin, a caballo y oculto a la vista por las ramas bajas de los árboles, observó cómo se desarrollaba la escena y cómo Emily y Anne se separaban de las gemelas y regresaban al landó de lady Calverton. Edward se sentó junto a su madre. El landó emprendió la marcha por la avenida.

El carruaje pasó junto a Martin, que no había salido de su escondite, y desde allí escuchó cómo Anne contaba la historia.

—¡Y el diario llega esta tarde a las cinco!

Azuzó al caballo para salir del escondite y se dispuso a

seguir el carruaje. No lo bastante cerca como para que lo vieran entre el denso tráfico, pero sí lo suficiente para no perder de vista a los Ashford.

Las muchachas parlotearon sin descanso. Su tía no dejaba de sonreír y hacerles preguntas. Edward estaba sentado junto a ella, con el rostro tenso y completamente inmóvil. Cuando el carruaje llegó a Ashford House, Edward bajó y ayudó a su madre y a sus hermanas a apearse. Lady Calverton subió los escalones seguida de Emily. Anne hizo ademán de seguir a su hermana, pero Edward la detuvo.

Desde la esquina, Martin observó cómo Edward interrogaba a la muchacha. Como haría cualquier hermana pequeña, Anne soltó un suspiró y recitó sus respuestas. Cuando por fin se dio por satisfecho, Edward la dejó marchar. La muchacha subió las escaleras y entró en la casa. Edward se quedó un instante en la calle, con el rostro inexpresivo, antes de dar media vuelta y entrar a toda prisa.

Martin observó cómo desaparecía de la vista y luego regresó a Park Lane para dar su informe.

Después de eso... a lo largo del día, Amanda y él se vieron obligados a representar el papel de una pareja de tortolitos cuyo último obstáculo para la felicidad conyugal estaba a un paso de desvanecerse. Como así era. Pero también estaban tan nerviosos, tan pendientes de lo que sucedería más tarde, que todas esas sonrisas y esa palabrería no hicieron más que añadir tensión. Martin dejó que ella se encargara de casi todo. Se limitó a esbozar una sonrisa y a observar con ella a todo el que se les acercara, mientras permanecía pegado a su prometida y pensaba en otras cosas.

Hasta que ella le dio un codazo en las costillas y lo miró con una dulce sonrisa... echando chispas por los ojos.

—Eres incapaz de mantener la expresión. Comienzas con un aire de encantadora adoración que poco a poco se va convirtiendo en una mueca de fastidio. Lady Moffat acaba de preguntar si te encuentras bien.

—Bueno... —dejó la frase en el aire y se obligó a no fruncir el ceño al mirarla—. Es que estoy distraído.

—Pues piensa en otra cosa... distráete con otra cosa. Con algo agradable.

Sólo se le ocurría una cosa que sirviera.

Y lo hizo. El hecho de que, a pesar de todo, siguiera siendo tan fácil hacer que Amanda se sonrojara agudizó sus instintos de depredador y, más tarde, cuando se escaparon a la sala de música de lady Carlisle mientras el resto de invitados disfrutaba conversando en los jardines tras el almuerzo, le pareció la oportunidad perfecta para distraerlos a ambos.

El tembloroso suspiró que dejó escapar Amanda cuando entró en ella fue el sonido más dulce que jamás había escuchado; y el sofocado grito que emitió cuando la hizo alcanzar un clímax que la dejó desmadejada entre sus brazos fue la bendición suprema.

Cuando regresaron a la tierra y recuperaron el aliento, ella levantó la cabeza para mirarlo a los ojos; en ese momento, sus labios, hinchados a causa de los besos, esbozaron una sonrisa presuntuosa. Le pasó las uñas por la nuca, una evocadora caricia que le provocó un escalofrío. Lo besó en los labios.

—Eres mío —susurró.

—Siempre.

Martin le devolvió el beso. Pero se dio cuenta de que seguían demasiado tensos, demasiado expectantes. Y también se dio cuenta de que los invitados de lady Carlisle aún tenían que hablar de muchos temas.

Así pues, decidió proporcionarles otro más.

Se reunieron a las cinco en la biblioteca de Martin. Reggie y Joseph (el sobrino de Jules, que hacía las veces de su ayudante), habían recolocado los muebles y habían sustituido la otomana por un diván emplazado por regla general al fondo de la estancia.

—Distraía demasiado —aseguró Reggie cuando Amanda clavó la mirada en el diván que había reemplazado a la otomana.

Tenía que admitir que era cierto. Al percatarse de que la otomana seguía allí, pero al fondo de la estancia, asintió.

—Esta zona tiene un aire más formal de este modo.

—Exacto.

Luc se reunió con ellos e inclinó la cabeza con un movimiento brusco.

—Los otros cuatro están enterados, pero no vi indicio alguno de que quisieran intervenir. Todo lo contrario, en realidad. Parecían encantados de que estuvieras a punto de limpiar tu nombre.

Martin frunció los labios.

—Edward sabe al menos los detalles básicos.

Luc lo miró a la cara.

—Así que la trampa ya está dispuesta.

Sólo quedaba esperar.

La biblioteca compartía una de sus paredes con el vestíbulo principal; cuando sonó la campanilla de la puerta, todos se tensaron. Oyeron los pasos de Joseph al cruzar el vestíbulo. Escucharon como hablaba con el visitante.

No tardó en ser evidente que quienquiera que fuese no se trataba de la persona que estaban esperando; escucharon cómo Joseph se afanaba por librarse del caballero en cuestión. Pero las voces al otro lado de la pared comenzaron a aumentar de volumen. Amanda frunció el ceño; esa voz le resultaba familiar...

Fue entonces cuando escuchó que pronunciaban su nombre y se dio cuenta de quién era.

—¡Dios mío! —Reggie la miró—. ¿Ése no es...?

Amanda cerró la boca con fuerza y se puso de pie.

—Yo me encargaré de esto.

Para cuando llegó al vestíbulo, estaba a punto de estallar. Joseph la oyó acercarse, echó un vistazo a su alrededor y se apartó para dejarle el terreno libre para enfrentarse al caballero que se había colado a la fuerza en la casa.

—¡Señor Lytton-Smythe! —Entornó los ojos y enderezó los hombros—. Me ha parecido que preguntaba por mí.

Cualquier hombre inteligente habría escuchado su tono

de voz y habría echado a correr. Percival Lytton-Smythe se colocó bien el chaleco y la miró con el ceño fruncido.

—Así es. —La cogió de la muñeca—. ¡Y me hará el favor de salir de aquí en este mismo instante!

—¿Cómo dice? —Amanda retrocedió.

El hombre fue lo bastante caballeroso como para no tirar de su brazo, pero se negó a soltarla. Se adentró más en el vestíbulo a medida que ella retrocedía.

Amanda se detuvo y lo fulminó con la mirada.

—Señor Lytton-Smythe, creo que ha perdido el juicio. ¿Qué es lo que le ocurre?

—Nada en absoluto. Salvo que ha colmado mi paciencia. He sido, algo con lo que sin duda alguna todo el mundo estará de acuerdo, extremadamente indulgente. He visto cómo coqueteaba con otros —dijo, señalándola con un dedo— y ni una sola vez he intentado atajar de raíz esos jueguecitos inofensivos. Me parecía de lo más razonable que disfrutara de una última aventurilla antes de cubrirse con el respetable manto del matrimonio y, aunque puedo excusar los motivos que la han llevado a ayudar a limpiar el buen nombre de un amigo íntimo, en todo momento he considerado mi deber asegurarme de que semejante comportamiento no derivaba en una situación que pudiera conllevar un escándalo.

Amanda escuchó su diatriba absolutamente pasmada, pero se aferró a esa última confesión como un perro a su presa.

—¿Me está diciendo que fue usted quien envió a esas muchachas al jardín de lady Arbuthnot? Y en las otras ocasiones... En la terraza de los Fortescue y en la biblioteca de los Hamilton. ¿Creía que estaba evitando un escándalo?

Él asintió con la barbilla en alto. Amanda lo observó con detenimiento.

—¿Por qué?

—La razón debería ser evidente. No podía casarme con una dama cuya reputación hubiera sido mancillada, por inocente que fuera el asunto. Ahora, dado nuestro acuerdo, insisto en que deje esta casa de inmediato. Me llegó el rumor de que se había ido al norte, por lo que asumí que había ido a visitar a algunos parientes, de manera que yo me fui a ver a mi tía. Sin embargo, a mi regreso me enteré de que había pasado más tiempo si cabía en las garras de Dexter. No pienso tolerarlo. Ahora...

—¿A qué acuerdo se refiere, señor?

El aludido captó por fin su tono de voz, porque se tensó.

—A nuestro acuerdo de matrimonio, por supuesto.

—Señor Lytton-Smythe, puedo jurar sin el menor remordimiento que nunca, jamás, le he ofrecido la menor indicación de que recibía de buen grado su cortejo.

El hombre la miró con el ceño fruncido, como si esos detalles carecieran de importancia.

—Bueno, por supuesto que no lo ha hecho. Ninguna dama de buena cuna hablaría sobre ese tema, y con toda la razón del mundo. Pero yo he dejado muy claras mis intenciones y no hay impedimento alguno para nuestro matrimonio, de manera que no había necesidad de que dijera nada.

Los ojos de Amanda se redujeron a meras rendijas.

—Ya lo creo que la hay. Si quisiera casarme con un hombre, se lo diría al interesado, puede estar seguro de eso. Se lo diría alto y claro y sin el menor asomo de rubor. Yo decido con quién me caso y desde luego que no tendría reparos en expresar cuál es mi elección. Si hubiera tenido la amabilidad de preguntar, le habría dicho que, en su caso, mi respuesta es y siempre será un rotundo no.

El ceño de Lytton-Smythe se hizo más profundo.

—¿No? ¿Qué quiere decir con eso?

Amanda dejó escapar un largo y exasperado suspiro.

—No, no voy a casarme con usted. No, no voy a marcharme de esta casa con usted. No, no he estado jugando. ¿Le gustaría algún otro no?

La expresión del hombre se tornó furibunda.

—Le han lavado el cerebro. Dexter es una influencia de lo más perniciosa. Insisto en que venga conmigo de inmediato.

—¡Por el amor de Dios! —dijo Amanda entre dientes.

—Está claro que es mi deber salvarla de sí misma.

El hombre comenzó a tirar de ella hacia la puerta. A pesar del poco seso que tenía, era mucho más fuerte que ella. Amanda empezó a forcejear mientras buscaba un arma... clavó la mirada en una jarra de peltre situada sobre la mesa que había en el centro del vestíbulo.

La levantó con la mano libre y se dio cuenta de que contenía líquido. Le dio una última oportunidad a su potencial víctima, que no apartaba los ojos de la puerta.

—Suélteme.

—No.

Y le tiró el agua... justo sobre la cabeza, donde cayó antes de empezar a chorrearle por todo el cuerpo.

El hombre se detuvo para sacudir la cabeza, pero la mano que le sujetaba la muñeca sólo se tensó. Se giró hacia ella.

Amanda levantó la barbilla con terquedad.

—Suélteme.

—No.

Su genio estalló. Lo golpeó en la sien con la jarra y escuchó un satisfactorio ruido metálico. El hombre se tambaleó y aflojó la mano lo suficiente para que ella se soltara.

—¡Se está comportando como una estúpida! Tiene que venir conmigo...

Se abalanzó hacia ella, pero Amanda lo golpeó de nuevo.

—¡No! —Esperó a que el hombre volviera a abrir los ojos—. Métase esto en su cabezota: no quiero casarme con usted. Nunca he querido hacerlo. No voy a casarme con usted. He elegido a un hombre mucho mejor. Y, ahora, ¡largo! —Señaló hacia la puerta.

El hombre dio un paso hacia ella, así que volvió a golpearle con la jarra.

—¡Fuera! —Cuando se tambaleó en esa dirección, Amanda lo ayudó con otro golpe en el hombro—. ¡He dicho que fuera!

No dejó de amenazarlo con la jarra mientras lo obligaba a retroceder. Joseph, con un brillo de admiración en los ojos, mantuvo la puerta abierta de par en par. Lytton-Smythe hizo ademán de detenerse en la entrada, pero ella volvió a golpearlo y le dio un fuerte empujón. El hombre bajó los escalones a trompicones.

Amanda se quedó en la puerta y lo fulminó con la mirada.

—Jamás me habría casado con un imbécil que imaginara siquiera que no sé lo que quiero.

Tras dar un portazo, se giró y le hizo un gesto regio a Joseph antes de entregarle la jarra.

—Recoge el agua antes de que alguien resbale.

Acto seguido, se encaminó hacia el pasillo de acceso a la biblioteca y se dio cuenta de que Martin había estado escondido entre las sombras.

Lo miró con los ojos entornados.

—¿Por qué no me has ayudado?

Él abrió los ojos de par en par mientras se hacía a un lado.

—Lo habría hecho de ser necesario, pero me pareció que te las estabas apañando a la perfección.

Sorprendida, se limitó a murmurar algo y continuó su camino. ¿De verdad había aprendido ya esa lección? ¡Santo Dios! Los milagros no dejaban de producirse.

Entró en la biblioteca y descubrió a Reggie y Luc desternillándose de la risa. Le temblaron un poco los labios, pero se contuvo.

Luc levantó la cabeza y la miró con bastante más aprobación que de costumbre.

—¿Con qué demonios lo has golpeado?

—Con la jarra que había en la mesa del vestíbulo.

Los dos hombres prorrumpieron de nuevo en carcajadas. Tras retomar su asiento en el diván, Amanda miró el reloj. Pasaban veinte minutos de las cinco. El diario ya habría llegado a Londres y estaría en manos de Jules, de camino a casa.

Luc la observó un instante antes de preguntarle a su primo por lo sucedido en el jardín de lady Arbuthnot. Martin le sugirió que se metiera en sus asuntos.

El diario llegaría antes de las seis. En algún momento antes de esa hora...

Les llegó el sonido de unas cuantas voces, un poco amortiguadas, pero sin duda procedentes del interior de la casa. Intercambiaron una mirada de desconcierto; escucharon que alguien bramaba una orden y, acto seguido, los pasos de varias personas resonaron en el pasillo...

Joseph entró primero.

—Milord... —Hizo un gesto de impotencia y mantuvo la puerta abierta.

Martin y Luc se pusieron en pie.

Lady Osbaldestone entró en la estancia.

—¡Ajá! —Los recorrió con sus ojos negros—. Justo lo que pensaba. No ha estado mal, pero no os habéis cubierto las espaldas como es debido.

Martin la observó un momento antes de desviar la mirada hacia los dos caballeros que habían entrado tras ella: Diablo y Vane Cynster.

Diablo saludó con la cabeza mientras contemplaba a los presentes.

—Por mucho que me duela admitirlo, creo que la dama tiene razón. —Miró a Martin a los ojos—. Necesitas testigos imparciales que no estén relacionados con tu familia.

—Tenemos a Reggie —señaló Amanda.

Diablo miró al joven.

—A juzgar por el vendaje que le cubre la cabeza, difícilmente se le puede considerar imparcial a la hora de llevar ante la justicia al hombre que lo hirió.

Martin despidió a Joseph antes de girarse hacia el resto.

—¿Qué se os ha ocurrido? —Miró el reloj—. Nos queda muy poco tiempo, y si el bellaco es quien creemos que es, sabrá que es una trampa en cuanto os vea.

—Razón por la que entramos por la puerta trasera. —Lady Osbaldestone había estado estudiando los muebles—. Qué guarida tan acogedora tienes. Vaya, vaya... —Clavó la vista al fondo de la estancia—. Eso es justo lo que necesitamos.

Señaló con el bastón un biombo de madera tallada con cuatro paneles. Después dirigió el bastón hacia Diablo y Vane, que se pusieron de inmediato fuera de su alcance.

—Vosotros dos, coged el biombo y ponedlo aquí. —El bastón marcó una línea que partía de las ventanas de la biblioteca—. El muy imbécil no entrará por el patio, así que no nos verá. Podéis colocar una silla detrás del biombo para que me siente y vosotros dos os quedaréis de pie a mi lado.

Se dispusieron a cumplir sus órdenes, no había tiempo que perder.

Luc le llevó la silla y Martin la ayudó a sentarse. Diablo y Vane transportaron el pesado biombo hasta el lugar indicado y después se escondieron detrás.

—¡Perfecto! —les llegó la chillona voz de lady Osbaldestone desde el otro lado del biombo—. Tenemos una buena vista de la zona de la chimenea a través de estos agujeritos. Esos pachás orientales son de lo más inteligentes...

Martin y Luc se dieron la vuelta e intercambiaron una mirada. Regresaron a sus puestos y se sentaron.

La campanilla de la puerta principal volvió a sonar.

23

El sonido recorrió la casa e hizo mella en sus ya destrozados nervios. No se miraron entre sí, sino que escucharon en silencio, esforzándose por captar algo.

Habló un hombre, pero las paredes redujeron su voz a un murmullo. Joseph respondió y después se oyeron pasos, en un principio muy débiles, que se acercaban por el pasillo. Joseph y el recién llegado.

Como una compañía de actores cuando se sube el telón, ocultaron su nerviosismo y se relajaron contra el respaldo de sus asientos con expresiones de sosegada curiosidad.

La puerta se abrió para dejar pasar a Joseph. Amanda contuvo el aliento.

—El señor Edward Ashford, milord.

La expresión de Martin sólo dejó traslucir cierta sorpresa mientras se levantaba del diván, donde había ocupado un lugar junto a Amanda.

—¿Edward? —Extendió la mano cuando su primo se acercó a él y le dio un apretón sin el menor asomo de repulsión—. ¿En qué puedo ayudarte?

Edward se había fijado en todos los presentes: Luc sentado cómodamente en el sillón que estaba situado frente a la chimenea y Reggie en el diván enfrente de Amanda. Miró a Martin.

—A decir verdad, creí poder ayudar en este caso. ¿Llego demasiado tarde?

Fue Luc quien respondió tras girarse para mirar a su hermano.

—Demasiado tarde... ¿para qué, Edward?

Edward miró a Luc. Amanda rezó en silencio para que los sombríos ojos de Luc ocultaran sus verdaderos sentimientos. Edward no perdió su expresión arrogante.

—Vine para servir de testigo, por supuesto. —Volvió a observarlos a todos—. Me pareció evidente, a la luz de la gravedad del crimen en cuestión, por muy antiguo que sea, que debería haber... espectadores desinteresados cuando Martin reciba el diario.

Su tono traslucía su verdadero sentir, la insinuación de que el diario era un engaño, de que la inocencia de Martin era una burla. Ni Martin ni Luc reaccionaron, sus semblantes permanecieron impasibles. Amanda se mordió la lengua para reprimir el impulso de defender a Martin y se obligó a quedarse muy quieta.

Fue Reggie quien se irguió por la furia; Amanda lo miró de reojo cuando intentó disimular su reacción fingiendo que le dolía la herida.

La mirada de Edward se detuvo sobre él y se demoró en el vendaje.

—Veo que ha sufrido un accidente, Carmarthen.

Reggie inclinó la cabeza con expresión seria.

—Siéntate. —Tras regresar junto a Amanda, Martin indicó a su primo que tomara asiento junto a Reggie. El único sitio libre, situado frente a él y junto a Luc.

—Si no te importa, prefiero entrar en calor junto al fuego. —Edward pasó junto a Reggie para situarse delante de la chimenea—. Hace un frío de mil demonios ahí fuera.

No había terminado de hablar cuando sonó la campanilla de la puerta. Se escucharon voces en la entrada y, después, pasos que se acercaban. Llamaron a la puerta. Cuando Martin dio permiso, Jules entró con un paquete envuelto en papel marrón y atado con un cordel.

Martin se levantó y Jules le tendió el paquete.

—La anciana le desea lo mejor.

Jules hizo una reverencia y se marchó.

Martin contempló el paquete unos instantes antes de tirar del cordel. Con expresión impasible, desenvolvió el paquete para dejar a la vista el diario de una jovencita con sus cintas deshilachadas y sus rosas desvaídas. Dejó que el papel cayera al tiempo que giraba el libro para que Edward pudiera ver el nombre de Sarah escrito en la cubierta.

Amanda miró de reojo a Edward; estaba interpretando a la perfección el papel de alguien apenas interesado en los acontecimientos.

Martin encaró al grupo que estaba delante de la chimenea, abrió el diario y leyó la primera página antes de pasar las hojas en busca de las últimas anotaciones...

Edward dio un paso adelante, le arrancó el diario de las manos y lo arrojó bocabajo al fuego.

Las llamas lo envolvieron. Amanda se puso en pie de un salto con un grito en los labios. Luc y Reggie también se levantaron. Martin no se había movido.

Amanda se dejó caer en el diván, casi sentada sobre los talones, con la vista clavada en el rostro de Edward. Una cosa era imaginarlo y otra muy distinta, saberlo. Miró el diario; el fuego estaba consumiendo las viejas y secas hojas, que se tornaban marrones antes de acabar calcinadas.

—Edward —dijo Martin con voz tranquila pero fría—, ¿por qué has hecho eso?

—Es evidente. —Los encaró sin alejarse de la chimenea y levantó la barbilla con altivez; Amanda contemplaba estupefacta su postura altanera y desafiante—. Vosotros dos jamás habéis pensado en nadie más que en vosotros mismos. ¿Habéis pensado en el dolor que les causaríais a otras personas al revivir este viejo asunto, un crimen que ya se juzgó y por el que se pagó hace mucho tiempo? Las familias, tanto los Fulbridge como los Ashford y todos nuestros parientes, dieron por zanjado el escándalo hace años. No tiene sentido desenterrar este viejo asunto. ¿Qué esperáis ganar? —preguntó con los labios fruncidos—. Y tú —dijo señalando a Martin con la barbilla— fuiste juzgado y hallado culpable hace diez años.

Sin importar si cometiste el crimen o no, todos así lo creyeron, de modo que pagaste por tu temperamento alocado. Tú mismo fuiste el culpable. —Edward se encogió de hombros—. Se te consideró digno de cargar con la culpa. —Su mirada recorrió la ostentosa decoración de la biblioteca—. Te las has apañado bien. No hay razón para que no continúes sobrellevando la carga. Será lo mejor para la familia. —Su mirada se detuvo en Amanda—. Aunque eso signifique que no puedas obtener todo lo que deseas.

Amanda supo entonces lo que sentía un conejo al enfrentarse a una serpiente. Conocía a Edward desde siempre, pero apenas era capaz de dar crédito a la frialdad de su mirada.

—Ya veo —intervino Martin. Edward lo miró y Amanda pudo respirar de nuevo—. Has quemado el diario porque crees que debo seguir soportando el desprecio por un crimen que no cometí para que la familia no se vea salpicada por otro escándalo.

La expresión de Edward se tornó más adusta, pero asintió.

—Es lo mejor.

—¿Para quién, querido hermano? —Luc se colocó junto a Martin, bloqueando así el camino a la puerta—. ¿Estás seguro de que tu negativa a que se remuevan los hechos del viejo escándalo no tiene nada que ver con la posibilidad de que una investigación más a fondo pudiera implicarte?

Edward contestó con evidente desprecio:

—Por supuesto que no. Todo el mundo sabe...

—Que siempre que montas llevas una fusta —lo interrumpió Luc, asintiendo con la cabeza—. Es cierto. Así supimos que fuiste tú quien mató a Buxton, que fuiste tú quien se encontró con él en Froggatt Edge, quien forcejeó con él y quien lo hizo caer... empujándolo con tu fusta.

Por un instante, el rostro de Edward palideció.

Los labios de Luc esbozaron una sonrisa, pero sus ojos siguieron fríos como el hielo.

—Es verdad, querido hermano. La fusta. Martin jamás tuvo una, jamás la necesitó. Tú eres incapaz de controlar a un caballo sin ella. Y eso lo sabe toda la familia.

Edward dio un respingo como si Luc lo hubiera golpeado. Una mueca extraña le curvó los labios, pero enseguida se recobró.

—¡Tonterías! Cualquiera podría haber cogido una fusta. Miró de nuevo el diario, que estaba casi carbonizado.

—Sarah jamás escribió un diario, Edward.

—¿Cómo? —Edward se enderezó, parpadeó en dirección a Martin y después miró de nuevo el diario.

Amanda aprovechó el momento para colocarse detrás del diván. Edward se percató del movimiento, pero clavó la vista en Martin.

—¿Qué quieres decir?

—Que jamás existió tal diario. Hicimos correr el rumor de que había uno y de que en él se identificaba al violador de Sarah, el mismo hombre que mató a Buxton para asegurarse de que jamás pagaría por su crimen...

—Para asegurarse de que su reputación, que incluso por aquel entonces era lo único que tenía, no se viera dañada —añadió Luc.

Martin hizo una pausa antes de continuar.

—Fuiste tú, ¿no es cierto, Edward? Fuiste tú quien le hizo daño a Sarah...

Por primera vez, la emoción vibró en la voz de Martin y la rabia afloró a sus ojos. Dio un paso adelante. Edward retrocedió... y su bota chocó con la chimenea.

—¿Puedes imaginarte siquiera cómo murió? —La voz de Martin empezó a aumentar de volumen—. O el dolor que Buxton debió padecer... antes de que lo remataras. —Se acercó más—. Por no hablar de la angustia que causaste a mis padres antes de que murieran. —Su voz restallaba como un látigo—. ¿Cuántas vidas has arruinado, Edward?

Edward jadeó y bajó la mirada. Amanda vio cómo se le henchía el pecho.

Después saltó por encima del diván que lo separaba de ella y cayó a su lado. En un abrir y cerrar de ojos empujó el mueble en dirección a Martin y Luc. Amanda gritó e intentó huir, pero Edward la cogió del pelo, tiró de él con crueldad y retorció la mano hasta que ella gimió de dolor. La obligó a alzarse de puntillas mientras la apoyaba contra él.

Amanda escuchó un sonido metálico. Por el rabillo del ojo, atisbó un destello plateado antes de sentir el frío acero contra la garganta.

—¡No os acerquéis! —gritó Edward cuando Martin y Luc se pusieron en pie. Estaban a punto de abalanzarse sobre el diván, pero se detuvieron. En sus rostros, así como en el de Reggie, se reflejaba la conmoción—. Así está mejor.

Amanda sintió que Edward asentía con la cabeza.

—Quedaos donde estáis. No quieres que tu última conquista también muera, ¿no?

Se oyó un estrépito. El ruido los pilló tan de sorpresa que todos dieron un respingo. El golpe resonó por la estancia.

—¡Eres un monstruo! Ni tu propia madre se lo creería aunque lo viera con sus propios ojos. ¿¡Cómo te atreves, mequetrefe!? —Lady Osbaldestone comenzó a acercarse; el golpeteo de su bastón contra el suelo resonaba en las paredes. El biombo detrás del que se habían escondido yacía en el suelo. Diablo y Vane seguían a la anciana.

Edward la miró, incapaz de reaccionar, mientras se acercaba a él.

—Eres un gusano, ¡igual que tu padre! Tendrían que haberte ahogado al nacer. Eres una mancha en tu noble linaje. —Se detuvo a un metro de él—. ¡Toma esto!

Antes de que nadie pudiera parpadear, su bastón cortó el aire y golpeó con saña la muñeca de Edward que, con un grito ensordecedor, soltó el cuchillo.

Martin y Luc se abalanzaron sobre el diván.

Lady Osbaldestone le dio un buen golpe con el bastón antes de agarrar con firmeza a Amanda del brazo y liberarla, arrastrándola hacia un lugar seguro (el empellón que Martin le propinó a Edward ayudó bastante). Entretanto, Martin y Luc forcejeaban con Edward, que yacía en el suelo, para sujetarlo.

Reggie observó la escena desde su asiento animándolos con sus gritos.

—¡Ja! —Al ver que una de las manos de Edward caía al suelo, lady Osbaldestone se la pisó—. ¡Rata cobarde!

Diablo las apartó de allí con evidente esfuerzo.

La puerta se abrió de golpe y Jules entró, blandiendo una cimitarra y una feroz expresión, seguido de Joseph. Vane se apresuró a tranquilizarlos.

Todo terminó enseguida. Ni Martin ni Luc estaban de humor para contener sus puñetazos. Molido a golpes y sangrando, Edward quedó tendido en el suelo mientras su hermano y su primo se levantaban muy despacio.

Martin se giró hacia Amanda; lady Osbaldestone la dejó ir con un imperceptible empujoncito. Aunque tampoco lo necesitaba para acercarse a Martin. La abrazó con fuerza antes de ladearle la cabeza para examinarle la garganta.

—Ese malnacido te ha cortado.

La furia le teñía la voz.

—Pues no me duele nada —mintió. El corte le dolía, pero mucho menos de lo que podría haberle dolido.

La realidad cayó sobre ella de golpe; se tambaleó contra Martin, agradecida por su fuerza y su solidez.

Él miró al otro lado de la estancia, confirmándole a Jules con un gesto que todo estaba en orden. Jules y su sobrino se marcharon. Vane cerró la puerta.

Al instante, aporrearon la puerta y tiraron sin compasión de la campanilla, preludio de una invasión en toda regla. Todos aquellos que estaban en la biblioteca se quedaron pasmados, escuchando y rezando por que Jules y Joseph pudieran resistir el asalto...

Una vana esperanza.

Hasta ellos llegaron unas voces femeninas, a todas luces autocráticas. Amanda las conocía a la perfección. Miró a Diablo y se percató de que había apretado los dientes. Su primo tenía la vista clavada en lady Osbaldestone, quien a su vez lo miraba con los ojos entrecerrados.

—No fui yo —declaró la anciana—. Debisteis de ser uno de vosotros —dijo, señalando con el bastón a Diablo y a Vane—, que sois incapaces de ocultar nada.

—No las hemos visto desde que nos secuestró —masculló Vane.

La puerta se abrió. Honoria, Patience y Amelia entraron. La mirada de Honoria recorrió la estancia.

—¡Esto ya es otra cosa! Amanda, vas a tener que trabajar muy duro para decorar todo esto antes de la boda.

Tras acercarse a ella, Honoria la abrazó sin apartarla de los brazos de Martin.

—Patience, ven aquí. Tiene un corte en el cuello y está sangrando.

Honoria se acercó a lady Osbaldestone que, según se percató Martin, estaba muy pálida. La vieja bruja permitió que la condujeran a una silla. Patience atendió a Amanda tras sentarla junto a la ventana.

—No queremos que quede una fea cicatriz.

Martin permitió que apartaran a Amanda de su lado y contempló la escena con palpable asombro. Sólo eran tres mujeres y, sin embargo, se habían hecho con el control de la situación en un abrir y cerrar de ojos.

Amelia se encargó de que Reggie, también bastante pálido, se volviera a sentar. Preguntó dónde estaba la campanilla y cruzó la estancia para llamar al servicio. Cuando Jules apareció, pidió que le llevaran una palangana con agua caliente y un paño para limpiar la herida de su hermana. Tras echarle un vistazo a Luc, también pidió hielo.

Martin miró a su primo. Tenía una enorme magulladura en el mentón. La causa había sido un puñetazo de Edward dirigido a Martin, que Luc había interceptado.

Tras una mirada de lo más elocuente a su marido, Honoria lo mandó en busca de una copa de licor para lady Osbaldestone. Vane había recibido las mismas órdenes y había abandonado la biblioteca en busca de bebidas para cualquiera que lo necesitara. Por lo que Martin escuchó, Honoria, Patience y Amelia habían trazado su propio plan. Habían estado observando desde un carruaje al otro lado del patio. Cuando escucharon el grito de Amanda, se habían puesto en acción.

Dado que habían usurpado todos sus deberes como anfitrión, Martin se acercó a Luc, que seguía vigilando a Edward, aún tumbado en el suelo y gimiendo de dolor.

—Déjalo. —Martin miró a Edward—. Si se mueve, lady Osbaldestone volverá a golpearlo.

Luc soltó una carcajada.

—Aún no puedo creerme que lo hiciera.

—Es un demonio con ese bastón. —Vane les tendió unas copas y señaló hacia la chimenea—. Acerquémonos a aquella zona, tenemos que discutir algunas cosas.

Diablo llegó con una copa de vino para Reggie.

—Nada de licores para ti, o eso me han dicho.

Reggie masculló algo, pero aceptó el vino.

Jules regresó con la palangana y el paño. Amelia se apresuró a cogerlos para atender a su hermana. Los hombres se habían reunido junto al fuego, con Reggie sentado a su lado, y estaban discutiendo la mejor manera de encargarse de Edward y el modo de hacerlo para minimizar el daño social que su perfidia ocasionaría. Lo primero no era difícil, en cuanto a lo segundo...

Las damas se unieron a ellos, tomando asiento. Honoria miró a su marido.

—¿Qué habéis decidido?

Diablo miró a Martin antes de hablar.

—Ni la ley ni la sociedad aceptarán otra cosa que el destierro de por vida. —Desvió la vista hacia Edward, que había conseguido sentarse y estaba recostado contra un escritorio—. Puede elegir el lugar, pero tenemos que sacarlo de Inglaterra y tiene que ser enseguida. Mucha gente sabe que se iba a producir una revelación esta tarde. Y esperarán algún resultado.

Honoria miró a Luc.

—¿Estás de acuerdo?

—Sí. —El aludido miró a su hermano—. Me aseguraré en persona de que hace el equipaje.

—Muy bien. —La mirada de Honoria los recorrió a todos—. Y, ahora, ¿qué pasa con lo demás?

—Hasta ahí —admitió Diablo— habíamos llegado. Tenemos que hacer algo para proteger a los Ashford, pero ¿qué...?

—Desde luego —musitó Honoria.

—Qué ridiculez —intervino lady Osbaldestone— esto de que los pecados de los hermanos recaigan sobre las hermanas y sobre cualquier otra persona cercana, por poco que se lo merezcan. En este caso, es evidente que el canalla —dijo al tiempo que fulminaba a Edward con la mirada— no estaba ni mucho menos loco o desquiciado. Lo único que le ocurre es que tiene el alma podrida y no hay más que añadir. Un retroceso que nos recuerda el lado menos admirable de su familia paterna, pero tú —prosiguió, señalando hacia Luc— te encargarás a buen seguro de librar a la próxima generación de Ashford de semejante mancha.

Luc parpadeó, perplejo.

Lady Osbaldestone se desentendió de él. En su lugar, se concentró en Honoria.

—Bien, querida, tú eres una duquesa y Amanda, aquí presente, una futura condesa; y no se puede decir que yo carezca de influencia. Sugiero que nos pongamos manos a la obra. —Miró el reloj y después observó a Martin de soslayo—. No es el mejor momento del día, pero estoy segura de que entre las dos conseguiremos hacer llegar la noticia a los oídos necesarios para que en las cenas más importantes sólo se hable del maravilloso alivio.

Los hombres intercambiaron una mirada, pero fue Diablo quien preguntó.

—¿Alivio?

—¡Por el amor de Dios! ¡Por supuesto que es un alivio! Piensa en la desgraciada situación que se habría producido si las jovencitas Ashford hubieran recibido alguna propuesta de matrimonio antes de que este terrible asunto se solucionara. Se ha evitado una situación muy escabrosa. Ahora esas muchachas podrán ser presentadas en sociedad y los caballeros podrán acercarse a ellas con la certeza de que no quedan manzanas podridas en la familia, de que todo se ha resuelto a la perfección. —La anciana se puso en pie—. Sólo hay que mirar las cosas desde el ángulo correcto. —Apoyó todo su peso en el bastón y miró a Patience—. Conoces a Minerva bastante bien, ¿no es cierto?

Patience asintió.

—Le haré una visita ahora mismo y se lo explicaré todo.

—Es una mujer sensata, pese al alocado carácter de su juventud. Comprenderá enseguida lo que pretendemos hacer y sabrá cómo lograr que sus hijas se comporten. —Hizo un gesto con la cabeza—. Muy bien. Pongámonos en marcha.

Se lanzó hacia la puerta y el resto se puso manos a la obra.

Martin llamó a Jules, que llegó acompañado de su sobrino. Joseph ayudó a Diablo a acomodar a lady Osbaldestone en el carruaje que la había estado esperando en las caballerizas.

Tras un rápido intercambio de ideas, se decidió que Luc y Jules escoltarían a Edward hasta Dover, donde lo meterían en un barco rumbo al extranjero. Vane, que se había separado de Patience cuando ésta se marchó con Honoria para difundir las noticias, regresó justo cuando Edward recomenzaba un ácido monólogo entre gimoteos. Vane se agachó y le dijo algo... Edward guardó silencio.

Tras enderezarse, Vane lo miró con los ojos entornados.

—Iré con vosotros. Tal vez necesitéis otro par de manos, totalmente desinteresadas, claro.

Una vez zanjado ese asunto, Jules y Luc levantaron a Edward, que se quejaba con creciente insistencia. Bastó una mirada de Vane para que volviera a callarse.

Joseph llegó un poco después con el hielo. Amelia lo cogió y salió en pos de Luc.

—Espera. —Lo alcanzó en la puerta y lo hizo retroceder. Vane ocupó su lugar y empujó a Edward para que continuara. Amelia cogió el rostro de Luc con una mano mientras que con la otra sujetaba el hielo contra la mandíbula. Él se quejó, pero Amelia no lo soltó—. Así está mejor. Mantenlo en su sitio hasta que el hielo se derrita. Los otros pueden encargarse de Edward mientras tanto.

Luc cogió el hielo y lo sostuvo contra su cara. La miró a los ojos.

Amelia sonrió, lo giró hacia la puerta y le dio un empujoncito. Él se marchó, pero se detuvo al llegar al pasillo para mirarla de nuevo y agradecerle el hielo con una inclinación de cabeza antes de seguir a los demás.

Amelia suspiró y regresó a su asiento al mismo tiempo que Amanda volvía tras despedir a Honoria y a Patience. Amelia miró a su hermana antes de enlazar su brazo con el de Reggie y ayudarlo a levantarse.

—Vamos. Haré que nos pidan un coche de alquiler y podrás contarme cómo te hiciste eso en la cabeza de camino a casa.

—¿También lo mucho que duele? —Reggie consiguió dedicarles una sonrisa a Amanda y a Martin antes de dejar que Amelia lo condujera al exterior.

—Ni siquiera me has dicho cómo te heriste. No he escuchado los detalles.

Sus voces se perdieron a medida que se alejaban por el pasillo. Joseph echó un vistazo a la estancia y enarcó una ceja. Martin lo despidió con un gesto de la mano; el criado cerró la puerta tras él.

Martin miró a Amanda y abrió los brazos. Ella se lanzó a ellos y dejó que la abrazara y enterrara la cara en su pelo.

Más tarde, cuando la noche se apoderó del jardín que había al otro lado de las ventanas de la biblioteca, yacían en la otomana, piel contra piel, mientras el fuego crepitaba en la chimenea. En la mesita auxiliar se amontonaban las bandejas llenas de canapés que Joseph les había llevado hacía horas.

En paz y saciados a más no poder, se limitaban a descansar en silencio y a saborear el dulce regusto de la felicidad.

A soñar con el futuro.

Martin miró a Amanda. Estaba de costado, de cara al fuego, con la espalda pegada a su pecho y el trasero amoldado a su entrepierna. Le había puesto un echarpe de seda translúcida sobre las piernas desnudas, no para ocultarla a la vista, sino para protegerla del frío. Se estiró para coger un canapé y la seda brilló contra esa suave piel de alabastro que relucía como el satén. Había pasado las últimas horas satisfaciendo sus voraces sentidos, inundando su mente con la gloriosa sensación de tocarla... por entero, hasta el último centímetro.

Inundando su alma con la certeza de que era suya, en ese momento y para siempre. Inundando su corazón con semejante milagro.

Inclinó la cabeza y la besó en ese punto tan sensible situado tras la oreja.

—Nunca, jamás, imaginé que podría tener todo esto.

Ni siquiera antes de aquel fatídico día diez años atrás. Eso, esa maravillosa sensación que de alguna manera se había apoderado de su vida, nunca había formado parte de sus sueños, de sus expectativas. En ese instante, ya no podía imaginar la vida sin ella.

Los labios de Amanda se curvaron en una sonrisa serena, misteriosa, femenina en su esencia, pero se limitó a recostarse contra él, dejando que su cuerpo lo rozara... una elocuente admisión que no necesitaba de palabras.

Él lo sabía; pero, sin embargo... se habían cambiado las tornas y era él quien necesitaba más. Le acarició la oreja con la nariz.

—No me has dado una respuesta.

Ella lo miró a la cara, a los ojos. Sonrió. Levantó una mano para acariciarle la mejilla.

—¿De verdad necesitas oír las palabras?

—Sólo una vez.

—Pues entonces, sí... seré tuya. Me casaré contigo y seré tu condesa, daré a luz a tus hijos y redecoraré tu casa. Aunque, al parecer, Honoria cree que el orden debería ser el inverso.

Amanda se dio la vuelta hasta quedar frente a él y le rodeó el cuello con los brazos para atraerlo hasta ella y darle un beso... un beso que se prolongó y profundizó hasta reavivar las llamas del deseo, aunque Martin lo mantuvo a raya.

A la postre, levantó la cabeza. Aún tenían que resolver un asunto. Clavó la mirada en esos ojos tan azules como un cielo de verano.

—Me preguntaste por qué quería casarme contigo. Te ofrecí una respuesta, una respuesta sincera... en parte.

Ella se quedó muy quieta. Martin le cogió con suavidad la mano y habría jurado que sintió el vuelco que dio el corazón de Amanda.

—Quiero casarme contigo —comenzó sin apartar la vista de sus ojos y mientras se llevaba la mano a los labios para besarle los dedos—, porque es mi deber casarme con una dama como tú, porque el honor me obliga a casarme contigo, porque nuestro matrimonio es lo que dicta la alta sociedad y también por el hijo que podrías llevar en el vientre ahora mismo. —Le sostuvo la mirada en silencio y besó de nuevo los dedos que tenía atrapados—. Pero, por encima de todo, quiero casarme contigo por una razón muy sencilla: porque no puedo imaginarme la vida sin ti.

Contempló sus manos unidas y cambió de postura hasta que sus dedos quedaron entrelazados.

—Y si esto es lo que los poetas llaman amor, entonces, sí, te amo. No de un millar de formas, sino de un modo abrumador. De un modo que ha llegado a definir quién soy y lo que soy... y se ha convertido en el núcleo de mi ser. —Volvió a mirarla a los ojos—. Ésa es la razón por la que quiero casarme contigo.

Amanda esbozó una sonrisa algo temblorosa y le soltó la mano para acariciarle la mejilla. Después se acercó a él y lo besó en los labios con suavidad y ternura; una caricia tan hermosa y fugaz como el momento que vivían.

Después, profundizó el beso, lo convirtió en algo mucho más atrevido hasta que separó los labios cuando él reaccionó y lo instó a hundirse en su boca, a reclamarla con voracidad.

Se entregó al león que había atrapado.

Y supo que jamás necesitaría otra cosa.

La boda de Martin Gordon Fulbridge, quinto conde de Dexter, y la señorita Amanda Maria Cynster se celebró en una ceremonia privada en la iglesia de St. George en Hanover Square cuatro días más tarde.

A pesar de que la ceremonia era privada, estuvo muy concurrida. La familia Fulbridge al completo, para celebrar no sólo la resurrección del cabeza de la familia, sino también sus nupcias, además de muchos conocidos, se sumaba a los Cynster y a sus amistades, lo que componía un grupo de invitados que atestaba la iglesia.

Dado que la ceremonia era «privada», los Ashford podían asistir sin que la alta sociedad les hiciera el vacío. Por su parte, Amanda había insistido en que Emily y Anne estuvieran presentes (saber que su entusiasmo se vería aplastado le habría arruinado el día) y Martin sólo consideraba a una persona como su padrino: Luc.

Así que se decretó que la ceremonia sería «privada» y todos contentos.

O más bien extasiados; una sensación de euforia se apoderó de todos cuando Amanda comenzó a caminar hacia el altar con una expresión rebosante de alegría. El brillo que hacía relucir los ojos del novio no era menos exultante. Los concurrentes estaban convencidos de que presenciaban un matrimonio bendecido por el cielo.

La alegría floreció y no disminuyó en ningún momento del día, durante el almuerzo de bodas y también después, sin que ningún desafortunado incidente la empañara. Y luego llegó el momento de que los novios emprendieran el largo viaje que los llevaría a su hogar en el norte.

Como era costumbre, las jóvenes solteras se reunieron junto al carruaje que estaba delante del domicilio de Upper Brook Street. Otras se congregaban alrededor del vehículo, atestando las escaleras de la casa para echarle un último vistazo a la radiante novia.

En el interior de la casa se escucharon vítores que se trasladaron al exterior cuando Amanda y Martin abandonaron el salón de baile y avanzaron por los pasillos hasta el jardín, momento en el que se escuchó un estruendoso clamor y bastantes sugerencias provechosas, la mayoría dirigidas al novio.

Luc y Amelia, la dama de honor de su hermana, habían escoltado a la feliz pareja hasta la puerta. Se detuvieron en el porche. Al ver que la marea de personas que se apretujaban en los escalones bullía de expectación con la llegada de Martin y Amanda al carruaje, Luc tocó el brazo de Amelia y señaló con la cabeza hacia un lateral del porche, lugar desde donde podrían contemplar la marcha de la pareja sin obstáculos, junto a una columna.

Se colocaron en posición mientras Martin ayudaba a Amanda a subir al escalón superior del carruaje. La novia se cogió del borde de la puerta y se giró, blandiendo el ramo. Levantó la vista y lo lanzó...

Directo a los brazos de Luc, quien maldijo e intentó retroceder, pero tenía la columna detrás. De forma refleja, cogió el ramo. Miró a la novia con el ceño fruncido y se dio cuenta de que ésta reía encantada.

Tras darle la vuelta al ramo, se lo tendió a Amelia con una reverencia.

—La puntería de tu hermana es desastrosa. Creo que esto es para ti.

—Gracias.

Amelia cogió el ramo y observó las flores para esconder su sonrisa y reprimir el malicioso impulso de decirle que se había equivocado en ambas afirmaciones. Devolvió la vista al carruaje y vio que Amanda le lanzaba un beso y después se despedía con la mano cuando Martin la instó a entrar.

Amelia sonrió, saludó a su gemela con el ramo... y supo que la comprendía. Supo que le estaba dando su aprobación.

Amanda estaba casada y ella ya había tomado una decisión. Le había llegado el turno de atrapar a su compañero.

Luc disimuló la confusión que sentía cuando la puerta del carruaje se cerró y el cochero azuzó a los caballos. Justo antes de que desapareciera dentro del coche, Martin lo había mirado a los ojos y le había sonreído... con una expresión que le resultaba indescifrable.

Después sintió la mano de Amelia en el brazo y reprimió al instante la reacción que siempre le provocaba.

—Será mejor que entremos.

Asintió y se giró para seguirla, agradecido de que ella lo hubiera soltado y caminara delante. La muchacha miró por encima del hombro y esbozó una breve sonrisa. La clase de sonrisa que había visto en su rostro un millar de veces. Luc entró en la casa mientras se preguntaba por qué se le había erizado el vello de la nuca.